葛水平作品典藏
GE SHUIPING ZUOPIN
DIANCANG

裸地

葛水平 —— 著

LUO
DI

时代出版传媒股份有限公司
安徽文艺出版社

葛水平

———

山西省文联主席，山西大学文学院教授，
中宣部文化"四个一批人才"，国务院特殊津贴专家。
著有:长篇小说《裸地》《活水》《和平》；
中短篇小说集《喊山》《过光景》《空山·草马》等；
散文集《走过时间》《河水带走两岸》《繁华的街巷》《我走我在》等；
电视剧剧本《盘龙卧虎高山顶》《平凡的世界》。
中篇小说《喊山》获第四届鲁迅文学奖。

葛水平作品典藏
GE SHUIPING ZUOPIN
DIANCANG

裸地

葛水平 —— 著

LUO
DI

时代出版传媒股份有限公司
安徽文艺出版社

图书在版编目（CIP）数据

裸地 ／ 葛水平著. -- 合肥：安徽文艺出版社，2025.1
（葛水平作品典藏）
ISBN 978-7-5396-8061-3

Ⅰ．①裸… Ⅱ．①葛… Ⅲ．①长篇小说－中国－当代 Ⅳ．①I247.5

中国国家版本馆CIP数据核字(2024)第077670号

出 版 人：	姚 巍			
策　　划：	朱寒冬　姚　巍　张妍妍	统　筹：	张妍妍　宋晓津	
责任编辑：	宋晓津　柯　谐	装帧设计：	王明自　张诚鑫	

出版发行：安徽文艺出版社　　www.awpub.com
地　　址：合肥市翡翠路1118号　　邮政编码：230071
营 销 部：(0551)63533889
印　　制：安徽新华印刷股份有限公司　(0551)65859551

开本：880×1230　1/32　印张：16.375　字数：440千字
版次：2025年1月第1版
印次：2025年1月第1次印刷
定价：66.00元

（如发现印装质量问题，影响阅读，请与出版社联系调换）

版权所有，侵权必究

自序:乡村,一再被我看得贵重

一

这是一个世俗化和文化化并存的时代,民间的魅力已经远不同于二十世纪七八十年代,那时乡村情怀主要来自写作者个人命运和乡村生活的纠缠。那时的乡村,人们古道热肠,三餐四季激活了人身上潜藏的热爱,人欢马叫,在薪火相传的时间流程里,每一个个体生命都活得生机勃勃。现在,中国人的精神又开始一步一回头地,由城市转向乡村,由现代转向传统。对应着现代化城市不断显影的弊端,对于进入历史记忆的乡村,文化赋予了各种幻影幻觉,现代化乡村被审美化之后,对日益浮躁的现代人并没有起到清凉油和平衡器的作用。

那时,生活中的普通人是一些知足者,他们在生活的细小事情上都用着心劲,我留着他们的记忆。那些奇特的岁月就像是刚刚发生或正在发生,我仍然置身其中。过去,仿佛只是一瞬间。他们还不知道自己入了我的文字,而我因他们的人生早已成就了我此刻的声名。

这大概就是故事和故事里的人吧。

村庄、古庙、戏台、木雕、石雕、贫穷和富贵;古画、刺绣、旧宅、铜器瓷器、书籍和碑帖,一切曾被遗弃的都会告诉我:中国每个时代都有各自的精彩,创造伟大而美好社会的永远都是普通人中对生活提心劲的人。

关于土地的记忆泛化为大地,传统更多地升华为一种精神和感情的彼岸。日出而作,日落而息,想要了解中国农民几千年来的三餐四季,对于写作者来说,只能向童年的记忆回溯,或者,有些情境原本只是存在于诗文或想象中,思想中原有的毕竟还是一种富有诗情画意的期待。这种期待实际上来源于诗文或自己的憧憬、梦幻,是那种想象生造出来的清风明月式的幽雅与闲适情调。如果我们不俯身继续贴近泥土,走入百姓生活,我们就不知道生活在底层的人本来的样貌。

我不知道在这样的状态中会出现什么样的文学作品。

我的写作素材很单一,我只关心那些乡村小人物的故事。对小人物的体悟,比离奇和喧嚣更重要的是,我从他们身上看到了奔日月、奔前程中——活着的力量。

再没有什么比如此深刻的提醒能告诉我记住什么。活着可以把日夕改变,活着本身消耗的却永远是人的精神面貌,似乎只有这样才足够盛载悲喜。没有比自由的疯长更闹心的事情了。日子不易,在四季轮回面前,只有时间才具有总结一切、梳理一切、收割一切的力量。

故乡的人事是我情感地理的图谱,我用文字热爱他们。

二

道路,蕴藏着无限的成长方向和发展可能,远方的城市有文明照耀和财富的积累。一个普通的农人参与社会化大生产的意义,类同于一个国家对全球化世界格局的影响,决定性作用总是艰难的。有多少农人在长满万物的土地上劳作,在释放生命力量的行进中,以创造财富来经天纬地。他们是自由的,自由有可能和获得的财富不沾边,但是,自由又是多么叫人向往!

我在乡村看到了两个字:走失。

这个词在乡下人的日子里虚幻不定,一转眼,阳光可以从屋顶间的缝隙中照射进来,炎热而又潮湿的日子突然就走失成了去年,只有和泥土打交道的人才知道,当你想选择生活时,人已经老了,如同夕阳不想西下。

每一个活着的人都在追赶走失的自己。

我写故乡那些没用人。那些没用人不走正道。

山野之间崖壁上都有可供攀爬的路,日夕相遇,有丰茂的草木。乡下人很性情,实而真,直而诚,长得丰富极了。人和虫草鸟兽,以及四季中的风雨雷电,都是我说话的对象。

我见过母羊和小羊在羊圈里分开的情景。母羊要出山了,小羊,如一个儿童,不知脚下深浅,小羊要留在羊圈。放羊人挥舞着羊鞭,一下两下,母羊开始往羊圈栅栏门方向走。小羊在鞭声中跌跌撞撞,找不到母亲,见任何一只羊从身边走过都认为是自己的亲娘,用羊角顶撞母羊的可爱劲儿让人爱怜。那一瞬间,生活的剧情向前展开。

母羊们在鞭声甩击中走往山腰,长长的羊群,荡起了黄尘。

坐在村庄的空阔地带,听留守在村庄里的人讲一只母羊死去,放羊人把小羊的胞衣涂抹在其他母羊的身体上,血水淋漓,小羊跌跌撞撞寻着娘的味道。

娘的味道,含着前所未有的疼痛,勾勒、构建并呈现村庄之所以为村庄的光亮属性。娘的味道就是故乡啊!

网上说,每天中国的村庄都要消失近百座,村庄里的人呢?城市一直是他们富足的梦想地儿,那么土地呢?大面积的土地开始闲置,人总是在万不得已的情形下才会想到土地。

章太炎曾经感叹中国的国民性流转的多,持守的少。

人的坚守一再动摇,世相多变,性格中固执坚守是不是就是人的福气?

我对所有村庄里的物事充满认知欲,比如我和说书人聊天,和贩卖牲口的人做朋友,只是好奇,常被一种现象感动。我认同他们的手语和行话,一个没有社会背景的人,追求一切的难度很大。在这个貌似很简单的社会中,他们很难把自己复杂地呈现出来。

在底层寻找一种民间语言。民间,那一片海洋我无法表达。

"一个女子坐在坟头朝着你笑,眨眼间你看到海棠开花了。"民间语言鬼气十足。还有戏曲、鼓书、阴阳八卦等等。某次阅读,某个细节,在某些方面以鬼魅的方式呈现,让我的记忆宏阔、深邃、精疲力竭。

三

没有规矩地乱开乱合的民间知识,是我明亮或者幽暗的知识河道。

看那离地二里三里高的地方,晚夕挂着,只有远离尘嚣走入民间,我才能寻找到我的方向。其实,作家的蜿蜒走势皆源于写作者的命运和定力。

生存的风险系数越来越大,人们对从前的怀想与追忆越发显著。

我常听到的一句话是:物质极大地丰富了人们的生活。我们习惯于猜想物质的丰富和生活水平的提高,两者之间的关系。物质丰富了,生活中应该什么都有,这是不是人们的真正需求?似乎又是两码事。

事关个人,关乎个人生活水平和个人归宿。健康已经成为人们的首选,缺失了自然山水和淳朴心灵,物质富有的城市简直是一无所有。因此，乡村，一再被我看得贵重。

那些绝世手艺赠给我一段历史，是那么生动，虽然屈服于生活，却充满人性地在世俗中开花结果。

每个写作者都有自己的生活经验可资使用，不一定是建立在当下的准在场，而是建立在自认为好的"过去"之上，用记忆中的经验寻找故事。对我而言，生命里如果出现一个心仪的朋友，那一定是在乡下，乡下人用"填充"来满足我缺憾的空间，大度地让我"抄袭"他们的人生。每个人都经历着社会变迁，从一套价值观到另一套价值观，社会不是一成不变的。回到从前肯定不可能，但是以一种什么样的形式回归？我选择写乡村，写故乡的好人和"疯子"，相比时间，他们是有重量的，人生故事透彻地穿越时间留存下来。

在这套文集即将面世的此刻，我写下这些文字，我感谢故乡的普通人，生活艰苦，但他们是乐生的，他们教会了我热爱。

感谢在我成长的道路上帮助过我的人，感谢上苍给了我写作天赋，感谢文字为我抵抗了自身的毁灭。

2024 年 8 月 6 日

目录

自序：乡村，一再被我看得贵重 / 1

第一章 / 1

第二章 / 9

第三章 / 23

第四章 / 50

第五章 / 63

第六章 / 94

第七章 / 106

第八章 / 116

第九章 / 144

第十章 / 173

第十一章 / 186

第十二章 / 199

第十三章 / 219

第十四章 / 243

第十五章 / 283

第十六章 / 306

第十七章 / 319

第十八章 / 333

第十九章 / 354

第二十章 / 361

第二十一章 / 379

第二十二章 / 392

第二十三章 / 400

第二十四章 / 421

第二十五章 / 430

第二十六章 / 450

第二十七章 / 475

第二十八章 / 493

第二十九章 / 501

第 一 章

1

沟头溪雷多。

闪电兜头射下来,随之就来了雷。

雷在地上炸响了,沟头溪有了生气。

雨水下得密时,积了洼,洼里生了小虫、小鱼、小虾。有鸟落在上面觅食,水积得冲,积成了一片沼泽地。岸上长了苇子,山一般的苇子在洼中铺漫开,夕阳下打远处看过去闪耀着墨黑的光。风走到沟头溪时凝固了,阳光照到沟头溪时凝固了。苇子横陈在洼边,光很难透过墨黑的苇子照进去,风一动就能听到荡碎阳光的声音。

苇子中有几只小鸟互相和鸣着从阳光深处透出来,苇子下的根部有蛙跟着鼓动起腮,日头从早晨晃到傍晚的时候,苇子中和合的聒噪就开始了。那聒噪由温柔转向激怒,大有"奔霆进电,驱雷走风"之势。

有人给沟头溪换了一个名字:河蛙谷。

河蛙谷在一个清晨或者傍晚的时候来了一位叫聂广庆的山东人。

此人是一路乞讨走进河蛙谷的,身后跟着一条干瘦的狗。狗仿佛收割后残留在地上的一堆干豆秸,西北风追逐下,撂开爪子向涝水的河蛙谷跑。跑一段路停下来看身后的那个人。身后的人高身子、瓦刀脸,长着褐色的、粗糙的皮肤,眉骨突起,颧骨也突起,瘦长的眼睛看到河蛙谷时,皱起了缺少光泽的笑。一个典型的山东人。只是比小说中描写的山东人形体黯淡且瘦。狗跑动时尾巴旗杆一样竖起来,有鸟和蛙们开始合奏了,秋风吹落下来的苇子叶子给狗身上添了一层毛,狗狂吠了一阵子,暗绿色和灰褐色苇子上空的鸟鸣声就冲着两边拨开了。有一段空隙,狗跑到苇子的水边,将嘴伸到洼中去呷;狗呷得很快,呷了几下,提起水淋淋的嘴,耷拉出很长很薄的舌头片儿望着身后。身后的人穿着大裆裤,脚脖子上打了裹腿,上身是一件糟烂的黑夹袄,杂色碎布补丁摞着补丁,腰间拴了一条烂布腰带,脚上着草鞋,肩上还肩了挑子。一只箩筐里放着几口缺了边角的砂锅,一条脏得看不清楚是什么颜色的棉被堆在箩筐里,另一只箩筐里放着用泥裹了的青苗,是本地人认不得的草:蓝。

土起石扬,灾荒遍地,乱物横飞,人和狗摇摆着推移着,一步步走在太行山上。狗和人都瘦得像胯骨露在外面。

河蛙谷水深,藏了鱼虾、鳖子、蛤蟆,沿着有石块的地方,山东人探进身子摸鱼、虾。黑幽幽处冷风旋来,他便痴了一样立在某处,这样的景致或许让他想起了什么。

起夜开荒,头顶的星光给河蛙谷铺一层碎银一样的光,山东人长叹一口气,一口气出去后,几丈长的月光下,影子泛着青白。他也许是想起了平原。

1918年,北方大旱。

头年一年雨少,粮食歉收,冬季里下了一场雪,开春了,开始闹瘟疫。家家户户的水缸里泡了苍术,但还是救不了人的命。得了病的人大都不出汗,流行过来时就叫了汗病。有人用生姜和老葱根熬水发汗,也有取了擀面杖蒙了被子槌砸往出赶汗,人依旧干烧着不出汗。拖着,拖过来的活下来了,没有拖过来的把命搭进去了。这还不是致命的灾难。

阳春三月快下种了,春口上下了一场大雨,雨淅淅沥沥下了七天七夜,天晴透了提耧下种,土里有墒,天空有墒,真是一场及时雨啊。奔走的乡民,嘈杂声起,轧钢蘸火,从铁匠铺里走到村子的场上,弯了腰在碌碌上磨轧了钢的锄头。焦枯的等待有了这一场透墒雨,脸上就挂了按捺不住的喜悦。下了种转眼间出了苗,青苗齐刷刷往高蹿。瘟疫因为春天的一场雨走远了,人们逐渐地泛出了一点活命的颜色来。锄了高粱,锄了豆子,锄了棒子,锄了糜子和谷子,青苗腾腾往上长,却不知道为什么地里冒出了很多泥泡泡。又下了一场雨,雨滴随着庄稼的根系滋润了冒出头的泥泡泡,一只只褐色如米粒般的小虫探出了头,虫子爬出了地面,很懂事地顺着路线爬上了庄稼的绿秆。不几天虫子长出了翅膀,脑袋像马头一样拉长了脸,拉长了脖子,拉长了嘴。棒子正在成长,有人看到爬在棒子上的成虫是土蚂蚱。钻出地表的土蚂蚱有的瘦小干枯,垢面如土,有的鲜如翠叶,在庄稼地里轻巧地欢快地蹦跳着,人们也没有当回事儿,还停留在过去的瘟疫"汗病"中。

这一年六月,聂广庆在地里锄苗,看到蛇,几十条,上百条,像平地突然冒出了的一股泉眼,顺着地面扭动着往山中滑行。呼哧呼哧张嘴站在地垄上的他看傻了,被滑行的蛇搅得有些心慌,嗓子痒得说不出话,汗毛倒立,人像一根棍子一样,挪不动脚步。蛇走过的地方像碾碌压过一样,精亮光绚。

过了几天,有人看到有一团云由南向北飘过来,阳光照上去打远处看有些闪亮,那一团云看上去有四五米厚,几亩地宽,落在远处的青苗地里,不到一袋旱烟的工夫,那一团云飘了起来,青苗地里一片土黄,已无一片绿叶,看到的人吓得扭身子就跑。

蝗虫一刹那从河的南岸卷过来了。

天蓦然一阴,对面不见人影。紧随嗡嗡之声,人们还未醒转过来,房上、树上、桌上、椅上,全是青青的蝗虫,沟渠河坡上、麦秆上、草庵上也布紧了蝗虫。鸡不宿埘,鼠从墙洞里爬出。

许多地下阴性的动物也都走出来,世界一下子焦躁了。蝗虫从黄河渡过来时,十几米宽的河面,在夕阳和两岸居住人的眼目中混沌流下。蝗虫要过黄河了,黄河的水面上浮着一层红色的浪,像是河床上烧起了火烧云。天空是旋转的,麦田是旋转的,甚至乌鸦、麻雀,生命迢递着生命,整个黄河燃起来了,充斥着、回旋着、奔跃着向前呼唤。蝗虫是在早晨齐集在对岸的,如砖头如方木砌在那里;缓慢涌动的蝗虫翅膀是不能搏击飞越黄河,它们在半空羽翅就累乏了,收拢了,如雨霰霏霏坠在河面上,没有呻唤,没有哀鸣。日过午时,情形有了改观,河里浮荡的树叶上枯枝上,渡河人的木船上,都匍匐着层层匝匝的蝗虫。河南的麦子和树叶已在它们的攒击咀嚼下,消化了,它们充斥着怒鸣着又拥挤着去寻找新的生路。在单一的渡河方式失败之后,蝗虫们开始自觉地纠合。它们互相撕咬着尾部,胶结着翅膀像雪球像石磙,只一霎,河的对岸有了成千上万的生命的雪球与生命的石磙,它们首首尾尾相齿滚下河做最后的冲击。黄河赤浊的水头缓缓地扬起,整个一条大川长河裹着起浮密集的涌动。那些生命的球,有的刚到中流就解体了,抑或是体积愈来愈小,等到了对岸,圆圆的球变成了一坨馒头或小小的巴掌,涉河到岸的百不存一,一连三日,无数的球体从对岸到此岸,和当地土蚂蚱会合一起迸发。

蝗虫直爬上房顶,过房脊由后墙下,绝不绕一尺之便。

聂广庆抱起院子里看傻了的闺女躲进里屋,又扛出了一口六印大锅,坐在了院子里早废弃的土灶上。添了水,架起干柴,不等水沸,他早用簸箕就地收起了蝗虫倾到锅里,那蠕动的、蹦跳的、令人头晕目眩的蝗蝻在沸水中停止了蠕动,聂广庆一下一下用笊篱打出晾在了一旁。

四天后蝗虫过去,存活的人望天的脸没有缓过劲来,依旧想着爬上脸爬上腿,钻入前胸后背,钻入裤裆,啮咬得浑身血口子的胆寒。眼看着大面积的粮食收成无望,聂广庆想:屋子被蝗虫啃得摇摇欲坠,日子怕是过不到年尾了。搭配着吃了两个月的蝗虫,吃得嘴苦发麻,锅灶就掀不开了。妻子是得汗病死掉的,闺女在蝗虫过后吓得有些傻,龟缩在屋里哆哆嗦嗦不敢出门。

人挪活,树挪死的道理聂广庆知道,只是不知要往哪里走。听往太行山上当挑夫的人说起过,山上地广人少,"要想吃馍,往太行山爬"。他把能卖的都卖了,刨了水边一丛带泥坨子的蓝梧在了篮子里,一头挑了闺女,一头挑了糟烂得看不出花色的被子上路了。

过了黄河,闺女从北岸活着过了河死在南岸了。他哭着,还没有等到给闺女找块地儿埋下去,便有人跑过来一把夺了去,早不见了踪影。

他傻站着看,有人告诉他:"人饿得吃死人呢。你是瘦,胖就吃了你!"

有人趔趔趄趄地走路,只持续了几步,重重摔在了因河水冲刷而愈加干硬的河滩上。摔在地上的人没有站起来,像一条弯曲的大河虾,嘴里发出一声怪叫,像婴孩的号哭,凄厉而尖锐,只一声就绝了。

一群人狂呼着跑过去拖了走开。

聂广庆的每一寸皮肤都在哆嗦,无边的恐惧弥漫在中原大地上。他想:怎么不再来一次蝗虫呢?那铺天盖地的恐惧虽然压得人喘不过气来,但他还想再来一次蝗虫,他可以抓来填肚子。脚步越来越小,越来越僵,踩在黄河滩涂青白的河卵石上,有彻骨的寒凉。有人想抢夺他肩上的挑子,往前跑时,突然看到了自己家的狗爬着艄公的船也过了黄河来到了他的面前,狗龇着牙,瘦成一副骨头架子,那些人同样干着一副骨头架子不追他了,开始追着打狗。

他不敢消停,挑了肩子利用他们打狗的空当拐道北上。

河南和山东不一样,山东是蝗灾,河南却是蝗灾加了水患。历年的蝗虫同其他生物上千万年的进化一样,蝗虫已经变异了。蝗卵块在水泡的地下十几年也还有生存能力,已经不是往年的那种干旱生蝗了。一溜小跑,突然听到身后有风声跟来,不敢回头,照直往前走,有风声越过了他,他看到是自己家的狗。他长出了一口气,人虚脱了一样瘫在了地上。狗摆脱了吃它的人,拼死追上了主人。他们能吃狗肉,自己怎么就不能吃呢?出门的时候,他把狗卖了,卖了十文铜钱,荒年景有钱都买不到粮食啊。顾不及想买家对他的那伤怨气,既然狗逃生出来,罢罢罢,搭伴儿也好。他找了溪水,说是溪水,已经干得像狗尿一样了,断断续续地有一段无一段地流着。溪水旁卧着一只癞蛤蟆,身体上暴起黑豆粒大的珠子,腮帮鼓着却没有声音往外发。大水过后天旱热炙,食物奇缺,沥涝水淹能泅浮奔高,但是,地旱草枯这只癞蛤蟆是没有气力活命了。

他在河滩上垒了一个小灶,捡了一把柴火,从挑子一头翻出了锅,挖了坑,等水蓄多了舀了水架在了灶上。他肩上挂着一个月牙形的钢板,一寸多长,从挑子里翻出来一块黑石,黑光透亮,揪了一把干黄的茅草揉得松软如棉,揉成了一团火绒。以火镰击火石冒出了火星,落在了火绒上,起了一股青烟,不敢消停,捂了,鼓了腮帮吹几下,火星扩大,火苗就燃了。锅灶上徐徐冒烟、冒热气,那只癞蛤蟆活蹦乱跳地被倾入了锅中,火未灭掉,锅里的癞蛤蟆已骨软如棉。

冬天来了。聂姓山东人割了河蛙谷的马莲架在苇子上,等晾干收拢了,一个冬天猫在地窝子里用马莲编草鞋。外面的雪下得大时,地窝子进出的黄土上挂了一层薄霜,淡白,从远处看过去像地下有一眼暖泉,实际上是猫冬的两个活物呼出来的热气。

2

又一年春天,山东人聂广庆挑一担草鞋上路,边走边卖,算是路上盘缠。他想回家乡一趟。

狗留下来。白天,狗跑出河蛙谷找吃食,找不上吃食舔人的腚,常遭人殴。方近的人才知道河蛙谷来了逃荒人。傍晚极孤独时和河蛙谷的鸟们撵着耍一阵子,狗的心思在万籁俱寂的时候开始活跃,想它的主人。有外村人寻着来河蛙谷砍苇子编席,来人却怎么也走不近地窝子,狗看得紧,人不能近前,要是有人让它舔一次腚,狗就让他砍河蛙谷的苇子,下一次来狗还是不认熟。

打第一声春雷,狗闻到他主人身体上那股汗味酸了,还夹着脚旮旯里的霉臭味。它鼻子尖尖发酸,很鬼的样子撒开四蹄跑向了远处,它看到山东人推着独轮车,车上坐着穿了土布枣红格格夹袄的女人,女人脸上有春风拉出几道细碎的红印子,已成皴皮。手拢在袖管里,看着远处跑过来的狗,眼角处挂出了泪珠。狗看到那泪珠的时候心里也想着不知道该怎么和主人来亲热。它绕着独轮车上下左右扑闹着,把前腿高高竖起来,站立得和人一样,往下放前腿的时候,刷了一下车上女人耷拉下来的腿,主人踢了它一脚:"去!"它的心寒凉了一下,主人到底领了一个和它抢食的人。它突然想撒尿了,撩了爪子,尿撒到了独轮车轱辘上,撒下的尿是纯白色的,没有一点臊气。

聂广庆知道,他走开的两个月里,狗没有吃过人吃的粮食,怕是喝多了河蛙谷的水。

河蛙谷因了这个女人的名字叫了"女女谷"。

太行山新雨初晴,女女站在水边看自己的倒影,蓝得透明的天空和天空里不断膨胀的白云,隐约的霞色,一只过路的燕子不小心把一粒衔泥丢在水中,一阵凌乱的波纹打断了她内心的僵硬,她有点惊慌失措,腿有些颤抖动,不知该抓牢什么。肚子突然疼了一下,紧接着一揪一揪地开始大疼,疼得腰腿酸软站不起来,她喊了一声:"大哥。"聂广庆朝着她走过来。女女一把抓住聂广庆的手说:"我肚子疼得要胀裂开了。"她捂着肚子扶着聂广庆惨乱得没有一点力气。聂广庆突然想到是要生了。抱起女女送进地窝子里,匆忙往暴店请接生婆。

子时,一个血团子从女女粗重的出气中跌落在草铺上。接生婆剪掉脐带,头也不抬地说:"你有好命,是个带锤锤的。"提起赤裸的娃儿,狠劲在屁股上打了两下,灯光打头儿晃了,洪亮的一声哭叫出来。那一声哭把接生婆吓了一跳,娃被扔在了草铺上,她跪卧在草铺上傻了,这是生了个啥东西?几缕头发在油灯下泛着金黄,尤是两只眼睛。聂广庆提了油灯探过身子看,浑身燥热荡然无存,一直凉渗到了骨头缝里。他说:"女女,你咋就养了个怪?"风从头顶灌下来,墨黑的天空如同千百条小蛇挤着随了风掉进来,疼痛让她毫无激情了,惊惧的眼睛下女女无法回答。

接生婆说:"像是个猴怪。"

夏天的燥热让猴怪的脸变得越发红了。他站在苇子留开的豁子前跳进水塘,在水中滑拨,头埋进水中,哗啦一声又冲出水面,看的人便噎住一般。蝉在头顶上鸣叫,猴怪爬上来,捡起地上的铁铲子,照着一片草地挖下去,挖起来的土里有肉红色的蚯蚓,猴怪把蚯蚓捡在掌心拍晕,小心地穿在地上放着的鱼钩上,再吐上一口唾沫,轻轻地放入水中。他赤裸着光滑的身体坐在苇子下,半天没有见鱼来咬钩,心急了站起来冲着下钩的"窝子"撒了一泡尿,顾自大声念道:"一去二三里,烟村四五家。"

那边厢娘在喊:"大,回来。"

看见的人日怪了:"这猴怪长了人身子呢。"

第 二 章

1

太行山绵延千里的山脉,河流密布,山岭纵横,一沟一梁间就有了人家。潞水环绕,曲里拐弯处依山傍水的村庄有上土沃、下土沃、暴店。上土沃财主原姓、下土沃财主皮姓、暴店的大户盖姓,三家财主有联姻,看不见的气候凝结了巨大的气场。暴店是大镇。南北一条官道穿过,铺街的路面是青石条,经历了岁月,特别是雨后的月光下,街道泛着青光,车马走在上面能叫响半个暴店镇。南街住着大户盖姓,北街住着柴姓,尤是南街的大户盖姓,发达没有多少年,起家是收购药材的小贩,短短时日走到现在已经不能用"小贩"来称谓了。

暴店镇每年九月十三有庙会,也就半个月时间。每五年有一次大的迎神赛社,大赛来临,庙会历时一百天。大会前半个月,交易骡马、牛羊,之后便是以交易药材为主,其他交易便为衬托了。每逢大会来临,四川、广东、云南、贵州、西藏、青海、太原、北京等地药商纷纷赶着骡马队、骆驼队,前来进行药材交易。广、川、闽、贵省药商来时多带南方产品,如当归、川芎、大黄、黄连、麦冬、元参、泽泻、牛膝、杜仲、肉桂、厚朴、藿香、木香、陈皮、槟榔、茯毛之类,统统称为"广壮南货";河南、安徽客商来时多带生地、熟地、山药、牛川、菊花、红花、竹茹、竹叶等中药材,统称"淮货";西藏、青海的药商带来藏红花、冬虫夏草。大会期间有山西太谷县的"广誉远"在此专卖男用的龟龄集,女用的定坤丹和冬参、原茸、犀角、牛黄、猴枣等珍贵药品;还有太原小店镇的"同心茂"在此专卖舒筋散;绛州"德义堂"在此专卖自制的七珍丹;武安、邯郸等地的药商在此推销天津卫的多种成药。而各路药商在此售货后，都要带一些当地的党参、连翘、远志、知母、冬花、黄芩、酸枣之类的当地产品，又叫回货。个个是足装而来，满载而归，达到了以有易无、平衡产销的目的。这里的药材大会，原来不叫"暴店镇药材大会"，叫"一耳佛庙会"，与山西正月解州庙会、四月尧庙会、七月五台庙会合称山西四大庙会。

盖姓在暴店南街开有药行：和盛行。大会期间，从业人员五六十人。平常的情况下也就一二十人。大会开始，和盛行专为来客交流信息、识别真伪、分等论级、面议价格、成包过秤、代为报税、担保贷款、揽车送货、办理开具清单、结算手续等，有时也专为外商进行趸销承包药材，为附近小药店进行小量批发业务，也为外商成交的党参、连翘等"回货"业务。和盛行对外的服务：趸批，成件可卖，零星分斤可供；先尽人用，次供畜用，最后冷背滞残药品卖给烟厂清场。

盖姓是大户，外面流传"一条街，一片铺，一个王八"，说的就是暴店南街盖运昌。过去的人常怕娃娃不好养活要起个狗不理小名。"王八"是盖运昌的小名儿。

北街的柴姓柴晚生开着住宿店。店分东、西两家。长子柴守忠开骆驼店，专门接待甘肃、青海的客商；次子柴守孝开骡马店，应对普通买卖人。从家业上比起南街的盖姓气势相对就小了些。常年交易，暴店镇的居民已经和常年来往的客商联为亲戚，有的来时就直奔了熟户。当地人大会期间接待出了经验，互相也都信任，居民代为客商烧火做饭、保管货物、陈列商品、打包抬货，收取一些房租和劳务费用。房主与客商多年相交下来便有了信任，常口头订好下年续约，这样不同程度也就影响了柴姓的生意。柴姓和盖姓貌合神离，大的事情上不敢和盖姓明着怄气，总是很谦和地顺从盖姓，盖姓也不以家财的厚薄来张扬底气，有事也让着北街几分。

暴店镇大会期间小店林立，有钱铺、当铺、斗铺、饭铺，大会期间有前来助兴的盐店、布店、杂货店等，大小摊点四十多家。岁月与人有一种看不见的械斗,很多时候岁月以它特有的冷而温情的宽容,看着人跟生活较量,一个回合下来就是一代人。盖运昌缺少的不是钱财,是子孙兴旺。盖姓人走到现在只有盖家生一个儿子。外人只知道盖家有后,没有人知道盖家的"后"是讲不出的一个"痛"!

2

人上人,天外天,苦中苦,锦上花,雪里炭,构成了社会的繁华,令人欲望无穷。盖运昌的欲望都用在了房事上,精力超过了药材大会。古人云:无故置妾,大非美事,凡诸反目,败乱多有由之。暴店镇人说,盖运昌填房只为子嗣。盖家每年的财产到年终结账时都要上报盖运昌的父亲盖起顺。老爷子虽然平常不主事,每每听了报账,总要柔声感叹一句:"要这个数有何用处!"这一句话无疑像刀尖一样冲着盖运昌的胸脯刺过来。

盖运昌的大老婆原桂芝是明媒正娶,也可以说是"身世田园,门当户对"。原家是三世财主,县城往西方圆百里都是原家的地界,原家就此一女,按自己的家业能攀上的全县也没有几户。诗书宦门者为上等,业农工商者为中等,唱戏乐户抬轿者属下等,上等不与中下等为婚姻,而下等亦难与中上等做嫁娶,原家和盖家婚配可以说是高就了,也算是对其门阀了。当时盖运昌的父亲差人要过来原桂芝的"四柱"找人看,按阴阳的说法是上等婚,当时的阴阳找的是山里小庄后窑圪台上李圪渣的父亲李斗旺。李斗旺看婚配八字有他自己的一套,比如,男犯妻家三十六,女犯婆家一世穷之说,他能诌出一些奇怪的道道来。事情说定原家送到盖府一铁锅饺子,意思是,亲事定了,要男方"捏嘴",不要反悔了。原桂芝属猪,盖运昌属蛇,鸡兔正、七月,虎猴二、八月,猪蛇三、九月,龙狗四、十月,牛羊五、十一月,鼠马六、腊月。迎娶就定在了当年的九月十三药材大会开始的第一天。盖运昌是独子,娶亲事轰动了大半个县城。迎亲的队伍从前到后,有炮手、开道锣、开道旗,"肃静"、

"回避"朱牌、宫灯、金瓜、玉钺、朝天镫、龙虎旗、团扇、日罩,吹打鼓乐,有点像官员出巡,也有点像每隔五年的迎神赛社唱队戏。新郎官盖运昌头戴宽边黑色硬礼帽,身穿马褂长袍,新娘着装头戴凤冠,身穿蟒袍,腰缠玉带,宛似戏台上的皇后娘娘。当时暴店南街一条街搭着喜棚,新娘踩着红毡由新郎搀扶走到盖府彩棚下时,李斗旺高唱:

男女才貌配一双,相亲相爱拜花堂。
五年生下三贵子,状元榜眼探花郎。
一拜天地,二拜高堂,夫妻交拜,同入洞房。

原桂芝婚后生下三个女儿。长女盖秋苗,次女盖腊苗,三女盖爱苗。

二房武翠莲当年娶来时,有些鬼倒子在里面。是盖运昌的一块心病,有点走麦城的感觉。二房是从大同府六月初六的赛脚会上娶来的。大同府是北魏的都城,胡汉杂交,女人长得比上党女人出溜儿,面白,看上去洋气。大同府有十二大寺庙,十二年中每个寺庙承办一次赛脚会,也就是比赛黄花闺女的三寸金莲。不知道何时寺庙和女人的脚联系上了。十二年中各个寺庙轮流坐庄,乐此不疲。参赛者讲究资格,官员富户家小姐才好注册登记报名。参赛日子来临,小姐们坐了花轿由府上的家丁护送前往寺庙参赛。没有资格的就坐在自家门前,伸出自己的金莲叫来往的客人品评。其实,就是让男人悦、赏。也有站在台阶上的,裤腿提起,将脚露出来。正式参赛的小姐们要最后决出前三名进入"脚坛"。第一名叫"脚王",第二名叫"脚霸",第三名称"脚后"。赛脚会一开始,女人就把裹得和粽子样的绵软金莲亮在一长溜儿大街两厢,女人的金莲配了桃红、水绿、紫蓝绣鞋,你就觉得世上原有这么一个所在可以消受,可以醉倒,什么喧哗都不如那斑斓色彩来得急迫。

年轻的盖运昌被大同府的赛脚会吸引,准确地说是被女人的金莲吸引。

武翠莲不是一个等闲之人。想想看,连寺庙都在举办赛脚会,整个大同府被女人的三寸金莲搞得天上人间似的。其实,武翠莲是一个妓女,是伙同当地药材商人吴连如欺诈盖运昌。但也不能说是欺诈,算是盖运昌同意了的。当年吴连如还是青皮后生时来暴店药材会上做生意,想批发一点上等的党参。同样是青皮后生的盖运昌用二等货充好给了他。这么多年来他就始终记得这件事情,只是苦于没有报复的机会。现在盖运昌到大同府赶会,他知道盖运昌的性情,钱财撑着盖运昌喜好,三句话能把盖运昌将上天呢。礼尚往来,遇着每年来暴店交流药材的药材商贩,大家伙宴请上党来的客人,酒至酣处,当地人有从妓院叫来妓女助兴的习性,在客人面前说是要起兴儿加菜。

盖运昌看着桌子上堆得摞起来的盘碟儿说:"菜多了,再加就是浪费。"

大同府的药材商人起哄儿说:"这菜要加,一定要加!盖老板是远道来客,一道菜不算浪费。"

吴连如打发了地保,叫来了武翠莲。

菜叫"妓鞋行酒"。

其实,从头到尾突出的都是武翠莲的小脚和她的绣花鞋,就是把酒杯放到绣鞋里来回传递、斟酒、饮酒。盖运昌喝到兴处,要武翠莲在桌子上跳舞,脚踩着桌子上的空隙处跳一种踢毽子的舞蹈,鼓乐队敲小锣的在哪位面前停下了,哪位爷就得喝酒。武翠莲说:"盖大爷要是娶我,我就跳舞给你看。"盖运昌说:"你要是跳舞下来,脚上不沾油水,我就娶你回去做二房。"一言既出,驷马难追。周围的人高声起哄喝彩,盖运昌更是红头花面儿的两眼如牛卵。武翠莲果然就跳上了桌子,一曲舞下来,脚上沾没沾油水,已经没有人追问了,倒是在一片喝彩声中,盖运昌喝得舌头和头都大了。

酒桌上答应下了娶此女人,酒醒后自己就后悔了。那个吴连如将了他一军说:"南齐东昏侯为他的潘妃凿地为金莲花,要他的妃子行走在上面,叫'步步生莲花',如今武翠莲给你桌子上跳莲蓬,怕是盖老爷要在莲蓬上拾得莲子了呢。"

　　盖运昌就怕有人说子,有子生出来,就算是妓女盖运昌也认了。返程时租赁了花轿同车马一起带着武翠莲回到了暴店。可惜,二房到最后也不见有动静腆起肚子来,这让盖运昌想起来就一肚子瓦罐子气,对外人还说不出口。二房虽然裹得一双不足三寸长的金莲,但人长得脸长了点,有些像羊脸。时间越长越觉得拉长的脸蛋子挂着一些内容。武翠莲为了讨好盖运昌常编出一些梦的故事来讲给他听,一开始也有几分新奇,可这日子总归是经不住推敲啊,对于盖运昌来说,从心里边已经丢弃了她的妩媚。

　　三房是当地"鸣凤班"的台柱李晚棠,外号叫"六月红"。

　　李晚棠的父亲李守信是给人家当挑子随了药材商从河北武安来到这里的,看到这里比家乡富裕就留了下来。李守信在武安会唱几句武安落子,来了当地就和当地打地圪圈唱秧歌的人混到了一起。为了求生存,招赘到了当地,学得吹拉弹唱。由秧歌和武安落子融会出了一种戏剧:上党落子。当地的大戏是上党梆子,他便也学了几出,常给显贵与富豪之家奉神祭祖,也给婚丧嫁娶之家办事和正月闹阳春击乐助兴。有时吹打到兴奋之际,想多讨得几文赏钱,就要多说几句恭维的词句,时间长了,她父亲又练得一张好嘴儿。第一次盖运昌见李晚棠时,她还是一个黄毛丫头。盖运昌给他母亲出殡,李守信来唱丧戏领了闺女,当时看不出啥好坏来。第二次见已是几年以后了,李守信不只是唱堂戏打地圪圈了,已经发展成了一家戏班子。农村一般都是种完了才开始唱。六月间唱叫"接秀";七八月间唱叫"秋报";九十月间唱叫"打窖"。若是正、二月之间办赛,那就叫"元灯""元桥"。九月十三暴店药材大会期间,会上要唱一班或两班三班戏以至加一班秧歌戏。这时候的李晚棠已经不是几年前的黄毛丫头了,人长得水灵,也唱出了名堂,有了艺名"六月红"。盖运昌这下子就有意思了,看着唱戏,心思早跑了调调儿。过后差人说媒,李守信像热火台烫了屁股蛋子似的,那是打着灯笼怕是也难找得的好人家呀。盖运昌有要求,娶了你的闺女,以后就不要唱戏了;唱戏的,是要被人另眼相看的。《魏书》记载:"诸强盗杀人者,首从皆斩,妻子同籍,配为乐户。其不杀人,及赃不满五匹,魁首斩,从者死,妻子亦为乐户。"唱戏的和奴婢、抬轿的同属于贱人,不齿于良民。

　　李守信的嘴儿派上了用场,是你看上了我的闺女,不是我的闺女嫁不出去。在这之前,李晚棠已经被指腹为婚预定给了另一家也是唱戏的乐户王姓。因为同是唱戏的,两家走得近,两家的女人同时怀孕,私下里男人在一次赶戏途中相遇,交流戏文时一时兴起,指腹相约,产后若是一男一女便结为亲家。后来果然不出所料。可惜,王家的男孩长到十岁时夭亡了,婚事也随之夭亡。十六岁的李晚棠在药材会期间被盖运昌看中,差了媒人说亲,明着讲好是来做小。虽是做小,大户人家小有小的头面。李守信本想凭三寸不烂之舌讨得一份丰厚的彩礼,哪想坐下来还没等屁股暖热乎太师椅,盖运昌就把暴店往西五十里地的佃户租种庄稼地给了李守信,要他从今往后当盖府的二东家,放佃。每隔五年的九月十三药材大会负责迎神赛社礼仪筹备工作。这两个都是肥差,李守信乐得不唱戏了,把行头打理好卖了,当起了二东家。

　　李晚棠被盖运昌娶来后养了两个女儿盖招男、盖招弟,打乱了盖家闺女苗字辈起名的规矩。

　　四房娶的是青海做药材生意的老板郑毕福的女儿梅卓。娶这房时,盖运昌已经三十多岁。梅卓坐着父亲的骆驼从青海来到暴店。梅卓十六岁,大脚女人,说汉话。穿戴和本地人不一样,头上不是梳髻,是梳辫子。两条辫子上绑着红绿丝线,头上还盖着头帕,两朵红晕照着脸蛋上,人看上去和泥土一样壮实。当地人稀罕看西洋景,也有老者说,看那女人的腰身和屁股是生儿子的料。郑毕福有意把女儿许给柴守忠做妻,可柴姓对外族女人的一双大脚想不通达,迟迟没有给话,郑毕福就想到了盖运昌。盖运昌还真就同意了,并由北街的店家柴守忠处出嫁,梅卓嫁过来第二年就生下儿子盖家生。

3

梅卓给盖运昌生下定心干粮。从此,盖运昌打破了往日的起居格局。

盖运昌原来定下的起居格局是:每月的初一起始,初一、十五不同房,这两日吃斋,每月这两日,子时给菩萨上头香,午时上中香,亥时上末香,一日里家中不闻肉香,连鸡蛋和葱蒜都不吃,一年四季雷打不动。从初二开始盖运昌由二房处留宿,每隔一天,换一房,依次往下续接。长房原桂芝不留宿,因为已经超过了生育绝佳年龄。盖运昌认为四十岁往上的女人,肾水欠旺,百脉合聚已弱,既孕而小产者,或有产而不育,有育而不寿者大都出在这个年龄段。原桂芝白天要做的事情却很多,她深得盖运昌的信任,每日里必到厨房看着厨子煎一剂汤药,其药是祖上传下来的,专供女用,治女人过寒以益其阴。盖运昌除了初一、十五,其他日子三餐必有药酒三盅做伴,酒是当地产的潞酒,酒里泡药:原茸、枸杞、虫草、熊掌、人参、黑芝麻等。一日三餐,常年喝下来,四十多岁的盖运昌头发乌黑,面庞有红有白,人堆里站着,不由得就觉得他身上自带着一股精气神。

儿子盖家生不知道为何长得精细,十多岁不及七八岁的孩子高,走路摇晃,看上去也是往大长的料,却不怎么见功夫。盖运昌怕儿子将来长成侏儒,果不其然就真长了侏儒样。身体弱得见不得半点风寒,吃饭挑剔,一时吃不对口却是火气上攻,寒气下行,寒火不相投,几天不见好转,胸口处板结一块硬肉,每日饭后都要揉肚,围着肚脐处,正一百下,反一百下,直到盖家生抬了屁股努力放出几个响屁,才算是松了口气。盖家上下就生了这么一个宝贝蛋,一天里上上下下都宠着他,怕有什么闪失。

盖宅一日一日有条不紊地过日子做事情,暗里却散发着一股续接香火的淫欲气息。四房梅卓生下儿子后,盖运昌打破了以往的夜宿结构,专宠她一个。到后来连女儿也不见出世。梅卓明显从上边的几房夫人脸上看出了对自己的不满,自己的娘家又远在青海,平日里互不通音信,怕自己到老了落得人情愈下的境况,就要盖运昌再娶小,或者与上边几房平分秋色。盖运昌觉得几年下来劳而无功,心事亦有动摇,也就又恢复了以前的夜宿格局。

儿子盖家生的身体依旧那样儿,进补又不敢下药,进食没有吃对,便是几天停滞大小便,还想着要他来继承家业,现在怕是命都不保,这成了盖运昌的一块心病。

有看风水的说是阴宅选址走到现在朝山和靠山断了脉气。盖家的祖坟在暴店后山的王莽岭下。王莽岭贯穿暴店镇左面,传说当年王莽赶刘秀时走过此地,传说毕竟是很远了,但蜿蜒的山脉因为传说留了下来。王莽岭山脚下的盖家坟地凡是看见过的人都说是一块风水宝地,它处在山环水抱之地,按八卦的气场分布,有王莽岭环绕,一条流动的潞河则是它的气口,而日暮下望过去,此地积聚着熠熠的浅黄色之气。看风水的都知道,黄为吉气,说明此地的气场很好很强。黑为"鬼祟"阴盛,红是火旺,白是后人夭折前兆。从方位上看,南为心火,红色;北为黑色;东为青色;西为白色,是典型的"河山拱戴,形势拥天下"的好坟地。但是,就风水的遇风则散、遇水则聚的道理,盖家有这样一块宝地,后人必有大发者,可惜埋了三辈人后,坟地已经到了山环的外围。外围有一丈远就跌下了山崖,崖下是一条古潞水蜿蜒,再埋一辈人,已经很是勉强。有老者说,这也正是人气不旺的气数,是该另立坟地了。

盖运昌找了后窑圪台的阴阳李斗旺的儿子李圪渣来帮他寻坟地。

李圪渣的爹李斗旺跑不动长路了。

暴店镇的春天来了。

杨树上的杨絮一条儿一条儿拱出,寂寞了一冬,纤细的树梢儿先是泛绿,继而便飞起像雪花一样的茸茸毛,有喜鹊在枝头上跳来跳去,起起落落,扑扇着的翅膀打落了像虫子一样挂着的杨絮。等杨絮落尽,有无数小巧而细嫩的绿芽抽出来,春天着实把根扎深了。

春天之后,到处是蓬松的。山坡上紫荆开花了,蜜蜂很多,枯了一冬的茅草转眼之间绿遍山川。二太太武翠莲太寂寞了,并且相信自己创造的梦的世界已经深深地吸引了老爷。她总想从盖运昌灼热的眼神里找回从前的自己。

堂屋的火炉摇曳着青蓝的火苗。盖运昌盘腿坐在炉台上,吸了一口烟,看了看走进来的武翠莲。武翠莲说:"老爷,我夜黑梦到铁匠铺胖孩赤裸着上身拎起铁锤不停地锻打一块烧红的铁,火苗四处溅着,很旺。那块红红的铁被胖孩打成了一只锄头,胖孩拿在手里,我看见那锄头还红着,胖孩的手却好好的,奇怪的梦,把我吓醒了。我想,得和老爷说说。"

盖运昌把脖子缩在袄领里,烟袋锅上的青烟缭绕着,他听完武翠莲的梦,在炉台上磕了一下烟袋锅子,不见有话。抿了一袋烟丝,歪着脑袋把烟袋锅子伸进火炉里,点着烟吸了一口,依旧不说话。武翠莲小心翼翼地翻着眼睛想和老爷重叠想在一种时光之中对接。武翠莲心里祈求着,老爷,满足我吧,我心里积聚了不尽的妩媚。当下里盖运昌招了招手叫她到跟前来。一双大手伸过去,像石头一样宽大的手,武翠莲战栗了,想流泪。盖运昌碰了碰她的头发,武翠莲很羞涩很幸福地笑了笑。

盖运昌说:"你是想男人了。怎么偏偏就梦到了胖孩赤裸的上身呢?"

武翠莲激灵了一下,愣在那里,不知所措地看着盖运昌的脸,突然想解释什么,盖运昌躲开了她迎过来的眼神,下了炉台,没说话,出门走了。

武翠莲坐在炉台边,想这梦的起因:原本想着火烧财门开,给老爷一个好心情呢,单单没有想胖孩赤裸的上身。她大门没有出过几次,出门走过铁匠铺看到胖孩总是赤裸着上身,想都没想就讲出来了。无法言喻的惶惑。武翠莲的心里很难过,坐不是站不是,惊慌四顾着。一只老猫走进来冲着她叫了一声,武翠莲拿起扫炉的笤帚照着老猫扔了过去,老猫叫了一声转头逃了。

4

毒日头晒得地皮起壳。

很快,一场风叫走了夏天。

季节被成熟覆盖了,一场风过去后乱影纷呈。

李圪渣手持罗盘穿过暴店镇往盖家门楼走。

暴店镇两边的店铺有脑袋探出来看吊着脖子走着的李圪渣,看见的人不自觉地就议论上了。这李圪渣长得精头细脑,和他爹李斗旺一样,脸上没有存下二两肉,脖子细得像麻绳,招风耳像一个贝壳掰开了似的横在腮帮后的干骨上,走起路来一边的肩胛骨翘起来,一边的自然就落了下去。李圪渣遭人议论是有原因的,是因为李斗旺当年的一段故事。他爹李斗旺有一些事情让暴店镇的人至今不能够清楚,李斗旺的思想中有一种暴店人的思想里缺少的东西存在,那是一种什么东西呢?好像是一种农民的狡黠,确实是有意思的。

故事大约在李斗旺的青年时代,那时他生活在贫困线上,不仅没有粮吃,穿衣和住房上都很是困难。李斗旺弟兄姊妹五个,他是老大,责任过早担在了他的肩上。夜里五个孩子盖一床被子,白天上茅房,李圪渣的俩姑姑轮换着穿一条裤去茅厕。李斗旺到了十八岁的时候,应该成家了,没有窑住,他爹在给他打窑时,崖皮掉下来给闷死了。李斗旺成家单过的日子随之泡汤。

日子后来虽然有了一些好转,但是,因为基础不好,这样李斗旺身体长得就有点像麻绳拴着骨头朝上吊着,声音也非常细小,是那种类似于安静的"小嗓"发声。个码儿干细,脖子和头看上去就像拴着一根筋,除此之外,没别的东西。这样,一般情况下爹也没有把他当成一个重担挑。

李斗旺在思想上一直认为自己应该重担在肩。

一个春天的上午,迎春花、杏花、桃花、梨花……次第开放,金黄色的蜜蜂仿佛自由逃跑的蕊,牵引着李斗旺走啊走啊,走到了一个塌下去的坟地。黄澄澄的日头把洞口镀上了薄金,李斗旺寻着日头走了进去。后窑圪台这地方穷得连一块好坟墓都没有。李斗旺这样想时就看到了一堆棺材板,不普通的地方是它在暗光下发出莹莹的光亮。他弯腰拾起一块,思谋半天后他的思想上就有了一个不易察觉的缺口。思想运动让他闭上眼睛就看到了底幕上的一团亮光,有一圈柔润的轮廓迎面扑来。首先肯定那不是浩荡的春天的气息。李斗旺知道自己承载家庭责任的使命来了,他在那堆烂棺材板前坐了五天,开窍了。

这是奇怪的事情,那个春天的夜晚,在外聚堆儿的后窑圪台子民就看到了对面的山垴上有一团亮光,隐约闪烁。有几个孩子指着对面的山垴说:快看,它在移动!传来一声鸟鸣,并没有打断人们的视线。老一些的人开始叙述一些鬼怪故事,因为集中了口口相传的力量,神鬼的爱变得宽大而柔情。这种融入耐力的叙述所抵达的无限可能把孩子们迷住了,他们纠缠着要求大人们讲清这些简单而又完美的神话。令人们惊奇的是李斗旺不知从什么地方走过来,他说:我夜黑里做梦了,梦见了天上的玉皇,我要去看看那一团光,说不定是玉皇降书给我了。他的神态有点飘逸,像是私属的神真的降临到了他的头上。人们疑惑地面带笑容望着他远去的背影。李斗旺后来逢人便神秘地说:是一本书,无字。这以后李斗旺就开始给周围的人看病了。最初给人看病的时候,他的理想还不大,仅仅是试试看。关键的问题是人们从思想上认可了他——李斗旺得了天书。

　　这样,他的窑洞里的米面馒头就多了起来。李斗旺盘腿坐在炕上,精细如柴,睁大了眼睛看来人,同时展开的还有耳朵和鼻子的神经末梢。他把来人带来的馒头用手揪下一小块,吹了几口仙气要来人带回去。来人悻悻的,在什么也没有听到和看到的情况下,拿了自己送去的八个馒头中的拇指大一小块走了。这一简单的反复过程,他窑洞里的馒头就如小山一样堆了起来。他决定挖三眼窑洞,窑脸用砖挂面,他娘乐呵呵地说,这样也好,不然这样多的馒头因天热就要长毛了。三两眼窑洞不用多少天就成了形,头疼脑热找他看看捏算捏算的人多,给他帮工的人因了他会捏算也多。新窑落成后,因夜晚不断降临就有了进一步的要求,毕竟李斗旺是成年男人嘛,他想女人了。

　　李斗旺看中了不沟村的王来新家的老婆,恰好王来新的老婆在这样的时候病了。王来新找李斗旺看病,李斗旺要他老婆来家里住,只有这样他老婆身上的邪气才能祛除。王来新把他老婆送了过来。来新老婆腿下夹了毛驴从山坳上走下来,一场风花雪月的事情就在后窑圪台开始了。王来新的老婆,实际上是因生活极度贫困出现了精神癔症。有馒头养着,有热炕睡着,在后窑圪台不出半个月就好了。王来新的老婆想走,李斗旺不让。王来新的老婆就在窑洞临窗的炕上望着远远的沟口。有两个小小子在玩泥巴,不知道怎么哭鼻子了,一个搀着一个回沟里去了,惊飞了一群麻雀,这样沟口的一棵桃树上就摇落了一地花瓣。王来新老婆用上牙齿咬住下嘴唇不让笑出声来,这时李斗旺拿着木斗里的馒头看着王来新的老婆心里就生出了一丝惶然:这女人笑吧还笑得不浪!他跳下炕,不等脚着地一下就搂住了来新老婆的腿,打了个鲤鱼挺子直直地压在了来新老婆的身体上,这下子女人的笑声浪出了声。

　　一个月以后,王来新到底把他老婆叫走了。

　　尝惯了甜头的李斗旺一下子感到了日子青黄不接,他想最大限度地寻找快乐了。在以后来找他看病的人中间他就想法让那些女人来,风姿绰约的女人们在后窑圪台出入。他娘这时候从儿子身上看到了一股邪气,来看病的女人们省略了给他拿馒头这一重礼。他娘发现这一问题严重性时,已经是一个馒头也见不到了。也因为这一毛病,他自己的婚事也就黄了。很长时间,后窑圪台的上空反复不断地重复着一个女人的叫骂声,那些隔段时间就会来的女人不见了影踪。季节很是平和,春去秋来,王来新在一个黑得不见五指的夜晚抱着一个布卷儿来到李斗旺的窑洞,李斗旺打开布卷儿时霎时变得热泪涟涟。李斗旺常说的一句话是从说书人口里听来的,叫:"雕是雕翎箭,弯弓上丝弦。"李斗旺弯弓上了丝弦,王来新的老婆给他生下了一个儿子,王来新不养他人的种。讨了几个制钱走后,李斗旺很是认真地给墙上的玉皇牌位上了三炷香,磕了三个头,他把儿子给他娘丢下,实实在在走出去找了一个师傅学了阴阳,为了儿子不再干毛毛子事情了。儿子是拣来的旮旯渣,也是扫出去的旮旯渣,娘起了名字叫旮旯渣,难听的名字鬼不收,好活人。

李圪渣和李斗旺套着一个模子出来。

第 三 章

1

李圪渣走进盖运昌的正屋,盖运昌正拿着水烟袋在中堂前的太师椅上跷着小拇指取了银针挑烟袋锅里的烟锈。阳光拉进屋子,烟尘似的光线下有几只苍蝇绕着光团飞舞,偶尔凝神,耳朵里会飘进正在院子里树枝上栖息的鸟儿的叽叽鸣叫,眼睛也能拉远看清楚树梢上爆出的米粒般大小的黄花儿。树是槐树,槐花要开了。秋天看不见的温暖气息借助槐花儿在院子里积聚。盖运昌很消停地等待李圪渣,当看到门口阳光拉进来一个马竿样的身长时,盖运昌说:"你来了。坐。"

李圪渣把罗盘放到中堂前的方桌上。盖运昌微抬了一下眼睛,他近距离还能看清楚罗盘上的字,他看到罗盘上分东南西北四方,依次以寅卯辰、巳午未、申酉戌、亥子丑为十二个刻度。盖运昌旁若无人地笑了一下,这一笑,让想着是坐左边的太师椅还是坐盖运昌旁边的木墩子的李圪渣吊直了身子,大胆地在盖运昌的一笑中斜着肩胛坐在了左边的太师椅上。

盖运昌看着李圪渣说:"我是活得越来越成人精了,这么远的距离,还能看见院子里槐树上开出的黄花儿,它开得像高粱粒儿,我还能闻见它的香气。"

这话的意思,是要让来人羡慕他这把年纪了还是如此耳目聪慧。

说完此话盖运昌闭上了眼睛,有些许的沉醉,四方大脸上突然有了令人着迷的神态。

"绿的绿了,红的红了,山川长河承万物滋润云气蒸腾,草木绿叶伸开根系彼此相连,可惜啊,一切都是枉然。红与绿到底会一起凋敝,果与叶到底会一齐衰老,肉与魂也同样会一齐灭亡。"

李圪渣望着盖运昌,心里有了一丝不快,是那种藐视富人的不快,觉得盖运昌是那种活得太舒心的人。他来之前还看到暴店街上挨墙脚下坐着的几个讨吃要饭的,他们脏兮兮的,甚至衣不遮体,坐在街角打盹。还有一个拿着讨来的面食行于街头,他们可是从来不关心万物凋敝,只想着填饱肚子有个安身的场所。你盖运昌有吃有喝有玩有闲的,却闲得关心起这万物来了走了,你要是有此闲心就多接济我李圪渣一些。盖运昌睁开了眼睛,李圪渣的不快消失得比苍蝇拍动翅膀还快,脸上没有二两肉的笑堆积得如山菊花一样灿烂。

李圪渣说:"神龟虽然寿,也有竟时,老爷你祖上积德行善,不管这日子远行远去,你看看全暴店有哪个可与您老相比,您福大命大,万物草木哪能与您比,到底是终日踩在人的脚下,老爷您是人上之人,是福寿大全之人啊。"

盖运昌说:"孟夫子说,'吾善养吾浩然之气',人就怕得云而鲜,得雨而润,得风而鸣,当一切有滋有味有声有色时,就要走下坡路了。我找你来,就是看有没有什么补救的法子,我不是信命的人,但求神拜佛,你说,求什么拜什么?未必求什么拜什么就得什么。走到眼下,我的家族眼看要虎头蛇尾了。我寻你来就是想让你给我寻一块风水宝地,好让我百年后给盖家带来好运,我不信现世不行啊,你也是聪明之人。"

李圪渣无话说了,只有点头。盖运昌掏出三块银圆当啷放到了桌上的罗盘上面,李圪渣慌忙站起身弯腰低下头说:"谢谢老爷!"

盖运昌说:"去吧。"

李圪渣说:"我五天后来回盖老爷话。"

拿了罗盘退着走到了门口拉进来的阳光下面,这时候阳光照进来的影子就不如刚才拉得人长了,影子就在脚下,天光已经由半上午走到正午了。李圪渣听得身后的水烟袋咕噜声骤然响起,突然有点幸灾乐

24

祸身后这个人,他刚硬的外表下也有不为人知的烦恼。抬了头看了院子中央的槐树,到底也看不清楚树上开着槐花,闻出了香味,又有点嫉妒身后这个人。自己比人家小,人家倒看得远了。那鹿茸和虫草、熊胆之类的补药补得你成老精了,怕是越补你的后人越少,选得个好坟地也未必就选得出好的未来。又觉得手上的罗盘加了分量,脑袋像吊葫芦一样低下头看,假装是看脚前的路面儿,却看着手中的三个银圆,想到了自己是干啥子的人,把罗盘和银圆装到口袋里,迈着马竿子腿哈着腰和周围闪过的家丁打着哈哈走出了盖家的大门。

李圪渣每日里取了罗盘遍地寻找,就近看哪里有山脉聚气空阔无碍的宝地。

他首先是沿着一条潞水出去寻找的,两天下来也没有见大的收获。平常要说走的地方也不少,私下里也多少注意观察周围情形,但是,给盖家寻坟地比不得给他人寻坟地,普通人家一块朝阳的山弯子足可,盖家的铺排大,就盖运昌的四个老婆往里埋怕也不是一个普通的山弯子放得下。这山脉忽高忽低,忽起忽伏,看似迹象仿佛,没有一点功夫的人怕是不敢揽这件瓷器活。

五天头上到了,最后一日出门毫无目标地走。心还想着该怎么哄盖运昌,走着走着就走到了河蛙谷。看到河蛙谷的水聚大了,黑墨般的苇子在风中散发出年代积久了的瘴气。他绕过河蛙谷时,看到了山东讨吃上来的聂广庆,聂广庆正举着镢头开荒地。因为挨着河蛙谷,水汽足,开的那块地灌木长得肥,得下了死力气务农。一个下了死力气卖命的人,从来都不见下了死力气卖命的人能发了大财!他又看到从山下带回来的女人。女人坐在地窝子旁做绣鞋。干瘦的黄狗看到李圪渣的时候,耳朵像刚出芽的树叶一样立了起来。这个女人让李圪渣的心境突然明朗起来。他看到女人的身后是一大片绿草,绿如碧玉的草不像是自个儿野长的,像是人种植的。往远一点是嶙峋怪状的岩石,太阳照在岩石上,风冲着岩石刮过去又弹回来,弹回来的绿抖动着叶梢儿,那一大片绿色就显得十分跳眼了。碧如水洗,质朴无华,这样衬托得那女人就出了风采。李圪渣走近了看。听得狗叫声传过来,那狗冲着他叫,他脸上的神态缓缓松懈下来,眼睛定定地落在了那条狗上。

李圪渣弯腰指着狗说:"一头畜生倒跟了好人家。"

有些年没有来过河蛙谷了,知道有一个山东来的叫聂广庆的住这里,头胎养了怪,说是怪,一直都没有见过,外头传疯了。女人做绣花鞋子,常见聂广庆提了绣鞋在暴店镇卖。自家媳妇还买过一双,宝蓝颜色,绣了什么花草不记得了,穿了鞋子的脚在泥地上站着,仿佛荒地上开出了两朵花。季圪怎么也没有想到,聂广庆有这么一个水样的女人,这女人不是一般的女人,一般的女人望过去,就是女人样,这女人不是。她有穷酸儿掩饰不住的贵气。对,就是。李圪渣就想走近看。他完全可以不从那边走过,就因为那女人他要从那边走过。他冲着开地的聂广庆喊:"山东家,把你那狗吆喝住,我要打你的地窝子过。"

开地的聂广庆听到喊声,抬了头朝这边看,看到了李圪渣,人生地不熟,他知道李圪渣懂阴阳,方圆里住的人家都叫他"李阴阳"。没说过话。聂广庆叫了一声狗:"黑,卧下。"狗哼了哼卧在了女人身旁。

李圪渣走近地窝子的时候,看到离地窝子三米的地方刨出了一个四方大坑,他探了头伸过去看,看到坑里聚了水,水上漂着看到的那种绿草,绿草因了水做育床被昂扬得通体碧透。李圪渣抬了头想问女人这做什么用,抬头看到了走过来的聂广庆。

没等李圪渣问话,聂广庆说话了,说:"那是蓝。"

李圪渣疑惑地低下头说:"蓝?"

聂广庆笑着,用憨大的手抹了一下脸上的汗珠子说:"从山下带来的,沤烂了做染料。"

李圪渣扫了一下地上的女人,女人不看他,手俊俏地顾自编着草鞋。回过头的李圪渣看到有一块开出的荒地正长着这种东西。它的秆子稍呈紫红色,花穗像狗尾巴草那样,高二尺左右。

李圪渣问:"这东西咋种咋收?"

聂广庆说:"头年畦秧栽种,来年临夏抽穗期收割。"

李圪渣问:"染出来的是啥色?"

聂广庆说:"靛蓝。收割后放到方池内沤,七八天后捞出蓝的穗秆,把水再放到另一个池内,用木耙上下打动,边打边往里放生石灰水,直到打成深蓝色为止。"

李圪渣觉得聂广庆有意思,荒山野岭的顾得了开地,还顾得了沤蓝。李圪渣盯了他问:"蓝都起到哪里去了?"

聂广庆说:"不满您说,起到潞安府的染坊了。"

李圪渣奇怪了,细脑袋绕着脖子转了一圈,像弹弹球一样从女人弯曲的身体上弹回来,女人手里的绣花鞋子翻转着的五彩丝线丰腴了她整个身段。

李圪渣想,好女人没有配得好汉子。李圪渣斜着肩膀问:"一亩地能换多少钱?"

聂广庆抹了一把脸,呵呵笑了笑,不好意思地说:"俺不拿它换钱,一亩地弄好了换十五石小米。"

李圪渣再扫那女人。她长得好看,好看在一双眉上,眉长如柳叶,一头秀发乌如墨斗里的墨,眼睛虽不大,却清澈明亮,好像泉水儿,那嘴角儿是往上翘的,翘出了几分韵致,真叫个绝色啊。李圪渣随着说了句:"这天气,都上山刨药材了,等九月十三会上卖零花儿,你下了死力气开地,哪年哪月能开个够?这山洼石头多土少,你再眼黑,开出的地怕也不见得能长出好秋。人不看重这地,这地就由了你开,由了你种,到最后还是一个穷。"

聂广庆听了,低了头说:"俺和二东家说好的,一年开地,二年自收,三年交租子。不然我哪得有现在这活命,哪得有现在这女女谷住地儿?"

李圪渣知道了这地方不叫"河蛙谷"了,叫了"女女谷",听这名字新鲜。这时候女人开了腔说:"大哥喝口水吧。"

听了话,李圪渣回了头问:"女女是啥子意思?"

聂广庆说:"是俺婆娘的名字。"

李圪渣说:"女女谷,日怪,日怪得好。"有几分失落地四下张望着,想找到那个真正的怪。遍寻不见,想是大清早睡着还没有起来,不好多嘴,便沿着长了蓝的地垄往前面的岩石上走去,想着返回来再看吧。

早晨的太阳还没有吸干草叶上的露,露水打湿了裤脚。走到岩石上,太阳照射得人麻酥酥的,一下子河蛙谷,不对,是女女谷就尽收眼底了。

2

这世间的一切声音全消歇了。

李圪渣看到聂广庆开荒的那一块地,有一股气让他眼晕。他明白是气场作怪。他不敢定眼望过去,心却真实地感受得有东西在他眼前隐隐约约地缭绕着,定了定神看,发现那一片地方,粗看有形,细看无物,远看似有,近看则无,侧看凸起,正看模糊,真有一股气流在动,在他的脚前远处盘旋。那一大片荒地,虽不朝阳,他知道,好的吉地也不一定是向阳的。这样的气场走腰子,腰子好,自然后人的生育功能就好。李圪渣掏出罗盘来冲着眼底的那块荒地定了位,这下,着实心跳了。这是一块坐西向东、西有山、东有水的地方,这地方如果住人,盖屋子比坟地要更好。如果盖屋子,先定气口为震门,按"八门套九星诀"中的震门口诀,按顺时针排"延生祸绝五天六"这里的大气场再好不过了。坟地呢?身后是像笔架一样的靠山,左面的岩石像龙一样蜿蜒,右面白土一样的山脊看上去像一只虎,左青龙,右白虎,假如它的亏门为木气,正好是放置棺材的地方。李圪渣不去看远处的女人也不想那怪了,有些激动地沿着山腰往回走,他觉得这是他一生看到最好的一块坟地。

李圪渣回到自己的石窑时有些激动,婆娘不在家出去串门了。他太想找人倾诉,他要找的人不是旁人,是自己的父亲老阴阳李斗旺。进了窑门,看着自己的父亲,来不及坐下,口袋里往出倒豆子一样讲了自己一早出门在河蛙谷,不对,是女女谷看到的景象。李斗旺拿起旱烟袋在鞋底上磕了三下,送到嘴里冲着门口漏进来的阳光吹了两口。那一片水的出现,本就是一个奇迹。那一片水是没有源头的,水中央也没有泉眼。那片水却是越积越厚,五月端阳节包粽子的人去那里采苇子,每每回来说,水大了,水中有红鲤鱼,假如不是活水,鱼是藏不住身的。李斗旺点了一锅子旱烟,抽了两口说:

"那地方,原来是有庙的,一般人怕是享受不住。"

李斗旺把烟袋锅子递给李圪渣,晃了晃脖子冲着窑外面的阳光讲了以前修庙过程。

李斗旺说原来积成洼的地方有一座寺庙,庙里有"一耳佛爷",很古的时候就有了。是从太行山下林县的棋子山上采石锻像拖回来的,后来因为闹响马毁了庙。听人讲,拖来时是冬天,石像在秋天时就已经锻好了,横躺在山脚下,山下人不怎么信佛,常有进山砍柴的人坐在石头上歇脚,闲下来歇脚的人都要抽两口儿,大多是抽完一袋烟后,旱烟袋锅敲着石像的耳朵磕一下,一个秋天过去,石像的耳朵就缺了耳垂。石像丈八长,又叫丈八佛爷。佛爷因为太长,没有绝好的运输工具,就等冬天来。十冬腊月天,人哈出的气把眉毛都哈成冰碴子了,阳光照下来屋檐下的冰柱子闪着紫光,天冷得冒出的烟气都要结成冰了。在朝廷做官的田姓望族掏了银子,要沿村的人用高粱秆铺地,泼水,等冻实了,用麻绳捆了佛爷的头,从山上沿着山道往下拖。拖了三个月,用了田姓望族五斗银子,拖到太行山上,那只耳朵完全脱离了佛头。这都是宋朝时的事情了。田姓是搞药材发家的,发了家的田姓族人托了人往上捐银子给儿子买了一个县官,当了县官的儿子又仗着家底殷实给自己的儿子买了一个州府副官,后来此人就做了京官。不知道因为什么田姓家族人丁稀少,田姓人做了大官有钱却买不来香火的延续,有懂阴阳的就看中了那块地方,立主修庙的人是田家老太太。因为儿子在京做官,就想要田姓后人个个都有官运。七十岁的老太太因为小时候出麻疹,脸上落了很多麻坑,平常不出门,掌着田家的大权。田家修庙第二年,老太太想去一趟京城,想去看看皇帝住的地方,那时的京城不在现在的北京,在太行山下的汴梁开封,当时老太太的儿子觉得自己的母亲的样子不好在外人面前介绍,就哄着老太太说,您老年岁大了,不宜长途跋涉,开封是在水上的,其实也没有啥好看的地方,我就按着开封给您老修一座小开封。小开封是第二年修的,修了五年,没有等修好便出事情了。这一年朝廷中有人告发田家儿子有谋反迹象,在自己的家中修建皇宫。这一年腊月天田家做京官的孙子在开封被五马分尸,田姓家族被满门斩首。老太太硬是在死前走到一耳佛爷面前,高喊:"我要让黄河水淹了你丈八身子,我田家敬奉你,你让我田家灭门,求的什么神,敬的什么奉!田家灭,你也灭!"老太太撞向佛身倒地而死。

后来庙里就有水了,水大的时候,水就把庙淹了。

李斗旺有些激动,站起来倚着门槛。窑门外的窗台上落了几粒麻籽,他舔湿了二拇指头蘸起那麻籽放进嘴里。不是说什么人都能服得住那里,那是一块宝地,说不定福薄命大的人能守得住,你既然答应了盖运昌,就告诉他,那是一块风水宝地,你用罗盘给他定了中,用四个小属相家丁提着灯笼守在四个角上,黑天白日守上三天,三天之内,灯笼里的灯火不灭。三天之内,听不得大属相动物叫,犯冲灾祸来。

说完此话,李斗旺返身从石窑后掌的石头仓里摸出一个红包,走到窑门口翻开红布,用手捏出两钱朱砂、两钱琥珀,放到炕头的一块麻纸上,又加了四方红包好要李圪渣装到口袋里。李斗旺说:"回窑叫你媳妇给你缝肘窝下,戴着它避邪。"

李圪渣觉得他爹有些神道,把事情看得太重,他有时候替别人往坟地送人,一般不怎么说行里话,大多时候是说:"人死如灯灭,早爬早转世！"

人世间没有道理讲的事真是太多了。

3

太阳下山的时候，李圪渣走进了盖运昌的大门，有家丁早跑了去禀告。

其时，盖运昌大老婆原桂芝正吆喝厨房里的婆娘往砂锅里下药，还有一味药，要等药熬到七分火候时才往里下，原桂芝从不当人的面下，她亲自看着时间，到时候了才下。原桂芝怀揣着这一味药往厨房走时，路上碰上了李圪渣。原桂芝知道老爷这几天叫李圪渣帮着找坟地，看到李圪渣走过来时一脸喜气，知道事情八成是办妥了，迎上前去问："事情有眉目了？"

李圪渣说："噢噢，是大太太。有眉目了。"

李圪渣知道，这时候的大太太是往厨房下药，准确地说下什么药，他不知道，外面传成风团子了，说最后下的这一味药，让夜晚的盖家宅子上空浮荡着女人的梆子腔，那声音浪得暴店整条南街都怦然心动。李圪渣突然感觉浑身不自在起来，看着原桂芝说："明、后、大后天、大大后天是十五，有四天里，盖老爷就不能做那事了。"

按辈分，原桂芝该叫李圪渣哥，原桂芝很少叫李圪渣哥，因为很少能见到李圪渣，更重要的是原桂芝是富户人家的太太，居高不临下。原桂芝虽然夜夜独守空房，这么多年来也已习惯了，知道自己掌握着盖家女人和老爷的幸福，就很满足了。她是盖家的长媳，没能给盖家续接上香火，这里她有责任，有生之年看着盖家兴盛，活着就也很是满足了。她不再和李圪渣多说话，多说一句，汤药都要熬过火候。她说："去吧，老爷在堂屋呢。"

李圪渣走进盖运昌的堂屋。盖运昌手里拿着一个窖藏的雪梨，李圪渣听到咔嚓一声，知道盖运昌的牙口很好。想到刚才自己和原桂芝说的话,其实看坟地和盖运昌宿女人是没有一点关系的,那样说,是顺口说,也不知道为什么要那样说,看到原桂芝的时候就想那样说了。是可怜那个女人。包括现在听到那一声咔嚓,凭什么他有几房女人宿,自己就一个呢?

盖运昌看到李圪渣进来了,指着椅子要他坐下。望着李圪渣脸上的喜气,知道事情有头绪了。

盖运昌说:"看中哪一方了?"

李圪渣说:"看中了河蛙谷,逃荒上来的草灰把那地叫了女女谷。是那女人的名字。那女人,长了一副好面相,真叫个好看。"

盖运昌起身从地上竖着的柜子里拿出大烟盒子,放到李圪渣面前说:"奖你两口,解解乏。那到底是个什么怪?"

李圪渣的眼睛亮了一下,穷人是抽不上上好的烟膏的,盖运昌待贵客了才拿出来。李圪渣一下子明确了自己目前在盖运昌心里的地位,就有些激动地控制不住自己的情绪了,把四天里不能宿女人的事情忘到脑后了,张嘴说了:"那真是长了一副好脸蛋啊,从来没有见过的。"

这句没边没沿的话弄得盖运昌心里有点不能自觉。要说好看,四房姨太太里数三姨太李晚棠——艺名"六月红"了。李晚棠十五岁学《女中孝》《粉妆楼》,出落得不敢往人堆里放,往人堆里一放,所有的眼睛就看过去了。上边的两房姨太太,要不是衣裳打点着,怕是跌进人堆里寻不见。一个男人的雄威,除了家财万贯,就数拥有的女人了。盖运昌填房最有说服力的是为了盖家的香火,穷人还知道,家有两斗米,不忘添个妾,盖家何止是两斗粮!

现在听李圪渣说那女人,心里的那个不自觉是有来头的。李圪渣也见过六月红,当初嫁娶前夕找的是李圪渣掐算的日子,当天女傧扶六月红走下红轿,是李圪渣用醋注入烧红的犁铧内,绕轿一周,叫"打醋坛"驱邪恶的。李圪渣现在说此女人的脸蛋儿是从没有见过的,那就说明比六月红还要好上几好。心里不自觉是对女人的不自觉,却也只是一刹那打了个问号。

李圪渣精神提起来了。还想抽,被盖运昌抬手示意叫停了。

盖运昌说:"这东西上不得瘾,上了瘾这辈子就算完了。我问你,那是长了啥样儿的怪?"

李圪渣有些不舍地把紫檀烟枪放下,有几分不舍,这东西是好东西啊,好东西都能让人成瘾。抹了两把脸恋恋地看着盖运昌放过去,斜吊了一下肩胛说:"我也没有瞅着。"盖运昌嗨了一下。

盖运昌说:"你说的那地方,小时候去玩耍过,后来就不记得了。你说那地方好,明儿去看看,定下来。"

李圪渣说:"定下来还得看守住守不住,得四个小属相守它三天。"

盖运昌把吃剩下的雪梨放到烟灰缸里,闻着烟香想要取过来烟泡抽两口,他总是在想这件事情的时候,会停下自己的想法,就算是痒得难耐,都会停止这种想法。

烟土是贵州安顺来的药商柴中建送给他的,贵州鸦片一向以西路产量最多,质量最好,盘江各属尤为著名,次则普宁、镇宁、织金、郎岱所产,外销时通称"坝货(黄草坝货的简称)",而以安顺为统一集散地,安顺的鸦片冠于贵州全省。安顺的鸦片,称为"黔土",安顺来的药商,明里带着是做药材的,暗里却带着鸦片来做。鸦片运销风险大,但是,投机性也强,必须依靠地方势力才能发财。这安顺来的柴中建药商通过往年面上的交易看中了盖运昌在当地的势力。盖运昌和当地的官员有明里暗里的交易,每年大会期间,上边依靠税收作饷源械款,往个人腰包装的也需要有一个特殊途径,从利益的一致上看,盖运昌也需要它们来添置自己的家产。所以大会期间,盖运昌还在自己的和盛行开设麻将馆,麻将馆对外不营业,只招待上边下来的官员和工商税收人员,赌输了的由和盛行借赌本,输了不还,赢了拿走,这期间免费供给鸦片,只要应酬得好,不但可以减少麻烦,还可得到扶持和包庇。这烟土就这样明着暗着交易。盖运昌的烟土也就由柴中建供给,当然,盖运昌也从中受惠。盖运昌现在给李圪渣抽的烟膏算是成色好的,常年做下来,他也知道了几道制作工序,比如熬煮时必须采用钢锅来煮,放多少原料,配多少水,煮成多少熟膏,都有定量。一般给这些人,有利用价值但没有行贿价值的人抽的都是用瓦盅包装的,人醉人熏的,其间会糟蹋不少。盖运昌家藏的是用铜盒包装,装潢讲究,每盒一两,李圪渣今儿抽的就是这上等烟膏。

盖运昌要李圪渣把准备的事项说清楚,定了明天上午去看坟地。招呼家丁给李圪渣几个雪梨,要他回家给李斗旺吃。李圪渣起身告辞出来,突然想起自己忘了和盖运昌说禁行房事的事情,看着手里提着的雪梨,心里笑了一下,禁不禁吧,王八被药补食补得和金刚钻一样,禁了又能咋样儿?盖王八自己的主意自己拿得准着呢。

4

送走李圪渣,盖运昌要原桂芝端来三盅药酒。

人在院子里,药香先来了,房间里霎时弥漫了一股酒香。药酒的托盘上还放着一个盖着盖子的瓷罐,瓷罐不大,有双手抱拳大,里面是一只烤好的麻雀。盖运昌看到走过来的原桂芝,心里颤了一下,她是老了啊。花白的头发在脑后梳了长髻,穿了藏青缎面银花儿掩襟衫和夹袄宽裤,尖足高底鞋,看上去人比年轻时还矮了许多。人老了就开始缩骨了,晚夕中看上去如此苍老。多少年和这女人都没有过肌肤之亲了。这个有屋顶的地方,有墙,有门,有炉子和炊烟,让她变得眼睛里有了雾气,在日子中一层层变黯。被重重叠叠的日子销蚀了,然而,她在家中的地位却不是哪一房能取代了的。每每几房闹矛盾时,她坐到她们面前,眼神中露出的威严就震住了场面。

这哪里是什么威严啊,那是岁月啊,是黄昏的影子,是从早到晚被晃动的日头吸食殆尽的身子,是她端着这三盅药酒、一只烤麻雀,日日督促厨子熬出来的要她们欢快的汤药。能说是时间熬出来的庄重和威严吗?

盖运昌下意识地上前接住端上来的托盘,随口用少有的亲切叫了一声:"桂芝。"

好长时间没有听老爷叫过自己的名字了,原桂芝眼泪在眼睛中眶着,打了转儿,手抖了一下,玉镯子磕在了瓷罐上,当啷一声,裂在了桌子上。

这一裂,当下里原桂芝眶着的眼泪吓止了。她低下头,深为惊恐,眼睛盯着桌子上的玉镯子,这是娘家的陪物,跟随她二十多年了,二十多年有过多少次磕磕碰碰,它发出来的响声总是像禾秧刚刚出绿一般,幼嫩而鲜活,哪里有想到会碎裂呢?尤其是在这个时候,盖家择坟地的时候,这不是好的兆头啊。原桂芝脸色开始发白,她弯下脊背捡起一块碎玉,她不敢看盖运昌,怕看到刚才的那一丝怜悯被恼怒取代。

她不是怜惜一只玉镯子,是怜惜盖运昌难得的好脸儿。

晚夕的昏沉,突然被这一裂胀满了,如同一个不堪其重的雪梨,眼看着要被盖运昌的牙口一触即溃了。

盖运昌不看,抬了手取过托盘上的瓷罐子,掀开,一股肉香冒出来。一切出奇地寂静,唯一听到盖运昌用手掰开了糊在麻雀外的黄泥。烧烤的暖意沿着盖运昌的手臂不断上升。"来,下手,把麻雀肉细细挑给我吃。"

原桂芝挽了袖口,从托盘上拿起银质牙签,把包着麻雀的荷叶划开,一条麻雀腿举到盖运昌面前时,原桂芝看到盖运昌身后的红木床框上因夕照的原因,泛着红锈般的光泽。她还是三十多年前睡过,三十多年了,窗外的槐树高过了屋顶,床因了岁月发出猩红的光,她老了,老得不知不觉,她叹息了一声,很短,当收回来的目光看到桌子上碎裂的玉镯子时,她用另一只手把它抓起来放到了托盘上。盖运昌看都没有看地说:"不就是一只镯子嘛!"

原桂芝知道,盖运昌是在刻意回避一个将要出现的事实。

盖运昌夜晚宿在三姨太六月红房里。这一晚盖运昌看着六月红喝下原桂芝送来的汤药，盖运昌把一丸豆粒大的药丸子递给六月红，要她放到她的阴户。这一枚药丸子是盖运昌从京城名医处出高价买来药方子配制出的。御女之道，先要女人放此药入宫，不可急于进入，使神和意感觉良久，先要女人情动性起，男人方可推阳气而入，先徐徐嬉戏，当女人情致高时，男方情动欲出，这样，女人容易怀男娃。每要夜宿时，他都会按中医给出的日子行事。比如，待月事后一日、三日、五日。择其王相日及月宿在贵宿日者，以生气时夜半后乃施泻，有孕皆男，有子必寿而贤明、高爵也。月事后二日、四日、六日施泻，有孕必女，过六日后，勿得施泻，既不得子亦不成人。盖运昌做这件事情时的认真那是不容任何人怀疑。几房都生出了女儿后，盖运昌也有过疑惑，但他始终认为一切不是自己的错，而错在女人。相信自己和自己的见识，生女是给别人养的，总会好过一个男人和一个家族，只有儿子才是一个家族富贵生生不息的传承。因此，每到夜晚降临时盖运昌总是激情肆意，像迁徙的野兽，多少年了，他贪婪地想实现自己的使命，实现自己的滴水不漏的未来，相信他的耐力和能力总有实现愿望的一天，那一天就是盖氏子孙不朽的香火！

　　盖运昌这些秘而不宣的施爱之道，其实大多出自孙思邈的《房中补益》，也有见于《素女经》。盖运昌相信，也总觉得他的儿子要来了。来的儿子不是梅卓生的盖家生。是什么还不清楚。他是多么不希望在张望未来的时候，他的身后有一种深深的惊恐存在，他是多么不希望他的家产，在未来糟朽成尘。他要用十年、二十年、三十年，毕生时间做这件事情，很认真地做这件事情。相信，总有一个儿子很健康地站在他面前叫他一声"父亲"。那声音的存在他是能够确定的，而且是一直以来确定的。

　　这一夜盖运昌在行房事时要三太太六月红在他上面起伏。月光交汇着星光婆娑在窗户上，情境、心境、欲被浩大的寂静烘托着，六月红俯仰的脸庞浮现出瓷器釉彩般的光泽,一双勾魂的眼睛沉浸在难以言明的欢喜里。彼时彼境,正在兴致处的盖运昌要三太太唱一出戏文,三太太六月红面如桃花,心旌摇曳地随着起伏的节奏唱上了:

两膀用力把弓拉饱,
为国家磨断了我的弓宝雕。
杨继业心中如刀搅,
不由我热泪洒征袍。
潘仁美无人道,
私仇公报实奸刁。
恨不能将尔的心挖掉,
恨不能……

盖运昌大喊道:"痛快,痛快,痛快!"
六月红接着唱:

恨不能将高山劈开路一条。

盖运昌喊:"要我给你开出一条路来吧!"
这是武戏《两狼山》中杨继业的一段唱,这一段唱让盖运昌内心满怀极尽的温柔,同时也把他有限的思想无限地扩大而辽阔了,他的爱、恨,都涌现出了不可思议的美和哀痛,他被"性"福安慰,觉得自己还正是当年,还能够以命作赌,会有一个他想象中的儿子到来。

之后他做了一个梦。

他是后半夜入睡的,梦见有一块土地,土地上什么也没有种,平展展的土地上被水气胀满了,看上去缥缈、旷远,地中央没有人迹,却有一把锄头,锈屑飘落地立在地当央。他梦见走在那块地里,地里有上好的肥料,土是黝黑的,是从没有人开垦过的土地,是打粮食的地,可惜他是做药材生意的,土地不能给他带来丰厚的收入。他心里想着,这块地被浪费了。走着,就看到了一茎草,水雾里那草叶上生出了柔嫩的细绒,有一滴水要顺着叶子往下落了,他突然发现天空没有阳光,看见了那叶子上有一滴露水,走过去蹲下身体接住了那滴水,水在他的掌中像水银一样,凝结得很圆,他把那滴水放到了草茎下,那一茎草不知道为什么突然变成了一个男娃儿,他欣喜地笑了笑,有些激动,他想上去抱他时,听到了周围有噼啪声,像是火花燃爆时微妙的声音,这么多的水雾哪里来的火花呢?他努力睁开眼睛,发现三姨太六月红手持一支蜡烛正在地上骑着木桶小解,他有些恼怒地想发作她坏了他的梦,等她小解完上了床吹灭蜡烛时,又不想发作了。盖运昌感觉外面是月隐西山,星垂四野,离天亮怕是还有一个时辰。翻了个身想刚才的梦,觉得做的这个梦和现实有很近的东西,却又想不出来是什么东西。这个梦是不是要应验在三姨太六月红身上呢?会不会今夜六月红的子宫里自己的儿已经或者正在行进的路上?他要有成千上万个儿子进驻了,想着,脸上在暗夜中有了笑容。

5

一早,李圪渣来到了盖府,敲门时,看到家丁已经把大门外的青石板洗刷得干净爽亮。李圪渣走进院子,看到吴老汉在备骡子。

近距离行走,盖运昌是不坐轿子的,也从来不骑马,驴子是给女人准备的,马性烈,骑骡子相对要稳当些。

盖运昌骑了骡子,由吴老汉牵着,李圪渣跟着往村后面走。走了有半个多时辰,盖运昌先是闻到了迎面扑过来的水味,水味起伏波动着一股鱼腥气,还有长年累月积下来的水草味。接着看到了黑黝黝的苇子,散漫在苇子的尖梢上的鸟。阳光还没有毒起来,看过去一切好像含了烟气。等走近了看到水塘周围的苇子泛着金属样的光芒,绕过水塘,盖运昌看到有一个六七岁的小儿手里拿着一个破朽的瓷碗,一边抓着碗里的吃食,一边嘟囔着一段话:"一只蛤蟆四条腿,两只眼睛一张嘴。两只蛤蟆八条腿,四只眼睛两张嘴。三只蛤蟆十二条腿,六只眼睛,三张嘴……"

这就是谷里的女人养下的怪?被人们传神了,一直没见,老认为是一个长得有毛病的人,没有多想。豆大的鸟粪从天空爆下来,打在他的脸上,一生的刹那,他想不通达,怎么这样儿的长相也叫个人呢?

苇子下沤烂的腐质,搅在阳光的气浪里冲鼻而来,喜腥的苍蝇在飞,一个孩子独自在水塘边算数。盖运昌觉得眼下乐生的幸福不是来寻找盖氏未来的坟地,是这幅图像,是这个小儿引领他进入了从来没看到过的仙界。他要家丁扶他下骡子,走近小儿。孩子抬头看了他一眼,因为阳光,孩子的眼睛不能够完全睁开,皱着眉头,像一个小老头,脸上泛着粉红的光,前额鼓起来,金色的鬈发,那一双眼睛在低头的瞬间,射出天蓝的光芒。

盖运昌弯下了身子问:"你叫什么名字?"

小儿说:"小名叫大,官名叫聂山。"

盖运昌笑了,抬起头看周围,居然看不见大人的影子。

盖运昌说:"大人呢?"

小儿指着前面的地窝子说:"那里。娘——"

盖运昌寻着喊声看见了那个地窝子,他看到地上高出的一堆苇子,他想象不到人住在地窝子里的感觉。

小儿说:"爹挑了泥出去卖了,娘生弟。"

盖运昌一时不能明白,回头看李圪渣。

李圪渣指着旁边的一个水坑要盖运昌看。盖运昌看到水坑的草沤出了深蓝的颜色。李圪渣说:"他爹把这些草沤烂和泥捣匀,等到颜色成了深蓝色,挑出去卖到潞安府染坊,做染布的颜料。"

盖运昌摸着小儿的头说:"你娘生了个啥,是和你一样呢,还是和你不一样?"

小儿站起身走到一边用手拿起小鸡鸡冲着远处射了一泡尿,尿呈弧线形状在阳光下发出银色的光亮。小儿不看任何人说:

"能站着撒尿的。"

盖运昌突然很难过,接着是惊疑、尴尬、歧视、怨恨以及种种莫名之情一起涌来。他沉默下来,想到自己的来历,他的脑子停滞了,看到天空燃烧的阳光,落下来落到地上,是一块一块的,也是斑驳的。天空裸露的斑驳下面,他产生了一种从来没有过的衰败感,那些女人纤长而无辜的杏色身体,在期待和报偿中是多么干净,他在碰触她们宛若荒野的蓓蕾时,他的种子却从来没有真正发过芽。这条疯狂吃食女人的根器是多么不中用哇。一生的财富就是为了有一个和自己一样站着撒尿的人来继承,多么简单的东西,他却弄不来。有两滴浑浊的眼泪在他眼中开始滚着。

这时候地窝子上露出一个脑袋,一个女人的脑袋,冲着这边看,然后笑了笑,喊了一声:"大,替娘把尿布晒出去。"

大高兴地答应着钻进了地窝子。

那粉面红腮笑着缩了下去。

一个滋润和软的女人,像地表突然长出的一朵黄花一样,纯洁了这山这水。那美有一种如仙而至的飘然,怪不得李圪渣很不一般地提起这个女人来。在一刹那里却什么也不见了,闪出的脸蛋像地上长出的一叶茎草。盖运昌揉了揉浑浊的双眼,扭头看李圪渣,看到他张着嘴望着地窝子上的一片安静,像梦一样的安静。

李圪渣看到盖运昌看他,突然把话头儿转了,指着高一些的地方说:"看见了吗?就那块地。"

盖运昌提了长袍一角往高处走,他走着的中间还希望看到什么,却看到地窝子上晒着杂色的尿片。走到高处,发现这一块地已经被人开出来了,黝黑的土地反射出繁盛的阴气,与盖运昌昨晚的梦相比,有似是而非的相似。盖运昌哈了一口气,哈得他所看到的景致中有一个芽头儿要长出来了,是盖运昌的心芽儿。

往回返时,盖运昌什么也没有看到,他只看到苇子上的鸟,听到了苇子下的蛙鸣。

6

当天夜里,盖运昌找了四个小属相的家丁,属相依次是牛、兔、蛇、羊。他们各自提了马灯,午夜子时由李圪渣领着往女女谷走。

地角上掌起了四盏马灯。从女女谷这边望过去,月晖泻下来,把那一片黝黑的土地铺上了一层暧昧的暖色。这种别致而有些吓人的守候让四个掌灯家丁坐在地头上不说话,而且风会把他们说话的声音送到别处。

这一夜一切是安静的,什么事情都没有发生。

地窝子里的聂广庆躺在干软的苇子上却怎么也睡不着。那一片荒地是他用了三个月开出来的,他想下种晚季豆。五年多了,从来没有人光顾过这里,这些人来这里守候着它会是因为什么呢?一个外来户,虽然土地是闲置的,但是,有人要占有它时,就可能不属于聂广庆了。临睡前和女女说:"你说,他们为了啥看中了它?"

女女想不出来,半天没有回答,心里想着这个事情,却不知不觉拐了个弯道,想着刚出生的儿子,叫什么名字好呢?老大就按聂广庆的意思叫聂山,那么老二呢?她心里有恨,她的恨一直不能够消散,铁疙瘩一样。

女女拽过聂广庆说:"我想咱们的儿就叫聂铁吧。"

铺开的苇子上,一字排开躺着一家子,离地窝子出口的地方是狗,依次是聂广庆、女女、二儿子、大儿子。狗会在半夜听到动静的时候窜出去,狗不叫,它对周围出现的生灵是友善的,它用它的出现吓唬走它们,就又回到地窝子睡下了。灵敏的耳朵和嗅觉让它保持着长久的清醒和警觉。

苇子上女女睡不着,有些道理想不通,明知那是自家男人开出来的荒地,却被他们守候着要当作什么来用,当作什么来用呢?开出了大片荒地,对于一个经历了什么叫活命的人,该知最重要的是土地,是年成。卖染料,做绣鞋,一切都是为了活,人是土性的,只有在土里刨食的人,活着才结实。开荒,种地,说了要把刚开出来的地种晚季豆,这一块一块地开出来不是那样容易呀,满地的寥僵石头,是一弯腰一弯腰拣出来的,没有人看中这里,拣了人家看不中的地方住下来,就是想凭了辛苦活命。

聂广庆等女女回话,半天等不来,听她说给儿子起了名字,也就"嗯哪"了一声。

聂广庆坐起身,探了头看外面,弓起腰和狗说:"静着,别跟了走,俺去去就来。"

女女说:"你要去哪?"

聂广庆说:"俺去问问,他们要做啥,占了地也不留个话。"

女女说:"别说僵了,问问清楚就回来,种着人家的地呢。"

聂广庆钻出地窝子时,看到头顶的月亮,月亮是半圆形状,月光和蒙蒙的夜雾浑然一体。聂广庆看到有四束灯光袅袅地悬浮在远处无风的空虚中。走上起伏的田垄,穿过一丛灌木,看到自己的影子像一团黑跟着走,有几声残存的蛙鸣从身后的苇子中冒出来,他大声咳嗽了一下,想告诉对面的人,有人过来了。

听到咳嗽声,李圪渣起身从地中走过来,一边走一边示意聂广庆不要走近这块地。聂广庆停下了脚步等李圪渣过来。

李圪渣走近了,聂广庆问:"李阴阳,你们用这块地做啥?"

李圪渣说:"咋的了草灰?"

聂广庆说:"这地是俺用了三个月开出来的,俺打算来年春上种晚季豆。"

李圪渣说："你是说,这地是你的?"

聂广庆说："那倒不敢,只能说是俺下了功夫,是俺租下二东家的。"

李圪渣笑了笑。看了看远处,远处有一种深不可测广不着边的空旷,王莽岭蜿蜒着像龙脊一样腾挪着远走了。李圪渣挺了挺脖子,觉得这人才叫有意思,在这地方敢说这地是他开的,他开了这地这地就是他的了?哈,他一定是这么想的,也不看看这是在哪里!

李圪渣说："你是觉得这地你是下了功夫是不是?"

聂广庆说："是俺用了三个月时间开的。"

李圪渣说："谁让你用了三个月时间?"

聂广庆不说话了。

是他自己用了三个月时间。

聂广庆心头慌乱了一下,有一股倔强的东西冒出来,在喉头响了一下,还是咽下了。聂广庆压低了声音说："俺是逃难上来的,不容易,盖财主他不能换个地方做坟地?做个坟地哪里都可以嘛,要是说真要做,好歹安顿一声。"

李圪渣说："啥屎话嘛。你开荒地咋的就不通告一声?你是上山来逃难的人,来到别处,敢说地是你的?你有力气下,还得有你下力气的地儿呢。你要敢说在这地上下了功夫,想来讨功夫,我能让人补收你当年的租子,你敢说?谅你也不敢说。我说一个事情给你听,有一个讨吃在盖府门上讨饭,盖老太爷给了他三个大蒸馍,府上有人说了,怎么就给他三个?盖家的老爷子说了,'给他蒸馍不怕,他吃了还得屙在咱地里。'那讨吃听了盖老太爷的话,赌气发誓不屙在盖家的地里。讨吃跑了三天三夜,心想,这该出了盖家的地界了吧,加上再也不能忍了,就屙在路边,屙了出来遇见人问,这是哪里?那人说,是暴店盖府亲家原财主地界。讨吃只好仰天长叹。你只知道地放给了二东家,盖老爷是大东家你怕是还不知道吧?地里长出的银子哪里有架空飞来的多?人家也就是不稀罕这地,你来山上,才找得个落身处,你还敢讲功夫!你有没有县籍?你是一个没有县籍的人,你生下怪,按从前该赶你离开才对。你这人榆木疙瘩一个,倒讨了一个光鲜水滑的女人。这事不和你说了,浪费我舌头根儿,回你的地窝子里掂量掂量自己的斤两吧。"

聂广庆赤着脚往回走,一路上想:不能离开土地,能找到风调雨顺的地儿不容易啊,落脚在这里也算是自己的福气,有口气暖着自己的胃,到底是别人的地盘,忍一忍让一让算了。又想了,自己开地,不开也不一定有人能看见,开了呢这地就有了主人,有些功夫是下不得呢。要是有人逃难上来就好了,山东人聚堆儿,遇事有个帮手,人适合群居,不适合单过。

地窝子上狗望着,他压低嗓音粗声喊了一声:"下去。"

狗把头缩了下去。

聂广庆看到小儿叼着女女的奶穗,另一只被大摸着,心里涌起了一股热浪,想着将来的后生壮实得和铁疙瘩一样站在人前,看哪个敢欺负自己!聂广庆很重地咳嗽了一声,探头吐出一口清痰,有一些扬眉吐气。缩回脑袋时把旁边的一条破被拽过来盖到了女女和娃们身上。

7

天快亮时,盖运昌半瞑半醒着做了一个梦,梦见老槐树冠的云端上端坐着佛菩萨,怀里抱着的小儿一脸猴像,风清月明,不断放大的槐花流连其间,如风行于萍、鱼游于渊,佛菩萨便沐浴在这一片光明中。他看佛菩萨的脸,脸儿圆润,双目清纯,身材窈窕,微微颔首,眼神有些羞涩,有些不安,那神情却是暗含了人间烟火的。盖运昌想走近,身子却一步也挪不动,直到院子里第一声鸡鸣漫入屋内,他彻底醒了,手微微颤抖,眼望着屋梁,是瞬时的梦境呢,还是瞬时的幻灭?他突然一个鲤鱼打挺坐了起来,睁着眼看窗外,脸和手有些干,搓了一把,突然明白河蛙谷的景象,那是老天预示他的福啊,那哪里是怪呢?那是佛前点灯的童子呀。他大喊一声,披了夹袄,手插在袖筒里,两条粗壮的光腿吊在炕沿前激动了半天,直到夜薄薄的帘子被清晨第一缕曙光掀动。一天开始了,他才穿衣下地。洗漱后要吴老汉备了骡子往谷里走。

苇子下的河蛙谷很安静,那种安静像有什么东西蹲踞在附近。聂广庆探出脑袋看远处,远处不可预知的地方,有一种声音突然卡在那儿了,那声音将聂广庆的心提到了悬浮处,望着那一片土地,有好长时间他习惯性地想到了它秋后的收成,眼前不自觉地想到了自己渡过了黄河的女儿,女儿被饥饿的人群夺走的时候,他想什么来着?什么也没有想,这个世上有一块属于自己的栖息地,他就已经很满足了。

狗跟着聂广庆走出了地窝子,聂广庆在苇子的暗处撒了一泡黄尿。狗等着他蹲下来,每日的黎明,狗都在这种等待中度过。那一泡陈夜的宿便,狗会在欢快中跑过去舔他的腚,并吃掉它早晨第一顿口粮。一切在早晨的第一道程序结束后,聂广庆会挽起袖管走到水边,用他糊满眼屎的眼睛盯着水边在黎明中要出来透气的鱼,很敏锐地抓下去,一条鱼或一只蛤蟆,在他的手掌鼓凸着眼睛,聂广庆把它们放进铁锅里,开始用火镰打了火煮,风把开锅的香气送到地窝子上空,地窝子里的女女开始探出了头,朝着这边笑,她的笑是慵懒的。

太阳收起了地表的雾障,狗把他们吃剩下的骨头收拾到自己的肚里,伸了个懒腰走开了。狗有意躲开聂广庆走到了芦苇深处,它的耳朵竖起来听着主人的叫喊,眼睛却盯着远处。它心里有一分不舍,从昨天开始,它知道昨晚的人没有离开那一块主人开出的荒地时,它就开始兴奋了。它的那种兴奋像虫子的牙齿咬着它的喉咙一样,让它痒痒的,它的嗅觉灵敏到远处,它等待着,等待在一天结束后另一天的开始里,它不知道这种等待就要在它不谙世事中陷入巨大的悲哀了。

它看到主人挑着蓝袋准备出发。没有看到它,吆喝了两声,它故意没有发出孩子般撒娇的声音。

也就是在这时候,它闻到了那一片高地上有一种等待了一夜的气息传过来。狗抬了一下头,同时竖起两只耳朵,正准备换季,毛色有些杂,那是常年不能够填饱肚子的结果。狗冲着高地撒开四腿跑过去,它的跑是欢快的,一丛灌木下,收住了脚,它看到了它想要得到的东西——一个家丁的宿夜粪便。当狗把头伸到他的屁股下时,那个家丁大叫一声,提了裤子没命似的喊着往地头跑,狗冲着他跑去的身影仰起脖子叫了起来。

"汪汪,汪汪汪!"

从远处走来的李圪渣和盖运昌站下了,这是他们没有想到的,甚至不知道那只狗要做啥,但是,他们知道,狗的叫声彻底毁了一块上好的坟地。

李圪渣看到还没有挑了担子走远的聂运昌,有些气急地说:"你把那只狗叫回来拴住。"

聂广庆回了回头,没有停下脚步,说:"它是饿了,狗啥时候饿得不吃屎了,这日子就好过了,做什么要计较一只狗?"

李圪渣晃动着马竿样的身子捡起一块石头照着聂广庆的后身板打过去。

盖运昌指着他的后脊梁喊:"站住,你个讨吃要饭的,你个穷鬼,你还敢走,你知道你做了啥事情了?你把你的狗给我拴了!"

聂广庆放下担子,知道惹祸了,却不知道惹了什么祸。赶紧走过来,他被阳光晒得紫红的脸儿,经这突如其来的惊吓越发紫红了。

聂广庆冲着高地上的狗喊:"黑,回来!"

狗掉转了头,很满足地跑了过来。

聂广庆说:"盖老爷子,它回来了,你要它咋?"

盖运昌皱了眉头,这是他最不想要的结果,盖家的新坟新地,盖家的后人,盖家的一切都在狗的一声狂叫中结束了。

盖运昌说:"拴了,用它祭那块地,就算地不能用了,我盖运昌也决不放过你这条狗!"

聂广庆一脸茫然,从山东带它走到太行山上,一路上豺狼虎豹,都经历了,就连肚子饿得前胸贴后背,都没有舍得吃它,到现在,就因为一泡宿便,有人要杀它了。

聂广庆吓得双膝跪在地上说:"盖老爷,就算行行好了,你留它一条狗命,聂广庆会报答你,不要计较这狗,没有今日,有来日,你大人不记畜生过。"

盖运昌不回话,冲着远处气不打一处地喊:"收了。把这只狗敲了!"

跟着盖运昌和李圪渣的管家一溜小跑跑到了地当央,只一会儿,一干人提了还亮着的马灯走了过来。盖运昌要家丁拴了那狗,狗看着聂广庆,它已经知道或者听明白了自己的命运,就等着自己的主人说话。狗的耳朵竖起来,露出尖锐的牙齿,看到走近它的家丁呼了一下。盖运昌看着那块高地说:"我怎么就不知道你有狗呢?怎么就没有看到你的狗?这是命中注定啊,我不能不血祭那块地。"

李圪渣挥着胳膊说:"这块地的风水被你的狗毁了,地脉也就没有了,狗必杀,不杀必将有大的后患!"

狗是苍生,人也是苍生。一切就要成为造物和死神的交易了。聂广庆把眼前的事进行了分解,要找到他赖依活着的明天,必得下了狠心。尽管有好多话和好多事要求得对方,但是,他知道穷苦限制了一切。低下头,抬起来的时候,脸上挂满了眼泪,他说:"盖老爷,俺来。"

只见他抽出搁在桶上的担子,抡圆了叫了一声:"黑,来。"

狗冲着主人跑过来的刹那,聂广庆半空落下的担杖已将狗的脑袋打得开裂了。

绿草掩映着狗软下去的身体。聂广庆看着,觉得地上黑乎乎的身影迅速扩大。狗睁着困顿的眼睛,那眼睛已经没有光亮了,风把它身体上的毛顺着一个方向吹过去,它的耳朵忽闪了一下仄了起来,五官被天空的阳光罩住了,之后,什么表情也没有了。

血水淋落一地。

一段切入聂广庆生活的内容消失了。

女女在地窝子边上冲着这边喊:"你告诉盖老爷,就说我想要它的皮,我只想要它的皮。"

大儿子聂山望着这边,看到父亲落下担子的时候,他喊了一声:"爹!"

盖运昌颤抖了一下,感觉那声音像被大山钻出的一个深深的耳孔,天地的音带突然卡在了那地方。有什么蹲在附近,暗示,并带有嘲弄的气息。听到自己急促的呼吸,觉得家产就像一个庞大沉重的方形体一样,朝着他压过来,在自身力所不能支撑的时候,多想看到身旁有一只手伸过来。什么也没有,哪怕是一个声音。那个声音是冲着对方叫的,不是他。他感觉到了一种近于衰老的枯竭感,一只手扶住了身边的骡子。

女女喊:"去,不管大人的事,娘问你三猫六兔九公鸡,二十只狐狸有几条腿?"

聂山迟疑了一会儿,冲着聂运昌的方向哭着喊:"爹,我用我的十个手指头不够,我加上二的十个指头,还不够,我要借借你的手指头和脚指头,还有娘的。"

说完话,回过头看娘。

女女加重了语气说:"加两个黄鹂,一行白鹭,如不够,再加七八个星,两三点雨。"

盖运昌往这边望的时候,地窝子上已经不见女人了。田野铺展着大片的绿,只见那怪捡起一块土疙瘩朝着盖运昌扔过来,土疙瘩在不远处落下了,然后看着盖运昌古怪地笑。什么叫痛苦?只是觉得这只狗是他最好的伙伴,爹却杀了它。从此没有狗舔他的腚了。走到水边,坐下来冲着聂广庆大声喊了一声:"爹,我要狗。"

聂广庆抬起头说:"大,听你娘的,数数去。"

盖运昌跩跄了一下说:"收,回暴店,今年不寻坟地了!你在那块地里下种吧,无论种什么,秋后你要告诉这块地的收成。"

一干人跟了盖运昌走,聂广庆说:"盖老爷,你大恩大量。"

盖运昌听见身后传来小儿的喊声,那喊声萦绕在耳边独独落得一个"爹"字,那"爹"的喊声像驴驹子嘶鸣一样灌满了他的耳眼。

第 四 章

1

　　风好像早已把一切传回了暴店。盖家的坟地被狗叫声破了,哪里是狗破了?是那个怪啊!各家店铺有眼睛透了窗户缝隙往街上看。骑骡子的盖运昌和以往一样,看不出来他眼神里的意思,他的上衣口袋和扣眼之间搭挂着一条发亮的怀表链,他大声地咳嗽,底气很冲。阳光下掏出怀表来看了一眼,时针指向上午十点。时间对于他来说,只不过是一场浩大的循环,他清楚人们已经目睹了一切,他不能够不挺直他的虎背熊腰,他的健壮就是他的命。不服输的性格,让他不想在人面前露出被一只狗愚弄了的神态。

　　回到家中,盖运昌要牵骡子的吴老汉把牲口牵走,吴老汉咳嗽了一声,想要说什么,盖运昌说:"有些话不要说,不说比说好,不说才耐久。"

　　吴老汉抬起手拍了一下骡子的屁股,往牲口棚去了。望着吴老汉的背影,盖运昌想哭,想着是不是埋葬血亲的地方都是自己的故土,娘啊!

　　这句话凉飕飕的,他却不知道自己的血亲在哪。

　　顺着坡道走进顶窑给八十岁的父亲请安。捎带轻描淡写地说了坟地的事情。只是没有说那块坟地是被一只狗冲撞了。只说那块坟地没有朝山,朝山是一片水泽。

　　盖起顺眯着眼睛看窗外的阳光,他把眼前这个叫他爹的人推出去很远了。他用力闭了一下嘴,捏着细软的嗓子说:"快了,快来了。"

莫名其妙一句话,对盖运昌没有任何意义的一句话。盖运昌要两个老妈子伺候好老爷子。告辞出来,长透了一口气。秋天的正午有一种愁肠百结的忧伤。盖运昌堵着一腔愁怨从坡道上走下来,秋风、柳条、槐花,有喜鹊在树上筑窝,盖运昌觉得脸上有什么东西滑下来,好像是眼泪。流出了眼泪自己都不知道,只有心才知道。他是被一种深沉的、谓之生生不息的生命力量攫取了,他的父母用畸形的爱延续下他,怕是要有因果了。盖运昌努力在此处打了个结,不想也罢。

走下坡道看到了大太太,盖运昌一扫刚才的愁怨,不自然地笑了一下。破例要大太太给他斟一壶酒来,要温热的黄酒。这时候的原桂芝已经知道了坟地上发生的事情,知道老爷的心,这么多年来,她知道老爷的心事比知道自己的心还清晰。她赶忙吩咐下人拿了酒,要厨房赶快炒一盘花生米、一盘辣子萝卜条,再来一小碟醋泡党参。只要是老爷一个人喝酒,从来都是三碟菜,单三不要双,心情不好的时候,老爷一般不要黄泥焖麻雀。老爷的心事闷在酒里,把酒也当了一碟儿菜。盖运昌等着端酒的空当要四太太带了唯一的儿子盖家生也过来。

梅卓听说老爷要叫宝贝儿子过去,特意给儿子换了行头,在蓝缎夹袄外面套了红色绸子马褂,怕一路走过去经见不得阳光,头上还捂了一顶礼帽。盖家生在盖府藏得严实,不让见外人,固定用两个老妈子照顾。藏着不见人,是因为盖运昌的面子。人活脸,树活皮,盖运昌的儿子不该是这样的。

梅卓牵着儿子的手到了老爷的堂房,站在老槐树下目送儿子进去。梅卓觉得头上有什么东西落下来,抬了手摸了一下头顶,却发现是槐花在落英,米粒般大小的花托像下霜一样,那种艾草味儿的香气灌了她一胸脯。她笑了笑,抿了抿嘴,扫了一下刘海往回走。她是唯一给盖运昌生了儿子的女人,在这个家的地位,她是再清楚不过了。一段时间老爷专宠她,她明白自己被宠是因为儿子,她多么想再有一个儿子啊,一个健康的、结实的儿子。现在老爷叫儿子过来,那是老爷想盖家的宝贝疙瘩了。儿子是盖家的香火呢,梅卓比谁都清楚,她也比谁都明白自己要想维护自己的位置怕不是这一个儿子就能维护得了。

盖运昌看着从阳光中晃过来的影子,说是晃过来没有一点夸大的意思。人冲着两边晃,在阳光下晃了进来。

盖家生看到坐在中堂前的爹,嘴里流着口水,喊了一声"爹"。

这个声音即便是真实不误的,怎么也听不清楚那是在叫"爹"。他叫出来的时候像游魂一样细瘦,听上去很孤独,也很短暂,跟正午的阳光下的寂静倒是很吻合。

盖运昌说:"你站着,大声叫一声'爹'我听听,你大声叫,哪怕像狼一样嗥呢,我要你大声叫。"

盖家生被爹的要求吓着了,想哭,鼻子抽搐了几下,他长这么大,爹从来没有这样要求过自己,总是护着怕什么吓着了自己,现在爹突然这样要求他,他不敢不叫。他抬了手揉了揉鼻子,等揉下去鼻子里的酸劲时,伸了脖子,憋红了脸,喊了一声:"爹!"

盖运昌夹起一根辣子萝卜条,那辣子萝卜条因了刀工不到位,连带了一串儿吊挂起来,晃晃悠悠让他无从下嘴。吃菜对于喝酒的人来说是一种虚有的形式,他在等待那一声"爹"。那一声"爹"的叫声应该是像小叫驴一样地响。那一声"爹"听起来却依旧是黑干细瘦。

盖家生开始大声咳嗽起来,这一声"爹"让他动了吃奶的力气。

盖运昌说:"你坐下吧,坐到爹的对面来。你肠胃有毛病,你就别吃了,看爹吃。你要知道一个肚子里装不下酒的人,他的声音是亮不起来的。你让爹很失望,是爹对自己的失望啊。"

盖家生停顿了一下,举起双臂要爹抱着他。不经意看到地上的猫,突然挣扎着要下来,指着盖运昌给他逮住猫。逮了猫抱在怀中,盖家生和那只猫被盖运昌一起抱到太师椅上时,那只猫在盖家生怀中很顺从,盖家生把小巧黄瘦的脸贴上去,像一个婴孩一样兴奋。

盖运昌凄凉无助地抿了一口酒,这口酒一下肚,他陷入了哀痛之中。人生有多少事情,就说活一个人来说,一生要做的那点事情他都能一一计量清楚,生命的延续他努力了却始终没有得到,为什么啊?这壶中透明的酒,在他的胃肠里行走,多么希望卷走淤积在他心底的泥沙,能显影出一个小人儿啊。酒中有天地大气,五行中金、木、水、火、土全部汇聚在这酒中。乌黑巨大的铁镬架起来,这是金的力量;橘色的火焰燃烧着柴薪,使它散发出内层的香气,这是火和木的力量;清澈的泉水汩汩注入,这是水的力量;而它的精华,谷粒,正是土地所给予的真正内容。土地,他盖运昌的土地在哪里?盖运昌发现自己老了。年轻的时候喝酒不是这样的,端了酒杯大口喝,大声吆喝,就冲他娶下的几房女人,就能看出他的性情。可是,现在,收了,把一切精气神收到了暗处,讲得一个"敛"字。这就说明活得教条了,活得越发地在乎了,越在乎越不得。

光线迷蒙,这酒的妙处要被一点点喝出来了。

武翠莲在院子里走着,不断重复一个动作,手臂抬起来又无可奈何地放下。见了大太太紧走几步说:"大太太,我做梦了,老爷呢?我得和他讲讲。我梦见我屋子里的墙角起了青苔,绿幽幽的,往下滴水呢,那地上也铺了青苔,有一只青皮蛤蟆卧着,两只眼睛盯着我,忽闪儿忽闪儿出气,啊呀,突然的蛤蟆就变了妖怪了,张牙舞爪的,吓死我了。"

原桂芝勉强笑了一下说:"河蛙谷出怪了,不梦怪才叫好呢。我倒想问问你老爷呢!"

武翠莲斜过大太太往前走。有些急切,她真看到了墙角的青苔,翠翠绿绿,很鲜活,她在青苔边站着,心神惶惑地看了半天,想寻找那只青皮蛤蟆,遍寻不见。

原桂芝回头看武翠莲,看她久久待在那里,想说句什么话安慰她,一时想不出来说什么好。再回头时,只有一个背影,在原桂芝的视野里远去了,如一个飘忽的梦。

盖运昌要外面的梅卓把几房太太都叫过来,他有话想说。他走近窝在太师椅上的盖家生和猫,看不清楚他的唯一的儿是一只猫呢,还是一个人。人和猫依偎在一起,这孩子要是别人家的孩子,他会可怜他,自己的孩子,他说不上可怜,有一股怨气在里面。他有些不相信是自己的孩子,盖运昌的儿不应该是这样的,应该是咋样的?好多年来没有想过,现在,明白了。叫爹的声音要像叫驴一样野。

太太们踏着阳光一一走进盖运昌的堂屋。

梅卓看到窝屈在椅子上睡过去的儿子时,大声喊道:"老爷啊,怎么可以让他睡在太师椅子上呢?你也不怕他着了凉。"说着抱起孩子放到了窗户下的红木床上。那只猫被她的喊叫吓醒了,叫了一声跳到了地上。

梅卓这样放纵的叫喊是一种底气。各房的太太互相看了一眼,内心明白得很呢。

盖运昌要大太太原桂芝再温一壶酒来。原桂芝小声叫道:"老爷,你喝得多了,喝得脸红头热了。"

盖运昌说:"要的就是脸红头热!"

"你们哪一房过来陪我喝一盅呢?我看你二太太和三太太过来陪我喝一盅吧,你们都是唱曲子的,今儿个你们放开,不要那么教条和正经。来,大太太和四太太也过来,老爷我心里想着事情呢,这个年岁了,该有的都有了,不该有的也有了,我这一生从来没有服过输,今儿个我服输了,服在一个山东来的逃荒人面前。"

四位太太知道老爷因为新坟地被一只狗冲撞了,受了打击,心情不愉快。她们也都不敢多话,顺从地坐在了八仙桌子旁边。

老爷斟了酒,四杯微热的酒在青瓷酒杯中散发出沉年香气。盖运昌说:"都端了,喝!"

原桂芝端了看老爷,微微低了一下头,还没有蘸着酒,嘴角倒先抿了一下,好像有一股口水先下咽了,接着看老爷一口喝下去,自己也喝了下去,却是有什么气味往头上冲,一只手往桌子上放酒杯,一只手捂了发热的额头想吐,放下手的时候,脸上的表情是舒展的。

武翠莲倒是很不在乎什么地端了就喝,喝酒对于她来说就像喝水一样稀松平常,只不过这么多年自己因为在盖家的地位低下,没有一男半女,人活得有些憔悴罢了。喝下这一盅酒后,她很平静地摘下肩纣下的粉丝绣花手绢擦了擦嘴角,也还有一种优雅的风韵露出来,这女人天生是和酒结缘的。况且她还想借了酒劲给老爷讲梦。

六月红是唱戏的出身,人的性格还是收敛的,拿了酒杯先抿了一小口,又抿了一小口,再抿一小口,好像还剩下什么似的,仰了脖子抬了头,彻底抿进了嘴里。低下头笑了笑,两个小酒窝子就抿了出来,很矜持地把酒杯放到桌子上,双手并拢放到了膝盖上,双腿也因为踮着脚尖,使两个膝盖并拢在一起,那种在舞台上的放松和私下里的放松是不一样的,有点戏台上小姐的羞涩。

梅卓端了酒杯不时看炕上的儿子,心事好像不在酒上,还没有等老爷喝下去,自己倒是先灌进了嘴里,酒是什么味道她也不清楚,放了酒杯,用手抹了一下嘴角的残留,不自觉地,也很不讲究地抹到了自己衣襟的下摆,抬了手背又抹了一下,把手夹在了肘窝下,眼睛还是瞭着炕上,窗户上的阳光照在炕上的盖家生身上,小脸蛋儿泛着黄。那一团黄有些上头了,她还从来没有喝过这酒,头一热,身子就浮了,自顾自地笑了一下,有几分涩凉。

盖运昌面对几房太太下酒的姿态,他的心里是再明白不过了。今儿个虽然说因为一条狗冲撞了新坟地,但是,他的心里同时也有了一个欲望,这个欲望产生在一瞬间里,是突然从心底冒了出来,让他收不住,就想看看到底把这个欲望搁置到谁身上,哪个是搁置这个欲望的托盘。托盘结实得就像这个欲望和这个托盘是连体的一样。不寄希望儿子时,他要寄托在孙子身上,可谁能把这个儿子培养成一个男人呢?!在四位太太身上,盖运昌的爱偏重六月红,这女人水灵,更适合男人受用,他如果把这个欲望放到她身上,盖运昌的心还是有些犹豫,盖运昌的犹豫不是六月红,是李守信。他的这个丈人不是等闲之人,从事耕种怕不是长久之业,喜欢唱两嗓子的人久习此业,积习难改,厌恶劳动,暂时地看他是放弃了贱业,时间长了,人的陋习就冒出来了,他怕他的这个欲望因李守信而导致他盖氏家族的毁灭。

如果放到原桂芝身上呢?女人年岁大了精力不足,大的事情上面就怕没有依靠,不能够自行做主,到末了自己不保,哪里能保得那个欲望呢?况且自己的二女儿在省城读书,思想上接受了大城市的新潮流,对自己的想法本就不怎么赞同,尤其是家里的一些事情,女儿说起来不光是不看好,而且有时候还露出了鄙夷的神态,这就容易坏了事情。

合适的人选怕要落在剩下的两位太太身上。

盖运昌有些犹豫,拿不定主意,从心思上偏重于梅卓,毕竟是孩他娘。远离娘家,性情直爽,有啥事情肚子里搁不住,想要说的话,还没有想好话就出来了,一个女人虽然不够婉约,但城府不深,也算是性格中藏不住的好人了。

武翠莲?盖运昌一直不看好,心存芥蒂。这么多年来压着放纵自己的那一面性格,很稳妥地做人,算是不容易。真要把这个欲望安置到她的身上,怕是很容易激发出她收敛了很多年的性格,这也是不大合适的。

盖运昌要大家斟了酒,这酒还真是喝到了兴处,太太们不等盖运昌喝都有点跃跃欲试了。

武翠莲说话了:"老爷啊,我昨儿个梦见天上下雪了,地上的雪白啊,突然地就开了一条缝儿,有蹿了半尺高的青苗儿长出来,水汪汪的绿。不是小麦,是什么青苗?我这样的人还真没有认出来,说出来大家都猜猜。长得像韭菜,比韭菜又粗壮,也比韭菜长,那雪下得呀肥厚着呢,那青苗不管不顾地长,快要长疯了,长得像一条路一样往天边铺,就要漫铺成外面塞外草原了。这个梦叫个日怪呢。"

大太太说:"刚才你说昨儿的梦,讲的可不是这个啊!"她多么希望武翠莲讲刚才的梦,也好给老爷一个启示。

盖运昌说:"要说雪,这个季节是好梦呢,吉兆,吉兆,盖家一切都顺着呢。"

三太太说:"那青苗?我看像是马莲。"

梅卓说:"反正是好梦就是了。"

盖运昌说:"是蓝。还真是一个正经的好梦呢。"

武翠莲的激动一下挂在了脸上,手和脚都轻飘飘想舞,可今天怎么也不该是舞的日子,很羞涩地说:"我也觉得是好梦呢。"

大太太独自端起一杯酒喝了,下咽时狠狠瞪了二太太一眼。

盖运昌转了个话题说:"现在是七月旮旯,离九月十三的药材大会看是很远,其实也就是转眼间的事情了。今年大会期间的迎神赛社轮到暴店办,我想呢,这五年一轮换,其他村庄,像上土沃、下土沃、南村、大堡头,每五年办赛总是几户大族筹备出资,小户聚个零头,赛事办下来不够排场。今年轮到暴店,就不要北街的柴姓出资了,年成不好,世界也不太平,我们盖家大包干了,冲冲喜,破破财,积善积德,今儿的事情提醒了我迫切想做这件事情。该舍了,有舍才有得啊。就这么定下了。既然是盖家主办,就要比往日的大赛三天正期更热闹,不能光用北街的台子,还要在南街搭台子,我还想搭一座'百子桥'。百子桥两侧要有台阶,上边要敬一尊子孙奶奶的牌位,要捏一百个泥娃娃,大会期间会有老媪少妇来进香时偷偷往怀里藏了取走。这件事情,不是小事,要你们几位太太来做,就是捏泥娃娃,要是一百个泥娃娃会期都被前来赶会的人偷走了,那是大喜啊,我盖运昌还有后来。"

一壶酒喝得空底,盖运昌拿起来把壶里的几滴酒滴在了自己的杯中,端起来走到阳光照进来的光线下,酒是纯正的,透亮中没有一点杂质。

"酒是好东西啊,谁会与这荣华富贵结怨呢?就算是累代殷实一朝倾空,官宦门第化为寻常百姓,有酒做伴,一切'心疾'就都化解得开了,开了!"

大太太原桂芝看着老爷的后身板说:"这事情呢,就这么定了,这也是给盖府积德积福呢,捏好了,从此老爷的根怕是要在各位的身体里落种了。"

盖运昌回过头来问:"知道谷里那一片地是租给谁了?"

大太太原桂芝白了一眼三太太说:"问三太太吧,怕是李二东家。"

盖运昌扭身说:"你午后就告诉家丁,要他传话给你父亲,女女谷山东人开出的荒地,再让五年不收佃。"

原桂芝半天没有应上话来,觉得这件事情和今天发生的不相符,按说应该有不愉快发生,好像老爷的心事不仅没有不愉快,还像是撞着喜了,无来由地说了一声:"老爷,你到底喝多了,连河蛙谷的名字都叫错了。"

2

稠亮的日光蜂蜡般封在女女谷的周围。日光的气味照在苇子翻晒着的狗皮身上,一股骚味,那么浓,那么厚,让闪过眼里的狗皮沉得有了质感和分量。这件事情的结果不像常人所想的那样复杂,很简单地结束了。聂广庆在水池边积存很深处盯住自己倒映的面孔,黑黄的,表情憨厚,破旧的黑夹袄和茶锈黄的脸膛,他顾不得弯腰抹一把,抽转身拿了种地的耙把水中沤烂的河草耙到箩头里,一挑一挑,挑往那块新开垦的荒地。

耙出来的河草有一股鱼腥味儿,它比狗皮的腥味飘得更远,聂广庆在抬头稍息的瞬间,看到了远处走来的驴。

驴由一个家丁牵着,跟着一个丫鬟,驴身上骑着原桂芝。

驴脖子上的铃铛叮当、叮当响。走近了,原桂芝被扶下驴的一瞬间里,看到了地窝子上探出的头,是一个男孩子的头,狗皮的腥味儿飘过来。她看着狗皮时眉头皱了一下,拽下前襟丝手巾扇了扇冲鼻而过的膻气。离地窝子不远处的一堆干草上晒着尿布,两只篮子里一双双做好的绣鞋。红粉黄绿的绣鞋,涂抹了那一方方地面,自在地生动着。原桂芝才知道,自家府里女儿们穿的绣鞋是从这里买的,这些事不是她做的,是三太太买回来的,怕是老爷也不知道呢。

聂广庆看出来的人是一个大户人家的女人。他放下肩上的挑子,拿了捣蓝的木坨子照着泜蓝的水塘上下捣动,抬头看对方,不知道该说什么好。

原桂芝走近聂广庆,还没有等问话,丫鬟说了:"这是暴店盖府的大太太,大太太要免你五年的租子,你还不过来说话!"

二东家李守信来过,他想着是梦。听丫鬟这么一说,他知道了李守信说的话是真话。不知道该怎么回话,光顾了咧开嘴笑,笑得很是不自然。

地窝子里女女探出头来说:"谢谢盖府老爷太太,我们前世积大德了,要老爷和太太如此宽厚对待我们。"

原桂芝一时没有看清楚这女人长了什么样子,模糊的轮廓被日光镶了一圈光晕,她情不自禁地叫了一声,抬头看了看聂广庆,她觉得像做梦一样,突然想说什么,却说不出,有了口吃的毛病。这也叫人间的女子吗?女子的脸让周围的一切宁静下来,包括小儿的喊叫声,仿佛晚夕时候一朵月季浮泛着一些些睡意,有些温柔,也有些暧昧。

原桂芝指着篮子说:"你做下的绣鞋?"

女女不好意思地看了看说:"贴补家用。"

"哦。"

听到地窝子里有哭声传出来,原桂芝说:"娃几岁了?"

女女说:"大太太,刚生,还不出百天。"

村庄小户生了娃,是要在门头上挂红的,忌讳的人一般不闯产房。女人荒天野地地生了就生了,毫不忌讳,她不忌讳,原桂芝忌讳,乡下人一般在月子里是不闯产房(也叫血房)的,冲撞了会给自己带来霉运。

怪不得新坟地要出事,有这女人架在这里,不出事还日怪了呢。急忙往后退了几步,冲着刮过来的一股旋风吐了三口。听得远处水塘边有稚嫩的童声传过来:"爹,我拍了二十只蝇子。"

原桂芝扭回身看,吓了一跳,一把抓了丫鬟的胳膊颤抖着说:"那、那是个什么东西?"

女女说:"是我的儿。"

原桂芝嘴角咧了一下说:"咋长了那般怪模样?"

女女不说话了,剧烈的痛在胸口压着。

人能长成这模样吗?

聂大在那边喊过来:"我不是怪,我是人!"

原桂芝被吓得躲到聂广庆倒搅着的土坑旁边。泥土和草混搅出和天空一样的颜色,像那个孩子射过来的眼光。她哆嗦了一下,无边的恐惧,周身发僵地尖叫丫鬟过来,要她牵驴马上离开。小黑驴款款地从田畔边走远,女女弯下腰将脚前一块磕绊的石头捡起来抛向远方,冲出眼睛的泪划痛了她的心,她喊道:"娘有二指奈何都不该生下个你!"

盖府是七襄五的四合院三套院,三套院中间有偏门连着。老太爷住在四合院后面靠山的三间石窑内,冬暖夏凉。窑是窑楼,依山而建,七襄五的三套四合院顺着坡修下来。进府的门楼是三木打垛的砖木结构,雕刻花鸟人物。门楣上置斗方字板,粉底蓝字"凝辉钟瑞",门楼的方位以主房坐向而定,多在主房对面,这样每日里的事情,不用家丁通报,盖运昌也能知道各房的活动。

盖运昌看到三个女儿盖爱苗、盖招男和盖招弟在院子里玩一种游戏"藏老母",三个女儿的笑声飘荡在院子的上空。女儿的笑毕竟是女儿的笑,盖运昌长叹一声。打开竖柜上的一口樟木箱子,取出一本泛黄的族谱,族谱的绢纸上是用端正的颜体恭抄写的名字,是按祖先排定的次序,"学维慕孔孟,道德运家崇",不难推知辈分,他是"运"字辈,接下来的"家"字辈,真要绝了吗?他这一辈子人丁就稀,多么希望自己的子孙旺起来。为什么结果不能按人的预想来实现呢?这人世间诞生的、成长的、成熟的、衰老的、消逝的、夭折的、横死的,风涌浪一般拂过坡谷。每一辈人都扮演着各自的生命之剧,不乏雷同,从脸孔、体形、神态到遭际,为什么这一辈子,在这张族谱像链条一样的环节中就要少了这一环呢?他看到谱系上的位置,他的出现和接续是多么单一,他看到他自己了,仿佛在眼前是凝固的,接下来他看不到流动,他不相信"命","命"却偏偏来作弄他。合上族谱放还原处,在闪过条几上的黄花梨木框的镜子前,突然看到自己脸上有了三两个寿斑,难道黄土真的埋了大半个身子了?他仔细地透过屋外的亮光看了看,就是。命啊!有几分失落地坐在椅子上消停了一会。这时间该到对面的和盛行看看了,看今年的党参比往年怎样,湿收和干收的差价,他还得把把关。他不相信命,他的命里有把握"家"的根系,他透彻地知道"传宗接代"该是他这一辈子活着的最高使命了。

和盛行在官道对过,门面看上去不是很张扬,但是,一进去就大了。院子很大,摊晒着收购来的药材,有长工在挑拣上等和下等的药材品相,挑拣出来的分堆打包放入库房。大会期间院子里是不放药材的,一切都在各个库房交易。除了几间库房,还有几间上好的客房,专供大会期间县里和远方来的尊贵客人享用。客房里大都是红木家具,柜子里备了几副上好的紫檀烟具,有专供休息的床榻。这屋子一般不让下人进去看,只有盖府的老妈子,遇了红花大日头,过来晒晒被褥什么的。盖运昌看到收购来的党参比往年也不差多少,有的还比往年的要大,要他们精挑出四五十棵,洗干净了送到府上。他每年都要家丁从窑上买五十个黑坛,他要逐一往里泡药,用潞酒,酒里的药材是他自己往里下,下早了不好,晚也不好,晚了酒色不足,看上去淡。先下什么,后下什么,太行山的紫团参和灵芝是不能少的,中条山的鹿茸和潞党参缺一不可,要送的人可都是有用的人物,得罪不得。送一坛药酒,回报就不是一坛了,这些人年年都在比较下酒的药材是好是坏,看是很细微的事,还真是有人要做比较打开来看,看你盖运昌眼睛里水有多少。

第 五 章

1

话说入了八月。

迎神赛社今年是暴店大户打头阵,人们格外地兴奋。

俗话说,"大赛三行,王八、厨子、鬼阴阳",这三行的确是办赛的三个主要环节。没有乐队(王八),不能称为大赛;没有阴阳,就失去了指导;没有厨子,一不能在神前插一幢"花祭",二不能给规定的祭品上馔。负责乐队的由李守信来派遣,阴阳由李圪渣来主持,厨子还是原来的上土沃大师傅王虎孩。王虎孩办赛有经验,自己下边也有一班人马。厨子是办赛幕后主要挑大梁的,三天要上二十八盏,每供一盏,何神吃荤,何神吃素,水陆佳肴,各种干果都须通达才行。特别是要在开始之前就煮下面食花祭,这就要显示厨子的一手精巧技艺。煮这幢花祭和一千个麻糖需要五百斤左右精粉,还要糖料、姜黄等下料。和好面擀开面叶,要用刀裁成方、圆、条、斜和大小不同的各种透明花纹,放在油锅里炸成黄色的硬片,挂在屏风架上,片片垒砌,直挂到近三米高、约五米宽,再用彩纸扎成花朵镶嵌在炸面果子的空隙处,这样便成了一幢可观的面食花祭。这还不算完工,还要在花祭近两米高的高层上,用泥头纸身裱糊出七八出古装戏剧人物,这些人物高不过八寸,角色不过三至五人,可这正是展示厨子手艺的大好时候。所以,这厨子不仅是油锅前简单的做饭人,还得有精到的手艺。

请什么戏班子?盖运昌想,河南的豫剧不能少,还要有潞安府"乐意班"的上党梆子,两台戏打擂。南街和三峻庙两个戏台子,当然,南街还要搭一个披挂台子,要不怎么告诉人们这是南街办赛呢?既然搭台子那就应该有讲究,不能小家子气,不能像往年那样几户合办时搭一个单层双檐的来哄观众,今年要讲排场,就要搭三层檐两层楼的,檐头要彩绸镜面点缀。

盖运昌八月初一早上给菩萨上了香,看到请来的人已经在堂屋等着了,简单说了几句,就由家丁领着一队人马往暴店南街和北街分道处的三峻庙去了。三峻庙供的是射九日之神"羿",如今天空没有太阳可射了,这羿真正的作用就成了保佑求愿的人想什么得什么,法力大到地上所有的欲望都能满足的俗神。每隔五年的赛社都是借了三峻庙来办的,为的是给药材大会一个热闹的开场,也是为了转转富户的运势。

盖运昌还真是没有几次走进过三峻庙,五年一办赛,有时候不一定是自己主事,就算是自己出的份子比别人多,因为大会前的药材往来业务烦琐他都不怎么参加前期的活动。前期的活动有一项祭祀他是羞于参加的,这也是让他很丢面子的事情。以往,作为盖姓的长子和其他几户人家的长子一起主事过。今年这一项活动是自己来办,要长子上头香供盏,他的长子能见人吗?见了人是叫人家笑话呢!立杆办赛,自己却没有长子出来主事上头香供盏,知道有儿子,却不能叫儿子出来示人,这也是最让他闹心的事情。

三峻庙是五间大殿,大殿门外东西两侧有月亮门,前边正中是一幢木建筑彩绘的六角大亭曰:香亭。说起这香亭还有一段故事。庙建于明朝年间,康熙年间遭天雷击了一次,毁了一角,几户人家出资修建找了暴店当时最好的木匠按顺序拆卸下梁木,标了号。拆卸时拆出一块青瓦,上面写了一行字:"比我技艺高的人,少上一根梁;不如我的人,多上一根梁。"当时的木匠看到青瓦时笑了一笑,要人传看,最后照着地上把青瓦摔了下去。木匠很不屑这句话,就算是自己的技艺不如对方,按它已有的顺序上梁总该不会错吧。结果上梁的时候把原有的木料往上按顺序上,怎么都少一根,木匠不信邪,苦思冥想了好几天,最后还是多加了一道梁。修好香亭后木匠再不出工,几年之后便忧郁而死。这个香亭落下了这样一段话柄,也告诉了人们手艺人是越来越不如古人了。

大殿的左右并列各有三间配殿,东边是"关圣殿",西边是"龙王殿"。配殿两侧,各有东西相向的三间低矮的小屋,东曰:"主比室",西曰:"主礼室"。李圪渣告诉他说,这是赛社期间维守和主礼住处。大殿前的东西两边各有整齐的厢房十三间。东上五间叫"接官厅",西上五间叫"迎宾厅",东中五间叫"时雨厅",西中五间叫"栖云厅",东下五间叫"司馔室",西下五间叫"账房室"。大门的顶端便是内里专演乐剧的舞楼了。舞楼的檐头雕刻有花木戏剧人物,檐头中间悬有一金字匾额,上书"娱神楼"。舞台中间亦有一匾,上书"舞雩楼"。舞雩楼两边各连接着三间配房,东边是主持室,西边是大厨房。

盖运昌看到香亭时,回头问厨子王虎孩:"我记得花祭上的两旁应该有一副对联,是黑底金字的,上联是雨不破块风不鸣条巍巍功德垂唐代,下联是麦生双穗禾秀九歧荡荡恩泽沛丹城,横批是粒我烝民。"

王虎孩说:"是,盖老爷,这副联子就在我的家中保存着,因为它是神前祭品,随花祭一起在会前迎来挂上。"

盖运昌"嗯哪"了一声。

大殿外也有一副联子,上联是佐治着功勋想当年缴风射日血食永垂万世,下联是封王昭圣典看今朝护国祐民威灵充冠熙朝,横批是神恩浩荡。

盖运昌说:"这两副联子一比较就有内容了,比起花祭上的联子来,大殿外的联子有些做作了。"

几个人不知道老爷说的是啥子意思,要说戏文也还能说出个面和米汤来,说联子这样文绉绉的内容,互相就有些懵懂了。

李圪渣看着香亭两厢东中五间的时雨厅和西中五间的栖云厅说:"盖老爷,这两处是设局棚的。"

两处局棚是大会赛社期间,当地富户斗富的地儿。也就是说,大会期间各家都要在这里摆设自己家藏的古玩器皿、玉刻石雕、瓷瓶铜镜和翡翠珠宝之类的东西。也有收藏雄才巨手的字画和锦屏绣幛的,因为是大会期间,南来北往的客主欣赏品位不同,故以此来吸引各方香客。往年盖运昌在这里展出的除了家藏宝贝,就是几坛药酒,三天里坛盖打开,酒香四溢,以此吸引和盛行的生意。

局棚没有几家大户来斗富,还真是要冷落冷清许多。世道老也不太平,斗富也是随了性情来的,有的就不怕,就拿府上的宝贝来要世人观看,有的呢,就不拿,拿几件赝品,反正大赛期间出了差错由办赛人赔偿。这就难免会产生一些矛盾。办赛期间治安也是大问题,还得请县府的衙役过来维持,这又是一笔很大的开销。不是一个太平的八月啊,八月里春天的种子都长成青苗了,满地满暴店街跑散开的光屁股男童都是破土长出的青苗儿,他盖运昌的八月只能望"月"兴叹了吗?

盖运昌停顿了一下脚步,头也没有回地说:"八月十五住进来吧,该准备的各自到账房去领了,住到各自的房间里,厨房也该生火了,十五天的光景够不够天数你们自己定了。"

看完三峻庙,一干人回到府里,盖运昌要家丁领了他们几个到账房取了赏银各自去置办东西。躺在堂房的床上,心中突然落寞起来。躺了大约有一袋烟工夫,想到了自己心中的那个欲望,坐起来,喊了一声外面,要下人把大太太原桂芝叫过来。

2

大太太原桂芝走进堂屋时,看到老爷望着条几上放鸡毛掸子的梅瓶发怔。

梅瓶是宣德年间的造型,小口、丰肩、鼓胸、弧腹下收、瘦底。只可惜是一件民窑的瓷器,本来是盛酒的,却插了鸡毛掸子。盖运昌没事或想事的时候总喜欢看这件梅瓶,它姿态挺拔,宛如发育成熟的妙龄女子,该鼓的鼓,该收的收,该翘的翘,该挺的挺,一扫短腹呆瓶臃肿沉重的样式。他看这件梅瓶的时候如同看一个绝色女子,有一种很深厚的寂寞覆盖着他,让他产生无边的想象空间,那个空间有近乎禅一般的清幽余韵。知道大太太走进来了。越过她的身后,站到门口,皱了眉头看院中的槐树,槐树上结槐米了,这是一味药材。他从来不让人动这棵树上的槐米。离这么远的距离能看到槐米灯笼一样挑在树枝上,槐米发出微黄的晕、酥软的光,那光把一棵老槐照得丰腴了,滋润了。在粗糙的太阳光下,槐米的晶莹透亮装扮了一棵老槐的绿。他突然又想到了那个钻出地窝子的黄,那是他长这么大眼见的最好的风景,和这些槐米一样是地上的活物。他知道,在看这些槐米的时候,太阳的光和日月也在看,它们用看不到的尖嘴利牙刺进去看,去贪婪地吸,那声音如同刀子一样锋利,槐米落的时候叶子也就该落了。一棵树,一年中能有几天绿日子?一个人呢?

盖运昌有几分醉意地说:"你再去一趟那个女女谷,去把那个叫聂广庆的叫来,我有话要和他说,你怕是最懂我的心事,九月十三一早的祭祀,你该知道家生是不能见外人的,真叫外人见了,那是要笑话盖家我啊。"

大太太原桂芝突然觉得有一团棉花在这嗓子眼里堵着,想咳嗽一下,又怕老爷误解了自己的意思。其实这团堵着的棉花就是对老爷想法的不满意,她不敢流露出来。盖姓走到现在,传宗接代,光荣耀祖已经渺茫得成了一朝一夕的事情了。这朝夕之间,如花的年华,她是经历过的,只怕一朝一夕之后都成了如草的蓬头了。说心里话,她好希望"长婿为孙",这是她多年来伺候这个家族的最后希望。一个不争的女人,熬到这把年龄,她不想自己就像那个玉镯子一样轻轻一磕就碎了,她要争得的也是天经地义的事情。原桂芝用丝帕捂了嘴低下头小声咳了一下,那声音在静谧的堂屋犹如一只苍蝇飞转的拍翅,甚至让盖运昌的眼皮都没有眨一下。原桂芝觉得自己就像灯头的火苗一样,照在斑驳的老墙上,被老爷的背影挡了一下,一切就暗淡了。

原桂芝说:"老爷,家生总归是要见人的,就算见了人谁好意思将责任加在老爷身上呢?再说呢,人心都是肉长的,人要是能主了天的事,想啥要啥了,人不都成神仙了?"

盖运昌抬了一下眼皮说:"人心可都是肉长的,你看院子里的那只鸡,血肉是给人准备的食物,皮毛呢是给人用来做拂尘的掸子,鸡处处与人为善,并不打算,也没有招谁惹谁,可是,它并没有消灾避祸呀!不下蛋了,你骂它、打它,再不下蛋了,你叫伙房杀了它,哪个可怜它了!人哪,你说,要叫外人知道了盖家的儿是那样的一个儿,你脸上还挂得出笑来?"

"可是老爷,就算没有家生还有外甥呀!"

"一个妇道人家,你哪里懂得这个世界可是争斗的世界呢。"

盖运昌调换了一下身子,看着原桂芝有几分暧昧地说:"你呀你呀,'两个黄鹂鸣翠柳,一行白鹭上青天',这可是一个普通女人说得出口的?她是三分春色,二分尘土,一分流水般的女人,上天居然又送了她一个佛前的点灯童子来。"

原桂芝张大了嘴,人常说眉眼前的事情最容易变得庸常而琐碎,她乘坐在风雨飘摇的大太太宝座上,庸常而琐碎的日子里剩下的仅仅是善良和隐忍,她的迁就、退让,在漫长的日子里,已经成为习惯,但是,她还是被老爷的话吓了一跳。知道老爷讲的那个佛前点灯童子是指那个怪呢。她坐正了身子说。"老爷,那哪里是佛前的点灯童子啊,那是畜生转世来糟害世人的。老爷不可忘了新坟地的半晌是叫谁破了,你也信吗?"

盖运昌抬起脚弹了一下鞋面上的土灰,头也没有抬地说:"你只有垂手洗耳恭听的份,哪有怪和人一样活蹦乱跳的道理?天爷告诉我他是佛前点灯童子,我瞅那双眼睛,那是生生照得出盖家的前世今生呢。"

她不能回话了:"我知道老爷的心事了。"

原桂芝退出来的时候一串咸泪从她的眼睛里流了出来,手扶着墙,麻木地摸着青砖,黑天白日错乱了,铺天盖地的恐惧一下将她压得喘不过气,僵硬地走着,想大声训斥,嘴张了一下,声音却像从小肚子发出来似的,软弱而冰凉。老猫走过来懒散地叫了一声,她抓起地上一块残瓦狠命扔过去,老猫凄然叫了一声,远去了,听上去比近了还让她难受。

盖运昌隔过盖起顺的门口绕道上了窑顶,不为什么,只是想散散郁结的心事。他叉着腿望着脚下古潞水,那水像一条出世孩娃儿的脐带,在阳光的照耀下,一直向山下铺过去。他想,如果能一手提起那条脐带,下面该坠着一个什么样的小人儿呢?他前襟起伏,重重地把胸膛深处的一口急促的浊气呼出来:嗨!万物比人强,这就是命吗?谁也无法逃脱的命。当年几步蹿上来的小坡坡,眼下走来才几步就喘上了。人和日子一样,不可能三百六十五日没阴天的,何况过了多少三百六十五个日子了啊!日月如梭,如梭的岁月,通透晴朗,无瑕无痕。

他看到聂广庆跟在大太太的驴屁股后走到盖府,黑墨一样的小点,为什么总是应验在那人的身上呢?他走下窑顶,越过窑门,看到他的父亲窝着脖子低头卧在太师椅子上,听着动静,微微转动了一下脖子,不抬头,知道是谁越过了他的窑门前。"你不来了?"一股悲怆滋味涌上来,他没有搭话,大步流星地走开了。

原桂芝领聂广庆走进堂屋,满脸挂着疲倦的原桂芝怅怅地说:"老爷,我回我的屋里去了,有什么事情叫我就是了。"

盖运昌说:"你也坐下来,我有话要和聂广庆说,你也好听听我的意思。"

盖运昌要聂广庆也坐下来。

聂广庆迟疑了半天没有坐下,他在有钱人家的屋子里还没有坐下来过,他的屁股上带着山野的尘土,他害怕脏了人家的缎垫子。

"俺站着老爷,站着好说话。"

盖运昌说:"你站不动的,我的话长着呢。"

聂广庆放下手里提着的麻袼袋子,摩挲着一双粗粝的手,有些局促地说:"那俺蹲着听老爷说话,种庄稼的人都习惯了蹲着。"他靠墙面对盖运昌蹲了下来。

盖运昌说:"你从山下是用独轮车把她推着来到山上的?"

聂广庆说:"是说俺媳妇吗老爷?"

盖运昌说:"不容易啊,你要是有一顶轿或一架车马就好了,要不有一头驴子也行,你就不用受罪了。可惜啊,你要有这些个东西,你会逃难来太行山吗?不会的。"

聂广庆张大了嘴,不知道老爷要说什么,想着免交五年租子的事,抬了头说:"老爷,你免了俺五年的租子,俺不知道该怎么谢,聂广庆是知恩图报的人,会记着老爷的好。就算是你免了俺的租子,以后打多了粮食,还是要还的。这里是俺媳妇做下的盖府小姐和太太们的绣鞋,媳妇说以后府上的绣鞋她都包做了,只需要告诉想绣什么花草。"

聂广庆站起来提起地上的麻袼袋子,想不出该往什么地方倒。大太太说:"你倒在炕上吧。"

麻袼袋子里倒出的绣鞋堆在炕上,聂广庆不敢用手动,傻憨地看着绣鞋笑。

波涛似的花朵在徐徐秋风中舞蹈,争奇斗艳。盖运昌的心脉一下激荡了,花蕊没有芬芳却有冰清玉洁的雅姿。一双双绣鞋仿佛都是为了盖运昌在卖弄风骚呢。

盖运昌不怀好意地笑了说:"真是一个知道记着好的女人。那块地你种了豆?"

聂广庆站起来回话:"种了豆。"

盖运昌说:"该是好收成呢。"

聂广庆有点哭丧着脸说:"不是,老爷,蹿了秆子,花骨朵都没有,豆秧子有一人高。"

70

这是盖运昌没有料到的事情,抿了一口茶问:"是什么事情要它蹲了秆子?怎么可能?少说也有一亩七分,难道一个豆荚都没有?"

聂广庆带了哭腔说:"我琢磨着是上的肥足了,那地儿阴,从来没有长过粮食,又种得晚了,因此才蹲了秆子。"

盖运昌沉吟了一下,很有感触地说:"难道肥足了也容易蹲秆子?看来下了力气也不见得有好收成啊!"

聂广庆眼睛里的泪掉了下来,他抹了一下脸上掉挂下来的泪,心想着自己的命不好,天也欺人。那块地里是真下了功夫的,苇子下的淤泥他挑了数担泼到了地里,经过平整,怕肥不足还烧了草木灰,要说真是一块风高土厚的好地啊,可就是种下的豆不见开花,扯了秧子。地边上的十几棵向日葵长得粗壮,可惜浪费了三升上好的豆种。

盖运昌说:"受地域之熏习,莫非不安生不认命,和人一样?"

原桂芝插了话说:"怎么能一棵也不长豆荚?"

聂广庆说:"就是一棵也不长,豆秧有半人高,叶肥秆壮。"

原桂芝看着盖运昌说:"怪了。"接着和聂广庆说:"你还是坐了吧。"

聂广庆说:"这样好。"埋了头靠墙蹲了下去。

盖运昌说:"既然这样,我的好就不需要你来记着了。我叫你来的意思是,九月十三暴店药材大会,这你也是知道的。今年的大会前要办赛,由我盖家主办。办赛前要上头盏香,按往年的规矩,上头盏香应该是主办家的长子来上,我儿盖家生身体虚弱,入秋以来他病在床上,我不想让他在秋天的风口上出来主理此事,想借了你的儿子,此事说来是不好讲出口的,毕竟你的儿子是佛前点灯童子转世,这也是我看中你儿子迫不得已讲出的心事。我有此下下策,也和你种地一样啊,种下了不见得。"

盖运昌看了一下原桂芝。

3

聂广庆没有想到自己的老儿子是佛前点灯童子转世。他的心一下跳了,蹲着的腿酸麻得想要站起来,却压着丝毫不敢大动,真是对哩,当年自己就是在寺庙里做下此事的,点灯童子偷着转世,这般一说呢,也算是自己种下了获得了大收成啊!

原桂芝没有想到老爷叫聂广庆来是借用那怪,还想着老爷是看上人家婆姨了呢。她觉得老爷的眼神中有对自己这么多年来的埋怨,埋怨是系在心尖上的,稍一牵动,便是痛彻心扉的疼。她觉得自己有愧于老爷,她的愧疚这么多年来已经变成了对下边几房的细微照顾,她可以在满是狼藉的厨房里等待那一味汤药熬成浓得化不开的愁绪,只要哪一房的肚皮鼓起来,她就会觉得自己真是没有白来这世上,没有白照顾她们。那愁绪突然就化解得如这热闹的俗世,这么多年来让她始终走在了一条没有目的的长路上,人生憾事多,老爷尤甚,她知道老爷是在怪罪自己了,千般埋怨都能想通达,独独这佛前点灯童子,老爷到底是吃了啥汤药了呢?

盖运昌提起水烟袋,原桂芝点燃了桌上的蜡烛。第一口烟吸深了,呼噜声如院外纠结着的潮湿的青苔。

盖运昌说:"不瞒你说,替盖府上这头盏香啊,也是给你后来的日子积福呢。"

原桂芝肚子里憋堵了话想说,就算盖姓没有健康的儿子,纤弱也是你盖运昌的骨血,因何要用一个外姓人的骨肉?况且是一个借了人形化来的怪东西!

盖运昌的语气稍稍加重了一些,他不想让原桂芝插话,他的话还没有说完,他的性情是不容有人在这时候插话的。

"你该知道,你的娃是有别于那些鼻涕哈水拖到前襟的娃,我是寻了梦看见的,打第一眼就看他是我梦中隐现的那个佛前童子。我这人只要喜欢了认准了,就没有人能说服我,我喜欢随了性情做事。九月十三之后,寒冷就要进入冬季了,那份寒冷是彻骨的,你住在地窝子里,人到底不是地老鼠,天生是地上的活物,尤是要一个女人。下雪的日子里,天冷得能把身上残存的体温一点点抽光。你为了生计忙活,你是体会不到那种剥茧抽丝般猖狂肆虐的寒冷。你的小儿清鼻涕能冻出冰凌子来,可怜你的婆娘,她该不是普通人家的女人,跟了你浪费掉多少本该是闲情逸致的大好暖冬啊。"

聂广庆缩了缩脖子,哈出一口气想:盖运昌怎么就看出来自己的婆娘不是普通人家的女儿呢?

盖运昌说:"你女人身上有别的女人身上没有的东西,她那别的女人没有的东西你是不知道的。她知道的你不知道,她的心多半是苦的。大雪天啊,大雪天啊,我记得小时候的雪天,坐在暖炕上,炕上铺了新毡,看我娘手里拿了手炉,我想到外面打雪仗,我娘给我戴了狗皮帽子,雪天雪地的我玩的是热闹和高兴,你的儿子和婆娘站在雪地里哈出的气是苦寒。你住在地窝子里,冰天雪地,你懂得一色的白树白景、天地间的哀感壮丽吗?你婆娘懂,她懂得霞色和露水里日头炭火般藏着的召唤。你是大福之人啊,是因了你佛前点灯童子转世的儿,你才做了大福之人!"

聂广庆下意识地把心提了起来往后靠了靠,脊背靠到了墙上,溜着墙坐了下去,看上去人矮下去许多。心里刚才的那份空落落有了落地的实在,却也还没有踏实起来。因了自己的女人,自己种下的佛前点灯童子转世的儿,自己的心里又泛出了几多异样的不一般呢?可日子就这样走过来的,他的长相奇怪的儿,可也没有觉得自己因儿就要成了大福之人啊!

原桂芝坐着有点不自在了,她不懂老爷在说什么,老爷葫芦里卖的药,要是往常她听那话也能听出个大概,现眼下她是真糊涂了。一个荒郊野地存活的龌龊女人,荒天野地的那好有几分是真?突然想起自己这么多年来,老爷懂过自己吗?往年的迎神赛社,锣鼓一敲,十里八村都能听见,锣鼓密集如炒豆子、下雹子,老爷在听到那声音时有些疯癫,张扬的个性仿佛回到了十七八,可她怎么就觉得那锣鼓点把鸟的翅膀都敲乱了呢?老爷说那锣鼓点是通天的,被驮在雷脊上,在闪电的裂痕里行走,疯癫人说的话她是一点都听不懂的。老爷还埋怨自己是一个不懂情趣的人!她总觉得自己要做的就是恪尽妇道,就算是锣鼓点敲烂了耳朵,她也没有心动过,把整个人埋在盖家,撑持门面,上孝公婆,下顾几位姨太太,她希望自己不能给予老爷的由几位姨太太来给予。可老爷到底把她忽略了,忽略她是盖府明媒正娶的女人。老爷把她当了一个忠于盖家的老仆,她活没了,没了自己的喜怒哀乐,一切因了老爷而喜而乐。几天来没有摸清楚老爷因何要免这山东人的租子,她想,也许,老爷是一时兴起看中了那个女人,也不过是一时兴起罢了,眼下看来老爷是看中了这个山东人的儿子了!老爷在绕着弯子夸那个女人的同时,老爷是想要抱养人家的儿子,说什么是佛前童子?是老爷慌慌无后啊,真的糊涂了啊!

盖运昌站起来想走近聂广庆,不等盖运昌走近,聂广庆已经局促地站了起来。

"你坐下来,我这是堂屋,能来的都是客。既是客人,就得落座,你这样子坐在地上,我心里觉得是不妥的,你还是坐了,是我有求于你,你因何不坐凳子要坐在地上呢?"

聂广庆不等大太太原桂芝取过凳子来,自己急忙解释说:"俺是受苦人,哪里有坐着和人说话的道理?受苦人说话见面站着,唠家常不是蹲着就是席地坐着,俺身上的破布烂衣怕是要污了老爷的凳子。"

盖运昌笑了笑,有一股和气,示意他不必太拘谨坐着就是了。原桂芝不想取那凳子,自己和眼前这个人是不能同等而坐的,有些恶气出不得挂在脸上,脸霎时就黑了许多。

屋外的阳光沙沙响,老槐树上的槐叶无风而落,星星点点浮了满地。一朝一夕来得如梦一样,那个梦境,那一茎草叶,那一滴露,春雨秋雨峭拔出的冷暖,落日熔金,盖运昌是清清楚楚的啊!那日之后,他又偷着去过几次女女谷,谷里漫洇着青绿的芦苇,看不见的温暖气息借助秋阳照在那个叫女女的身上,坐在地上的小儿跟着女女学话:"一,一川碎石大如斗。二,二月江南花满枝。三,三秋庭绿尽迎霜……"他突然觉得这个女人不是人,是被打入凡间的仙女:我情愿打入红尘去,宁肯丢去千年修行,换一个自由身!

盖运昌情不自禁地用指头敲着桌子念出了:

"儿,一声梧桐一声秋,一点芭蕉一点愁,三更归梦三更后,加起来有几?"

原桂芝轻声咳嗽了一下,她想叫醒恍然进入了另一个世界的老爷。

盖运昌回转神看着聂广庆说:"我抱你儿子来做我大会上头香供盏,我抱你的儿也不是白抱来,你想想有什么要求,如不介意,就说个数。"

聂广庆吓得站了起来说:"老爷,只要有用,你尽管借,借多久都成。听老爷这样讲了,俺都想这事怪了,聂大他娘怀他时就是在寺庙里,寺庙的佛台前,那夜的月明儿照得他娘和供台上的佛菩萨一样一样的。"

盖运昌"哦"了一声说:"佛前怀下的娃,没有子丑寅卯,看来真是你前世烧高香了。"

聂广庆觉得盖府老爷不管怎么说是有恩于自己的,就算是打死了自己的狗,毕竟是免了自己五年的租子,借儿子给人家大会上头香供盏有什么不可?自己不相信迷信,点了点头说:"这事好说,就依了老爷的意思。"

盖运昌说:"你想要什么?你说,我借你的大儿子用,怕孩子娘不在他不肯来,还要辛苦你的婆娘一起跟来。"

聂广庆想解释什么,脸憋得通红却说不出来,听得原桂芝叫了一声:"老爷,你可知道你不是孩子了!"

盖运昌说:"别眼眶子小得和外人一样,你听就是了,男人说话,难道你头上多长了耳朵?"

盖运昌把话转回来说给聂广庆:"你想好了说,还是现在说?你回去和你婆娘商量一下,你想要什么?"

聂广庆觉得自己的手心里流汗了,两只手在自己的衣裳前襟来回搓了搓,想到了秋后的豆种,他说:"老爷、太太,要是能的话,就给几升俺枉费工夫种下的豆种。"

盖运昌大笑了起来,说:"我给你物件是想堵你的嘴,可惜一个人的心有多大,话才会有多大啊。"

说到明白里聂广庆也是一块土疙瘩啊。

站起来走到竖柜前打开柜门取出烟枪,要聂广庆走进来吸两口。

聂广庆说:"老爷,这么金贵的东西不是俺能受用的。"

盖运昌说:"我还想着给你一头驴子呢,用驴来代替你春种秋收。"

聂广庆懵懂了,天下竟有如此好事?没有等他反应过来,盖运昌起身把他拽到桌前,要他伏在烟枪前,他猛地抽了一口,看到那灯骤然地缩小了又明亮了起来,一股苦涩下了肚。紧连着抽了两口,有一种天旋地转的感觉,退着,退到墙角想弯下腰时突然想呕吐。他扶着门框走出院子,走到老槐下,开始翻江倒海地干呕,却什么也没有吐出来。返回屋里时,眼里含着咳出的泪花说:"老爷、太太,要你们看俺的笑话了,金贵的东西叫俺糟蹋了。"

盖运昌收起烟枪,要原桂芝去叫下人备一头驴驹子。

原桂芝纵然有千般不乐意,也必须听老爷的吩咐。她站起身走出堂屋,脸上的黑还没有散尽,午后的阳光铺了一院,脚踩上去有碎裂声,自己吓了一跳,低了头看发现是老槐落叶,心不免苍凉了一下。碰见了三姨太李晚棠,她突然觉得自己走到悬崖前了想要抓一根救命稻草,张了张嘴要说什么,却什么也没有说出来,话在喉咙里搁着,像一块石头一样硬着让她发不出声音。眼里有泪打转,不想让三姨太看见,假装看天上的日头,看见天上的日头生铁疙瘩般挪着落到了西边的山崂崂上,一个白天就要过去了,有多少个白天这样过去了呢?

三姨太李晚棠正要找老爷说事情,碰见了大太太,给人家打招呼,人家装了看不见,三姨太觉得不对劲儿,这大太太的脸总是一团和气,很少见有愁容,今儿个看过去隐约有一丝苦涩,脸还阴阴的,少了许多欢势。心里纳闷了,扭了扭腰身往堂屋走。进了堂屋见老爷和一个几近是讨吃的人说话,她也没有觉得稀罕,稀罕的是老爷居然让这个人坐着。

三姨太不管聂广庆,撒娇地和盖运昌说:"老爷,我有事情要和你商量。"

盖运昌说:"看不见我有贵客?你等一会儿,我送走客人再说。"

三姨太觉得老爷和平常不一样,平常摆出来的架势总是高人一等,吊着脸迈着四方步,尤其是见了这样的人。过后了总是说,活人不知努力,天生穷命的人又不知道劳动,这样的人可怜不得。老爷是一个强硬的人,怎么今儿个和平常的言行不一致了呢?等送客的时间里她联想老爷最近的表现,觉得老爷不对劲了,老爷似被一个什么精灵揪了心、牵了魂,内心有无穷尽的乐趣自在不言中,她想不出是什么。她要和老爷说的事情,怕是老爷不答应,就算老爷不答应,她也要说。

有家丁随了大太太牵着一头驴驹子走到院子里,老爷示意聂广庆跟了他出去。老爷拍了拍驴驹子的脑袋,驴打了个响鼻,前爪子刨了刨地,盖运昌接过家丁手里的缰绳递给聂广庆,要他牵了走。聂广庆不敢牵,觉得这事情有些邪乎,就这么个事情就受了人家一头驴驹子,张着嘴不好说话,站着的身子往后退了退。盖运昌说:"我的名声不是靠欺负弱小换来的,我给你一头驴驹子,是因为我有求于你,求人帮忙,总得有所回报,你有什么不好意思呢?你牵了去吧,我还会找你的,你回去和女女商量一下,就算是事情做不成,我盖府也实在是需要一个做绣鞋的针娘啊。"

聂广庆接了缰绳,牵了驴驹子和盖运昌、大太太道了再见。他心里有几分不静,出了大门,脑子里斗争了一阵子,激动了一阵子,轻飘飘踮了脚尖牵了驴驹子往女女谷去了。

大太太跟了盖运昌回到堂屋,她有许多话要说,却不知道怎么开口,话到嘴边,说了一句:"二闺女腊苗和同学从省城学堂回来了,知道今年的赛会由咱一家出资,想回来看看有什么帮忙的事情做没有。"

盖运昌笑了笑说:"好啊,有事情要做呢,不过,我看怕是他们也想回来趁着大会捞取好处来了吧?他们回来也有你的意思,你心里的那个小九九,不懂藏着,总是挂在脸上。"

原桂芝不说话了,心里想什么好像早就晒出来似的,总是被老爷猜得很透。

"把那些个养人眼目的绣鞋儿拿下去,分放给各房和闺女们。你心里今儿如藏着心事,我看呢,倒不如想想,盖府这么多女人,真该找个针娘了。"

三太太李晚棠惊喜地叫道:"我要一双粉缎的,哎呀,哪双看上都很喜欢、都想要啊。"

大太太看都不想看三太太地说:"天下想要的东西多了,天下活该叫了天下,可惜天下不止你一个。"

三太太是练过眼神的,台上眼睛的活泛全靠了台下的练习,时间长了看人的时候,看上去那眼睛有水汽在里面缭绕,被看的人心里不定,她很适时地说:"老爷啊,天下大得繁花似锦,啥事儿啥人儿都有,你得答应我一个事情呢。"

盖运昌说:"看把你得意的,你说。"

三太太李晚棠转头看了大太太一眼,大太太脸色不好,脸像剥下的麻皮一样干黄,没有水分。李晚棠笑了说:"大姐,你看你整天忙事,你真是我敬重的人啊,我回头给你一块料子,是托人从省城买来的,你我一块儿做一件上衣,领口和袖口的花样,还要麻烦大姐绣,我也好跟了学着点。不怕你笑话,我想和老爷说的事儿是,我想今年唱一场戏,一来是多年没有唱了,心热,想唱;二来呢,今年的大会,是咱一家出资来办,我要不尽这个兴呢,也说不过去。我知道老爷不喜欢自己家里的人抛头露面,就想让老爷破这个例,这一唱就不知道要等到猴年马月了,世道不安然,再等,天下哪里还有我存身的舞台儿?我也就唱不动了。老爷要不给这个面子,我也不好说非得唱,也知道是给老爷提了个为难事儿,就希望老爷答应下。"

大太太原桂芝霎时脸上就又挂不住了,不等老爷回话,抢着说了:"盖府的规矩你又不是不知道,不管你以前是做什么的,进了盖府哪有不守规矩的道理?平白想出这么一档事来,你觉得不够乱是不是?"

李晚棠不看大太太,定了眼看老爷,老爷的脸上没有什么变化,反倒也看着她,上下打量了一下,脸上堆起了笑容:"你是唱花旦的,胳膊腿怕是长住了吧,你还想唱,能行吗?"

老爷没有反感还问了话,说明老爷有意思呢。三太太急忙应道:"这一次呢,是唱刀马旦儿,要唱功,要腰身,平常我还练着呢,只要老爷同意,只要老爷恩准,还有些天日,我找人排练几次,我呢,保不准还能再唱红呢。"

盖运昌看着大太太说:"怎么,就要她唱一场,人活得累啊,要唱就唱这一次,该热闹热闹了!"

大太太说:"卑贱!要叫人说闲话,看笑话了。"

盖运昌拉过李晚棠的手说:"女人的卑贱是男人的快活。我不让你唱呢是伧夫的心理,要你唱呢,有人要笑话我了,网开一面,就唱这一次,我心里高兴,你想唱,我给你这一次机会。"

这是三太太李晚棠没有想到的,也是大太太没有想到的。看不得眼前事儿,大太太找了一个借口提了绣鞋出了堂屋。路上碰见了自己的大女儿来看父亲,原桂芝没好气地说:"你爹哪里还当爹呀,大没有大样,小没有小样。"说完也不管大女儿了,径自回了自己的屋里生闷气去了。

4

秋天,天空澄湛得如同小儿的眼睛,粮食熟透了。秋日最有风韵的那个部分是由芦苇中苇花释放的,让静静坐在水塘边的女女无比陶醉。大多琐屑日子已经被她淡忘了,偶尔还会想起以前,也是在心里压着,那一种痛,她已经不想把它翻倒出来了。小儿在她怀窝很安静地睡了,大儿在稍远处玩泥巴。打远处看到了聂广庆牵着一头驴驹子走了过来,被大看见了,稀罕地跑过去。聂广庆先是抱起大看了半天,越看越觉得大长得有意思,呵呵笑着把大放到驴背上。聂广庆牵着驴驹子直接走到了苇子下,看着女女说:"暴店盖府老爷要大太太送了一头驴驹子。"

女女心想盖府老爷因何要送一头驴驹子,想是有原因的:"因啥要送一头驴驹子过来,怕不是一条狗命能换得来的吧?哪有送这么贵重的礼物的?"

聂广庆说:"暴店镇今年大会,由盖财主出资唱社戏,盖财主的儿病了,大会请神上头盏香,这事本该由他儿上头盏香,儿病得重,说是要聂大替他上,想弄出些动静来。他拿驴驹子做交换,俺看划算,就应下了。"

女女瞪圆了眼睛说:"这该不是第一次说吧?弄出什么动静来?是叫暴店人笑话我儿吗?他安了啥心?怎么没有听你说起过呢?"

聂广庆说:"本来就是第一次说嘛。求人叫到门上了,哪有不应下的道理?"

女女的心猛烈撞击了一下说:"他是想叫世人看我儿的笑话呢。不同意。"

聂广庆说:"想偏理了,俺的儿,有啥笑话可叫世人看?人家是掏心窝说下的话,也有几分道理呢。"

女女冷了冷心,觉得蹊跷了:"这盖运昌说来是大户,有头有脸的,大太太也是大户,就算是儿有病,娘抱着来磕个头上炷香众人也该理解啊!就算病重,叫长婿也能来上个香吧,不就是举行一个大会前仪式嘛,咋好好就看中了咱的小儿?"

聂广庆小声说:"人家盖老爷说了,菩萨有梦来,说咱的儿是佛前点灯童子转世呢,说俺没有那本事种下他。"

聂广庆拽过大,看了半天笑着说:"俺瞅也像佛前点灯童子。模样不和你娘一样,也不和俺一样,怀他时是在寺庙里,那夜的月明下你和菩萨似的,俺思谋着也该是佛前童子转世来到凡间。"

女女有话说不得,看看他们父子把脸别到了一边。

聂广庆想起了此前。

走到太行山上的第二年他回山东看姐姐。返程时,走到黄河口岸,不知道为什么黄河岸口上那一天绝渡。他找了一个破庙住下来,那庙里已经住下了父女俩。女儿长得白净,两条乌黑的辫子挂在胸前,在庙台上坐着,两只绣花鞋像菱角一样娟秀。聂广庆走进去的时候说:"往北岸渡河,宿一夜等明天有船过。"

父亲说:"都是借宿。"

廊檐下有鸟出没,聂广庆三下两下踩着佛像攀上去抓着了一窝小鸟,抹了黄泥架了柴火烤。父亲很欣赏地看着聂广庆说:"我出去寻个熟人,我闺女,你替我照顾一下。"

傍黑里,月亮在庙顶的山墙上挑出,云染着褐黄色的光晕,光晕把闺女的目光映衬得闪闪烁烁,却不见父亲回来。闺女站起来到庙墙的阴影下解了小手,回来的时候,看着窝在供台下坐着的聂广庆说:"大哥,我爹把我丢了。"

聂广庆翻了一下眼皮说:"不是亲生?"

闺女说:"是。就算是亲生,我到底是个累赘。"

"打小里养这么大了,说丢就丢了?你又不缺啥。"

闺女掰开黄泥烤成团的肉,往嘴里送时不知为什么开始翻江倒海地呕吐,一阵子下来,软扑扑眼泪挂了满腮。

聂广庆说:"你闻不得腥气?"闺女说:"也不是。"月光透着门框和窗棂照进来,闺女解开自己放在佛像后藏着的包裹,取出一件绣花小夹袄披上。聂广庆睁了睁眼,看到闺女脸蛋上挂着的两串泪珠,心软了,一下坐起来。

闺女说:"我有一腔怨恨呢,我说了,把心空出来,也好净身上路。"

聂广庆不想揽事,看着佛头上的一只麻雀说:"还是不说吧,天道不由人,你有苦你装了肚子,说出来俺也是受苦人,替你装不下。"

闺女吐不出话来,索性伏在庙中央的供台上号啕起来。聂广庆被哭声搅得心酸,站起来看庙外的月光,风从四面来,有青草在月影下伏来倒去,阒寂无人,仔细听能听到鸟噪虫吟,大灾过后与虫鸟为邻,日子怕是要兴旺了。闺女的哭声渐渐瘦下去。

聂广庆背着身说:"你叫啥名儿?"

"女女。"

聂广庆回转了头看女女,月影下一头青丝像黑漆一样铺在头上。聂广庆的心动了动,一个女人家辛酸到了这种地步。女女把吊在半空的腿盘起来,让自己有一个好的坐姿。月光从窗户和门中射进来,佛菩萨打坐在供台上,供台前油干灯净,有一只老鼠从菩萨的身后走过去,女女拍了一下供台,老鼠紧着走了几步,一切又归于安静了。人是为了一个简单平常的道理活着吧?不可知道明天,活过一分一秒,接着再活一分一秒,活下去能生出道理来,活不下去了,是命。守着规矩过活的人,命不疼惜,叫一个无辜的人来背你走后的心债,连亲生的爹都不替自己喊冤,人家算谁呢?人家不过是一个过路客呀。照着门口投进来的月光看了看墙上的影子,看到有几丝头发翘起来,女女把发辫散开,用手指当了木梳,来回往下捋了几下,扎好辫子,她照着月影在头上梳了一个偏髻。她也还是个闺女呢,就算要走了,到阴曹地府报名儿,也要人家知道,自己活着时就是一个闺女呢。就在女女要往供台上撞头的一刹那,聂广庆拽住了她,不是拽,是用双手抱紧了她的胳膊。

女女说:"大哥,你拽我?"

聂广庆说:"瘟疫加了灾荒,人死得不少,活下来的是捡了条命,你是灵巧人,要是不嫌弃俺苦命,你跟了俺走,有俺吃稠的就没有你喝稀的,俺大小也算一个汉子,不信有命的人活不下去,跟了俺找地去,有地就有命活!"

女女说:"你是善人啊!"

聂广庆说:"等到天亮,你爹要是真不回来,俺就领你到黄河口岸上去寻你爹。"

女女早已泣不成声地喊:"大哥,我爹能把我和你留在这庙里孤男寡女地待一夜,我爹的意思我是明白了啊。"

聂广庆不说话了,回转身坐到那堆烂草上。

月亮偏西,庙里的光线也开始往西偏,原来照着女女,现在照着了聂广庆,月光照着聂广庆的时候,他觉得不自在,月光天生不是照男人的,是照女人的。等月光慢慢斜到女人身上的时候,女人就和水一样了,脸上、手上的光亮像水中的雾,人影儿就恍惚如梦了。聂广庆暗中看着女人,想着,要不是天灾人祸,去哪里寻得这般天仙的女人呢?月影儿晃到他的脸上,他站起来坐到暗处,看到供台上坐着的女女。

夜静的时候,风生袖底,月冷意远,这个世界,突然有了平静的等待,人就越发冷得打起冷战来了。

聂广庆说:"要是不害怕俺,就过来一起暖和吧,好歹是一个活人,女人骨寒,怕冷。"

女女点点头,两个人挤着躺在了一起。一开始两个人都紧张得睡不下,聂广庆想她那双菱角小脚,不自觉地把她的腿用手搂到了他的腿中间。他常这样给自己的女人暖脚。他感觉她整个人蜷得像一只猫。睡到后半夜女女想要往出抽腿的时候,聂广庆的裆中间有什么东西硬起来,硬得有弹性,心里咯噔慌得跳急了,想要往出抽的腿就停止了。

聂广庆正做着梦呢,在山上的一棵松树下,阳光下女人的脸被松针挡着看不清楚,但是,那脸白得叫人想伸了舌头舔几口。女人不说话,看不见听不见的东西直戳戳地咬着他的胸和背,以至脚掌,天蓝蓝透顶,风习习微醺,女人伸出手来抚摩他的根器,根器开始膨大,快要挺不住了,看到女人的腿下有一条长虫弯弯绕绕着走过去,女人笑着说:"哥啊,哥啊。"他吓醒了。吞食到喉咙的一团唾沫翻了出来,抬了一下头冲着寺庙的墙角吐过去。他翻了身起来开始解燥热的衣裤,什么也不想了,赤条条地在谷草堆中,喘着粗气把自己的根器摸索着埋入了女女的腿中央。

他冲着女女的耳朵眼说:"俺本来没这意思,无来由地就有了,就这一回,俺推着你往山上走,俺力气冲。你别怕,咱俩就像螃蟹了,刀劈才分离。"

女女不知道螃蟹是啥意思,却也理解了刀劈才分离的意思。聂广庆在上下起伏中撞击开了她寻死的念头,也让她晕眩。月光透过窗棂的阴影抚过,地上的草尖滑过她侧面的脸庞,痒痒的,是她从来都没有过的唯一让她乐于享受的伤害。身下的谷草和人的喘气声团成一气,她的手在撞击的疼痛中抚摩着聂广庆的筋骨和皮肉,她闭上眼睛,心里默念着:下了狠劲啊,下了狠劲,真要能把肚子里的肉疙瘩弄出来就好了。

黑暗慢慢地在她眼睑窄小的底幕上洇开了,她看到了一棵果树,开着白花,象征着幸福,也象征着她的远方和未来。

这一年春夏交接时分,聂广庆一厢情愿地认为那头怪是他在寺庙里种下的。

女女的心是虚着的,日子不能够填满它,缝隙中那个黄昏,晚霞血一样从头顶灌下来,无处可躲,她不想再去拾起那命中注定的一瞬。

女女看着窗外说:"可是盖老爷说下的?"

聂广庆说:"是盖老爷说下的。"

女女说:"你应下了?"

聂广庆说:"叫俺娃风光呢,俺有不应下的道理?"

这事情不答应已经不可能了,自家男人牵了驴驹子回来,说什么都有些晚。可见盖运昌是一个很看重面子的人。女女能知道外界的一切事都是从聂广庆口里获得,外面的世界成啥样了她还不知,活着,活到今天,面前的人是她今生的福气啊。女女没有理由不答应。只是隐约觉得这事情不是简单的一个热闹,内里有什么事情要发生她想不出来。

聂广庆说:"日他娘,晚下种的豆不结籽蹲了秧,盖老爷豆种也免了,驴到明年就是好劳力了。"

女女没有搭话,看一个夏天盖起来的土坯墙上的茅草顶,眯着眼睛想:这屋子是用坯模子脱出来的。去年,聂广庆就开始准备盖屋子了,他把谷秆碎成段,和了泥拌好,他用锨铲下泥来端到放好的坯模子里,将坯模子里的泥揉面般摁实抹光,坯模子往出一拔,一块坯就脱好了。每脱一块他都要站起身往水池子里把坯模子洗净,这样再脱下一块坯时才不会粘连。脱出的坯见棱见角、方方正正、结实好看。是一个正经的庄稼人,跟着一个正经的庄稼人过日子虽苦却踏实。这眼下,真要有人讲了自己的儿是佛前童子转世,旁的人不知道,自己知道那是说不得的痛啊。

女女惶惑着,物竞天择,命运没有前兆,争不得,和哪个去争?

5

盖秋苗走近堂屋门口,听得父亲和三娘在里面说笑,三娘还唱了一句,盖秋苗咳嗽了一下,听得屋里安静了。走到正门,人没有进去话先说了:"爹啊,女儿要回婆家了,来给爹爹告别,不知道爹爹有话交代没有?"

听得屋里说:"哪有在门外告别的?你进来吧。"

盖秋苗进了屋看到三娘李晚棠道了声:"三娘好。"

李晚棠点了点头,要他们父女俩说话,自己还有事要去忙,脸上挂了兴奋走出堂屋。

盖运昌要女儿坐下来,问:"咋不多住几日?"

盖秋苗说:"也就是妹妹腊苗从省城回来了,不然家里走不开,哪有时间?都忙,不多住了。"

盖运昌看着女儿说:"你公公的生意做得怎样?家里的人员减了呢还是增了?"

盖秋苗说:"增了,又添了几个丫头,我原来的屋子里是两个,现在成了四个。不过,我看到店铺里的伙计少了,大会期间,我听得公公和我丈夫说也想修庙,过五年办赛也该由上土沃来出资了。公公有一次还说上土沃和下土沃应该连在一起,两个村看起来散,要是一个村看起来才好,才叫大。"

盖运昌很认真地听女儿说完话:"你们原家气派啊,嫁过去是人家的人了,就要懂得遵守妇道。你也生了儿子,不知道孩子开始学说话了没有?"

盖秋苗说:"哼哼哈哈张嘴呢,吐不清楚字,也该说话了,可就是慢。"

盖运昌说:"嘴笨的孩子学走快,也聪明呢。你回去吧,家里有事,娃又在家,大会期间,这边娘家的事情你就不要操心了。回去问你公公好,就说我说了,大会期间家里有什么宝贝要往出展,现在就开始往出拾掇。对了,我这里还准备了几盒上好的烟膏,你带回去送你公公享用。"

盖秋苗收了礼,起身告辞出来。回母亲屋里和原桂芝道别,看到母亲在屋里生闷气,还以为是因为三娘的事情呢,也没有多劝,看看天色,怕走黑路,急急坐了轿回上土沃去了。

盖运昌在堂屋听了女儿的话,知道原家的野心和胃口开始变大了。过几年怕是上土沃、下土沃要和暴店连在一起了,暴店还有他盖运昌的地盘吗?其实,他也知道,私下里和他较劲的不是南街的柴晚生。柴家能够和他炫耀的只是两个儿子,但柴家的实力那是不能和自己比的。现在,唯一的是上土沃的原家,自己又是原家的女婿,又是原家的丈人,有时候与自己作对的不是他人,恰恰是与自己亲近的人。历史走了多少年了,打打杀杀的都是一家亲的人。看看天色将近黄昏,想起什么来起身出门往大太太的院子走去。

人没有走到,早有家丁告诉老爷来了。腊苗和她的同学王新亮站在门口,迎进门,盖运昌说:"别都站着,一起坐下来,我正想听你们说说省城事情呢。"

二女儿盖腊苗和她的同学王新亮同在省城上学,是由天主教教会办的学校。学校在省城太原南街教堂福音院里,它不仅教授中国经学,也讲授西洋的天文、地理、算术等,教师则由美国传教者和中国教徒中有知识者担任。王家在省城里开着典当行,号"永聚当"。其实说是同学,明眼人一看就知道是盖家未来的乘龙快婿。

盖运昌坐下来,要女儿给他点上水烟袋。他抽了一口,突然想考考这个未来女婿的才能。盖运昌问王新亮:"你家的当铺开了几处?"

王新亮说:"不瞒伯父,有两处。一处在西关口上,西关进城的农民比较多,路过当铺顺便当几件衣物、家具,进城添置点生活必需品。再一个开在东关口,这地方说白了,也不怕您老笑话,小偷多,他们偷下的东西都愿意就近当了。"

盖运昌笑了笑说:"你的父亲是一个真正做生意的人。两家铺子用了多少人?"

王新亮说:"这用人,您老知道,当铺有个说法,叫紧七慢八。也就是说,七个人紧张一点,八个人就比较松动些。所以职工伙友一般不超过八个,太多了怕减少盈利。"

盖运昌觉得这个年轻人内里是有一点才能的,赞许地点了点头。接着问:"我问你,你家当铺每年平均架本(放出的贷款)是多少?"

王新亮说:"一般在一万至一万五之间。我家当行的估物较高,为的是多收当品,增大架本,看利也比较轻。"

盖运昌说:"如果当户持物来当,当行有什么规矩?你仔细给我讲一遍,门道里的东西我也想知道一些,毕竟隔行如隔山。"

王新亮说:"要伯父见笑了,我也是只知皮毛。简单说吧,如有人来当,先由柜员验看货物,金银须辨成色,称重量;珠宝玉器须看色泽,辨真假;衣被等须看质量,分新旧。一般当物,柜员即可定价,遇有金银玉器等贵重物品,须请有经验的掌柜识别定夺。但不论什么当物,再新再好的,也不能当原价,金银首饰至多七八成,衣物最多六七成。当户同意估价后,柜员把号次、品名、花色、成数、件数和贷款金额填写当票,然后由柜员核对无误后,交管账先生盖章,连同贷款交给当户。赎当时,柜员收下当票,验明无误,算出本利,收清钱票,批注在当票上,交学徒按当票编号对照木牌号码取物交给当户。满当期限为一年,满期不赎,宽限三日,再不来赎,即作为死当,当物由本号处理。"

盖运昌说:"那么说,如果按春夏秋冬四个标期利率清算,私人向当铺浮存款项三百元以上和以下怎么来算?"

王新亮说:"伯父,不瞒您说,三百元以下者不出利息;三百元以上者少出一点,至多不过三四厘。但是,对当户的贷款一律为三分利,按月计算。赎当时,不满一个月按一个月计算;满一个月后,过期三天加一个月利息,过期六天,即加两个月按三个月利息计算,若超过五天者,仍按加一个月计算,叫作过五不过六。其实,当铺主要吃的就是这个。"

盖运昌不说话了,看着王新亮,觉得这个人应该是我盖运昌的儿啊,我盖家怎么就出不了这么一个儿呢?看了看女儿,觉得女儿的眼光独到,找着好人家了,到底不是自己的儿啊!不免有了几分落寞,想到激动处,抬头看着炕上坐着的原桂芝,要她去安排厨房做几道好菜,说是对有缘人赏识,要晚饭丰盛一些。

盖腊苗找了一个插话的空当,赶紧插了话说:"爹爹,您也入教吧,入了教受了洗礼,就可获得神能。主耶稣会赐给你新的灵命的心,主耶稣也会让你获得救恩和一颗清洁的心,更主要的是主耶稣会给你未来的信心。圣灵会把神的话语带进你的灵魂,好叫你对什么都看开,心在天主里是干净的。"

盖运昌大笑着看着女儿说:"那么我们祀祖祭孔的礼仪呢?难道你的爹有一颗不纯洁的心吗?有需要悔改的事情吗?我不相信洋教。义和团才稳当了几年光景,你拿这一套来教训我,我这里是行不通的。不过,你自己信,我是不管的,毕竟上的是人家办的学堂,也应该尊重人家。如果有时间呢,我倒是想请你们的洋老师来暴店看看,也想交一个洋鬼子朋友。"

王新亮示意盖腊苗不要再往下说了,他从简短的谈话中知道盖运昌是一个很难说服的人,也是一个依了性情做事的人。

盖运昌把话题转入了当铺生意上。王新亮讲了一则永聚当发生的颇有意思的事情。说是有一回,由于柜台人员的疏忽大意,把一件狐皮大衣误为羊皮皮袄被人赎走了。当户到期来赎,发现出了差错。当时全号伙友核对当票,回忆当时情况,确是当铺出了差错,经过查询是城郊北谷丰村一个姓常的人赎走的。当时,是王新亮和店里一个能说会道的人一起去往回赎的,狐皮和羊皮的差价有百余元,去时拿着羊皮皮袄,没见当事人时,就知道人家穿了狐皮大衣在村上显摆。开始是想通过熟悉的人和他说,村上的人说,这常姓人死抠,认死理,怕是不行。这样我们就直接去找他说,他一开始不认账,说自己的狐皮怎么等同羊皮呢?村里人谁不知道他有狐皮大衣。店里会说话的人也不多说什么,只是说,这狐皮是修复过的,哪里比得原来的羊皮?羊皮皮袄里外是皮,这狐皮也就是里子,况且,这里子上明白地写着"原油破虫咬"五个字。常姓人不信,说,不可能,自己的狐皮大衣是新货,怎么会有这么几个字?既然不信,那么就脱下来看吧,脱下来看,果真,里子的夹缝上缝着一条布头,上面有一行草书,与他赎的当票角上的一行草书一样,他原来没有发现,而羊皮皮袄和当票上却没有写。他有点疑惑了,当铺来赎当的人说了,我们是本着对当户负责的态度才下来找您赎当,不然,不会为了这么一点小事情下来,如果你还想要这件被虫咬过、破过、油过的狐皮大衣,我们就不说了,走人就是了。常姓人一下就觉得自己吃大亏了,当下要回自己的羊皮皮袄,脱了狐皮大衣,还不住地感谢我们呢。

盖运昌说:"其中一定有个什么门道在里面,是怎么回事呢?"

王新亮说:"伯父不做这生意,所以您就不懂了,这也是永聚当和别的当铺不同的地方。别家的当铺在收当物品时,临时在当票上批注'破烂''溃烂''虫蛀''光板'等字样,永聚当不是这样,而是在当票上用蝇头小楷草书'原油破虫咬'一行字,这是一个诀窍,用意有三:一是避免刺激当主,因为一件好好的衣物,你给人家写了'破'字或'虫咬',当户不仅有意见,且在估价时容易发生争执,生意就做不好。二是预防万一保管不善,衣物受到损伤时,可以据理力争:你看,当票上不是明白写着原来就是'油的''破的'或被'虫咬'的吗?说在纸上,说不在纸上当户还有啥可讲的!三是万一打起官司来,当铺也输不了理。"

盖运昌凝神了一会儿,提起水烟袋抽了几口,失笑了一下说:"这实在是一种坑人的做法,不过,做哪样生意不坑人呢?你父亲是一个有心计的生意人,这样的人我很欣赏。什么时候到省城一定前去拜访他。"

王新亮趁着这个时机赶紧说:"我父亲就想在大会期间来暴店开当铺,揽一些生意,就怕伯父不欢迎。"

盖运昌说："正好,我这人喜欢广交朋友,欢迎你父亲来,也欢迎把永聚当开到暴店来。"

王新亮站起来,很郑重地走到盖运昌面前说："伯父,还有一事要和您老协商,当然,如果您不同意呢,我希望我和您的交情不要因为这件事情而绝交。"

盖运昌心里已经明白了七八分,也想到王新亮要说什么,装了不清楚地说："什么事情要站了说?"

王新亮说："是我与腊苗的关系,您老是明白人,也是开明人,我想娶腊苗做我的妻子,我们俩信奉天主教,不想让婚姻以一种买卖形式出现,希望伯父和伯母答应。相信我,今生我只爱她一人。"

盖运昌说："哦,是这件事情。你们是时髦人,天主教有什么规矩我不清楚,但是,只要腊苗愿意,我是没有什么意见的。这事情就算中途腊苗有了什么变化,你和你父亲这个朋友我是交定了!你快快坐下。不管你信什么教,想娶我盖运昌的女儿,就得按老祖宗留下的规矩来办事,媒妁之约是不能破例的。你今天说了,我也不怪,就当没有说。回去和你父亲商量,想你父亲也是识孔孟、知大体的人,我倒不是说怕引起世人的哗笑,只是说中国的传统也是不可逾的。我就不多说了,你起来吧。"

盖腊苗有些不高兴了,觉得父亲在他自己的婚姻上放得倒是很开,在她的婚姻问题上怎么会变得这么老朽呢?还有,她听母亲说了,父亲在大会前借山东乞讨上来的一个孩子给三峻庙里的三峻爷上头盏香,而且孩子长相奇特,给一个泥胎像烧什么香嘛!她不喜俗礼,也想纠正这个流弊。婚配是圣事的神圣,她只想接受祝福并由神父来主持她的婚礼,她想遵守自然法则。神父说了,遵守自然法则的人更容易接受福音。盖腊苗还想说什么,听到外面有三娘的练唱声传进来,看到母亲黑着脸走进来说,菜准备好了,要屋里的人赶快落座。母亲接着又小声嘟囔了一句："有伤风化!"

只见盖运昌敲着桌子晃着脑袋跟着外面的唱,轻声唱了几句:

于混沌初分天地,盘古王为君治世。
且莫说外国他邦,只表咱中原之地。
按四季报答神明,累岁的庆贺天地。
今日是广阳大赛,扮的是八仙队戏!

盖运昌唱着起身要原桂芝领了他们往厨房走。王新亮作揖要盖运昌先走。盖运昌端着水烟袋,走出门看了看天将黑去的黄昏,风送来的各种树木混合的清香缭绕着院子,人的情绪马上又高涨了几分。静心听着李晚棠传过来的唱,心情愉悦,接着又唱起来,唱一句迈一步,很是消停地往厨房走。

汉钟离秦朝将军,
修行在终南山内。
吕洞宾唐朝秀士,
岳阳楼三醒三醉。
韩湘子花篮神仙,
他也把蓝关雪堆。
张果老驴驮书生,
赵州桥压个粉碎。
曹国舅弃职辞朝,
身不恋荣华富贵。
铁拐李借尸还魂,
两处抛家缘家计。
蓝采和乐中班头,
汴梁城许家本泥。

张四郎沽酒为生,
铁笛响神仙聚会。
享赛罢增福添寿,
阖家人增加百岁。
终南山永出松柏,
显神通八仙庆寿。

第 六 章

1

　　八月十五过后,时间像缩了水的绸子,比起夏天呢好端端短了一截。吃毕晌午饭时分的暴店镇,远看过去街道如同伸展四蹄的牛一样慵懒。先是有一个乞丐拄了讨饭棍走到暴店镇的当街上,左顾右盼。接着有一条狗穿过人群走过来。暴店镇两边有人在搭会期买货的棚子,看着走过来的乞丐和狗说:

　　"快看,闻到味儿的都来了。"

　　有几只公鸡和母鸡在土墙下调情。

　　土墙上斑斑驳驳的太阳光泻下来,披了鸡们一身。狗看到鸡时,小跑了两步,鸡们架着翅膀跑开了。公鸡跑了几步后看四下散开的母鸡,有些沮丧,冲着狗咕咕了两声。再看前面停下来的母鸡,有些泄气地收拢了酝酿了半天的情绪。乞丐不看街道两边的行人,看土墙下的鸡们,一脸不怀好意地笑。接下来,有一种声音敲着官道上的青石头传出来,那一种声音明白人听不清楚。只见乞丐打了个激灵,扭转了身子激动地看走进暴店镇的官道。官道上先是看到有几个人走来,接着有十几二十个乞丐披着毛链片、麻袋片走过来。一个个蓬头垢面,甚至衣不着体,头发枯草堆似的,他们旁若无人地走来。秋风轻拂,阳光灿烂。先来的乞丐尖叫了一声,往进镇的乞丐中间跑。奔跑的身子像有人甩出去的一片烂布。鸡们被吓得飞起来,这下人们看清楚了。有的乞丐手里拿了胡胡二把,有的拐着腿,脊背上背了响锣,有的什么也没有,只是手里端着一个青花瓷破碗。

乞丐因为是化外之人,社会和官府无人管他们,各地的大会便成了他们行乞的主要目标。乞丐慕名而来,是暴店药材大会的常客。这是大会前八月十五过后开始进镇的第一批人物,趁着这大会他们一直要吃到年关,年关一到,那乞丐就散了,像鸟一样散得无踪影。来了,去了。

乞丐进镇后,有人看到李圪渣吊着膀子拿着用红布系了穗的罗盘走来。他的身后是艺人李守信,李守信的身后是王八、厨子、鬼阴阳,还有搭建戏台的,厨子里有帮工,挑着箩筐,筐里放着吃饭的家当。搭建台子的扛着竹竿,扛着布匹,为供盏奏乐的乐队也跟在后面。所有人的服饰特殊。只见每人头上戴一顶低矮的金箍帽子,在帽子的右鬓角上插着一根雉尾,身着红心绿边大领褂子。

搭建铺子的停下了手里的活计,看走过的人群一路浩荡,往三峻庙方向去了。

有人又看到官道上走过来三个人,都是短打扮。三个人背上都背了包裹,光头,脚穿尖口儿布鞋,裹腿,绑腿打得很高,一脸严肃,有人猜测是盖运昌请的耍拳人。只见三个人一起走进盖运昌的宅子。这一队人马接着又一队人马地走过,点燃了暴店镇人的激情。暴店镇一下喧嚣起来了。狗冲着进镇的官道叫,干活的人也开始大声喊话。有一群小孩跟了狗起哄,冲着官道方向喊叫。一切声音如车马过后荡起来的尘土,暴店镇开始躁了。

店铺里有人走出来大声咳口痰,冲着走过去的人抹了嘴笑。有叼旱烟袋锅子的,有端水烟袋的,也有手里把玩一把紫砂壶的,壶嘴插进嘴里,说话时声音有些噙气。看着乞丐们跟了李圪渣一班人马往三峻庙方向走了,叼了壶嘴的人说:"王八乌龟虾米,驴头马面混子都浮出水面了。"

有人看着盖运昌的门楼说:"听说大会期间盖家请了形意拳的人来,那三个怕就是了。"

有人搭话:"早听说了,请的是拳师李洛能的徒弟,看那身打扮很像呢!"

这三个人果真是盖运昌从素有"形意拳故乡"太谷请来的高手。大会期间三峻庙里的时雨厅和栖云厅两处摆设的都是古玩玉器,牙刻石雕、瓷器铜镜,在吸引香客品味,流连忘返的同时,也有不速之客——土匪、盗贼光顾,既然有能力出资办赛,对待各家大户斗富的宝贝,盖运昌是不敢有丝毫松懈的。

盖府家丁把三人领到堂屋,盖运昌要三人落座。问了一路上的情况,要家丁上了好茶,并告诉厨房准备好酒好菜招待。来人说,不急,一路上已经用过饭了,先要进庙里了解一下地形。在这之前,盖运昌已经知道了一些他们各自的武功和擅长,只是自己家藏的兵器还没有向来人介绍。盖运昌说:"不急,明天进庙也来得及,你们适时赶来,也是我没有想到的,先看看我的家藏兵器是否用得着。"

三人站起来跟了盖运昌走到另一院房子,由看家护院的家丁打开一间屋子,看到里面摆有兵器架,长短器械有枪、刀、剑、棍、虎头钩、大刀、双手带等。看了兵器,觉得盖府的兵器还比较全。对于他们三个人来说却完全用不上。这三个人是结拜兄弟,所学拳术不一,各有套路。老大李振兴,号文凤,擅长形意五行拳;老二武铁凌,号文凰,擅长形意十二形拳、八卦掌和鸳鸯脚;老三牛来有,号文鸣,擅长形意套路、进退连环、四把、杂式锤。三人如果真打,一般不用兵器,顶多身藏暗器,喜欢沿用形意拳的老传统,硬打硬进,讲究的是气力雄厚,劲节力度,形意一体,直出直入。

盖运昌称呼他们为大师傅、二师傅、小师傅。

三位师傅看罢兵器回到堂屋。盖运昌说:"不怕三位师傅笑话,我请你们三位来暴店镇看护大会赛事期间各家的宝贝,是以防护为主,防备那些见财起意,狡猾奸诈,傲气凌人之辈。知道三位师傅功夫纯厚、拳艺精湛,但是,盖某只想求三位师傅一件事情。"

三位师傅互相看了一眼,由大师兄李振兴说:"怎敢说求?受人托付来盖府帮忙,是拿了您老的银子的,一切当按您的意思行事,以服从为上。"

盖运昌说:"常话说,与人相交,让人佩服,不在于把人打成什么样子,而在于有高明的办法把对方制住。三位师傅,大会赛社期间,因往来人员多、乱、杂,常常会有变幻莫测的事情发生。三位师傅在灵巧快速、出奇制胜上,还希望手下留命,点到为止。三位师傅心知肚明,胜负自如,就算是亡命之徒,心中怕也有一杆秤。练一拳有一拳之劲,练一招有一招之功。三位师傅练拳讲的是一个'狠'字。但我们草民,祖辈不动窝,也怕的是一个'狠'字。虽然对那些不敬之徒没有半点不敬之意,但是,人心不古。想来三位师傅一定比我更清楚。这里我就不多说了。"

大师兄李振兴抬了抬身子说:"这一点,请盖老爷放心,除非无意失手,我们习武之人讲武德,练拳的同时,更讲的是练德。常言说,艺好不如性好。这个呢,就请盖老爷把心放到肚子里去。"

三位武师在盖府用罢饭,执意要住到三峻庙。这样,盖运昌也只好要护院的家丁送他们入住庙里的两厅去熟悉环境,并等候各大户主送来的摆设。

2

送子观音像要搭建的台子,也随着三峻庙的热闹开始在暴店街上动工了。大太太原桂芝请下了土沃神婆王秀兰跳了一次大神,希望在送子观音像搭建期间由传说中的二神奶奶(王秀兰)来监工。盖运昌前去看了,这神婆不认识字,开场前说的几句诗文还是很有意思的。神婆一边跳,一边唱:

东方发亮海水潮,

架上更鸡把翅摇。
观音送出一百子，
一百男儿兴唐尧。

　　神的力量虽然是虚妄的，但它具有原始的宗教意义。庶人以下存在着另一个世界，天地三界，十方万灵，一切皆由神来安排。大太太原桂芝相信，她力主要搭建的这个送子观音像和一百个泥娃娃，也是她活在这世上最后为盖家要做的一件积功德的事情。盖运昌由了大太太做这件事，他不过问，要支出的账目他也不管，只是安顿账房，一切由了大太太支出，要多少给多少。屋里屋外的支出花销，每日是多少，盖运昌心里都有明细。既然今年是盖家来办赛，要讲的是消灾转运事，也更是要在面子上讲排场。三个月的大会，收入和进项，他心里也是有谱的，这样的隆重也是想告诉世人，盖运昌和他的和盛堂在未来的上党那是不可估量的。大太太吩咐下人说，今日用多少锦缎、黄布了，明儿用多少铜铃、彩纸了，都要和盖老爷一一禀报。盖运昌每一次都装作很仔细听，其实他心里的事情只有他自己知道。他的心尖尖上有一尾翠绿色的芽头正拱着，而不是那泥捏的形态各异的一百个泥娃娃。他要的热闹不仅仅是这种表面上的热闹，他的热闹是世俗的，也是家常的，好似一盅酒，一个男人与另一个男人对饮，膝下绕着一群光脑袋光屁股的孩童，看着桌上的盘盘碗碗会大声地喊着："麻屋子，红帐子，里面睡着个白胖子。"两个男人笑了一声，吱一下一饮而尽，先是苦涩，接着就畅快了。他的桌子上的那盘花生米，眼下，是他一个人来嗑的，好牙口也是寂寞的呀。

　　听得四太太的院子里，有两个孩子在打斗。仔细辨认是他的四女儿盖招男和儿子盖家生在一起玩，玩的是武戏《扈家庄》。盖招男要盖家生扮演扈三娘，使刀；她自己扮大英雄八十万禁军教头林冲，使枪。盖招男要盖家生学女腔道："来将通名。"盖招男拉长了声应答："豹子头林(哪)冲!"开打,旁边有李晚棠用嘴"呜哩哇,呜哩哇……"哼《得胜回朝》的过门。盖运昌想,这样倒是可以让儿子盖家生强壮些。还没等这想头儿有结果,听得儿子盖家生"哎哎哎"哭开了。哭声像老鼠,细丝一样,眼看要断了。听得四太太梅卓高声喊:"不知道他弱吗?因何要欺负他?一个女娃家,屁股长了钉子了,坐没有坐相,舞棍弄刀的,要你看一会儿少爷,你就看走样了,大不像大,小不像小!"

盖运昌很是泄气地仰了头看院子里的老槐,有一片落叶打在他的脸上。想着槐树从抽枝、出嫩、开花、结槐米,到落叶,有很多日子在里面包含着,那些日子是流动的,于人生的分量也是加重的。那些流动的日子里应该有他勤劳的血汗,怎么就都走了过场跑了趟呢?还不如一棵槐树!他突然想起了一句诗"千磨万击还坚劲",而前面的那句"咬定青山不放松"颇有几分意思呢。哑然失笑了一下,因诗而想起了什么,要吴老汉备了骡子,他想出去走走,有些日子了,忙得把有些兴致也给搅了。

好景致在路上。

穿街而过,有声的热闹在秋阳下荡漾开来。

人的财富总是与热闹有关,而热闹也是流动的。只因了这银钱在世上是长了双脚的。

走过村街,街道两厢有几座破败的老宅,青黛色的瓦缝中,散落长着陈年的瓦菲和杂草。因历年大会,门都朝屋背后临街开了口子,做了店铺。街道两边长了泡桐树,店铺就着树枝挂了幌子,店铺里的人都忙着大会前的准备。听到骡子的蹄声时探出了脑袋,有的恭敬地站着和盖运昌问好,毕竟各自的生意与和盛行有着枝梢末节的联系。整条街道上除了和盛行是做药材的大店铺之外,有开油坊、染坊、油漆店、粮店、布匹店、挂摊、剃头店、饭店、棺材铺等。走过和盛行门口,有人以为老爷要下骡子,却看见他打了个手势往村后走了。有送党参的乡下人拦了盖运昌的骡子说:"天旱,浆不多,好党参啊。"盖运昌说:"去吧,就说我说了给你按了头等货收。"

骡子走在官道上,街道边上有一家铁匠铺,光着膀子,是父子俩。红钢从火中钳制到铁砧上,锤起锤落,火花四溅,叮当磅礴,父亲王胖孩捏钳子点小锤,儿子王接屯大锤紧跟,有板有眼。看到盖运昌,王胖孩抬了头和骡子上的盖运昌打招呼,眼睛不看铁砧,锤子敲得依旧珠联璧合。王胖孩说:"老爷,该给骡子换换蹄铁了。"

盖运昌说:"换,等我走回来就换。"

突然想了什么回转身看着胖孩笑着又说:"你今儿个稀罕得穿了褂子?"

王胖孩莫名其妙地抬头看着不知道盖老爷是什么意思,锤子在手里依旧叮当轻重分明地响。

看着眼前一户户忙碌着的人家,盖运昌相信了李圪渣说的"一命二运三风水,四仁五德六读书,七工八技九算盘"。这命是首位啊,要吴老汉把骡子牵了走快些。

出了暴店镇,眼望着前后没有人烟了,盖运昌翻身下了骡子,要吴老汉上去坐。吴老汉没说二话,扶着盖运昌坐了上去。也就是走了一二十步远,他用劲拉了缰绳要骡子停下来。盖运昌说:"坐着吧,今世也只能这样了,怕没有来世了,坐一回是一回。"

吴老汉没话,坚持着要下来。

盖运昌在骡子的屁股上下了狠劲拍了一巴掌,往前走的骡子阻止了吴老汉抬起的腿脚。盖运昌说:"我是你血脉留下来的,委屈你一辈子只能给我牵骡子,你坐着时怕不会有几回了,我羞愧我没那勇气认下你,也不能,你该知足。"

吴老汉的眼泪往下流,坚持着要下来,一边下,一边说:"我知足,早该知足。"

盖运昌看着他坚持要下来的架势,也不勉强,拦住了骡子要他下来。等下来的人站定了身子,盖运昌扶了鞍子爬上了骡子脊梁说:

"走,往谷里走。"两个人不说话了,走得闷,却是各自怀了心事。

女女谷的上空澄澈得如同小儿的眼睛。风吹来,有沙沙声荡起。秋日最有秋意的那个部分就是由苇子下的潮气释放的,冲着盖运昌的鼻子贴上去,他觉得心身有了几分透亮。青山解语,碧水知心,寻幽探胜的心情,立刻就习惯性地高涨了。他看到离苇子远一些地方由两间草房子搭起来,草房顶子上的谷草还没有干透,还是绿色,有一张狗皮在干黄的苇子上晾着。视野里的黑让他的心动了一下。顺着苇丛看过去,那块高地,给过他致命的一击的高地,让他重重吐了一口气。常言道,一方水土养一方人,养人的水土,随处皆是,养命养运养风水的水土,这人间能找到几块?自己不是没有福气之人,居然,就弄不到这么一块坟地?

失落了有一会儿,盖运昌开始寻找着,寻找他想要看到的景致,却什么也没有看到,低矮的草房子周围什么也没有,空荡荡的,连一声他想听到的驴驹子的叫声都没有,大好晴天下怎么不见把驴驹子放出来?

四下里的寂静停在盖运昌的发际,突然有一种落寞袭来。有一间屋子,将来就会蔓延成为一片村庄,这一片村庄里注定没有他的子孙出现吗?他合上眼睑,感觉秋天的光和影、声与色正重叠着朝他走来。自己真正得了病了,是一种久治不愈的顽疾,魔似的附在心头,一年一年发作。他睁开眼睛,这下看到了远处山脊上有一头驴,驴背上驮着两个孩子,聂广庆怀里抱着女女,打远处看到她那莲藕般挂在聂广庆脖子上的手臂,盖运昌的眼睛是越来越明亮、辽远了。他活过的这些个林林总总的日子,真是无法与眼前的景致对峙。眼前的景致对山峦是一种滋润,对他是一种痛!这让他一下想起了苏东坡的诗句"天真烂漫是我师",只有贴近土地的人才活得本色,只有活得本色的人才会烂漫。这个女人在他心里种下了烂漫的种子,而这个女人身上的谜更是让盖运昌心猿意马。他突然不说什么了,看了一眼那块高地,上了骡子,往回走。

有孩童的声音从屁股后面传过来：

"山僧不解数甲子，一叶落知天下秋。"

盖运昌在骡子上努力盯着吴老汉的后脑勺，他原先不知道痛还需要力量，它像是一根铁器穿过胸膛一样，竟然需要自己把持住不能够掉下来。身后的苇子像一群孩子，被风吹得乱了，乱得他心里悸栗。山野道旁有些野菊花开着，草都可以开出花来！双腿夹了一下骡子的肚，重新坐稳当了。盖运昌眼睛看着日头照下来的黄光问："那一块地，不适合种豆，性阴，不长庄稼，它适合种大烟。"

吴老汉没有任何表情地往前走着："适合。"

盖运昌一脸疑惑地问："那东西什么颜色？"

吴老汉说："绿色。"

盖运昌笑了笑："很绿？"

吴老汉说："很绿。"

盖运昌说："那东西，不用去依靠旁的就能够得到想要的快乐！"

吴老汉不说话，牵了骡子，沿着土路默默地迈着大脚板走。他有一些年岁了，无论是正面还是后身板子，看上去年轻时候很是壮实，某些地方和盖运昌有些相似。从二十几岁到现在，话少，平常不做事，除去喂牲口，盖运昌出门都由他来牵骡子。两个人有默契，有谁知他们之间有大爱和大恨呢？

骡子走进暴店镇后村。后村上是一片狭小破烂的民房，黑瓦泥墙，能听到屋门吱呀开合声。木门开合处隐约能看到女人，这些有几分姿色的女人在大会开始前靠做皮肉生意。丈夫们大都睁一只眼闭一只眼，知道要养家糊口，知道生存不易，活得就荒唐一些。不明说，都知道。时间长了，三个月的会，和久住的人做了相好，不是女人，是男人和男人，全都是看在女人的份上。

骡子走到铁匠铺前，牵骡子的停下来，扶盖运昌下了骡子。

铁匠铺里的王胖孩看到盖运昌走过来，停下手里的生活拿了三个防滑铁爪站在门口。大会过后就要进入冬天了,青石铺就的路面滑,骡子和马一样也需要钉蹄铁。夏天的蹄铁是平薄的,冬天不一样,要骡子走起来把滑。吴老汉牵了骡子拴到铁匠门上的一棵泡桐树上,铁匠要儿子揽住骡子腿,铁匠用刀起了旧的蹄铁,削平蹄上的老皮。看明白了,弯腰抓了几颗铁钉含在嘴里,肩膀顶紧骡子后胸,抱紧骡子弯曲朝上的腿,把蹄铁盖上骡子蹄,钉子斜着插入蹄铁的孔眼,钉进蹄壳三分之一处,露出钉尖,然后小心把外露的钉尖锤弯,包紧蹄壳,只一会儿,一切就利索了。骡子踩着青石地,有些不适应地原地走了几步,牵骡子的吴老汉解了绳子,拍了拍骡子屁股,骡子顺着街道往前去了。听得铁匠铺子里的王胖孩和盖运昌说:

"盖财主,搭台子的三角铁打好了,您是差人过来取呢,还是我送到府上?"

盖运昌有些心神不宁地说:"一个不知道疼痛的人,是一个不再活的人。"

吴老汉面无表情地接着盖运昌的话回答铁匠说:"送到三峻庙里,那里有管事的,记了账,有人会和你结算。"

铁匠看着盖运昌,一脸疑惑,但也记下了吴老汉的话。这个吴老汉,在盖府是一个谜,有时候也是盖府的传声筒。暴店镇人平常见他也畏惧三分。铁匠王胖则回转身拿起铁钳,夹了一块铁扔进了火塘,拉风箱的儿子紧着拉了几下。

盖运昌看着火里烧红的铁块说:"帮我打四个车轮子,不是马车用的,是那种小孩子用的推车的轮子,那轮子要轻便,不要死板。我想,它滑行起来要活泛,一定全靠了那轮子。"

铁匠王胖孩说:"那是。"

接着,看到走出去的骡子走了回来,吴老汉扶了盖运昌上去,盖运昌摆了一下手和王胖孩说:"记着,会前就要。"

3

　　暴店镇的官道从现在开始,远道而来的商家就像蚂蚁一样蠕动着走来。一路上走来的脸上都带着虔敬、兴奋和凄苦的表情。这座太行山上的古镇,是吸引他们穿越无边坎坷的一星若明若暗、时隐时现的遥远的灯火。一路走来,不仅是来寻梦,也是来寻他们的宝藏,萦绕在他们心头的药材大会是他们一个解不开的情结。一路上,风餐露宿,不仅路途艰辛,还要冒很大的危险。有的赶在会前到来了是幸运,有的也许半路上遭了土匪打劫,雇来的挑夫很大程度上也是和自己做伴的。路上最壮观的商队是内蒙古来的驼队,有一把的,有两把的。每把骆驼十四头,由驼工拉牵,六个押货人,骆驼的脊上还驮着货房子。一支驼队配一匹马、四条狗,马是用来找水的。驼队主要是做成批赊销,不做零星买卖。暴店镇的拥挤,不仅仅是生意人,挑夫也占了一少半。来过太行山上的人说:

　　"山上富裕,人少地多,旱涝保收,与其他地方相比,太行山上受自然灾害要少,因地理环境闭塞,四方大山环绕,境内山河纵横,也是少为兵灾祸及的主要原因。山上的人也实在,好搁伙计。"

　　也有人想着山上的人排外心重,单个来呢怕是顶不住,要来就邀了人,多一些,遇了事情也能扛,人多势大。

　　一路上说到激动处,就想着来年春天迁过来,说人是候鸟,动一动能活,不能死守着一个地方,只有等死了。有一些见识的人讲起了明洪武年间的移民,说原来山上的人比山下各个省的人都多,朝廷下令迁移。从西元年开始到永乐十五年,用了三朝五十年的时间移民,之后山上的人就少了。给人当挑夫的,私下里就一起相约,这一次上了山要多留意一些地方,打听一些已经住过来的人,不一定要和当地的人住一个村庄,那样也容易搞矛盾,叫当地人下看。如果有合适的地方,年前,就想迁过来,在家乡活不过年的,怕开了春,有种无收,人没有到山上,心里早开始想象了。平川当挑夫的如山东、河北的就想着要是能找一块有水的地方才好居住。河南当挑夫的则想着要找也要找避水的山崖,他们害怕黄河发大水。他们大都赶在了庙会前,知道暴店镇逢五年要有大赛,商人多,天南海北,占地不易,早到了也好找好一点的落脚地。

  这一次上山的人中间有一个叫耿月民的人,是从河南上来的,一路上的好景致他顾不上看,挑着自家的家当,他不给人当挑夫,也不是上山来做买卖,是逃难。夹在行人中间,不事张扬,一脸苦相。一路上心里掐算着自己该到哪里落脚,听着这些个人的话,对暴店便有了很深的印象。他走时娘把银子缝在他大腿板两侧,无论吃喝拉撒,他都能感觉到。走的时间长了两腿板上磨出了燎泡,一路走来结了老茧,走热了腿板子痒得厉害也不敢抓挠。父亲说,往北上,太行山上的人散、山大、富裕,藏身没有问题。到了山上找一眼窑洞买下来,家里人一起跟了你上去,有了活路,一家人就有相聚的时候。他倒头给父亲磕了仨头,听得父亲又说,人一辈子就是靠了土地活命的,找土厚的地方落脚,天不会为谁单独明一天黑一天,你过的日子天下人都过,再过多少日子都要爱惜,再见不知道是啥时候。他不敢扭头,怕一扭头就走不了了。一挑担子肩了上路,路上有月光,有露水,还有狼嗥;人走得急,想找搭伴儿的,找着了却不能多话,裤裆里摩擦的痒倒让他分心一些。

第 七 章

1

九月初十,天空滚过来一声闷雷,天黑了脸,乌云阴退了鲜活。暴店镇显现出石褐色,沟壑峁梁,只一阵子,雨就滴泻了起来。

南方来的客商,不服北方水土,皮肤干裂,浑身燥热,就盼着这场雨来。哪知道,风吹过,雨就没有踪影了。

有雨下过,也还惬意,因为落雨,街道两边收了摊子的,现在,一个挨一个地又摆了出来。暴店一家卖猪汤的,支了顶帐篷,摆了桌子,凳子上坐着几个吃客,躲进来避雨的看到桌子上放着的粗瓷大碗里冒着热气的汤水,不免下咽了一口哈喇水。仔细看,只见那热汤上浮着一层猪油,漂着几片猪杂碎,下了筷子捞出了红白萝卜丝、黄花菜、豆皮、干海菜,桌子上还放着几碟子蒜瓣、葱末、芫荽和胡椒粉。埋头吃的人动作大,不时地用手捏一通清水鼻涕,抹在鞋后跟上。喉咙下咽的动作也大,能听到舌头一跳一跳地舔嘴片。卖猪汤的觉得避雨人进来影响了生意,吆喝着要不喝汤的往外走,却没有看见有一个惹事的也在人中间站着。听了吆喝,不好意思再看的都往出走了。暴店镇的厉害人物皮二还站着不动。不仅如此,还找了个位置坐了下来,要店伙计给他上一碗猪汤。皮二是上土沃原家的外甥,住下土沃,上有长兄皮大。弟兄二人游手好闲,走哪吃到哪、拿到哪,仗着是原家的外甥,原家又和盖家连着亲,会期一般也没有人惹他,由了他横行。会期过后他兄弟二人也都进城去帮原家打理生意了,能忍的也都在会期忍了。皮二连喝三碗后,站起来抹了嘴想走人。新雇来的小伙计不知道此人的底细,横过去拦了问他要钱。

皮二甩了一下手,一个巴掌掴在了小伙计脸上。皮二笑着说:"还找不找你爹要钱了?"

小伙计被打得眼冒金星,张了嘴还想说什么,只见皮二很随意地又抬了一下手,又一个巴掌甩过来,这一甩把皮二的手掌甩疼了,龇了一下牙框,嘴和手一起上。皮二说:"小屁孩,你的脸蛋子叮麻了你爹的手掌心,叮得你爹手痒得越发厉害了。"巴掌掴得像刚下过的那场雨,急风骤雨般,打得小伙计的脸像一块抹布似的飞转。先是唾沫子飞起来,接着是血沫子飞起来。散去的人又都聚了回来,想看热闹,想着事态要是闹大了才好,才有趣儿。只见店铺里的老板匆匆赶了过来,扒拉开人群,还想着怎么训斥小伙计来挽回自己在皮二前的面子,却见小伙计整个一个脸肿胀着像一个血馒头。一时不知该怎么好,先上去扶了小伙计,嘴里变了腔调挤出一声颤音来:"打,打,打得好!"

皮二大笑了一阵子,斜吊了膀子要走。

坐着喝猪汤的一个主站起来,端起自己吃着的落了血沫子的剩汤,走到皮二面前,用肘子磕了一下皮二的嘴,皮二的嘴就大张开了。那人把粗瓷大碗扣上去,皮二咕咚、咕咚像饮牛一样灌了下去。丢开手,这下子皮二的嘴里、鼻子里开始往出冒猪汤,不光是刚刚的半碗,连同先前的那三碗一起冒出来。那人不慌不忙地飞了一脚,人们想着他是要踢皮二,却见是皮二的长衫飞了起来,抱了皮二的头,三碗猪汤一起被皮二抱了去。这下店主慌了,这皮二哪里是惹得的人物?再看凳子上坐着的,站起来要走,急忙迎上去说:"先生,这事情怕是要弄大了,我赔得起您,赔不起皮二兄弟,您这一走,这店我要黑摊了。"

那人说:"为啥?我是每天都要来喝你的猪汤,你来做啥?不就是来赶庙会的?庙会还没有开始呢,你走啥?"

店主不知道该留人还是放人,人被突发的事情弄蒙蒙了,神情有些惶惑。看着那人走出帐篷,一下子清醒了,三步并作两步跑出去跑到那人跟前,不说话,扑通一声下跪在地上。那人抬了头长叹了一声说:"你不知道男儿膝下有黄金吗?"

店主哪里还想那么多,只是不住地磕头,人们看到他额头上青黑,脸被泪洗了。

那人不是别人,是盖运昌请来的形意拳看护三崚庙两个展厅宝贝的大师傅李振兴。有人端过来一个凳子要他坐下来。坐下来的他脸上无任何表情地看着远山。雨落过,乌云散了,日头露出半张红脸,把山头上的黄土脊染得像涂了金粉。他知道那是黄土吸了雨,被日头照射出来的酥软的亮。风安然无恙地刮过,他感觉周围的人声有些吵了,似乎吵得要把山头上的亮扯下来,他很是烦恼地站起来,低头拽起了地上长跪着的店主。这时候的店主已经抖开了,李振兴把他提到凳子上,径直朝着突起的吵闹地方走过去。暴店街上的人聚集得厚了,小声议论着吵闹处的来人。来人是皮二的兄长皮大,跟着的是一群混混。李振兴走过去,抬了两只手,很轻巧地拍了拍两个人的肩膀,说:"拜托二位了,大会期间还要二位兄弟维持一下会上的秩序。看出来了,二位兄弟是个爷们,是爷们就得担当一方百姓的平安对不?"

人们想着皮大要动手了,却发现他和皮二的一条膀子脱落了下来,两张脸冲着一个地方斜歪下去,二话没说,掉转了头走得霎时就没有了影踪。李师傅站在凳子上喊话说:"各家店主听明白了,大会期间,希望大家公买公卖,不舞私营弊,不仗势欺人,不懈怠顾客,不打架斗殴,诚信礼先,多多发财,多多积德!无论会期长短,在下形意拳李振兴祝贺大家,财源广进!今儿的事情,事出偶然,非居心叵测,惊扰大家了,如果大家以后遇到什么走不过去的事情,希望到三崚庙里时雨厅和栖云厅找我。"

只见李振兴跳下凳子,大步流星地穿过街道往三崚庙方向走了。

整条街道热沸了。人们想着这事情一定还有事情要发生,这不是最后的结果,皮大和皮二哪能如此了结?想着有形意拳的人在,好戏怕是还没有开演,说不定比会期的赛戏还要热闹,还要有看头呢。

2

雨天的云也好看,武翠莲越过屋脊看天,那一瞬间,她突然明白了什么颜色叫"黛",黛,就是黑云与白云的缝隙交界之处明亮的黑暗。

雨透过帘子下着,雨后不知道能不能看到彩虹。日子一段一段过去了,雨顺着屋檐滴下来击打着廊厅里放着的草垛,荡漾出一片回声。武翠莲做梦了,梦见自家的门墩上,坐着一个小儿,院子中央突然有了一眼幽深的水井,从门上进来一匹马,小儿跑过去跳上去,马嘶鸣了一声,吓了武翠莲一跳,眼睛睁得大大的,惶惑间这个梦和真实的一模一样。她走出院子中央,雨依旧不断线地落下来,院中央积出一瓮水来,大的雨滴落在上面敲出一个水泡,两个水泡,即生即灭的泡泡,缘生缘灭的泡泡。武翠莲的泪流下来,人家过日子是过明天呢,自己过的是梦。黑夜和白天已经分不清楚了。起风了,来雨了,敲击的声音响了多少年了,还在响,人越来越模糊了,比见到的雨还多。但这个梦是真的,她得去和老爷讲讲。

收拾停当,戴了草帽,看看雨,怕路滑顺手拄了一根棍子出了门。

雨却停了。

吴老汉告诉盖运昌:"二房来找你。"

盖运昌也在听雨,雨击打在他的寂寞上,让他有点儿闷,二房来了,他说:"不见。"

吴老汉说:"她是来说梦的。"

盖运昌说:"什么东西从她嘴里讲出来都没有味道了。"

吴老汉告诉武翠莲:"老爷不好受,不想见人,你回吧。"

武翠莲站着不动。

吴老汉说:"下雨,小心淋下病根,你回啊。"

武翠莲说:"这雨停了啊!"

吴老汉看看天空："雨是停了，雨停了又能咋的？"

人闪过，武翠莲走了。

混沌的世界，是宿命。人的宿命。武翠莲的宿命。她跟跟跄跄地往回走，她忘了她的从前，她的热闹，路过的，看到的，遇到的，擦身而过的，朝夕一起的，她都忘了。只有梦不忘。活着的不是自己。她把草帽摘下来，想淋了雨。雨你即刻下吧，给我病来吧！她的祈求声只有她知道，这世界上她在寻找疼她的人，疼她的人疼别人去了。

3

皮大和皮二在街道上受了羞辱，一溜小跑不是回自己的宅子，是往上土沃的原家走。他俩觉得这事情应该找舅舅，外甥出了事情，舅舅得给外甥做主，事情不能就此拉倒。两个人走到原府大门前，两条臂膀早已经疼得没有了知觉。想着要抬起来，发现整条臂膀脱落了，不听使唤。不等家丁禀报，两个人在大门上狼一样干号起来。盖秋苗的丈夫原德孩跟了门人跑出来，看到两个外甥扭曲的样子，心里腾地蹿出了一股火。是谁把他们俩弄成这样子了？打狗还要看主人，能下得了手的人想来不是一般人。要人扶了他们兄弟俩回到屋子里，差人去叫上土沃接骨头的刘起富。安排妥当后，接下来打量两个外甥。看着皮二满身的饭渣子，脸上还干着血沫子，不知道是哪里被打出血了，带了气问："还有哪里被打了？"

皮二说："舅舅，哪里也没有，就是卸臂膀了。"

原德孩疑惑了，明明看到他脸上的血还是鲜血结的痂，怎么说是没有被打？看着皮大问："到底出了什么事情？和谁闹事了？"

皮大说："不瞒舅舅说，是和舅母家的闹了。不是我们要闹，是他们家的请了形意拳的人好好就把我俩兄弟的臂膀卸了。"

原德孩想，这事情一定是他俩惹事了，不然，那形意拳的人为啥独独要弄他俩？按道理说，习武人比较仗义，自己的外甥和岳父家打断骨头连着筋,虽然姑父是叔伯的,可岳父是真的,他俩赶着也该叫老姨夫。暴店镇上的人满得像荆条花开时觅食的工蜂一样,就等着看热闹,热闹还没有开始,自家人倒先热闹上了,说啥也不是个道理呀!还想着要问下去,听见外面的母亲哭着嗓子颤巍巍地走进来,这俩活宝立时张开大嘴哭上了,千般委屈,叫自己的母亲进来给搅得越发怨气满屋了。

刘起富由家丁领着走进来。不敢消停,要人用火温了黄酒。等端来酒,两手蘸了搓热,在二人的胳臂上捏来捏去,二人杀猪似的喊。刘起富要皮大看外面,皮大说:"疼死人了,看啥?"

刘起富说:"你看外面那个丫头,腰身细得和水蛇一样,那皮肤,白得像嫩豆腐,你舅舅家居然有这么好看的丫头。"

皮大一下舒展了眉头,眼睛盯紧了门口看。什么也没有看清,伸了脖子想站起来看,却见刘起富揉了一下他的胳臂用了劲拽了一下,听得嘎巴声响,皮大缩了一下头,叫了一声:"疼死你爹了!"

刘起富说:"好了。"

皮大顾不上看臂膀好了没有,急着站起来往门口走,想找刘起富说的那个丫头。旁边的原德孩憋不住了,说:"你脑子怎么就是一团糨糊呢?也不想想,人家是怕你疼,找了话茬转移你注意力,你往常的心眼窟窿哪去了?!"

皮大不好意思,很羞涩地动了动臂膀,觉得臂膀和以前一样了。憨笑两声,走到姥姥跟前,姥姥摸着他的臂膀说:"真的不疼了?娃告诉姥姥,娃还小,懂什么,当舅舅要这样子笑话人。"

这皮大都十八岁了,比他舅舅原德孩也才小十岁。

这边的皮二看到这一幕情景,知道是刘起富耍的一个绝招。自己的臂膀吊着,不知道他想要什么绝招来哄自己,要是眼巴巴生生往上接,那不疼死了才怪。眼睛瞪得牛卵一样看着刘起富,不敢有眨眼的工夫。刘起富蘸了一把黄酒,和原德孩说着一些不着边际的话。两只手搓着,搓着,拉过他的胳臂来,要他脱下袖子。脚还没有动,他先是叫上了,那叫声不是从胸腔里发出来,是从喉咙里直接往出冒。

刘起富说:"看看,还没有开始呢,你就这样子叫,真叫我难下手了,我等你不叫了,等你缓缓气,我先抽一口烟。"

皮二想着刘起富要抽烟,思想就放松了。看着皮大在旁边幸灾乐祸地笑,他有些想哭,也想往姥姥跟前凑,就在这一刹那,刘起富说"嘿,往哪里走!"叫了一声,吓了他一跳,往回缩了一下,刘起富上前拽了他的胳臂,一拽,一松,又一拽,听得嘎巴一声,他还想着刘起富不是抽烟吗?他拽我干啥?听得刘起富说:"好了。"

皮二动了动胳臂,果然好了,活动自如,还试着抬起胳臂来照着脸前的空气捆了几个巴掌。嗨嗨,感觉力度还和以前一样。龇开牙笑了,看着舅舅说:"神了,舅,不疼了,还就是不疼了。"

姥姥疼爱地拉过他来,问他们俩到底是怎么回事,弄得两个人都被卸了膀子。

皮大添油加醋地说了一遍下午的情节,说到最后怕舅舅不心疼他俩,就说:"那形意拳的人还说,不是想下一次上土沃办赛吗,我要给你点颜色看看,叫你知道,这条河东西上下还是盖府说了算,五年后还是盖府来办赛,不要看盖运昌少后人,你上土沃的家当比起盖某人来,算个屁!"

原德孩说:"当真是这样说了?"

皮二说:"要是他没有说,舅舅你把我这条胳臂卸了!"说着就要伸过去。

姥姥说:"真是嫁出去的闺女,泼出去的水。胳膊肘儿朝外拐。你那姑姑就没有起好作用!"

原桂芝是原家老二的闺女,原添仓是原家老大的儿子,原桂枝爹娘得紧病死了,由原家老大收留了原桂枝。叔伯姊妹又联了儿女亲家,当嫂子的不喜欢叔伯小姑子,也把她当了外人。当然,对儿媳妇也仗着是婆婆,恶气一下就着女人的小性子抖搂出来了。

原德孩沉默了半天,什么也没有说,打发走刘起富,要母亲回屋里去休息。等所有人都走了,原德孩把皮大和皮二领了往父亲屋子里走。

原添仓正在炕上躺着抽盖运昌捎来的上好烟膏。看着他们几个走进来,抽完最后一口,灭了铜灯,收了烟枪,坐好了问他们有什么事情。原德孩把皮二推到父亲面前要他看。不等原添仓仔细看,就已经闻到了一股腐臭味。原添仓扇了扇鼻前的气味,说:"喝酒闹事了?"

皮二说:"没有,姥爷,我才多大,哪敢喝酒?是、是人家闹我了。"

原添仓不说话,低着头,闭着眼,一动不动,深陷太师椅中。他感觉自己已经通向了一条虚幻之路,心灵轻快起来,肉身舒适起来,就连门上荡进来的一缕阳光也让他感觉到如此悠然、快活。

原德孩知道父亲进入了一种醉态中。这样的情景下说事与另一个时间里说事会冲淡些什么,心里有一股怨,是男人的霸气作怪。于是,原德孩不管不顾地说了皮二和皮大说过的一些话。

原添仓依旧闭着眼睛。想,儿子刚刚说过的话,这说法是在说自己的叔伯妹夫,自己的妹夫气量是小了点。不过气量再小呢,他也不敢放这样的话出来。他觉得皮大和皮二的话不可信。是他们俩闹事了,受了委屈,现在说这样的话,是他们两个晚辈心里怀了鬼胎,是建立在他们两个目前所处的位置上,是想把事情弄混乱了。自己的儿子正年轻,受这样蛊惑情有可原。传言也好,流言也好,谎言也好,都是止于智者的,原添仓认为自己是智者,事情到这里就该止住了。他闭着眼睛说了一句:"到此就算完了,你二人也没有少了什么,就受了一点皮肉之苦嘛,都是自家亲戚,何必呢!至于五年后的事情,世事难料,到那时候啊,怕是有出世之想,但也得限制在俗世之中了。"

临窗户上挂着一只鸟笼,养了鹦鹉,听原添仓这句话,鹦鹉在笼中叫了起来:"出世,出世,出世。"

原添仓睁开眼睛,看着笼子中的鹦鹉很轻柔地笑了笑。原添仓看着儿子说:"鹦鹉学舌,学的是简单的几个字,学多了,就混乱了。"

原德孩知道父亲在说自己,也不好再往下说什么,道了安,领着两个宝贝出了院子。要家人领着他们俩去洗一洗,这样出去了要叫人笑话。

别看这原添仓说话老实厚道,言语深奥,其实他在心里弄事呢。这件事对他就算是个事了。表面看算是小事。但小事也可以变成大事!女人是外人家的,日子过好了呢是门亲戚,可以互通各种好处,可以互相帮扶,但是,人哪,好不该是活在俗世中。活在很近的一个小圈子里,水渗不透、针扎不进的皮囊,就算有也还是少了。他也不例外。人世间哪里有那么多的智者?要考虑各自的利益,免不了要在这俗世上扎势摆谱,喜欢称"大"。尤其是这当哥哥的,被自己的妹夫小瞧了,也算是个大事。趁着这上好的烟膏烧出的兴致,原添仓要家丁给他摆出笔墨和宣纸来。他想写几个字,写什么还不大清楚,只是想压压自己内心的燥气。看到门外走过来的儿子原德孩,招了手要他进来,他心里知道儿子会返回来,因此,想写字的欲望,被想和长子唠几句的欲望代替了。以后原家的传人,就是这个儿了,另两个小儿在省城混日子,还想着合适时机捐个一官半职,回不回乡都是两说了。原添仓提起笔,看儿子磨了墨,铺开了纸,他沉吟了一会儿,看着宣纸说:

"坐而论道,也得看起笔在哪里,落笔又在哪一处,哪里是气眼,什么地方还不到位,哪一部分笔气显得弱了,都有讲究。人是什么性格都在这字里,但是,要让懂的人看不出你的性格,看不出是在什么心态下写的这幅字,那也是得需要功夫的。和过日子一样,隐含了一个道理,暗中藏着机趣。做人难哪,难就难在人有两本必读的大书,谁也不知。"

原德孩看着爹爹,一脸的疑惑。

原添仓先是在宣纸上写了一竖,写得含糊,看上去更像是落墨重的一点。提起笔,挽了一下袖子,接着龙飞凤舞般写下了:世事难料。

原添仓说:"两本书是出世和入世。入世更加不易,俗世总是在变化着,让人有痛有痒有欢有喜,什么也得需要气定神闲,忌躁,忌张牙舞爪,尽管你的心里横着一只螃蟹。"

接着原添仓又写了一幅岳飞的《满江红》。写完字,要儿子陪他出去走走,刚下过雨,空气清爽。一边走着,一边问原德孩,问他知不知道盖运昌的三太太要唱赛戏了。原德孩说,不知道。原添仓说,你姑姑传话告诉我的。盖运昌的姨太太没有几个是能闲下来的人物。这赛戏真不知道去不去看,有些丢你姑姑的脸。就算"桂芝"两字不值钱,她的姓好不该出自"原"家。不去呢,暴店镇那磨得光滑可鉴的青石官道,还真是不能没有我的影踪。

原添仓叹了一口气说,无非是逢场作戏,就当是灯红酒绿吧!

走出院子,往南走了一阵子,是潞水的一个古渡。临河凭古,触景生情,看到潞河上的吊桥,有了桥,渡口就消失了,把今人怀古的情感压缩成一条窄窄的晃晃悠悠的小道。原添仓领着儿子走上桥,看着眼前的河水,看到河面上有几片落叶顺水流过,他突然绝望地想到,有多少千古风流传奇都如这片片落叶一样远去了?这日子流着流着,不停地流着,自己还能有几日辉煌!想到这里,原添仓下意识地缩了一下,扭回头看着儿子说:"有些事情不等人,是该做一做了,能在这世上逞能也不是每个人都能做得的,君子肚里往往藏着一个小人!"

原德孩看着脚下的河水悠悠远走,自己和这河水一样也算是地上一起活着的一个活物,就算是父亲没有什么动作,他在这大会上也要背着父亲做一件事情,他不想让世人讥笑他原家人的能耐。

盖运昌听形意拳的大师傅讲皮大和皮二的事。知道是盖家沾了亲戚,讲得也谨慎。盖运昌说:"你做得对头,知理的知道是在帮他呢,不知理的由他去,自生自灭。"

"可是老爷,总归是弄下事了,怕因此给你积下怨恨。"

"这世道真有怨恨,就算是此时不积,他时也会积下。出了事情,他们不来找我,偏要跑到上土沃去舍近求远,明眼人心里都有一杆秤,你怕他什么!"

第 八 章

1

商王朝统治山西,太行山上的一些地方,在中央政权直接统治的"邦畿千里"之内。上党地区距离商王朝历代定都的地点如河南郑州、安阳,河北邢台、山西河津等地都不远,商代的时候,太行山上的潞安管辖的地方有黎国、微国、长子国等诸侯小国。黎国是商汤封的靠近王畿的同姓国,侯爵。微国是殷纣王庶兄微子的封地,子爵,也是畿内国。商代的青铜器创造了中国历史上最为辉煌的青铜礼乐文明。这个时期的青铜器以酒器为主,有鼎、豆、壶、爵等器具。历代的盗墓贼把这些地下的宝贝挖掘出来让它们重见天日,这些宝贝一一被各路商家收藏。平日轻易不让世人看到的,这每逢五年的迎神赛会,大户人家都要拿出来一些不常示人的宝贝显摆。乡下的富户和城里的富户不一样。城里的大户人家给世人显摆的是吃住行,乡下的富户,更多时候是显示家藏。尤其是这五年一遇的赛社,这时候要拿出来,一来是祭祀神灵;二来呢,也是斗富耍大。

上土沃原家收藏了一件青铜器,是一件铜鼎。它通高二尺、口径六尺。圆口外折、下腹外鼓、直耳、柱足,饰弦纹一道。器内壁有铭文六行四十三字。据见过的,或是从原家嘴里传出来的,那上面的铭文是:

惟三月初吉,而来适于妊氏,妊氏令而事保厥家,因付军且(祖)仆二家,而拜稽首曰:休朕皇君弗忘厥宝。臣对易(扬)用(作)宝罇。

原家把这件宝贝放在一个紫檀底座上,由家丁抬往三峻庙的时雨厅示人。同时抬过来的有宋代黑陶壶、白玉黄花梨雕花鸟插瓶、唐越窑青瓷莲花盖罐、唐秘色八棱净水瓶、北宋仿耀州窑青瓷牡丹萱草纹瓶,还有当地的八义窑红绿彩早期几件瓷器。随着宝贝抬过去的还有红木古董格。原家在抬往庙里时也雇了拳脚师傅。拳脚师傅请的是江湖异人。原添仓坐着一架敞篷马车,马车的坐垫上覆着狐皮毯子。原添仓身穿青缎马褂黑绸袍,跷着二郎腿,打远看过去,那裤子上打了裹腿,一双白洋袜子,黑缎面圆口布鞋,衬得白袜子非常惹眼。与原家能攀比得起的没有几家大户,一些小户不敢和原家比,只是悄无声息地要自己的兄弟或儿孙抬过去,就算是有几件宝贝,看上去也不是很抢眼。

有人来报说,上土沃原家来送宝贝了。

此时,正好庙里有一些小户送宝贝过来,盖运昌与人家打了照面,一时没有走到庙外迎接,这让原添仓很不高兴。原添仓迈着八字步走进庙里时,盖运昌赶忙迎了上去,脸上堆满了笑。原添仓不看他,很貌视地斜着身子绕过他的视线走近时雨厅左边一截断碑下。那碑立于大唐开元八年(720年),上面写着篆字,内容取材于《山海经》,说的是羿射九日的故事。全碑共三十行,每行八十字;碑高八尺,宽三尺余;碑额高又三尺余,厚尺许,有巨龙盘绕。这碑上的字出自唐上党人苗晋卿。苗晋卿是唐玄宗、肃宗、代宗三代名臣,素以博学著称。碑上的字写于唐开元八年,苗晋卿中进士第,诏封修武县尉途经上党时写下的。碑上的上半部分还清晰完好,下半部分因经了年月已残缺难辨了。原添仓藏有这个碑最完整的拓片,这个拓片是他用了一个明成化年间的青花人物罐换来的。每年到九月十三药材会上,他都要走进这庙里看看这块残碑,每一次看到都会激动,激动中继而心也在隐隐作痛。这碑残得如此这般,原因有二:一说是过去拓碑的人出于区区蝇利之心,为了提高自己拓片的价值,每每拓完就用锤子敲几个字;一说是暴店镇的泼皮对慕名来此地看碑的人日渐反感,有意用镰刀把下面的字敲掉了。愚昧与狡诈,想起来真叫人切齿。不过原添仓此时的心痛也有几分欣喜,不仅为自己的拥有而自我陶醉,还有,真有那么一天这个碑废了,关于这块碑就只是成了一个使人追往的童话,那个童话就会如同一个精灵常伴他的左右了。

盖运昌站在原添仓的身后,端着码好的一袋水烟想递给原添仓。看着原添仓伸了双手在冰凉的石碑上轻轻抚摸,从上而下、从下而上、自左而右、自右而左地悉心感应,一时不知道说什么好,竟然说了一句:"落荒于河蛙谷的残碑有的是,极尽普通,何苦这般虔敬!"

原添仓毫无表情地说:"野谷弃之的大都是一些捐助修建的功德碑,一些俗名俗姓也只配垒了茅厕。"

盖运昌听出这句话是一语双关。原家曾经放出话来,说盖运昌是什么东西生出来的,也敢称大!听话听音,锣鼓听声,考虑到是自己的大兄哥,又是在这么个时期、这么样的地点说话,也就忍下了。不回话,不再想套近,自己吸了一口水烟,那呼噜声在原添仓的背后响了一下、两下。原添仓站起身看着石碑说话了:"大字难结密,小字常局促;真书患不放,草书苦无法;茶苦患不美,酒美患不辣——万事无不然,可一大笑也。"

原添仓扭转身往时雨厅走,他看见他抬来的宝贝已经摆放在时雨厅正中间。这时雨厅墙上有些壁画,画的是《二十四孝图》。他转着看了一遍,看到厅门上站着一个双手抱了胳臂的汉子,原添仓想到了自己的外孙皮大和皮二,嘴角动了一下。盖运昌想着,他总算要说人话了。哪知道原添仓也只是动了一下嘴角上的肉,撩了一下袍子抬脚迈出了门槛。身后跟着的他雇来的武师有些看不惯旁边形意拳的人,故意甩开膀子,那拳心朝着门旁人中间部位顶过去。门旁的人没有防备,被顶得下咽一口唾沫,往后撅了一下屁股,手不自觉地伸展了推出去一掌。原添仓带来的武功师傅被他这一掌推得快走了几步,把前面的原添仓扛得面朝下趴下去。趴下去时,原添仓心里咯噔一下,眼一黑,知道自己的一条胳臂断了。正好是握管拿毛笔的右胳臂,眼前黑得如一池浓墨,墨锭徐徐,他的余生怕是再也急躁不得了。

盖运昌急忙上前扶原添仓,抬眼扫了一下形意拳的二师傅武铁凌,只见他眼里有两泡生泪噙着,人依旧是一个姿势。虽想不出是哪里受了伤害,但也知道是伤得不轻。装了不知道是什么原因,急忙说:"时雨厅的门槛是高了些,我正想着这几天把它的门槛锯矮一些,想不到伤了自己人,哪里磕了?快,快来扶大哥坐下。"

原添仓就像一支用完了墨的狼毫,紧咬着牙关,闭口不言,只是盯着自己雇来的武功师傅。只见他两个嘴角抽成核桃状,慢慢地眼睛眯缝,嘴角裂开,倒抽一口气,左手一把抓了盖运昌的衣领,用了劲站起来。等站稳当了,脱开手,朝着武功师傅的脸一个巴掌掴过去,因为用的是猛劲,右手臂钻心疼了一下,咬着后牙关发出三个字:"畜生!走!"

盖运昌想挽留怕也挽留不住。原添仓的脾气他是知道的,有事在肚子里沤着,表面文绉绉的,一肚子龌龊,但也必须客气一下。看着原添仓说:"大哥来一趟暴店不容易,先到府上喝茶,到时我用轿子送您。"

原添仓黑着脸无话,他不想把丑丢到这暴店镇。

宝贝在时雨厅要展五天,也就是说赛戏一结束各自的宝贝就都拿回了自己的家中。送来的宝贝,到时有什么不妥或损失要由大会主办负责。东西是送来了,人怎么送来的还应该怎么走回去,原添仓不会因为胳膊断了就这样被抬到一领轿子里抬回去。况且他自从有了新式的马车,他就不坐轿子了,丢人败兴也要丢到自己的家。人坚持着迈了八字步走出庙外,上了马车,车夫喊了一声:"㗀!"马提起前蹄来回挪动着热了热静下来的身子,走上了暴店官道。暴店街上的人声盖过原添仓的头顶,这样的热闹,越发让他的心情坏下去。有一片泡桐树的叶子落下来,打到他走过时的头上,他用左手捏住那一片叶子,反转着看,他看到自己的手像鸡爪一样,颜色蜡黄,充满着病态。长而细的指杆,显得有气无力,他像触到了什么害怕的东西一样松开手,那片泡桐叶子落下去,落到了青石官道上。他看到车轮走过青石铺就的官道,车轮的吱哇声就像开石人修路一样,突然让他从中找到了一道精神铺就的坚固石头路面。他发誓,暴店镇的历史要从他活着时改写。

前面有一群乞丐,看到原添仓的马车走过来,一群人走上去拱手喊了声:"原老爷高寿!"

那声音嘶哑而又嘹亮,如平地荡起的一串干雷,把周围的市声压了下去。车夫急忙拽住了缰绳。这一群乞丐的突然出现,让疼痛中的原添仓分辨不清楚是真实还是虚幻,他觉得听上去那一声喊叫有些模糊,让他有一丝说不清楚的张皇。等看清了对面的人群是面对他拱手问候时,他一下兴奋了。快速要随从把自己身上的钱全部送给这些人,乞丐得了钱,主动让开一条道,马车走过去时,身后又响了一声:"原老爷高寿!"

这两声喊叫把原添仓叫得心情好了许多,想也没有多想这一群乞丐为何要无端在他走过的路上喊这两下。

2

一路上顾不得看风景,潞水河流动的声响分明是木屑堆积而成,所有人无话,谁说话,谁的话就像一丝明火,一点就着。心里交织着痛,憋屈着走回原府。原德孩看到父亲成了这个样子,想着事情不可以这样就了了,前前后后发生的一切不是简单一个"闹"字,是有预谋的。不管事情接下来如何发展,接骨头要紧,差人叫了接骨头的刘起富过来。刘起富上下捏了胳臂,明确地告诉原德孩,这胳臂不是脱臼,是断裂了。这个岁数的人,本来骨头就脆,经不起磕碰,裂开了还不好长,怕不是一两月的事情,要过了百天才能动。能否长好还是未知,弄不好要落下毛病。

原德孩不吭声。

原添仓说:"你说的我都知道。"

刘起富从父子俩的表情上看出,一定是发生了什么大事情,不然怎么会一个月不到,自己连着进了原府两次。自己是三十年没有进过原府的人啊。也不多问什么,这和给皮家兄弟接骨头不一样,这事得藏着。用了夹板夹死原添仓的胳膊,缠了生白布,用一条吊带把胳臂吊到脖子上。临走原德孩安顿他不要对任何人讲老爷伤了胳臂的事情。这一安顿让他明白了,自己是什么也不该问,不能问。安顿了要注意的事情,也不多话,说有事叫他,起身走人。

送走刘起富,原德孩叫来武功师傅想问清楚当时的情况。这武功师傅为了开脱自己,回来的路上就已经想好了计策。原德孩问他原委。他说,是那个端水烟袋的人照屁股顶了他一下,他不防备撞了老爷。

原德孩一下动怒了,一根指头戳过去:"你敢肯定是他!"

武功师傅举了手照着自己的脸先掴了几个巴掌说:"俺是外人,俺来做啥?古话说,明枪好挡,暗箭难防,他照着屁股暗算俺一下,习武人没有二心,咋也没有想到他会这样做。你们还和原家是亲戚呢,俺当他是君子,要知道他是小人,说啥这档子事也不会发生。俺一个雇来的习武人,因何要和老爷过不去?俺是提了脑袋出来做事的,您是聪明人,俺一说,您就明白了,俺的腰尾骨上怕是还有一块黑青。"

看着原德孩沉默不语,他不再解释什么。走到窗户下解了腰带露出屁股来要原德孩看,果然那腰尾骨上有手掌大一片青黑。原德孩扫了一眼,把脸扭向一边说:"丢人!"

这武功师傅临来前用了灯头上的黑灰抹了一把腰尾骨,他知道没有哪一个富人会低了头看他的屁股。系好裤带,正了正身子,走到原德孩面前说:"俺一个河南人,自幼父母双亡,穷途末路,不得不混迹于江湖,先是参加义和团和老毛子干,后因时局不稳回家种田,但俺的心里始终记着俺是一个习武人。懂什么不懂什么,都该懂:拿人钱财替人卖命的行规。就算少爷您不相信俺,俺一文钱不要替原府保家护院到老,俺有二心二话,天上的五雷掀了俺的天灵盖。"

原德孩看到面前站着的人,脑袋削得不留一丝虚浮,因了光亮看上去也比寻常人大,外表看上去有一股霸气的人,内里往往都感到稀软得似一盆糨糊。盖运昌又不是习武之人,怎么能把他的屁股顶出一片黑青?想着这厮不是江湖骗子,怕也是玩花腿的人,心里恶得不想再理他,要他下去。这种人中看不中用,留久了怕惹来后患,决定和父亲商量后辞退他。原添仓心里也已经觉得这厮是在羞辱自己,拿他的屁股羞辱人,这是原家有史以来没有过的事情。父子俩商量了结果,就算是让他走也不能就这样子走,总得让他缺了什么,好让他知道做人该长了记性。这事不宜在原府下手,定下计策,要人半路出手。等叫来府中护院家丁密谋好事情,差人叫那厮来,才知那厮已经出府,早已不知去向。父子俩自叹一番,哑巴吃黄连,有气无处出,一时间郁结在胸。原添仓冲着门外左手托着右手的夹板,一阵咳嗽,原德孩急忙上前扶,却发现咳出来的痰里有几缕血丝。扶父亲躺下后,他觉得胸口上的气憋得要爆了,想不出一个撒气的地方,郁闷得一个人往自己屋子里走。

盖秋苗正抱着孩子要孩子撒尿。嘴里响着欢快的吹气声,孩子在她的怀里一挺一挺,她嘴里的吹气声就越发提了调子高起来,声音听起来有些刺耳。原德孩走过去抱过孩子来说:"他不想尿,你硬强迫他,嘴里叫得和黑老鸦一样,你给谁叫丧呢!"

盖秋苗无端受了羞辱,怎么也想不到丈夫是说自己,就盯着原德孩问:"你是说我?"

原德孩说:"说你。就说你个丧门星惹祸的东西。"

盖秋苗觉得丈夫对着下人这样说自己,让自己的脸面不知道往哪里搁才合适。看到屋角旮旯,黄杨木花几上放着一个青花花鸟纹筒子瓶,那瓶子里插着一株盛开的月季。她走过去一把握了月季的枝干,花枝上的刺让她的手心慢慢渗出了血,一滴一滴串成琥珀珠串滴下来。她含着泪盯着原德孩,屋子里出奇地寂静,寂静中能听到孩子拉风箱一样的出气声。原德孩不看她,看着门外。傍晚的日头昏沉,被水气胀满,如同一枚不堪其重的果子,一触即溃。盖秋苗觉得手里的月季花很暖,不像是刺穿透了皮肤,那暖意让她的心情好受一些,她提高了声音喊:"有什么事情让你心里难过了,你有火气冲着我来好了,没有必要在下人面前这样对待我,好歹我也是你原家的媳妇,你说,你扭转身子看着我说。"

原德孩看到院子里那一丛花坛上有许多花,花色猩红,花事总是在最潮湿的季节开放,暮色中那花开得像火焰一般。听得旁边的女佣小声叫道:"少爷,少爷,少奶奶流血了。"

原德孩走近女佣抬起手臂滑了一下对方的脸颊,女佣躲避了一下,原德孩有恃无恐一把揪住了对方的胳膊。女佣低下头说:"少爷,我是一个女佣。"原德孩仰起脖子笑了:"女人哪个不是女佣?"女佣想挣脱原德孩的手,一时又无法挣脱,很无助地看少奶奶。

盖秋苗想用自残来引起丈夫的同情。从丈夫的后背上看到了他对自己的不屑,自己的丈夫居然说女人都是女佣?她可是盖家的千金啊,哪个敢讲她是女佣?看到丈夫内心被什么事情点燃的恐惧,她下意识地颤抖了一下,压低了声音喊:"你放开她!"

原德孩说:"我就是想和你老子盖运昌一样,想演戏,想女人,想在你面前抱了她,我一时看着她心动了,你就闭眼睛成全了我。"

盖秋苗突然感到喉头结冰,自己在一点点矮下去,腾出一只手来扶住墙,手想抓住什么,什么也没有抓住。她的身后传来挑逗和哀求声,天下最难忍受的羞辱啊!她带着哭腔说:"少爷,以往我有什么不依不饶的要求,惹得你生气了,你也该谅解我,我和你是一家人,就说不看我父亲是你的丈人,你也该看他是你的姑父,打断骨头连着筋,因何要如此待我?"

原德孩抱着女佣转过身子,指着盖秋苗说:"贱婢!我没有盖运昌那样的丈人,也没有他那样的姑父!盖运昌猪狗不如!"说完抱着孩子拖着女佣头也不再回一下地走出屋子。

盖秋苗喊道:"放开她,你回来啊少爷!"

院子里哪里还有他的影子。

天上的日头晴而不朗,一片昏黄,像洗脚水。突然地,女佣半裸着从西厢房跑了出来,看到院子里的盖秋苗扑通跪下了喊:"少奶奶,叫我将来怎好再去嫁人哇。"

盖秋苗怒气地走到西屋照着丈夫的脸打了一下说:"你可敢对了儿做此下作事?"

原德孩一把抓了盖秋苗还没有落下的手,一口唾沫吐到了她脸上说:"许多事,今天做不了,我等明天,大路不通,我走水路,做给你看是要叫你知道嫁了原家,你的从前死了!"

盖秋苗怕自己的哭声惊动了原宅上下,忍着气往屋子里走,女佣跟着进来,盖秋苗扔给她一件上衣要女佣出去,说自己想独自待一会儿。等女佣出去了,她挪着小脚一头扑到炕上,埋在被子里咬着枕头哭上了。哭自己虽不是王侯将相家的女儿,也不是普通人家的闺女,是暴店镇盖运昌家的千金,谁不知道盖家是肠肥腹鼓的商贾?如今这般辱没自己的爹爹,是什么事情让丈夫如此这般呢?想着当姑娘时的事情,虽然姥爷和姥姥去世早,自己没有见着,但那时的她只要跟着娘来原家走亲戚,舅舅总要把她抱到膝盖上,示出千般喜欢。后来嫁了原家,人都说是亲上结亲,那么是什么让这日子变得走样了呢?她想不出头绪,只是觉得丈夫变化不是一天两天了,对爹爹的成见压着看不见,今儿突然发作了,也想不出是什么让他发作了。单单想:自己要是嫁到一个孤寒贫苦人家就好了。穷人重情,即便是采了野花插于窗下,剪了纸花贴于窗户,守候自己的贫苦丈夫耕种回家,有温暖的话语送上,丈夫的感激是挂在脸上的,不是藏在心里啊,那样的日子真是丰富而充满情趣,为何这般在这富有的家庭受这样的侮辱呢?

盖秋苗不哭了,盘腿坐在炕上望着窗外,窗外什么也看不见,只有院子中的花坛。黄昏要落下来了,似乎一切都要给黄昏罩住了,对面是墙,这院子一院套一院,这外面的世界是越来越小,越来越隔膜了。以前是什么样的日子?一时竟无法想到自己还活过那样的人世。丈夫不是忙着张罗娶小吗?自己呢?怎么命运越来越像娘了?娘还被爹爹看重,自己却不被丈夫尊重,居然被骂成是猪狗!盖秋苗虚弱地张开嘴长叹了一口气,太阳会落下去,星星会闪烁而出,太阳还会落下去,日出日落的背后是三个字:"知天命"。

盖秋苗下了炕。脱掉身上的外套、裤子、鞋子,卸了头上的花儿、朵儿。打开地上的竖柜,找出出嫁时镶着绳边的大红嫁衣,换好穿戴,一双粉缎红绣鞋落在地上,她弯腰穿上,在屋子里走了两步。一边走,一边脱下手上的金镏子,一只金镏子含进嘴里,下咽的时候她看到月季花散落在地上的花瓣,紧闭了一下眼睛。又一个金镏子含进了嘴里,从古到今男欢女爱,未有穷尽,不想低下也得低下。倒头躺到炕上的时候,她最后睁了睁眼睛,看到窗外的暮色把她和屋子揽入怀中,一切就都暗下来了。

3

天黑了麻雀不散,都扑入了草料堆里过夜。盖运昌提了荆条盘篮随喂牲口的吴老汉到草料房捉麻雀。吴老汉把马灯挂在石槽上,盘篮举到半空中守候着。暗处的盖运昌操起料叉吆麻雀,草料一扬,麻雀飞起来,冲着马灯亮的地方撞,盖运昌兜头扣下去,扑扑啦啦的撞击声中草尘荡得人不住地打喷嚏。吴老汉放下料叉走过来拿了布口袋套住盘篮,口袋是两头儿张口的,盘篮一节一节拽出来的时候,口袋系住收了麻雀。从草料房出来,吴老汉拍了拍盖运昌身上沾着的草灰,盖运昌闭着气往前走了几步躲过拍落下来的草尘说:"送到伙房去给了大太太。

就要过会了,想买点啥就买点啥,明里不能做的,暗里不要亏待了自己。"吴老汉提了口袋往前走了,身后又传来盖运昌的声音:

"上不着天,下不落地的黑里,走路小心了,不是青壮年了,慢走几步不误啥,胳膊肘和膝盖骨经不住磕碰。"

黑暗中吴老汉的骨头架子站下了,没有话,隐蔽在深处连着筋骨的疼痛让他虚虚实实地挪动了几步。盖运昌掉转了方向提着马灯朝着自己的堂屋走。

看见堂屋的院子里地上放了马灯前跪着一个人。他不知道发生啥事了,冲着前面的跪着的人喊:"啥冤屈事,不能进屋子里说,要跪到地当央?"

地上的扑通一下伏地磕了仨头说:"上土沃原家的大少奶奶老了,我来报丧。"

盖运昌的心悬了一下,看清楚了是原家的一个远方侄儿,说:"我没有听清楚了,你再说一遍。"

"上土沃原家的大少奶奶老了,来报丧。"

"你说的是我闺女盖秋苗吗?"

"是,盖东家。"

盖运昌抬起的一条腿在空中晃悠半天终于艰难落地了:"她娘知道不?"

"盖东家,她还不知道。"

盖运昌说:"怎么走的?"

"紧病,太阳落山的时候走了。"

那边原桂芝惶惶悬了心由两个老妈子领了磕磕绊绊地走来。走近了,想要上前捉住地上人的手,却闪空了一下跌落在地上说:"你说我闺女怎么了?"

"人没了,姑姑。日头落山的时候走了。紧病,郎中都没有来得及请。只说是肚子疼,不要人打搅要在炕上躺躺,等叫吃黑里饭的时候才知道人没了。"

报丧的人跟了原家叫姑姑。

大太太瘫在了地上,心慌得一点点力气也拔不出来,一口气窝在了嗓子里,半天后抽丝拔气地说:"她头几天来的时候好好的,怎么说走就走了?躺在炕上,人没了才知道?我不信,老爷。"

"都起来吧。你回去告诉原财主盖家知道了。"

跪地的人起来要走,原桂芝说:"再问问,兴许是个谎儿。"

盖运昌说:"把大太太搀回堂屋来。哪有娘给闺女跪的道理?"

院子里灯影儿走了,盖府的家眷陆续走进来。原桂芝在炕上哭,想连夜回娘家去看闺女。盖运昌做主不让。女眷们嘤嘤,盖运昌鼻子酸酸的,喉咙里堵塞着什么,想说几句什么话又说不出来,黑着脸,一定是原家慢待自己的闺女了。闺女人没了,怎么也该女婿来报丧,倒来了个不疼不痒的人。一条人命,原家不亲自来交代,一句"紧病"交代了!生如游鼠,死如灯灭,死了,死了,让他原家了去吧。嘴里重重吐出来一句话:"没出息的人命都不长。"

"出嫁了,就是人家屋子里的人了,是人家屋里的人,由了人家出殡去,盖家不去人。记着了。不是盖家缺人味,是盖家紧睁眼、慢张嘴都留不下自家闺女的命。去上土沃丢人败兴,就算人家不要脸,不来交代你,盖家的脸还长在脖子上呢!各屋回吧,明儿该做啥的还做啥。"盖运长站起来说。

看着地上的人不走,盖运昌一口把桌子上的灯吹灭,吼了一声:"我要睡觉了。"

出来的人听得门关上了,黑乎乎的窗口上不见任何声儿渗出来。

原桂枝想不通自己的闺女,几日前好好的,怎么说走就走了?一个人坐在太师椅上,泪不听话地往下流。那是心里一个活灵灵的闺女呀,心事一下就软得上不了炕,怎么也不相信人没了,一时就想趁着夜色往上土沃去问问。心一紧气儿又来了,随手抓了头巾开了门入了夜色。

大门上站着吴老汉。吴老汉说:"大太太,该睡了,黑灯瞎火的你这是往哪里去呢?"

原桂枝的气来了:"你是挡道儿的狗吗?快开了门叫我出去。"

吴老汉说:"知道你心里背不动,你出了盖府的门,老爷的脸面可就狗都不是了。"

原桂枝指着吴老汉说:"你,谁给了你胆子敢这样儿讲话?"

吴老汉不开门也不反驳,只说:"回自己的屋子里睡,哪有大府人家的女人独自走夜路的?事都有明天,你看着天黑着,人的眼皮子可都支着等看热闹呢。老爷怕你动乱子,你的心事能瞒得过老爷的眼睛吗?我送大太太回屋子里。"

原桂枝无奈地往回走。丫鬟听到响动紧着跟过来,不敢多话,几次想上前扶原桂枝都被她甩开了。路走得磕磕绊绊,走到自家门口,丫鬟扶了她进去,她突然来了精神似的快速反身合上门,独把吴老汉关在了院门外。望望天,冷月下青砖地面灰塌塌地寒,一口哭挤上来,喊道:"几日前,你可是来和娘道别的吗?"

院门外的吴老汉长叹了一声,拖着套鞋嗒嗒走远了。

4

盖运昌在九月十二晚夕时候,要原桂芝骑了驴,跟了轿子,到女女谷接女女娘母们进盖府。因为第二天要上头盏香,头一天上香的人要提前沐浴。这样,女女谷就剩下聂广庆和一头驴了。原桂芝头上蒙了头巾骑了驴跟了蓝绸轿子从暴店镇走过再走出来。有人看到走过的一切,说道原家的儿媳盖秋苗平白无故就死了,这人死得蹊跷呢,也不见盖家人去追问?好奇地看蒙了头巾的原桂芝,弄得驴脊上的原桂枝有些不自然了。一路想着中堂上年年更换的那副对子"忠厚传家久,诗书继世长",想着老爷把这中堂上的对子都要辱没了。人在驴脊上,脸上就挂了许多不自然,拧了眉头,布满了悲戚的气象,要家丁赶了驴快走。

轿子里女女和两个儿子,除了襁褓中的小儿,大有些不安分地用手掀了轿子上的窗帘看外面,也被外面的热闹弄得异常兴奋。女女压着自己的心情,抱着小儿怀念一个人,这个人是她的娘。她的怀念是一些无序的片段,她被许多伤痛压着,几年过后那些伤痛虽然不时地会揪住她的心,但是,她在宁静的日子里从没有刻意去追问。她想忘却,她不想搅动它。现在暴店镇的热闹触动了它,那些埋伏在心里的记忆就抬头了,它们辛酸而苦涩地在往上拱,顶撞着她的心扉,然后化作一幅幅真切的场景,粲然浮现在眼前。

十岁上,那一年秋天的黄昏,刚收完棉花,家乡玄马镇就搭棚子过会了,平常稀稀拉拉没有几个人的街面上,突然塞得满满的。她喘着气跑回家想叫母亲和自己一起赶会。走到家时,看到母亲坐在炕头上,平静地望着窗外,嘴里吟着诗文:"避暑林塘。数元戎小队,一簇红装。旌旗云影动,帘幕水沉香。金缕彻,玉肌凉,慢拍舞轻扬。更一般,轻弦细管,孤竹空桑。风姨昨夜痴狂。向华峰吹落,云锦天裳。波神藏不得,散作满池芳。移彩鹢,柳荫傍。拼一醉淋浪。向晚来、歌阑饮散,月在纱窗。"

她兴奋的心情一下凝结住了,轻声叫了一声:"娘。"透过黄昏的光气,她看到娘的眼睛里涌满了泪水,娘盘腿坐着的膝盖上放着一本书,娘吟咏着一首诗,娘的吟咏和外面的热闹有着截然的对比。娘是书香门第的女儿,娘的爹爹也就是自己的外公是教私塾的先生,她跟着娘学了不少诗文。娘回过头来抚摩着她的头说:"你将来成器了,要嫁个好男人。"外面的热闹是过会的热闹,家里的寂寞是娘的寂寞。娘的寂寞是因为爹爹在天津卫做生意,好久不回家了。外面的热闹对母亲特别重要,说是特别不是因为过会的热闹,是热闹和凄清的反差。娘起身取了一领苇席走到院子里,院子里飘满了落叶,娘把苇席铺上去,把爹爹过冬的棉衣展开。她看到娘的头发稀疏,露出红亮的头皮,那是风吹日晒的颜色。娘一丝不苟地撕扯棉絮,把里子和面子对齐,然后走针引线。娘说:"冬天就要到了,过会后,你跟了去天津卫做生意的人找你爹爹,去把棉衣给他送过去,北方的天寒着呢。"她是后来才知道爹爹是不穿棉衣的,只穿皮袄。

市声热闹,她忍不住低下头看了一眼外面。她想娘了,心头发酸,怕有眼泪掉出来,影响了进大户人家的心情,不想让人家不愉快,便抬直了头随着轿夫的颠撞,脸上强行堆起了笑。怀中的孩子被颠得睡过去,大吵着要她看外面热闹的人群和摊位,女女谷的上空鸟多,女女谷的地上草多。看着这么多人,孩子高兴,她便和颜悦色地要儿看。她努力把想起来的事情噎在喉咙,这样,挂在脸上的笑就失了色彩,她被那噎着的痛割伤了喉管,不自觉地咳嗽开了,咳得脸面通红。下轿子时,脸上的红晕还没有褪去。西山顶上的落日寂然无声地照下来,她那模样让盖运昌一下看上去吃惊不小,像看到了春天:一朵娇小的桃花,清水流过田地,禾苗生长了,树木发芽了,桃花盛开了。

她扶着女佣走下轿子,下轿的一段时间里,因为怀里的孩子,她顾不上和人打招呼,只是看到地上站着的几位像是姨太太的女人。她们穿着宽衣大袖,上衣长至膝下,下面配着的有裙子,也有裤子。穿裤子的把裤脚裹扎起来,裹带是镶了绲边的,小脚。唯有一位太太不是裹脚,是大脚。头上的发饰也和当地人不一样,两条辫子上挂着一些红绿珠子,好看也很怪。走到一间房子里,稳到了炕上,坐上去时有绵软的热腾起来,一下触及了她的体温。细枝末节的往事都在她的屁股下软软地拥挤着走来,她把那些往事折叠好收起来放到心底,等闲时再往出倒腾它们。她一一拜见了盖家女眷,放下怀中的孩子忙赔着笑脸说:"老爷,太太,盖府上下大小,我来是给府上大小添麻烦了。"

这句话没有让盖运昌吃惊,倒是让府上的几位姨太太吃惊了。她们没有想到一个山野村妇会说出这般话来。一般人家的女人说出来的话,怕不是这般的不卑不亢,有一种大气在里面藏着。所有的人看聂大,那个传说中像怪的娃儿,不惧生,四下里张望,真是不像凡胎的眼睛啊,贼眉,一头兽毛一样的鬈发下,那眼睛里不见任何恐慌。大坐在炕沿上,憋着尿,忽又叉开腿用小手捏着裤裆中间的小鸡鸡,看着炕上的娘说:"娘,快,我要尿出来了。"

大没有尿出来,是因为在女女谷女女告诉他,到了人家的府中不能像在女女谷一样到处撒尿。女女摸了摸大的头,看着中堂前太师椅上坐着的盖运昌说:"盖老爷,麻烦您叫人带他去小解。"

姨太太们看着大的憨态也都用手捂了嘴笑上了。大太太原桂芝思忖着:这个谷里的女人把上茅厕叫了小解,真不让人可怜!

盖运昌要六月红领了孩子出去,他抽了一口烟,说:"想是你已经知道了,今年暴店镇是大会,与往年不一样,因有赛戏,大赛五天,明儿一早上头香,上了头香就没有事情了,想看赛戏就留到府里,当了盖府是你的家。"

盖运昌要门口站着给他牵骡子的吴老汉去把那件东西拿来。谁也不知道老爷要拿什么东西,却听得有孩子的吵闹声传进屋子里来:

城门城门有多高?
三丈三尺高。
攻城人马到齐了!
骑啥马?
骑白马。
挎啥刀?
挎大刀。
攻城不下别想逃!

大拉着三太太的手张着嘴晃着脑袋迈着八字步喊。日头把他们的影子拽在身后,很长,日头从脑后像一束光一样射过来,让背阴下粉色的面容越发白粉了。孩童的声音在整个盖府上空呱呱地回响,光亮平展的方砖地上,那一声一声的喊叫把盖运昌藏在心中的一团火叫燃了。他站起来,幽幽动情。一股逼人的生气,一种钻心的疼痛,泪珠颗粒般顺着脸颊无声地流下来。就在他觉得不能自控的时候,看到吴老汉手里提着一个看上去像椅子的东西越过院子走进来。

盖运昌总算找了一个台阶。弯腰提起了那个像座椅的东西,因为脸上泪还挂着,他叫了一声:"不错。"

袖管在脸颊上看似无意地抹了一下,提起那个东西来,大伙这才看到是一个木头做的座椅。座椅下是四个铁轮子,椅子中间靠下一些地方有一块伸出来的木板。椅子横着一根皮带,解开皮带上的扣,盖运昌让吴老汉把聂大抱上去,系好拦腰皮带,那双脚正好搁在伸出来的木板上。盖运昌从吴老汉手里接过两根木制的棍,那棍像两只胳臂一样,上面手抓处是圆头,挨着地上的是朝下抓着的笓子,像两个吸脚。盖运昌说:"你拿着手耙试着走走。"

聂大看着地上,用了劲拄了棍倾着身子往前走。青砖地上,铁轮子沉重的声音扩大了所有人的听觉,移动的快与慢,已经不是那样重要了,聂大笑逐颜开地喊叫着,女女抬头看了一眼盖运昌,盖运昌觉得那一眼,像日头一样照得他浑身温暖,一切的一切,不用再说什么,都含在里面了。

盖运昌说:"明天赛戏前,我就要他坐在上面上头盏香,我叫他明天不走人行过的路。"

5

这天夜里女女和两个孩子就住在这间屋子里。夜晚的时候有一只老猫从窗户上的一个格子里蹿进来,那个窗格子上挂着一个四方帘子,猫钻进来的时候叫了一声,把女女叫醒了。她起身撩开那个布帘子,看外面,什么也看不清楚。支起耳朵听,能听到说话声,似乎所有的人都在忙碌,她仔细分辨,好像还听到了有人唱。细软如丝的唱穿过人声的夹缝钻进她的耳朵,老猫盯着她的坐影叫了一声"喵",她叹了一口气躺下了。一些陈年往事顺藤摸瓜地串出许多生活细节,一下子击中心怀。她不自觉地开始流泪,对面的老猫先是好奇地看着她,抬起一只前爪随时有逃跑的迹象,看着她坐着不动它便也安静下来,用爪脚蘸了口水洗脸。她期待老猫跳过来,跳到她的肩上,亲吻她的脸庞,那只猫却因有什么动静经由布帘子蹿出了窗户。世界突然变得很大,很黑,很宁静。她无神地盯着老猫进出的布帘子,想着盖府的老爷像她的祖父一样,有圣人情怀,古道热肠。最后的想念却是落到了聂广庆身上,看到炕上聂广庆的儿子,这香火是血脉流淌的另一种方式,看着看着,脸上便有了温暖的笑容。

日头还没有出来时,三峻庙里的钟鼓楼上,先是钟声响了,接着是鼓声。秋阳委婉如缕地升起,那一点红照亮了山头,山头黄亮。那颜色像是金粉和银粉合成,光泽耀眼,可以捏出油来。希望和感恩于三峻爷的盛德,人们在听到钟鼓声时,无不把对三峻爷的敬重储之胸臆,同时,祈求来年获得好的收成。街道两边的商家店铺听到钟鼓声都赶在日头没有出全前给自家敬奉的三峻爷上香,上完香的走出店铺等三峻庙的上香会开始,临近的大小村庄的人们也都陆续赶了过来,街道被塞得满满的,都想看佛前的点灯童子转世。

不大会儿就听得音乐从三峻庙方向传过来。打头的老社头是李守信,身后是乐队,乐队后是执扇执事和多种仪仗队,之后是三峻神的八抬大轿。三峻神出驾去迎各路神仙前来暴店赴会。这时的神仙已经聚集在暴店王莽岭的北高庙里等候。三峻神过去后,临近村庄的老太太和少妇相跟着往百子桥上走。百子桥上敬着一位子孙奶奶,实际上敬奉的是文王的夫人。神位前面摆着盖府太太们捏好的一百个泥娃娃,泥娃娃因为用的泥质不同,捏出来的颜色也不一样,有红土泥的,有黄土泥的,大太太原桂芝因用了聂广庆的蓝沤出的泥料,泥娃娃看上去蓝得像一个个小精灵。老太太和少妇们心照不宣地各自偷着往怀里藏一个或两个,然后,屁股朝天,把头埋下去默念各自的愿望。

盖运昌骑着骡子,身后跟着一长溜轿子,从暴店镇走过。大太太原桂芝原本是红绸轿子,盖府的红绸轿子由四人抬,唯独家中有地位的女人坐。原桂芝因失去了闺女,她自己坚持不坐红绸轿子,要坐蓝绸的。这蓝绸轿子是两人抬,因为,姨太太们都是蓝绸轿子,这样红绸轿子就闲下了。盖运昌要女女抱了代替儿子的聂山坐红绸轿。今儿身份特殊,原桂芝也没敢多话。

一行人浩浩荡荡走过。

看到百子桥上跪着的一片老少,盖运昌下意识地长叹了一声:做个人情脸上都好看,可这满世界的人哪有一个理解我内心的苦!

走到三峻庙的正厅,下了轿子进入偏房休息。盖府的大小才看清楚了三峻庙整个成了一个天上世界。中间的香厅上是由厨子煮出来的一幢面食花祭,这幢花祭用了盖府五百斤面粉,这是早就传出去的话。据说那面内掺了糖料(饧,取硬度)姜黄(取色),然后用水搅拌,擀成薄薄的面叶,再用锋利的小刀裁成方、圆、条、斜和大小不一的各种透明花样,放在油锅里炸成呈黄色的硬片,挂在插好的屏风架上,看那片片垒砌,直挂到近三米高、约五米宽,中间用了有光泽的彩纸揉成的花朵,看起来层层楼阁亭榭,处处月台小轩,花枝招展、琳琅满目。更值得赞赏的是在这幢花祭屏风近两米高层上,用泥头纸身裱糊的有七八出古装戏剧人物,它们身高不过八寸,角色不过三至五人,可那巧夺天工的技艺把它们塑造得活灵活现。

化装了的聂大由两个家丁用一张八仙椅子抬着,人在了高处,似是而非的心情也高了出来,天地间透着一股神秘和诡异,第一声长号吹响,第一锤铜锣敲亮,周围挤着的人群表情一下开始木讷、僵硬了。被簇拥的人头之上,空旷中堆积了众人的目光,万种的力量,把高过人头的那个八仙椅子越抬越高,直到使人望酸了脖子。外面传说盖家的儿是个傻子,儿不露脸,原来是有了佛前童子转世,这怪猴儿看上去精明豁灵儿的,真有几分世人少有的神性。八音轰然而起,热闹高过一丈,僵硬松软下来,灰尘从脚底扬起来,八仙椅子埋入了香亭深处。女女看着儿子被抬出视野,她开始随了盖府的太太们看花幢。盖运昌挤到女女身边指着上面的人物说:

"这一折是《大报仇》里'议征'一场,那个是《黄鹤楼》'讨荆州'一场,那个呢是《雁门关》'刺宗'一场,还有《牧羊圈》'扫墓'一场,《司马庄》'灵堂'一场,对了,我考考你,那一出是哪个?"

盖运昌的用意是让女女说,哪知道三太太李晚棠抢着说了:"知道,知道,是《玉石楼》'盘山'一场。"

盖运昌看着花祭的高处说:"不吭声,卖不掉你,抢着说,就不怕舌头抢短了。"

李晚棠被说得面色通红,明显走慢了,走到大太太身边。平常大太太对自己这看不惯,那看不惯的,就她是大户人家的千金,小瞧这个那个的,背地里和老妈子说,老爷把这些个姨太太一个个惯得少家失教。老爷说大太太时心里想着都嫌老爷说轻了,现在倒觉得和大太太同坐一条船了。凑近大太太想说什么套近乎,却见原桂芝佯装看不见她似的,往一幢花祭前走了几步低下头看。其他两位心里便开始窃笑:仗着老爷宠爱啥风头都想出,有好戏在后边呢。女女看到大太太一脸悲愁,那愁苦是压在心里的,心里一下紧缩了,就连和盖运昌回话也很是小心。

聂山坐在铁轮车上被抬到了供盏的香厅下,要他熟悉环境,一会儿神仙聚了供盏时不要出了错误。供盏的地点在香厅下的花祭前面,女女看到神案是以十二张八仙桌摆成三行,桌面上摆好了的食物,听盖运昌说是三天的长供,三天里不取。最丰盛的要数满汉席了,荤素各三十二碗,聂山看到如此多的吃食几次馋得想伸出手拿吃物,抬头看娘的眼睛,被娘的眼睛中的威慑吓退了。嘴里含着二拇指,哈喇水流过手背,被风吹出两道白印子。

　　远处传来一阵细吹细打的弦乐声,人群再一次开始骚动了。棚了额头往庙后的山脊上看,只见浩浩荡荡一行人从山脊上往回走。盖运昌陆续从大厅休息处请出了县里来的官员。官员们在摆好的一长排八仙椅子上落座,外来的商家站在四周围等待供盏开始。音乐声近了,这下人们看到李守信已经换了行头,只见他头戴毡绒礼帽,身穿短褂长衫,手执一支油漆龙头短杖,挑着铜制的宣德香炉,炉内插着檀香木香条,香烟缭绕。跟在他身后的执役人有司香四名,司烛四名,香老数名,水官、亭子、帏士数名,个个身穿清一色的长衫,嘴含禁口花,后面抬着三峻神像,之后是请来的四方神仙的牌位。单看那牌位,就让人眼花缭乱,那牌位上有天地三界的,诸如玉皇大帝、东岳天齐、三皇五帝、四海龙王、五瘟五鬼、九天圣母、八洞神仙、二十八宿,还有十方万灵的,如后土神、社神、太阳太阴、风伯雨师、牛王马王、火神、水神以及后来的山神土地、地藏城隍、关帝药王等。一行人请了牌位跟在乐队后游遍庙内东西两廊和往返进出的月亮门,最后落脚于院中心的坛池。由主礼生念念有词地指挥提炉以及司香、司烛等服侍人员,向亭子摆下的各家神位斟酒、奠茶和频频跪叩。之后全队转回香亭。有家丁很严肃地拽着聂山的铁轮车走近香亭,由主礼生开始朗诵祭文,上头盏香就要开始了。

　　走过时,聂山寻了人缝有些害怕地叫了一声"娘",女女走近了悄声儿应道:"别怕,儿,主礼生念啥,你也跟着念啥,娘看着你呢,你是念给神,不是念给人,神不怕,不吓唬你,娘看着你,给你壮胆呢。"

　　聂山跟了主礼生一步三回头地走到神位前上香,上香后聂山被人举在了头顶,听主礼生念道:"当思人非神,无能资其保佑。"

　　聂山在高处跟了念:"当思人非神,无能资其保佑。"

童声无忌,声音琅琅。女女听到全文是这样的:"当思人非神,无能资其保佑,神非人,时能保其安居。可见对越有奉神虔心至诚者,方能求得降祥赐福也。尊神羿,功在夏代,佐佑陶唐。掣电平雷,大德千载而不朽;邀风射日,宏功百世而常新。凡有血气,莫不尊亲兹值。尊神今日圣诞良辰,理以斋戒沐浴虔诚致祭。谨献娱神'乐剧'一班,大戏一班。香会、社火等以酬尊神历来普降甘霖大德,人畜平安之功勋。伏乞洪恩浩荡于后世,而万民感德千万载不逝矣。"

后一句"万民感德千万载不逝矣",女女看到寺庙里的人们同声重复了一遍,并齐刷刷跪下去。事先没有人交代,独她一人站着,即使不抬高视线,平望过去,她也看到了旮旮旯旯、纵横交织的伏下去的身体。一个大天地,山因为容纳万物而强壮,水由于汇集百草而灵异。女女突然看不到这杂杂万物在生命上的具体形状和颜色了,甚至分辨不清楚什么产生于树梢,什么产生于花瓣,什么产生于天空,什么产生于土地,什么是人,什么是神,生命体内千般欲望、万种风情无论演绎多少波澜,都被眼前的景象定住了。人原本就生活在这很小很小的一点空间里啊,一座院落,一顶房下,一间屋内,众人感恩羿神,是感恩他曾经善良、刚毅和无畏的行径。凡是付出自己生命去行善的人,必定会受到大家真诚的爱戴。女女泪流满面,多少日子里,她宁静的心被搅乱了,生命之树花开花落、叶荣叶枯,她有多少话要和神说,她满身满心地激荡。庙背后葱茏的山峦,屋顶上彩色斑斓的琉璃瓦顶、滚圆的穹隆、翘起的檐角,都在亲切地召唤她,她想挣扎着下去,她要跪谢这一片土地,跪拜这冥冥中给她死里逃生的活……吵闹声又荡漾起来,是市声的嘈杂。那敲击和直抵她心灵的激荡突然地消失了,她的腿僵直去,看到儿子露出豁牙冲着她咧开嘴笑。她突然又觉得,天地初生,这血脉相传的生命链才是神给予她的祥瑞。她看着眼前的儿子,再去看着远处一间房门前女佣抱着的小儿,她笑了。儿子就是她未来的神啊,才是安慰她恐惧与迷茫心灵的幻境,她想象世界在这安稳与平和的气氛中走向完美,她的儿子、孙子、子子孙孙，她在心里虔诚地乞求她生命的血脉脱离困境，一生平安！

6

盖运昌看到女女很稳重的笑跟日头和成了一色。

读毕祭文，乐队吹奏，厨房开始上馔，其供之馔花样繁多，有水煮的、油炸的、火熏的、笼蒸的，茶杯酒盏、盘盘碟碟，枳壳白果，交梨火枣，应有尽有。

这时候外面正上演一出"鞭打黄痨鬼"的表演，其黄痨鬼的扮相是光穿了一条裤衩，全身涂以黄色，似疯魔状。在黄痨鬼的身后扮有两尊天神——方弼、方相。他两个顶盔贯甲、手执钢鞭，追捕黄痨鬼。可是这个黄痨鬼不但不害怕方弼、方相的追捕，反而肆无忌惮地在街市上胡抓黑闹。他抓到的东西也无人复夺归己，可能是怕沾染上了黄痨病毒。说来好笑，这黄痨鬼的身后跟着一个拿布口袋的人，替黄痨鬼代收攫取来的一些货品，而方弼和方相也伴装不知。最后，黄痨鬼被赶至大赛庙内的舞楼上，被方家兄弟高高吊起，此时，跟在黄痨鬼身后的观众满满挤了一庙院，来看鞭打黄痨鬼，但见方弼和方相举起钢鞭虚假地打了几下。这时原桂芝看到黄痨鬼是皮二扮演的，那个手提满满一口袋吃食或别的什么的是皮大，原桂芝狠狠地挤了一下眼睛，什么也不想看，觉得娘家屋里怎么就出了这么两个被人小瞧的东西呢?！本来戏还长，原桂芝急切地要身后的家丁告诉后台上的人及早结束。这时候的盖运昌已经陪着县里来的官员往和盛堂打骨牌或抽烟炮去了。台下的人还等着上去也打黄痨鬼以驱逐一年的晦气呢，忽有人从后台端出一盆烟火，霎时烟雾笼罩了整个舞台，等烟雾消失后，舞台上已经是空无一人，台下的只好一笑而散。

这一天供盏七次，盖家大小都在寺庙里吃饭。只有三太太在傍晚时分回了一趟盖府，是回去拿行头，准备晚上演出，晚上演《霸王别姬》。女女听二太太说,三太太晚上演虞姬。

夜晚来了。盖府的人在舞楼对面时雨厅楼上设宴,就着瓜果、瓜子等看演出。各自心照不宣,就等着看三太太演出。舞楼对面的栖云厅上是留给一些官员和客商的。时雨厅上的几个厅子除了盖家人,留给了原家、柴家,还有外村几个大户看戏。舞楼下早早有人把自己家的条几抬了过来。一行条几,一行凳子。条几上是供女眷盘腿坐着看戏,凳子上是各自家里的男人。也有不坐的,站着,肩了自己的孩儿们。孩儿们拽着大人的耳朵,大人的耳朵被拽得发烧了,吐出一嘴口水抹到耳朵上降温。舞楼四个角垒了火炉,烧了松柴,把舞楼和庙院照得通亮,舞楼上是用桐油亮燃的灯笼。没有等戏开演,女眷们就先入场了,找到各自的位置盘腿坐上去。时雨厅和栖云厅上的男人们开始看着下面的女人品头论足。女女看到自己的男人聂广庆牵着驴驹子在一个角角上站下来朝着这边望,女女俯耳小声告诉聂山,指给他看。女女想:聂广庆是怕把驴驹子丢了才牵过来,看着那个暗处笑了一下,这一笑让聂山壮了胆气,高声朝着暗处的聂广庆喊了过去:"爹,爹,爹!"

大太太原桂芝站起来训斥道:"怎么如此没有教养!"

两厅楼上的官员和商人们被喊叫声扰乱了矜持。一个个站起来更没有教养地冲着台下的女眷们吼上了:"喂,谁家的?扭过头来,要咱撩撩脸蛋!"

"喂,腰身子摆得像柳枝的那个,回过头来。"

盖运昌被那几声"爹"喊得红头涨脸了,瞅着女女,那芽头儿又一次顶撞了他的心,被那搁放不下来的东西弄得失声般地大声喊了一句:"先来一场《闹五更》。"

《闹五更》是主角向副末说的一段故事。一个秀才找一个老妈子合欢,从一更天闹到五更天,依次表达"闹"的经过:敲门、插门、上炕、拥抱、合欢,也是大戏开演前的一场折子戏。

庙院的舞楼上灯笼亮晃晃的,尘土像小虫子纷飞。演员的龙袍水袖又脏又旧,脸上涂抹了油彩,只见他们的头偏过来偏过去。好歹那些浑话儿孩子们听不懂,看的是个热闹。大人们的心事被戏文忽悠得失形了,调情的、摸兜的、惹事的都出来了。只见台上的老妈子穿金戴银地出场了。头上和身上挂着有抱心霓、腰狮子、装针瓶、挑牙仗、金银项圈、朝珠联、金银手镯、金银环、凤头钗、金银簪、转腿铃以及小儿戴的状元牌子、葫芦锁子等,身上的饰物随着老妈子的步伐往来摆动,发出哗哩哗啦的清脆响声。这"闹五更"说得更多的是谜语,大都明着是说猪肉,但是,你要往豆腐上猜。

老妈子说:"我先要你小伙儿猜谜语,你要听了啊!上边毛,下边毛,当中夹个黑葡萄。"

小伙儿说:"这是啥?"

老妈子说:"你猜猜。"

小伙儿猜不出来要台下的观众猜,台下的人就开始瞎起哄了,说一些不堪入耳的话。

老妈子说:"就想着裤裆里那个铃铛,没想天,没想地,想想你的脸蛋儿。"

小伙儿说:"我的脸不黑呀!"

老妈子说:"往小处想,眉毛底下看一看。"

小伙儿说:"呀,说的是我的毛眼眼啊!"

女眷们盘腿坐在条几上,捂着嘴笑,忽闪着毛眼眼,你拍一下我的背,我捅一下你的肘,条几不稳当地弄出一些响声来,一庙院乱得像一锅大火煮开的粥。

《闹五更》结束后是三太太的《霸王别姬》。三太太李晚棠的扮相含蓄婉转、美艳绝伦,唱功也很精到。剑也舞得到位。台下的女眷们感叹台上的爱情。女人甚时候也是线,男人甚时候也是陀螺,没有线陀螺转不开,有了线呢,男人又觉得绑得慌。演霸王的演员凭了肉嗓子虎吼,为了把声音传得很远,吼出的声音被撕破了,好像不虎吼,声音就会被劲风所吞噬了。那虎喉被撕破时,顿时庙梁似动,四座皆惊。掌声响起时,时雨厅和栖云厅上的官员和富户也开始出赏钱。

盖运昌看三太太的表演,不是看台上,基本是从女女的表情中读出来的。女女的表情不因当下的环境所动,是沉静在剧中的。当霸王被四面楚歌包围,霸王长叹一声:"力拔山兮气盖世,时不利兮骓不逝,骓不逝兮可奈何,虞姬虞姬奈若何。"就项羽自身来说,尚不知突围能否成功,生死未卜,能否保住自己的性命都是一个未知数,如何能再贸然带着虞姬出逃?虞姬毕竟不是一个能征善战的将士啊!女女开始掉泪了,她不用手去动脸上的泪,一任泪水往下掉,就连聂山小声喊她"娘"她也不吱声,她进入了剧情,她把她想成虞姬了,她的内心一定有比虞姬还痛苦的东西存在。盖运昌这样想她。史书记载,项羽的《垓下歌》并不是唱了一遍。史书记载是:"歌数阕,美人和之。""项王泣数行下,左右皆泣,莫能仰视。"

盖运昌想:这个女女一定知道比他更多的东西,台上的唱能够真正演出的真内容怕不多,也就是靠唱功赢彩,三太太也只是卖她的嗓子。

盖运昌挪近女女坐下,看着台上,手里抓了一把干果递给地上站着的聂山。女女看到盖运昌过来了,不好意思地抹了脸上的泪水说:"三太太真好看,人长得俊,演得也好。"盖运昌不接她的话,把手搁在桌子上托下下巴颏,用手捂了嘴巴压了声音说:

"要知道当时的项羽可不是一个一般的汉子啊,项羽在战场上征战多年,身七十余战,所挡者破,所击者服,从来没有流过泪。这么一个硬汉子在告别女人时哭了,且哭得很痛,千百年来感染得世上有多少人都哭了,你知道不?好汉子是娘们的陪衬,说给别人不懂,你懂。"

女女动了一下身子,低下头说:"老爷,我不过是乡野草民,哪里懂得那样多的事情?我是被三太太的唱感动了,这世上的好都被三太太占全了。"

盖运昌仰起了身子，跷起了腿不说话了，看到台上三太太的唱正哀哀怨怨、哭哭啼啼，盖运昌站起来往自己原先的座位上走，说了一句一语双关的话："好中有好啊。"

女女不想他说的话，看舞楼上的表演，看《霸王别姬》这出戏剧。这是英雄与美人的最后一次道别，最后一次歌舞，最后一次敬酒。那酒中有霸王的泪痕，那战火纷飞中有乌骓的悲鸣。可是在此时霸王仍然是率领十万士兵的统帅啊，他为什么在这个关键时刻却不合时宜地儿女情长起来了呢？一名曾经所向披靡的英雄在最需要他坚忍不拔、起死回生的关键时刻，他好不该。垓下战败，四面楚歌，项羽盲目决定突围，置十万楚兵的生命于不顾。这是一种盲动，没有军师，没有突围计划，没有善后安排，没有和任何人商量，独断专行地决定突围了，就在这个关口他还去见了虞姬，尽管这种好入了戏叫人感叹，但是，他把和虞姬的告别放在一个太重要的位置了，那十万士兵怎么办？诸多的和他同生死、共患难的战将怎么办？突围以后怎么办？往哪里去，将来怎么办？统统不考虑了，只顾得和虞姬儿女情长，世上哪有这般好的男人啊？女女开始不喜欢虞姬了，她觉得这个女人太幸福了，就算是死也是死在十万生命之上啊，她扭转身要过用人怀里最小的孩子抱在怀中，拉过地上聂山的手，看着聂山说了一句莫名其妙的话："看戏是看热闹呢，懂行的看门道，娘不懂，你也不懂，人哄人，瞎看吧。"

这一句话盖运昌听得真切，他觉得这个女人内心一定有幽深险绝的东西存在，一定遭遇过刻骨铭心的伤痛。她看上去忧伤隐约、深情绵邈。他的心被眼前事搞得痒了，有些不安分，有些欢快，为了掩饰自己的心情，他用手指节敲着八仙桌面，和着舞楼上的唱腔拍子，因为走神，有一下没一下地敲。大太太原桂芝本来把三太太唱戏看作伤风败俗的事，碍于老爷的面子才不得不耐心坐下来看。其实，哪里有心事看舞楼上的戏，心情不爽就看盖运昌，看盖运昌根本就不是看戏，时不时回头看暗处坐着的女女。一开始，她还想是老爷晚饭时分陪客多喝了几盅，有几分醉意,看人看事有几分蒙眬呢。戏眼看要结束了,眼睛依旧不时回头盯身后的人。夜静风凉,老爷的脸上却是东风日暖。

原桂芝心事重重地想:老爷忘了死鬼闺女,又要开始浪荡了。

第 九 章

1

　　大会第二天,盖府从省城来了两个大人物,这俩人物的到来让暴店轰动了。

　　一个是二女儿盖腊苗未来的公公王政清,一个是天主徒神甫米丘。

　　轿子在暴店镇的官道上停下来,轿夫掀开帘子,走出来的人早看到了迎在两旁的盖运昌、王新亮和盖腊苗。暴店镇人看到轿子里弯腰探出身体的神甫米丘时,传话的声音像长了翅膀一样飞越了暴店镇的整个上空。人们看西洋景般拥挤在官道两厢看省城来的客人。

　　米丘走到盖腊苗身边,盖腊苗伸开手臂,人们看到米丘弯下了腰,同样张开了双臂抱住了她。神甫乱毛横飞的大嘴噘起来在盖腊苗的发际亲了一下。这一亲把暴店镇人的眼睛和嘴巴撕裂了。盘古开天啊,盖运昌的女儿和一个外国人当着自己的父亲、自己未来丈夫的面拥抱亲热,此时,天上就算是下雹子,观看的人也不会离开。

　　暴店镇赛会的热闹被这个神甫的到来点炸了。

　　盖运昌领着他们往和盛堂走。踩着暴店镇的官道,米丘看着两厢搭建的店铺走,两边官道上的人很稀罕地看着他。米丘面含微笑地看着,还不时地点头和客商打招呼。暴店镇人眼中的米丘是高大的,他的个子比盖运昌还要高出一头。脸部的轮廓分明,像初生婴儿的皮肤呈现粉红,脸颊上和手背上的毛发是金黄色的。米丘的笑让暴店镇上移动的脚步有了几分稀罕后的恐惧。不知谁一下想到了庙会上头盏香的聂大,指了他喊道:"小妖怪召来了老妖怪!"所有的人恐怖了,像见到鬼魂一样掀起了骚动,有人在细微处甚至看到了米丘脖子上长出来的红痣,豆粒般大小。

"快看,看啊!"

与他们想象不合拍的是米丘的彬彬有礼。

盖运昌领着他们走进和盛堂,店员们眼睛睁了老大,米丘说:"你们好!"

店员们甚至不知道该怎么样回答。

盖腊苗说:"你们这些没有教养的人,难道没听到米丘神甫的问候吗?"

盖运昌说:"是神甫的样子吓坏了他们。"

盖腊苗说:"父亲,您在袒护您的下人,这样只能助长他们愈加无知。"

米丘说:"密斯苗,我来这里,是为了让人认识真教,救人灵魂,没有必要让他们一下接受。"

盖腊苗抬起手臂教那些店员,要他们跟了她在胸口上画十字圣号,作为对神甫的酬谢。那些店员看着盖运昌并不做那样的动作。

盖运昌笑着说:"我的店员只会对有恩的人作揖磕头,不知道什么是天主。往后院走吧,傻子才画那横竖儿道道。"

盖腊苗合掌祷告说:"主会宽恕一个无知的人的。主的话是链子锁不住的。主安排了这样好的机会,正是四乡农村缴租纳税的季节,将来,这个地方如何,只有天主知道。"

盖运昌本来要安排他们住到盖府,米丘坚决要求住到和盛堂的后院,这样盖运昌只好打扫了几间客房出来。

大赛三天,原家人始终没有露面。有话传过来,说原家失了人,不宜参加大赛这样热闹的事。但是,并不等于原家人没有在暴店镇上出现。原家在省城经营生意的次子原德库和三子原德鱼专门在大赛期间来了一趟暴店镇。他们俩是有目的而来的。大会期间暴店镇酒店和茶店林立,天南海北的菜系都聚集在暴店,原家弟兄俩没有进街道两边的酒店茶楼,而是走到暴店镇潞水岸边的蒙古包里,请了屯长县的安县长喝奶茶。

暴店人喝茶那是一绝。每家的火台上都温着一壶大叶子茶,此茶性热,耐煮经喝,浓烈劲大,苦涩到了心根子上,却也醒脑解渴。茶壶被炭火熏得油黑,因一直在火边温着,茶的颜色变得稠黑浓重,进门先喝三碗大叶子茶,是招待客人的见面礼。这说的是普通俗人,真要招待贵重客人,还是得到一些有档次的地方。大会期间有蒙古人支起的蒙古包,蒙古包内备有奶茶,这也是蒙古商人除了做药材生意之外招揽客商的一项收入。能进去喝蒙古茶的也不是一般人,是有些身份的人。喝茶不仅是口腹之欲,也是人情世故。这原家弟兄俩在蒙古包里要请的人,是屯长县县长安国喜。做官人喜文自古是一大风景,这县长大人给人的印象也是好书之人。书法作为艺术,如诗,如文,当以意境为上,县长的爱好不是以自由的创造为最终归宿,而是想借官位和历代书家结缘。往白里说,他最想获得的就是历代名家真迹。

日本和沙皇俄国为争夺中国东北和朝鲜打过一场战争之后,沙俄趁机派出数十万侵略军侵入我国东北各地,想永久霸占东北地区。日本人在整个八国联军武装侵华过程中,充当了先锋和主力。八国联军侵占天津、北京后,进行了灭绝人性的烧杀抢劫。日本人在天津卫血洗纪家庄,屠杀了两千多名居民。在天津掠夺白银二百万两后,又从北京户部抢走库存白银三百万两,然后将衙署焚毁。日本人强占清皇宫后,将宫内珍宝及历代文物抢掠一空。虽然获取到五千万日元的赔款,并获得了在北京、天津和北京至山海关铁路沿线要地的驻兵权,但是日本人并不以此为满足,认为不打败俄国,就不能闯进中国东北和亚洲大陆,所以下定了对俄作战的决心。清政府因国难发布谕令,所有乡会试一律停止,各省岁科考试亦即停止。其以前之举贡生员分别量予出路。

总之,这道谕令宣告自隋朝以来实施了一千三百多年的科举制的终结。

延续到现在,下面就形成了一个腐败局面:趁大好时机买官卖官。

原添仓想:是时候了。

兄弟俩领父命送给县长大人的是一幅宋徽宗年间,福建仙游人蔡京的书法。这蔡京做官虽口碑不佳,但做学问是精通经史之学,《宣和书谱》中说他最喜书,又说他初类沈传师,深得王羲之笔意。原添仓便投其所好,舍了自己心爱之物。俗语说:舍不得孩子套不住狼。内蒙古人性直,不怎么爱管当地人的事情,所以原添仓要他们选择在蒙古包里做事。因为还有社戏等着看,安县长搞不清楚此书是真是假,但脸上的喜悦借了烛影还是挂了出来。收下礼,当下不好表态,表示原老爷的意思已经很是明白了,我当尽力。说那边的社戏等着,匆匆喝下一碗奶茶走了。这俩兄弟还想着也去三峻庙看一场戏,无奈,老爷子出门时有过交代:心再痒也不可往三峻庙多走半步。二人无趣,就着蜡烛和蒙古包里的女人调了一会儿情,喝了几碗奶茶,踩着月光往回走。

路上碰见了一群乞丐。他们刚从一家馆子里出来,那几十双大大小小的眼睛盯着原家两兄弟看。其实两兄弟也没有什么好看的地方,只不过是剪了辫子,头上戴着礼帽,头发齐肩处散开。他们盯着两兄弟,先是死命睁大眼睛看,几十个大大小小的喉头一上一下地蠕动,接着都伸出了枯瘦肮脏的手。这气势让两兄弟心里发怵,本来还想着进一家茶楼喝几盅茶,看到眼前的景象,二话不说,扭身踏踏实实往上土沃走了。

听得身后的乞丐喊道:

吃它娘,喝它娘,阎王来了不纳粮!

2

三峻庙的大戏唱得热闹,和盛堂的交易也热闹。今年的药材与往年不同的是二等货也卖了一等好价格。盖运昌想,这都有赖于这次办赛,办赛的张扬更是有赖于生意的壮大。

三天头上,盖运昌执行上最后一次盏。最后上盏,聂山坐了铁轮子车,轻车熟路,从青砖铺地的庙院滑过,所有的人驻足观望了这一景象,无来由的,人们一下想起了神甫米丘,觉得暴店镇真要出奇迹了,有人甚至一阵一阵心慌。傍晚的日头暗黄,偏偏就能照亮小儿的高鼻梁,那双眼睛鬼精鬼精的,一路地笑,片刻的工夫里有人甚至心惊肉跳开了。上完盏,各路乞丐在丐帮帮主一声口哨声下蜂拥上前,把花祭上和香案上的吃食抢吃一空,算是收尾。

聂广庆牵着驴驹子来接女女母子,人要走了,不好从三峻庙接了人走,唱戏还知道有上场口和下场口,盖运昌要家丁护送她们母子先回盖府休息。

盖运昌找着机会利用这个空当和女女在盖府谈了一次话。

盖运昌要马夫吴老汉领了聂广庆避一避,只留下了女女和聂山。盖运昌坐在中堂前看着眼前的人说:"你们母子来了几日,没有招待周全,还请谅解。"

女女看着地上的方砖应着老爷的话答:"我们母子都是乡野之人,哪里见过这般招待?心里很是感念老爷的恩情呢。"

盖运昌试探地问:"如果觉得好,就住到府里来吧,府里女人多,缺少一个针娘,冬天寒冷,你们母子这几年受大罪了。"

女女说:"不敢,老爷。这里不是我住的地方,野地虽野,却有地气暖着,人该知足。"

盖运昌挑上去音高:"我要你住下来呢?"

女女坚定地抬了一下头说:"不,老爷。"

盖运昌长叹了一声说:"既然去意定了,我也不勉强你。"

羞郝的面庞,不是那种红了脸的娇气,而是一种隐秀的美,她抬头看窗外时,眼睛里竟然有一些凄迷。

女女说:"花开花落本无常,这人生也是无常的呢!世事如野,路不平,好人行路难哪。有老爷罩着,今日之事,若有来日,老爷的一番心意总归是有福报的。"

盖运昌半天不语。他伸出手抚了一下聂山的头,聂山天真烂漫地笑了。盖运昌又想起了苏东坡的话:天真烂漫是我师。鸟遇见了树烂漫开始了,孩子遇见了好奇,烂漫也开始了,眼前的女女,声若丝绒,不着浮尘,遇见我盖运昌时,她的烂漫也该开始了。盖运昌不再争辩,走了出去。

在女女眼里什么东西一下神秘了起来,思想着,想不出头绪。见盖运昌领着聂广庆进来,只简单要家丁备了轿子送他们一家人回女女谷。

出盖府,女女一再要盖运昌留步,他还是坚持送到大门口。看着女女母子上了轿,走近驴驹子拍了拍驴脊,没有说话,回头只是看着院子中央的花坛,喇叭花正好开了。紫色、粉色、白色,疏朗、灿烂,像一个内敛的女人突然开怀。花瓣有着无法遮掩的光芒。盖运昌转回头漫无边际地笑了笑,之后,拍了一下驴屁股喊了一下:"嘚!"驴摇摇摆摆领着轿子往女女谷去了。

此时,米丘由盖腊苗和王新亮领着,从和盛堂后面的客栈正往盖府走。

透过轿帘的缝隙,驴脊上坐着的聂山看到了走过去的米丘。他回过头和娘大声说:"娘,我这下真看到了一个妖怪。"

女女还沉浸在想象中,对儿子的话没有多少在意。大会期间有一些人的化装看上去就像妖怪一样,不足稀罕。

聂广庆看到了,先是一刹那心中有了惊异,接着开始恐惧,看到的那个人恍惚在什么地方见过。什么地方呢?

女女把轿子的窗帘掀了一角看,不知道她看到了什么,脸色骤然煞白。怀中抱着的小儿突然激灵了一下,有一股热流涌到了女女的腿上。她还想看外面,小儿的一股尿让她有一阵子停顿。再撩开轿子的窗帘看外面,已经什么也看不到了,只一个背影。官道两厢的吆喝和赶会乡民的喧嚣声盖住了她的心跳,她茫然,有什么东西穿胸而过,她眼睛中的泪水像石子一样生疼地涌到了她的眼角,她瞪着眼睛,不要眼泪滚出来。

轿子外面的聂广庆喊了一嗓子:

"快看,暴店来了个长毛鬼子!"

3

盖运昌有些落寞,反身回到院子里看花坛里的牵牛花,有些入迷。坐在花坛边轻轻撩了一下架子,喇叭花随着叶片轻颤了一阵子。阳光敛着脚步就要走过山那边去了。有家丁过来告诉他,说大太太说了,李圪渣要他去三峻庙一趟。他没有回话,知道是夜戏后要送神,丈人李守信要化装成猿猴模样,躺在池坛一边,李圪渣念送神和安神诵文,然后用麦麸撒满躺下的装扮成猿猴的李守信全身以及周围,等主礼生指挥执役人员在池坛烧香、叩头、奠茶。之后,猿猴跳出麦麸,中间留下一个猿猴的影子,谓之"猿猴脱壳"。意思是来年一切灾难降到人间后,人会脱逃而生。原桂芝中午时分就和盖运昌说过,堂堂盖运昌的丈人怎么可以扮演这么一个东西?真要叫人下看了。他当时没有说什么,因为当时的心思不在这个话题上。现在盖运昌的心思还不在这个话题上。人没有动,只是觉得这花真好,绿的绿了,红的红了,白的白了。对旁边站着的家丁摆了摆手,表示知道了。他看到黄昏把这些个颜色迷乱得密密匝匝的,逼得他忘了什么,却又一下清醒了许多。稀罕自己是怎么了,怎么像个年轻人一样?站起来招了招手要家丁过来,因为吴老汉去女女谷送人了,就由了家丁牵了骡子驮着盖运昌往三峻庙走。

走出盖府看到米丘神甫他们几个,就一起相邀往庙里走。一行人穿过看稀罕的人群,盖运昌在骡子上,对闺女和米丘说了些什么没有在意,就连对未来女婿王新亮的问候也没有回话,眼神有些失落,像是不断想象着什么,沉浸在一种情景里。

大太太在三峻庙的厢房里张望，看到盖运昌踩着黄昏走来，虽看不清楚面影，自家男人的脚步声还是听得出来。大太太急忙走出厢房迎过去。盖运昌看到大太太时停下了脚步，听见大太太说："成何体统？怎么说也是和盖家连着亲，出这般洋相，盖家祖辈不遇的赛会，要落话柄了，要叫子孙丢脸了。"

盖运昌说："有什么？这有什么？要这样大惊小怪！人生憾事之多之苦，有一些不拘小节的事有什么不好？我就喜欢率性而行的人，也不去想什么后果，欢乐盛宴总要散，就算名声好得满天下，到最后知道自己的还是自己。谈什么子孙后代？得快乐时尽情快乐，你不让李守信当猿猴，那好吧，你去叫李圪渣过来。"

大太太没有听明白老爷的话，招手叫人要李圪渣过来。

李圪渣吊着膀子走过来，走得有几分急切，也想知道老爷是什么意思，手里取了红布站定在盖运昌面前，张了嘴不说话，看样子是想听老爷说话，其实是看后面的米丘，他心里思考这个人的模样，是什么存在的神灵作怪让世上还有这样的人模子？

盖运昌说："我现在就去化装，这个猿猴我来扮。"

大太太原桂芝差点背过气。倒抽了一口凉气，眼里的泪水怕人看见，不敢拽下手绢，低下头下了狠劲挤了挤。泪水被挤得掉在地上。抬头不语，小脚跺了地面叫了一声："老爷，你不是耍性子的年龄了！"

盖运昌说："我要是耍性子的年龄，那是我的福气呢！"

事情闹到这份上，原桂芝不好再说什么，盯着李圪渣说："那就还按原来说好的办，不改了。"

李圪渣心里想笑，有笑也不敢挂到脸上啊。他是巴不得富人有事儿呢，看着盖运昌说："老爷，就按原来的吧，他是一个乐户人，这事就该他来做。"

盖运昌知道李圪渣的话里也有意思。乐户的地位低下，被人们常挂在口头上的话为"王八、戏子、吹鼓手"。

盖运昌也不生气，还冲着李圪渣笑着说："你听着李阴阳：乐户贱民三开门，官娼角伎带优人，见人三辈小，当孙孙。与人同迈步，走偏门，张目脸黄昏！可这人呢？就他妈离不开这乐儿。人哪，都长了根贱骨头呢。"

盖运昌边说还边表演，弄得原桂芝的脸热烫热烫，觉得老爷越老越活得走样了。自家的女儿走了，也不问，顾自乐，还这样在众人面前丢人。米丘却觉得好玩，伸出拇指来和盖腊苗说："你父亲大大可爱。"

盖运昌安排米丘他们落座。穿过人群，迎着香亭下的一群乞丐走过去，乞丐的身后站着形意拳的三位师傅，这是最乱的时候，就怕了乱中生事。时雨厅和栖云厅的宝贝不能在这最乱的时间里出了差错。

盖运昌在栖云厅的宝贝是痕都斯坦玉四系罐，是四姨太的父亲从青海带过来的。这件宝贝虽说不古，颜色也是一般的青色，但玉器上的装饰图案独特，尤以莲枝和莨苔纹为多。看上去怪异，罐口和罐座处嵌饰了银丝，有一种异国风情，看的人不少，看毕每每称奇。盖运昌展出的更多的是自家酿好的药酒，酒香袭人。盖运昌私下里把这件玉器许诺给了县长，但是，那天女女看到时满脸喜欢的样子，盖运昌一时兴起说了："这宝贝县长看中了，展后就归县长了。"女女说："老爷，有些东西不懂得留也是罪过。"他琢磨着，并放到了心上。

他心里有个小九九，为了女女的喜爱，他动了心事。

守护两厢宝贝的除了形意拳的三兄弟，还有县衙派过来的兵丁。盖运昌走近三位师傅，要他们密切注意观察看家，心要悬到喉咙眼。山上的响马怕也有混迹在人群中，明儿午时各家领了宝贝走，一切才算结束。

安顿好，他直接骑了骡子往和盛堂走。县里来的各家人马正在下赌。和盛堂的铺面上，药酒卖得很欢。盖运昌要自己的亲信送几盒瓦盅烟过去，要打骨牌的人抽。说是解困。其实，盖运昌的心事也已经不在夜戏上了。

密室里县长正由一个十三四岁的小丫头伺候着吞云吐雾呢。

安县长托着小丫头的下巴颏儿,一口烟直戳戳地吹了过去,小丫头低下头,刘海遮挡了她羞涩的面容。

安县长问:"叫什么名字?"

小丫头咕哝了一句:"何柳。"

安县长神往地说:"春深似海,绿荫如幔,河柳无言一队春儿,好名。"

何柳不说话。安县长突然地心情激荡不已,一把拽过何柳搂在了自己的怀里。何柳挣扎着脱身站到地上说:"你做啥呢?你的样子都做得我的爷爷了。"

安县长二话没讲,手中的紫檀烟枪照着何柳扔了过去。那烟枪正中何柳的额头,一缕红血蚯蚓一样挂下来。

盖运昌走在门口听见里面的动静不对劲,敲敲门,问:"安县长?"

里面的安县长说:"进来,把这个小贱婢给我找人扒光了。"

盖运昌推门进去看到何柳脸上的血,抬起手打了何柳的脸一下:"你干什么把自己磕成这样子?你叫我咋向你爹娘交代呢?还不快去找块棉花烧了灰按住。"

小丫头何柳没敢多话,退出去走了。

盖运昌说:"安县长,安县长,你消停,歇歇火气。一个小女娃有啥风情?云和月都从岭头上走过了,她解啥子风情嘛!我叫人给你找几个戏子来,那魂儿勾人心肺呢。"

安县长似心有所动地抬起手,接着又放下了,说:"找个不差六月红的女人来,你一个乡下人都有如此艳福,我吃皇粮的倒限制了我的性子。"

盖运昌说:"嘿,六月红红在六月,咱这是九月了,玉茭都长出棒子了。我给你找个刚出青苗的。"

盖运昌走出门外看到山墙边上有个猫影子在晃,走过去看是何柳。

盖运昌蹲下撩起小丫头的刘海看了看,只是擦破点皮,拉着何柳的手说:"叔不是人,明日你爹问起来,你就说是自己不小心磕碰到了柜角上,叔不这样说,那畜生不定把你要弄成啥呢,你跟叔走。"

盖运昌拉着小丫头走,想白日人前安县长的正经样,背了身,做如此下作事,一个人的面皮岂止是两张?不由自主地喊了一声:"×你妈,吃皇粮的都是四皮脸儿!"

4

女女在看到那个背影时,她实在无法不去翻搅出像铁块一样沉在心底的记忆。她身体下意识地打了几个哆嗦。她不知道该用什么来安慰自己的恐惧与眼下的迷茫,她下咽了一口唾沫,手心冰凉。一双凤眼不自觉地看了一眼外面,外面的阳光闪烁着明丽的热闹。她突然坚决地认为是自己看走眼了,压制着自己,什么也不去想,只想三天的热闹和延续着的接下来的三个月长的热闹。

大有几分不舍,走过了还扭回头看。女女想:对俗世的热闹,没有一个人能免俗,这村庄,这树木,黑色的瓦顶在黄昏中显得朦胧而实在的层层累累的房屋,没有一座是自己的。走出街巷,尽管,门户紧闭,人都往三峻庙去了,但是,她全部身心还是感觉到了丢在身后的一种久违了的温暖而呛人的气息。她心有几分燥热,想彻底放松下来,却是不能。想着这些俗世的热闹与自己有什么关系。自己是一个曾经心死了的人,满眼功名利禄,满心荣华富贵,把人的胸口堵得慌,于自己又有什么关系?爹抛弃了女儿,都因为那个背影,家没有了,聂广庆给了她家的温暖,对眼前的热闹不想也罢,不想也罢!听得轿夫有些气吁吁,地上的树叶被踩出嚓嚓声,热闹的心终究复归于安宁。

回到谷里,天色已经暗了。听到有人在她茅屋周围坐着说话,下了轿子被聂广庆扶回屋里。铺了木板的炕上竟然也睡着三四个人,看到女女进来,他们紧着坐起来,听得有人说:"点灯。"

聂广庆说:"都是药材会期当挑夫上来的山东人,看着山上好,想在咱女女谷安家。"

油灯在灰黑的压迫下,摇曳出一方黄光。看周围的人,个个长得壮实,脸色黑红。人多,屋子里也有一股热气往上腾,热气里裹着汗味和头发上的脑油味。女女不说话了,抱着怀中的孩子哄。所有的人也都不说话了,看女女,看聂大。看着看着他们自己不好意思了,眼里全是恐慌神色,这孩,怪叫人稀罕了,各自摸索着一双大手互使眼色悄声咳嗽。女女抬起头来又笑了笑说:"既然来了,就都是乡亲了,我不在的时候,你们是咋说话,现在还是咋说话,怎么无缘无故就断话了呢?"

这些个人停顿了一下,有人开了个话头,又都说开了。说道各自的家乡和身世,虽然是萍水相逢,但同是天涯谋生之人,有着类似的酸甜苦辣坎坷经历,因而就有了无限的共同语言,话语中少有酸楚和哀伤,多有黄连树下唱戏——苦中作乐般的热闹。大被三天的赛戏弄得困了,躺在炕上睡过去,屋里的人不好意思再说什么,想往外走,女女说:"天要起风了,我看见月亮周围有个风圈子,都是受苦人,就地将就挤吧。"

这中间就有河南上来躲灾的耿月民。几天来他不敢跟人凑热闹,就在这女女谷躲着,因他话语不多,想着山东人好汉多,就跟着人家聚堆儿。女女其实早看到了站在门边的他,觉得他长得和这些个挑夫不一样,不像是土里刨食的人。话虽不多,但一个眼神儿也能感觉出来他心里藏着事情呢。怯怯的,脚站在门边上,等主人说,去留听的是一句话。看着别的人不想动,便也把站起来的身体慢慢往下蹲。

这时有人讲起会上的事情来,说往年的大会期间总有一些人要闹出事情来,今年也不例外,说是有当挑夫的和主家一起住在一户人家,不几天就和住户的女人搞在一起了,被住家的打了,挑夫赚得的钱全给了住家的男人,委屈地说是住家的女人挑逗他,就算是挑逗,不摸水深浅,怎么敢下水呢? 倒好,湿了脚,这山上的人脑瓜活泛,弄不好就有陷阱呢。

一时话题没了,沉默下来。这时有人又换了一个话题问旁边的人,问他是怎么上来的。那人说光是路上就走了一个月还挂零。说自己的主家是一个小银匠,沿途串村庄打首饰,路上耽搁了一些时日,本来半个月的路走长了。

问话的人说:"我的主家是干啥的不知道,白天一般住下不走,专等夜里走,走也不是正道,走避路。雇了二十个挑夫,如果是月明的夜倒好说,雨夜那就糟透了。我们有灯笼,但有光不能明,全凭牲口在前面领路。挑子里的货物散发出来一股异香,特别是风顺着鼻子前面滑过时,好闻呢。有一夜走黝黑黝黑的山道,在一个陡坡转弯处撞了一下,有人差点跌入崖下,我就想着这主家让挑的是什么东西啊,这样重要,趁着黑天,想看看,到底也看不清楚,人家包得瓷实,手指头不是钉子,顶不出窟窿来啊。疑惑归疑惑,白天睡觉,晚上行路,外甥打灯笼——照舅(旧)。有一天啊,我明白了,我知道我挑的是什么货,缘起在一个挑夫身上,他是第一次当挑夫,不服水土,一开始拉肚,后来拉痢,人没有力气,主人问他怎么了,他说,拉痢。主人也不多说话,从自己身上拿出一小包包来,就了水要他喝下去,结果不拉了。闻着那香和挑子里的一样,我们就想着,这暴店不是药材会吗?我们挑子里的货是药材啊!结果猜得不对,那么你们猜猜是什么东西?"问话的人四下里看了一眼,最后的眼角挑了一下女女。见没有人能猜出来,问话的人看着门边上蹲着的耿月民说,"你猜。"

耿月民直了一下腰,见是问自己,还想着是什么来着,看到一屋子人看他,他就慌了,嘴里的口水一下干了,团不出话来。团不出话来着急得脸热心跳,用劲下咽了一口气,听得喉咙里咕咚了一下。最后还是用手捂了嘴摇了摇头,把伸直的腰缩了回去。问话的人看着他说:"怎么,你不会说话?说是哑巴吧,你的耳朵灵醒着呢,说不是哑巴吧,不见你的话,你说你会不会说话?"

耿月民低下了头说:"会。"

问话的人说:"那你说,我挑子里是什么东西?"

耿月民说:"不知。"

问话的人说:"你的话怎么像崩屁,半天落一个。你来山上做啥来了?"

耿月民不知道该怎样回答,想着人倒霉了,崩屁都砸脚后跟。还想着和这些人一起搭伴落住在女女谷呢,看来不能住一起。住一起问话多了,自己的身世有可能被猜出来,放下手拢了袖管搁在膝盖上,咬了咬下嘴唇说:"想来山上活。"

问话的人还想要接着问下去,女女插了话说:"我猜你挑子挑的是……"

不等女女的话说完,聂广庆接了话说:"是大烟膏。"

女女诧异地看着聂广庆,聂广庆又说了一句:"这东西是好东西,富人家的排场,治百病呢。"

问话的人点头说了一句:"对! 我偷听他们说话,说一挑能供三十人吸一年,二十挑,也不知道能赚多少钱,肯定要赚大发,不然他们不会走黑路。"

聂广庆有些被什么东西撩动的感觉,张大嘴打了一个哈欠,接着又打了一个,人无力地想飘坠,问话的人说:"大哥你困了?"

聂广庆说:"我得撒泡尿去。"

走出茅草屋,外面睡在野地的人看到聂广庆出来了,说:"大哥!"

聂广庆说:"尿。"

聂广庆往地窝子方向走,风吹得芦苇秆咔咔响,聂广庆钻进地窝子去从干草下翻腾出盖府吴老汉送他的一套烟具,用火镰燃亮铁油灯,盘腿坐着倾斜下身子,拿出身上藏好的烟膏抽了两口,吹灭地上的油灯,望着地窝子上空漏下来的几粒星星,像猪一样哼哼了几声,不大会儿脸上就憋出了两朵红晕。藏好烟枪,钻出地窝子冲着沤蓝的池子掏出物件儿,因尿得急,尿就射得很高,再落下来时,因了风被吹得四散八颠,有半条裤腿被撒了尿,也不去管它,脚高脚低跟跄着往茅草屋子走。屋子里的人看到聂广庆半天没有撒尿回来,也都不好意思待在屋子里,走出来各自拽了一抔干豆秧子躺上去。看到聂广庆走过来了,躺下的人倾起身子说:"大哥,尿了?"

聂广庆说:"尿了。"

问话的人觉得有一股香味从他的鼻子下滑过去,那香味再熟悉不过了。他迟疑了一下,像是有什么东西扎了他一口,他翻了身坐起来,害怕似的左右看了一眼,却发现所有人都仰了脖子看他。他没来由地失笑了一下,感觉到风改变了方向,冲着他的脸一舔一舔的。半天之后,他说了一句:"天要变了,风掉了头改道,这秋雨是下一场冷一场啊。"

聂广庆好久没有沾过女女的身子了。眼下,盖府上好的烟土让他的精神放松了许多,他感觉自己在似梦非梦的状态中,犹如黎明时分半明半昧的朦胧之境。他有些忘情地进了屋,也不管木篱笆门关严实了没有,急慌慌地吹灭灯,上前一把抓了女女的手,想把她的手拽过来,拽进自己的裤裆。以往,这一简单、鲁莽的动作,总是在女女的微笑中开始一切。现在,女女突然有些厌恶。那一刹那的感觉让她心乱如麻,这本不是她想象中的过程,这个过程太莽撞,于她吟咏过的诗词相比较,男女之间的事情不该是这样的。是怎样的呢?她的脑海突然掠过了三峻庙的舞楼、香亭,这些不着边际的景致,也许是云上的日子。她记得聂广庆说过一句话,"我们俩像螃蟹一样刀砍也分不开"。这句话启发了她终生都要记得眼前这个男人的恩惠。自那之后,只要夜幕像一口硕大的黑锅扣到头顶时,她的手总是在急促的喘气声中抓住充满腥臊味的根器。墙上的泥坯还泛着潮气,地上的驴驹子看着他们,月影在驴驹子的头上闪过时,某种记忆从遥远中回来了。女女迟疑了一下,轻轻抽出手来试了试窗子缝隙里进来的风,看蹬开被子的孩子们会不会着凉,在急慌慌的喘息声中她依旧微笑着仰起脸说:"来吧,我要借助我的血来化解我心中的恨!"

聂广庆听不懂女女的话,只想快速地解决了自己。女女把自己的身体往里挪了挪,她的手伸进聂广庆的大裆裤子,顺当握住那个根器。女女有些异样,那腥膻的根器原本是好家什呢,怎么突然就像软面团子似的摊成一团了呢?聂广庆动作了半天,见没有起色,脸上挂出了一丝焦苦,翻转身躺下来说:"这把锄头,长日子不用就生锈了。"

女女说:"怕是坏模子累的。"

驴驹子在地上打了几声响鼻,接着撅了尾巴开始拉屎,一串一串的驴粪蛋噼噼啪啪落下来。有一股热气带着消化了的草味飘过来,女女还想着该怎么样来安慰聂广庆呢,却听见有打鼾声响起。聂广庆已经睡过去了。女女有了莫名的寂寞,回转头看着地上的驴驹子。这生灵给她的寂寞越发添加了一种无奈,一种精神上的寂寞,一种最令人恐怖而又无奈的寒冷。她把手伸进聂广庆的裤裆里,在触及那个像蚕蛹一样的根器时,她清醒了一些。突然又想到了舞台上的三太太——虞姬、项羽,英雄末路。张开嘴想说什么,待发的颤音却像项王哽在喉头的诗,无声的眼泪从腮边滚了下来。

5

豆秧子裹身的耿月民望着天空,没有一丝睡意,裤裆里的钱有些分量,让他不能安睡,他不敢住店,怕店主欺生,也怕有人看上他,装得像个流浪人一样和这些人混。

耿月民流落他乡,是遭了小人陷害的。他和路上碰面的人不说话,一个人默默跟了人家走,一路上的人还以为他是哑巴。他是从河南林州的监狱里逃出来的。他给乡里一家富户在县城开的钱当里当伙计,因为认识几个字,容貌也比较端正,当时,富户想招人,他父亲便托人找了关系想让他进城去。

那是今年的四月初六，好日子。十六岁的耿月民由了母亲打扮，换了新鞋新袜和洗得很干净的黑市布大褂，由了父亲耿宝顺领了去见。一路上父亲嘱咐他见了掌柜要行礼作揖，要如何站坐回礼等。他还记得当时见了铺子里的李掌柜，李掌柜坐在太师椅上抽水烟袋，经过一番寒暄之后，父亲坐在一边的椅子上，他立正着。李掌柜先是从头到脚打量了他一遍，然后问他叫什么名字，年纪多大，上过几年学，等等。问完了，要一位伙计拿了笔砚来，要他写几个字，他提起笔来时很紧张，不知道该写什么好，父亲也有些慌了，一路上能想的都想了，就是没有想到会要他写字，正想张口要他写一句古人的诗文，却见他毫不犹疑地、端端正正地写了两行字："未登龙虎地，先登发财门。"十个核桃大的字，让李掌柜满意地笑了。就因为这几个字，李掌柜说了一句："好乖巧的孩子。"当他应试完正要跟了父亲走时，看到又有一位领着一个人来，来人是农工银行的人举荐的，他是事后进了号才知道，对方没有被录用，这件事情便埋下了隐患，差点让他掉了脑袋。

这农工银行举荐并领来的人是县城里的一个泼皮后生。因为和李掌柜的千金有了私情，就想了法子找门路要进钱当做伙计，哪想这事情被耿月民顶替了。这千金因为偷情有了身孕，几个月不来月事，被母亲发现了，追问那人是谁，千金心生怨气，急中生智，想着应该和自己长相厮守的人被这新来的搅了，信口雌黄便咬了耿月民。李掌柜觉得面子丢尽了，一个新来的人竟敢做出如此恶事，张扬出去又怕遭人笑话，想了一条一箭双雕的计策，说钱当出了差错，说耿月民拿了钱当的银子，并通报了县衙。就这样平白无故地把他抓了进去。耿月民是百口莫辩，棍棒之下便招认了，就等着秋后判刑。狱中的日子度日如年，想着怕是没有出头的日子了，精神几近崩溃，一下子变得头发凌乱，衣服不整，加上监狱里的犯人相互称大，对进来的新手大打出气，他被打得身体无一处是正常的皮肉，心中的悲痛像一桶凉水一样浇湿他的全身。

白日好说,黑夜之中,除了夜莺苍凉的哭叫、草虫无奈的低吟,他再也找不到活着的勇气了,想死,快一点死去。是父亲行了贿,求了人家,卖了家产才从监狱中找了一个看监的人,告诉他,想活命就找个时间跑出来,他来帮助。他跑出去那晚,第一次见到月亮时,他泪流满面,他口里念着"新月如钩",不停地重复,接他的父亲说,儿,逃吧,这世上有小人也有君子。记着,女人是狼毒,以后过日子,人家给了你一个棒槌,你别就当了针(真),要多个心眼。

一路上逃难,耿月民的心情是难以名状的,可以说是凉到了脚底,他万万没有想到老天要这样作弄一个人,即使心如刀割也只能疼在心里。一个刚满十六岁的人,一下就体悟出了人生艰险。

他听人说后窑圪台上有窑,地方偏。有窑的人叫李圪渣,会阴阳,这李圪渣不想在后窑圪台上住,想迁到暴店。他想着明天如果赛戏散了,他就去找李圪渣,商量买他一眼窑洞。睡不着,耳朵透过豆秧子听周围的动静,周围的人不说话,有几个睡过去了,没有睡过去的弄得干豆秧子响。月光暗淡了,他一动不动地听四周的响动。看到晚夕时候问他话的那个人悄声走到草屋子的窗户下听什么,好像是很有兴致地走过去,很落寞地又走了回来。

他对这个人有高度的警觉。突然地远处有什么东西在奔跑,他很灵醒地抬起了头看,接着看到火光,有喊叫声传过来,四周睡过去的人也都醒了,有站起来看的,谁也不知道是怎么了,觉得这个夜晚的暴店镇一定出了什么大事。

风生水起。

三峻庙唱的一出大戏《两郎山》,戏结束后送神,送神进行到一半时,不知道什么人大叫了一声:"有响马!"

等有人反应过来时,响马已经走到了三峻庙的时雨厅。天上的月儿不太明亮,有云彩已经把月遮挡了半个。舞楼上的桐油灯已经移到了香亭下,那光线反射到时雨亭和栖云厅时有些不是太透亮。两厅的宝贝白天展出,到了夜晚,关了门,虽然有所戒备,但还是让响马惦记上了。一声"有响马"让观众炸了锅,形意拳的三位师傅,有两位守护着时雨厅原家的宝贝,人乱,施展不开拳脚,栖云厅成了响马的突破口。门和锁这时只是一种形式。人们拥挤着四下里跑,有人趁乱一脚踹开了时雨厅的门。县衙的兵傍晚时分贪喝了几盅,出了这般事情又都忙着县长的人身安全,这边几乎也就是一袋烟不到的工夫,有人看到空中有什么东西越过了墙外,接着时雨厅和栖云厅的门口就只剩下了三位武功师傅。事情过后,县衙的兵虚张声势地往女女谷方向撵了一阵子,却是什么也没有追到。庙里的事后盘点宝贝,知道丢了的是盖府的那个本来计划送给县长的波斯玉壶。盖运昌有些惋惜地看着安国喜说:"怕着防着,事出了,我再另选宝贝送您,好歹我大兄哥的铜鼎在。"

县长看了一眼原府送来展出的宝贝,他看到盖运昌的眼睛盯在那只鼎上。他不怎么看得中那只鼎,从心里喜欢玉器。有几分遗憾袭来,无来由地叹了一口气。

盖运昌却是漫不经心地说:"鼎是祭器,亦是食器,虽然它不是三足两耳,形制也仅仅是圆形,但作为祭器礼器,它可是权力和威势的象征。县衙如有这么个宝贝,那是镇县之宝啊。"县长看了一眼那鼎,又看了一眼,走近前用手摸了摸,翻过手背用指关节敲了敲,那只鼎发出经了年月不太脆亮的响声。他嘘出一口气想说什么,摇了一下头,把要说的话下咽到了肚子里。盖运昌想:这芝麻官儿把这宝贝记在心上了。

县长安国喜想:是个理儿。原府少爷不是想捐官嘛,一个青铜鼎不值几个钱,既然有这么多好处,顺手牵来就是了。

这么一折腾,看热闹的人们大都心有余悸,怕响马惦记上自己家的店铺,有走了的,看送神的人就少了许多。送神在继续中,看的人大都心不在焉了,小声嘀咕着这事情,有幸灾乐祸的,那么多宝贝咋不都拿了去!遭遇这般颠荡,这颠荡既然发生了,又觉得世道太平景象要远去了啊。

盖运昌在夜静时候从吴老汉口里知道已经给了响马赏钱。那件波斯玉壶在堂屋的炕上放着,这件事于盖运昌来说是他演的一出人间戏剧。

牵骡子的吴老汉把那件器物藏到了马厩里。

6

耿月民找到李圪渣时,李圪渣被几天里的忙碌打乱了生活秩序,正倒头躺在炕上睡觉呢。圪渣的婆娘玉喜坐在窑门前的门墩上纳鞋底。不时地用嘴捋一下扯毛了的麻绳,看到小路上有人走来了,她停下了手里的活计把鞋底放到膝盖上看着来人走近。耿月民看到这个女人,眼睛不大,鼻子有点儿朝天,嘴不小,看人的时候眼睛有些乜斜着,似嗔似喜。她缓缓地站了起来。一身黑皂衣,掩襟衫,宽裤,裆前吊出了半截子花肚兜,裹腿打得高,一双小脚呈八字形站着。只见她用鞋底指着耿月民说:"是找我汉子圪渣吧,对不?"

她以为是会上哪家的店伙计找圪渣看风水什么的。

耿月民说:"是。在不?"

玉喜回转头冲着窑洞炕上的人喊:"圪渣,圪渣,起了,哪家的小伙计来请你了?"

玉喜掉过头来和耿月民说:"等等,一霎霎起了,就跟你走。"

耿月民说:"是想来看看你的窑,想买,看卖不。"

隔壁窑里的李斗旺听了,早走到了门口打量来人。听说是来看窑的,手里的烟袋锅子重重磕了门框一下,意思是他才是这个家里主事的人。

耿月民看着对方说:"您老是……?"

李斗旺说:"圪渣爹。"

这时李圪渣已经起了,从窑里也走了出来。耿月民想:父子俩长得像啃剩下的二茬骨头。耿月民想笑,又觉得自己是干啥来了,自己也是灰头土脸一溜儿跟头来山上讨命了,忙把笑系住了。耿月民叫了一声:"老伯好。"

李斗旺说:"来我窑里说。"

玉喜、旮渣和耿月民一起进了隔壁的窑。

窑内有些阴黑,慢慢适应了,看到窑墙上有几个洞,洞里塞着玉茭芯,有一个,有两个,也有三个,上面挂着干皮葫芦。李斗旺告诉他:"是堵老鼠洞。"耿月民想,这年月老鼠打洞都打到墙上了。李斗旺要他坐到对面的炕上,要玉喜倒碗茶招待客人。铜茶壶就偎在火边,是大叶子茶,耿月民喝了一口感觉有些苦涩。

李斗旺问:"哪里人?我听你口音是河南人对不?"

耿月民放下碗说:"是,老伯。"

李斗旺问:"家乡遭灾了?"

耿月民说:"是。"

李斗旺扭转头和李圪渣说:"一条黄河把河南人害苦了。逃荒上太行山来的人,山东河北人找平地有水的地儿住,唯独这河南人住窑洞,寻靠山,水怕了,走着路,你迎面倒一锅泔水汤子,都能吓得河南人扭头跑。"

李圪渣笑了两声说:"都说你们河南人是硬贼汉子,一见了水,是不是就像裤裆里放屁咯吱屁股一样难受?"

耿月民觉得这话里有奚落河南人的意思,脸红了,心里也有一股火气想往外冲。有些后悔来这后窑疙台上。闷头喝了两口水,压了压心底的火气。落难人舍面不舍财,抬了头不知道该怎么回话,一脸的不自在,也跟着憨笑了几声。

李斗旺说:"想买窑是不?"

耿月民点了点头。

玉喜给他添水,他躲了身子说:"不啦。"

玉喜说:"一泡尿尿不出一条黄河来,瞎鸡碰谷洞,你还真想着有事啦!"

李圪渣说:"我这窑肯定是卖,就看价钱合适不。你是落难人,也不会借故抬高你的价钱。但我这窑冬暖夏凉四季舒坦,坐南面北、光照充足,这样的堂窑能找到的不多,得出的价码也要世人看过眼对不对?"

耿月民点了点头。他方才看过了,一排三眼窑,李圪渣住一进院的西窑,他爹住中间窑,就是东窑闲着。耿月民一开始还想着人家卖哪眼自己就买哪眼,现在,突然就不这么想了。就方才他们奚落河南人的话,他心里耍了一个滑头,河南人叫这三连窑是一身两袖窑,中间的窑是身子,两边窑是袖,要买就买他的中间窑。以后,李圪渣想卖两边的窑怕也没有人出好价码,这样呢以后还可以贱买过来。耿月民有了这个思想,小声试探地问:"不知道老伯哪一眼窑卖?俺是一个孤身人,出门在外,依着窑了也就依着了亲人。"

这几句话虽然不多,却说得李斗旺有些心酸。有触动他年轻时候那段苦日子的神经。李圪渣倒没有被感动,咳嗽了一声,一口痰冲着窑门吐了出去。秋风轻得四处乱撞,院边上斜出去的柳树上有一只黑乌鸦正忙着飞来飞去筑窝,因一早没有起来吃饭,肚子里空着,空着就有气胀着,憋了半天,抬起屁股撂出一个响屁来。那屁是硬挤出来的,听上去贼响。

就了自己的屁,李圪渣说话了。

"这俗话说啊,人有三急,屎尿第一。这屎尿嘛,世界大了,哪块野地收不下?庄稼汉紧巴过日子,没有窑住,就算是攒下屎尿也野了。怎么说这住才是头等大事啊。这窑买哪眼都够你住好几辈子,你看中哪眼了就卖你哪眼,哪眼都是好窑,哪眼都是你的亲人。"

李斗旺本来想说卖东窑,东窑闲着。听儿子这么一说,自己不好再说什么,那闲着的东窑怎么说也是闲着,买窑不买闲着的窑,买住人的窑!便也咧开嘴有些烦躁地笑着,表示很赞同儿子李圪渣的话,儿子这

165

几句话有城市开明人士说话的味道。

耿月民听李圪渣的话,便知道中了自己的套子,却也不好要李斗旺把中窑腾出来,就了李圪渣的话想了一个点子出来,说:"俺看了地形,买你的东窑吧,俺看东窑门前有你们的茅厕,就像大哥说的,出门三件事,屎尿第一,俺就错错,错开了挨着打一个茅厕,正好对着中间的窑门,买中间的窑更大的好处呢,左有大哥,右有老伯,不知道你们看行不?要是行,就找人来,出个窑契,我把钱付了,以后的事住下来咱好商量。"

李圪渣不假思索地吊了一下膀子说:"行,有啥不行?"

玉喜看着公公的眉骨皱了一下,巴掌大的小脸儿霎时缩住了,眉眉眼眼看上去都离鼻子近了,还轻微地咳嗽了一声。坐在火台边上心有些毛躁,知道公公心里不乐意了,也想不出来是因为啥不乐意,怕公公反悔,抬了屁股挪下火台,赶紧拿了手里的鞋底子走到公公面前弯下腰说:"爹哎,我比比,我是按脚上的鞋底子样剪下的,怎么我看着不如脚上的大呢?要入冬了,该做棉暖鞋了,要是尺寸不够啊,这鞋还只能让了你儿穿,圪渣的脚小呢。"

这一下把李斗旺弄得眉不是眉、眼不是眼的。他也知道这鞋不是自己的,在客人面前不好插话。手里的烟袋锅子放到炕上,搬起一只脚来要玉喜比。李圪渣也看出爹的意思来了,想是爹不卖了?怕爹不卖,趁着这空当赶紧和耿月民说:"我这就找中人去,咱这窑就这么定了,我卖你买两相情愿是不是?不知道你的钱在哪里放着,你去拿钱,我呢,找中人去,这事就今儿办了。今儿是好日子,九月十九,娶亲嫁闺女,开工,上梁打茅厕都吉利。我还想着这么个黄道吉日咋就没有人来问事呢!看看,没想到,你倒来了。你等着,我现就去找中人。这窑早一天买啊,就少你一天住店的开支。这窑也看准了,日子也选好了,看不出来,你这人有点薄福呢,知道不?全是沾了我李圪渣的光!"

耿月民说:"找去吧大哥,全托大哥的福了。这钱不怕,找来中人,就有钱等着呢。"

李圪渣站起来拍拍耿月民的肩膀,提了一下裤腰,回吸了一下鼻涕,走出院子,三步两步不见影了。

李斗旺觉得这野生的儿子是大了,连个商量的余地都没有,怎么说也是卖窑,找谁来当中人?手伸出来想叫回儿子来,哪知道玉喜添好了烟袋锅子很轻巧地把它搁在了公公手上。李斗旺的气越发重了,不等玉喜把麻秆点燃伸过来,烟袋锅子早在炕上的脚底板上磕了一下,一袋新烟尘屑一样撒在了地上。

玉喜埋头吹火点麻秆,耳朵里应声听出是公公把烟末子磕飞了,还想着点不点这麻呢!麻真倒点着了,火苗燃得欢。玉喜顺手抓起地上的三五根麻秆一起燃了,等燃欢了,只见她抬起胳臂来照着墙上的一个老鼠洞塞了进去,嘴里还喊了一嗓子:"我要你不会挡体面,半墙上也想打洞!"

李斗旺听出这话的意思来了,这话是冲自己呢,了得了你!这窑是我李斗旺置下的家产,你算是什么东西,敢拿耗子洞说事!顺手把烟袋锅子扔到了窗台上,透了麻纸窗户看了看外面,天阴着脸,柳树上的黑乌鸦啊、啊、啊叫着飞过去飞回来。李斗旺跷起两腿盘到炕上看着门前的亮光说:"我还没有死呢,就来叫丧了,等着,我非得把你的窝捅了,见哪个在柳树上搭窝?不够大的东西!"

7

玉喜还想着回话,看到窑门阴黑了一下,弯腰进来一个人,不是别人,是铁匠铺的王胖孩。王胖孩的脸膛被火熏得黑亮,人家都穿布衫,他穿了一件没有染色的白褂子,不等落座,李圪渣说话了:"你去准备两个菜,晌午请胖孩叔吃席。"

玉喜很听话地拿起鞋底子,在屁股上来回打了两下从火台上带起来的灰尘,也没有和任何人打招呼,插着人缝挤出了窑洞。从背影看那肩膀一扭一扭,是在怄气呢。李圪渣知道是和自己的爹发生了矛盾,想笑,笑却在胸腔里抖了一下,没有笑出来,翻出一口气来鼓咧了嘴角。要王胖孩坐到耿月民的对面炕上。从地锅里摸出一个碗倒了大叶子茶,放到炕桌上。和爹要烟袋锅子,李斗旺噘了嘴,嘴片朝着窗台上努了努,李圪渣从窗台上拿过烟袋锅子,从布烟袋里捏了一袋烟递给王胖孩,端了麻油灯放到炕桌上,满地找麻秆,不见哪里有,正准备问爹呢,李斗旺说话了:

"你爹的牙咽到肚子里了,还指望你养老送终呢,你满地找个屁!"

李圪渣抬头看到墙上耗子洞里的麻秆,拽下来点亮了灯。看着王胖孩说:"叔,这窑是我爹的窑,我爹说卖才请了您来,卖多卖少,都是我爹的,一个子少了,我是一个子也不要。"

王胖孩吸了一口烟,吁了一口,又吸了一口烟,烟袋锅照着窗台上磕了一下,把烟锅伸到布烟袋里捏了一袋掏出来,抿了窗台上明着的烟灰,猛吸了一口,喷着烟说话了。"看看你这没娘儿,多孝顺,我那儿枉长了一身膘一身肉,轮大锤行,顶撞我比轮大锤的音还重。斗旺,你是修下福了,人是苦虫,各有各的苦,你不要不知足!"

李斗旺看了李圪渣一眼,这句话说得他心里轻松了一些,抬起手搓了搓脸膛,那发灰的脸上便有了两点红晕,看着王胖孩说:"这窑哪一眼不是旯渣的,我要它不顶吃,不顶喝,一个黄土埋到脖子的人了,我有啥不知足? 我旯渣给我争气呢,盖运昌办的赛会,伸手缩手,哪一事不来找我旯渣。"

李圪渣笑着说:"看爹,没有你哪有我?"

李斗旺说:"那倒是,就怕是好儿没有好妻,好马没有好鞍!"

王胖孩觉得这话不能再跟了,他又不是来调解老公公和儿媳妇的关系的,是来当中人说卖窑的事,不接话了,看着耿月民问:"买这窑定了?"

耿月民说:"定下了。"

王胖孩说:"定下了好,我看呢,这契就不用写了,相信我这个中人,这事就成交,这山上的人实在,说话不打弯,哄骗不了你。听旮渣说,你想买中间的窑,卖家、买家都定了,掏钱吧,这事我做主,现在付钱,付钱后这窑就是你的了。咱晌午的饭就在你的窑里吃,算是我王铁匠给你暖窑来了。"

耿月民坚持要写个窑契,说:"铁匠叔,这是买窑,不是买啥东西,我一个无根无梢的人,人生地不熟,住了窑没有凭据,怕是住得不踏实吧?况且说了,过日子还摸不清天晴天阴呢,人的性子,哪天真要是旮渣大哥看我这邻居不好想要我走,我是满口牙都是骨头不是字啊,找谁说理去?"

王胖孩冲着旮渣说:"他的心事我明白,拿纸和笔来。"

拿了纸和笔,王胖孩从口袋里取出一张房契套着写窑契。人伏在炕桌上写,耿月民看到写在窑契上的是"买后窑疙台李圪渣一眼窑",没有写明白是哪一眼,他要王胖孩写清楚是中间一眼。

耿月民看了窑契,走到窑掌,掉转身子解开腰带,哈了一下腰,一袋子钱从裤裆里提了出来。这钱在他的大腿板两侧磨弄得他时不时地想尿,现在提了出来,就又想尿,思想上也有些解放,想着自己有家了,一时激动就想哭。提过钱来放到炕桌上,看到装钱的布袋是娘用几层布缝的,经了日子,布的白颜色污得看不出原色来了。

耿月民用买窑富余下的钱由王胖孩做主,就了李圪渣的家当便宜置办了粮食、锅碗,并帮助把东窑收拾出来,要李斗旺搬了过去。李斗旺心里有火,但不好发泄,看玉喜走进走出,装了看不见,不言语,顾自给天地爷上香。上完香,也不管窑里的事,叫了王胖孩顺了干枯的土墙站着。日头见了红,靠了土墙却不和王胖孩说话,左一眼右一眼地看玉喜。那气不是卖窑的气,是刚才说搬家,李圪渣说,先要玉喜把钱放到西窑,等会儿给爹。他知道这"等会儿"怕不知要等到猴年马月了。这是两口子一唱一和地和自己作对呢。王胖孩笑着拍了拍他的肩膀说:

"这人哪,本就是活了一个后代,只要人家好,咱还能有几年光景?攒下两根柴也是人家来烧,你眼黑甚呢? 一把老骨头了,没啥奔头了,好歹想开了,活个大寿数,多看几眼这花花世界,多赚几年命,也算尘世一个有福人。"

晌午过了才吃席。说是席,也就四个菜:一个酸菜煮粉条、一个猪肉炒萝卜、一个白起豆腐。说起这道菜来,还有个名堂在里面呢。说的是春秋时期赵国和秦国打,战国晚期,齐、楚、韩、魏、赵、燕六国相继走向衰弱,强大的秦国雄心勃勃,开始实施统一六国的计划。公元前266年,秦相范雎提出了"远交近攻"的战略思想。前262年,秦国发动了攻打韩国的战争。前260年,拉开了长平之战的序幕。战争经过了上党归赵,廉颇与秦坚壁对垒,秦将白起使反间计,使赵孝成王撤换了战争经验丰富的赵国名将廉颇,而启用了善于"纸上谈兵"没有实战经验的赵国名将赵奢的儿子赵括。在长平一带双方摆开了决战的架势。赵括一到长平,就改变了廉颇原定的战略,反守为攻,主动攻击。白起装着败退,诱赵军深入,而后断赵军退路,将赵军分割包围,然后吃掉。赵军被围四十天,粮绝无援,奋力突围,伤亡很大,没有成功,赵括本人也中箭身亡。赵军四十五万人被俘,被秦军全部坑杀在长平一带。尸骨遍野,头颅成山,血流成河,此次战争,秦国取得了决定性的胜利,为以后统一六国打下了坚实的基础。但是,也让此地的人们留下了血的记忆,长平之战离暴店镇也不过五六十里地,当时坑杀的不啻暴店人的祖先,所以呢,他们的恨无从发泄,便用当地的豆腐做出一道菜来,俗名"烧豆腐",说是吃白起的脑髓,如果不是赵括死了,怕连他的脑髓也一块吃。

还有一个叫不出名堂来,耿月民问:"嫂子,这道菜是啥?"

玉喜说:"忙着搬家,没工夫到镇上去,用萝卜缨子凉拌了一个,凑够四个盘。等会儿咱吃热面呢,旮旯走到哪里,只要有一碗热面吃,有没有席吃都扯淡了。"

李斗旺装了听不见,其实心里想着年轻时候的事呢。自己睡过的女人,哪个不是上桌面的?就像玉喜这样的,说话都不会说,说吃席呢拐到吃面上了,吃席和吃面能一样?跟黑老鸦一样长了一张丧门星的嘴。古话说得好,儿不如爹的多了。就玉喜这样的女人,旮渣的眼光就不如爹。李斗旺撇了一下嘴,夹了一筷子菜用另一只手就了送进了嘴里,端起酒盅和王胖孩碰了一下说:"喝,你听说了没有?这山沟沟里也要落凤凰了!"

王胖孩用手捏了一下冒出来的清鼻涕顺手抹到了鞋底子上,看着走出去的玉喜说:"你是老返童了,甚事你也斤斤计较,以前你不是这样的。"

这天夜里,玉喜憋着气,在自家男人旮渣面前她装了什么也没有发生的样子。躺到炕上,用手拽了旮渣的手捂到自己的胸脯上。旮渣说:"一天忙得心慌,耍不动啦。"把手缩了回来。玉喜不依,抬了旮渣的手放到了更隐秘的地方,那地方像冬天的泉眼旁边冒出来的青草一样柔软。李圪渣粗憨的手指头来回捏了一下,小眼睛斜睨着看着出气急促的玉喜说:"闺女在那厢炕睡着了呢。"

十岁的闺女把被子蹬了一地,玉喜翻身光脚下地拽起被子盖到闺女身上,捏声叫了几下,看闺女是真睡实了。坐到炕沿上两脚搓了搓尘土,晃着白身子钻进被窝挽了旮渣的脖子不语。

"真想耍了?"

玉喜不说话,暗中翻了两下白眼。

停顿了一会儿,李圪渣不防备一个翻身压到了玉喜身上说:"耍就耍!"

夜静的时候风起了,风把玉喜的呻吟送过耿月民的窑前。耿月民第一次听到男女之事的动作像下大雨一样热闹。有些不能自已,把被子拽过头捂严实了,那声音还是从门缝钻了进来。有几分燥热,索性坐起来支棱起耳朵听,想把事情的前前后后听熟练了,却听得出那声音打了个旋儿跌落到了李斗旺的窑前。

玉喜是想气公公呢,平常,耍的动静大了,第二天公公就会和旮渣说要收敛些,闺女大了。

李斗旺现在一点也不生气,听着动静,燥热地想:

耍吧,耍吧,你是给我耍孙子呢,你个小眯眯眼狐狸精,你个小母狼,耍到什么时候,都是我李斗旺的骨血在驰骋你这个小骚货呢!

第 十 章

1

秋尾上,下了走进冬日第一场雪。女女望着满山遍野的白,教大念:"梅须逊雪三分白,雪却输梅一段香。"大还不懂这两句诗的意思,脑仁子里也放不下它的意境,憨笑着在门前一口一个娘地弯腰堆雪。女女望着门外,雪铺满了山山岭岭,那种素粉装扮了山野,曾经掩映梅枝疏密的景色只在她的梦中。她叫怀中的孩子看雪:看雪,儿啊,这是你落生在人世看到的第一场冬雪,它下在秋尾上,雪把地上的棱角都掩埋了。人生自来就有许多愁和苦,说不得,被人心埋着的又有多少?

雪在太阳出来的霎时的工夫全化了。聂广庆一早被盖府喂骡子的吴老汉喊走了,说是有事。女女想不出来叫聂广庆有什么事。眼见晌午了,雪后的阳光更毒,屋外的雪化成了泥汤子,大怕把脚上的鞋弄坏,手里套着鞋,挽着裤腿踩地上的稀泥,用套了鞋的小手拍着驴驹子的屁股,驴驹子蹦跳着转圈。他突然停下来,看着一个方向喊了一声:"爹——"

听得脚步声往远处跑,女女知道是聂广庆回来了。

女女把针头线脑打理出来,盯着一只绣鞋上的梅花看。梅本是无知无觉的植物,可是人们喜欢托物寄情,或以花拟人,或以花喻人,花也就有了隐喻性。"也知造物有深意,故遣嫁人在空谷。"女女想起了娘。抽出一条丝线照着空窗上的亮穿过针眼,丝线的一头绾了结,一针挑上来,女女在扎下去的针上绕了一圈,她用打籽绣绣梅。月白的丝线,青缎的鞋面上她要绣出梅矢志不渝的品格。聂广庆长叹了口气,说:"你不该在这谷里住着。"女女问："盖府的人叫你有啥事情了？"

聂广庆抬了抬眉,这一抬,女女发现聂广庆的抬头纹很深,以往茶锈黄的面皮,现在透着亮看黄锈没有了,有些失血似的泛白。

这世道,老人真快。女女莫名其妙地感到了一阵心慌。

等聂广庆回话,半天不见回,想再问一句,看到聂广庆已经闭上了眼睛似乎困了过去,便不打算问了。放下手中的活抱起躺在炕上牙牙学语的娃,斜躺着掏出妈妈穗塞进娃的嘴里,不让他叫出来,想让聂广庆好好睡一觉。

聂广庆闭着眼睛说话了："想不想进盖府住？"

女女很是惊讶地张大了嘴看着依旧闭着眼的聂广庆。

女女说："你说的话怎么没头没尾？"

聂广庆说："俺想过了,你不是丫鬟,你该是小姐的命。"

女女拍了拍怀中孩子的屁股说："你没有喝酒呀,怎么野天野地说出这般酸话来？"

聂广庆依旧闭着眼,没有回答,想半晌的事情。

半晌,他被喂骡子的吴老汉领着进了盖府,走进盖运昌的堂屋,盖运昌要他坐下说话,他就坐下了。他已经没有了那种一开始进大户人家的拘束感。坐下的时候,聂广庆的眼睛盯着地上竖着的柜子看,盖运昌知道他想什么了。打开柜子拿出家什来,聂广庆不等屁股抬起来,身子已经倾了过去,嘴和鼻子来回错动着,想品出那股香来。盖运昌想起了第一次见聂广庆时,他靠着墙的姿势,那样子,看上去像冬天一坨泥巴,一看就知道他是肯卖苦力的人。想着第一次在女女谷见到一垛一垛的柴,那柴垛像千万手指排列,纹轮清晰,看那割柴的刀口,一根根必是兔耳形,没有劈茬儿,谁看谁也觉得这人是一个本分人。第一次看到他的狗死在脚下,人生一事,草木一秋,落难中汉子脸上露出来的那种凄清、无奈,那一汨难舍的隐情曾经让盖运昌心里落泪。第一次抽这料面,扑倒在院子的老槐树根上呕吐,阳光给他的茶锈色的脸上涂了一层亮。盖运昌还想着,这个男人终究是宁可吃亏,也不吃这冤损啊!这上苍造人,是有等级之分,也有上下尊卑之序的。什么人该做什么事,什么人做不了什么事,活该穷命。什么人从开春到地冻,就像镢头在土地上行走,走完了一个圆圈,接下来还得走。不走了他就焦苦,给他一点好呢,他就坏了自己枉为人壳壳的那张皮皮。

如此一来,现在再看聂广庆,就觉得聂广庆是谁,连他自己怕也不知道了。这正中了盖运昌一个较如人意的结局。这个结局像牛喝涝池里的水一样。其实,牛看见水了却不喝,牛看见水了为什么不喝呢?盖运昌下意识地笑了笑,想把这个很简单的题送给聂广庆来猜。

等着聂广庆抽了几口料面,安静地闭目养了一会儿神,琢磨着正是兴头儿上,盖运昌说话了:"你说牛看见涝池里的水了,它为什么不喝?"

这句没有边沿的话把聂广庆弄得有些想憨乐,便不打折扣地笑着说:"老爷,要俺说呢,那是它不渴呗。"

盖运昌说:"可那牛被毒日头晒得很渴!"

聂广庆想不出牛很渴因何又不喝涝池里的水呢。牛喝水一向是用自己的蹄子自己的身体把脏水弄得更脏了才喝,牛尿,牛拉,牛再喝下自己的尿和屎,牛肯定不是嫌弃涝池里的水脏!

盖运昌看他回答不上来,从太师椅上站起来,撩了袍子重重走了几步,那脚步压着嘴里吐出来的字一步一步贴在了地上:"牛想干比口渴更难耐的事了!"

盖运昌脸儿朝天,喉咙里等不及地笑,冲着屋顶冒了出来。笑够了,低下头看着自己的脚尖,打了个转身往太师椅前走,边走边说:"牛到底不是人,经过努力后知道自己很枉然。我说的这头牛它被人阉割了,只能在母牛的水门上拱一拱,牛渴啊,还得喝涝池的水。"

聂广庆不明白这话的意思,他也不想明白,不过是说牛腚的事嘛,有什么可乐的？他想知道盖运昌叫他来做什么。下了第一场雪,等下了最后一场雪,就该在那块高地上下种了。下种后长出来的不是粮食,那油绿,那繁花似锦,等到明年秋天的时候,落剩下的疙桃壳壳,拾掇出来也够他换抽一年的料面。他有些激动了,思谋着:该不是盖运昌要给我大烟土的种子了吧？你就快给我种子吧,俺的心里已经缤纷了！

聂广庆不假思索地张了口说:"老爷,你打发人叫我来,是要给我种子吗？"

盖运昌已经落座在了太师椅上,两条腿盘起来,眼睛看着屋外说:"人说啊,没福人住在深沟大山,有福人住在城镇口岸。秋天过去,这冬天真的就来了,这太行山重峦叠嶂,被这雪一挂呀,不仔细看还以为是天公送给人间的水墨画屏。大片大片的叶子落了,小片小片的依然挂着。等飕飕的冷风把最后一片叶子吹落的时候,冬天真的就要来了,那风吹得人世间是空孤孤的冷啊！我怎么突然就可怜起你那孩娃来了呢？怎么独独就可怜起你那婆娘了呢？我是由不得我不疼啊,佛前点灯童子,菩萨转世,千般苦难总得遇见贵人。就说你那婆娘吧,她不是没福人,她是没运人。运不好常会给自己带来磨难。我无端疼她。我想,聂广庆算个汉子呢,硬是用独轮车推着她来到太行山上。夜里没觉时,我就更想了,我可不可以叫你的婆娘来我屋子里做针娘？我的大院里,上下老小一双双脚串起来和门头上挂的紫蒜一般多,想着这事,就越发没有觉了,真就缺少一个针娘,真就缺少一个要供着的人,就要吴老汉叫了你来。"

盖运昌斜着眼瞟了瞟聂广庆,发现这厮不见有什么反应,看上去像是在看外面远山的雪景,实际上呢,明眼人一看,他那思想已经有几分飘摇了。盖运昌接着说:"就想和你说这个事,想来想去呢,想到你婆娘是有情有义的人,怕不会答应。就想着先和你说,你先不要答应了,我叫一个人来要你看。"

盖运昌朝外喊了一声:"叫秋棉过来。"

外面进来一个女孩儿,看上去也就十八九的样子。这女人什么长相,聂广庆没有看,只看到进来的一双大脚,脚上穿着一双鱼拱莲的绣花绿绸鞋子,聂广庆的心便有了几分酥软。第一个婆娘脚大,就因为脚大才嫁了他。农户人过日子,路多、坎多,女人的脚拍在地上,是支撑这日子要强要脸的木桩子呢。

女人先给盖运昌问了安。

盖运昌说:"这是山东上来的聂广庆,你过去见见,指不定他以后就是你的汉子呢。"

聂广庆吓得站了起来。盖运昌说:"你要是看中了,以后这日子就要秋棉来伺候你。你站个啥?屁股坐挼杖了,怎么就装不了个大呢?"

聂广庆吓得张大了嘴,不知道该说啥话,心里不敢想"大"了,从"小"里想,自己过日子都难,哪敢想要丫头?粗重的手指节抓紧了太师椅的扶手,屁股落在半空中,坐不下去。

盖运昌自顾自地说:"过日子开山种地,歇在草丛丛里,要是有个婆娘提着饭桶桶穿过绿地来给你送饭,你这日子怕就真要过甜了。我给你说吧,这暴店古镇的庙会,那是先人留下来的。你看三峻庙那飞檐斗拱、彩绘琉璃大舞楼,四里八乡赶集的走完官道,瞅罢摊点什物,哪个不是前脚婆娘后脚汉们?况且啊,你以为那个佛前转世的点灯童子真就是你的骨血?没有你一星星相貌。女女那女人可不是个粗人,你却是粗人。假如说真有一天人家的爹来寻娃他娘了,你挡得住人家的气势?看你穷酸的样子,这日子往后苦啊,苦得我都想陪你掉泪。"

聂广庆腾地站了起来,不相信眼前事,纳闷这盖运昌到底是怎么了,说这么多话,说娃不是自己的骨血,难道女女之前有啥事瞒着了?

"盖东家,俺没听明白你说了啥。"

"我说那娃是佛前点灯童子转世,是不想叫世人遭害他,想叫世人给他三分敬。"

盖运昌展开麻纸,撸起袖管。抬头望着门外地上的雪,看到那雪已

177

经污浊了,是被房檐上的水溅得污浊了。雪化了,因为日头。老槐树上的黄叶子落了满院,雪把那叶子濡得油亮。春天时,老槐脆脆的腰身还会有骨响,会连同地气上升,上升,到七月就有翠黄翠黄的花香了,盖运昌的嘴角挑起了诡谲的笑意,眼前的老槐,一场雪,片刻的工夫都落尽了。

在砚台上润了润笔,写下了:

聂广庆典妻文约

情因先年落难路上娶女女为妻。过门六载,与身不睦不噫。女女缺德失教育,不尽坤造,数凭夫家聂广庆处理,随身择户另寻,不得从中异言阻滞。故身遵命,卖与邻近盖运昌足下为针娘。得受水礼布尺,并得盖运昌回礼一女杨秋棉为妻。聂广庆因时道不均,田地无置,产业无靠,得受之日不得借故另生枝叶。婆娘女女,承继于盖运昌府下做针娘。膝下有子二人,长子大,次子二,一并带入盖府享受荣华富贵,抚养成年后归聂广庆。日后双方交换之人投河跳井等情与双方毫无干涉。此系甘心典妻,其中并无逼勒串蒙骗等情。今恐无凭,特立遵命典妻文约,各执一纸为据。

凭证人:

民国某年某月某日

聂广庆的脑袋依旧没有回转过来,他被什么东西弄得十分迟钝了。他站起来看着方桌上写好的字据,有看不清楚的地方,也有认不出来的字,拿起文约走到门前。这时候喂骡子的吴老汉走了进来,他像是看到崖头一棵劈斜长出来的藤条,上前一把抓了吴老汉的胳臂,要他读给自己听。吴老汉抬头看了一眼盖运昌,然后把文约递了过去。盖运昌放下文约看着聂广庆朗读了一遍。当念到秋棉的时候,有意停顿了一下,在这停顿的空隙里,他感觉聂广庆正看着秋棉。秋棉的脸通红,低着头双手在胸前摆弄着衣襟下吊出来的肚兜。等盖运昌把文约念完了,吴老汉很郑重地把印泥打开来放到了聂广庆的面前。

聂广庆抬起头看着盖运昌的眼睛说:"我丧良心了。"

盖运昌说:"你有良心的话,你就放她一马。"

聂广庆说:"我丧良心了。"

盖运昌说:"良心是啥东西?你把这么好的女人捂在泥坨子里要她长,她要是草木就好了,她是女人。你要有良心你就悄悄把她送来,要她盘腿坐在暖炕上过几天轻省日子,也不枉她给你生了娃。"

聂广庆大手抹着脸呜呜地哭起来,哭了一阵子说:"老爷,你说那佛前转世的点灯童子不是俺的种?"

"人活眉眼(脸面)树活皮,不要眉眼剥树皮。你也叫个汉子,照照镜子,这么好的女人平白为啥就能跟了你?"

"俺想不通透啊!"

"想那么通透做啥?你也看见九月十三庙会上的风光了,那可是你给了她娘母们那样的风光。你可听得见她会后那声长长的叹气?那抖搂一窗的诗语,洒落一地的孤苦,她不是瓜棚豆架下的野老村妇,她是活菩萨啊。你不懂得她,你只知道在棉絮花被上吆五喝六,胡蹬乱踹遭害她,她有苦说不得,你可知?"

"老爷,她欺瞒了俺?"

"是吗?我不认为。她的长相日日里叫你看,叫你明白,你不明白那就是你蛇皮蒙了眼了。"

聂广庆想:怎么就欺瞒了俺呢?过了黄河往山上走,还以为好事一个跟着一个都来了,哪里知道自己的女人是有心计的?想到女女,心里便有了莫名其妙的难过。也想她那好,想那眼睛里闪着和悦的光,从没有压腰叠肚亮出粗嗓子骂过她。自己要看着不长粮食的地想骂娘了,骂收成了,骂天不长眼了,看到那眼睛,想骂人的粗话就噎在了喉咙里,想说句粗话的心就失了底气,成了没有任何内容的干咳。女女不是粗人,她可真不是粗人。她的从前呢?聂广庆费心劳神想,不时地又想起了头一个婆娘,婆娘会摊煤饼生炉子取暖,除了做三顿饭,炉火从来不白白浪费了,坐了大砂锅熬猪食。婆娘可是明媒正娶的黄花大闺女跟了自己的啊。山东人一天三顿离不开棒子面,一天三顿就了大葱吃煎饼,那是头等的享受。婆娘的大脚板劈里啪啦一阵子,里里外外都利落。这想就又转到了女女身上,女女是死活闻不得那葱味,一天里诗呀绣呀的,那哪里是叫人吃喝的东西?聂广庆头大了,心乱如麻,硬撑着说:"就算俺丧良心了,这事也得问她有没有想离开俺的意愿。"

盖运昌说:"你看你看,我叫她到府里来做针娘,又不是彻底不让她回谷里了。秋棉给了你,是想着一冬三春寒冷,你总得有个暖脚的人吧?女女将来要是不想回去了,那是她的事儿;要是回去了,她还是你的人儿。况且说了,我要供你一辈子烟膏抽呢,你思摸着哪头划算,想好了再定夺。"

有一会儿工夫,聂广庆说:"老爷,能不能叫女女把吃奶娃娃带进府?娃小离不开娘,大就叫他跟俺在谷里,俺想把他当了劳力使唤。"

盖运昌说:"我说他是佛前点灯童子转世,你在谷里可懂得敬他三分?"

聂广庆说:"俺敬他十分。"

接过吴老汉手里的笔,有些颤抖地说:"老爷,俺这字一个箩筐能装仨,这名字俺也不知道咋写啊。"

盖运昌说:"好说,给你写下你描着仿。"

吴老汉说:"下笔吧,往小里写,就写下'聂广庆'仨字,在你的名字上摁个印。"

等聂广庆费劲描好后,盖运昌要秋棉过来,拿了秋棉的手放到聂广庆的手上说:"以后,这个山东汉子就是你的男人了,你要好生伺候他,我会备一份上好的嫁妆陪你。记着了,一碗黄豆芽就咸菜,你也要先让他来吃。今儿个说过的话不得和外人传。你下去吧,我择了吉日送你过去。"

秋棉跪地说:"爹娘把我卖到盖府,是老爷给了我吃喝,待我如同再世爹娘。老爷的话秋棉记下了。秋棉告辞了。"

聂广庆的心像被什么掏空般难受,人像一堆烂抹布似的瘫在了地上。他怕自己要倒下去,紧着挪了挪屁股靠着了墙,抬手抹了一把脸,把头埋在膝盖间。

盖运昌看着他说:"要是觉得吃亏了,想反悔,这事呢,咱就到此拉倒。我把这文约撕了,就当什么事也没有,你也不用塌眯着眼。人不能攀比,你还回你的谷里弄那地去,把我的抬举丢到后脖子上,我不收你的租子,要你好好活,活出个样子来见我。"

聂广庆仰起脸,看着盖运昌说:"老爷,俺是在想,女女从前到底是咋回事呢?"

"咋回事都是她一人的从前,与你无关。"

咋叫与俺无关呢?聂广庆怀揣一纸文约回到女女谷,一路上想着这事怎么和女女说,不知不觉五里路就走到头了。

他看到苇子上被日头化开的雪像女女的眼睛一样,他捡起一根干柴乱舞了一阵子。再看,只有那苇子剩下的干瘦的筋骨了。

2

聂广庆依旧闭着眼睛说:"山沟里石头多,种地费工。清明开锄,种到芒种,下了死力气,不见得有好收成。你到盖府里是去享福,你不该在这里受活罪。"

女女觉得盖运昌一定是给聂广庆灌了迷魂汤,让男人有了心事。放下娃,她扳过聂广庆的头说:"大哥,我生是你的人,死是你的鬼,除非你不要我了。只要你想丢弃我,大哥,我毫无怨言。可大哥你还记得当初说过的话吗?"

女女已经好久没有叫过聂广庆大哥了,她这样叫,是让聂广庆觉得有亲情在里面搁着。想着,你既是我的男人,又是我的大哥,不管遇啥事了,你都不能用这种方式来做这件事。

聂广庆不说话,眼睛看着女女,从怀里掏出那张折叠得四方的纸递给女女看。

女女接过来,逐字逐句看了三遍,再看向窗外,绝好的日头,回过头又逐字逐句看了三遍。眼中的泪控制不住地往下滴,她害怕濡湿了那纸,那纸是她的身价,是握在聂广庆手中的"命"。她把眼睁到最大,睁到酸涩,睁到泪眼蒙眬。她就是不相信:聂广庆会典妻!这肯定不是聂广庆的意思。聂广庆的脑仁子没有这样活泛。她一任泪水挂到胸前,寒凉的屋子里,她觉得那不是凉,是烫,烫得她想把胸腔里的那口气连根拔出来死掉!

女女定定地看着泥墙,像是对泥墙说话:"我知道,这不是你的意思!"

聂广庆说:"是不是俺的意思,但俺是同意了。"

女女笑了一下,抽泣的一声笑把肠子能拽出来,又看着窗外哭,无声地哭。窗外的泥地上有许多泥窝子,那是大踩下的。窗外远处是一片镐头地,盖府没有做了坟地。那地石头多,没墙没堰,不能做垄,种地的时候,聂广庆下了死劲用镐头刨,翻石头。锄地的时候能下锄的地方下锄,不能下锄的地方拔拔草、挪挪石头。那石头原来的时候有孩娃儿大,盆儿大,碗儿大,拳头大,大小相间,棱角相偎。六年了,六年里年年捡石头,石头少了,小了,多年树叶杂草烂在石缝里,土极肥,挂油。那坟地如今无端倒长出事来了。

女女狠着挤了一下酸涩的眼睛,睁了眼看那片芦苇。秋天的时候,芦苇银亮穗子在风里飘动,芦苇中的秋蚊子贴着人就咬,脖子上、手臂上和脸上,凡身体暴露的地方都会有几十个红白大包,被秋日头一晒,辣疼,痒得钻心。她看到聂广庆身上不见一个疙瘩。她问,这是为什么呢?聂广庆说,蚊子也想吃嫩肉,俺的皮厚,蚊子咬不动。他采了艾叶捣碎抹到被蚊子咬红的包包上。她是吃着从芦苇下捞出的鱼虾,看着聂广庆往自己身上涂艾叶。她觉得这日子不求啥了,就算是无人能给自己报仇,她也心安了。这日子是一天一天往好里走啊,眼前的男人,一副宽宽的肩胛,一双像铁耙样的手,两条鼓鼓墩墩的长腿,她的两个儿子也将要长成这样壮实。内心孤独和仇恨的芽苞,让她对未来的日子有了很多期待。是因了什么,日子走到现在好端端就被一根绳子给系住了?她抓住聂广庆的胳膊说:"你没有那心肠,是不是?"

聂广庆说:"说没有是假的。"

女女松了手。聂广庆几次想问女女,那娃到底是哪来的?你欺瞒俺说他是怪转世,就算是怪转世你说也是俺的儿,可那不是俺下的种啊!到底说不出口。女女看着什么地方说:"你真愿意是不是?我是你的累赘是不是?连累了你六年,我是对不起你啊!"她把那张折好的文约轻轻放到了聂广庆的手中。

聂广庆不说话,觑开一丝眼缝看驴驹子拉下的驴粪蛋蛋,脑仁子里开始就了盖运昌说过的话活动了:屋里婆娘该是把驴粪蛋收拾到屋外的粮食地里的一个粗人,真不该是坐在炕上扎花绣草的细人儿。古话说,男人为生计奔波,婆娘为一日三餐忙碌,才叫天经地义。日头难打发时,说话说不到两句,两口子的话就少就闷了,哪还敢指望一日三餐?说这日头难打发吧,打发了五六年了。又觉得对不住女女,想来想去不知道该怎么样来回答女女的话,顺口掇了一句出来:"这日子过得让俺狂不起来。"

女女听了这句话,心里突然舒坦了。当初,自己是脖子下面悬着一口井,生死不明。要不是聂广庆,哪有现在的活命?只要聂广庆能狂起来,只要典了自己能赚得一个囫囵人,是让自己死,她也心甘情愿。女女便和悦地掉转头问:"你打算什么时候送我走?"

聂广庆坐起来,很小心地把手里的文约用一块布包好,站起来藏到屋子上空吊着的荆条篮子里,坐下来说:"择了吉日要他们来抬你。"

女女说:"你去告诉盖府老爷,我不要他来抬,这事是你愿意的,我就要你用那头毛驴送我过去。"

聂广庆说:"是他要咱过去,他就得来抬。况且,秋棉来时,他应允下了要备一份好嫁妆呢。"

女女直了一下身子,明白了聂广庆的意思,那一份嫁妆好啊!

"他来抬,我就死!"

这是女女六年里说出的最椎心入骨的一句话。

3

女女觉得自己是炉边的水,火把水熬干了。是命。她的命晦涩不明。知道活着已经没有什么意义,死亡似乎不过如此。女女下定决心不活了。

一早起来,女女倚在水边,身后,聂广庆把最后一挑染料送往潞安府的染坊。女女头也没有回一下,她听到聂广庆跺着双脚,是为了暖身。大也学着他的样子跺脚。女女在水边把自己收拾利落了,往那片镐头地望了一阵子后对旁边的大说:"大,记着,娘要你背诵两句话。"

大说:"娘,你说。"

女女说:"天地生人,有一人应有一人之业;人生在世,生一日当尽一日之勤。"

大说:"娘,记不下来,你慢慢说。"

女女就慢下来教大,直到大吼着嗓音念顺当了。天地空旷之下,大喊着:"天地生人……生人……生人,有一人……有一人……应有一人之业……之业……之业。人生……人生……在世……在世,生一日……一日……当尽一日……一日之勤……之勤。"

女女说:"记清楚这两句话,等二长到会说话的年龄教他。长大后,'勤'是一日生计的口粮。要是见不着娘的时候,想娘了,娘就像这四周的风,你冲着风喊娘,娘就扑着你的脸来了。"

大幼不知事地笑着喊:"娘,娘,娘!风,风,风!"

女女哭了。茫茫空旷,生硬的风会带着她的灵魂回到这谷里来吗?阳光、细雨、冰雪、点点泥土,她只会随风而逝呀,哪里会随风而生?能随风而生的只有草木。她知道人不如草木,她是一个没有后福的女人!

听得大在女女的身后重重喊了一声:"娘,那怪来了!"

女女回转了头,看到了通往女女谷羊肠细路上走过来的盖运昌和米丘神甫。

凡是经历的,似乎都必须经历,想躲,已无法躲过,这是命啊!

一刹那,女女觉得命不该绝!

暴店会上那个恍惚闪过的背影,她一直觉得是梦,梦和现实搅和着让她大白天见鬼了。梦终究不是梦!她招手要大扑到她的怀中,她瞪着一双惊恐的眼睛,目光像两把刀子一样刺出去。

盖运昌的心倏然跳动了一下。他天生就想驯服这样的女人。这样能使他心动的女人让他痛快。

盖运昌快走了几步。

第十一章

1

米丘来暴店镇不是为了过会。来之前他已经和江南的教友通过电,拟订一份为晋东南与太原两个教区提供并征召更多教徒的计划。他来暴店后,被暴店镇的热闹感染了,四面八方拥来赶热闹的人们正是他要寻找的目标。他寻找的目标具体到一个中心:旧缘结新缘,宣传福音。他先期在和盛堂的后院临时居住,无事时转悠进暴店镇的私塾里,听学生们用震耳的声音朗读中国古旧时期的经典文章。看到每个学生反复大声读唱从未有人给他们仔细讲解过的课文;学生在老师面前背书,头摇来摇去,甚至全身摇摆起来。他先是觉得好笑,后来他笑不起来了。拿起放在教师课桌上的戒尺,也是作为打人的符木用,只见戒尺上面写着两行铭文,一面是"虔诚地走进去",一面是"尊敬地走出来"。私塾老师盯着他看,他不好意思地放下退了出来。身后集体朗读声就像陀螺和圆锯发出的嗡嗡声,不管这些孩子对这段文字多么熟悉,要想从这种嗡嗡声中抽取出他们单个人的言语声来,那是极为困难的。他不理解这种读书方法,在喧哗声中,老师怎么能听明白学生是否正在重复他教给他们的正确读音?更不能理解老师居然给学生们讲,古人为了驱除疲劳,用自己的头发套在屋梁上将自己悬挂起来,用锥子刺自己的大腿。这样的学习方法是多么愚蠢啊!

米丘想:建成教堂后一定要建一所上智学校,要向他们授以初级的文化知识并更多教以种种手艺,使他们将来谋生的路更宽。

这里有天主的孩子,大片荒芜的土地,天主的孩子更应该身心愉快地来耕种。

官道上遇见了盖腊苗。他老远喊了腊苗:"你父亲有一颗广行善举接待众生不辞劳苦的好心,圣体就要降福给这里了。"

盖腊苗听师傅激动地讲完后自己也很激动,决定见父亲,要父亲明白米丘神甫的畅想。盖运昌一辈子崇尚的是孔孟之道。要米丘神甫长期在和盛堂居住,其实说白了是想利用人们对他的好奇引导客商来做买卖。要说想在暴店镇上盖什么哥特式的华丽小堂,他压根是不同意的。盖运昌耐着性子听女儿讲完,手关节敲着八仙桌面冲着女儿念了一段顺口溜:

"大刀会,义和团,只因洋鬼子闹中原。天无云,地焦干,都是洋教门遮住天。"

盖腊苗不高兴了,从不文明的角度看父亲,简直就是一个没有教养的市侩,愚而诈,没有礼貌,没有谦卑,没有善心。她站起来盯着父亲说:"更多的资金是米丘神甫从本国汇款来予以补助的。我只是希望您为他提供一块地方。没有想到父亲在玩乐上是如此排场,在做善事上却是这样吝啬。"毕竟是自己的父亲,父亲一向出手大方,况且,父亲也是一个喜欢戴高帽子的人。盖腊苗复又坐下了说:"您不知道米丘神甫怎么说您了,说您是一方诸侯。"

盖运昌听着这句话想笑,笑洋鬼子也会讨好人。盖运昌却没有笑出来,眯着眼睛思忖了一会儿。其实,他是看院子里的老槐。叶子落了,还有几片儿黄叶星星点点地吊挂着。秋天的老槐和春天的不同,秋天的老槐让他好端端的心情急转直下,兴尽悲来。如果对面坐着的是他的儿,他此时的感觉该是清空迥出游心太玄了,"乐与时去,悲亦系之",他从那棵老槐身上看到了他的生命露珠般地在朝阳愈升愈高中缩小。他有些恐慌,想笑的心情便也荡然无存了。他看着女儿问:"我的慷慨捐助,能得来什么?"

盖腊苗说:"得到你想得到的一切,能让你的灵魂轻快起来,肉身舒适起来。"

盖运昌这回笑了："有意思，我不想得到的来了，想得到的却给了我一个疼痛。我的灵魂既不轻快，肉身也不够舒适，不过我是一个喜欢有癖好的人，甚至是癖好过于极端的人。米丘这个洋鬼子呢，我对他也有点儿喜欢了。"

盖腊苗说："神会给您启示的，父亲，相信天主，只是一切来得缓慢些。"

盖运昌大笑一声后说："闺女，你知不知道神是一疙瘩烂泥！"

盖腊苗复又站起来在胸前画了一个十字后看着什么说："主啊，请怜悯这个不幸的人吧，请援助他的灵魂，我愿做各种各样的救灵事业，为了这个目的，也是为了我的父亲，我准备做出种种必要的牺牲！"

盖运昌想不出是什么把闺女弄得这般沉迷。天性让他动了善念，听女儿这么一说，觉得未知的东西也许有那么点意思，便答应了闺女的请求，给米丘一块土地。但是，不能让那个哥特式的华丽小堂建到暴店镇，和三峻庙建到一起，它算什么东西嘛。想到了那块女女谷的镐头地，弃置了可惜，被别人占用了更可惜，既然它不能做坟地了，也不长粮食，那就让这个外国传教士修一座哥特式的华丽小堂有什么不可！

这样，盖运昌才领着米丘来看这块谷地。

盖运昌撇下米丘往女女身边走。他要和这个女人说话，把他内心的对这个女人的怜爱说出来。他觉得疼这种东西天生是赋予男性的。男人只有具备了财富和权力才能和女人谈疼。当财富和权力的光芒照亮一片天地，投射一片阴影时，那罩着的小东西就是他要疼的。疼和怜在一起。眼前的这个女人给了他致命的痛。痛，对了，疼就是痛。他看到站着的女人瑟缩着，脸色发白，那目光看过来的时候依旧像两把锋利的刀子。大因为刚从盖府回来，对盖运昌有几分熟悉，想挣脱女女的手，一切都是徒劳。被母亲的样子吓怕了，大声哭起来。女女听到屋子里炕上的二娃也哭了。她不顾一切地扭转身要大快跑,往屋子里跑。她也飞快地跑。盖运昌觉得,这个女人是在恨他了,怜爱地说:"这不是你想要的日子,你想要的日子,不该是这样的日子,我能给了你。"

米丘没有想到这样荒凉的地方居然还住了人家。女人和地上的孩子,尤其是那个孩子进入他眼帘的一刹那,他恍惚了,他首先想到,这个孩子怎么会在这样的一个地方存活?他从哪里来?唯独没有想到是那个女人生下的。他小心弯下腰像喊猫一样叫着:"喵喵,你过来。"

女女把简易的木头门扇重重关上,她的喉管因急促的气息被什么坚硬的东西拉伤了,隐隐有些发疼。透过窗户望着外面,外面的两个人用手指着她居住的地方比画什么。收紧了心看到他们俩绕着那块刚收割了豆秧的镐头地走了一圈。

吴老汉走过来敲门,推开屋门时看到女女的脸色像纸一样苍白,胳膊上的汗毛倒竖着,鸡皮像谷壳一样暴立。吴老汉觉得这个女人一定受了什么巨大的伤害。

女女伸出手一把抓了吴老汉的袖管,急促地问:"那个人是谁?"

吴老汉说:"一个外国传教士。"

女女把脸扭向窗外,继续急促地问:"他来暴店做什么?"

吴老汉说:"他是二小姐的先生,他来过会,他喜欢上了这个地方。"

女女说:"他人住哪里?他要住多久?"

吴老汉说:"他住在盖府,还得一阵子。"

女女松开手,像是被什么东西稳住了似的,看着吴老汉说:"你去叫盖老爷,就说我想见他,就他一人过来。"

吴老汉吁出一口气说:"当下?"

女女急促地说:"当下。"

吴老汉定了一下神,没有再说多余的话,走出了简易的屋门,停顿了一下,望着远处的骡子,想到这世上的女人到底都是俗常的。

盖运昌手里拿着一把扇子,摆着长衫走进来。已经是冬天了,野外的湖面上沿着岸结了清冰。女女看到他手里居然还拿着一把扇子。她为自己刚才的失态有些内疚,压制着调整了一下心情,恍惚,已经想不出更多的事情来了。看到日头照得盖运昌的脸膛红润,她脑海里便一下涌上了一片红,一片晚霞的红,血一样红彤彤!

盖运昌推开门扇走进来的一刹那,门上逼进来的日头更是让女女血涌头顶,她大声地尖叫了一声:"你这个魔鬼!"

盖运昌站定了,迟疑了一下,右手拿着折扇在左手背上轻轻敲了两下,转而走到炕前探下身子抚摩了大的头,接下来是二的头。盖运昌轻声说:"做娘的,怎么能在孩子面前骂人?"

女女一下子灵醒了,其实她在大声喊出话来的一刹那就觉得自己失态了。内心纵然有千般恩怨、千般愁苦,都不该如此失态。女女轻抚着小儿,想说什么,脱口而出的是:"我冷。"是没有想说的一句话。

盖运昌提了一下身后的袍子坐下来,大想取他手里的扇子。女女说:"娘是怎么教你的?要你懂得不拿他人的东西。"

盖运昌接了话说:"我最不喜欢孩子懂规矩,循规蹈矩的孩子长大了没有多大出息。我不让我的儿知是非,懂利欲,察人言,观人色,做一个心计甚深的人。世道苦,做这样的人累。可惜我的儿连抬手动脚的力气都没有。"

女女说:"那是老爷的想,老爷是想生子当如孙仲谋呢!种庄稼的人,不下苦力,不循规蹈矩,不得收成。"

盖运昌说:"真正吃山珍海味的人哪个是种地打粮食的?我择了好日子就来接你。我知你冷,人间至味,一句安慰,你心里知我疼就够了。不要怨我,我不是成心要你母子分开,只是我太怜你了。"

女女已经冷静了许多,眼睛瞟着窗外,寻找着那个影子。女女下咽了一口凉气,看着盖运昌说:"明日我骑了驴要聂广庆送我过去。我的小儿尚在襁褓,我要你让叫秋棉的那个女人尽快过来。我这样一个人,能得老爷垂怜,该知足了。"

盖运昌一时没有缓过来,甚至出乎了他的预料。女女不时看窗外的惶恐神态让盖运昌有些不解。这个女人一向是矜持的,他想不出她看外面的什么,便说:"你看外面的什么?"

女女说:"我看那个外国人稀罕,他在府上住吗?"

盖运昌说:"在。一个神甫,说白了就是一个游走和尚。"

女女说:"还要住多久?"

盖运昌说:"他心事大着呢,想在这里盖屋,我陪他出来看地。"

女女说:"我没有见过外国人,想他是一个有意思的人呢。"

盖运昌想:女女呀,你这是哄鬼呢。还想要说什么,吴老汉在门外说:"老爷,神甫找你,往这边走过来了。"

女女慌忙说:"老爷你快出去,这样寒酸的地方,是要给老爷你丢人呢。"

盖运昌在肩上磕了一下扇子站起来说:"好吧,你想好了就明天吧,我来接你,至少要备一抬轿子。"

女女说:"不,老爷,是聂广庆典妻,就按了我的意思,老爷疼我的日头长着呢。"

米丘神甫想弯腰走进来,被迎出门的盖运昌挡了回去。盖运昌相信自己捕捉到了一种久远的气息,是从女女的眼神里,那眼神里泛出了她曾经的遭际。水木明瑟的眼仁子里,冷森森的,是谁给了这个女人最残酷的惩罚?

米丘想进来。

女女高声喊了一句:"不!"

盖运昌笑着盯着米丘说:"不。人家说了,我疼她的日头长着呢。"

米丘张开手,耸耸肩,一脸疑问地说:"那个孩子哪里来的?"

盖运昌说:"他娘肚子来的。"

米丘说:"密斯盖,我想进去,想知道。"

盖运昌不言语,拽了他走。

往回走的路上,盖运昌骑在骡脊上想:女女,我的亲亲,再长的日头,也是走向苍凉啊!

2

也就是米丘神甫和盖运昌前往女女谷的同时,谁也没有想到,不到一个时辰暴店镇出了一件大事。

暴店镇北街柴晚生次子柴守孝,在赌局把自己的骡马大店输给了上土沃原家次子原德库。

暴店镇会期八方来客也不都是来做生意的。有占卜吉凶、预测生死的江湖骗子,有作假字画、挖墓、倒片子起家的古董商,也有游手好闲的混混。其中,也闲搭浪着的一部分赌徒。暴店镇会期最大的赌局是县长的小舅子开着,方圆有赌瘾的大小户都要去捧场。赌局里推牌九、掷骰子、搓十三点半、麻将、押宝摇盘,样样具有。赌局开在暴店镇的北街,起了一个很有意思的名字"红运商号"。红运商号四进院的高屋大瓦房是租住北街柴晚生的屋子。因为租住的是自己的房子,柴晚生坚决杜绝自己的子孙进红运赌局。"同山打猎有你一份房租就是了,那银圆票子搬来搬去,心跳手痒、眼花缭乱的都是吃人的狼呢。"

县长的小舅子沾着姐夫的光,也算一个阔少。日头到了正午,收拾利落,自己坐在堂房的楼棚上,要两个粉娘陪着,喝着壶茶,听屋檐下鸟笼子里的八哥叫唤。这里的视线绝好,什么人进来了,什么人需要下去招呼一下,什么人是穷光蛋,什么人是惹事的,他都看在眼里。这一会儿他看见了原家的二公子进了门。他决定起身下去招呼一下。原德库是受父命来见县长小舅子的。原德库告诉他待一会有一场赌局,要他照顾一下。你这里不是按百分之五扣水吗?我给你百分之三十的抽头,但你得借我你的带坠儿的骰子(灌了水银)一用。两人密议了半天,原德库出去拿赌资。县长的小舅子只身走上楼棚,等待鱼儿上钩。

暴店镇的街面上有一卦摊,是一个外号胡四爷的东北客摆的。有时候也能给人算得碰对一两件事情,有一些名气。药材会走到现在大批药材商人有带了货走的,也有才来做生意的。总之,比一开始要萧条一些。他的卦摊前有两位老太太打卦。俩老太太很虔诚地摇着手里的三枚制钱。胡四爷看了看时辰准备起卦了。他看到走过来的柴守孝,便把黄表纸压到摇签的竹筒下,站起来冲着柴守孝招了招手,叫他过来。柴守孝笑了笑,他不怎么信这事。但是,也喜欢赌两下,也不大赌,和骡马店里的客商一起玩个小彩头,要个兴致,从没有进过红运商号。因为这商号是父亲的财产,每年结算都由父亲出面,说来对这个商号都有几分陌生。

胡四爷说:"柴二东家,你过来一下,我送你两句话。"

柴守孝站了老远说:"送。"

胡四爷说:"你今儿个面相鼻尖发亮,印堂发红,一定有好事降临。有些事情我不便说透,说得太准,我是要瞎眼绝后的。你信我就过来摇一卦,不信呢,我就再送你几句。"柴守孝摇了一下头说:"我清早起来第一件事做啥了?你猜对了,我就给你钱。"

周围的人就有人停下来看,想看胡四爷猜出的结果,也想要看胡四爷出洋相。胡四爷要俩老太太稍后,他先给这位柴二东家起一卦。丢了六次制钱后,胡四爷跷着兰花指掐算了一下说:"清早第一件事,你把婆娘压到了身子下,你做你婆娘了。"四下里的人哄笑了起来。胡四爷说:"第二件事,也是你的第一件事,你看到你骡马大院里的牲口,有一匹公马朝着一头母驴的水门拱,你便按着那路数也想骚情了。我要说得不对啊,你砸了我的卦摊,我下半辈子不吃这碗饭了。"

四下里的人起哄说:"接下来呢?接下来呢?"已经没有人怀疑胡四爷算卦的准确性了,只是想知道柴守孝怎么做他新娶的婆娘了。

暴店镇的官道刮起了一阵风,很多人笼着袖缩起了脑壳,聚集在一起看西洋景的人呼出的热气,叫风景有了温度。深透不知几许的卦摊子前都等着胡四爷说话呢。

胡四爷卖着关子说:"柴二东家,你今儿走红运呢,见好就收了吧。再有,你一早上茅厕还捡了一个银圆。明儿你来我这里吧,看落到实处没有,我再给你卜一卦,依旧不收你钱。"

柴守孝心里想怪了,他怎么就捏算出来我清早做我婆娘了呢?还有,还真是在茅厕口上捡了一块银圆。一时有些不自然,气也短促了,从后面那句"走红运"上还是感激这两句话,觉得自己今儿是不是真走红运了?他便笑了说:"胡四爷你埋汰人呢,我不听你瞎说了。"

胡四爷冲着他的脊背说:"信不信由你,你清早上那事啊,有意思呢,也是转运呢。"

有人觉得是胡四爷在扯淡呢。柴守孝刚娶了小老婆,一天不做三两回那才叫不正常呢。

柴守孝疑惑地想着这卦,一时又没有什么上心的事要做,闲走着就想去喝一碗猪汤。这时,有人走过他身边扛了他一下。他扭头想发作,发现是刚住进他店里收购猪鬃的运城客商,正冲着他露出两个黄金牙笑呢。笑一下,鼻头两边的两绺翘起的八字胡就扇动一下。那客商说:"柴店家,哪里有乐儿耍?不是女人那乐儿,是手痒呢,想摸两把,解个心焦。"柴守孝知道他是手痒得想赌,便有意拉着他回店里召集人赌两下。那客商却摇着头说:"小彩没啥意思,不刺激。"一听说想找刺激,柴守孝便想到了红运商号。柴家立下的规矩他不能破。他说:"我领你去一个大场,我得告诉你,是相不伸手,伸手不是相,割掉鼻子猪一样。你要是不怕铁匠买卖是挨打的货,我就送你去。"运城客商说:"常客,怕啥!"

两人说笑着一起往红运商号走。

原德库是看到柴守孝进了店里他才进的。原德库大摇大摆随堂倌进了红运商号,手里提着一袋子光洋哗啦一声拍在案子上。四下里看看,挽了袖口说:"我今儿高兴,放松一下。"

柴守孝想走,运城客商说:"看看,看看能吃了你!"

柴守孝便站在一旁看。一张红木方桌,三十二张黑漆木制牌九稀里哗啦调洗好,依次散出四铺。有人跃跃欲试,一看是原家二少爷,仗着原家的财产,却少有人下注。有一会儿,柴守孝感觉空气浓稠浓稠的,压迫得他心跳,他觉得是被那气势压迫的。

只听得运城客商双手一拱,说:"弟兄姓王单名雄字,运城人氏,在'仁'字上虚贴钱粮,脚踏贵地未一一造访,'升子里扣碗'不方的请方不圆的请圆,我先下注凑凑兴,给这位原财神捧个先场。"

僵局一打开,于是开铺下注。头八铺牌原德库都未亮牌,下面三方(顺、天、后门)哪怕小得只有一点,运城客商王雄都是"连赢"。人群有些骚动了,连头发看上去都在蠢蠢欲动。王雄把赢来的钱要柴守孝提好,并附在柴守孝的耳朵上说:"你只管看,不要心动,龟孙子有的是钱呢,他今儿走背运,怕是个黄棒。"这时候下注的人就多了,原德库赔得多赚得少。王雄鼓动柴守孝下注,柴守孝虽有忌讳,但也经不住当时的诱惑。手里提着王雄的钱袋,心里感觉沉甸甸的。他想:钱是好东西啊,比他提过的草料要重,比粮食也重,要换多少草料和粮食呢!大不了赌个心焦呗,见好就收!他便也试着下了几注,自然是赢多输少,想着也不过如此,耍得也就顺当了。

这时候牌九也已经赌到了火候上。原德库使出手艺洗好牌,散出四铺牌九,然后将叫牌的骰子向口中一吹,换出两颗带坠儿的骰子,自言自语说:"今儿赌运不佳,又要吊丁。"然后用劲掷出,宝子亮出嗓子喊了一声"顺"。这一档四铺牌确实不少,顺门是"九天五加一对六豹子",天门是"天九五加地杠",后门是"一对媒子一对长二豹豹豹",下注的王雄和柴守孝都暗吐舌头。这是从未拿过的大牌啊,赌什么赢什么,赌这么一点小钱算什么?悔恨没有把身上的钱都押上。原德库慢条斯理地一张一张地翻牌。第一张是"二四",第二张是"长三",加起来只有两点。看的人都说原德库又输了。王雄说:"再押?"原德库说:"看自己的牌押,自愿!"王雄说:"我压上我全部生意的猪鬃。"

十年难逢全满斗啊,赌到眼红的柴守孝想到了胡四爷的卦,莫非灵验了?柴守孝便也开始押,钱押不出的时候,鬼使神差地押了骡马店。他想着,指不定运气好得要赚一个骡马店呢!他能感觉到空气里没有多少人声,只有气息,有些急促,闻上去铜锈的味道肆虐了他的鼻腔,就连喉咙里面也堆满了铜锈。他感觉它们蜂拥着,从无形到有形,从稀疏到密集,划过所有人的面庞。他觉出那铜锈像刀子一样割得他的心生疼。他有些害怕了,但心底又无端腾起了一股必赢的底气。他看到原德库慢条斯理地翻出了那张牌。众人一看是"拐子"。拐子配长三名曰"拐拐王",可以管三方的牌。不过他虽心凉了半截,但也期待着第四张牌。所有人的眼睛像后来人发明的灯泡一样贼盯着。翻开第四张牌,是一张"丁丁",这四张牌可以扯逗成"皇帝加拐拐王",把三方全部吃光。

柴守孝的脑袋已经木了,像打闷了的鸡呆立着。听得原德库告了一个:"得罪!"散场的人依旧不走。柴守孝回过神来冲着运城客商王雄喊道:"都是跟了你!"王雄说:"我不也把全部家当猪鬃押进去了吗?我满身上下还剩两颗大金牙!你骂什么人?我连路费都没有了!你还有你爹,有你的祖业呢。"

柴守孝灰着脸看着四下里说:"我爹给的家产就是这个骡马店,我赌了,我赌了!"拖着像灌了铅的两条腿,啊啊啊叫着,叫到最后抽丝一样发不出音来,摇摇摆摆往骡马大店走。路过胡四爷的卦摊笑了一下,飞出一脚,卦摊像风筝一样飘了。胡四爷说:"你有脸砸我的卦摊!我叫你见好就收,你贪!"

等在官道上的柴晚生站在路上用拐杖敲了一下青石官道说:"畜生,你连个狗窝都没有了,去死吧!"

柴守孝双膝跪下抱着他爹的双腿说:"爹啊,爹啊,爹啊!"

柴守忠带着人过来把柴守孝拖走了。

盖运昌看了个热闹的背影。从人群中穿过去时,也不便打问。想着这事情有内容在里面,一时想不好,要人去打听清楚。之后陪着米丘回到了和盛堂。

3

盖运昌首先想到的是原家次子耍"倒棺材"。这赌局是县长小舅子的,又赢得柴家的家产,便也不好说什么,甚至连面都不好出。想那柴家更是哑巴吃黄连把苦咽下了,说不得,丢人呢。

没多想这件事,差人叫李圪渣过来核定明天女女过来的时辰。

李圪渣吊着膀子进了盖府。有一股风从门道里穿过,扫着圪渣的裤腿刷了一下,是地上起尘。土里初雪的湿气还没有散尽,怕卷不起太大的风。李圪渣这样想着。走了几步,却觉得这股风有它的来头,一时说不出什么来,他冲着地上吐了三口唾沫,看着风旋走了。

李圪渣见了盖运昌,知道是明日去女女谷接那个女人。他心里五味翻滚,更多的是盼着看笑话呢。他一遍遍想着:有盖运昌不省心的时候呢,有盖运昌不省心的时候呢。

他进了屋眯缝着小眼睛,斜觑着盖运昌,掐算了一个未时头,试了几下,想说门道里的那股风邪乎,看到盖运昌满脸得意,把要说的话压下了。他不想给自己惹麻烦。给盖运昌个好脸儿能多拿几两银子呢。他鞠了一个不舒展的躬,告辞出来往他的后窑疙台走。一路上不忘散布这件事的奇怪性,并且带着一点盲目的怨恨:等着看吧,等着看那个天仙似的女人来拆散盖运昌的家产吧,老天偏偏就要她养了一个怪。

盖运昌安排原桂芝把女女会期住的屋子腾出来,他明天就要去女女谷接她回家。原桂芝觉得这句话里最重的两个字是"回家",像马蜂一样蜇了她一下,把要说的话堵了回去。她觉得大女儿刚走,不该急着找一个针娘过来。府里的鞋有多少是个够？几房闲着也该自己学着做做生活。盖运昌觉得丫头秋棉是跟了女女的轿子抬过去好呢，还是等女女过来再送过去？他一时没有想出来，看着原桂芝说："你的意思呢？"原桂芝说："我哪有意思呢？就是想闺女走了，想把外孙接过来住一阵子。会期乱得人心不稳，等过了年再接也不迟。"盖运昌沉吟了一会，转了个弯说了一句：

"你们原家扩展地盘了，知道不？柴家小儿的骡马店被你原家的二公子赢了。既然暴店镇有了原家的骡马大店，自然就要做邻居了，外孙来盖家住什么？人家可姓着原呢。"

盖运昌突然想：原德库不是平白无故地做这么一档事情的，做得叫人说不出什么来的时候，一定有他的不可告人的事情在里面藏着。这么说，原家是想进入暴店镇了，是想吞并我盖运昌呢！一时心头有些激动，就有些头重脚轻，不想多说什么了，一脸不爽地要原桂芝赶快准备去。

起身穿过院落往半山的窑内走，他已经有半个月没有去看父亲了，初一、十五是他必去拜见父亲的日子。

第 十 二 章

1

盖老爷子坐在窑院中太师椅上,像一个老太太一样晒暖暖。手里一根龙头拐斜靠在扶手前。面色苍凉的脸上眯缝着眼睛看什么,就那么看着,谁也不知道他看什么或看见了什么。有两个老妈子一左一右坐在马扎上随时看护着。看到盖运昌进来,一个老妈子回窑拿出一个蒲团来放到老爷子面前。盖运昌就势跪下来磕了仨头说:"爹,儿给你磕头了。"这是盖运昌见父亲的必行大礼,多少年如一日。太师椅上的人纹丝不动,没有半点说话的意思。盖运昌看到起风了,要两个老妈子把太师椅抬回到窑洞里。窑内昏黑阴森。盖运昌要两个老妈子出去,他俯身托着太师椅扶手用嘴对着爹的耳朵吹了一口气。

"来了。"

像是从深朽的枯井里传出来的声音,羞涩、细瘦、沉闷、模糊。之后,一切归于死一样的沉寂。

窑洞里有一种窒息的闷,盖运昌已经习惯了。这眼窑,这个人,笼罩了死气和酸腐土腥气的日子,这个人已经没有听觉和视觉了,只有耳洞里还能感觉到气息洞穿而过。也知道这吹进来的风是儿子来了。盖运昌站起来,他看到膝盖上那双枯枝一样的手,慢吞吞地动一下。那张堆簇着横七竖八的嘴因蠕动使下嘴唇耷拉了下来。手跷了一个兰花指,指了一下,像是要指给盖运昌什么看。盖运昌又在他的耳朵眼里吹了一下,给了他一个肯定。

门外的风裹着从裸露的土地上搜刮来的树叶和尘土,弥漫在窑洞外面。天空,只一小会儿就变得浑黄模糊了。盖运昌突然有泪汪在眼眶里,鼻头一酸,看到太师椅上的这个人,他的脸和眼睛在一段时间的兴奋后又一起松弛进了胸脯里。这个人给了他"运"却没有给他一个健全的性格。这个男人的一生本身就隐藏着一种悲悯、一种哀痛,那是一些无以历数的令人痛楚的关于时间和空间的印记。盖运昌恨他。但又不得不像神一样供着他。盖运昌知道,他只在乎他的根器,那只浓缩成黑干的,暗古色的像一根细小的柴一样浮在酒精上的根器。他用它换来了荣华,却没有换来富贵。富贵是什么?是子孙满堂,是夕阳西下后的朝日升起,是福祉绵绵的香火缭绕。盖运昌站在窑门口看到漫坡而下的盖府。看到暴店镇一条繁华的街面上人影绰绰。他突然害怕自己有一天从这个世界上消失了,从这条官道上消失了,没有人来祭拜,甚至没有人还能想到他曾经的存在。这座古旧的宅子会是什么人来居住?而他又留下了什么?泪水无声地滴了下来。身后的这个人,他的存在,该感激他呢?还是憎恨?泪水流进盖运昌的嘴角,盐一样涩凉。

身后蚊子一样传来一声"来——了"。盖运昌想回过头在他的耳朵眼里吹口气,却发现,他的脑袋朝后仰了。脖子上的喉结还能看出他是一个男人来,他朝后仰起的脖子上那双枯树枝一样的手举起来想用劲扒开什么?盖运昌看到,那双昏花的老眼睁得大了,嘴也噘了起来,五官开始收缩。那个宫里的人来讨他的命了。用铁索勒了他的脖子。到底挡不住关山千重的寻仇啊。

盖运昌想从空气中抓住什么,什么也没有抓住,眼看着那颗不算大的薄零零的心,不一会儿就死了。

盖运昌走近把他的脑袋扶起来,扶正。脑袋软得像一疙瘩烂泥。盖运昌抱起他放到了铺了羊毛毡的土炕上。想到了他曾经说过的话,人死后不能沾有毛的东西,再转世必定是畜生。便掀起炕上的人,把毡拖走了。一床锦缎被子铺到了他的身体下。盖运昌看到他的两只眼窝里干巴巴地落了一层黄土,所有的恶都是因为贫贱。人不知道自己贫贱得和尘土一样。富不带来,贫不带走,到最后争得的依旧是一袭尘屑。

盖运昌走到窑掌那个青花罐子前,看也没有看地抱起它走出窑门,很轻松地把它扔进了茅厕。

他在院门前苦着脸大叫一声:"来人哪!"

他叫来人告诉大太太,要她通知府上的家丁把树上和门头上都挂上大捧的麻纸(人死后要挂出去的魂幡),并叫人把那口上好的楠木棺材抬出来,放到窑院。该搭灵棚的叫了木工过来,还有阴阳道士,要府上大小穿了孝衣前来祭拜,并差吴老汉去三峻庙请了法师过来。

原桂芝知道公公死了。公公的死是迟早的事。公公的死就像捻子一样点燃了她心里的悲伤,她忍不住地先号啕大哭了一通。

暴店镇官道上赶会的人群中,有人发现盖运昌的庄园里像下了一层雪一样白了起来。

原桂芝领了府上大小二十多口人,沿着通向窑洞的河卵石铺成的路往上走。一块白布头帕遮挡了她对这件事的窃喜,她甚至觉得这时候走了,是上天对她的怜爱呢。盖府本来就应该在大女儿的婚事上招女婿。原家首选,那是再合适不过的事了,亲上加亲。女儿盖秋苗也很争气,头胎就是儿子。女儿要是不嫁过去,而是招过来,女儿也不会这么早逝。女儿死了,外孙在。他父亲总归年轻,还要添人,把外孙抱过来,天下事哪有这般合适呢?

李吃渣被再次叫过来的时候,他特意叫了邻居耿月民。盖府的老掌柜死了,那是大事,更主要的是,这一死,埋哪里是一个大问题。死后寻坟,急。他需要一个跑腿的。一路上不忘炫耀他晌午时分察觉出的那阵扫他裤腿的阴风。他说:"我觉着就日怪,想也是小鬼来索命了,我这人看事看得绝呢。"耿月民夸他后脑勺都长了眼睛。耿月民第一次看到了盖府的繁华。看人家,出一口气,也能叫对面的人闪开一条道,那才叫个活。那可不是吃饱肚子简单活啊!

耿月民看半坡下,看得紧,气就短促。李圪渣斜睨着顺着他的眼神看,看到穿越盖府巷道走上来的盖腊苗。因为走得急,盖腊苗的脸蛋红润,气喘得急,胸脯上下起伏。耿月民有些看傻了。李圪渣拿罗盘捅了他的屁股一下。耿月民没敢出声,红了脸,看着旁边有什么活要他做,拣了一样做去了,眼睛的余光却像藕丝一样拽着盖腊苗的影子走。原桂芝起身拿出早准备好的孝衫要盖腊苗穿,盖腊苗不穿,脸上甚至连悲戚的神色也没有。走到棺材前双手合十,上下左右画了一个十字,站在了一边。原桂芝拧了她的腿一下。她看着匍匐在地上的娘有说不出的感觉来。她觉得每个人都是天父的孩子,走了,该是幸福的事情。

伏在地上的女眷们撩了白布头帕看眼前的一幕,各自的心理不同,更多的是看事态。

盖运昌要女儿盖腊苗跟自己进旁边的窑去。原桂芝站了起来也跟了进去。进去的时候,她正好听到了盖运昌的巴掌甩在盖腊苗的脸蛋上。盖腊苗泪眼婆娑地看着盖运昌。盖运昌说:"你是我盖运昌的闺女,你就得穿孝。我死了,你可不穿,我睁着眼,你就得穿。你的父亲不是不开明的人,不开明就不会送你去省城的教会学校。你翅膀还没有长硬。你不穿,我在你爷爷的棺材前打死你,让你学识字,没有让你丢了拜祭祖宗!"

盖腊苗还想说一个"不"字出来,那个闲着的脸蛋又一巴掌上去了。原桂芝上前挡在父女中间。盖腊苗说:"我是天主的孩子,我不跪拜祖宗,我会祈祷他上天,请你尊重我的信仰!"

盖运昌不说话了,出门叫了两位形意拳的师傅进来,要他们看了她,指着炕上放着的一身孝衫说:"什么时候穿了,什么时候出门!"

盖运昌出去了。原桂芝哀求说:"娘的闺女啊,你听一次你爹的话吧,你姐走了,你就是盖家的大闺女,下边的妹妹们睁眼看你呢。你这样做是要叫暴店镇的人笑话呢,那指头指着骂你的时候,是骂娘呢,是骂你爹呢,是要娘在盖府抬不起头来,是要你爹在暴店镇做不成人啊!"

李圪渣和耿月民在窑门口磕了仨头。李圪渣看了看日头,进窑后告诉盖运昌,这个时辰死去的人往南方投生去了,并要守孝的人们申时开哭。

盖运昌仰头看了看天空中舞动的尘屑,要下人叫暴店镇理发匠柴鱼儿来,趁着人还没有硬,先给死人净面理发。

柴鱼儿拿着剃头工具走进来。盖丙生因头皮松弛,脑油厚,柴鱼儿不时举着剃刀在自己的光头上来回抹几下,这样,下刀时便利索了许多。净面后,柴鱼儿退出去。原桂芝从柜子里取出早准备好的寿衣。里外七件。贴身的是白绸面料,接下来是两套绸缎罩衣,夹袄、棉袍马褂。脱贴身穿的衣裤时盖运昌要原桂枝掉过脸去。一切停当了,他用麻皮将炕上的人两臂和身体束结在一起,之后,用丝帕覆盖面。有老妈子从厨房端过来一碗夹生小米饭,碗上插一双筷子叫"香翎鬼箭"。盖运昌点燃了长明灯,开始设供燃香。一切准备停当后,盖运昌掏出怀表看了看时间,冲着门外喊:"申时头到了。"

外面的法师走进窑念了一段经文,要人把炕上的死者抬到地上的春凳上"停殓"。

盖运昌穿好孝衣跪下。李圪渣喊:"开哭!"

盖运昌长号一声:"我的爹啊——"外面的哭腔扬起。

调门不断扬高,所有的人未必都是哭死去的人。在这样的悲戚氛围里,哭什么的都有,不外乎一个字:"命"。

第二天,暴店镇的人看到山东逃荒来的聂广庆牵着一头毛驴,驴背上驮着的女人怀里抱着小儿,日影下进了盖府。那个女人坐在驴背上看上去很素很高,洁净的肤色有一种说不出的气息在驴背上弥漫。也许是会期的热闹让所有人忽略了她,现在突然地看到了,觉得这个女人格外奇异。

接下来又看到聂广庆驮着一些家什,有一顶轿子抬着什么人跟了往女女谷走。所有这些往来的发生在盖府的事情,让暴店镇的人们充满了好奇。

盖府高悬的魂幡,嘈杂的人声,连同盖府的神秘氛围,似乎把一天的时间都缩短了,缩短得像官道上飘浮的雾霭一样,被暮色压下来的时候,越加稠浓了。

2

盖丙生小殓于开丧后第三天的深夜进行。

小殓前,棺材内以白麻纸裱糊,棺盖下面贴了一张圆形的梅红剪纸,叫作照面花。棺底铺垫煤末,顺置七棵谷草。错对呈放两排制钱,共七枚,叫垫背钱。安放遗体时旁边要把死者生前惯用的东西放进去。棺材里除放了茶杯、把玩的一些小零碎外,独不见放传说中的那个青花酒罐。李圪渣疑惑了,人生在世最热闹的地儿是什么?不就是男人和女人的"多少"两个地儿嘛!可这盖丙生少了的地儿,就算是面捏的玩意儿也该放一个,没有?他突然想到外面的传说也许有假。这可是原家传出来的。

盖府女人的哭声泼地,盖过了山下官道上的市声。李圪渣吊着膀子看旁边的和尚敲着木鱼念经,他的喉头结上下滑动了一下,抬眼问:"还有没有重要的东西要放?不放呢就要盖棺了。"盖运昌说:"没有放的了,老爷子生前用的东西都放了,盖吧。"

李圪渣开始要大太太领着姨太太们往遗体上撒"金银"锞子。女儿们丢一些制钱进去。接下来盖棺,钉棺。入殓完毕,将事先准备的一匹纸马抬出来,由盖运昌领着众人绕着棺材走三圈。一行人在助丧者持送的魂马后面,由乐队奏乐行至暴店镇南北分界处的十字路口,持马者将送魂马点燃,再用木棒重击一下地上。

盖运昌高喊:

"爹,骑好马,踩好凳,上西天走好路哇!"

夜静,暴店镇的人被那一声粗重的喊惊得伏在窗棂上贴耳倾听。"瞪眼家伙"(送丧音乐)被半夜的风裹挟着四处乱撞,除了小孩子睡得实之外,暴店镇的人都被惊醒了,包括暴店镇的客商。

小殓之后,开始守灵,也叫守七。这时候,暴店镇的人们开始要陆续出丧礼了,出多少呢?贫贱夫妇开始商量着明天一早一定要去别人家问问,看人家下的礼金,自己不能多了,但也不能少。少了叫人家看不起,咱也不是过不下日子的人。客商们大都在心里做事,就看你第一个出礼金的人,只能高出,不能跌下一个台阶。这个季节生长风,风带着瞪眼家伙过去后,又带着哭声跌过来,哭声中极尽繁华。

所有的人就又开始想,盖府的繁华就要过去了,都是女眷的哭声。那女眷们的哭声,被风携带着,没有重量;没有重量的哭声,预示着这个家族走不远了。

风把云刮散了,太阳出来,有几分暖意。商铺还都没有开门,有人听到官道上有马掌敲击青石路面的声音传过来。有好奇的人探出头搭着额头眯缝着眼看。看到是原家的大儿子,盖府的长婿原德孩骑着马走进了暴店。身后还有一驾马车,车上拉着纸糊的车马,后面跟着一顶轿子,一行人往盖府走。想不到会是原家第一个走进盖府,而盖府的这个女婿早在盖丙生去世的第一天就该来拜祭,原府在小殓的第二天来,说明原府已经不把自己的儿子当盖府的女婿了。种种迹象在暴店镇人的口里风一样传开了。跟着原府出第一份礼金的是暴店北街的柴晚生。柴晚生就等原家的人出现呢,原家的人不论哪个出现在镇上,他都要跟着他进盖府。

原德孩看到跟着他走进来的柴晚生叫了一声:"叔。"

柴晚生说:"哪个是你叔?这里只有你的祖宗!"

柴晚生是借死鬼盖丙生打掩护寒碜原家这个儿呢。

原德孩说:"叔,是叫你啊?"

柴晚生说:"这么说是大侄子在叫我啊,我还经得起你叫叔?好!我问你,赢了柴家的骡马大店,计划用来做什么营生?"

原德孩说:"叔,我只在上土沃经营家里的土地。"

轿子上走下来一个丫鬟,抱着原德孩的儿。小儿穿着白孝,腰际绾了麻绳,天上虽然有阳光暖着地面,小儿的鼻下还是流下来两挂清鼻涕。丫鬟用手里的绢帕擦了一下,孩子号啕大哭起来。孩子一哭,让柴晚生想说什么的话断了。

听得原桂芝从坡上下来大老远叫了一声:"我苦命的娃啊!"跟跄着扑过来从丫鬟怀里抱过孩子来,左一口右一口亲了两下,孩子扭捏着越发哭大了。看着原德孩跟了原桂芝往半坡上的窑洞走。柴晚生想:这原家是不会出这份丧礼了,他口袋里装着足够的礼金,他就想和原家争这口气。他柴家赌得起!芝麻粒虽小也塞他的牙缝呢。看看眼下的情况,原德孩没有进账房,先是上去吊孝了。柴晚生只好自己往出掏份子了。没有原家来攀比,他只能按往常的规矩,他的份子出得比他父亲去世时盖家出的份子要高出一点。出了礼金,也随了家丁往山上停殓处拜祭。走了几步,感觉出气有点喘,却听得身后有说话声传来,扭头看,上来一群商家。有专卖男用龟苓膏的"广升远"药店老板王伯当、专卖女用定坤丹的"广升誉"老板李东清、"同心茂"卖舒筋散的老板文转平、"德义堂"卖七珍丹的老板何书堂。柴晚生互相空招了一下手算是打了招呼,不敢多说什么,少了平常脸上嬉笑的神态。所有人都很严肃地往窑院走。

盖运昌在院子外的台阶处迎接。迎进院,互相一番客套,皆依次下跪祭拜。有人看到地上站着的原家孙子,还以为是盖运昌的小儿呢。有商家说:"盖兄晚来又得一子,大福之人啊!"原桂芝脸上有些挂不住了,看着各位说:"是我盖家的外孙呢。"盖运昌逗着娃娃说:"你是原家的孙孙,我的外孙,跟了你爹过来吊孝,你娘死了不足百日,子代父穿孝,娃娃叫姥爷心酸了。"

这句话听上去绵软。原德孩听了心里却不是个滋味。他笑了一下,这是几天来盖家出现的唯一的一次笑。哪个敢笑?这是办丧事啊!原德孩和诸位行了礼说:"我儿是给他娘穿孝呢。今日是我来吊孝,小儿有些伤风,哭放不下,所以抱了来。惊扰大家了,我先告辞!"盖运昌不再多话,领着拜祭的人往窑内走。一间窑做了临时客厅,要前来吊孝的人进去休息喝茶。听得窑外的原德孩重重喊了一句:"姑姑!"

盖运昌想,原家藏着的狐狸尾巴终于露了。众人面前不叫你"娘",叫了一声"姑姑"。好!盖运昌隔着门说:"难为一个两岁的孩子了,你就要他们父子回吧,野风野地的,这是办丧事呢。你代我送他们走,不要慢待了孩子的病情。我这里有客,不送了啊女婿!"

门把这句话送出来,送到所有人的耳朵里。原桂芝眼里的泪流到嘴角上,刺着嘴角的缝隙挂到了舌尖上,那个心酸啊,她哇的一声哭了。多少年来的一个心愿空了,这比撕破了面还难受。原桂芝回转头跌坐在院子里的棺材前,张口一句:

"爹啊,你走得早哇,这地上长麦子,长豆,长玉茭,长人,也埋人,新坟年年添,草木年年枯;旧坟年年祭,庄稼岁岁耕,人不是在过日子,是日子在过人啊!天明了,天催我早起干活;天黑了,天,却不是为我黑。爹,你走了,享清福去了,我啥时候也能和你一样去地垄后享享清福啊!你这一走啊,我是万念皆休啊!爹——爹——爹!"

原桂芝的哭像挠痒痒,挠到了一院人的痛处,由细水长流地哭,哭到了昂扬处。人人肚子里有一念,念生。原桂芝这一哭,却不是哭爹走,是哭外孙走了,是哭盖运昌不疼死鬼闺女,是哭自己往后的日子。

原桂芝被人拖起来,抹着眼泪送女婿走。

柴晚生想:像原桂芝这样的简朴温良的女人都敢张扬地哭两声儿,这盖府的阳气,不要看他现在苍苍翠翠的满院哭声,有他枯树撑天的时候。想那原家,他是巴不得两家闹呢,他柴晚生一世的名声坏在原家人手上。原德孩面对众人笑的一刹那,柴晚生其实心里也在笑呢。

柴晚生等大儿和二儿上来。等齐了,父子仨走到棺材前齐齐地跪下,响当当地磕了仨头。柴晚生把他的两个儿领到盖运昌面前说:"你爹一辈子没有服过人,面前这个人,你们叫叔,堂堂一条汉子,你爹以后如有三长两短,你这个叔就是你们的爹!"

两个儿子又齐齐跪下叫了一声"爹"。

盖运昌哪敢受用?

3

盖腊苗穿着孝衫从窑洞里走了出来,三天没有吃一口饭,一身白孝裹身,人飘逸得像仙女下了凡尘。盖家的命脉在地上的那口棺材上,所有姨娘的哭声听上去都不如娘伤悲,娘的痛是撕心的,累累伤痕写满了娘的脸。娘夕阳暮年了啊!从她拽着姐夫衣襟的那一时间的定格里,盖腊苗觉得她和父亲的这一场对峙该以她的妥协结束了。她的妥协更准确地说是为了娘。她耳畔始终响着神甫米丘的话:"无论怎样,为了主的光荣而承担坚持下来的这番苦工,主不会视而不见的。"盖腊苗心里默念:娘,你最该是主的孩子,我要你满身快慰地活在这个世界上,你寂寞孤苦的内心该有一个支点,而不是如此地愁苦活着。

走出窑门,看到走回来的娘叫了一声:"娘!"

断开的哭声又响了起来。原桂芝越发把心底的哭喊得昂扬:

"爹爹啊,你一辈子活得恓惶,死得不是时候,你受了憋屈啊!闺女啊,你总算知道疼娘了,娘是黄河水洗面越洗越恓惶啊!"

盖丙生最后和寄埋在路旁的妻子合葬在了祖坟。新坟来不及找了。就这样埋了他爹?这是李圪渣万万没有想到的。

大殓在午饭后开始,暴店镇的官道上像雪一样铺上了一层白。孙女盖腊苗抱灵牌在前边走,接着是蒙了白布的鼓乐、挽幛,后面是灵柩。灵柩前后是哭丧的男女孝子。灵柩前面拴一条灵布,盖府唯一的孝子盖运昌一手扶灵布,一手拄哭丧棒拉灵。梅卓抱盖家生排头坐在驴车上,肩上柳灵幡迎风招展。因了头上蒙了白布,没有一个人看到了盖家生的模样。依次是盖爱苗、盖招男、盖招弟。跟在灵柩后的本来该是孙女婿端纸元宝行于侧,原德孩走了,二女婿因没有定亲也不好叫来,行这个差事的,阴错阳差地叫了耿月明。下葬前,先由女儿和儿媳扫墓。盖丙生认下平日照顾他的两个老妈子做干女儿,这样就由她们俩和长媳原桂芝下去扫墓。女往外扫三下,媳妇往里扫三下。闺女把财富扫出门,媳妇是要把财富扫进门的。灵柩安葬时,盖运昌娘也抬来了,两口棺材棺首一起朝里安放。镇物锅放在棺盖上,棺尾放一块画了符的瓦片,叫作镇瓦。棺木定位后,盖运昌由阴阳李圪渣领着安放镇物。先是盖运昌用手帕在棺盖上轻拂浮尘,俗称"摸富贵",并向外抛钱、抛馍、抛祭奠时摆放过的瓜果肉菜。外面暴店镇的小孩和乞丐哄抢成了一团。接下来,盖运昌从怀里掏出一个什么宝贝,包在了手帕里放到了镇物锅里,锅朝下扣到了棺材上。柳灵幡正对墓道插在墓冢上,哭丧棒插成一行,三声炮响,盖运昌和抬丧人一起动手把盖丙生掩埋成一个墓堆。

李圪渣后来一直想,那个镇锅里放着的是盖丙生的根器。他和人们说,丧葬从前到后,没有他看不在眼里的事,就最后的镇物他没有看清楚。他相信那口镇锅里的镇物肯定就是盖丙生那个黑干细瘦的势。

女女抱着襁褓中的孩子被接到盖府,进门第一眼看到的物件就是她喜欢的那个波斯玉壶。女女摸索了半天,喜欢归喜欢,终究不是自己的,也只当了是一件摆设。吴老汉进来告诉她:"这件宝贝是会期被响马抢了去的,抢了去的东西怎么好叫人知道又送了回来?老爷知道你喜欢它,没有比你喜欢更让老爷喜欢的事了。你也该明白。我收起了,你知道它是你的就好了。"

女女恍然睁大了眼睛,悲从心中来,不免长叹一声,感叹自己的命中坎坷,眼睁睁看着吴老汉把它放到柜子里,加了锁,铜钥匙放到炕上,走了出去。女女来之前与那个叫秋棉的女孩见过一面,也只是匆匆一面,甚至连对方的长相都没有看清楚。大在后面看着娘要走了,上前拽了女女的衣襟说:"娘,你把大丢下了要去哪里?"女女说:"娘出去赚布做鞋养你。"大说:"娘不去。娘走了谁给大暖脚头儿。"本来是要聂广庆送的,大这么一说,女女要聂广庆留下带大去芦苇深处抓鱼。女女说:"大,娘想吃你抓的鱼。"大仰起脸蛋说:"娘不走了我才要去抓。"女女坚强地点点头算是答应下了。大欢快地跟着聂广庆走了。

  大抓鱼回来看不见娘会哭啊!无端地不知道该恨哪个。无从下手的恨,让她不知道自己是活着好呢还是死去好。头顶上的哀乐和号哭让她独自掉泪,又觉得愁苦中挤着一缕天光:难得的一个机会啊!

  未来命运的那头会是什么结果呢?她盼着这日子就这样安静地让她多待几日,她有滤不清的苦难在心头,有滤不清的恨在心头。她按捺着自己的心情,看到有一堆积攒下来的绣鞋要做,生活在手边,一切恐惧在等待中好像被冲淡了许多。

  女女要下人给她糊了糨,用玉米面糊。她把一层层的布摊了糨糊贴在案板上,贴好的布放在太阳下晒,等晒干了她开始剪鞋样子、鞋底子。鞋面用的是缎子,黑布口,她一针针缝好、绣好,那鞋子大小只有一虎口长。穿着这样的鞋,每挪动一步,都拽扯着裙裾,很妖娆妩媚。只有真正穿着它的人才能懂得鞋面上的女红有多么瑰丽。它带着桃花的气息、梨花的气息、李花的气息、杏花的气息,当然,更带着槐花的气息。暗藏在茂盛的花骨朵间的隐喻是女女的大痛。她把所有的蕊绣成艳红的颜色,跳动的红,在季节深处,没有人能够进入她的身体,她在拖着线长长的绣花。时间在她一扎一挑一回旋中远去了,和时间一起远去的是村庄的阳光、月色、雨水、风声、鸟鸣……整个时间里的天光、花香、鸟语和树木成为女女等待即将来临的大痛。

  大殓过后,头七、二七、三七过了,女女没有见过盖运昌,更别说见到她心头晃动的那个影子了。她思念女女谷的大,天冷了,盖府烧暖炕了,女女谷的冷是可以把芦苇下的水结了冰的呀!人世间的许多牵挂,女女割舍不去。女女甚至想到自己来这盖府是做啥来?是复仇吗?丢下儿,她的复仇有何意义?

盖运昌是在一个模糊的夜和月影下走进女女屋子。盖运昌走进来的时候带进来一股冷气。暖炕的热在女女的屁股下像一团火一样烤着,她不要下人点灯。从进了这个屋子开始,她就不要下人点灯。夜色的暗填满了她的内心,她喜欢这样。没有灯光,只有月影,她在黑暗的一个角落里准确地判断着自己的存在。盖运昌进来的时候,那股风有些急切,她判断出了这个男人的气息带着情欲。女女不知道该怎么样来讨好或者拒绝这个男人。她的心收紧了一下,不自觉地挺起了胸脯。炕上的暖和她心中炽热的血液交织在一起。女女想也没有想到从自己的口里吐出来的一句话会是"老爷,我不该来"。

盖运昌就那样站着,嘘着气,看着女女脸上挂着的泪在朦胧的月影下银线一样拖拽下来。女女突然觉得很无助,为自己的这句没有骨头的话后悔。她正了一下身子说:"老爷,你在守孝期,不该接我来。"

黑暗在这个屋子的每个角落里膨胀。盖运昌能感觉到中堂下的几桌、梅瓶,还有几上他两个月前放在这里的水烟袋。残存的烟草味被一个他朝思暮想的女人的体香代替了。他脑海深处走动着疼爱。走到炕前,他感觉这个女人收缩了一下身体,他伸出手轻抹了一下她脸上的泪,抽回手伸进了暖被把那双脚拽出来。在女女的抗拒中,他将即轻轻揭到自己的嘴上,亲了一下又放回了暖被中,轻声说:

"等我七七纸烧过。"

女女说:"我想谷里的儿。"

盖运昌说:"你想什么,我给你什么,明日叫人送他过来就是。你叫我吃一口你的奶穗穗。"

女女重声喊了一句:"老爷!"

盖运昌站起了身,月影照亮了他的头发,不知为何看上去像雪一样白。女女莫名地心紧了一下说:"老爷,你会像父亲一样疼爱我吗?"

盖运昌说:"不,我只会像男人一样疼爱你!"

门轻声地吱了一声,夜幕变得很低了,好像把人间的气息往下压了一尺多,夜与人更近了。女女的心愈加重得让她喘不过气来,她竖直了耳朵听,听到一两声脚步踩着青砖走远了。

4

大是第二天送进盖府来的。大叫了一声:"娘。"女女酸了一下鼻头,搂过大来说:"想娘不?"

"想!"

女女说:"娘也想。"

大进盖府原桂芝很不高兴,拉着脸要下人传话过来说:"怎么就不懂大户人家的规矩呢?养一个又不是养一窝?弄这么个东西进来。"先是三太太李晚棠领着女儿盖招男和盖招弟过来,两个女孩儿看大的模样奇怪,不时哧哧笑,探手摸一下大的头发,摸上去像羊脑袋上的毛一样绵软。大也不惧生,一会儿便混熟了,叫她们摸,叫她们捏。三太太说:"出去玩儿吧。"两个女儿便领了他出院子里玩。看孩子们走出门,三太太说:"别听那黄脸婆的,你只管要孩子住着,盖府一年养多少乞丐呢,养不下你们一家子?儿离开娘那是剜心割肉呢!住着,有什么不妥说出口的,我替你说去。"

女女没有多说什么,只说:"我闲着没事做,你叫两个女孩儿过来我这里,我教她们认字吧。"

三太太瞪了眼睛说:"你会认字?真看不出来。我是满肚戏文,教唱,三五遍一段的词背得滚瓜烂熟,字不识得。说句不怕你笑话的话,老爷给钱,我是识得准呢。"说完顾自笑了起来。三太太笑了一阵子又说:"你识得甚字?教我几个。"

女女要三太太从房檐下搬一块方砖来,蘸了茶水在砖上先是写了一个大大的"李"字,告诉三太太这是她的姓。三太太说:"不写这姓了,入了人家的门哪还有自己的姓? 就写名字,写'晚棠'两个字。"三太太想了一会又说:"还是不要写我的名字了,我还是喜欢六月红。你写田国伟,对了,就写这仨字。"女女在砖上写了"田"字,三太太看了半天,喜欢地说:"这个'田'字真叫好看,横竖看都一样,真叫好看。"女女笑着点了点头。女女又写了"国"字,繁体"国"字笔画稠,三太太看了半天,先写的笔画淡下去,要女女重写。三太太说:"这识字比学戏词难呢,横七竖八的,记在心里的这个名字,要往出写呢咋就这样难识呢?"女女说:"下了功夫就记得住,戏文你都记得,这不算啥。"三太太看着女女的绣鞋说:"好俊俏的一对金莲,怕是这双莲脚勾了老爷的魂儿了吧?"女女一下灵醒了,想着"田国伟"仨字,指不定是三太太的什么人呢,就岔了一句说:"田国伟是谁?"田国伟是谁? 三太太下意识地看了一下周围,是那个唱项羽的人啊。看到爱嚼舌头的老妈子都不在身边,看着女女说:"你鬼精鬼精的,我不告诉你是谁,你教我学字的事也不能和任何人说起,尤其是老鬼盖运昌。"

三太太叫盖运昌是老鬼,这个词用得好恰当呢。看看天不早了,三太太吆喝外面的闺女拿写字的石笔过来,要女女用石笔把"国伟"两个字写到砖面上,说回屋子里练习去。女女边写边说:"三太太,你扮演的虞姬好,你人聪明呢。"三太太说:"我扮演的杨七娘才叫好,我跟了老鬼盖运昌,看着风光,其实啊一辈子少了好多乐呢。"说完夹起那块砖,袅娜着身子一闪一闪走了。

女女想,该把大送回谷里去了,守孝期间自己不想给盖府添乱。

哪个知道乱就来了。

第二天,天阴阴的要下雪的意思,果然雪就零星来了。女女要吴老汉送大回谷里。吴老汉说:"老爷要他多住几日。"女女心软了一下,也没有想到真要他走。过午的时候,四太太领着自己唯一值得炫耀的儿子盖家生过来看女女。四太太梳着两条长辫子,辫子中间夹着红绿丝线,两只大脚板拍着青砖院子走进来。听老爷说了女女来了府里做针娘,就想过来找女女说说话。盖府就这么一个独苗苗,长得又是如此细瘦,眼看人家闺女都上省城的学堂了,这孩子却含着怕化了,捧着怕摔了,硬不起来。这孩子要真有毛病,四太太梅卓离家这么远,还指望啥活人!有点想取经的意思。女女和梅卓是两个类型的女人。女女不好说个人的私事,交流不方便,话就时不时地断下来。地上的盖家生捂得严,见不得一点风寒,小人儿摇来晃去的。大在门外和三太太的两个女儿做游戏,先是拐拐碰了一阵子,大吃了亏,哭了。

盖府的小姐们喊了起来:"收购大的哭泪啦,收购大的哭泪啦!"大就不哭了。

两个女孩儿要屋子里的盖家生出来玩,盖家生像一个大粽子一样倚门走了出来。人出来了,却没有人和他玩,嫌弃他弱得不像一个男孩子。也怪大的样子吓了他一跳,中间他躲了几步,人就躲没了。大提议出去逮螃蟹,逮螃蟹肯定要到河里去,这样的天气,螃蟹冷得钻在石头下一找一个准,几个孩子便一起响应去逮螃蟹。

二太太武翠莲闲得慌,有几日没有见老爷了。她做了好多的梦,最清晰的梦是梦见自己给盖府添丁了。那男娃有藕节般的臂膀,绸缎般柔嫩光滑的肌肤,亮得逼人的大眼睛。千真万确,她做了这样的梦。无处言说,听着孩子们喊叫,她冲着热闹的地儿过来。孩子们一团风似的从她身边走过去了,她也没有在意什么。进了屋,三个女人的话就多了。说会期送子奶奶的小泥人拿走了多少。说四太太的泥人捏得的模样和四太太的两条大辫子一样,男娃盘头,女娃两条辫子在胸前挂着,拿走的少,人家都嫌弃四太太是大脚板呢。四太太被二太太笑话了,也不觉得有啥,也跟了笑,眼睛觑着女女。女女的脸蛋热了一下,很周正地坐着。转了一个话题,聊起了会期暴店镇上卖的女人的小零碎儿。

盖家生在外面独自一个人和小花猫玩,一会儿拽猫尾巴,一会儿扯猫耳朵。猫不烦也不恼,抬起头,叫一声,抬起头,再叫一声。小猫小,叫声也小,不留心便听不到。盖家生早穿了棉袄棉裤,脖子上戴着项圈,紧紧的,小猫逗他的项圈,他不甚言语,被小猫逗得紧了,也抬了脚走人,像个小陀螺似的摇晃着出了院子。出了门,寻姐姐们去了。盖府的人居然没有人看清楚,就算是看清楚了,也没有想到是盖家生,他是从来没有离开过四太太呢。

雪下得虚幻而缥缈,四个孩子穿街而过。街面上到处是商贩,到处是寻新搜奇的目光和待价而沽的心情。他们挤着人缝走,有猪汤味入了他们的鼻子,大迟疑了一会儿想吃,口袋里没有装钱,衣裳连装钱的口袋都没有。两个女孩子督促他快走,大咬了咬牙,下咽了一口猪汤味儿。有人围着两个拉二胡的瞎子,听他们拉无韵调,唱无韵曲。他们仨听了听不明白唱了啥便继续走。路过三崚庙,大提议进去看看。庙里的香火很旺,出来看到送子奶奶像前摆放的供品,大忽忽悠悠走近前拿了三个白馍馍供品,顺手给了女孩一人一个。有两位岁数大正磕头求子的老太太喊了大一声:"这是个什么东西啊?"再看大,大就嗤了她们一下,两个老太太吓得跌心般难受,越发大喊大叫了:"哪里蹿出了妖怪!"大说:"快跑!"一股气跑到了潞水边上的蒙古包旁边。只见有几处外面拴了马,马鞍是刷了红绿油漆的,供会上的男女骑了玩。仨孩子走近马看了一会儿,见有人和他们搭话,吓得跑开了,跑到河边上扭了头笑。大赤着脚下了河,挽了袖管沿着河边翻河里的石头,翻一块一股黑泥就鼓了出来。大伸进手去摸,什么也没有摸着,走着摸着,离潞水边上的暴店镇有些远了。也不知道多会儿不下雪了。岸上两个闺女看大,大说:"保证摸一个上来。"果然就摸了一个上来了。盖招男说:"我娘说了,螃蟹是老法海变的。"大不知道法海是谁。盖招男说:"是我娘唱过的戏里的一个恶人。"接着大又摸了一个,还没有等大摸起它,一群人就围住了他们。有人问盖招男,见弟弟盖家生了没有。盖招男说:"他跟着他娘呢。"

盖招男手里的螃蟹被人夺了过来丢进了潞水。大两步蹿上岸举了拳头一下顶在了那个人的腰际,那个人扭转头照着大的脸打了一巴掌。大看清楚了,是牵骡子的吴老汉。盖招男瞪了眼睛,喊道:"你一个下人,凭什么扔我的螃蟹?你赔!"盖招弟也上前用脚踢他并喊道:"你赔,你个恶人!"

听得吴老汉叫了一声:"记着,我是你们的祖宗!"

这句话让四下里的人吓了一跳,所有的人认为吴老汉疯了,被眼前发生的事吓疯了。只见吴老汉因了什么长了志气似的,要家丁把三个孩子强行拖走。

盖府上下乱成了一锅粥,谁也不知道盖家生跑到哪里了。四太太疯了一样号,拍地仰天的号哭惊得墙脚旮旯里的老鼠都蹿动了。上上下下找遍,就差掘地三尺,人就这样悄无声息地不见了。四太太跑到女女的窗户下高声叫骂,她认为,她的宝贝儿子就是这个女人生下的怪弄丢了,他哪里是佛前点灯童子转世啊,她的儿子出现给盖府带来了前所未有的不安定。

大在屋子里和女女说:"娘,等我出去给她两个耳光要你看看。"

女女瞪了眼看着大说:"娘教你怎么学字的,中国字方方正正,做人也要方方正正,你不可以学得出手去伤人,这件事本来就是娘的不对。"

大说:"娘哪里你不对了?"

女女说:"娘的心里不干净,不硬。娘活得苦,也要你活得苦。你明天回谷里去吧,野天野地去跑,不要来见娘。"

大说:"娘,咱一起回吧,回家大给你抓鱼吃。"

女女哭着说:"娘没有家,娘的家就是你,你长大了,娘才能有家。"

大说:"娘,我明天能长大吗?"

女女想:等大长大了,这个世界也许没有我女女这个人了。

大拖着女女的袖口说:"快说,娘,我明天能长大吗?"

女女说:"能!"

明天的明天永远是大长大的日子。那个日子更像一个无法确定的隐语。有一场宿命在等着女女,她怕是活不到大的明天了。

5

盖运昌要人把四太太弄走。"自己的儿子自己不看好,怨不得谁,胡闹什么?大丧期间,嫌盖家的乱还不够是不是?传出话想叫人笑话是不是?你们哪个有种再给我盖运昌生出一个儿来!"等人走尽了,他就坐在那坛花池的石头沿上想什么,有难以克制的难受。心理、生理,躯壳里似乎突然缺少了什么,感到脏器被剥离的痛。盖运昌流泪了。女女要大送一条手帕出来,盖运昌摸了摸大的头,拿了手帕站起身走出了院子。原桂芝在院子外站着,等盖运昌出来说了一句:"老爷,大街上找遍了,没有。"

夜黑透的时候,盖运昌穿过巷子走上石台阶,进了盖丙生住过的窑洞。黑黑的窑洞里有一股潮气泛出来,也就才一个多月没有人住。接着上来的是牵骡子的吴老汉,黑黑的窑洞里看对面的人就是一个黑树桩子站着。盖运昌把盖丙生曾经活着时坐过的太师椅搬到窑洞的正当央,要吴老汉坐上去。

吴老汉说:"我不能。"

盖运昌强硬地把他摁在了太师椅上,并走到吴老汉的面前跪下磕了仨头,半天不说话,吴老汉想往起站,盖运昌重重叫了一声:"爹。"

黑暗中吴老汉的身子骨软了,也瘫了。

这是盖运昌近五十年来的第一声叫,以后不可能再叫了。他这一声叫里有双重意思在里面。盖运昌说:"以后,拜托不要在外人面前称祖宗了。他死了,死了的人有时候比活着时还要强硬。"

吴老汉站起来长叹一声说:"我知足了。在这个太师椅子上我是你爹,抬起屁股我是啥我知道。人生一世,草木一秋,我是草木不是啊?!我是什么也不求了,只求我咽气那天,人事不知,你给我找一个离你近的阳坡窝窝埋下,也不枉咱父子一场。你娘活着时,你娘指着我的鼻子告诉我,一辈子啥都不要想。你娘死了,我记着她说过的话呢!我今儿说了一句'是你祖宗'的话,你把我摁在这太师椅上,我知足了!不是我该说的话,我不自量力!可我是替你担心,老儿子啊,我不活了,你要活,你活是活名堂,一个男人没有后人,活不出名堂来的。我不该湿了盖府这条河了,要是湿了潞水倒好说,坐下歇息,晒干走路。湿了这条河啊,我不是我了,我是喂牲口的吴老汉。我牵骡子,儿坐鞍,我心里甜啊。看看我的骨脉,我尿他世人啥,我怕他啥?嗯哪,我是心甘情愿被我的后人这样叫:'喂、喂牲口的吴老汉。'我心里有儿,儿是我的天,是我的地啊!我是牵挂你才待在这盖府死乞白赖地不走。你眼黑那个长得奇怪的,他的爹怕也和你一样,你的爹也是来路不正啊!终究是人家的儿,你没有儿,世人是要当笑话谈。就算是傻儿也是有两个蛋坠着呢!今儿,我是急坏了才脱口说出了那样一句话。你叫我爹了,我的儿,不管你出于什么用意叫我爹。儿,你叫我爹了,总算叫我爹了,这一声爹啊,这一声爹啊⋯⋯"

吴老汉说不出话了,浑身颤抖,巴掌拍着胸脯,泪在鼻腔里酸着,哭不出来,满脸凄清,满怀热爱。这一层父子关系一辈子是不能亮给世人看的,活着的父子就像黑暗中的两个树桩子,坚定不移地站着。四周围灌满的黑掩盖了他们的言谈举止,甚至掩盖了互相的心事。盖运昌叫这一声"爹"仅仅是为了叫一声爹吗?不是,是为了不叫对面的树桩子在世人面前多说一句话!

盖运昌知道,现实与往昔是一个界限。永远,只能是一个界限。

第 十 三 章

1

盖运昌觉得人的命就像纸一样薄透,经不得一点风雨,天地之间有浩荡的风吹来,他已经没有那种凭虚御风的超拔信心了,他这张纸要被风吹破了。是由不得不去想从前啊,那个从前的日子,很近又很远,近到仿佛就在眼前,远到如这般眼前的黑一样,堆满了无知无觉的暗。

过去像一面被风刮漏了的残破的土墙。

清代直隶河北、山东等地盛行自宫风气。因为,当地出了几个有权势的太监,于是,老百姓争相羡慕,纷纷送子自宫。这样比通过科举当官发财要见功力。上党地区的人们见多识广,很是不屑于送子去做这样一件事情,觉得这是丢祖宗的事,拿不上桌面。

阴错阳差的盖丙生却做了宫里的人。

这一年是咸丰三年。

在暴店镇上,盖家是个穷户,以种地为生。当时的住地就是如今盖府山腰上的两眼窑洞。土窑窟窿里,人无其他乐儿,夜幕之下滋事男女欢爱。盖丙生的母亲棉蛾一气生下五个儿子,五个女儿,因遭瘟疫丢掉两个女儿一个儿子。若按儿子排行,盖丙生是老五。那一年九月,正逢暴店镇会期,河北来的一个商贩雇盖丙生父亲当挑夫,下太行山北上。人在路上吃了许多苦,却也一路上看够了风景。前后走了一年有余,看过了京城的花花世界,目睹了一些奇人怪事,闲听人劝便也萌发了也想送一个孩子进宫的想法。在这之前,盖家发生了一件事情,这件事情的发生导致了后来的盖丙生人生路有了大的转变。那时,上土沃的原家已经不是一般的人家了,家道殷实,连着娶了几房太太后,哪个太太也不见开怀。也就是说,没有生下一男半女。上党地区没有孩子的家庭流行要一个孩子过来填补,有时候会带来好的结果,会有子女生下来。原家无儿女便萌生了要一个孩子回家做填补的打算。千般打听认定了盖家刚出世一岁的五儿子。盖家儿多,嘴多,难养口,便答应了原家。择了吉日要原家抱走了小儿子。抱走小儿后盖、原两家就成了嘴上的亲戚。说是嘴上,也就是说有人提起来嘴上说说而已。原家不让小儿认亲,等于是原家拒绝盖家这门穷亲戚上门,主要是考虑怕将来孩子认亲。小儿养到五岁上,原府娶来的几房太太像约定好似的,同一时间里开怀了,先是闺女生下两三个,后来就生下儿子了,连着两个儿子出生,有了自己的亲生就不待见要来的孩子了。要来的盖家的小儿盖丙生成了原家想起来,或者说每天看到后的一块心病。原家有点不想要这个孩子,想给盖家送回去,毕竟骨血不正,将来家业问题上又是长子,人生路遥,心境始终放不平等,琢磨着怎么往回送人,一时又张不开嘴。但是,人是往大里长,再要长呢就越发不好张嘴了,巨大的后患让原家人下了狠心。

  孩子这一年6岁,该要懂事了。原家不明说,要盖家感受到他要来的这个儿子的多余。平常没有往来,盖家是没有办法感受到的。这一年的初一过后,十五过后,原府突然开恩要孩子认亲,认亲不是盖家的人去原府认,而是原府的大太太带了孩子进了盖家的窑洞。孩子回来认亲,盖家人喜气挂上眉梢,拣了最好吃的来招待。孩子在原府吃惯了嘴,吃盖家的饭没味道,一碗拉面条,两根筷子挑起来放下去咽不下肚。原府的大太太看不惯了,说这是你的亲娘老子做下的饭,你不吃,是嫌弃这饭寒碜和家穷吗?嘴说着呢,一只手就上去了,孩子半个脸霎时通红、哇一声哭了。一碗面条扣在了窑地上。棉蛾从地上往起用手抓饭,觉得可惜了一碗好面,溜溜儿长的好面啊。结果,原家的大太太拾起了地上的碗,不等棉蛾把面抓进去,手一扬扔到了外面,碗磕在外面的石头上碎了。大太太不管那外面的响儿,照着小儿的嘴就打,打不着几下子,小儿的嘴就肿了。这叫怎么个打嘛,棉蛾不敢多说话,给出去的儿,泼出去的水,打人家的儿呢,自己说啥好?大太太要小儿叫棉蛾娘,小儿认生叫不出口。大太太骂,天生是个贱骨头,吃了肥的就忘了祖。一来二往,几次见儿子都是这么打,盖丙生的父亲就不干了,想到了是不是原家有了儿子了就嫌弃咱这个娃了呢!穷人不穷志气,人家要是真不想要了,咱就把他要回来,用不了几年就能当劳力用。

盖、原两家各怀心事。

盖丙生父亲决定到原家要儿子去。

穷人说话不拐弯,进门第一句话就是:虱子多了不咬人,我盖家的儿你们原家养了五年,你们也有儿有女了,孩子六岁了我想要回去。这下子原家找到理由了,说孩子都养了五年了,原本不想认亲的,心一软认下这门亲了,你盖家看见孩子大了,就来找事了不是?原家说,不行,养了五年了就算是养狗也认识自己的主人,打他是恨他不成气候。这话听上去刺耳,盖丙生父亲不甘就这么拉倒,接着又上门去要,原家不给,却照旧打盖丙生。一开始盖丙生还想着和善的娘和爹的脸怎么就突然变了呢?几次两家闹下来,心里有数了,知道了自己的来龙去脉,又一次打他后,他跑了,跑回盖家再没有回去。原家开始还虚张声势要了几次儿子,因了是做戏给外人看,儿子自然也就没有要走。两家从此有了心结,各说各有理,到最后还是原家的气势压下了盖家,人人都知道盖家的人不懂礼数,穷人嘛,少家礼失调教,愚!

这一年,盖丙生父亲从京城当挑夫回来,琢磨自己家里的事情。种地啥时候有个尾?求取功名那也是梦里看花呢。人穷志短,他便也想着送一个孩子去自宫。大的大了,小的呢,只有这个老五了。在原家他叫原丙生,回了盖家就叫了盖丙生,真回盖家后又和盖家的哥哥姐姐们不合群,这样送他进宫里去享福也算是一个正途。

2

  盖丙生在咸丰三年秋,由京城住暴店镇的一个商贩领着他们父子,往北京的南长街会计胡同找当时的小刀王施腐刑净身。净身前一天不吃饭喝臭大麻水,使大脑昏沉。第二天动刑,第一步先割睾丸,在阴囊两边割开,切断筋管,把睾丸挤出。第二步把猪苦胆贴上去止血消肿。第三步是割势,去掉阴茎,插一根麦子秆进去当尿道口,把猪胆劈开敷在创口上。割下来的东西被小刀王保存,放在装有石灰的升里,用红布裹着,连同合约系在梁上,称为红步(步)高升,等待进宫后发达了重礼赎回。而此时,盖家外传出去的话是,这个儿子送给了京城一家缺儿的大户人家享福去了。净身百日后盖丙生撒尿时再也捏不住小鸡鸡撒尿了,还不知道人生的痛楚是什么,疼过去什么也不去想它了,还非常稀奇呢。盖丙生由小刀王改了名字叫盖德福,被送进宫去做了宫奴。进宫前先是在慎刑司住了些日子,这时候主要是没有在旗的要认旗,尤其是汉人,也就是要他看看归到哪一旗下,盖德福归在了镶红旗下。开始了他的演礼,怎么学跪,怎么磕头,怎么回话。而真正进宫后,他被分配到了苍震门做了一个专司启闭的小宫人,皇帝、妃子是什么样子都不知道,更别说步步高升了。盖德福在苍震门这一做就是二十年,依旧是一个小太监,每月饭银一两,吃大锅饭,还不时地被大太监辱骂和殴打。光阴如水,夜黑如墨,无辜的男孩长成了痛苦的男人,"良辰美景奈何天,赏心乐事谁家院",人世间的好没了,想没了,剩下了一副细软的身子,才知道,路太长,风太冷,幸福太远,一生终究剩下的是一副臭皮囊。

  这时候,他认识了宫里的一个常出入的老宫人魏锁福。魏锁福在宫外有家,还娶了女人。魏锁福是重华宫里的大太监。重华宫和福建宫是专门收藏赏用物品的,这老东西偷着往外拿了不少好货出去。能在外安置家的人,那也不是普通太监做得的。一来二往,明里暗里的,魏锁福看见盖德福人老实憨厚,就动了想认他做干儿子的念头。俗话说:"干亲干亲,不是为财就是为人。"普通俗人认干亲多是为了日子过得旺,图沾光;还有的是为了有的人家有妖姑美妇,于是,就有好色之徒附而攀之。两个宫里的人图啥?图出门利索有人打掩护,以亲故为由,图谋不轨。盖德福做干儿子可以说是人财两无,完全是为了人家的方便行事。

事情出在同治皇帝登基,要减少一批太监,也就是说要一批太监出宫自己去谋生路。盖德福在这批要送出宫去的太监里面。临走前,见了一面干爹,魏锁福突然动了恻隐之心,想着要他出去后到自己的家里去看管屋子里的那两个女人,便交代说:"你出去后,你一个太监,要力气没力气的,又是少了根器元气大伤的人,啥重活也干不动,你呢,就到我屋子里去,看着那两个娘们,有你吃的喝的就是了。"盖德福既恨原府的爹娘,也恨自己的爹娘,一直以来告诉魏锁福自己是孤儿一个。

魏锁福在宫外的屋子不算大,一座小四合院的南房和北房,另两间屋子属于别人家的。盖德福在魏宅做了看人造厨的事情,时间一长,眼睛里就有了放不下去的东西了,看到魏锁福拿回来的宫里宝贝,女人们不知道那东西值钱,但盖德福知道,偷着出去卖了几件,也在京城置办了家产。盖德福觉得这样出去孤独一人,没有一个暖脚的,生生地找一个良家女人,自己又不中用,怕人家看中的是自己的家产,私下里就看中了魏锁福的小老婆春红,却因为干儿子的面子无从下手。有一日春红患了眼疾,上了许多眼药膏不见效果,盖德福看见了说:"病根不在眼上,在腰上,腰子上有两个腰眼,腰眼火大,腰水必亏,腰水亏,眼必干涩,我给你用我的舌头儿舔几次,一定快好。"这样子,就要春红躺下,他俯上去舔,滑溜得像藕丝一样的舌头舔醒了春红生理上的一些骚动,生出了几分藏掖躲闪的情趣,心热得像火一样烧,两个人鱼目混珠做出了一些见不得人的下贱事情,说下贱也就是互相脱光了抚摸一阵子。

盖德福觉得自己有病了,是患了大病重病。自己的日子失去了宽度,没有了张力,却也无法挣脱对爱的吸引,决定带春红走。但是,盖德福不知道,这时候的春红和院子里的邻居吴姓人家的儿子在偷情,已经有了身孕,这事要让魏锁福知道了,他折腾人的办法想起来都让人胆寒呢。没有法子面对这日子,春红也就决定和他一起走。这时候的盖德福告诉了春红自己家在哪里,决定回太行山上去,京城不留人,与其揪心地活着,不如走得远远的。偷了魏家几件宝贝,不敢大张旗鼓地在京城卖,卖了先置下的房产,高价买回放在小刀王那里的根器,一路绕道山东,又卖了几件宝贝,卷了钱回到了暴店。他告诉暴店镇的人,收养自己的那户人家遭了难,绝了。

而此时的盖家已经没有多少人了。父亲已经去世,母亲棉蛾老眼昏花,她是想也没有想到,自己走开二十年的儿子领着媳妇回来了。孩子们早已分家另过,就剩下她一人孤苦度日。盖丙生把坡下原来田姓人家的旧宅子买过来,扩建到山腰上。春红生下了儿子盖运昌,盖丙生知道这个儿子不是自己的,自己又失了能耐,外传不得,也只能认命。日子不是等,是要过的,家有万贯总有吃穷的一天,俗话说:"吃不穷,穿不穷,计划不到一辈穷。"春红要求开一家铺子,要开呢就开药材铺子,暴店镇不是有药材大会吗?这药材店的生意呢就由我春红来经营。盖丙生答应的同时有一个不大不小的要求,就是要这个儿子每月初一、十五到窑洞那把太师椅上跪拜给我磕头,我的儿,他就该是我的儿!春红说,哪个敢说不是你的儿!

盖运昌长到十几岁的时候,和盛堂的买卖发展开了,但是比起原家来还是有差距,盖丙生教育儿子的唯一一句话是:"你是姓盖的儿子,你要是盖不过原家的荣华,你在暴店镇枉做人了。"盖丙生的喉咙眼里顶着一口气呢,这口气让他在许多不眠的深夜里想到他的从前。

和盖家联亲是原家的意思。原家人虽然有他做人不到之处,看到盖家在暴店镇上的兴盛,原家人动了自己的心事,想把孙女许配过去,毕竟曾经是一家人。盖丙生盘算着,觉得这门亲联得。盖家的底子毕竟没有原家厚,盖家的钱财来路不正,虽然所处中土远地,可到底是商家官衙一条裤子,那边的情形还不知道是怎么样呢。有这么一个亲联着,胆气也壮点,至于私下里的较劲那是以后的事情。这样,盖丙生做主盖运昌娶了原家的闺女。而这时候的盖丙生已经有病了,病得不轻。盖丙生的病既是生理上的,也是心理上的。心理上的病害在白天,自己不知是病却多了梦,恍惚自己分明站在苍震门前,迎面的风大得要把他吹碎了。那风哪里是风,是一个个伸出来的巴掌,啪啪呱扇过来。他的眼睛死死地盯着前方,任由那风吹,任由那巴掌扇,这样或许会好受一些。而且他是越来越听不清楚声音了,越来越看不清楚色彩了,越来越不知道自己是在什么地方,就在老窑里藏着,兀自喜悦兀自忧伤兀自等候什么人来索他的命。夜幕降临的时候,生理上的病又开始犯了,不停地要春红讲男女之事,讲到兴致处,自己细声细气地笑,笑到无聊时,就说,春红你骂我吧,骂我的祖宗八辈子,骂骂骂!春红就开始骂,骂到没有什么劲了,才清楚对面要骂的人根本就不值得你去骂他。你骂他呢,你身体里装满了对他的欲望,他没有,你身体里鼓胀了对他的想念,他没有。春红不骂了。他开始骂春红,骂店里的小伙计,骂侄子们帮忙是看中春红你的麻雀窝了。春红说,要么你死了,要么我死了,这日子没法活了。

3

吴老汉投奔到太行山上那一年,盖运昌十七岁了。

春红说:"儿,你舅来了。"

盖运昌想着就是舅来了。

谁也不知道吴老汉以前的日子发生了什么变化,他来的时候很潦倒,春红要他住下来。十几年了,盖丙生已经忘记了姓吴的模样,但还是怀疑地说:"我怎么从没有听你说起过这个人?我怎么瞅着这个人面熟呀?"

春红知道,面熟是因为他长得和盖运昌一样。这个人就是你儿的爹,瞅着会不面熟?盖丙生已经不往暴店镇的大街上了,他感觉到自己越来越像老太太了,不敢见人,不见人便怀着无人知晓的心绪,也越发阴缩得像坟墓里的人。盖丙生有一点明白:盖运昌不能叫姓吴的舅!

夜黑得没有月亮,连星星也没有。借着浅浅的一点暗光,彼此还能看到对方的动作。盖运昌站起来,坐到炕沿上,吴老汉也站了起来,他好像已经完成了他的使命。站着说话,平常这种习惯的姿态在这样一种黑暗里会让他好受一些。盖运昌从袖管里掏出扇子来,在手臂上磕了一下,风寒凉得很,只有吴老汉知道他这个儿啊,心躁了,是用一握扇子定性定心呢。

三十多年前的事情像板子上钉了一颗钉子一样,过去的日子有些可以风吹云散,那颗钉子却扎了根。对春红来说,爱究竟是一种心痛,无法尽情实现。暴店镇成了她终身画地为牢的监狱。过去的不断重复的日子紧捏在手中,没有承诺没有誓言没有时间,不伦不类的爱情,她还得小心翼翼地守护着,怕长大的孩子看出什么端倪来。

然而,吴老汉的到来打乱了原本有次序的生活。直接受害者不是别人,是盖运昌。

那一年的春试,考场设在大同府。春红正愁不知道该由谁领着盖运昌去考试,吴老汉的到来等于是帮了她一把。由吴老汉看家打点店里的生意,春红领着盖运昌前去考试。盖运昌不要娘跟了去,春红一定要去,她想要逃避什么,也许是想逃避这个家。

在大同考场上,主考看盖运昌是由一个女人领着来的,想着家里没有男人立主,一个男人家出门由娘带着便轻视他,给他出了两个题目:一是要他绕着主考走三圈,然后就给他中秀才。盖运昌只绕着主考转了一圈就扑通跪于地上:"您让我绕三圈,意在三年以后再来考,嫌弃我由了我娘领着来考试,看不起我,我现在就要和先生要'顶子'(秀才)。"主考感到十分惊奇,就问他:"你娘是怎么教你做人的?由你娘的教导而做篇文章,明日给我看。"盖运昌说:"不用,我现在就做给您看。"

"人生世界之中,当做世界有用之人,须先立人格。念念首正,勿生邪念;念念守公,勿动私念。心既合格,以心管身。勿发逾格之言,勿行出格之事,不论身在何处,见之者爱之敬之,仰之望。生来受学,能先学此,是一合格之人,即一合适之人。既以学文学武,乃可做世界有用之人。"

这几句话让主考看出了盖运昌的胸怀,看出了他的"守正""守公"的思想和"做世界有用之人"的远大抱负。这一年,盖运昌考中秀才。盖运昌的"做世界有用之人"的远大抱负因吴老汉的到来化成了一锅汤水。

吴老汉不是普通农民,他生在大城市,也经过商,并且喜欢抽一种四川产的叶子烟,烟叶油黑厚实,抽时将烟叶剪成一寸长卷在一起,抽起来劲大,烟味辛辣呛人直冲喉管。盖丙生不抽烟,闻不得烟味,更多的时候不出门,也就不多见吴老汉。盖丙生从春红的身上闻到了冲鼻的叶子烟味。他不问春红,叫了盖运昌来,要儿子去查查这个叫"舅舅"的人是怎么在店里帮忙的。

盖运昌发现这个舅舅进了盖家的门,娘就像换了一个人似的,一双美目常常四下里顾盼,无论是店里的还是家里的,她都做得麻利而有套路,让看见她的人都能感觉到娘的另一面善良和温顺。盖运昌在和盛堂听见舅舅跟娘说:"春红要是生活在城市里呀,穿上时髦的衣服,盘盘头发,戴上首饰,那肯定是人见人爱的大美人。春红啊,你生活在乡下可惜了你,你该到城市里去,不该在这乡下,你挣扎一生落此结果,我心疼你呢,走吧,就像当初他卷了魏公公的钱财一样,我们离开这个不死不活的地方,我们走得远远的。这钱财哪里是他盖丙生的?我就是那个魏公公叫了来讨公正的人。天不绝有情人,春红啊,该走啦!"

"舅舅"托起娘的腮,娘脸上透出了一派向往的景象,深情款款。

盖运昌退后了几步把自己藏起来。接下来,他的娘抱住了舅舅,出气急促,嘴里喃喃自语:"你终究是个活人,你让我受用你吧,你说咋就咋,听你的卷了钱财走人。"

如果说有一样东西让盖运昌不由自主停顿了一下吓坏的心情,那便是娘令他面热心跳的呻吟,是外面秋风里一点苍茫的悲伤。如果世上只有两种感情把人永恒地联系在一起,肯定,要么是爱,要么是恨。

盖运昌站在了两个苟合人的面前。盖运昌说:"盖丙生在暴店镇的财产,镚子儿别想拿走!"

春红缓缓跪在了儿子身后,她低下头,眼睛中没有泪,有的是恨和羞辱。她叫了一声:"儿!"

盖运昌没有回头。他能感觉到身后娘伤感的影子。盖运昌说:"你是谁你该清楚,看在我娘的面子上,我不责你,你要么走,要么死!"

跪在地上的春红说:"儿,我有一个体面的儿,我不想给体面的儿一个不体面的家叫世人来笑话。娘把事情做过了,娘知道丢儿脸了,可这丑是丢在家里了。娘心也是肉长的啊儿!这钱财我拿不走,它分量重啊!你该知道,这身后的,是你的爹,你喊给世人的那个爹,他哪里是一个男人啊,他是徒长了一副男人的骨架子。你不认身后的这个人,娘也不同意你认。娘只求你,留他一命,要他留下来给你当苦力,终究是生你的人,这世上谁是最疼你的人?儿,是养你的和你养的,就算他猪狗不是,到底你身上流着他的血。"

盖运昌长叹了一声说:"娘,我还叫得出你娘!要他留下来是要惹事的,要他留下来是给我肩上放了挑子,它能把你儿的君子心肠压成小人。可到底你是我娘呢,生我者无人可替。我答应,留他给我牵骡子,以后不要再到和盛堂露脸了。娘答应我,这个人,他在盖府,就是一个下人!"

春红跌坐在地上说:"你的话,娘就是石头也懂!"

228

盖运昌脚步虚浮,脑仁子顺着以往的日子往下减,直减到现在。

过去的像梦一样,什么功名,什么钱财,有些东西真不该显山露水。有些谜底更不该揭开。藏在谜下的是一份快乐,是一个男人在世人面前张扬的姿态,是未知!现在看到周遭,那是无人出现的黄昏啊,他怎么无端地就在黄昏下感觉到了世人的目光呢?居然像是被世人羞辱似的低下了头。物是人非,盖运昌还是盖运昌吗?脚下的寸步之地,以往故作蔑视一切的他,可惜了,二十年的流年,可惜了,他觉得在这个世界他欠了债,难以偿还。

走进盖丙生的窑洞。

眼前的人,一头未经梳理的头发,细声细气地笑。迎着照耀他的阳光,矮矮的身子移过来,站在盖运昌面前不动了。抬起手拉住盖运昌的手说:"我就知道,他们等不得了,我要到闭眼的那一天才算歇着了。你是我儿,你姓盖,他们要是坏了这屋子里的名声,你活着就做不得好男人了。暴店镇的人要戳你的脊梁,我不活了,你还要活。你活世人的嘴,世人的唾沫星子能淹了你。"

盖运昌看着那只伸过来的兰花指说:"爹,我懂。"

盖丙生说:"你该知道什么事重要,什么事不重要,有些事情啊,是得带进棺材里,烂进泥土里。这泥土里是烂了很多事呢,它永不和人抹搭,任你踩它,它啥话都不说。"

盖运昌跪地磕了仨头,站起身子时,他被深深的悲哀所笼罩,苦在心中。

盖丙生说:"你要让他走呀!"

盖运昌说:"不,我要他给我当苦力。"

盖丙生说:"你终究是我盖姓在暴店镇走下去的人。你是一个灵性娃娃,该懂的不说也懂。"

骑在骡子脊上的盖运昌被吴老汉牵着打盖丙生眼皮下走过时,盖运昌觉得头顶明晃晃的日头照着他有一种入骨的疼痛。他的胸襟、气度、处世为人,以往皆从大处着笔,不琐碎、不计较、不拘谨的恣肆没有了。骨子里与生俱来的动荡,被另一种做人的方式所代替:不安分、猎奇、放荡。

那是一个人的战争啊,人前,丝毫不着痕迹。

春红在盖丙生的折磨下过早离开了人世。死时在炕上不止息地哭泣。她不怎么说话了,只简单告诉了家底。她怀揣着隐秘的不可告人的述说,没有一点留恋,也不想再经历任何沉浮,以最后的时光不吃不喝经营死亡。那次之后,她和吴老汉再没有说过一句话,在儿子面前她隐忍痴情,低眉顺眼。死生契阔,真要到了物华消尽时才会万籁俱寂吗?活着的始终要活在死去人的影子里。盖运昌从此活在一半是人一半是魔的孤独中,他看不清自己是谁,只知道与影子相伴。

4

夜,黑墨一般。

"盖老爷——"

一句熟悉的呼唤幽幽传来,是吴老汉。

盖运昌说:"走吧,以后这个椅子由我来坐了,我的膝前繁华不在。"

也就在盖运昌要走出窑洞的一刹那,他觉得窑掌处有动静。他想不出还有什么生灵在这眼窑洞中出现。他扭转身用洋火点亮了墙上的油灯,一缕黄光下,他看到地上站着的盖家生——他的儿。他突然显得心力不足,半天没有说话。地上的盖家生想叫"爹",张开的嘴无声,他无邪也无爱地盯着前方弯下腰来的两个最熟悉的陌生人,露出无知的笑容。盖运昌仰了一下头,短暂的苍凉过后突如其来的温暖,他抱起盖家生。这个——死去的——那个盖姓人的——后代,即使对方已无法回应。他还是想起了二女儿盖腊苗的那句话:"爱是恒久忍耐,又是恩慈。爱是永无止息。"他抬起手来说:"你把家生送给他的娘,他的娘一定快哭断肝肠了。"

吴老汉抱着盖家生出了窑门,走进暗夜中,他能感觉到身后窑内的灯熄了,窑门闭上,门搭子响了一声。

现实中隔着星宿般难以穿越的黑暗。月色下朦胧依稀的小路上,吴老汉脸上的泪像珠玉一样,任由它流着。他心里其实是很喜悦的。看看盖家黑幽幽的庄园,盖家的孙子,这是吴家的血脉在延续啊。虽是异乡,他内心是真有一种忍不住的张狂。只有不能压制自己的情绪了,他才在潞水边说下了"我是你们的祖宗"。想着自己是怀抱着盖姓小儿的祖宗,他有几分不舍,收尽眼眶中的泪水,在盖家生脸蛋上迎着冷风亲了一口又一口。

神婆王秀兰被请到了盖家。她的眼睛贼一样看四周,眼睛珠子没有定到一个地方,很游离。里屋炕上端坐着四太太,炕上躺着盖家生,没让神婆进里屋。王秀兰举着两尺长的烟袋锅子在炕沿上磕了几下说:"丢魂了。"

语气不容置疑。

四太太说:"是那个怪吓丢了对吗?"

"他去过潞水边上。"她像是自言自语,"小少爷是天上的神童,他和常人不一样,他的魂儿遇河水就走了。"

里屋的梅卓听懂了,俯在儿身上悲伤地哭泣。

"魂还在潞水里玩耍呢,这光景,你看他还在娘的身边,魂没有回来。准备一升谷、一升豆、一升荞麦、一升高粱、一升麦子,跟我喊魂回来,明儿他就见轻了。"

神婆端坐到炕上,屏息,一会睁开眼睛说:"拿一袋烟来。"下人拿过烟布袋,她掏了烟用手抿了抿,有人给她点上了。她说:"我瞭见那魂儿了,端水碗来。"

神婆掏出三张纸符点燃,一只手端着水碗,一只手是纸符跳动的火苗,呈水滴状的火苗,掉到水碗里,水和火相容的一刹那,纸用饱满的激情,使火苗突然扩大了,纸符眼看着要烧着她的手了,只见她漂亮地弹了一下,由高处落下的火苗燃到水面时灭了也烧干净了。她要人把水倒出一小部分来要盖家生喝下去,一部分倒村口的十字路中间,取回的碗倒扣在窗台上。

里屋,盖家生被强制性地灌下了半碗黑水。外屋,神婆掏出自己的家当铜锣来,要了一柄木头勺子,在门框上磕了三下,叫端好了五升粮食的家丁跟自己走。

"家生儿的魂儿啊,你回来吧,潞水里的鱼虾鳖怪都在水下藏着呢。你不长眼睛,你的眼睛还在盖家生的脸上镶着呢,你寻着喊回来吧!"

"咚,咚,咚!"

"回来吧,我的手里拿着木勺不是棒槌,不打你啊,你回来吧家生的魂儿——"

喊叫声走远了。炕上的盖家生大笑了起来,窗外的老槐上挂着的日头倾斜了,走向潞水边上的喊叫声依稀传过来:

"家生儿啊,你循着喊,循着驴蹄、马蹄、牛蹄、猪蹄、羊蹄回来吧,回到你酸枣疙针烧热的炕上来——"

原家把骡马店接管了。

柴家找上门来,盖运昌打了个马虎眼说,自己是丧葬期间,又没有出了百日,做这事显然不妥。这样解释似乎也没有说不过去的道理。私下里他是看着事态发展的。原家接管了骡马店也没有做什么调整,因为里面还住着客商,等于是依旧开着骡马店。

物易其主,柴守孝一家老少回到老宅和父亲住。柴守孝觉得肚子里有一口气堵着,看看黑脸的爹,夹着尾巴,因理亏也不敢多话。

暴店镇的会期眼看进入了腊月,也该散了。回家的客商怕大雪封山,该撤的也已经撤走了。

王政清和儿子王新亮跟随大队撤走的商铺准备离开暴店。此行本来是想谈儿子的婚事,想不到盖家的老爷子死在了会期。不要小看了这会期,短短三个月时间王新亮和盖腊苗的婚事怕是一辈子都没有结果了。事情出在盖腊苗身上,一时还不能说出口。这样,父子俩面对盖运昌就有点儿心照不宣,也只能闭口不谈了。王政清是个小个子,满脸儿皱纹,话语带着祁县话尾音。与盖运昌道别,只道了来日方长,其他的话,比如儿女亲家的事,盖运昌倒是很期盼着对方说出来,父子俩却啥都没有说。盖运昌看着王新亮说:"年后再来,总归和腊苗同学一场嘛。"王政清说:"年后嘛,呵呵,当然,当然。"王新亮很认真地点点头,一副谨守晚辈的身份,不敢轻易言笑、奉命唯谨的样子。这与一开始庙会来暴店镇的态度不一样,那时的王新亮口若悬河,神采飞扬。父子俩来道别不见盖腊苗,盖运昌叫下人去找盖腊苗来,王政清含糊着试探地说:"二小姐怕是不在府里吧?"果然下人回话过来说:"二小姐跟了神甫去了马场的天主堂。"王政清站起来说:"盖老爷,承蒙大会期间关照,我们就告辞了。如老爷来省里,言语一声,也算叫我尽尽地主之谊。"看王新亮一脸落寞,似乎有话要讲,一下判断不出事情出在什么地方,不好打问。送父子俩出了院子,看到官道上拾掇好的车马,讲了几句平安话,拱手道了别。望着车马远行而去,想是小蹄子盖腊苗和人家娃娃闹别扭了,失笑了一下,自言自语了一句:"使使性子也好,叫他王家人也知道省城于咱暴店说来算偏远人家了。"

形意拳的三位师傅打点结束三峻庙的事情也要走了。盖运昌突然有点不想让他们走,试探着说:"三位师傅,想不想在暴店开个镖行?"

兄弟仨互相看了一眼,老大李振兴说:"是好事呢,只怕要给盖东家添乱。"盖运昌说:"兄弟互相帮衬,人生一世也就是眼前的人了,谈不上添乱,亲同手足怕都来不及。"三位合计了一下,决定年后来暴店开一家镖行,就算不过会,往来零星生意也不会叫人闲下了。走时盖运昌给他们的师傅带了两坛好酒,备了马车送他们上路。

最后离开暴店镇的是乞丐。

乞丐是在有阳光的正午离开。他们从三峻庙走出,不做丝毫留恋。腿脚伸长,影子铺在地上,一个个瘦长而具有骨感,稍作停顿,黑亮的影子开始迅速移动,有尘土荡起来。他们三三两两的影子靠拢,分开,再靠拢时,有伸出手打对方屁股一下子,有捏一下对方的腮帮,屁股和脸上的肉明显比进暴店时厚了。时间在影子中过去,黑乎乎一片,他们走出暴店镇时像一幅黑白照片,深深浅浅,灰灰黑黑,恰似云彩黑了日头一般。

一大片影子滚过去的时候,日头下的暴店镇空了。

好像是一下子空了。

5

神甫独自留在暴店镇过中国的农历春节。

他在日记中写下:

  幸蒙主佑,我自来这里,深深感到生平从未如此高兴和愉快过。这里和中国的其他乡村不是太一样,它有大片的废弃不用的土地。好一点的土地,他们把它治理得像大人国的台阶一样,涓涓流动的一条河蜿蜒而出,把乡村分割出诗画般的情调。在这片广阔的被河水向内向外流向弯曲的村庄里,集聚着南来北往的人群。他们由于缺乏主的扶助而堕落。贫富不均,富裕的人花天酒地,贫穷的人,只有菲薄的菜饭。对于他们,我想,重要的不是播种,不是灌溉,而是用天主成长的教育来救赎他们。

米丘决定在这个春节里得到盖运昌许诺给他的土地。中国的农历春节过后他要在暴店镇盖一座华丽小教堂。看到会期有住户迁移到女女谷,他心里有说不出的兴奋。这些人都是长年不息的体力劳动者,遵守自然法则,比起有钱人来也较少迷信。还有一点更突出而更令人注意的,那些遵守自然法则的人,往往更易于接受福音。

神甫和盖腊苗走在暴店的官道上。街上行人少了。有人牵着牛,牛脊上搭着两捆谷草,生硬呆板的面孔看到米丘和盖运昌的二闺女走近时瞪大了诧异的双眼,以复杂的感情龇开牙框笑了笑。街道边有人端了一碗小米饭,满满尖尖一碗,带着锅巴,他冲着街道别处喊了一声:"快出来看西洋景。"街道两边的店铺一下拥出了许多人。

米丘说:"你们好,你们都吃了吗?"

官道上的牛突然受了惊吓,跳开脚跑起来。有人喊道:"长毛鬼把牛吓跑了啊。"

有小孩子跟着喊:"长毛鬼,长毛鬼。"

盖腊苗冲着街道喊:"你们这些愚蠢的家伙,主啊,原谅他们吧!"

米丘笑着说:"密斯苗,听命派来此地,我明显地感受到,统治万物的上主给予我教区的一切勇气和力量。我有一个孩子放不下,他不是你们中国人的后代,他为什么到了此地?为什么有奇特的长相?都是我想知道的,那个孩子不应该生活在寒冷的沼泽岸边。"

盖腊苗说:"您惦记着的那个女人已经被我父亲带进了我的家门。她不是一个普通的女人,她有可能给我的家庭带来灾难。"

米丘停下了脚步:"为什么她会给你们带来灾难?"

盖腊苗说:"我娘说了,自从见到她开始,我祖父死了,还有我的姐姐,她有可能是暴店镇一场瘟疫的开始。"

米丘说:"密斯苗,在人叠人的尘世间,她是一个赤贫的人,她不能够形成瘟疫。"

盖腊苗说:"神甫,你不懂中国俗尚,况且她养了一个怪物。"

米丘说:"他不是怪物,他有欧洲人的血统。"

有一群孩子跑过来,在他们行走的身后喊:"长毛鬼,长毛鬼。"

盖腊苗回转身说:"你们这些没有教养的人,都应该接受付洗!"

米丘说:"密斯苗,对这些孩子,怜悯要胜于公义。"

盖腊苗冷笑了一下,怜悯真能胜于公义吗?

米丘摊开一双大手,不理解盖腊苗为什么要仇视那个孩子。

走进盖府的刹那,盖腊苗突然不想让米丘去见女女了。她虽然没有直面见过这个女人,但她认为姐姐的死与这个女人有直接关联。姐姐的死让娘表现出了极为艰难的挣扎。爹把这样一个女人弄到屋里来,爹是老糊涂了。她在进院时看到远处的吴老汉蹲在地上拾掇家什。她喊道:"吴老汉,你过来。"

吴老汉抬起弯曲在地的身子,毫无表情地走过来。盖腊苗要他去通报爹爹。吴老汉告诉她盖老爷不在屋子里。盖腊苗趁着思索的空当突然想要神甫去见见母亲。

腊苗领着米丘走进一座套院。冬日的荒芜从衰败的一坛花池里凸出来。有几只鸡直着脖子走走停停,看到走进来的人,架起翅膀小跑了一段跑到过间房的旮旯里。门上挂着用碎布砌好的门帘。为了挡风,门帘的中间和底部横了手掌宽的一块木板坠着,这样门帘就很稳当地压在了门框上。腊苗喊了一声:"娘,来客人了。"原桂芝没有想到闺女把神甫领到她的屋子里来了,这个长了一身长毛的人,这个看上去要高她一个身子的人。她心里的畏惧在知道到他来暴店镇时就产生了。她觉得这个世道在变化,她守候着盖家的什么,好像守不住了。

原桂芝用身子挡在门中央,很严厉地对腊苗说:"为什么不到堂房去见你父亲?"

腊苗说:"神甫想来见娘。"

原桂芝说:"娘的屋子里,甚时候进过陌生男人!"

米丘有些为难地站着冲着旮旯里溜达的鸡叫了两声:"咕咕,咕咕。"

腊苗说:"娘,已经来了就让他进去嘛。"

原桂芝说:"见你爹去,他在店铺里。"反身进了屋子关上了门。

关门的声音像一个锅盖紧紧扣住了盖腊苗的脑袋。看着米丘,腊苗说:"这就是我的传统娘。"

米丘耸了耸肩膀,跟着腊苗出了套院。

6

盖运昌在和盛堂里盘点,腊月里要放假,要保证店伙计回家过大年。他查账时,心里还怕这一次药材会因了自己一家出资办赛,有些入不敷出。结果不是那样,仅仅蒙古人带走的药就是一笔不小的收入。往年他和蒙古人的生意是就地大批发,今年他按蒙医用药习惯,大都用药包的方法。会前提前包好了七十二味、四十八味、三十六味、二十四味四种。药包上用蒙古、汉、藏三种文字注明药名和效用。这样的交易虽然费了工夫,价格比起就地批发来,是很有赚头的。盘点结束后,店伙计都想回家过年,店里空了,要找人留守,一时不知道该叫哪个留下来看店。盖运昌搬了凳子坐在店门前,棉门帘遮挡了冬日少有的光线。店伙计递过来一壶茶,他啜着茶壶嘴儿,似乎心里在想什么,似乎心里什么都没有想。

李圪渣领着耿月民来找盖运昌揽活了。掀开门帘的瞬间,李圪渣被影子顶了一下,随手摆了摆手,要跟着自己的耿月明站在屋子外别进来。

听见屋子里的盖运昌说:"为什么不叫人家进来呢?"

盖运昌看到耿月明退出去的头又冒了进来。葬礼上他见过这个人,长着一副憨实的面孔,他的这副憨实的面孔给了盖运昌无可怀疑的

237

信任。

盖运昌看着李圪渣问:"他买了你的窑住,那可是你爹一辈子用血汗掘下的三口石窑,不知买了哪眼?"

圪渣答话:"中间那眼。"

盖运昌惊讶地抬起头:"他出了大价钱?"

李圪渣:"哪里,哪一眼都是叫人住。人家说了离乡人住上窑就傍着亲人了。哪眼都是他的亲人,他看中哪眼就住哪眼呗。"

耿月民干笑了笑:"盖老爷,圪渣大哥人好,把我挤在中间,我两边都有靠,日子就热闹了。"

盖运昌把眼睛耷拉下来,看着脚上的棉鞋,不知为什么踮起脚尖来在地上来回写了一个什么字。那个字潦草,青砖地上没有一丝痕迹。

"人哪,是应该为了一个简单而平常的道理活着。你不可能知道明天怎么样,活过一时一刻,接着再活一时一刻,活下去才知道会生出什么道理来,有些事情不可做巧了。"

耿月民知道了,刚才脚下画出的是一个"巧"字。

李圪渣听不出这些话的内容,看空空的店铺。店铺里还剩几个店伙计在忙碌什么。桌子上放着一串钥匙,盖运昌取过来放进自己的袖管。那一大串钥匙,管着盖家的家产,锁着盖运昌的财富呢。盖家的财富好比一匹高贵的骏马,他的儿子却不是一条上等的缰绳。

盖运昌问耿月明:"你能做什么?"

耿月民说:"出力气的活计都行。"

盖运昌说:"你不是一个木讷的人,也不是一个出力气活的人。"

耿月民说:"老爷,您高看我了。"

李圪渣吊着膀子转了一下头看着耿月民说:"老爷,您的意思是说,他是一个鬼眉六眼的人?"

盖运昌咬着烟袋锅子:"我可没说啊,住着你的窑,傍着你这个有福人,他岂不是要过好日子了吗?"

238

圪渣把头转了一下,又转了一下看耿月民,耿月民喊了一声:"大哥?"圪渣说:"嘴不笨啊。"

　　盖运昌说:"年关上,你就住在店里吧,吃喝到家里去,和屋里的下人一个灶,有什么事情不通达了,找牵骡子的吴老汉。"

　　李圪渣要耿月民赶快谢盖老爷。

　　听得院子里腊苗喊:"爹,你在店里吗?"

　　圪渣撩起帘子说:"在。"缩进头来,"老爷,来了洋人。"

　　米丘和盖腊苗走进来,带进来一股风。风让李圪渣不由自主地打了几个喷嚏,因为不懂避讳,是冲着进来的风迎过去的,鼻子和嘴里喷出的唾沫星子乱飞起来。

　　盖腊苗说:"太没有礼貌了。"

　　米丘说:"你有病了吗?"

　　圪渣小声嘟囔道:"你才有病。都是你带进来的凉气吹得我紧张了。"

　　盖运昌叫耿月民出去给客人倒水。米丘坐下来。

　　盖运昌说:"你觉得暴店镇是个地方?"

　　米丘转过身问盖腊苗:"什么叫是个地方?"

　　盖腊苗说:"我爹的意思是,这里是个好地方吗?"

　　米丘说:"当然是好地方。"

　　盖运昌说:"你想盖什么样的小庙我不知道,不过,我决定把女女谷一亩三分地给你……"

　　腊苗打断了一下:"爹,不是庙,是教堂。"

　　米丘激动得站起来,双手合起来举在胸前对盖运昌颔首道:"你,大好人!"

　　盖运昌说:"暴店镇上没有多余出来的地盘,你们盖的那小庙不可照着我的三峻庙盖。"

　　李圪渣的话在喉咙里痒着,这下找到了空当。"女女谷,老爷,那是好风水啊,适合建庙立坟地。"

所有的人都看着圪渣,旮渣被看兴奋了:"那地方不长庄稼,豆秧蹿了秆子,盖了庙,不说别的,那个山东人由看坟人抬高成看庙人,那可就是太监进了皇宫了。"

盖运昌黑了脸大声叫:"好地方,好风水罕有!聚散有缘,阴阳为道,洋鬼子,给你了。"

米丘僵硬着的身子一时间凝结得纹丝不动:"密斯苗,我看见过那块地,他说话算数吗?"

盖运昌说:"不算数?你看暴店镇有几个叫盖运昌的,如除了我还有叫这名儿的,我说下的话算是瞎话。"

李圪渣为了弥补刚才脱口而出的过失,一步横在他们俩中间说:"算数,盖老爷裤裆里吊着银铃铛呢,他从来不空喊娘娘腔!"

耿月民想打断圪渣的话,盖腊苗看了他一眼,看得他长面腮一下紧张了,要说的话被急出来的口水回咽了。

盖运昌说:"你不抢话能把你当旮渣(灰尘)扫了?"

李圪渣扭捏着说:"老爷,我瞅神甫的样子和那个佛前点灯童子转世像一个模子脱出来,奇怪呢,你仔细瞅瞅。"

盖运昌果真仔细去看,看着看着鬓角开始突突胀跳,那双玉色深睛里似乎藏着什么秘密,收回眼睛来看桌面上,一个木头的节疤,牢固在眼前,突然地像一个树杈要长芽儿了,他的喘息有些急促,再去瞟米丘,浓烈的长眉下蓝光烁烁,如剽悍的长鬃疾妇,带着高亢飞扬的自信。难道说,难道说……

"你们都出去吧,有些事情相去甚远,该答应的都要有结果。"撂下一句模棱两可的话。

米丘腊月天去了一趟女女谷。

聂广庆在邻近湖水的冰面上敲开一个水桶粗的圆洞,湖下的水上,聂广庆坐了马扎下了饵等鱼上钩。抬头看时,看见了米丘。他一下站了起来,天晴而不朗,风从湖面上刮过,鱼上钩了。

"西塞山前白鹭飞,桃花流水鳜鱼肥。"聂广庆大喊着。

聂广庆第一感觉是,难道是大的爹找来了?

聂广庆提着钓竿心不在焉地往起拽。

米丘看着大叫:"宝贝,你过来。"大歪着脑袋看米丘。聂广庆突然心慌了,弯腰拾起地上的马扎举过胸喊道:"大,回屋子里!"声音有些变调。

往事像是从来没有发生,痕迹成了弥漫在田野上的热闹。秋棉在屋子前笼着袖瞭望着这边。大回转了一下头,看到秋棉抚着额头冲着这边的热闹看,怕光似的,不时来回跺了两下脚,走到院边上抱了一捆柴进了屋。

聂广庆再一次喊:"大,你看啥呢,去看你娘是不是烧水煮饭了,告诉她有鱼吃了。"

大说:"她不是娘,也不是二的娘。"

聂广庆说:"你敢犟嘴了!"抓起那个马扎冲着大扔过去。米丘跌撞着想挡开那个马扎,大躲了一下,缩着脖子冲米丘笑。

聂广庆着急了喊:"俺养了他十年,你是从哪里打听来的?你不可以带走他,你离开,你坏了俺的心情!"

米丘不明白地说:"他不是你的儿子。他有欧洲人血统,你可知他的父亲是谁? 请容许我关爱他,给他主的福音。"

聂广庆无端地恶狠狠地说:"滚你娘的脚指头!"

米丘很迷惑地问:"什么叫娘的脚指头?"

大跑过来喊:"就是你娘的臭裹脚布。"

米丘看到了大,有什么骚动了他一下,很认真地和聂广庆说:"他真的不是你的儿子。"

聂广庆说:"你走! 你敢说不是俺的儿子? 他娘在佛前怀了他,他是佛前点灯童子转世！大,回过头来喊爹啊!"

大回过头来憋红了脸喊:"爹！爹！爹!"

米丘盯着大说:"天,你只能是上帝的儿子啊!"

聂广庆从地上捡起钓上来的鱼冲着米丘扔过去,并喊道:"你走开,你走开,你走开啊!"

米丘从怀里掏出一些小孩子的吃嘴儿放在地上,倒退着慢慢走开了。

大看到米丘隐过了芦苇那边,想跑过去捡拾地上花花绿绿的吃嘴儿,聂广庆下意识地喊了一下:"大,毒药!"大丝毫没有犹豫地踩上去,一阵子踩下来,地上和烂泥一样了。

第十四章

1

年关上捂了一场大雪。

雪地上重叠的土平房在积雪之下已经看不清眉眼。老槐和桐树纵横交错地分割了连片的暴店镇,它们光裸的枝丫凝固在乌灰的空中,整体上保持着爆炸的姿态。吴老汉牵着马车穿过街道,身后还跟着三辆马车,车上拉着无烟炭,供过年取暖。一只乌鸦跌落在马车上,接着又从马车上飞起,将苍凉的聒噪声带向天空。孩子们欢叫着从一个院落跑出来,经过吴老汉车队的身边,穿插着快速地又跑进了另一个院落。吴老汉冲着跑过去的孩娃吐了一口痰,说不清楚的讨厌。

盖府灶房的院子里架起了一口铁锅,准备杀猪了。

两个家丁揪着耳朵把一头干号的猪拽到场院里。场院里早摆放好了杀猪凳,旁边搁了一米见方的汤猪盆。杀猪人的提篮里,放了血刀、砍刀、油石、刨刮、肉钩、挺杖,一律地油墨发亮,透着虎气。家丁协助将猪放翻在杀猪凳上,扳头压腿按牢实了。杀猪人嘴里叼着放血刀,双手将猪头奋力往上扳,直把猪的粗大脖子扳成一张弓了,这才腾出手,从嘴上取下放血刀,眨眼间就捅进猪的喉管里。杀猪凳前放置着接血的木盆。刀拔出来时那血热乎乎地涌出了一大股,立时血盆里就腾起了血泡沫。腥味腾开来,满场院的血气呛得人倒抽凉气。杀猪人手段极其高明,稍歇一口气,就在猪的腿上划拉一个小口子,取出长长的挺杖,从口子里捅进猪的身子,那挺杖不断在猪的皮下里捅,捅到猪的肚子、脑壳、耳背后、猪的腹部、猪的四只蹄子,像是要在猪的身子里开挖出无数的隧道了。这时,轮到一个气壮的汉子,抓起开了口子的那只蹄子,对着口子往猪身子里吹气,不到一袋烟的工夫,猪便吹胀得像个大气球,吹气的杀猪人一嘴圈的干血。吹气的过程中,有人用了一根木棍,敲打着猪的身子,使气均匀地布满猪身体。

　　铁锅里的水早已烧开了,做帮手的麻利地一桶接一桶地提将出来,倒进大木盆里。待水半满时,杀猪者把猪放到汤盆里,开始烫猪,片时就把猪烫得稀软了。猪的脑壳,毛窝得深,毛刮子使不上,杀猪人就用火柱在火塘里烧得红红的,不时地烫猪毛,燎毛味飞扬起来。有人搬来一架梯子,杀猪人用了铁钩子从猪的肛门伸进去,挂牢了,几个人合伙将猪抬起来,这钩子把沉沉的大猪倒挂在槐树上,等待破膛。破膛很显手艺:一把剔刀从上向下,只是一划,膛就破开了,里面花花绿绿一堆肠肠肚肚现出来,猪的元贞之气汹涌而出,场院里又是一股热腥味腾开来,叫人不敢深呼吸。

　　过年是有大快乐的。

　　厨娘们开始上笼蒸正月里早饭要吃的白馍和黄米团子。甜腻的香飘荡在盖府的每个角角落落。盖运昌的女儿们围着吐得欢快的火苗唱大戏。出锅的白馍上用了三姨太的胭脂,每个白馍顶子上用折断的高粱秆子点上红,像梅花一样盛开,也是盖府唯一的一片儿桃红色。

　　三房太太都来看出锅的白馍馍。二太太进了灶房一屁股坐在灶火旁边的小凳子上顾自讲她的梦。她梦见一坦平阳的潞水决堤了,水一会儿像麦浪儿金黄,一会儿又像棉田雪白。水的世界真大呀,把她心头的闷气放出去了,她笑着,看水把两岸的杂草淹去了,她在水上走着,不用丝毫力气,玲珑地笑着任由水带了她走。她说半夜三更天,她被梦笑醒了再睡不着。

　　烧火的老妈子动了动嘴想说梦都是反的,没敢说,只说了,好梦,梦喜呢。其他人也没把她的梦当回事儿。

　　蒸好的白馍和黄米团子装缸储藏起来。最后一笼蒸的是"添仓糕",长条形状的黄米糕上用指头点出十二个月份。蒸好的糕上显示八月和三月的指窝里没水,也预示着来年这个月份不见雨水。

大太太要下人准备五彩石放到各屋子的水缸里。靠天吃饭的人三月缺水,地不接墒无法下种,五彩石在水缸里避邪生财,同时也要来年风调雨顺,无灾无病。下人问大太太该不该往女女屋放五彩石,大太太眼盯着锅上的蒸锅盖说:"她算什么东西?"回转身迈着小碎脚走了。三太太看了二太太一眼,左右手啪啪拍了两下说:"能来盖府真是活得够够的了。"二太太突然说话了:"老爷和人家血亲着,连着筋呢,别多嘴,会吃亏呢!"三太太盯着她说:"你的梦呢,我真不知你是糊涂着还是醒着,也不知道你半夜三更是躺在炕上做梦呢还是守着人家门听窗户呢。"二太太很恍惚地抬起眼睛越过门看外面,手颤抖得厉害,三太太扫了一眼那双干瘦的手,没有言语,也扭头走了。

富人过年,穷人也过年,年搁不下下谁。李圪渣脖子上挂着一串铜钱,像是在向那些摊主暗示,他今天就是来购买年货的。他们必须对他客气点。路过铁匠胖孩的铺子,他买了一口小铁锅。走到肉铺,他要了一斤五花肉、一斤槽头肉,看见粮行,他进去买了五斤大米。走到烟摊上他把剩下的钱买了三包小烟锅烟丝。看到有卖糖的,发现脖子上的铜钱只剩下了麻绳圈子时,捏了人家一块糖说:"我尝尝甜不。"边说边用麻绳串起买好的东西搭在肩膀上。"不甜在我嘴里也吐不出来啦。"继续往前走,不自觉地挥了一下手。在每个店铺前停一下,见吃的东西就往嘴里捏巴一点儿,舌头舔着两嘴又细嚼慢咽品味儿。街道上置办年货的热闹声推高了几许,那些被冷风冻得赤红的脸膛,三个一团、五个一伙的看稀罕地看对方都置办了什么。见了圪渣走过来,有人说了:"准备过小年了?""过小年了。""卖窑卖了多俩钱?""够过年啦。""两厢窑贱卖不?我给你找个主儿。""你才贱卖呢。""不贱卖你和你多平白无故叫草灰插了一杠子!""人家圪渣是有本事人,不像生意人把钱看得重,要拿钱生钱呢,有本事人,转转脑筋就是钱。"李圪渣心里别扭了,这么说中间窑卖亏了?! 装了心事往回走。走到自家窑前,左转左看,右转右看,走近门前拽起铁锁冲着锁眼吐了好几口唾沫。

玉喜说:"你做啥子呢?"

圪渣说:"叫唾沫锈死它。"

2

腊月二十三剪窗花,盖府用的是七彩纸中的宝蓝、绿、古铜。

女女盘腿坐在炕上,这样的坐姿像佛莲花坐姿。她认为把腿伸出去是十分不雅的,这是娘活着时教导的,娘要她把腿折叠上,两腿不但要盘起,还要小心收拢在自己的前胸。头发要紧紧地盘结,女人身上伸张的、容易飘动的东西,都要折叠起来,收拢回来。

炕沿上坐着三姨太晚棠,她看着铺满毡炕上的窗花说:"要是红窗花就喜庆了,要等三年呢,一年紫,二年黄,三年过来红朗朗。"

女女抬起脸,一张淡妆的脸,脸后面所显露出大片耀目的天色让三太太看了它好久。女女不停动作的手突然剪伤了指头,她窝起左手,捂在嘴唇上,她咽下了自己的血。小儿睡在炕角,老猫在她的身边伸了一个懒腰。女女看了看熟睡的孩子,小声说:"老祖宗走了,谁家没有红白事儿? 红是自家的颜色,很霸道,我不喜欢,就这样的素年才叫好。"

三太太晚棠瞪着眼珠子说:"戏台上要是没有了红绣帐呀,锣鼓家伙敲炸了也不会叫好儿。你是过惯贫苦日子了,洼里,往年大过年怕也不见红对子吧?"

女女突然觉得自己是不是太自私了,喜欢回忆,回忆以前的"血红"快成为一种病了,一再袭身,像欲望一样。她努力隐掉她的过去,冲着三太太笑了一下,取过一张红纸来说:"是呀,哪里见得红呢?"挺直了身子,剪刀下的纸灵动起来。她把剪刀挑了个大弯儿,一个女子的形态就弯了出来。那裙子飘起来,像裹起一阵风,涨成一个包裹样,她的剪刀飞快地在包裹样的裙裾下剪出一对儿三寸金莲儿。她真想看看盖府哪个的性情敢贴了这红的窗花。"三太太过大年可敢贴红贴绿啊?"

晚棠看欢了:"敢贴,我把它贴在炕头上。女女,你的手真巧,把我的眼睛都盯乱了。你知道不?洋鬼子要在河蛙谷修庙,人家不叫庙,我一时想不起来叫什么。"

女女再一次停下手里的活计:"是教堂。三太太听谁说下的?"

"暴店镇传遍了,话像长了脚一样跑得快呢。"

女女问:"那个长毛鬼子腊月不走,在哪里过年?"

"老爷叫他在府里过年呢。几日前腊苗领着去找大太太,吓得大太太把门关严实了,脸黑了有半月呢。"

女女问:"你见过那人?"

晚棠把脚抬起搭放在木头炕沿上,松了裹腿,一边重新缠裹,一边试探地说:"你没见过?我是打过照面儿的。脸上长着初生牛犊的细毛,眉骨高高的,眼睛凹进去,头发打着圈稀松在两耳叉,胳膊上的毛长有两寸长,可那喊出来的话,听上去像鬼抽筋。"

晚棠干脆脱下鞋盘坐在炕上裹绑腿。蓝缎面绣鞋上绣着老绿牡丹,填了棉花的白绸袜子绣了一对鸳鸯。缠裹好一只脚,掉了一个方向把另一只脚抬起来。想了什么突然停下手中的活计往炕上来回扭捏了一下屁股凑近了女女,往窗户外看了看纷扰的雪花,压着嗓子说:"和你说个悄声儿,腊苗小蹄子和洋人在暴店的大街上搂抱,钻进洋人的怀中,哎呀,丢人死了。你说老爷这人吧,也算是一个有刚骨的人呢,可有时候你还真是摸不透他的心事。站在一边摸着小辫儿笑着看人家搂抱他闺女,也不怕羞辱了自家的祖宗。还有呢,你不知道呢,死鬼盖丙生老了和女人活活一个模子,你看我跷兰花指了吧?他跷得叫你身上起癞疙瘩。说话和游魂似的,那个尖细啊,叫你感到什么叫针挑骨髓的疼。"

晚棠的丹凤眼在静寂中挑了两下眼角,盯着女女看,然后望着炕上

247

的老猫笑了笑,那笑最大限度地满足了自己的叙述并享受着对这个家族莫名的嫉妒。

女女的嘴一张一合,谁吓谁了?这个世界让她一下掉进了冰窖里。

晚棠挪了挪身子,伸出细丁丁的腿,细致地扎好腿脚,再从炕背墙上取下扎花小鞋,在炕沿上磕了两下,慢慢穿上勾好。晚棠停顿了一下说:"外人都说,死鬼盖丙生没势。"

女女手中的活停下来,窗户上凝结出的窗花迷离成一种隐痛,没有人能理解她的孤单和疼。一时又想到还有比她不幸的人,她成为生活在这个错误世界上的一种暗示、一种隐喻,怀着的仇恨永远成为内心的暗伤,这个院子里居然还有怀揣不幸的人?这大院里还有多少不为人知的故事呢?

晚棠说:"盖家的老儿子找着了,奇怪的是他就在那窑里,我冲着那山头上的窑望,那窑啊——怕盖丙生的阴魂还聚着不散呢。"晚棠拿着自己屋子里的窗花站起来,"我天性是一个活在舞台上的女人,连和老爷做那事我都要唱,不唱,我肚子里的话就没个出口。我拿了窗花走了啊,你有什么事叫下人吭个声儿过来。"

女女要下炕送,晚棠不让,女女还是坚持下炕送出了门,叫了声:"三太太你慢走啊。"三太太反倒回来盯着她说:"你说实话,老爷要真睡了你,我叫老爷给你一个名分。"女女愣住了,说:"三太太讲哪里了?我只是盖府的一个针娘。"

"你要有一天不是一个针娘了呢?真有一天做了老爷身下的人,我不信你一辈子就只想当个针娘。"晚棠讲完大笑了两声,不再扭头走了。

3

女女莫名地心跳了两下。孩子睡醒后瞪着眼睛牙牙学语,她盘腿坐在炕上,一直到夜晚降临,油灯点起来,女女盯死一个地方看。暗下来,黑暗无边,想到女女谷的大,一时无法入睡,感觉死神又一次梦游到了窗前,直到帘子拉下来,小儿才安静地入睡。不可知的命运如窗外流水般源源不断地无限漫长,仿佛要填充了她的一生。是什么神灵阻挠着她?迟迟不让她走向死神的这边或那边?那个时机什么时候会来呢?总不可以盲目地等吧?断了的那根捻子又点燃了,大,你是娘的痛。娘能生出你来就能丢得下你,万千世界由你去长吧。她开始酝酿那个了结一个人性命的日子,不知道上苍可给她这个日子。

腊月二十三送灶,一年中的大事。盖府敬它的人是主食的女人原桂芝。与往年一样,设了礼仪接送。一碗红绿豆软米饭,一方豆腐,一方绿豆粉,用三根麦秸秆编了一匹马,送给灶王爷做坐骑。送灶年年如此,恭敬不怠。原桂芝先是祭主灶,跪下拜谢,愿辞旧之中祈恩来年。跪拜多了,突然感觉自己的膝盖针剁似的疼,最后跪下要人搀扶起来。原桂芝想到自己是年岁大了啊。

祭灶后回到屋子里拿了镜子照,发现脸上涌满了粗粗细细的皱纹,还冒出了许多星星点点的黑斑。当闺女时候清澈乌亮的眼睛,如今眼白也泛黄,显得异常浑浊。她心里不由得一酸,想叫闺女腊苗过来,遍找不见人影。无来由地恨上了那个外国人,恨到情绪波动,坐立不安。叹了口气,撩帘看了看屋外冬日的萧条,扭转身把手上的镜子扣在了炕上,一时觉得自己支撑不了这个家了,指望女儿腊苗呢,这死妮子上了学,心里麻乱了,没有了女子家的规矩。一个家族,无论世道怎样,自有一份内在的端正和庄严,这端正和庄严一直隐在生活的后面,支撑着生活,不会让生活潦倒和败坏。只是真要有一天自己主不了内了,谁来主呢?哪家能打万年桩啊?花无百日红,天道不由人,我还能过几个牛年呢?她想着想着伤心了,横了心不去想了,单等老爷来,一年里也就是祭灶日和三十黑老爷才来。她得和老爷说了。她找出多日不用的粉扑照着镜子扑了几下,吓了一跳,镜子中的人怕不是原桂芝吧?双手搓了搓,想搓出几丝红晕来,脸蛋上没有挂出红倒羞红了自家的心。等到夜静时不见老爷来,丫鬟过来讲老爷不来了宿在二太太房里。她不信。老爷使鬼了,一年里两个晚上都不给自己吗?想到绝处,穿了衣裳悄声出门想看看老爷到底宿在哪个狐狸精房了。

盖运昌在夜静的时候来到了女女的炕前。油灯点燃,黑暗在盖运昌的肩膀上渐渐收尽。男人的脸被雪夜的寒气濡染得鲜活透亮,带进来的雪花散发着马粪的清香。女女看着俯下身来的盖运昌,一点声音没有。盖运昌厚实的嘴唇很轻巧地贴过来,任什么理由反抗,一切都灰飞烟灭了。紧张的心平静下来后,女女想自己的身后会不会有一面镜子。那样明净的东西,映现出很污浊的自己。她无法言说,内心的依傍,是想套老爷话,想叫老爷给自己见那人的机会呢。黑暗伪装的笑容很甜腻。盖运昌的嘴唇游离在她敏感的手指间,她多么希望有一个危机横亘在当下,孩子哭醒或者有什么声音阻挡,抑或门被敲打。什么也没有。盖运昌的手伸进了被窝顺势拽出了她的脚放进了自己的怀里。

女女说:"你还没有出了守孝日子,老爷。"

没有声音。

女女说:"今黑里祭灶呢,老爷。"

盖运昌说:"上天了,软米糊嘴,骑了草马上天了,诸神都出去给比自己官大的送年货了。今黑里我说了算。"

女女说:"老爷。"

盖运昌说:"逢节起庙会,该我在你身上唱台戏了。"

女女说:"老爷,我心里来回翻着烧饼儿,怎么说你也不该,我是山野女子,不过是盖府的针娘,老爷不能啊。"

盖运昌自顾地脱衣裳。

女女坐起来说:"老爷你走!"

盖运昌喘着粗气,女女的胸脯被盖运昌剥出两疙瘩雪,天灵盖抵达了她的腿中央,不能把持的潮湿和勃起飞快地在两只臂膀劈开双腿的瞬间插了进去。女女的腹部收束了一下,闭上眼睛又努力张开,泪水一股一股从她眼角涌出来。盖运昌更用力,她的收紧更有力。"老爷,你该知道你还在守孝期!"

体内拔节声,在夜里,细沙似的,什么也不惊动。老猫跳上窗台,温煦和沉醉的眼神望着窗外,伸了一下前爪,触及了什么,突然地收回来,跳下炕,越过人的动作,惊惧的神情从眉棱至眼睑,眩惑的,不能躲避的撞击让它逃也似的反身跳上了窗台,钻进给它留下的花布窗格中,埋入了雪天。

女女不说话了,一切终归是徒劳。欢腾的拍打声,盖运昌在最后一刻唱出了:

"两狼山——战胡儿——天摇地动,——天摇地——动!——好杀!好战也——!拼性命和番奴对垒交锋,我杨家投宋主忠心耿耿,一个个为国家不避吉凶,金沙滩只杀得,啊啊啊,星稀月冷——"

低沉的战栗声在盖运昌翻身躺在女女身边时很平静地停顿下来。

女女睁着空洞的眼睛,看着黑黑的屋顶。

盖运昌说:"你想要什么?"

要什么呢?要什么对女女来说都太轻了。

女女说:"什么也不要。"活着没有一天不在枷锁之中,"要",只有极少数人能得到并享有它,女女要什么呢?

盖运昌翻身坐起来。"你什么也不要,我反倒疼你。你是真心不要,不是假意不要;可是啊,你没办法绕过去这个字,墙角旮旯,残瓦断梁,磨道、碾道儿,头顶三尺,脚下三寸,你绕不过,你想绕过它,可你无法绕过眼下和以后的对接。"

女女努力回忆聂广庆的脸,刻骨铭心却又突然被日子捉弄得滑稽的脸。

女女说:"老爷,他是用独轮车把我推上太行山的人啊。"

盖运昌说:"屁,他和秋棉祭灶夜拍打得欢呢。我是疼你才说你那娃是佛前的点灯童子,是不想叫世人羞辱他。他推你上太行山,是他缺女人了,他哪里知道你的好呢?把你送到盖府来,就算描字也是他自个儿描下他名字的,换了我,断我的手我也不舍我的女人。一时的血性谁都有,过了时候,他要是还记得山下的事,他就不描那字了。我是真不想要他描那字,真想叫他知道你的好。可是,他真不知你的好。"

女女不言语了,孤独了一会说:"我想见见那个外国传教士,没别的,就是稀罕。"

盖运昌横转身摸了摸女女的脸,想起什么来坐起身子拽过自己的上衣,掏出一个金镏子拿起女女的手戴上去。盖运昌说:"三十黑我叫你见了他。我有一个惑说不得,就想知道三十黑见了他你要如何做事?"

女女的心激灵了一下:"老爷,只是稀罕。"

盖运昌抓过女女的手放在自己的胸前:"世上的西洋景多啦,你得看开,他与咱们不是一路,不值得你去惦记。"

女女说:"有人转生为人的,也有畜生转世为人的。"

这么说,女女和米丘真有一番纠结呢?

黑暗进入了真实的境地,进入境地之中除了寒冷和旷茫之外,再没有别的什么了。黑暗之内,女女活着的另外一层意义是努力想抓住自己的心跳,痛苦之中的心跳。一切来得太快,一生的事转眼就在眼前,做过此事后,万事皆休。

盖运昌说:"我知你有心事。"

女女说:"老爷,没有。只怕我的遭劫会害你一世不得安生。过了年你叫我回谷里吧。"

盖运昌说:"人活着就是来世上生事的,不然活着就剩下等死了。谷里苦寒,没啥好回的。"

女女说:"那谷里有我的儿。过了年你不叫我走,怕事情赶着我也得走。"

盖运昌说:"女女,我想跟你说说心头话。"

女女说:"不说了老爷,起了,要过年了。"顾自穿了衣裳,盖运昌一把拽住,想拽走女女的衣裳,女女看着盖运昌,苍白的脸,只淌眼泪,不出声。

"你这是咋了?哭啥呢?一副正经人的样子,我是真心想给你好呢!把以前的都甩到太行山的背后去,怕什么,想什么,不怕不想了,有了我,肚子里尽管装了欢喜。"女女甩开盖运昌的手穿好衣裳。

"我就喜欢你这倔强劲儿,你去哪里寻疼呢,疼在我这里呢。"三下五除二穿好下了地揪过女女来半撒娇半嗔怪地说:"我把你当了我心尖尖上的肉。我本来不想走想跟你说话,你赶我走,冷了我的心了。"

风吹进来,门响了一声,门响的那一瞬间女女知道有人在听。女女打开门把盖运昌推出门外,走到炕墙前吹灭灯,摸黑闩上门。听得大门外有人搭话了,是大太太。

听得老爷说:"黑更半夜你这是发啥神经了?"

脚步声远去时,女女靠着门任由泪往下淌。

年三十到了。

一过午,大太太叫各屋过来一起包饺子。各屋里的套了围裙聚到大太太的屋子。进屋先是每人发放二十个洗干净的铜钱。随馅包了饺子大锅煮,看孩子们哪个能吃到,吃到的就算是来年的有福人了。馅有荤素。肉馅有大葱萝卜、大葱南瓜、大葱酸菜;冒尖儿堆着放在青花大瓷盆里。素馅里有粉条、红白萝卜、油炸豆腐、油炸花生。素馅在案板上的面盆里放着,孩子们不时进来往嘴里填一口,大太太举起沾了面粉的手驱赶着她们。二太太、三太太、四太太围着炕坐着,羊毛毡上放着两个炕桌,面、皮、馅放好了,炕头下的灶台上放着簸箩、篦子,用来放包好的饺子。

大太太说:"说说话话就过年了,饺子香不香就是吃个热闹。私下里都是姐妹,一年里也就是年三十才叫你们一起包一次饺子,都把来年的好好运气包进去吧。"

像受了什么感染似的,一开始包得很慢很慢。各房女人尽量变着花样包,饺子围着篦子一圈一圈螺旋着向外扩展,看着一篦子一篦子端走的饺子,女人们心气高涨起来。说过年的衣裳,说孩子们,说外界的传闻。

三十黑祭祀时,暴店人家各户汉子竖起耳朵听盖府迎接祖宗的第一声响。

这一声响不是盖家,是原家的响起了。原家在十字路口接原添仓的牌位。二踢脚响后,暴店镇接祖宗的响像风滚草一样掀起。

盖运昌在堂屋才准备接祖宗呢,听见外面响起了。他不相信自己的耳朵,是谁领了这个头呢?家丁来报说:"暴店镇接祖宗的第一家响是原家点燃了。""知道了。"盖运昌带着毫无表情的沉着和吴老汉说:"等所有的响沉没了再去接。"吴老汉看到他的脸和他的黑马褂一样平淡。自己的儿心事纠结了。

所有的响静下去时在空旷的山口上有鞭炮响起,风搅团的响听上去不是平民家的响,风把响送出去。盖运昌跪下去叫着归家的祖宗:"我的入土的前世的祖宗啊,回家过年来啊,拂去尘土,穿戴一新,相伴回家过年来啊。"

吴老汉放下鞭子,耳朵被堵实了样地难受。暮色背靠着天空伸展着,鞭炮响过后满地铺开了炸开的锯末、黄土和纸屑。没有燃尽的响连着了远处的捻子,那响跟着燃爆了。"那是谁家还没有接祖宗呢?"家丁说:"东家,是柴家。"盖运昌无语。吴老汉收起祭品开始往回走,街道连着街道,接回祖宗的人探出了头看,知道第一声响是原家,看到走近的盖运昌说:"盖东家,听得第一声响还以为是盖东家接祖宗了。""接回祖宗,都过个好年吧。"一句话挡了万千不快。盖运昌跟着前面吴老汉的足踵行走,归向哪里?山风触鼻如同醇酒发酵的酸味,他揉了揉,让眼泪落进肚子里。伤感弥漫,过年了,总有一个日子会告诉他,年要过完了啊。

小孩子们换了新衣招摇过巷。几日前还在磨豆腐的磨坊和榨油的油坊都关门歇业了,红红的对子在门扇上很炫目。接回祖宗,大街上的人消失得无影无踪,都回屋子包扁食(饺子)了。

4

女女和屋子里的丫头兰儿说:"兰儿,我送你一样东西。"

兰儿抱着三走近前。女女拿过兰儿的手戴上老爷送她的金镏子。

兰儿吓得往后缩了一下手说:"女女姐,我不敢要这么贵重的东西,你是要叫我死呢。"

女女说:"兰儿,别怕,你不戴就藏起来。我送你是有求于你呢。"

兰儿睁得大大的眼睛看着。

女女说:"兰儿,你是个勤快的人,我每天看你天不亮就起身,手拿一把笤帚蹲在院子里扫,把每块青砖缝都扫得干干净净。你说你是丫头命,要把丫头的事做好。知道认命的人是好人啊。我不知我命在哪,有一天出了啥事情了,你要替我把炕上的儿送给他谷里的爹。没别的意思。你拿着,我是一个不喜戴金裹银的人,你该知。听话。"

兰儿不拿,也不说话。她不停亲着小儿的脸蛋儿。

女女把金镏子放到外屋兰儿炕上的席片下:"兰儿,记着,它是你的。"

晚饭开始时各房招呼着往厨房走,女女被使唤丫头叫过来。屋子里灯火通明,两张八仙桌拼凑在一起,桌子上放了几碟凉菜。中堂的条几上蒙着一块红布,似乎藏着什么不让人见的东西。女女进来的时候,有一股袅袅升起的雾霭带进来。所有的眼睛都盯过去。明黄的上衣,黛青色的阔腿裤,清雅、恬淡,领口上镶嵌着一圈淡蓝色小花,衬托得她的脸在走近所有人脸前时,显得舒展而柔媚。大太太说:"去,你和下人坐一桌。"

孩子们坐在地上的矮桌上筷子含在嘴里等待开席。她笑了一下,只是嘴角微微上翘,冲着盖运昌点了一下头,然后和桌子上的太太们一一问好拜年,得体而有教养。她很自觉地坐到了下人的桌子前。

大太太原桂芝纹丝不动,黑缎帽子,黑色的上衣,黑着的脸。一个山野村妇,她也配坐在这里!只有一样白,是烛光下苍白疲乏的面容,入了岁月的黑眼珠越过女女看着正门进出的下人,在她的眼睛里女女连下人都不如。二太太的羊脸很长,被什么东西压抑得喘不过气来,一身紫色衣裤,镶了黑边,尽管她是想尽最大的努力来笑,还是让人感觉出了她生命中的春天已经走远。四太太笑了笑,马上又心有余悸地收住了笑。只有三太太的眼睛里流露出了过年才有的喜悦光芒。柳叶眉毛挑了挑,她的表情灵活多变,用一副放荡的神情看着女女说:"女女,你比往日里好看,我教你学舞台上的旦角儿吧。"没有边沿的话叫盖运昌神情飞扬了起来。

盖运昌说:"女女你过来坐我身边。"

女女说:"老爷,我坐这里就好。"

盖运昌说:"有你的座儿呢,你来和米丘神甫挨着。"

女女的心动了一下,站起来不看旁的人执意坐过去。这是盖运昌的恶作剧,他就想知道女女为了啥要惦记这个洋鬼子。要是女女真和这个洋鬼子有一腿,怀过他的娃,他寻来了,他就把谷里的大给了他,叫他带走。他就想好好疼女女,也好叫女女省了那份疼儿的牵扯,安了心跟自己过日月。

盖运昌说:"家里人都齐了,一年眼看着过去了,这一年里盖家经历了一些事情,不管怎么说都是好事情。今年是牛年,明年是虎年,明年说话就到了,孩子们有两个是属虎的,一个是腊苗,一个是家生。守岁到了时辰,你们的大娘会把明年要穿戴的贴身红给你们的娘发下去。娃们,叫一声爹,今年三十的饺子看你们谁吃的铜钱多,吃多了福气大,爹这里有赏钱呢。过年过谁呢?就过你们呢!"

闺女们齐声吼了一嗓子:"爹——"

各自幻想着自己吃出来的铜钱该是最多,争吵声就激烈了。"我吃十个。""我吃十五个。""我都吃了,你们一个也吃不上。"大太太烦躁地说:"还有规矩没有?别吵吵了。"盖运昌挥了一下手说:"过年就是乱孩子们呢,可惜盖家的后人还不够乱,过大年盖家没有规矩,乱到塌天才好。"

接着说:"明年是虎年,虎来不可止,虎去不可遏,虎年是好年成,寓意寻常塞乎天地之间的大气在里面呢,虎年有不可见的法度和道理,哪个年成其实都有看不见的法度和道理啊。上天有好生之德,虎年里愿盖府的居家老少,平安和气,平静无事。这是我每年换汤不换药的话,我只是想要你们各房记下了,把来年一堆散乱的日子过安稳了,不要小肚鸡肠余闲生事。一春一夏一秋一冬转眼过去,你们都做了什么?各自的肚子该明白了,燕子飞,春草长,繁衍赓续,又是虎年了。"

盖运昌一语双关的话叫在座的太太们脸热了一下。他喝了一口茶,站起来接着说:"家生娘过来,跟我揭开祖宗的牌位,过年了,请盖家的列祖列宗入座吧。"盖家生因早睡又有生人在,不便见外人早躺了。

梅卓随了盖运昌跪下三拜,把红布掀开。盖家的祖宗依次排列,八仙桌上摆满了八盘十碗,白馍果盘。祖宗入位后才能叫客人进来。盖运昌说:"今年我们盖府来了一位客人同我们一起过年,我不说你们也都知道他是谁。别家离乡的人在外,多苦多累,都要翻山越岭赶回家过来年,他远渡重洋来到暴店,老婆娃儿丢在外国不管,流落到暴店来了,咱不能把人家隔在年前。去叫他来吧。"

盖腊苗领着米丘进来。米丘穿着长袍马褂,乱发上扣着一顶瓜皮小帽。盖运昌站起来把他引到了女女的身边坐下。女女感到他像一堵墙一样倾过来。

那一年也是这样。一堵墙倾过来,没有挣扎的余地。

女女心里哆嗦了一下,手伸进怀里捏紧了那把剪刀。来吧,洋人,来过大年吧,三十黑的宴就要正式开席了。

米丘捧了拳头深深鞠了一躬说:"太太们中国年好!盖家小朋友们中国年好!"

女眷们捂上嘴笑,孩子们在地上学着米丘的样子哈哈大笑起来。穿梭的下人们张嘴不发声地笑,半天都忘了上菜。

一开始都还矜持着,不敢多说话。到后来仰仗了一来二去的药酒作用,都有点看人看景恍如隔世。大太太有些看不顺眼,找了借口回屋拿压岁钱去了。赌气的脚步声渐渐消失在屋外廊檐宁静的雪夜里。大太太一走开,三太太便开始鲜活了,谈笑间眉飞色舞。盖运昌说:"六月红,你起来给洋鬼子唱一段儿。还有你,当年功夫还在的话,上桌子上跳一圈。"后一句指着二太太。二太太羞臊了,坐不是站不是应不是回绝不是,极不清晰地说了一句:"老爷,我给你讲我昨晚儿的梦吧?"

盖运昌说:"依梦度日,梦是白日的幻影儿。你一定又是梦见散发赤足,坐在青藤缠结的秋千上荡风荡雨了,愿你的梦荡得来年风调雨顺。三十黑不说梦了,唱明年。"

三太太醉眼蒙眬地:"老爷,我可唱了?唱《两狼山》吗?"虚幻下哧哧笑起来,有些意味深长。

盖运昌的眼睛瞟了一下女女,见她的脸很白,不知道是不是冷的缘故。他想和她对接一下,却见她眼睛里藏着什么,莫名其妙的寒气让盖运昌的心疼了一下。他闪回眼睛来说:"六月红啊,你就唱《春闺怨》吧。"

三太太站起来拽了拽衣裳,顾盼生辉地向老爷抛了个媚眼:"可要唱了?""唱。"三太太看着米丘开始唱:

飞飞往往燕忙忙,

三三两两日长长。
　　风风雨雨花寂寂,
　　重重叠叠泪行行。
　　虚虚实实悠悠梦,
　　明明白白点点伤。
　　切切实实君漠漠,
　　心心事事两茫茫。

"绵软了。咋听都绵软了。你给咱唱《两狼山》,把年的虎威唱出来!"盖运昌酒到了兴处。

女女感到寒凉的剪刀在胸口下硌着隐隐作痛。旁边的这个洋鬼子揭开了自己的伤疤,她对他充满了彻骨的幽怨和悲愤!眼看六年了,春夏秋冬,摧心扼腕、痛断肝肠的记忆,她要在插进他胸腔的时候告诉他:洋鬼子,向你天国的上帝忏悔去吧。

三太太唱道:

　　夫继业命丧在两狼山口,
　　实可叹众孩儿逃亡荒丘。
　　这也是我杨家下场无有,
　　望万岁准臣本休把臣留,
　　万岁爷呀——

六月红吊起眉头,那一个"呀"呵出很长,"万岁爷"仨字冲着盖运昌唱,缓缓地下滑至低音,扬起来,滑音宛若低空飞过的蜜蜂,瞬间又挑高冲着天上去,将桌前的人弃置身后。盖运昌敲着桌面,一种欲说还休的陶醉,如入了剧情被捆绑住的感动,不能痛快,嘴里梆子的过门声肆无忌惮地哼出来:"地儿啷,地儿啷,的里啷当的里啷——"

米丘开始发出一些粗鲁的音调,很不合拍,急于想唱。

米丘回转头耸起肩面向女女说:"罗曼蒂克,罗曼蒂克。"

湖蓝色的眼睛,孩子般快乐的表情。

米丘站起来,神秘地看了看四周,脸上露出了笑容,他感到这一切非常有趣,他张开他的手臂说:"很喜欢,很喜欢,密斯盖,中国年,我要拥抱你的女人们。"

盖运昌看着、琢磨着,想米丘是要拥抱女女了,如若真要拥抱女女,那么他的猜疑是对的,女女和这个洋人一定有一段瓜田李下的从前。那是怎样的一个从前呢?

米丘眉飞色舞地讲了一段他国的语言。

他的每一句话将支配影响女女生命的当下,她刻意平静下来。握着剪刀的手出了许多汗,她感觉她的生命像沙漏里的沙,稀稀拉拉地从她的身体里漏出去,她不甘心,她想挣扎,无法站立的痛苦让她想大口地喘气。真要杀人咋就这么难呢?为什么人家杀人手起刀落现成着的人头就滚满一地呢?

米丘的手臂张过来要拥抱站起来的女女了,盖运昌很嫉妒地不希望看到这个事实,却见米丘后退了一步低下头看着那把插在肚皮上的剪刀很奇怪,抬头看着沉醉在当下气氛中的盖运昌说:"密斯盖?中国年。"

5

三太太尖叫一声:"啊呀,女女你这是唱哪出戏呢?"

大太太取了孩子们的压岁钱刚好进来,想喊什么结果什么也没有喊出来,一下瘫在了就近的座位上。"老天啊,这可是盖府要过年哇!"

此前熟悉的世界消失了,眼前的一切都显得怪诞而陌生。米丘向她投来诡谲的眼神。盖府的女人们恰巧与女女恐慌的眼神对接了,那温柔中透着寒意的眼波,有一种刀锋的芒刺,直射得所有人头晕目眩。

女女坚持着挺直几乎丧失了知觉的身子,把眼光投给盖运昌。盖运昌很纳闷,歉然地点头,似乎再说:女女,在这之前,在这之后你是谁?你措手不及来了这么一下,你不计后果、不需要理由,可你知道你要连累盖家了呀!女女迅疾地放开手。"老爷,替我杀了他,做牛做马,女女辈辈伺候老爷。"

这时候兰儿抱着哭醒的孩子走进来要女女喂奶。女女慌张地接住孩子,孩子的小脑袋像羊羔一样拱进女女的大襟袄中。米丘握着剪刀说:"为什么?"

女女完全不能呼吸,窒息感越来越强,盯着孩子的眼睛,果断拽出奶穗儿把孩子送给兰儿。她退了几步跪在地上伏地冲着盖运昌磕了仨头,起身站定时眼睛中的泪滚落下来。盖腊苗上前抽了女女一巴掌说:"主会让你下地狱的。"

女女说:"人间本就是地狱,不然因何叫往生净土!看吧,祸患会降临到这个无辜的村庄,我活着早已死去。"

盖运昌走过来抽了盖腊苗一记耳光说:"兰儿,扶女女回去,看好了不能出了啥事。腊苗闺女,不是爹下手狠,是爹一时无法应对!"

米丘拔出剪刀来说:"我的脂肪很厚,密斯盖。"

女女看到堵在门口的吴老汉,他穿了新袄,裹腿打了老高,躲开,无话。停顿延长了女女窒息的感觉。所有的声音静下来,静得没有任何语言可以描述。她有片刻停留在空茫的时间中,然后抬起头笑了笑,也是彻底虚脱的笑。对于年的热闹,所有快乐的人,她没有足够的理由给他们添加伤悲。她做了,不后悔。只后悔自己的力量不足,没有刺中他的心口。这不是她要的结果啊,如果是一把砍刀就好了。对于暴店镇,她相信米丘活一天就会天子不尊,宗庙不安!她的笑从脸上浸出来,风吹落了她脸上的泪,爹,娘,命叫我活人要如此坎坷吗?

月儿在黑云中挤撞着,想挤出云层,女女脑子里一片空白。身后的屋子里大太太的喊挤出来:"谁借了她这么大的胆子,这是盖府,不是山间谷地。老爷,你好不该叫她走出这个门!"

回到屋子里,她听到兰儿的牙关抖着。女女说:"吓着你了,兰儿。"

兰儿哇一声哭了。怀中的孩子也哭了。

两个老妈子把炕上的针线簸箩收起来,怕里面藏着剪刀。拾掇好,围着女女坐着。女女接过兰儿怀中的二娃撩起大褂把奶穗儿塞进他的嘴里,二娃不哭了。

兰儿哭着说:"姐啊,你不能也不该做傻事啊。"

女女平静地说:"刚才还有死的念头,现在没有了。单等盖府老爷给我生死。不要怕,有些怕是看不见的。我惊扰了这个年了。"一丝恓惶。她不能做到忧乐两忘,她想到了女女谷的大,整个人塌陷在椅子上说:"兰儿,我真无用。"

子时封财门,鞭炮声把女女心里的什么也揪起来。

盖运昌一肚心事地提着马灯走到女女的屋子外面,吴老汉敲了敲门。女女在炕上说:"老爷,惊扰盖府的年了,你不用进来,我不出啥事,如若有事也要告诉老爷一声,年这厢女女命是老爷的了。"

盖运昌在吴老汉的灯笼下跺了跺脚上的雪尘:"我只要你好好的,记着:年这厢和年那厢你都是我的疼。"

女女哭着说:"老爷,上天无眼,灾难怕是要来了。"

盖运昌说:"吊出幌子就得开店。该来的就让它来吧!只要你好好的,日子总归是往前走哇。"

女女说:"老爷,对不起,我说了一句过头话,怎么好叫老爷去杀人呢?我是糊涂了。我能用命偿还的拿我命去,我能用身子偿还的拿我身子去。"

盖运昌说:"人活一世丢啥都不能丢命。你就算你用血身子陪了我,没了命,要身子有何用?我的女女,你要好好过年哪。"

262

灯笼的光把踩在雪地上的脚步声送远了。黑逼过来,直到什么也听不见了。暖炕上的热排解不开逼人的寒凉,她被两个老妈子夹在中间,连侧翻身都被对方拽住胳膊。浮世无尽的烦恼中,有多少希望?多少失望?多少绝望?多少欲望?都要丢失了。想寻得些微的平静而不能。巧合吗?命运终于让她撞见了那个躲不过的灾难。黑暗,渐渐包围了一切,并灌满了一切,那个日光如血的傍晚……女女战栗了,女女看着窗外,命运捉弄人像一根鸡毛在半空里,飞呀飞,飘呀飘,没有分量,也没有根基,随风蹿升,落在地上也摔不死。女女闭上了酸涩的眼睛。

一更天女女醒着。二更三更天了,女女望着屋顶,屋顶像沉重的门合着。就像在夏天的海河岸边的黄昏里,那些令人窒息的带着潮湿的、霉味气息的黑夜,空气里弥漫着鱼腥味,这气味又随着梦,浸入一切开放的空间里让她梦入记忆。凌乱不堪的街道上,高头洋马踢踏踢踏走过去,那声音将她的心撕开一道口子。天暗了,暗到双目失明的黑中,她开始辨认出那些藏在暗影里的东西。海河岸边柳树的枯枝,死去的家禽,河卵石,她伸出手拽起地上的一棵青蒿,带着泥坨子的青蒿被她抡圆了膀子扔到了河心。那种强烈得透不过气来的感受,与夜里雨后的树梢、黑色天空的潮气,还有娘。她认为夜晚的所有先兆都是因了曾经的那个血色黄昏。五更天的鞭炮叫醒了女女的梦,听上去是枪声。她大叫一声:"杀人啦!"两个老妈子喊醒了她。年让她感觉到了自己的心跳,心跳证明自己还活着。女女知道一切不再能迷住盖府人的眼睛,所有人将对她产生厌恶,但所有人不知道她的痛。黄昏把她堵在巷子的暗里,被堵去逃走的路,女女抬头看到红色残阳的刹那间,回忆总是在这里系住,无法再想下去了。

盖运昌年三十宿在大房的炕上,这也是往年的规矩。炕上的新棉被散发着棉花的清香,暖脚的铜炉子已被原桂芝一点一点移动着暖热了被窝。盖运昌还停留在年的惶惑中。他把米丘安顿好时已是子时末。躺到炕上,听见鞭炮声,他对原桂枝说:"放关门炮。"炮声响过后,门闩上了。空,对年,有了未来的有所不知的空。

原桂芝说:"真想不到,她小巧的皮囊,倒裹了一副蛇蝎心肠。"

盖运昌说:"话说过了。洋鬼子抱你,你也敢动刀子。是洋鬼子惊吓了她。"

原桂芝说:"她原本就不该和盖府人在一个桌子上吃席。一个下人,看不出来,大过年袖筒里藏了剪刀,我早说过她是一个不省心的女人。老爷,说句不中听的话,你过了年送她吧。"

盖运昌说:"年都过了,把她往哪里送?我倒想听听。"

原桂枝说:"哪来送哪。"

盖运昌说:"娘肚来能回了娘肚子吗?如能回,我真想从棺材里喊回我娘要她再养我一回。"

原桂枝不能回话。就算你娘有本事养你,你爹马瘦毛长屁股松得有那本事!

安静得能听见出气和吸气的声音。原桂枝不能想夜里的事,以前,刚过门的时候,她是盖运昌大年夜的专属,后来娶了小,大年夜还会拥住她抱抱。是什么时候开始没有了呢?她想说自己老了,腿不中用了,就算给老爷跑腿也跑不动几年了,老爷你这样呛我,你是想叫我早走哩!我早走了,谁伺候你窝里的大大小小呢?她知道说给旁边的这个人,还不如说给自己听,自己在心里倒腾了一阵子什么也不想说了,拽紧被角合上了眼。

黑暗中盖运昌说话了:

"小时候盼过年,年把周围的人都过得相继离去,包括我的娘。我除了看到孩子们热闹,心里总觉得空空荡荡。年把人过老了,就像击鼓传花,轮到谁过不去这个年,谁就得起身搁在年这头。过了年啊,还得等年过。睡吧。"

原桂枝的眼泪开始无声地往出流,不敢多答话,只说了一句:"老爷,惊扰你了,好好睡个大年觉吧。"

翻了身,任凭眼泪尽情地往枕头上流。

初一卯时放开门炮。这回暴店人真切地听到是盖府的炮仗响了。只是关门炮和开门炮挨得近,盖府的岁守得真叫个晚呢。接着鞭炮声挤成团放。

太阳升起之前,暴店镇的长辈们都会安静地端坐在各自的屋子里等晚辈相携前来拜年。盖府的太太们穿戴光鲜,走进大太太屋子给原桂枝和老爷拜年。盖运昌一一发了压岁钱,要她们去给米丘神甫拜年。太太们不敢或是避开昨晚的不快,一时又不明白老爷是什么意思,却不敢多话相跟了去给米丘拜年。米丘的屋子里不见人在。盖运昌喊道:"腊苗呢?"有下人说:"二小姐方才过来和神甫一起出门了。"盖运昌想:腊苗把米丘领到什么地方了呢? 千万不敢再惹出什么是非来呀。

6

一夜之间,二娃的嘴边上起了水疱,脸色青紫,应该是很早就发烧了。

两个老妈子一早离开去张罗大年的清早饭。兰儿被女女的惊叫吓醒了,以为女女又做了噩梦。看炕上的孩子,看到出气声很粗,眼睛上翻,嘴里发出吭吭声。兰儿用脸贴着二娃的小脸蛋说:"姐姐,一宿里都不知道孩子在发烧,嘴都烧起疱来了?"火烧火燎烫,女女傻了。沉重打击,一步步着来了。

兰儿说:"我去找老爷。"

女女说:"大年除一怎么去找老爷? 你把外面的雪取来,我搓了手塌塌娃的额头兴许会好些。"

兰儿出门取雪,发现有一个人由盖腊苗领着走进了院子,兰儿吓得跳了起来,雪没有取上就逃进了屋子。女女看着兰儿问:"谁惊吓你了兰儿?"

门被推开。一生所有遭逢都将在这一瞬间得到兑现,如同瓜熟蒂落。女女闭上了眼睛,周身的血液滴水穿石般已漫至胸口,睁开眼睛时如困兽般盯着米丘,一脸惊恐。

米丘看到女女的脸上有锋刃和冰霜直逼过来,这个想杀死他的女人,他不明白为什么。

"你想杀死我,我不明白你为什么要杀死我。我来看你,我想明白。我不想让你伤心,也不想让你失去这个杀我的机会。"

盖腊苗看到藏在女女身后的兰儿说:"你过来,兰儿。这是神甫,你不必怕他,他替主行事,能告诉你所不知道的一切,让你快乐。"

兰儿小心翼翼地走出来。

米丘发现怀中的孩子在发烧,他急忙冲着盖腊苗说:"密斯苗,她的孩子高烧,怕是重度肺炎。你速去拿药箱来。"

盖腊苗冲着女女说:"在我离开的时间内,你一定要尊重神甫,他是主派来施与你幸福的人。"

米丘说:"她出手的力度轻得如蜜蜂叮了一口。"

盖腊苗出去的空间里,米丘想上前去摸摸孩子的额头,被女女尖叫着拒绝了。

"你不可以拒绝,你看,他已经很严重了。一个还没有学会说话的人,他的严重性你是无法知道的。把他放到炕上,听话,我会给你杀我的机会,只要你理由充足,不是现在,是孩子笑起来之后。明白吗?"

米丘笑得有一丝自嘲,有一丝害羞,其实,他是想尽量笑出一种温柔来。放在要杀他的人身上的温柔,他希望像暖阳一般和煦。

女女的心胀满了,失重的感觉,时间是那样无情,她失去了一个属于她复仇的时刻,每一个时刻只有一次,不可能重复选择。脸上的泪不自觉地灵魂出窍一般流下来。"我想知道,你去过天津卫吗?"

米丘点点头,表示去过。"呀——"炉台上开了一壶水,女女抱着孩子提起水要扔过来。兰儿扑通一声跪下了喊："姐姐呀,快放下,你忍心叫二娃跟着你去死吗?你是疼他的娘啊!"

女女痛苦地喊道："是他杀了那个疼我的娘啊!"兰儿起身夺过女女手里的壶放到了炉台上。

米丘摇着头说:"我从来没有杀过人。你的娘?天,到底发生了什么?我怎么会要去杀你的娘?不纠缠这件事了,你的孩子,相信上帝怜悯他,会让他好起来。你的孩子,如果你是善人,你会看着孩子病得很严重不去管吗?你不会,他是你的一部分,他身体里流着你的血,你的思想。他好起来,他会给你杀我的力量。放下来,听话,你是圣母玛利亚的化身,听话,放下他。"

进来的盖腊苗放下药箱从女女的怀中抱过孩子放到炕上。女女居然没有反抗。

米丘要腊苗取出一包药面儿,一只大手捏揪起二娃的下嘴唇,小调羹上放好药面儿,加上水要往二娃的嘴里喂了。旁边的女女喊了一句:"天啊,我的儿!谁来救他?"

在冲过来的瞬间,盖腊苗迎上前将她推回原地。"你这个不知好歹的失去理性的疯婆娘,我恨不得掐死你!"孩子被呛得咳嗽了几声,米丘说:"放开她,喂母乳给他。"

女女抱过孩子,背转身把露出来的乳头塞进娃的嘴里:"嗷,嗷,娘的乖娃,娘的乖娃。"

盖腊苗想说什么,米丘阻止了她,要她跟着自己出去。

一股凉风从门帘处挤进,米丘的话送进来:"你想好了与我说,上帝会帮你惩罚那些罪人。"是什么直抵女女的肺腑?女女盘腿坐到炕上,兰儿端来了早饭,她没有吃,端来了午饭她依旧没有吃。孩子的热退下去了。空虚落寞蛇一样紧紧缠绕着她,不容歇息。

盖运昌傍晚的时候走进女女的屋子,他们一起坐在炕沿上看昏暗中显现出来的影子。他试图在脑海里回放这一天里的流程,缺首少尾的热闹,日升与日落的循环。他拉过女女的手。"最疼的地方和你杀的那个人有关是不是?我听说他杀了你娘,你怎么确定他就是杀你娘的那个人呢?我问他了,他从来没有见过你,如他真是杀你的娘,我叫他死。女女,怕最疼的地方不是杀你娘吧?过了年,有什么没有什么我都替你担当着,也就是一夜之间,你失去水灵了。该吃总得吃,多少个天气可以糊弄过去,独这年,牵着日子的头拽着日子的尾呢。听话,出了正月才能算把年过完了。"

"老爷——"

"多想事,啥事都得有想明白的时候,想不明白的事容易做蠢事,伤的是自己。天塌了都有个明天,你过得去明天就过得去后天,能把后天过去的人还有什么过不去的事呢?!"女女点点头要老爷去忙事,一屋子事在老爷肩上压着呢。

"命,是命,女女。"

盖运昌把头埋进女女胸前,停顿一会儿后起身走了。从女女处出来的盖运昌拐出大门去见神甫米丘。年惊扰了这个外国人了。毕竟不是庚子年的事了。假如他要弄事,也算是个事啊,想着首先得要他高兴了,高兴总会冲淡一些不痛快。此事到底讲不得,传了外人,还以为像当年自己的爹来寻自己的血亲一样,神甫来寻他的儿,那个佛前的点灯童子,假如他不是佛前转世,便也是玛丽亚怀中的婴孩转世。他一边走着一边想该用什么方式叫他高兴,门外就喊上了:"这个年,我给你劝进来一个教徒。"

米丘伸出头眼睛亮了一下问:"谁?"

盖运昌边答边进去了说:"腊苗娘啊。"

米丘不解地说:"那天我见她,她把我关在了门外。"

盖运昌说:"嗨,那天不就是去年吗?现在是今年了。况且我说的是腊苗的三娘。"

米丘说:"是那个唱大戏的吗?"

盖运昌说:"就叫她唱大戏替你的主传授福音。"

米丘很真诚地站起来说:"是真的吗?"

盖运昌说:"真的会假吗?主保佑你的伤口没事吧?"

米丘说:"主保佑,一点外伤,会很快好起来。"

盖运昌说:"我们这地儿的穷人,怕丢脸见生人穿鞋,不见人面时都不穿鞋光脚片儿,就因为鞋穿烂了没钱做,皮烂了长好了还是皮。看来大道理你都懂得啊!没事就好。皮长好了还是你的肚。话说回来,三十黑的事,是你冒犯了盖府的女眷,你得承认,这事讲出去丢你面子,你是传教士,和中国的和尚一样不该近女色。你还想在暴店传教的话,半个字你都不能讲,讲出去坏你名声。知道不?"

米丘摊开手掌说:"我没有你说的那意思啊!主已经让我原谅她了,如果只是肉体受苦,只要心里平安,主叫我承受。主说,你要到普天下去,将福音传播给万民,忍受艰难,主会与我同在。"

盖运昌拍了拍米丘的肩膀说:"主一直与你同在啊。"

米丘说:"我发誓,用中国人的话,我添油我加醋,我讲此事我是狗。"

盖运昌想笑却压住,一本正经点点头表示很赞同。

7

六月红没有想到盖运昌要她加入什么天主教。她说了一句在盖运昌听来很知音的话:"老爷,说不定你在外头也遭人欺负、被人骗,吃过不知道多少亏,只不过你这人太好面子,死不说,不承认罢了。我就是不明白,你为什么没有钱的时候也喜好装大,也喜好排场,你那样喜欢热闹,你就没有想过热闹得有财气仰仗吗?"

盖运昌龇了龇牙框说:"人扶人高,人骂人低,极尽张扬尚且雁过无痕。这年月,哭笑喊叫漫骂,只要能让自己的声音尖出来,被人听见了,谁不知道尖出来的人是人中人精?你说,人中人精哪有在这世上活不下的道理?"

六月红挑了一下眼角说:"老爷说的是个理呢。平常俗人没有主心骨,听见高处冒出一个音来,他们就想着那高处就是他们该跳得欢的唢呐呢,一窝蜂地拥来,上当受骗都不多去想了。老爷,可我毕竟不是普通俗人啊,你叫我也冲着那唢呐跳得欢,我才不跳呢。"

盖运昌抓了六月红的后衣领口,捏住了她的脖子拎小鸡似的搬过她脑袋说:"旁的人跳不跳你都得跳,屋子里数你得我的疼多,瓦缝漏雨,门窗透风总该有个人堵上,你是我信得过的人呢。"

六月红无来由地伤感。自己果真还是老爷担责任的人,还在老爷的心里呢。再说不出和老爷打牙磨嘴皮的话来。含着眼泪盯着老爷说:"老爷,我果真还在你心里吗?"

盖运昌耍滑头地说:"你们哪个不在我心里?一屋子人一口锅里搅稀稠,你这不是在说隔肚皮话吗?"

六月红知道老鬼又在哄她呢,明明是叫他肯定自己呢倒把一屋子人抬出来。哄吧,就算天天哄着,日月长了也叫疼呢。

盖运昌伸给六月红手,他有点中了阴气,要六月红给他放放阴血。六月红用一根五彩红线绕着盖运昌伸过来的中指,一圈一圈缠绕,血聚在指头肚上,一针下去,出来的血很黑。

"阴重了老爷。"

"把黑血挤透了。"

"我不舍得把血挤掉,冲着你疼我,吃了吧?"

"吃吧。"

六月红把盖运昌的手指吮在嘴里,黑血有一股咸腥味儿。

"为了她你叫我入教,教是什么?我都不知,你因何不叫她入教?"

"不就是想息事宁人吗?你入了教又不少什么,在神甫那里打个马虎眼哄他高兴了,碍于面子,他不生事,虎年盖家就平安了。况且,你入了教也是想叫你看着米丘到底来暴店想做啥子。"

一根一根手指挤下来,挤得冰凉的手掌泛出了热气。

"日甚一日的泥地,你瞅瞅那些个打不下粮食的暴店人,脑筋里不转弯,就想着地,靠天吃饭,天不长心啊,没有雨了,就捶着地畔上碰一碰一丈高的土骂娘,骂命骂老天爷,算个啥东西嘛!老天爷摁死你比摁个虱子还痛快。"盖运昌很舒坦地躺在炕上莫名其妙想骂。

"老爷,商量个事儿,有一天真要揭不开锅灶了,容许我唱戏养你。"

"揭不开锅灶的时候,真有揭不开锅灶的时候?今生怕没了。过些日子啊,你的脸蛋儿怕是要被日子撕成乱麻了。"

六月红撇了一下嘴角说:"岁月能把老爷长成十七八吗?"

盖运昌调换了一只手,很认真地看着六月红的脸:"小祖奶奶,你小瞧我中了阴是吧?敢叫我骑上去?"

"算了吧老爷,大白天,有那心事夜里来,你甚会儿骑上来过?你心里的事不足与外人说道,你骑哪个了,你知道。你心里藏着一本戏呢。"

"小贱人,你天性儿就是一个小贱人,要是叫你去了大地方,蹬了大码头,你那贱劲儿就大了。"

"老爷,我可是在喝你的血呢。"

"喝我的血,抽我的筋,剥我的皮,想咋的咋的吧,我心痒了。"

"我可是要唱了啊老爷。"

"你不唱我唱,我是真来劲了。"

盖运昌清了清嗓子,眯缝着眼,小声唱起来:

> 老爹爹问得我结舌闭口,
> 此事儿倒做了覆水难收。

六月红耐不住了跟了唱：

> 有心跟爹爹回上故土，
> 若回朝无面目要将人丢。
> 在北国享荣华天长地久，
> 又何必再反复去把人丢？
> 在古庙不由人思前想后，
> 也罢！混一天是一天以乐无忧。

盖运昌用热起来的骨关节敲着炕墙头，嘴里配着响器家伙，六月红的眼睛细眯起来，天生一副妖娆的样子，一个谋爱又谋生的女人，唱得杨四郎这个浑小子是里外分明了。一时盖运昌无法把持，一个挺子翻起来，三下五除二把六月红剥了个干净。自己喘着粗气，躺下说："骑上来。"六月红说："我就要老爷骑上来。"妩媚的眼神眯成一道很细的裂隙，偶尔地挑一下眉说："就要老爷骑上来，你能骑旁的人，就不能骑我。"那个妩媚劲儿虽叫他喘不上气来，却是让盖运昌内心少了照彻什么的惊悚感。那眯缝的眼、斑斓的脸，不是他的女女啊。盖运昌说："算了。刚放了阴。"穿好衣裳下了地留六月红赤裸着身子在炕上摊着。阳光像板胡的一个琶音颤了一下，落在六月红惊痛的眼睛里，她欠起身子羞怒地冲着老爷的后身子说："老爷，你果然少了魂了！"盖运昌扑哧笑了，到底是小肚鸡肠的女人啊，拽过被子搭在了六月红身上，头也不回地走了。六月红坐起来拢了一下凌乱的头发，空对什么用一个妩媚的笑来掩饰内心的凄楚，冲着院子喊："拿酒来啊。"丫头急急跑进来，六月红裹着花被子笑望着丫头喊："你耳朵聋实了吗？叫你拿酒来，贵妃我要喝酒了。"最具想象的空间是在舞台上，除了笑望舞台上的那个自己，以后怕再没有笑望的地儿了。

盖运昌从六月红的屋子里出来,心里揣着惑,走进女女屋子看女女盘腿坐在炕上,自己便脱掉鞋子,一骨碌上去也盘腿坐在了女女对面。叫兰儿去厨房弄些酒菜来。女女迷糊了一会儿,老爷的到来吓清醒她了。"女女,我可要放下平日里的处世心机,在你这里得着一次大放松了,你可容我放纵一回?"女女不看盖运昌,直了直身子,看着兰儿出了屋,盖运昌双手掬了女女的脸说:"炕是诱人老死的饵。"听了盖运昌的话,女女的脸唰地红了,挣扎要下炕给老爷倒茶。盖运昌抱住女女,鼻腔里一阵一阵往上泛酸,这一时辰,什么如梦似幻的人生况味,似醉非醉的超拔境界都一起来了。"不喝茶,喝酒。我就想跟你说说话。"

四碟儿小菜一壶黄酒,女女陪着不动筷子,偶尔兰儿过来替她一盅,喝到兴处,盖运昌说:"我不是我了,我成了真我。女女,我老了吗?""老爷,酒见了你几分性情,我看中老爷的性情呢,老爷的脖子、身板直着呢,人老了带有一副愁苦的老相,老爷从不惺惺作态,老爷不见老。"都是盖运昌爱听的话儿,真要喝出几成暧昧了。盖运昌要兰儿把聂铁抱出外屋,他想和女女掏心窝地说话儿,掏自家心,也掏女女的心。忽想起要六月红入洋教的事,盖运昌笑了,有几分小得意,平日里可以说大话,骂不平,在女女面前他什么也不想,就想傻笑,想倒尽肚子里的苦水水。

"我知道我老了。好多事不得不服。我那时却就不服,一心想着日子长着呢,有我张狂的时候呢,只要肯想就没有实现不了的梦。换一句话呢,就算实现不了的,也是因了我没有用心去做,都在眼前头等着呢。女女,我等不得了呀,人啥时候能走到眼前头?你给我生个带锤锤的吧,你有多少麻达事老爷都给你包干了。天底下不敢说,暴店镇还没有我放不平的事呢。"一口黄酒下肚后接了说,"我听不得那叫驴一样的喊爹声,我嫉恨呢。"

女女满上酒盅,一肚子话说不出来,借了酒劲有几分麻醉,眼神也蒙眬了。"老爷,日子要摊给人不幸啊总也要施给人小恩小惠,一路走开,化解了以往不幸的芥蒂,想着把日子都看透了,安心了,平平地过到老,不想其他事了,可日子明摆地又转到眼前来了。人不想事,事想人啊。"

盖运昌说:"你说,啥来了？不怕,把你的从前说出来,了一桩说一桩,你说出来我好找理由收拾他。"

女女不说,那日她求老爷替她杀了他,老爷没动手,她后悔不该说。盖运昌痴呆了似的看女女,一张菩萨的脸。盖运昌伸过手去摸女女的脸,一脸阴寒。老爷的手软绵绵的,像一团棉花,女女想抱住老爷,张开手臂却没有抱过去,一只手轻抚了老爷的脸一下,缩回来紧捂了自己酸酸的鼻子。从来没有人这样与她相对倾心长谈。她却不能说,她不想把内心的痛说给老爷,老爷不是自己的,是盖家大小几十口人的老爷。几十口人的眼睛盯着呢,老爷的挑子重呢。盖运昌被女女的冷凝结了,一时话断了,他觉得女女的心里有铁锈着。他看到女女的脸扭向窗前,心头涌来涌去的恍惚,一时明一时暗,黑漆一样的头发,又似冒起的烟雾缭绕了他的气息。他是能借酒装疯闹事的人啊,此时要是六月红在,哪怕是二太太在,话都会长出来。激荡的心起来下去,下去再起不来了。眼睛努力往四周睁,瞠目欲裂的那种,女女看他,眼中毫无挑逗,菩萨的眼睛,是少了人间烟火的眼睛啊。女女突然说:"老爷,你不叫我死,就叫我回谷里。接不住的日子就叫它断开吧,老爷要是还疼我……"盖运昌大口喝了一口酒说:"我想掏心窝跟你说话,就算老天叫你走,也得问我同意不同意。"抓了女女的手,有了几分醉态。

大太太在屋檐下站着,端着一锅熬到火候的汤药。化雪的院子里没有留下她的脚印,站在黄昏的灰白下,渗透到骨髓里去的阴冷呛得她咳嗽了一声。女女拽着什么似的冲着窗户喊道:"太太,外面冷,快进屋来啊。"盖运昌翻身下炕堵在了门前,一手端过大太太手里的汤药扔出去好远。白白的雪地上驴尿一样的黄水泼过去。大太太快速走过去捡起地上的砂锅。雪开始下了,一层一层无声落着,把大太太的头发落白了。僵持之下,大太太说:"老爷该明白,肉眼是看不到明天的。"盖运昌闭了一下眼睛撩起袍子跺了一下脚走了。

大太太走进屋,走到伫立在炕沿前的女女面前说:"你都看见了,我是好心来的,就算他不叫你死,天也总归要叫你死。你到底想把祸惹多大才安心?"那双深藏在缕缕白雪下的眼睛不依不饶盯着女女,没有一丁点女人的仁慈与善解人意。

女女说:"大太太消消气,千般事都是我惹下的,你若想打我两下能解了恨,你就抬手吧,女女一个下人,愚人做了蠢事,你大人大恩大量呢。"

"呸,别让我的耳朵听见居然有人能说出这样的话感到害羞。我打你?我打我自己都要遭人怨恨。你要知啥叫羞耻就把裤带系了死疙瘩,你要不是在老爷面前获了一份纵容,你敢拿了剪刀!"大太太说完恨恨地转身走了。

女女送到院子外,雪下着,朦胧了她的脸和眼睛。她想:一个永远完成不了的时刻,一辈子要背不是了。听得哪房院子里有人唱,细细瘦瘦的,捉摸不住,惹得院子里的人骚动了。兰儿出去看了回来说:"是三太太酒多了,大太太骂她是饿死鬼转世。她借酒劲儿在院子里唱,几个人都拽不回她呢。"女女心里一怔,憋下的难过来了,仰起脸,雪化在脸上。

兰儿小声说:"姐姐,你不敢想那死啊。"

女女说:"兰儿,你是叫我永远有节制地活吗?"

8

天麻麻亮,吴老汉揉着眼窝起了,给骡子添了草料,饮了水。自己抹了一把脸坐在槽头前看骡子吃草。耿月民走进来把草铡成节节堆在墙根上,收拾完了,日头也从山顶上露出红脸来。早饭后吴老汉来到了和盛堂的掌柜桌前。"和盛堂"三个字悬挂在门楣上,门前面缘有四根大顶柱,每根顶柱上有与顶柱同长的牌匾,四个牌匾的内容分别为"本堂秘传二仙合和血晕止迷散""本堂密授脾肾肠胃两助丸""本堂秘传应症丸散膏丹""本堂炮制咀片地道药材"。在门市平楼的东山墙上刻有店里的药名:"济生膏、九龙膏、拔毒膏、如意丹、葵日丸、乌鸡丸、惊风散、七珍丹、保婴膏、千金散、女金丹等药膏名儿",西墙上写着"医药卖药,一体待客,取利公平,富者无贪。功研三百,道宗五千"。半开的门外能看到暴店半条街道,人来的人往的。一时半会没有抓药人,他便和店里的耿月民聊话,话里满是怨气,认为自己这么多年来就像避世一样,隐而不露。他说:"俗人可没有济世安邦之心,但不可没有济世安邦之才。"他便不说了,有满腔的热情似的,停顿在某个阶段中,好像陷入了一个梦里。

耿月民问:"吴叔,您祖籍是哪里人?"在梦醒的一刻中,他又陷入了一个梦中。"北平人。""那地方是大地方啊!""当然,暴店比起北平来,不及九牛一毛。"北平已经在他的脑海里超越想象了,极其大,有一点空洞,不可捉摸的空洞,从大地方来此乡下,他是很渺小而顽强地在活着啊。耿月民说:"吴叔,您要是回北平,带了我走,俺保管伺候老您。"呸,吴老汉的脖子开始红了,他激动的时候脖子红,骂人的时候脖子红。"你想不想下十八层地狱炸了油锅?""这叫什么话嘛,您老一定是奔着什么来的。"吴老汉红了脸说:"算你猜对了,奔了良辰吉日来的。"恰巧盖运昌听见了,咳嗽两声,吴老汉立马松弛了,脸上爬满了无限悲辛苦酸,压抑着什么,翻开桌上的医书,用铜书签挑着看。

耿月民想:人人心里都有个"怕"字呢。

盖运昌坐下了说:"年算是过了,药店里空着,有几味药需要出去进点货回来,指不定有药商年后要打包货呢。"说完话走到墙角装药材的柜子前,打开——验了,发现少了许多急需。"我看你不出正月去一趟县城,找南关福全堂的韩掌柜,告诉他缺药有金钗、土茄、南沉香、珍珠。对了,汉三七和冬虫草也要一些,回头我给你们写下斤两,过几天就去。"吴老汉站起来点头应下了。盖运昌要过纸一一写下递给吴老汉,只说了句:"走时盘缠带足了。"

盖运昌走后,吴老汉盯着耿月民看,把耿月民看得怪不好意思了,半低了头小声说:"叔,哪有这样看人的?"吴老汉问耿月民愿不愿意认自己做师傅,耿月民哪里敢说半个不字,况且他也知道吴老汉在盖家的地位,时间长了,总得有个靠山。靠李圪渣显然不是正经地方,在盖家做事,一切都还得有赖于吴老汉的提携和栽培呢。没有回话,扑通一声跪在了地上说:"俺视吴叔如父辈!"看耿月民的架势,吴老汉迟疑了一下,反身在客堂点燃了一对大蜡烛,很正经地坐在了椅子上。拜师的规矩耿月民懂,先是毕恭毕敬向上拜四拜,再向吴老汉拜三拜,然后到灶间点起香烛向灶神拜两拜,最后一拜该向店员和栈司各作一揖,当下里没有人,他便向四下里虚晃一拜。吴老汉在椅子上开始训导:"你现在就是我的徒弟了,有些规矩我得教导你。第一不许赌博,第二不许吸鸦片,第三不许逛妓院,第四不许留分头。看我做什么?我说是留分头擦油多,花时间误工。油染被子和枕头,哪个给你洗!我讲到几了?"耿月民说:"师傅讲到四了。"

"好。第五不许子时前睡觉,要学写字和练算盘,第六不许看黄书,第七?"

耿月民看吴老汉一时想不出来就迎合道:"师父可以慢慢想,慢慢教导,一时想不出来,啥时想好了啥时徒弟跪听。"

"好哇,师父也拜了,规矩也定下了,记着了师父的指令是不敢违拗的,逢年过节师父不提,你得知道给师父作揖磕头。"

耿月民明白吴老汉是想要敬重呢,眼看着盖府没一个人尊重他,要别的没有,要作揖磕头弯腰有。伏地"唪唪唪"磕了仨头算答应下了。吴老汉说:"起吧,你是我徒弟了,收拾了跟师父进城盘药去。"

吴老汉和耿月民是正月二十五后往县城走的。县城里的店铺商铺关着门,找一家吃食都困难。以往县城里扎堆、下棋的挤一起,来了,走了,一直都见人影儿,有时都看不过来,叫人走着虚,眼下热闹都缩在自己家了。突然发现有人影挤着团,一看是搭了台子要唱戏。台子下摆满了板凳,一些老人和孩子占了地盘,挤挤撞撞的。台子上站着一个男戏子,正扯着嗓子穿了彩裤蹬了靴子练身段,一个马步压下去,翻了一个云手,想站稳当了,却似动弹着要往后仰,肩、胯骨头用着力,似乎吼出一句什么唱来,如砌了一堵墙,想牢牢坐实了,一时不稳当朝后跌坐下去。耿月民弯腰稀罕地哈哈大笑了起来。他的笑引起周边人看,看台上人的武功,完全是花拳绣腿嘛。台下看的人朝台上鼓了倒掌,台上人一时窘迫起来闪回了幕后。吴老汉瞪了眼看耿月民,拽了他一把,叫他走。耿月民一甩一甩地迈过地上的板凳,有些不舍得当下的景致,还是走过了。福全堂药铺在南关口上,吴老汉以前来进过货。耿月民是第一次,有些拨动了以往放纵的神经,一下看到了戏台,看到了两边棚子下的小吃,觉得看什么都稀罕,都想笑两下。吴老汉拽了他说:"一会见了福全堂的掌柜,你可要记住了,不能傻笑。待人接物要学会面和心硬,表面上热热乎乎,心底里要冷冷清清。见了长人不说短话,见了低人不说高话,个人心里的盘子,多会子也不要亮给别人。"

说这些话对耿月民来说都是多余,貌似忠厚,心怀诡计,虚伪逢迎,八面玲珑的说教他是悟得出的呀。"庄户人赚钱靠血汗,买卖人赚钱靠手段,对吧师父?"吴老汉看着他说:"你不傻呀。"进了福全堂见了韩掌柜,放下年礼拜了晚年,要谈正经事了,吴老汉叫耿月民出去看看县城,安顿他不要走丢了。有些事还是得叫他回避着。

9

耿月民出了福全堂,心里还想着正月天的那份热闹,不知不觉就又走到了戏台后。天光暗下来了,经过一个胡同口时他被一个暗影儿拽了一把,人一下埋了进去。没等他看清楚那人的脸,一股油彩味儿蹿进了鼻子,是一个戏子。耿月民说:"你想做啥呢?俺可是盖府的店伙计,正月天来福全堂药铺串亲戚。"戏子说:"知道你是来串亲戚。我看你就是不顺眼儿,你说,想吃顿打呢,还是想拿银子买个平安?""俺不识得你啊!""我识得你的笑呢。"耿月民想到了方才的戏台子上,明白自己的笑叫人家心怀怨恨了。"俺笑你的武功好,正月天给人添喜气呢。""屁!""俺一个乡下人真是稀罕呢,台上一辈子,台下一辈子,把日子过全和了,哪有你这般好呢?""少废话。拿一两银子来,不然的话,你看你是脸上想留记号呢还是身上想留记号?"耿月民哪都不想留记号,就想走。"大哥哇,交个朋友,多条路,何苦要把路走绝了呢?放俺走开,有碰头的时候呢,用得着俺的地方大哥说话就是了。俺是暴店和盛堂的店伙计,你想要料面儿俺可给大哥提供。要说大哥的武功,给俺做记号传出去了那还不是要叫人笑掉大牙吗?"戏子不说话了,思谋着事情向哪个方向转换比较划算。耿月民这才有机会看他的样子,二花脸,黑脸上描着横竖白道,眼圈旁有两道红,跟血似的,看着难受。穿了朝靴、彩裤,看不清眉眼,不敢多看,低下了头。戏子说:"不行。散戏后原地等你,十个银圆了事,否则不放手,除非你在世上化了人形。"耿月民想:这下完了,去哪借十个银圆呢?这不是要俺的命嘛!

戏台上的锣鼓家伙响了,戏子重重推了他一下,扭头走了。人走了事搁下了。一瓢冷水泼头,心挖抓得难受,一阵风吹过来,像要把他的五脏六腑吹开了,他哑巴着嘴站起来哪都不去了径直往福全堂走。巷口上突然碰见了一个身穿锦缎袍褂的有钱人,黑闪了一下,觉得很面熟。走过去了便又想折回来看个究竟。有钱人以为遇见贼了,很快速地扭转身看他,四目对视之际,耿月民蓦然想起:"咦,这不是上土沃原家二少爷吗?"那人心惊之际一时不知对方是谁,张了嘴指着耿月民说:"你是哪个?""二少爷,俺是和盛堂伙计耿月民啊。"原德库闻听站下了:"大正月天来县城做啥?""跟了吴叔来福全堂进货了。""盖家大正月天就来买卖了?"耿月民灵机一动说:"是囤积货备清明旮旯急用。

别提了,这下俺不敢回盖家了,二少爷店里要是装得下俺这个下人,俺就走丢跟了二少爷走。""因何?""俺装了东家的十个银圆,叫路上开销,大正月天,路上的店铺都关门了,一路上没见开销,这不,路过戏台前不见了。"原德库说:"盖运昌怎么舍得叫你装银子?""是俺和吴叔分装了,就怕有个闪失,闪失就来了。"原德库仔细看了看发现果然是和盛堂的,是买了李圪渣窑的耿月民。二话没有说,只是叫了他跟自己走。耿月民心里虽然忐忑,却不由得鼻子发酸、眼珠发涩,直想掉泪。总归是不想走,跟在身后说:"原二东家,您慢着走,我还是回去和吴叔讲了好,要死要活凭了盖东家处置我好了,人不能不讲情义吧?"

没想到这小子还懂得"情义"二字。原德库拍了拍胸脯说:"原家是江湖上的义士,不说别的,就算是他乡遇故知,该帮的忙也得帮,还不说和盖家打断骨头连着筋呢。"耿月民在身后扑通跪下了,"常言说:受人滴水之恩,定当涌泉相报。原二东家的义士之举叫我感动,想来想去不能和原二东家走,世上事哪有不透风的墙?真有一天叫盖老爷知道,俺的脸往裤裆里装,怕也要叫大腿板子挤对了。原二东家要是肯帮了俺,当牛做马这世俺还定了,原二东家要是肯答应了,俺就起了跟你走,俺这辈子赚了盖家的还原家情义。"

"要是不答应呢?"

"原二东家是善人啊,怎么忍心叫俺转身去摸阎王鼻子?"

原德库一边想,一边很慢地走,投在地上的影子那么轻那么静地移动,仿佛怕踩疼了什么,他琢磨这人有意思,看来是真遇上难了,不离开盖家呢?是怕李圪渣的窑洞叫盖运昌收了,和一锭纹银相比,一眼窑更重。有人走过驻足下来看,怕粘了什么,匆匆又走了。一时想不出这个人的用处,但是,觉得他有用。给他点小恩小惠他便没了立场和诚实,人生杂念,都是生息的事。他喊了声:"起吧,跟我走。"

原家在大东关上的药材店算不得好,可人家是开在县城呢。进了店铺,原二东家没说多余的话,叫账房给了耿月民十个银圆,叫他坐下来,简单问了他一些话。事后耿月民琢磨原家的问话日怪,比如问他进药的项目里有没有唐胶,有没有金鸡纳霜。其间他看到原二东家坐在太师椅上拿出一粒药丸来用两个铜板夹成粉碎,放在手心,用鼻吸之,再取温水一杯,亦用鼻吸之,一杯水鼻子居然吸了干净。耿月民看傻了,原二东家吸的是什么药丸?这样的吸法居然没有呛了喉咙。因怕吴老汉找他,急急告辞,磕了仨响头起身走出原家店铺。发现后面跟了人,想是又遇见劫路贼了,心惶惶的,后悔出门时没有把银子装到裤裆里。走走停停,走到戏台前趁乱想紧跑几步,后面的已经赶到了他前面说:"人多的地方,就不送你了。"明白是原二少爷派来的人,怕他路上出事。他想哭,蜡黄的脸上,变形了的表情,眼泪和眼屎一起团了泪要往出掉,再看已不见那人的影子。他赶在杀戏前站在那个胡同等二花脸到来。站着等人,怕有人过来找麻烦,溜着墙坐下去,脱下鞋用鞋底子抹了几下脸蛋,装了有毛病睡墙根的讨吃。稍加坐稳当了,就想那人要是吓唬他就好了,要是真的就得想法子把他的嘴脸认清楚了。还没等缓回神来,一个人站在了他身前。朝靴、彩裤没了,脸上的装卸了半截子,脸黑着看不清楚模样。

"备好了?"

"好了大哥,俺敢不吗?"

"拿来。记着了,人在世上,不能由了性子,性子是要不得的。"

耿月民掏出银子递过去,他想看清楚对方的脸,好记死了。这一看傻了,那是下土沃的皮二呀,只知道他装扮过黄涝鬼,他何时学了唱戏了?看人家拿了银子在手里把玩着,吹着口哨走出了胡同。他怎么就可以这样张扬自己的性子呢?!阴冷的黑暗,凄凄地锁一双空洞的眼,梦游一样,恨不出头绪来。黑暗旷芜,盈满眼眶冰凉的泪水,深深地把他陷在了无奈的怅惘和孤独中。

等夜收尽了人声,耿月民才回到了福全堂。吴老汉见了他好奇地说:"你贼胆大了,怎么敢走到现在才回来?"他谎说:"在戏台上看戏子卸装,不觉就夜深了。"吴老汉说:"这是县城,是福全堂,叫人家等你一个下人,要不是碍于老爷的面子,你屎也不是。"

耿月民哭丧着脸说:"师父呀,俺本来就屎也不是,连假戏子都敢欺呢。"

吴老汉没多想他的话,叫他赶紧睡,明早还得清货打包呢。

第十五章

1

形意拳仨兄弟不出正月就来暴店开了镖行。

盖运昌找了两间临街的闲屋子收拾出来,叫木工匠人雕了一副联子。上联:一声喝武镖车走;下联:年年江湖平安回;横批:忠义为闲。

镖局叫什么名字好?商量下来定了叫暴店形意拳镖局。而不叫形意拳暴店镖局。仔细想有点意思呢。开门大吉,第一笔买卖做的是盖家的药材生意,一批由县南街福全堂打包好的药材运往河北。三辆车马过街,头马上插了旗子,上面"暴店形意拳镖局"字样很是招摇,也算是开门广告。消息之快,立时传遍了县里的大小商行。

原家想到耿月民的用处,差人叫了来骡马店问话。知道这一次运送的是金钗、土茄、南沉香、珍珠。原德孩回了上土沃告诉躺在炕上的原添仓,说正月天盖运昌就往河北送药材了,送的是金钗、土茄、南沉香、珍珠。原添仓思谋了半天说:"这些都是做烟膏的配料。马不吃夜草不肥呢。等着吧,镖局里的人回程一定带着货呢,不会空手而归。"说完此话后他从被窝里伸出右胳膊撑开了手掌,掌心里有一只空壳知了完整地摊着。手掌心放射出一种气味来,是捂了许久的汗酸味。他看着那只空壳知了,努力想握住捏碎了,怎么样下力气手掌都呈鸡爪状,都握不成拳头。一种恐怖,一种悲伤,什么东西就要显形了。他憨痴地笑了一下憋出一句话来:"你总归不是他的对手。"原德孩不语,某种心绪顺着什么高涨起来,是逆着时光高涨的。一定有一天盖王八在暴店镇会失却那份张扬的尊严。

没有想到,原添仓死在来年二月二龙抬头之日。

人要死了,不想死,明知不想死却不可能不死,心里锥心剜肺地疼。三个儿子围着他,窗台上放着一只红绿彩瓷碗,里面放着一棵白菜心。半尺高的菜薹上生出几枝花蕾来,太阳晒得明黄一片,蓬勃了一碗。

原添仓要他们取过笔墨纸砚来,他挣扎着坐起来。三个儿子知道是老爷子要留话了。原添仓没有想到自己这么快,只是平常的撞击,却是越来越胸闷,到后来咯血,尽量想放平心不去想太多,越不想的事越在心里搅和,其实,佛魔不二,怎么可以不想呢?从赢了柴晚生的骡马店起,他按着他自己制订的计划一步一步进行,他要活着看欢笑的那一天,那一天是什么样子他一时没有想好。明确讲,他原家一定要在三峻庙举办一次迎神赛社。他向天发过誓。那一碗明黄带不来春天的暖意,他凄迷着眼睛,秘藏于内心深处岁月流转的无奈,对儿子将来驾驭不了的事又心怀七分恐惧,三分敬畏。"敬畏"二字,到底该怎么去想?敬的东西不靠近,靠近了又不敬。活着的人哪个不是在博弈?只是对手,作为对手的人中途就要退去了,便宜那王八了。他的眼睛微闭不睁,多么希望身体对他是一种伪装,可是,天告诉他,去日不多了。努力想抬起的手臂怕是再也抬不起来了,努力想捏碎的空壳知了,看上去依旧微黄,汗浸得光滑,触之圆润饱满,脚脚须须,细微处几近于活着时的完美。

盯着那只空壳知了轻轻咬了一下牙关,睁开眼睛说:"你们仨都流着我身上的血。活人,心能放平的少,眼里多人造景观,不是别的,是'利义'二字。无利之事有义,有利之事无义,亲兄弟也不能免俗。一碗白水是镜子,想来我这只握笔的手再无用处了。"

他的手不听使唤,骨关节不能捏合,下劲的时候喘吁吁的,无奈中放弃了最后努力。他低头深吸了一口气噗一声吹出去,那空壳知了在掌心里纹丝不动。

"嘘——上土沃的家产,落给不出门的老大,省城里的店铺、商号,买卖不大,也是生意。老二德库、老三德鱼合股看管。暴店的骡马店,以后开什么店由了世道的走向看,大小事情弟兄仨商量着,三人成鼎啊!"停顿有一会儿后,继续说,"暴店镇柴家的骡马大店是原家通往暴店的一个缺口,你们的哥哥德孩,杀性藏锋,说不定眼之前头,脚之前头,都要他来实现呢。记住:人不是天上的星宿,永不讲话。人就是人,是活物,活着,得争得夺。'兄弟'二字,情同手足,天下乱痕糟迹,有兄弟一起,力量是无尽的。"

三个儿子齐齐喊了一声:"爹,记下了。"

小儿德鱼说:"爹,你不能丢下一切撒手不管,我和二哥的事,安县长还没有最后回话呢!"

原添仓长叹一声:"世事由不得人哇。睁着两只眼睛,能见着的,谁舍得撒手?送了多少了?怕也送得不少了吧?该了。"

老泪流下来。

三个儿子已经不是雌黄少年的年龄了。原添仓示意拿开眼前的笔墨纸砚。刚才说话用气太足,喉咙里被一口痰堵实了,用了老劲干呕了两声,小儿德鱼跪上炕轻轻拍了拍他的背。他咳得越发严重了,只咳得青喉咙白眼,一口血痰吐了上来,呃——人像猪尿脬一样泄了许多。窝在被子里独望着窗外喘气。偶有一只脆鸣的飞鸟掠过,惊了神,惶惶地四下里看,什么也没有了,一下又回到了寂寒生活中来。看着身边的三个儿,默然专注地看着不动,三个儿不自在起来。

"拿过来。"原添仓说。

原德孩走到竖柜前,打开柜门抱出一摞卷轴放在条几上,一一展开。

"书画虽是小道,却关乎人的天性、秉性、悟性和才力、智力、毅力。看上去只一方素纸,只要依了汉字之形,用笔墨交割,当如棋手落子,出子、吃子、看子,全凭了眼力。一墨一纸一砚台,须知工具相同,字形无异,却是千人一面、千人万面都在其中。可惜,你们入世修德缘浅啊,不知修身养性之功是获得名利之效,纵是小道书中都有,它藏着神秘无底的人性修身的千般变化呢。这些卷轴里有傅山的字三幅,弟兄仨各自拿了去。"

原德库卷起三幅卷轴分放在三个地方。

"傅山的字,气格娴雅处,骨力洞达,内含杀气。你们以后慢慢悟去吧。剩下几幅各自拣了。家中字画全部在此。纵有家财万贯还得有一个'守'字。"

原德库看着古董阁上的铜鼎,县长渴望的东西,脸上挂了内心忍不住的欲望,眼神显得有点儿飘忽。

原添仓说:"老二,你要是有话就趁着我还有口气说。"

原德库说:"爹,我天性无拘,我对字画不懂其中奥妙,也无益处,我只想收了那口铜鼎。"

原添仓看着原德库:"那口铜鼎内有三峻庙断碑的拓片,在你看来它也是毫无收藏价值的废纸,你说,你要它有何用处?"

原德库话到嘴边想说是安县长要,又觉得说出来不好听,不是时候。可什么时候又是时候呢?努力正了一下衣襟说:"是县长想要。"

原添仓很奇怪地笑了一下:"你什么时候有此想法,要拿家里的不值钱的宝贝去贿赂一个官员?他拿走的哪一件都比它值钱啊!"

原德库说:"爹你是真不知道啊?去年九月十三庙会上,县长是看中了盖家的波斯玉瓶,却被响马抢了去。盖运昌在会期告诉县长,屯长县衙门里啥都不缺,就缺一口铜鼎。用之管理一方百姓,鼎是立,是恒久呢。安县长突然答应下咱家的事,想着有希望了呢,后来我和二哥去找他,明显感到他说话含糊了,拉话中说到了铜鼎。"

原添仓说:"盖王八舍得叫响马抢了他的波斯玉壶?"

要是说自己的东西为了子孙后代送出去,也就送出去了,又是盖运昌!他深深地吸进一口气,吸进胸口深处,憋住这口气不让出来,这口气使他晕眩了好一会儿,张大嘴吐出气说:"我死了,由了它去。"说完大声咳嗽起来。

原德库赶忙坐过去扶住原添仓,原添仓咳嗽过后咬着牙关挤出话:"你们仨记住了,暴店镇的规矩你们也知,不是暴店镇的人不可参办赛会,主办大赛是八方来客传播好口碑的时候,争得了,也就走到了信赖的高处,原家不进暴店,永都是山野小户的财主,不能成为镇里的大户。这世道没有道理可讲,强势的人就是贫民的道理。你们该明白了,以后啊,暴店镇的仇人要一明一暗了,明枪好防,暗箭难挡,盖王八是原家的拦路石,他不会要原家好好在暴店镇住下来。日子长下来,都要听了你大哥的。"

原德孩双眼通红,有两根巨大的刺从眼睛中刺过来,等着爹再说什么,看到炕上的爹靠着围起来的被子,头一冲一冲地打瞌睡。他这一睡居然到了夜晚皎月升起,想叫醒他时发现人已经走了很久。

2

原桂芝大中午做了一个梦,梦见潞水两岸长满了深绿的芦苇,正惶惑间,她的哥哥原添仓满脸痛苦地走进了她梦中:哥哥说,明日你来吧,见着我了,一定要将我的手从我的胸口拿开,我很不舒服。原桂芝想要说什么,一下就醒了。大白天做了一个很奇怪的梦。她在椅子上坐直了身子,也就是打个盹,这把年纪,一沾枕头睡意全走了。想着这个梦有意思,潜意识地想到有什么事情要发生,心惶惶地走出院门,走到大门外迟疑着要去做什么,却听见报丧的人在大院里说是上土沃哥哥老了。

她的腿软了一下就着地上的一块石头坐下去,叫了一声:"娘哎。"

盖运昌在院子里提着鸟笼子逗鸟,看到头顶白布腰系麻绳的报丧人进院子跪在了眼前,他激灵了一下:"你这是给谁报丧呢?"

跪地人："上土沃原家老爷走了,后天出殡叫来报丧。"

盖运昌："几时走的?"

跪地人："二月初二星星出全时走的。"

盖运昌递给家丁鸟笼子,仰头望天："世上人谁也翻不过坟墓高的山岗啊。"

跪地人放下红白布扭头赶着去别家报丧了。

有些细小的回忆进入盖运昌的脑海里来,外面的官道上谁家的迎亲队伍吹着唢呐过去了,一只灰雀在老槐的树枝上荡了一下飞走了。原添仓走了,连影子也带走了。伤感一下涌上了盖运昌的胸口。这人心啊,胸怀之间的一团肉,说它小,一个眼神、一句话就能把它充足胀满;说它大,天能盖地,肚能容海啊。两行泪流下来。他不想原添仓死。他这一生种种生命关节的风景处,都有原添仓来陪伴才能出彩。他这一走啊,真叫人有几分不舍。抚额摸面之间,由不得自己,直到哭出了声。

也是原桂芝想不到的。盖运昌要吴老汉备了骡子,叫原桂芝上了轿跟着去上土沃奔丧。

远处看原府外两棵桃树上挂着的麻纸入心入骨白,这人当真是没了。有多少年没走进上土沃了?年份长了。闺女嫁过来后就没有来过,闺女死没有来。父母恒久疼爱了你几十年,却不敌夫家的一个眼神、不惜粉身碎骨、形销魂散。想你什么?怨你什么?恨你什么呀闺女?规矩是给世人看的,打老远听到了孝子孝女的哭声,原桂芝下了轿抖擞开白孝布往头上一蒙也开始哭上了。盖运昌一脸严肃,世上还有比这更稳当的事情吗?突然感到比见活人还多了几分紧张。

一口红棺停放在院中央。显然农闲灯影里,原添仓已成往昔。

死人面前无大小,盖运昌跪下很认真地磕头。原桂芝收了哭声,见了嫂子悄声说："哥的手在胸口上放着,他堵心呢,嫂子啊,钉棺前,动动他。"

三个外甥中,德库和德鱼无话,德孩说了:"姑,人都老了也不想叫他安生吗?!"

原桂芝被呛住了,消停了一下,扑通一下跪过去号啕大哭起来。

站着的德孩娘说:"外甥咋的和姑姑说话呢!你姑来,那是骨头和筋脉连着的疼拽着呢。嫁出去的闺女,娘家是她的根,娘家的灶柴烟火里藏着她的小时候呢。你爹的魂还没有走开,临老都知道托梦给你姑,是你们的爹他心里牵挂呀,牵挂这一世血亲啊。"说着说着也跪下去号啕大哭了起来。

盖运昌问女婿:"你爹走时有没有什么话留下来?"

德孩说:"有话。不知原家算不算暴店人?"

"有家产了当然算,没有家产当然不算。"问话不含糊,回话也不含糊。盖运昌指的是柴家的骡马店。

德孩说:"好个算,既然姑父都应承下了,下一个五年大赛该由原家来主办。"

盖运昌愣怔了一下说:"该了。牛年的赛社,说来也是盖家住在暴店镇得大便宜了,家大业大排场大还是你原家。我力主原家办赛。"

德孩说:"缘起,祸起,老桩倒了,新树也得发芽,谁能挡得了日子?"

盖运昌说:"谁又是日子的对手呢?如今暴店镇最大的富户怕也是你们原家了呀。"

盖运昌想:原家进暴店的尾巴终于露馅了。初生牛犊的原德孩哪里能顶了他心目中的原添仓?冲着原桂芝说:"起来吧,走的走了,活的还得活。"

德孩娘一定要德孩在盖棺前看看他爹的手是不是压在胸口上。德孩一摸果然摸着爹手里的鬼饼掉了,那只断了骨头的手架在胸口上。德孩抬头看了看原桂枝,疑惑爹活着没有见疼姑,老了倒托了真实的梦给她。没话,低头把爹的手拽下去,两只手拿好鬼饼齐齐放到了小肚子上。弟兄仨开始钉子孙钉,哭声起了,德孩娘抱住原桂枝,姑嫂俩都不年轻了。原桂枝安慰说:"嫂啊,我的哥他走早了呀!"

世界上所有恋恋不舍,终归只是几个人的事,几个人几个家庭,越近的人越生闲气。一坡一梁,一硷一畔,人却不能和草木比,黄土生百虫,人性生百事,天下事情,枯荣有恒,都因利欲无尽啊。

从上土沃回到暴店,已是夕阳西沉时分。刚刚还晴朗的天空疏忽阴沉下来。乌云先是凝在王莽岭上空的一座山峰上,黑墨如牛屎一团,越凝越大,渐渐漫铺过来。很快,头顶上的天空就被一件蓬大的灰衣覆盖了。乌云初起的地方,已看得见雨雾斜过来,零星的雨珠开始敲打暴店官道,一下比一下急促。盖运昌仰了头,雨点打在他的脸颊上:"莫非天也怜见他?"

回到堂屋门前,看见二太太武翠莲瑟缩地站在屋檐下,盖运昌没有多说话,打开门说:"进来吧。"

武翠莲说:"老爷,我梦见堂屋的老槐上,喜鹊已摞了三层巢,幼喜鹊不停地飞起落下,对着堂屋叫。"

盖运昌走到门口抬头打量着眼前的老槐,打量着越过树梢的山塬,黑云漫漫茫茫地铺过了山那边。淡淡的忧伤与迷茫,一种远处的痛升起来。远处的过去,妄想带来的忧伤与迷茫,盖运昌收回眼睛看老槐:它长了多少年了,要两个人合并来搂才能搂住。秋天的叶子像娃娃手中嬉光的万花筒,在有阳光的日子里,风的拂动,把阳光弄得十分零乱,很像是儿孙的欢闹。现在的老槐没有叶子,叶子还在去冬的胸腔里,等着三月清明,小蛮腰就该要伸了。

盖运昌说:"有人住的地方树长得好。一辈子苦心经营的地方,不能太苍黄了。树上的鸟是来和人做伴的,起了三层巢,该是好梦。"

武翠莲说:"可惜后来的模糊了,要是能把梦续下来就好。我小时候做梦,头一天做不完的,第二天常常会续着做。"

盖运昌说:"那就续着做好了。"

武翠莲笑了笑,很妩媚地叫了一声:"老爷。"

外面,雨滴沙沙地扰乱来了。

武翠莲说:"我小时候去姨家那个村子,姨家那个村子看过去不远,就在山那边,走路真要走起来半天走不到。走到山头上看天,天展脱脱的。世上还有这么大的天?抬头不见山,低头倒是看到了沟里的姨家。贪看风景,坐在山头上,绿茵茵的狗尾巴草一起一伏地朝着一个方向赶羊似的跑,看的时辰长了,不知怎么就睡了过去。梦见什么东西跑过来,把身体拉得很长很长的,吓醒我了,我看到天上的云一疙瘩一疙瘩地飘过来,吓坏我了,我哪见过这样的天,才知道我的梦里有云走长路。"

盖运昌想:她还有如此的经历,被她这样说出来,倒很是有点意思了呢。从桌上取过一只板栗子,两手一捏递给武翠莲。武翠莲小心接过来,指着脚上的绣花鞋说:"老爷,你看我的绣鞋,女女做下的,她手巧着呢。"

盖运昌看了看武翠莲的脚,一双脚,想当初,不知道勾了多少男人的魂儿。脸上有了不愉快,由脚而上看武翠莲的那张羊脸,很是不高兴地说:"你要有人家那本事啊,我给你做银底金面儿鞋。"

本来是想讨好老爷的,反倒惹了没趣。武翠莲没有开怀,始终是她活在世上的一个痛。不说话了,盯着一双金莲吃那栗子。犯嫌的东西,想不出来怎么挽回不快,弄得心惶惶地抬头看老爷,老爷嘴上的旱烟飘过来,有呛人的辣味。

盖运昌说:"你还想做梦,现在睁着眼就做个白日梦出来,梦到什么都行。"

武翠莲想大声喊叫,想一跳多高,她恨死自己了。做不出来又不会讨好,心里服帖这个男人,走不是,留不是,就算是骂,也是在跟前骂比一个人心酸在屋子里强。

"老爷?"

盖运昌说:"回屋里吧,也学着做做女红什么的。要不学背诗词吧。"

武翠莲恋恋不舍地说:"老爷我就是想看见你。"

盖运昌说:"我想出去到窑垴上走走。"

武翠莲说:"老爷,外面下着雨呢,天黑了,我给老爷拿个草帽吧?"

"你的眼睛没有看到天上吗?雨住了。"

武翠莲看外面,雨果然住了。

3

天空因了有雨覆盖过,空气显得湿润而清新。

盖运昌出门后长出了一口气,他有点儿迷幻。黄昏给了他无尽的想象,雨后,黏黏的空气,有晚雾扬起来。身后的脚步声似乎还隐隐跟着他走,他回了一下头,那脚步停下了,小声叫了一声:"老爷。"盖运昌不说话,听着那个声音,那声音化了背影静悄悄走开了。

往窑上走的半路上撞见原桂枝抽抽泣泣地哭着过来,急着找什么似的。见了老爷抓了他的胳膊说:"老爷啊,我丢不起人了,是叫我死啊,一桩桩、一件件事我是彻底灰心了啊,这是作下什么孽了呀。"

盖运昌问:"天塌下来压不住你,到底怎么了?"

"二闺女要进洋人的庙里做修女,叫暴店人怎么看呢?"

"做修女?"

"做了修女就不能嫁人了。"

"规矩难道不是人定下的吗?腊苗那死妮子在哪里?"

"老爷,她在我屋里呢。"

盖运昌突然想到腊月里王家父子支支吾吾的话,那时候腊苗就给人家娃把态度亮明了,人家没有提亲,人家是有话说不得啊!

大太太的屋子,盖腊苗穿了一袭黑袍,看着走进来的爹爹和娘,无

292

话,压得住什么似的坐着不动。盖运昌问:"你这是从哪里弄来的这一袭黑袍?""马场圣堂,爹,我已经是修女了。"

腊苗说的是和暴店一山之隔的马场镇。那里属长治县管辖。早些时候有香港人出资盖下的一座庙堂,闹义和团时,香港神甫撤走,庙荒了。义和团不闹了,又住进了神甫。"你先说,修女是做什么事项的营生?""替主传授福音。化开所有人担心,让他们从不幸的担心、疾病的担心、死亡的担心中解脱出来。"

"闺女,你看屋外的那棵榆树,鸟鸣嘤嘤飞往树上,树冠托着天,树根挽着地,树下的人走过,它给过树下的许多恩惠,树下的人心病来了,要砍伐它的枝和叶,它不疼不痒只能心里流泪由了人发泄。你可知树有佛理?日子就是靠着依着啊,树是树下人的依靠,也是树下人的菩萨。你可知树是你娘的化身?你可知你就是你娘跟前伤你娘的树下人?"

"爹爹,娘只是为了这个家。十五六岁跟了爹爹,所有的不幸,她不敢说一句话。娘随了爹爹的家规,丝毫不敢想自己生来该做什么,不该做什么。爹爹可知,我们古代的圣贤可都是男人呀!三从四德因何不为男人定下而要为娘这样手无寸力的人定下?为了大多数还没有开化的人,请爹爹容许女儿进堂里传授主的福音。"

盖运昌站起来抬了抬手想给盖腊苗一个巴掌,突然发现手腕酸软了,是支着太师椅扶手的力用过了,那是心力啊。"你可知孔孟之道所给女人的教育比基督所给的更为合理?""既然爹爹知道孔孟之道的好处,爹爹可以牵了娘的手出去到暴店镇上走一圈,由了娘的性子去发泄,爹爹敢像仆人一样低头哈腰做了娘的跑堂?"

大太太听不下去了,努力挤出一句在她想来是很有分量的话:"快快闭上嘴啊,少家失教的东西,生下你时知你是妮子,娘怎么就没有溺死你呢!"

盖运昌抬起来的那只无法落下的手正好示意大太太不要再说。他看着盖腊苗问:"在我拉着你娘的手在暴店镇的大街上走一圈,这种尝试要多少年?"盖腊苗的回答闪电一样:"一百年。"

"哈哈哈,你在暴店镇上和那个洋鬼子搂抱贴脸,难道你的爹不开明?难道你的爹不敢拉了你娘的手到暴店镇上走一圈?我把一百年减回到现在,当下就拉个给你看。"盖运昌拉了原桂芝的手拽着她要走。原桂芝一手抓了炕沿,驼着的身子贴着炉台半步不迈。"你可看着你娘了,可是由了我的性子,听了我的话?"盖运昌丢开原桂芝,正色地说,"你去把那个洋鬼子叫来,这是在暴店镇的地盘上,尼姑出家了还俗也可当道姑,你做了修女成了家总还能商量个名堂出来吧?在暴店镇地盘上谁能扭了乾坤!"

盖腊苗感到无法再与爹爹交流了,他就像地里的一块土疙瘩一般,毫无趣味可言。

看着娘,片刻之间,心中有一种难言的酸楚。

娘一直无法知道她活着的意义。娘已经适应了爹的那张老脸了。

看着娘,心头竟然奇怪地升起一种莫可名状的疼痛来。

人活着一个白天一个黑夜,黑夜降临的时候,原本是该点起油灯照亮周围的,娘不,娘拒绝了点起油灯的体验,爹就是娘的黑夜,娘从来也许就没有想过要挣脱她根本的命运。她站起来走出屋子,没有回头。这一走再没回盖府来。

盖运昌碍于面子不便让人去找闺女回来,一口气装着,几日工夫排场的一个汉子,眼窝深了。吴老汉看在眼里急在心上,无人可说,也不敢多问盖运昌。几日过去想到老爷是顾面子之人,他不讲,不等于不急。人常说:烧酒就怕见明火,事情眼看要往荒里撂,撂的时间越长,好比给烧酒里兑的水越多,过上两头三月,酒比水淡时,想点火都点不起来。气闷在肚子里伤的可是自己的儿啊!明眼人可都在看儿的笑话呀,尤其是原家人,难道儿是想把事情荒了?不想了?想独自吞了那口气?外界对盖府二小姐出走这件事可是说三道四的。

星光灿烂的夜晚,吴老汉睡在马棚里,无心苍穹。吹灯的一瞬间,星星挤进来,也不多,落在炕上,只是一抹幽亮。就这一抹幽亮把吴老汉的脑仁子裂开了一条缝,我不替老爷分担,怕再没有人替他分担了,都伸着脖子看笑话呢。无法入睡,起了,摸索着出了盖府,叫家丁留了门。走过官道走到了形意拳镖行。开门的是老三牛来有。见盖家这么晚了还来人想来是有事,迎进来倒了茶要吴老汉慢慢细说。压下凉气,把前后经过一一讲了之后,见牛来有丝毫没有反应。吴老汉似乎明白自己的位置低下,独自来找镖行显然力度不够。脑仁子一转假借了老爷的名号,讲明白了,要沾这是非,还不能节外生枝。可都是老爷说下的。牛来有说:"大师兄和二师兄出门了,要缓半月二十天才能回来,事情再急也得等。"吴老汉说:"人等事不等。"牛来有心里有些歉疚,隐隐的,不是畏难,再大的事他也不怕,砍头不过碗口疤,是不知事情该怎么处理才好。习武之人就怕动脑子。吴老汉临出门时说了:"洋鬼子要人要到老爷头上了,只要你能辱了他先祖,给他切肤剜肉痛,叫他身子矮半截子,老爷的义气背后藏着你要的利呢。"

吴老汉一走,把牛来有难下了。脑仁子想爆了,想不出好办法。不比旁的事,有打人内伤而皮上不留痕迹的,又有致人伤残的,有明打的,有暗殴的,有一对一打的,有起哄打群架的。打人好说。要用智勇去拾掇人,那哪里是自己的强项?就怕引来纷争不息,到最后自己没有能耐收拾得了。一夜无眠,第二天依然想不明白,这事顾了脑袋不能不顾屁股,登堂入室弄江湖,山头帮派耍奈何,那可是一时奈何不得的啊。靠着门走神,听得有人咳嗽了两声,看到是吴老汉牵了骡子走过去了,那咳嗽是暗示他行动呢。想到午后,知道此事不能来硬,得软,软得恰到好处,那好处便是软硬不得正到火候。

傍黑,看到一个小孩在官道边上想掏树上的鸟窝。往树上爬,蹿得快,掏了鸟窝下不来,在树上左右急。树下走过来一个孩子骂树上的笨,两人对骂,骂急了,骂得欢。树上的把鸟窝照着地上的扔下来,说:"你要是接住了算你聪明。"地上的一时没有接住,鸟窝跌撒开了。树上的蹿下来,两人相互撕扯住了领口要打架。牛来有看着高兴了,一人给他们买了一串糖葫芦,取了糖葫芦两人还要打。牛来有说:"再打把你们俩举到房顶上去。"这一说,突然就冒出了一个点子来。

4

第二天半下午,有人看到米丘来暴店镇进货,先是进了一家店铺买了什么,接着又出来往前走。有看稀罕的站在官道上看米丘,见一个人迎上来跟米丘打招呼,握手寒暄,显得很熟。米丘茫然地问:"我想不起你来,你是……?"那人笑着说:"你不是洋教主吗?想要在河蛙谷盖庙吗?你还游说我入你的教会呢,咋戴了新帽子就忘记故人了?"那人看米丘努力在想,就跳起来掀了他的帽子抛到了屋顶上。"我叫你戴了新帽子忘了故人。"米丘摇了摇头,以为此人酒喝多了,想拿自己开玩笑,没多去想。正彷徨间,又来了一人,这人不是别人,是牛来有,笑着说:"那是谁啊?怎么敢和洋人耍恶作剧?看看这头顶烈日,想是把人家洋人的鬈毛晒脱色了咋的?太不像话了。还不爬上屋顶取帽子?"米丘摊开手说:"哪里有梯子呢?没有梯子没有办法上去屋顶啊!"牛来有说:"好说,我这人惯做好事,你踩在我肩头上去取吧。"米丘看着牛来有的小个子笑着摇头。牛来有说:"别看我的个子小,肩上放千斤不在话下。"旁的人就插嘴说:"他可是练过武功的师傅呢。"牛来有点点头蹲下了。神甫感激再三,正要踏上去,牛来有却站起来说:"太性急,太性急,你爱惜帽子,我也爱惜自己的衣衫呀。你的靴子这么长,这么大,和马蹄一样钉了铁掌,走路带了泥土,会弄脏我的衣衫。"米丘认为是自己错了,没有想太多,脱下鞋子愧谢再三,把鞋子放在当路上,穿袜踏肩而上。官道上刚才和米丘打招呼的那个走过来,提了米丘的靴子一溜烟跑了。牛来有在后面喊了一声："小子,看你往哪里跑!"把米丘送上屋顶,紧着朝跑走的人方向撵去。米丘捡了帽子在屋顶上站着无法下来,眼睁睁看着提了他靴子的人跑出了他的视野,急得他在胸前不住画十字,一口一声:"主啊,主啊!"

暴店镇的人这下看激动了,平常宁肯在屋里做家务的,不愿出门见外人的女人也都赶来看屋顶上的米丘。瓦楞硌脚,人站不稳当,屋顶上的瓦踩得叮当响。屋子里的主人跑出来看,不看便罢,心急气怒地指着屋顶上的人跳着脚说:"你想干什么?想把我屋顶子踩出透天窟窿吗?"

"才不是呢,人家是想升天呢。"

跟着看稀罕的好事之徒中有人喊了:"他不是有主保佑吗?叫那个主来救他,一朵祥云轻飘飘就送他落地了。"

"是啊,叫那个主来救他吧,咱就等那个主吧。"

不知什么人更响亮地喊了一嗓子:"快看啊,那个洋人要往下跳了。"

一霎,四下乱起的声音散落到了地上,屋顶上那个影子攫住了所有人的心,在荡起的风中,"跳啊!"一下把蓝天下的沉寂划破了。米丘站在屋檐上,他需要主给他智慧,同他感同身受当下,在他埋伏悬念的此时,他多么希望主真能给他飞动的翅翼,让他滑翔在神秘的时空里。

暴店镇南街一个靠墙的石台阶上,有一个拉胡琴的瞎子揉搓着长慢的旋律,琴声浸漫过来,像突然蹿出的一段远古缥缈的梦幻,似乎要消解了官道上的急躁、慌乱。高亢的、透明的嘶吼挟着一股天地之气喊过来:

  天上的松树什么人儿栽?
  地上的黄河什么人儿开?

什么人驻守三关口?
什么人出家不回来?

一段过门之后,接着唱:

天上的松柏王母娘娘栽。
地上的黄河老龙王来开。
杨六郎镇守三关镇。
韩湘子出家不回来。

皮大不知道啥时候来了暴店,冲着拉胡琴的喊:
"是盖腊苗出家不回来。"

有人跟了唱,唱得很对拍子。耿月民夹在人群中听了很是不好受,有些事情于他很遥远,可就是听到说盖腊苗他就不高兴。走到院子里怂恿屋子主人骂,屋子主人就开始大骂了,骂天骂地骂命。屋里的女人手里取了笤帚跳了脚出来也跟了骂。皮大认为这么好的机会不寻点事出来,白白浪费了大好的热闹。皮大就瞄上形意拳在暴店开镖行的牛来有,他心里有卸膀子的仇恨搁着呢。他和跟着看热闹的小弟兄说:"小的们,伺候过节儿。"有人开始捡地上的碎砖烂瓦片,也有人手里提了长家伙的。皮大喊:"铺开家伙,替洋人寻仇去。"长家伙在前,短家伙在后,一概散走,并无行列,朝着形意拳镖行走去。这一帮混子中,只有少数人能抖腊杆子,其余都是起哄瞎搅和的。

米丘在瓦坡上喊叫着要走远的那帮人别闹事。他看阻挡不了急着弯下腰,五指张开,紧扣住瓦楞,想必他是要爬着往下跳了。地上有人说了:"主也不过如此嘛。"是对神的否定。屋檐前的瓦开始松动了,一只瓦掉下来,很脆裂地响了一声,瓦就碎成了几片。地上的人把心跳声捂在胸前,担心再弄出的响会出现血腥的画面。不仅是担心走远的,也是担心当下里屋顶上的。耿月民看着收拾不住了,缩一边去了。屋子主人六神无主地望着屋顶喊:"我给你找梯子去,求你坐在瓦坡上别动啊。"这一声"喊"似乎喊疼了暴店人心里的良善。

人缝里听到瞎子的唱挤进来:

> 赵州桥儿什么人修,
> 玉石栏杆什么人留;
> 什么人骑驴桥上过,
> 什么人推车碾了一道沟。

先是孩童儿迎合道:

> 赵州桥本是鲁班爷修。
> 玉石栏杆是圣人留。

后大人跟了迎合道:

> 张果老骑驴桥上过。
> 柴王爷推车碾了一道沟。

那边有人传过话来说:形意拳的镖行被砸了。
瞎子的唱再一次响起:

> 什么鸟穿青又挂白,
> 什么鸟穿得一色彩;
> 什么鸟穿得十样锦,
> 什么鸟穿得齐膝鞋(念孩)?

野鸭子穿青又挂白。
黑老鸦穿得一色彩。
野鸡子穿得十样锦。
洋公鸡穿得齐膝鞋。

洋公鸡?望着米丘瓦坡上影子,暴店人突然觉得米丘穿着靴子很像"洋公鸡",也很适合米丘当下的叫法。

形意拳内皮大叫嚣着:"他们敢开镖行,老子今儿个就敢在暴店开打行。"牛来有提了米丘的靴子不知所措,要人送给米丘,一头钻进了镖行。

镖行里,双方吵嚷着开始争斗,几个混子岂是牛来有的对手?不防备有人拿了一块砖头照着牛来有的脚面砸了一下,他倒地的瞬间众泼皮一拥而上大打出手。之前没讲过下手轻重,可怜牛来有霎时命走黄泉。

出人命了。

5

暴店人看米丘从梯子上爬下来,梯子下破天荒地放着他的靴子。他不明白他的靴子为什么会变戏法似的回到脚前?听到出人命了,急忙往出事的地方走。

和盛堂内吴老汉正盘点来货中珍珠粉的成色。他松垮地坐在低矮的瓷鼓上,拿捏起一指甲珍珠粉放在自己手心里反复抹来抹去,他有点心不在焉,不时看外面直起耳朵听走近的脚步声。看看慌乱的街道心有点儿恍惚。想到珍珠粉抹在女人脸上的滑润,不由得低下头用鼻子去闻,一下呛着了,连打了几个喷嚏,嘴龇着,脸抽了老高,抽了几抽后,黑洞洞的嘴合上了。

耿月民站在店铺的门道前急促地说:"师傅啊,出人命了。"
吴老汉从柜台后走出来急忙问:"老三把事弄砸锅了?"

"老三把命丢了。"

吴老汉急忙说："你把前前后后经过说清楚了？"耿月民说："咋叫说清楚呢，俺哪里能说得清呀。"

吴老汉傻眼了。

盖运昌站在了店铺门前问："此事可是你们二人搅起的？"

吴老汉佯装了不知，说："刚听耿月民讲发生在官道上的事儿。"盖运昌听后想着那洋人在屋头上张牙舞爪得可笑，又觉得此事儿蹊跷，镖行里的老三牛来有的武功那几个泼皮哪是对手？这事明摆着是冲着我来的。这事怕要闹大了。听说米丘和原家都去了，自己便也匆忙往了形意拳的镖行。

老三牛来有躺在地上，身上已经蒙了单子，镖行内被砸得七零八落。米丘不停一刻在做祷告，原德孩站着，皮大跪在地上听原德孩的训斥。

"好个没有教养的东西，他惹你了，你就不能不纠集人来动手吗？他再嘲耍你，你少什么了？如此之事人命关天，你现在磕头作揖也都晚了啊！家门之祸，缚至祠堂皆由你爹来处置。"

盖运昌只说了一句话："守七。"

也就是说要等到七天后看形意拳的两位师傅回来如何了结。回到盖府安顿家丁守着镖行，不得任何人进去。派了一辆车马火速接牛来有家里人过来，同时也派人往了县城报案。

原家密切打探着盖家的动静。和皮家商量后，决定演一场戏。原德孩说："不是说舞台上演的才是戏。人和人打交道，得会耍，人可以耍人，有些事耍得天衣无缝，再大的事也如挥手一般轻了。"几日之内，原德孩要皮大手下的两个泼皮披麻穿孝守灵。守孝的人是两个老混子，盖府来人时两个人干号一阵子，无人时两人点了艾草熏尸臭味。三天上，镖行的石板地上开始流出黑黄色的尸水，官道上的人能绕道的尽量绕道走。消歇的寂寞似乎将有一场大的热闹走来。几天里，原家要皮家不敢怠慢此事，此事不是死一个人的问题，是不敢招惹了形意拳的人,和议下来派了心腹飞速前往县城去见县长安国喜。

等盖家人报到县衙门时,安国喜捋着下巴颏上的胡子说:"乡野奸凶,聚党斗狠,为患乡间,不论争行夺市,或是因细故而扩大,双方酿到不可截止时,谁对谁错,都不好说。况且说了,屯长县出了人命,是和国富民安背道而驰的。我听说,之前死者可是戏弄洋人了,洋人岂是好戏弄的!事出有因,死无对证,力有不能,想来盖财主在暴店的威望,完全有能力平息了这场风波。把我的话带回去,由你们自行了断吧。"

盖运昌听到带回来的消息,明白原家已经提前下手了。用两个老混子守孝,事情不是常人料想得到的。他此时坐在老槐下,像一口古钟,也像一尊石雕。毛毛细雨在老槐上雾绕着,瓦当上滴下雨水,叮咚叮咚,没有人敢叫他回屋。县长捎给他的话,数语道尽了结果,他想:只能故作姿态从长计议了。

七日后,镖行两掌门人一路风尘回到暴店。

没等进镇就被原家拦到了骡马店中。

原德孩道:"两位老兄放下性子,原家做个中人,我与你们两位熟商量。真要上告,官司打下来,时日不说,孰是孰非结果如何都是两败俱伤。假如死伤的不是你们的兄弟而是我的外甥呢?想我原家决不会不看岳父盖运昌的面子而去强行争讼。"两位镖行的兄弟无计可施,多余话没有说,只说了:"我们得先看看师弟,毕竟走时是人,归来是鬼。"

两兄弟看了镖行和地上的师弟,心痛得手脚无处可放,膝盖骨软得跪地起不来。磕了仨头,上了香添了油,看开业大吉时门上挂着的大红灯笼锣鼓钹镲还安然着,血和肉的依偎倒没了。年过了,寻常巷陌人家可是都升腾着股旺气啊,天地一派物阜民殷的气象,日子草草就从这气象下把自家兄弟叫走了。老大李振兴吼了一声:"起了!"这一声喊通畅响亮,声满天地。两兄弟安顿了陆续到来的牛来有家人,眼里含着怒去和盛堂交由河北带来的回货。

6

盖运昌在屋子里正叫了耿月民问话。

"你可知原家在赢下柴家的铺子里做啥买卖?"

耿月民说:"老爷,做醋。"

盖运昌说:"庄稼人自己做醋不买醋,一般人家都置了瓮,买回曲子自个儿酿。可看到了热闹?"

耿月民说:"是看到了一番景象。前店后坊置了上百口大瓮,醋棚子里的人都光着脊背,炒料的、拌曲的、出醋的、拉料的、运糟的,人喊马嘶,好不热闹。"

盖运昌迟疑了一下说:"噢,骡马店做了醋坊,好过原家人了。我倒是看见了柴家骡马店原先门头上的幌子换了一葫芦,还以为原家依旧开骡马店捎带卖酒。"

耿月民说:"老爷可知,那葫芦颈上拴根红绸带,小风一吹,红绸带飘舞翻飞,不著一字,占尽风流。"

"听你这么一说,那摊子大了?"

"老爷,大了。"

盖运昌若有所思地说:"大了能小,小了能无,天下事都脱不开这个道理。暴店镇是越来越热闹了。牛来有把米丘弄到了屋顶上,此事也算是一西洋景。可惜他死了,不然叫来问问必定有乐儿在里面呢。"

耿月民一时想着原家醋坊的景致,话没多想就出来了:"是吴师傅求牛来有做下的。习武之人,这回啊,要不是出了事,他那脑子可算是够活泛呢。"

盖运昌就这样在看似随意的问话中明白了事情的前因后果。无法挽回,无法责备谁!指着脚前说:"拿了人参和白术给大太太送去。那边的母鸡没有拌料了。"

人参和白术是用来拌料喂鸡的。母鸡吃下生出的蛋用于盖运昌房事,也是大太太最后要下的一味药。一枚鸡蛋在最后汤药七成火候时煮进汤锅,煮进去即刻捞出来,半熟的鸡蛋,蛋清凝结了,蛋黄还泻着。放浪佯狂之下,一枚鸡蛋入胃,孕育滋养,便进入了人生佯疯装癫状态。

耿月民走后,形意拳两兄弟进来了。

让座沏茶后,盖运昌看着两位说:

"哭吧。你二人只管哭,哭够了喝口茶水听我说。"二人果真开始捏了嘴哭。

"人死不能复生。皮家无赖诬陷三弟先羞辱他,聚众斗殴,人死哪里去找对证?害人的人虎肠鼠刺,帮人的人绵里藏针。可惜一条汉子就这样死于一帮狗党狐群之中。人死无话,活人有言哪,清浊难分也好分。人家要在虱子背上抽筋,鸳鸯腿上割股,古佛脸上剥金,黑豆皮上刮漆,就算你寒碜他,他也找得出万分理由啊。此事看他皮家和原家怎么了断,走不通官府的走民间,走不通今儿的阴天就等走明儿的好日头。你们俩兄弟要信得过我,就给我日子,我要等着看他原家和皮家,痰唾留着点灯,捋松将来炒菜的日子呢。"

形意拳的掌门老大李振兴说:"盖东家说话了,我不多言。只说一句:只有比恶人更恶才可算是好人。"

盖运昌说:"好!听下我的话,所有的都按了原家的想法来了断。"

盖运昌在牛来有的后事料理中果真没有多说话,连简单的牢骚都少有,一副长者包容女婿的姿态。皮大爹露了一次面再没有出现,外人看来事情也算有了交代了,原家调和了此事,牛来有得了小富贵。以往盖运昌调和的事由原家取代了。到底人家明里暗里都是亲戚啊。普通人大都是墙头草顺风倒,突然知道了原家在暴店怕是要主事了,耳朵一软都说人死不能复生,得了钱省了活着受为难,咋活不都为了俩钱。人死了,钱拿了。钱上路后,一切就要寂寞了。

牛来有的棺材要送回他老家了。一口红棺架在马车上,送行的暴店人在官道两旁等车马走过。镖行外面丧棚下要起棺材了,盖运昌大声说:"千年不变的泥地,有你异乡异地大哥在等你呢。起了!"

车马走过官道,金属般铿锵的声音,由远至近,鞭炮放着,天地间顿时都作了金石之声。

远了,远到一片寂静之外。

办完丧事,盖运昌的心一直憋堵着,他想和女女说说。绕道进了女女的屋子,看到女女头发散开了,在女女的身后跳荡和摆动,以及不经意往后一甩,高高抛起了,落到背后,夜色一般的温柔。那是月白清风下的好啊,可惜现在才是黄昏。听到身后的动静,女女扭转了身子说:"是老爷。我这一头散发叫老爷小瞧了。"盖运昌看她梳头,心中生出许多花巧和妄念来。站着等,不由自己地说了:"我想收回女女谷那块地来。我不想好过了洋人,不想叫他在咱的地盘上走得太顺溜儿,太顺溜儿,他哪里知道谁是地主?"女女缓缓回过头来说:"老爷是坐言起行的人,说了就得去做。""可我想不出收拾他的理由来。""那就不去做了。""我想讨得你的主意。""老爷,一个妇道人家有何主意?若有主意就不动剪刀了。""是啊,你能有何主意?"他拿了女女的手不说话,也不动,直直地看两只合叠在一起的手,一直看到天黑下来。

女女说:"老爷,我回不到谷里了?"

盖运昌说:"你回了谷里,叫我咋的活?"

女女说:"谷里的人,我放不下,总归还是想回。"

盖运昌说:"你放得下我,我放不下你。你在盖府里啥不做,就坐着,都是我的一块定心干粮,你出了这个门,我的性子没有约束没有收敛,就不怕我干出啥天塌的事来?"

女女说:"谷里留着我养下的一团肉啊!"

盖运昌说:"你明儿回谷里看看,我安顿人跟了你去。"

女女无话,她说过的,年这厢的命是老爷的。两只手合着,女女便不再言语了。

第 十 六 章

1

　　河蛙谷前的桃花开了,杏花也开来。阳光晒得人浑身酸软,两头驴子上,一头驮着女女,一头驮着兰儿。河蛙谷的路细瘦着,尽头似乎永远看不见人影,女女的心却是越来越跳得剧烈。麻雀落了一苇梢,听得驴蹄敲击声走来,呼啦一声都散了。女女下了驴,想走着穿过苇丛。兰儿也要下来,女女说:"你抱着我娃呢,骑着别下来。"女女看到河蛙谷的草棚多了几处,想来是落住的人多了。自己的屋子前一个女人坐在马扎上,双膝上放着簸箕,翻拣声穿过来,女女想,快要下种了,秋棉在拣种子呢。她没有看见大,她的儿呢?秋棉抬起来头,放下簸箕站起来,想不到女女会来。秋棉见了女女却不知道要说啥话,秋棉想,难道老爷把她打发回来了?牵驴的家丁卸下驴脊上驮着的粮食。秋棉有些激动,人一激动话越发不会说了,赶紧往屋后跑。女女说:"你这是往哪里去呢?"秋棉说:"地里叫你汉子回来。"女女的心沉了一下想:那哪里还是我的汉子呀。

　　女女得着一会儿闲看四下里,除了多出来的几户人家,河蛙谷还是河蛙谷,没有见着有盖教堂的动静。她想走进屋子里看看,可那低矮的门槛不知怎的就把她的脚步拦住了,拦着她怎么都迈不动那步子。大光着脚从屋后跑出来,看着女女了却是叫不出娘,憨笑着,他的身后站着拿着镢头的聂广庆。秋棉招呼着说:"进屋里啊,进屋里坐啊。"聂广庆走过来看兰儿抱着的娃说:"叫爹,俺是你爹哩!俺娃在有钱人家吃好穿好,长白净哩。"女女从包袱里取出给大做下的鞋要大过来试。大跑过来穿。两只黄泥脚伸进新鞋时,大皱了一下眉骨,女女看到大的脚后跟上有两块冻疮青紫的口子。女女说:"娘给你做下的暖鞋咋不穿?"大憨笑着说:"怕费娘的眼,不舍得穿。"女女找了一根棍棍在大的脚上比画了一下长度说:"娘少看两眼这个世道就给你把鞋做下了。"比画好的棍棍悄声装进了自己的袖筒筒里。

秋棉看着地上盖府拿来的粮食说:"到底老爷疼我呢,隔三岔五送吃喝来。"

聂广庆说:"那是女女做针娘换下的。"

秋棉明显不高兴了,说不出来地难过,拿起放下时声音就重了。聂广庆听着那声儿,明显就紧张了。磕头烧香看脸色呢,女女赶紧说:"我是来看看大,我想儿了。"

大哇的一声就哭了。秋棉也哭了。

女女的心沉沉的,好像心里拽了千金重的铁,她拉着大的手说:"娘要走了,娘身上背了债,娘得回去还。你一来一来就大了,听爹的话,眼前有活,爹疼你日子也疼你。"本来还想着要和聂广庆说几句掏心话,看秋棉的样子,明显是在嫉恨自己呢,再说就是多余的。女女也清楚了这个家的地上怕是没有自己站下的空位位了。包袱里有聂广庆的鞋,有秋棉的鞋,她一一拿出来摆放在地上安顿了。看着地上盖府拿来的,心里想着,就算是自己换来的,得了能叫聂广庆和秋棉高兴,其他还要去多想什么呢?人家可是养着自己一个儿呢。

女女往回走了老远了,回过头看什么也没有看见,那是一家子啊,自己和谁又是一家子呢?忽听得山头上有人喊:"打锣锣,吃面面,吃下七碗八锅锅,东一锅,西一锅,南一锅,北一锅,驴一锅,马一锅,爹一锅,娘一锅,我一锅,天一锅,地一锅——"王莽岭的崖头上的声音越来越远了,女女的泪不听话地掉下来,不敢再回头看。

兰儿掉转了驴头喊:"快回啊,你娘哭成泪人了,还不快回——"

女女从河蛙谷回来后,几天里都不说一句话,胸口里有一块冰搁着,她把量了儿子脚的棍子长短画在了地锅后的墙上,那根棍棍压在了炕席下。盖运昌来看她,她才说了一句话:"老爷,活个人左右都难呀。"盖运昌想了想说:"难也是盼好呢。"女女长出了一口气,盖运昌这句话像棍子一样捅透了她的心,她突然就想开了。

天全黑了。天边远远地扔着几颗星星。吴老汉听到潞河里的蛙鸣声传过来,水一样淹没到他的头顶,他的心躁了,很慌乱也很疲惫。走着回头望一眼,东边槐树下有个人影在动。那个人影藏得非常静,吴老汉轻手轻脚走过去,吓了那个人影一跳,额头、鼻尖上的月光一晃,吴老汉看到是二太太。

"你在这里做什么?"

"是老爷吗?我等你,等老爷,我想和老爷说梦。"

她把吴老汉当老爷了。吴老汉的心激灵了一下,他看到二太太头顶有些湿气般的东西轻轻飘浮,是跳动的欲望。月光下她的眼睛很妩媚地翻转了一下,他的心一下飞了。吴老汉四下看了一眼说:"你过来。"二太太走过来,二太太的身子走动时影子仰面朝天躺在地上,这样就给了吴老汉一个低头时的诱惑,也让他的心贼一样架了翅膀。伸了手拉了二太太往牲口圈里走。

一堆干谷草上,二太太蹲下去,眼睛看着什么地方说:"老爷,我能接在一起做梦了。我看见月明儿唰一声落下来,落入我的怀中。"吴老汉不说话,用手很轻巧也很熟练地解开了二太太的上衣,他要把她扒精光了。柔软的谷草堆里,有什么被月光剖开了。他干树桩一样,过去许多年后,他缺了许多好日子,好日子都融进墙影尘土里了。二太太说:"老爷到底要疼我了,老爷到底要疼我了。"剧烈的激动,二太太开始抽泣。吴老汉猛然地扑上去,他不敢出声,呼吸也变成黑暗了。二太太睁大眼睛,无望地看着自己即将被老爷窒息,她的梦终于唤回来老爷了,越来越近,草节节像毛毛虫在她的周身涌动,她叫道:"老爷,老爷呀,我梦见天亮了,早起天上的云彩,又红又黄,没见一丝风来咋的都在动呢?"

吴老汉已经动不得了。他看着草节节上的女人,他抚摸她光滑的身子,话在嘴角前吊着,不知为什么,竟没有发出声来。吴老汉说:"起吧,我老得不中用了。"他穿好衣裳站到马号的门口,身后一片草动声。谁也不知道是二太太的那一声"老爷"让他的心像一朵花开败在了黑里。他到底是他的爹啊!二太太跪在草节节上,什么东西啮咬着她的心,她快速地跪过去,朝着马号门口的那个影子。吴老汉感觉到一团锦缎的光泽,有几分凉意在他的背后弥漫,他开始胸闷、气急,怔怔的,要流下泪来了。

有脚步声打远处传来,像蝉声从高枝上跌落一般,一直落一直落,却一直未坠地。他的心悬空了。月光白如雪,一个影子,他知道是老爷来捕麻雀了。他不由得迎着老爷走过去,命运的因果在他的身后。

他走近了说:"老爷,马号里你的女人把我当成你了。"

草节节被人扑腾过了。

地上的女人雪白得晃眼。盖运昌步子迈得有些重,心里空了,走近二太太,弯下腰托起她的下巴颏,他看到她的脸上有两行细泪挂着,他的心被推到了别无选择的难受里,克制着拽过地上散乱扔着的衣裳说:"穿好了,回房做梦去。"二太太似乎清醒了一些,又似乎沉浸在一片感动里。嚓嚓嚓的草节节声让她情不自禁地想她的梦。她说:"老爷,我梦见一条进山的道,它高高悬在半天的云彩里,说是道呢,却像空中荡着的绳子一般,我走啊走啊,走到了它的高处,看咱暴店就像一口地锅,盖府的大小人儿啊一个一个像河鱼一样游啊游啊的。"盖运昌梗着脖子喊:"穿好衣裳,你给我爬啊!"

2

有时候,时间是一场风。生成败灭,风起云涌,在四季里不断发生。

有时候,时间也仅是一场清明雨。故去了一个人,成长了一位雏黄少年。有时候呢,时间就是田埂上的毛豆由青转黄,脚不小心碰了,豆荚儿碰裂了,黄黄的豆儿倏倏落下了一地。山远处一片绿意,山近处一片青黄。山坡上的谷子差不多该开始开镰了,田垄下的南瓜吊着花脸儿,一触及地,下地的人就将它们放倒在平地上。

果真就开镰了。

聂广庆挥舞着镰刀,一捆一捆的谷子系起来,挑到自家院子。秋棉坐在地上拿了剪刀剪谷穗,大举着胳膊粗的木头上下起伏敲打着干透的黄豆荚。

女女谷在不知不觉中改口叫回了原来的名字河蛙谷,河蛙谷对于秋棉来说,似乎更顺口一些。

河蛙谷落户了好几户山东人,集聚在一起的人群在山塬间,四下里延伸着一个完满自足的世界。米丘的华丽小教堂似乎在等待中要动土了。牛车运来了砖瓦。秋天的阳光照在摞起来的青砖上,一声鸟鸣,是乌鸦,饥渴似的干叫着。聂广庆抬起头看,心中有一股恶气无所着落,漫长的日子总让他伸不直腰身,习惯了眼前的事,再想改变就难。实际上,或许他也不想改变了。但那口恶气,在腔子里吊着。

他看到米丘又来河蛙谷找大,他扔下挑子走过去喊道:"走啊,走啊,你要不走我就打死大。"米丘无可奈何地走了。

挑着谷穗走到院子里,看大那猴样子不怎么下力气敲打,心里的气就想往出冒了。聂广庆说:"大,你不舍得下二两力气,去把地垄边上的南瓜抱回来。"

大抱了南瓜穿着套鞋沿着水洼走,脚底板下的泥巴粘得越来越多,鞋子的重量不断加重着。泥巴上有草根、叶屑,它们吃着泥土拽着鞋越来越走不动了。大不小心摔倒了,衣裳的肘部、双膝、胸部,甚至整件衣裳上都粘了泥巴。大一边捡地上的南瓜一边把手掌上的泥巴往衣裳上擦。秋棉迎着走过来骂了一句:"不知道脱了鞋走路吗?畜生东西,自己洗去,没鞋穿光着脚找你亲娘去要!"

聂广庆站下了,无来由地照着大的脑袋打了两巴掌。大有些茫然,不知道爹为什么猝不及防打自己,独自走到太阳光照射的地方晒,等泥巴干透把泥巴抠下来。

大看到爹坐在院边上跐拉着套鞋。

冷不丁大喊了一声:"爹,我要念书。"

聂广庆头都没有抬说:"念你娘的脑袋。"

大回转头脱了衣裳扑通跳进了水塘里。水溅起水花来,不远处一条水蛇在水面上游动。大游过去,蛇到了他的手上,蛇尾捏在指间,蛇头奋力朝上,蛇身扭动如绸。大游到水边提了蛇上了岸,一只手捏了蛇头大声喊着。聂广庆看见了,一只箩筐飞过来砸在大的身前,大把蛇扔进水里抱了衣裳走进了苇丛深处。大想找娘去。大走过苇丛去往记忆中的暴店镇。道旁山坡花草盛长,虫鸟欢鸣,一时在路上贪玩,走着走着就迷糊了,搭黑才回到谷里。聂广庆抡圆了膀子举着套鞋劈头盖脸打大,大窝着身子抱着头蹲在门角上。

"叫你野,好好的驴不放,吃下的饭,想叫你攒下粪了,粪都野没了。养你做啥子,徒担了虚名,看俺不打死你!"

秋棉大着肚子坐在炕沿上端着碗喝稀饭,吸溜声诱人。碗里挑出什么渣子来,双筷磕在碗沿上,当啷、当啷响。

大在半夜月高时出逃,顺着谷往岭头上跑,只一个信念:找娘去。

岭不高,也就是十丈多高的样子,月亮明晃晃照着。岭上一片荒芜,除了生长茅草灌木,还大片大片生长了酸枣树。云和月无声,留下一丝诡谲青白在岭头上。大冷得打哆嗦,突然害怕了,想往回走。

回来的路上看到灌木丛里有三只狼崽,他抱回了谷里。到了苇子下有些犯愁闷了,坐在湖边瑟瑟发抖地想哭。

聂广庆一早来苇子下饮驴,才知道大没睡,跑了一夜。拴了驴,一手牵了大回到屋里,用了一早工夫在院子里砌了石窝。想狼的野性大,又找了绳子系了死扣拴紧了三只狼脖子。聂广庆做这些时心里一直不是滋味儿,女女的脸也一直在他脸前头儿晃。想女女看不见了的好,进了大户人家无依无靠的,时不时叫盖家送这送那的,凭啥送呢？自己胳膊腿不缺,人家是疼她儿呢。自己的亲生在盖府养着,当初也是转了心眼才下了此决定,亲也罢,远也罢,都是女女肚子里长成的,要知道俺这样对她的儿,女女该恨死自己了。大忘了夜里的事,龇着牙框爹长爹短少心没肺地喊着。

屋里的秋棉说:"养它,看你养了它给它啥东西吃？狼天生是吃肉的,人都吃不上肉呢。把你的祖宗娇惯得有样子了,越来越少家失教了,可他总归不是你祖宗啊。"

聂广庆冲着屋子喊:"他不是俺祖宗,俺也愿意养他。你有种给俺养个祖宗出来啊。"

秋棉在屋子里有些生气了:"我可不是撅起屁股下部(暖)鸡娃的蛋呢,我伺候了老又伺候小,待你高兴了,我要生了闺女你还要捏死她吗?!"

聂广庆觉得这天气过得经不住事了,无来由地气。不敢多话紧着进屋哄。大看到三只狼崽竖着耳朵,六只眼睛像绿豆一样贼看着。大说:"三只眼睛六条腿,六只耳朵三张嘴,加加看是几？"

大掰起指头数,自言自语地说:"娘加你的脚指头吧？"

四周无声,风没有把娘送过来。

黄昏以缓慢而无声的方式降临到河蛙谷角角落落里。时光走失竟然可以这般没有一点风吹草动。光线一层层暗下来,慢慢地,傍晚的灰暗转入苇丛上空,犹如快要跌进一潭深水里了,屋子里桌椅、墙壁、杂物都被黑暗淹没了。

大坐在门前的一领苇席上看远处,堆起来的黑压过来,大听到苇丛深处有一只狼在叫。大惊恐地说:"爹,我听到狼叫了。"

聂广庆没有言语。怀了娃的秋棉等不得洗锅拾掇碗筷瞌睡就来了,人躺在炕上,不一会儿呼噜就蹿了出来。聂广庆笑着说:"听这呼噜打得,保管怀了跟你一样的。"看了一眼大,后悔说这句话了。怎么能和大一样呢?大长得都不像个正经人样。

3

秋天过后,农事歇架了,四乡八里的人开始上山刨药材。有人在山里打了野猪,打了山鹿。盖运昌要原桂枝用天麻和党参炖蹄筋炖一大锅。炖好的蹄筋端到盖运昌的堂屋,进门的刹那香气缭绕了满屋子。看上去,炖好的蹄筋透明中闪着金黄,在姜片、干辣子的衬托下,那是透足了人间温情。盖运昌要自己的女人都到堂屋来,要原桂枝温一壶黄酒。女人们一一走进来坐到八仙桌前。正是夕阳西下的时光,蛋黄的日头稠稠地透过门窗,流泻在进门人的脸上,慢慢地被她们扯向屋子深处,搅和着肉香,同时也透着一股奢侈的暖意。盖运昌想:这些都是我心仪过的女人,或长或短,或多或少,她们都撕扯着我的命呢。

桌子上放了四碟儿凉菜:腌黄豆儿、腌芥菜丝、凉拌猪头肉、泡凤爪。醋壶里的沉香有点模糊不清,盖运昌倒出一调羹来放在鼻子前闻了闻,仰了脖子一口灌下。口齿间霎时酸出一股一股的津液来,他眯上眼睛,缓缓咽下,再睁开时黄昏下有了几分寂静的暮色。

几欲张口的二太太头上插了一朵绢花,那朵绢花提升了几分盖运昌对她的泼烦,她那按捺不住的心事都在那朵绢花上挑着呢。盖运昌说:"盛了肉,多一碗出来给女女娘母送去。"三太太自告奋勇地说:"我去老爷。"

大太太低下头垂下干涩的眼皮说:"屋子里的使唤丫头闲着呢。"丫头听见话,过来端了肉出门往女女屋子去了。

酒满上了,盖运昌说:"日子过得疙疙瘩瘩的,总归是往顺溜处走。今儿个喊你们几个过来,是想叫你们聚一起拉拉话。日子咸淡着,各屋里的不要余闲生事,守着本分就守着了各屋里的繁华。"

三太太脑子灵光地看了二太太一眼,只见武翠莲的头埋在碗上的雾气里,一只手来回磨蹭着桌沿,另一只手衬在屁股底下,嘴里自言自语的。六月红想起了那日黄昏马号里的事。草节节上的武翠莲赤裸着身子,发疯似的一口一个老爷叫着,几个丫头抬不回屋子里。那晚老爷任由她闹,那可不是老爷的性子呢,几曾见过老爷少了躁劲? 老爷那把烈火好像呼应着什么,有几分应付,也有几分不屑,脑子糊满了糨糊似的不说话。一定触及老爷的疼了,那晚到底发生了什么事? 谁也不知道。武翠莲后来头发上戴了花,人就这样痴了。

盖运昌说:"都举了各自怀前的酒杯,今儿由着你们的性子喝,能叫你们由了性子的日子,可不是一般的日子,怕不是谁都能记清楚了。我告诉你们,今儿个是大太太的生日。"

大太太恍惚地抬起头看盖运昌,谁还记得她的生日呢? 果真是自己的生日吗? 大太太哆嗦了一下,从已然囫囵太久的状态中抽出笑来,赶紧举了杯说:"老爷还记得我的生日呢。"几近哽咽。被这生日的气氛吸引着,三太太的情绪就高涨了,一下就想把自己放到热闹的边边上,站起来脸上堆了笑要敬大大太太酒。武翠莲瞬间清醒了一下,也想举了杯,可那清醒缓慢着还没跟过来,怀前的酒杯就被伸缩的袖口打到了地上。杯子破碎了。四太太赶紧又取了酒杯满上,武翠莲的手是怎么也端不起那杯酒来。一个很长的空当,谁都不知道该说什么话。盖运昌说:"你回房去吧。"武翠莲忧郁地站起来,小心说了一句:"老爷,我没用了吗? 我是真没用啊。我回房了。"由了她屋里的丫头领着她出了门。所有的眼睛盯着她站起来,却没有一个人拦她。

武翠莲在黑天里走着,局促不安地难过。走着走着走到了女女的屋子前,要丫头前去拍了门环。兰儿开了门见是二太太,冲着屋里说:"姐姐,二太太来了。"

屋子里的女女迎出来,看二太太痴憨的样子,拉了她的手要她抬高脚迈过门槛。

二太太说:"这院子黑得走不到头,我的影儿老跟着我呢。"

女女说:"二太太呀,影子哪能不跟人呢?影子跟人剥落了,人哪里还能活呀。快坐下。"扶二太太坐下后说,"看炕上的绣鞋儿,二太太要是喜欢了拣了拿了去穿。"

二太太没来由地站起来,就着灯光在炕前癔症了半天,好端端地就哭了。女女不知该如何来安慰她,静候在她的身边,鼻子也跟了酸酸的,拿了二太太的手要她坐到炕沿上,想和二太太推心置腹地说几句话。"二太太,你看看我,跟着日子忙得欢实,似乎没有多少哀怨的事。可是,我的命与太太能有什么两样呢?怕的是影子拖拽着二太太,活得有鼻子有眼呢,我一开始来盖府影子就没有踪迹。"

二太太突然很认真地盯了女女说:"你影子都没有了,一个没影子的人,老爷到底疼你啥呢?"这回轮到女女癔症了。二太太哀巴巴接了说:"你把老爷疼你的那份好还了我吧?"女女说:"二太太,老爷总归是疼你的。明儿你来跟我做女红吧,红瘦绿肥满了眼,日子就打发得快了。"二太太突然恨上了什么似的:"你来盖府是想把老爷一世的财富倒腾回谷里养你的怪呢。"女女的声音提高了说:"二太太听哪个说下的?"

正说着话呢,盖运昌进来了。他见到武翠莲,脸色明显暗下来了,看着二太太说:"丢人现眼的东西。回房去。"

二太太很茫然地说:"老爷是要送我回房吗?"神情中有一种认真的企盼。二太太指着炕上摊开的一双翠绿绣鞋说:"我浑身上下怕就这双脚还能叫回老爷疼我的心呢。"女女拿起那双翠绿缎面的绣鞋递了二太太房里的丫头。二太太冲着女女笑了一下,女女觉得二太太的笑叫人生出一股不安来。盖运昌背转了手出了门,武翠莲跟了,出门的一刹那又回转了一下头,女女的心揪心地疼了一下,喊道:"天黑,二太太看清脚下的路啊!"

315

4

　　半夜里响了一个炸雷,闪电把窗户纸照得和白天似的。武翠莲从炕上爬起来,炸雷过后,屋子里漆黑一片。武翠莲想:老爷来过她屋里啊,老爷哪去了呢?外面雨水开始倾泻,闪电下,武翠莲看到屋子里鬼魅一样缭乱,似乎是老爷在训斥自己,又似乎是那夜停留在记忆里的草节节声。风声与雷声的间隙,她听到微弱的哭声,越来越近,快要走到她的窗户前了。她瞪了眼睛盯着窗户问:"你是谁?是月亮娘娘?你和我一样冷清吗?"没有声音。哭声如一层薄纱,在窗户外飘成风的形状。隐去的声音断断续续地飘荡。武翠莲穿上衣服,打开门,风进来,雨进来。她的耳朵在保持穿透一切的喧哗交错中,听到月亮的召唤。是梦?那声音又明确地暗示和激励她不是梦。

　　她微笑和意味深长地凝视着天空,轻声叫着:"老爷,今黑里我与你赴一个月圆之约。"她自信而坚定地走出去。月亮在漆黑的乌云后躲躲藏藏召唤着她,她内心充满了喜悦与期待,一个真实的梦,她去找来,去云的背后。那时的老爷在酒桌上依仗了酒性要她舞蹈,盘盘碗碗碟碟的,她的金莲娇俏在醉意蒙眬的眼神中,她是那些眼神中的露珠,殷勤地献出自己的香气,召唤着蜂儿、蝶儿来挑逗她。那样的日子她好想找回来啊。她快速地在雨水中跑出嗒嗒的响声,犹如在盘儿、碟儿间舞蹈,不再犹疑,心里藏着初见和再逢的喜悦。月亮娘娘啊,照亮我的影子吧!

　　雨住风停的早晨,太阳无所顾忌地出来了,雨后草丛里跳跃着细瘦的小动物,很幼小。它从草丛中跳跃到路边的石头上,端坐着,人的脚步声惊吓了它,它埋入草丛的时候,听见有人喊道:"二太太跌落在往窑走的路上了。"

　　一个梦的结束和延续。

一扇木门里,大太太走出时跌坐在廊檐下的石台阶上。早晨第一阵风把她头上的白发吹得炸起来,两行清泪滴滴答答落在胸前。为什么武翠莲的死会让她的心变得如此柔软?

武翠莲的眼睛一直愣愣瞪着,大太太抹了三次眼睛才合上,她用一块白布蒙上武翠莲的脸。外面鞭炮噼噼啪啪响了一阵子,盖家人才恍惚明白武翠莲是真的走了。

武翠莲的死让盖运昌的心事重了。为什么原家的人走一个总要带走一个盖家的人呢?难道真验证了一个传说?

传说中神农氏的小闺女被海水淹死后,化为精卫鸟。常衔木石,投到海里,一心要把淹死自己的东海填平。往返飞落中无意丢下了一只桃子,桃子烂后在来年长成一棵桃树。桃树分成两枝树干,一枝开粉花,一枝开红花,一母所生,同怀。两树枝招摇相视,相互取笑。春天一个神仙路过此地,风从坡上刮来。那一刻,神仙的头发乱了,衣服下摆,突然被扬了起来。他看到潞水岸边的这棵桃树,摇摆着,在空旷中长出两枝嫩绿的弧来。一枝嫩绿、一枝鹅黄、一枝黛青、一枝妖娆。叶眼里,桃花已经萌生。处在风口上的枝条,竟比避风处的绿意要盎然生动许多。忽然间他看到绿叶摇曳中有星星点点的花开了。他望着开了花的枝干说:"你们是一母同怀所生,由一疙瘩土养大,不该相互取笑。你行了春风之恩,它受了春雨之惠,相生相克,懂得庇护,否则相死相随。"说完此话,神仙化风而去。

那棵桃树在若干年后死了。死因是行了春风之恩的树干开花早,结果早,等不得另一个枝干开花,它的果实早早盖过了它的丰硕。那棵没有开花的枝干生了桃油死了。接着开花早的也死了。桃树死后,风一截一截刮断了它的残枝,卷起了犁沟里的虚土,卷起了人和牲口绊起的尘烟,弥漫之后,残枝随了风扬向四面八方。神仙再来,看到的是一片空旷的土地。神仙长叹一声说:"人间,人间哪!"

盖运昌想:人间。难道人注定和人间是一个无奈的话别吗?

武翠莲被安置在暴店镇外一眼废弃的土窑内,等盖运昌百年后一起下葬。出殡时黄风满天。女女听着远去的响器家伙说:"人都得这么活过来,等到闭眼的那一刻总算歇下了,歇下好啊。"风把她的话吹散了,她略微仰起脸,又想起什么事似的,身子在院子里移动着。有人点过来一把燃爆的麻秆,她举着走出大门点燃了地上一堆武翠莲活着时用过的物件。火苗冲天,回转身时黄风卷散了她的头发,她捂住头捂住自己的心事,看那冷冷的黑灰飘得漫天漫地,乍看,都如熬化开了的日子。她看到吴老汉站在她的身后,听得有人说:

"盖府又一个人被熬走了。"

第十七章

1

连续几天,母狼在对面的苇子地嗥叫。苇子上夜宿的鸟被炸得扑棱着翅膀飞起落下来。惊惧而强烈的恐惧再一次束住了大的心。驴不安分地用前蹄刨着地,噗嗒嗒、噗嗒嗒一个劲儿拉屎。夜很深的时候,聂广庆的呼噜声打得山响,惊醒了大。大借助月光直起耳根听,听到了风声下有响动。先是听见狼崽的呻吟声,有什么东西被拽动着腾腾响。大吓得心几乎要从嗓子眼里飞出来,对着嵌在墙上的月光想哭。快到天亮的时候,母狼咆哮着一路去了。

大睡到半上午醒来,知道外头的一只狼崽死了。看到狼脖子上拴着的绳子拉断了,两只狼崽瑟缩在石头垒的窝中不敢抬头。

聂广庆剥下狼皮翻晒在太阳底下,绿豆大的苍蝇铺在上面,大驱赶着。聂广庆说:"冬天里要你娘给你做一双狼皮暖鞋。"

狼肉在傍晚的地锅里散发出香味。秋棉把一块一块啃完的骨头扔在地上。

第二天夜里,窗户隔着一层黑,大不敢看,唯有泪湿地想外面。聂广庆听到狼叫声,光着脚拿着木棒站在门口,张开嘴用大狼几倍的声音干吼了几声:"啊哦——啊哦——"

母狼哀怨地跑了。

狼崽早上死在院子里,它的脖子被绳子勒断了,眼睛睁着,阳光下看上去蒙着一层灰皮。

大提心吊胆地等着母狼出现,一连几天没有动静。母狼再一次出现的时候大睡得很实。半夜里听得秋棉起夜,尿声惊醒了大。大突然地睁开眼睛看窗外,他听到了动静。爬起来用舌头舔开窗户纸,大这回看到母狼了。

母狼在院子里用前爪刨开地上的土,嘴衔着狼崽脖子上的绳子放进刨开的土里,用爪子覆盖严实。只见母狼用嘴叼了狼崽撒开腿跑,腾起来的绳子从土里崩起,狼崽被拽落在地上。母狼重复不断地把绳子埋在土里,叼起狼崽跑,狼崽不断地被拽落在地上。母狼一定是想到了绳子限制了它的行动,它想要这根绳子消失,唯一的消失办法就是把绳子埋进土里。母狼像疯了一样快速地做同样的动作,月光下偶尔回头能看到眼睛闪过来黄绿的光。大身体上的汗毛竖起来,土尘一漾一漾飞起落下,反复不断之后狼崽终于被母狼拽死了。母狼停顿下来用嘴拱死去的狼崽,长长的舌头舔着狼崽身上的毛,很无奈地看着地上的绳子,突然腾起身伏下去叼起地上的绳子猛地拽了一下,它的牙齿似乎是被绳子绷紧的力度勒疼了,嘴大张着,舌头黑血一样拖出来。大猛地拉过被角蒙住头炸裂似的哭起来,锐叫着。聂广庆一跃而起点亮油灯,费力地拽开被子看着大,那张苍白的脸上,泪,河一样四下流着。

那只母狼在点亮油灯的刹那撕裂似的嗥叫着远去。

聂广庆剥狼皮的时候,发现他剥下的晒在柴捆上的两只狼皮不见了。他把新剥下的狼皮挑在房顶子上,狼皮像旗帜一样风张着。

秋棉看到最后一锅狼肉时,开始翻江倒海地吐,吐下面出血。腥味在逼仄的屋子中弥漫。秋棉叫喊着肚子疼,来不及去叫接生婆,聂广庆要秋棉躺在谷草上,他自己做了接生婆。

落在谷草上的那一刻,孩子哇一声哭了。一只狼从苇丛间一惊而起,像一支黄色的响箭射向高处。月亮的冷光照下来,大隔着帘子听见秋棉说:"我咋就没本事地生了个闺女呢?"

春天,吴老汉去河蛙谷给聂广庆送了青苗籽。回时穿过芦苇地被大等上了。大见了他说:"我想我娘,你带了我走吧?"吴老汉压住眉眼看了他一眼,斜视着什么地儿,脸木木的,没理睬。大跟了他几步,他扭回头说:"野种!"大被骂了个趔趄,停下脚步说:"敢骂我?火一下袭来了,两手发抖,嗓子发干,随手捡起一根棍子打过去,大跳开喊着吴老汉:"你打呀,打呀!"吴老汉被折腾得凌乱了,人老了真不是一个孩子的对手,撂了一句狠话:"再来盖府,我雇人敲断你的腿!"

大突然软了,不叫做啥都行,不叫去盖府,那里可是有他的娘啊!蹲在地上抱了头说:"你来打我吧。"

吴老汉走过去踹了大一脚,大仰脚八叉躺在路当央。等着再打呢,却听得脚步声走远了。山野满地都是那远去的孤独的酸楚声,大站起来喊道:"你咋不打了呀?你打了我就能叫我见娘了呀!"仰了脖子望着那个远去的影子,僵僵的,直到看不见了还站着。

2

春天的日头越来越旺盛了,整个下种期间聂广庆的心里都有一种说不出的舒坦。春天的一片青苗,到了夏天就长出了秆子,大锯齿样的叶子一片一片铺就,花要开了。谁也没有注意青苗地与青苗后来的关系。大从它们旁边走过,大背诵着女女教过他的诗:"人面不知何处去,桃花依旧笑春风。"

青苗的花开了,花开得快,走得俏,花骨朵四处张狂着。大托着下巴把眼珠子放在青苗地里,看傻了,呆了。弯弯曲曲、高高低低的花儿,看一眼是一片仙境,再看一眼还是一片仙境。花铆足了劲往出拱,花是疯了。大说:"好看死了。"身边谷里的孩子一脑门喜悦地说:"有没有比这花更好看的?"

大说:"有。"

那孩子问:"有你就说出来。"

大说:"我娘。"

那孩子说:"没见过你娘呀,都说你爹不是你爹,你娘是狐子转世。"

大站起来说:"屁!"娘的影子像花一样朦胧了许多。

花开败了,进入夏天,青苗长出了小小的桃子。青绿的皮上有细丝样的暗影,整个青苗地陷入了暗影之中。

太阳刚刚下山,晚霞的余晖将夏末那苍黄色的山梁抹得五彩斑斓,纵横的河汊两岸闪耀着暧昧的暖色,红兮兮的晚风轻抚在聂广庆脸上;走得气喘吁吁,十几里的路程显得长了许多。吴老汉不回头,顾自在前面走着,身后的汗酸味儿笼罩了他一路,他感觉身后的人有几次想和他说话,他重重的脚步声拒绝了身后,身后的脚步听上去惶惑了许多。

盖府备好的烟膏在八仙桌上放着。聂广庆进门看到桌子上的烟膏盒子时腿盖骨就软了。盖运昌问:"青苗地长势如何?"

"老爷,好啊。"

"起了吧。"

"不了,俺就靠墙蹲着。"

盖运昌说:"叫你来是想和你说个事,好事呢。"

聂广庆的眼睛始终没有离开桌上的烟膏。盖运昌递给他烟枪说:"先来抽两口提个神。"

等聂广庆过了瘾后,盖运昌说:"按县里规矩,所有无主荒地,不论是原来的生荒,还是过去曾经开垦因灾荒放弃的土地,都说了是公产,归国家所有。近来呢,新移来的人可以向县衙申请荒地,你原先开垦过的土地,可以通过开垦和占有变为私人财产。"

"老爷的意思俺一时没有明白。"

"你告诉我,米丘要盖的那个华丽小教堂是不是你心头的疼?"

"老爷,你叫俺咋说?"

"你开那荒地付了心血,看着被人占了去,你心里很难过是吧?"

"那到底不是我的,老爷。只是想着那地总算找着了它的作物。那些作物长得欢实呢。"

"天下事本来就不是人的,人眼馋哪,说道面子上也不该是他的。我能叫它是你的信不?"

"可是老爷,不是俺不信你,就算要动工也等俺收了桃子。亲他大哎,长得真叫好呢。"

"就怕等不得那个好啊。你是从来没有和县里申请过土地的人,入住了这么久,开垦下的就可占为己有。我说了算。咱不闹事,闹大了怕酿成巨案,无法收拾,咱也不可心怀不平,若有人想找你闹事了,有了损失都由我来赔,把那块地争回来,于你是耕种,于我是一口气呢。"

聂广庆不知道什么人要来闹事,如若真像老爷所说,地能要回来,并且永久耕种,也并非坏事呀。但他好像始终是没有听明白。

盖运昌说:"你回吧,作务你的青苗就和作务你的大娃一样,总归到后来都是你的。隔日如有人找你闹事,你记着了,青苗是你自己种下的。如若事情闹大了,你即刻让人来找我就是了。"

道别出来,聂广庆看到盖府层层叠叠的屋子顺山而上,晚霞的幕帘自上而下一罩,让他一下产生了低落的情绪,他不知道女女和娃在哪一院屋子住着。他突然苦笑了一下,觉得对土地的饥渴,就算是屁股大的一块也都不是自己的。看人家的屋、人家的地,自己一辈子啥都不敢想,就啥都没有了。鼻尖泛酸想哭,用劲拽了一下耳郭疼得想喊,到底是把那滴眼泪挤回去了。

3

米丘第一次看到大片的绿到山顶上的罂粟,有点不相信自己的眼睛。那次事件之后他有一段时间没有来暴店了,那次事件对他最大的推动是:一定要在暴店建一座华丽小教堂。他再一次走进河蛙谷,只知道农民在将要修建的土地上种了作物,是什么他都没有注意。确定是罂粟时,他踉踉跄跄喊叫着跑到地里来,挥舞着胳膊,没有经过任何人同意,一株一株揪起青苗甩出去很远。聂广庆疯了一样跟过来。"你想要你的儿,女女同意了你带走好了,你糟蹋俺的地,你不得好死!"两人在田里打起来,大烟桃子挤裂了,流出白色的汁液,一会儿就变成了暗褐色。大在远处的山头上放驴,看到爹和一个人在青苗地里晃。正午的阳光把青苗地布满了亮色的光斑,爹和那个人滚来滚去活泛了青苗地,让大备受鼓舞。

大高喊:"打架了!打架了!"兴奋得连滚带爬下山跑进青苗地。

米丘打倒聂广庆的刹那间不忘揪起青苗扔出去好远。聂广庆青筋暴突,脸憋得通红,虽然不是米丘的对手,但他是拼了命的。大埋下头撞击着米丘的后腰,撞击得米丘有想流泪的感觉。

聂广庆看见大喊:"你要是想叫俺爹,你就撞死他,你不叫俺爹,你过来撞死俺好了。他糟蹋地,看你秋后吃啥喝啥哩!"

大一下一下撞着米丘,米丘喊道:"你不知道吗?这东西是要害死人的。"

地里干活的人陆续跑了过来,互相打问着伸着脖子张望。青苗地里,影子靠拢,分开,再靠拢,再分开。靠拢的时候,影子重合在一起,即生长出两个脑袋,两个脑袋左右摇摆让人眼花。分开的时候三个影子前后移动,上下左右地跳跃,揪起的青苗飞了起来。看的人似乎明白了,洋人是来抢他的儿呢,聂广庆不给,人家就来毁他的地了。聂广庆的骂声高亢尖厉:"毁俺的青苗,老天你睁眼看啊,洋鬼子糟蹋俺的青苗,暴店镇的老少爷啊,你们可都长了眼睛了啊!"看热闹的人迅速形成了合围之势。不知谁说了句:"抢啊,糟蹋了那流出妈妈奶的桃子了,那是救命的药哇。"干活的人一下拥进田里开始哄抢,还没有熟透的罂粟转眼间一抢而空。

秋棉在田外拍着大腿喊着:"娘啊,我的娘啊!良心都叫狗啃了啊,老天爷啊,快睁睁眼睛啊!"

聂广庆冲秋棉喊:"你跟着哭啥呢?快去喊暴店镇上的盖老爷来啊。"

秋棉像地老鼠一样滚起来,露出半截肥腰,一把拉住一个叫茂才的人要他跟自己去往暴店叫人。茂才迟疑了一下答应下来,两个人在灰雀的鸣叫声中转眼模糊在了苇子的那头。

盖运昌到来的时候已近过午。聂广庆爬在青苗地里,体力用尽,肿胀的眼睛盯着眼前的黑土,喉咙已经撕裂,嘴角流出的血像蚯蚓一样挂着。盖运昌弯腰捡起连根拔起的青苗掂了掂,扔出去老远。聂广庆喘着气努力站起来哈着腰指着对方:"他,他,他。"地上躺着的米丘不动,望着天空,大在旁边捡拾地上的土块扔在米丘身上,米丘任由大扔。

盖运昌明白,眼下的事不是抄脖子动粗就可解决,这种干倒霉找不着后悔药的事,他不能多说。对人不对事。种下的不是活命的粮食,是迷魂药断肠的大烟。太行山上的人不经事,经了事一窝蜂上,弄不好能弄出人命来。还好,不是打群架,是哄抢青苗。有一年暴店镇大会期间,一个老太太挽着篮子卖酸枣。山下安徽来的一个后生挑夫嘴贱,尝了酸枣说尽是虫屎,呼吁周围的人都别买;结果和老太太的儿子打起来,差一点打死后生。当时的处理方法是盖运昌没鼻子没脸地痛斥了后生一顿后,从怀里掏出一大把铜钱扔给他,要他收拾好自己的舌头。可这事和那事是两码事,上边都禁止种大烟了,你聂广庆还种?

"你们这是做甚呢?老鼠啃夜壶饿疯了?宽胸大腹中的教养哪儿去了,就算是欺生也不能跟老实人较劲吧?还搭上一个洋人!"

秋棉扑到盖运昌腿前跪地求告说:"老爷,我是没有娘家的人,你就是我的娘家人,鸟要依人,羊要归圈,你得替我做主,荒天野地里就算打狗还得看主人呢,他是外国来的,我可是咱盖府出来的人啊。"

秋棉肥实健壮的胸脯像两个米面馍馍似的鼓着,盖运昌心里突然难受起来。这闺女最初是自己开苞的,不见动静,怎么放到这野地里就有了？难道是命,是风水？

米丘躺着摊开大手说:"密斯盖,他种罂粟,他在犯罪。"

盖运昌说:"种啥不种啥由种田的人来决定,你管人家种啥不种啥？犯罪由他犯,官府的事说不清楚,有啥说啥,讲理不动手,你不讲清楚动手拔人家的青苗就是你的不对。"

周围的议声吵起来。有人不知道罂粟是啥,明明是大烟土嘛,相互问,没问出眉目来。

秋棉双手叉着水桶腰,圆了一下话:"俺的地,你管俺种啥不种啥。"

"谁的地并不重要,重要的是你种出地的性情来了,它开了花还接了果。"盖运昌一语双关的话让所有人莫名其妙。米丘更是一头雾水。这地明明是给了自己啊。他对鸦片深恶痛绝,不知道这地方还有人种它。来中国传教好多年了,看到鸦片正在摧毁着这个国家,暴店镇在太行山上算富庶之地,居然种这样的东西？米丘挥舞大手站起来,抬脚跺着地上的罂粟呜里哇啦说话,没有一个人能听懂了,看上去着急也很气愤。

盖运昌说:"好了,你说的话没有人能听懂。你气啥呢？地都给人家毁了。要不是看你是一个洋人,你演的这一出戏我叫你黑台!"

啥叫"黑台"？米丘茫然了。看到四下里拿着青苗往下采摘果实的农民,个个眼睛里闪烁着兴奋的光芒。他失望地捂住脸蹲下去号啕大哭起来。

盖运昌大声说:"今年的秋景因了春口上的雨水多长势好,该是收成好的年份。毁了你的青苗地,总比女人哭,娃儿饥饿,到最后倾家荡产强得多。地毁了,歇一阵子种了小麦,没有啥,缺下的我补你,地还是你的。"

米丘说:"密斯盖,地是我的,我要用它来盖教堂。所有款项都已筹备充足。"

盖运昌说:"这地岂是我说了能算数？安县长给你下过批文吗？没有。地该归开垦它的人所有。"

吴老汉牵过骡子,看着地上的米丘说:"人生地不熟,你好不懂规矩啊。"

米丘说:"难道密斯盖说好的话不算数吗？"

盖运昌说:"我说过的话多啦,我与你说话时都有人在旁听着呢,你把我家的二闺女喊来,我说过的话她都记着呢。"

米丘突然捂住额头哭了,哭了一阵子抬头叫大过来,大重重喊了一嗓子:"洋公鸡,你不是我爹！"

骑在骡子上的盖运昌想笑:难道他真的是大的爹？夹了一下骡肚子,头也不再回一下,心生万般可惜地走了。

一路上"父子"俩不说话,不知该起什么话头。该是收获的季节了,一块地,摸爬滚打争吵谩骂钩心斗角泄欲苟合,却无端地被一个外来人腾空了,人真是土地的累赘啊。走过芦苇丛,两边的寂寞隐过来,盖运昌下了骡子。"穷命一辈子。"没有边沿的话,吴老汉没办法答。"他以为他是啥东西,竟然搞得我没有退路。"牵着骡子的吴老汉说:"退。有时候退也是守。""你说人最多能活多少岁？"吴老汉应答道:"百年之期足满。""从牙牙学语、黄发垂髫,由青丝而银霜,到强壮而腐朽化去,人留在世上的心不该变。心是什么东西？我琢磨着是脾气。不能由了他的脾气去做。有脾气的人都是有心人。这个洋鬼子,我给了他好,他不知道好。在暴店的地盘上耍性子,好是什么？是顺从。"

"跟着日子走,不能叫日子把人累着了。老爷,你知道该怎么做。"

骡子脑袋上的蝇子跟得紧,起起落落,一直随风起舞着。

4

原德孩听说了暴店镇发生的事情后先是笑了一下,接着笑得畅快。你不找事事找上门来了,是好事。

原德孩取出那口鼎,决定上县里走一趟。一是告诉暴店发生了聚众闹事;二是探听一下捐官的事情有眉目了没有;三是明年的三峻庙由原家来承办,安县长不可以不来捧场。

备了马车搭黑进了县城。夜里宿在自己家的店铺里。安顿下车马,盘腿坐在炕上。炕桌上放了四碟子小菜。招待的主食是刀削面,配料有辣子、芝麻盐、醋、糖蒜。昏黄颤动的油灯下弟兄俩面对面坐着,黑乎乎的脸上看不清眉眼,倒是稀里呼噜的吃面声时时入耳。原德库知道哥来必定是有事,大会期间的迎神赛社是大事,从进门的表情上看还有更大的事情要做。狗在院子里叫了两声,天黑透了,走进来的下人收拾妥当上了茶。

原德库说:"哥,你来有事。"

原德孩说:"有事。"

等着说话的期间,原德鱼也来了。

原德孩说:"盖王八原先计划做阴穴的地,给了洋人盖教堂,洋人拐了他闺女做了修女,他记恨洋人,要山东上来的人在没有打下根基的地里种大烟。种下的不是粮食,洋鬼子急上了,毁了青苗。现在政府戒烟,省府里的阎都督下了戒烟令,他敢种,咱就敢借了这事叫官府收拾了他。"

原德鱼说:"五年捐不下一个官,安县长心事一直在爹的铜鼎上,官家借了一顶乌纱帽,一个心事不满足都记得很清呢。"

原德孩说:"欲望无限,乱世敛财,他不是官府里的人,他是屎也不值得敬。人家是官府里的人了,地位摆着,咱捐的是民间的富贵,也是爹的未了心愿,咱不能把他当了人看待,当他是个台阶儿,没有他咱就迈不上这一脚。有了这个台阶儿,暴店镇任何一家从中作梗都不能阻止原家的大势来临。"

皮二推门进来喊了一声:"大舅舅、二舅舅、三舅舅好。"

原德孩一本正经地说:"学懂事啦?看来这亲娶了,娃生了,还真

328

像个当爹的样样了。"

皮二眉眼全堆了笑说:"儿都叫爹了,再不懂事要叫儿笑话啦。大舅舅,当了爹了就得有当爹的性子。"

店铺外面传来嗡嗡声,喊叫声来自大门口。一声……又一声……一声高过一声,还夹着不堪入耳的咒骂。原德孩要皮二出去看看。走到甬道上的皮二看到有三两个人在原家茶店的门楼下东倒西歪地站着,有些站不稳当,给人不真切的感觉。其中一个挥舞着手臂喊:"皮、皮、皮二。"

嘴里的酒气冒着,撒酒疯呢。

皮二说:"滚你妈的腿,我舅来了。你疯啥呢?叫我舅知道了还以为我当了爹了还跟不当爹时一样呢。走开!"

其中一个说:"皮二,你、你、你给谁当爹?爹呢?"

茶馆西边有一家酒馆,对过有两家,有人对着路边上的树撒尿,尿完了狂躁地站在那里问:"谁要当爹呢?"

皮二说:"安县长要给你当爹呢。快走开。"

一个酒鬼说:"走,抄了他安县长的、的老窝。凭、什么给、咱当爹呢?"

几个人挤挤攘攘地往县府方向走了。皮二看着他们走远的人笑着骂了句:"去吧,去找安国喜给你们屁股上尖刀插刺吧。"

一干人马在县府外面叫喊上了:"安国喜,你出来!你、你给谁当爹呢?"

"有种的你出来跟我照、照个面!"

"你敢给,给我当、当、当爹?"

"我、我判你明、明天当不成县长!"

一干醉鬼旁若无人地冲着里面骂。守门的骂他们是来找死。酒劲儿上来了,就是来找死的,你能咋?!

安县长站在院子里,要守门的打开院门。他的目光越过马灯的亮看到是几个酒鬼。他让自己冷静,再冷静。虽然他怒不可遏的老脸像一块燃烧的木炭,随时可能爆炸。他还是冷静地想:不认识,没有利害冲突过,也就应该没有结怨的可能。可能就是一帮酒鬼。

"安国喜,你出来,挨你爹一扇!"

堂堂县长可由了人如此叫嚣?悄没声息地挥了一下手,一队人马跑出去不声不响把几个醉鬼拉了进来。兜头一人一个麻袋罩上去,抡起棍棒一阵乱打。打的人燥热不堪,不时歇息一下仰头吐出一口长气。麻袋里的酒醒了,一口一个"爹"叫,并大骂皮二。

安县长问:"皮二是谁?"

麻袋里的人喊:"东关口的一个混子。"

安县长明白了,是皮二指使他们来闹事了。叫手下抬出去把一干人扔到了县城的荒郊。

安县长松了一口气,骂了一句:"叫你们充硬毛兔子!"同时也对自己的命运有了一分不满,八年了,该动动了,不动意味着自己没有能耐。上一次他拜见潞安市长,讲到了原家的铜鼎,市长很感兴趣。这原家,榆木疙瘩一个,迟迟不见送来。看看,如今,混子都敢出来闹事了。

原德孩第二天下午拜见安县长。

安县长说:"来了就好,何必如此厚礼呢?原老爷可好?"

原德孩说:"不瞒老爷,家父去年二月旮旯里走了。原家在守孝期间,不然早该来看您老人家了。"

安县长抬了头,看上去很伤感:"唉,人哪总归要走那一步,不是迟了,就是早了。原老爷是走早了。"

原德孩说:"明年是暴店逢五赛会,原家力主,安县长要支持啊。您不支持,暴店人出两三个混子搅了局子,这办赛就失了彩了。也是我爹活着时的一个心愿呢。"

安县长说:"哪几个混子?是讲形意拳镖行里的那几个混子吗?上一次我给原家出老力了,那事如果弄大了,上边追下来,你们原家是不想我戴这顶乌纱帽了。"

原德孩赶紧站起来说:"给安县长添大麻烦了,要不是您袒护着,原家哪里能有今天呢?不知安县长对我两个兄弟的事可记挂在心?"

安县长说:"始终记挂着呢。只是这屯长县想捐官的不只是你原家。"说完看着那口铜鼎想笑,笑不是由衷的,想到了昨晚的事,很意味地说了一句:"好啊。"原德孩明白"好啊"的分量,赶紧上前一步说:"安县长,不得了,暴店镇的盖运昌怂恿逃难上来的人在河蛙谷种大烟,洋传教知道了,拔了青苗,打起来差点儿出了人命。"

安县长惊讶地说:"啥?和洋人打起来了?"

原德孩说:"是打起来了。您得下去管管此事,闹大了可都是您的事,您该知道洋人不是吃素的,可盖运昌也是一个霸气十足的硬(念èn)人哩。"

原德库插了一句:"阎都督可是有八条纪律在村口上写着呢,戒赌戒烟,他都敢知法犯法顶风作案。还有一事真叫其绝了,山东人家有一个娃长得和洋人近一个模子呢。"

安县长笑了一下说:"他硬,他敢反塌了天?你可说的是那年赛会上的那个上头盏香的?"

原德孩说:"对对,日怪着呢,不比较还不知道是咋回事。暴店人猜想洋人是他爹呢。"

安县长捻着胡须有几分不信地说:"不知养他的娘可是啥样样?"

原德孩说:"一般人无二。垒茅厕的货色。盖运昌把她弄到了自己的屋子里,明里说是请她做针娘,暗里是不想叫洋人见她,想独占,借鸡生蛋呢。"

安县长大笑起来,笑过后很意味地摇着脑袋说:"听你们这么一讲,这事怪稀奇的。我的心倒痒了,盖王八可是看女人从来都不会看走眼的人啊。瞅个好日子吧。"

告辞出来,脸上难掩兴冲冲的激动,商量着此行看来有结果了。兄弟仨想着盖运昌的好日子要来了,那就等官府来修理他吧。

送走来人,安县长问站着的秘书:"你看这原家的后人如何?"

秘书说:"要看呢,个个儿都很合乎相书上的长法。相书上说:腰子长来腿子短,不是坐轿就打伞。可惜啊,县长大人,就怕是长得一副当官相,可惜人多轮不上呢。"

安县长哈哈大笑了起来。"好,轮不上就搁搁。"要师爷抱过那口鼎来仔细打量着看:掠面如刃的一股寒气袭过来,不知为什么居然让他打了一个哆嗦。难道它占尽了天下风水的先机和便利?

屯长县是尧王长子封地,即尧王元子的封地和最后的安葬之地。屯长县在上古时代叫"丹"。"丹"地出了一位了不起的人物——尧王。尧王姓陶唐氏,原是丹地部落酋长,因德高望重,被四岳十二牧酋长推选为部落联盟大酋长。于是尧离开故乡丹地到晋南平阳建都,统一管理各部落事务。这里也是秦人开拓疆域一统天下的军事要冲。风水气象的美好历来也是王侯将相百年后的落葬之地。这口鼎是祭祀尧王的供奉,原家如何得来已不重要。关键是这口鼎此时就在他面前放着,但他兴奋不起来。好端端的心情急转直下,心惶惶的。他要师爷取来蜡烛檀香,恭敬地把鼎置于县衙的大堂中央。

一缕明黄的阳光照在鼎表面绛色的寿字纹上,阴阳转换下,散发出少有的美丽而阔气的阡陌。安县长跪下长长磕了仨头,檀香味缭绕,起身时,心似乎被什么掩盖着安定了许多。

第十八章

1

安县长下来的时候已经到了八月。

八月之前他收到了米丘关于在暴店占用土地修建教堂的申请,申请上写了:"基督和贵国的孔教有异曲同工的地方,孔教提供了由纲常名教主导的完美人生例子,同样耶稣也提供了受精神主导的高尚的人生事例。对大多数人来说,福音比《论语》包含了多得多的伦理感化……天主教拥有给人深刻影响的古老声望和众多追随者的声势,进一步讲,天主教同物质文明联系得非常紧。"安县长通篇看下来,明白了他用这么多的理论都是围绕着暴店镇管辖的一块土地。第一,他是想用自己的钱买那块土地;第二,他想盖教堂传教;第三,中国人的命运就是他们白种人的命运。

安县长想:倒是可以利用外国人做一些事情。他们这一群上帝的儿子,不远万里乘着口吐白沫的船来到中国,带着想象而来,那就再丰富他们的想象一下吧。他决定在上土沃原家接见神甫米丘。

米丘知道,在中国,家庭是一国政府的理想模式。无论统治者还是被统治者,首先都要把这种观念摆在突出的地位上,这是中国人的目标。县长作为行政长官,在所有公务活动中永远牢牢树立着父权思想,无论为官还是行事,都要像睿智、慈祥的父亲公证而严格不苟。安县长是什么样性格的人?他不明白,见了原德孩后希望原德孩给他很详细的描述。原德孩打了个比方说:"知县就是叫你懂规矩的人。"米丘不知道什么叫规矩,很认真地要求原德孩解释一下。原德孩笑着说:"解释不通。你的思想不会拐弯,可是我们常常需要拐着弯说话。你始终坚定要你的地,说啥都不松口就是你的规矩。"

米丘半天想不好,为什么要拐着弯说话呢?就算是你中国人传授的伦理要遵循一种特定的方式,可是更应该简单明亮化地告诉我呀。"安县长是一个什么样的人呢?"

原德孩抚摸着米丘的背说:"顺毛驴儿。当官的都是顺毛驴儿。"

米丘不明白地摇着头。

原家在县长要来的亢奋心理下开始大讲排场。原德孩打扮一新,穿了长袍大衫马褂宽裤,脚上蹬了一双没脸鞋。民国的时尚里透着清朝的古旧。两个弟弟打扮得入时,丝麻衣,窄衣短裤,高领短袖,最主要的是短发上扣着礼帽,从清朝的茧子里脱壳而出,看上去和上土沃的人格格不入。原家还特意请了县城"聚福菜馆"的厨子,打听了安县长的口味,依照规格准备了八盘八碗,两道海菜。开宴时要厨娘先上果碟,继而中盘后碗,最后以汤作结。一切准备就绪,只等贵客上门了。

安县长出行前没有大张旗鼓,这件事情的原因在于最近社会有点不安分。六月间,新菜上市,县政府的官吏和杂役不仅吃菜不给钱,还动手打骂了菜农,武营的警察们更是猖狂。菜农们私下里认为与其活不下去,还不如造反革他们的命。菜农们正酝酿着对付官吏和士绅呢。安县长从心里是想把事情平息下来,突然地阎锡山再一次下了剪辫子和放裹脚的命令。这剪辫子本来是朝廷"留头不留发,留发不留头"的政策。强迫汉民留下,已有两百多年的历史,裹脚更长。1917 年政府明令,兴水利,桑蚕,植树,禁烟,天足,剪发,到现在八九年过去了,乡下人装模作样地嚷嚷一阵子就稀松下来,真要彻底清除,还得利用各地的乡绅或者教会。任务重,怕扩大了事态带来麻烦,所以他是微服出行。

蝉声从小路边的松林里传出来。安县长下了马车仔细分辨,确定只有一只蝉。一只蝉的叫声就足以充满树林,且溢到了林外?眼前的景致,潞水悠悠远去。走了几步,突然觉得眼前的山路在他步行的几步中变化了他的性情,让他忘了世界上还有许多揪心的事。山间小路走着走着雨就来了。安县长不上轿子,想一些事情,想到烦恼处看远处,发现山间的雾气聚集着没有散开,真是不要小看了这山,它如人一样,有多大的胸怀就有多大的气象啊。一时想到了当前的事情,当前的人:米丘神甫。去年暴店药材会上第一次见到他,他托着下巴颏看街道上两个小孩玩棋子,另一只手搁在膝盖上,手背根根青筋暴起,手指粗似胡萝卜,偶尔握一下拳头,那拳头罕见地大,那双手到底在暴店折腾出事来了。也好,利用他做点事,驴高马大的人很好牵着走。他高兴得当下决定上轿快速往上土沃去。

一番寒暄之后安县长坐在了八仙桌前。一桌子六人围坐:原家三公子、米丘、安县长和县衙执事的小陆子。安县长盯着米丘看,米丘不自在了,难道是自己有什么失当之处,比如穿错了衣服?或者反穿了裤子?或者脸上涂抹了什么?慌乱中先是站起来左右看了看,接着大手捂了脸搓巴了几下,那双手上金黄色的汗毛直戳戳地竖着。安县长调整了一下视角,眼睛盯着原家两位剪发的公子看,没有转移视线地对米丘说:"你看他们的头发。"

米丘摊开手说:"县长大人,他们的头发很好!"

安县长收回目光说:"是很好。"

原德孩满上酒,站起来说:"安县长身临寒舍,不成敬意,我代家父先敬大人一杯。"

安县长端起酒杯说:"不知先人去世,失礼了,这一杯我敬原老爷在天之灵有享不尽的荣华富贵。"

三巡过后,各自随意。

安县长看着米丘说:"我来暴店,主要是来落实你的土地申请;还有,你毁了农民青苗地。我知道你们基督徒向来反对鸦片,而且,你一贯拥护政府,我有信心得到你的帮助。先说土地的事。既然有些事情可能不是我的权力所能涉及的,我想好了,午后我即划出一块区域归你照管。"

米丘正想着原德孩关于"顺毛驴儿"的形容,突然听到这样的话,他心里有了惊喜,张大嘴不知该怎么感谢。

安县长表情并不丰富地说:"你发现有人非法种植罂粟,对他的对抗就是权力给予你的对抗,你是替我做事的人。"

米丘一脸疑惑。

安县长说:"喝酒。你先喝六个,算是敬我。"

原德孩满上六盅酒放在米丘面前要他全喝了。米丘耸了耸肩说:"太烈。"

安县长不说话了。原德孩说:"你还想得到政府的支持吗?"

米丘说:"想。"

原德孩说:"安县长如此抬举你,看你是外国人才给了你一个'敬'字。酒是开路先锋,六个是敬,再六个是罚,再六个是谢!"

米丘看着原德孩说:"为什么是六六六?"

原德孩说:"喝了六六六,万事都明白了。"

米丘喝下六个,又喝六个,再喝六个。最后安县长和他互碰六个。

安县长说:"够爽快。土地的事算是定了。我有事反倒要求你,你只需帮助我做好一件事情——我要你帮我把暴店镇男人的头发剪掉,女人的裹脚放开,利用你的传教。"

米丘喝得头大了,恍惚认为,中国政府要求剪辫子、放裹脚多少年了,走到太行山上,走到现在都没有落实下来,是该下大功夫做了,尤其是女人的裹脚限制了女人更多的身体之美。

安县长接着说:"我知道你们这些洋人是上通政府的人。戒烟令就是在你们这些传教士的推动下出台的,你们不说,外面怎么知道那么美好的东西叫'罂粟'呢?你的任务之一,是不可以到处乱说,尤其是不能和阎都督讲你看到暴店有人种罂粟了。我问你,神甫大人,你确实看到有人种罂粟了吗?"

米丘很兴奋地说:"县长大人,不仅看到了,还动手拔掉了它们。"

原德孩说:"看看,看看,你就不会说你没有看见?"

米丘疑惑地说:"为什么要说没有看见呢?"

原德孩说:"你看见了也要说没有看见。安县长说你没有看见就是没有看见!来,罚你六个,我陪仨。"

安县长问原德孩:"我说过他没有看见吗?是他自己没有看见嘛。"

原德孩说:"对对对,是他自己没有看见。我罚六个。"

米丘醉意蒙眬了。

安县长说:"你看人家原家的两位公子就很好嘛,头发长了见识短,人家的头发短了见识就长了啊。"

米丘看着安县长说:"县长大人,头发不知道,我是醉了啊。"

又闹了一阵子,一餐饭才算结束。收拾了桌子上的茶点。小陆子拿出一沓公告,公告上明令写着:

"公告明令:从此以后任何人不得在本县种植罂粟,如有人胆敢违抗,一旦发现,将会受到土地被没收充公的惩罚,并且所在村上的长老也将因默许违抗政令受到严厉惩罚。"

安县长要原家的两位公子找人张贴到各村大路口的树上或进村的醒目的墙上。原德鱼说:"这事好办,由皮大、皮二去做。"

安县长灵醒了一下,问:"皮大、皮二是什么人?"

原德孩:"是我家姐的两个公子。"

安县长问:"可是在县城里的东关口上住?"

原德库说:"在东关口咱的药材店跑堂。"

安县长伸了个懒腰,意味深长地说:"好啊,咱的买卖要做成生意了,隔天咱是不是要迁进省里呀?"

原德孩说:"哪里,咱生意的兴衰那还不都得安县长来庇佑着?"

安县长看着有几分醉意的米丘说:"神甫,您是不是对中国人集体皈依天主教抱着很大的希望?"

米丘说:"天主教在一代人中不可能有多大的发展,来中国,只有自己的言行赢得每个人的皈依,天主教才能在精神上传播。"

安县长说:"那么我想问你,为什么要进入天堂呢?还有,我也不信你会为了仁爱远离本土。你是不是在寻找什么?比如你在什么地方留下了你的骨脉。"

米丘说:"县长大人,天堂充满了仁爱啊。天主教是纯洁的。"

安县长招手叫原德孩过来,附耳说:"那个娃和他,居然说天主是纯洁的。哈哈哈,有意思。"

原德孩看着米丘笑了,很暧昧地说:"安县长,午后不是要去暴店划地给他吗?看他和那娃的眉态神韵,什么事就怕比较啊。"

茶毕,原家准备了笔墨纸砚来,在铺好的宣纸上安县长飞快地写下了:师法西人为耻,已成昨日。落款:雁门关人。

原德孩看着米丘说:"这下你的小庙里可是挂了政府的字了,依了政府你啥事都好做了。"

安县长又写了三个"忍"字。

原德孩不明白是什么意思。

安县长说:"你从这三个字中找找看,有你找得见的答案。"

找了半天却是什么也找不见,原德孩说:"请安县长明示。"

安县长说:"三字之间如天上星宿的距离,就算你有脾气,没耐心,不相容,你也得控制情绪。这空隙之间依旧是'忍'字。谋事在人,成事在天,俩兄弟的事怕是还得等些时日。"

原德孩明白了这"忍"字的分量,吃喝送,光了人家的嘴了,还没哄人家的心呢。想要安县长给他暴店镇的醋坊写个牌匾,便苦笑了说:"安县长,您知识渊博,这么一讲,我对'忍'字是开悟了许多呀。咱暴店开了醋坊,想请您以醋为题撰联,您这回呀,得高抬贵手了。"

安县长思存了一下,即刻撰联一副,如下:

两山夹峪,一方一俗;十里飘香,一口一酸。

横批:醋酿春秋。

原家兄弟开始鼓掌,鼓得安县长一脸兴致。原德孩提着一副联子装了醉意,其实是想着那"忍"字背后,安县长突然的变故一定深藏着什么,心慌得一时手腕酸软。

这期间米丘基本是在醉态中,看着县长好像有仨脑袋,嘴里则喃喃着仨字:毛驴儿,毛驴儿。

2

安县长午后等不得米丘酒醒,领着一班人马先进了暴店镇。他没有想到进暴店的官道上被北街柴姓家族堵上了,黑压压坐了一片。

柴晚生老态龙钟地匍匐在地,看上去像是迎接安县长,实际上是在喊冤。

都知道柴家的冤是因为原家赢了的骡马大店。

柴晚生匍匐着喊:"安县长,替民做主,替天行道!"

安县长说:"敢情你这是给我设下的鸿门宴啊!你起来好好说,不然我绕道返回了。"

柴晚生抬起头来说:"不怨小民不起身,安县长肯答应替我主张公道,我才起身。"

安县长说:"那好吧,我今儿不进暴店镇了,定你妨碍公务罪!"

柴晚生伏地说:"安县长,我丑话说前头了,明年的今日此时是我的忌日,恕老夫不能远送。"

安县长说:"你这个倔八头东西,好吧,你起来慢慢说。"

柴晚生起身,柴氏晚辈依旧跪着。柴晚生拄了拐棍陈述自家骡马大店被人黑去的经过。

安县长听完原委后脸一黑:"此事都多少年了,状子呈上去已经明白告诉了你柴家,输赢都是民间的事,参与赌博各打一半,一个愿打一个愿挨。我问你,你柴家当初如觉得委屈,为啥就腾出了自己的骡马店?"

柴晚生说:"事出有因,盖家和原家有亲,盖家不出来主持公道,以原家的财势,柴家只好哑巴吃黄连。眼下,我就想问安县长,柴家的状子为啥走到县衙就走不动了?今儿个柴家大小跪请,安青天,光天化日下,请安青天把柴家和原家的官司断个明了。"

安县长觉得此事有点抹搭,一时说不清楚。毕竟禁烟禁赌是大局的事情,要是传到州府,自己可是脖子上拴着上吊绳呢。安县长找了台阶说:"你先让行,我现在是要去给神甫划地,你如耽搁了公务,可就不是柴家和原家的一铺店面能抵消得了。"

聚集的人越来越多,这不是安县长想看到的。

盖运昌骑着骡子由吴老汉牵着打远处走过来。骡子上的盖运昌手搭凉棚往这边看,突然看清楚什么似的,急急地下了骡子,迈着方步走过来,举手抱拳说:

"失敬失敬!安县长怎么静悄悄地就来了暴店?事前也不打招呼。这叫⋯⋯这又叫哪出戏呢?"很奇怪地看着四下里伏地的人。

安县长说:"盖财主,这是在你的地盘上,你看看这北街的柴家大小,你的地盘上有冤情,你该是知道的。"

盖运昌笑道:"安县长,您的意思是说我的地盘?屯长县犄角旮旯掉根头发怕也都是您的子民掉的,您这样说,可要折煞我也。"

周围人的议论声如鸟叫似的高出一层。

盖运昌对着柴晚生说:"有啥不能回去说,要在这官道上摆开阵势?传到省府去,还以为我们暴店人不善。有啥天塌的事情走不到明天要在此为难官府?都起来,起来,美名胜过财富,敬重强如金银呢。"

柴晚生秃鹫般的眼睛射向盖运昌,怪兽般狰狞可怖,深凹下去的两腮像两张黄纸紧紧贴在颧骨上。"盖老爷是站着说话不腰疼啊,你家的店铺叫人黑了去,怕你比猴还急。"

呼哨声响了两下,议论声越发又高出了一层。

盖运昌说:"利之所在,人争趋之,平日里明白事理的人,敢进那地方?除了利令智昏贪小,怕是没有别的意思。要我说丢了骡马大店不算啥,没丢了你的老命就算好福气了。要有冤情,那也只能简单用两个字来解释:活该。"

柴晚生笑了。一个干瘦的人,笑起来的声音,听上去居然大得把市声都推到两边去了。"那是拿我祖父的积蓄起家的生意,到了我这里,它好好的,到了儿子这里,家门不幸出了逆子,人的心哪,比旱地里的地皮还僵硬。头顶三尺有神灵,我对着屯长县的安县长说,您是我们的父母官,我要把我败家的儿子在这官道上活活打死,您安县长做证,阎都督有告示在进镇口您身边上立着呢,省得我被黑了还叫旁人耻笑,临死落两个字'活该'。儿啊,不怪爹手狠,我儿死了,也好告诉世人一个道理:什么叫败家子!我儿死了,我替你养你儿。"

有几个人上前提起跪在人中间的柴守孝,柴守孝杀猪似的号叫:"安县长,您是一县父母,您不能眼看着我爹打死我!盖叔,亲爹,您大人大气量,您救我呀!"

盖运昌不语,等安县长说话。

没有等安县长开口,原家大大小小在原德鱼的带领下赶过来黑压压又席地坐了一片。

前后两片人马堵死了官道。

3

这出戏演的是双簧,是盖运昌准备的一台好戏。下土沃有人到处张扬说安县长做主把河蛙谷的地给了神甫米丘。说话人不是旁人,是皮大和皮二。他二人负责到处张贴禁毒令,逢人便炫耀。话长了腿脚传到了盖运昌的耳朵里。

女女在炕头上做女红,是两双半大的男鞋,她想象不出大的个子有多高了,鞋的尺寸她凭了日子的递进往大走。日子平静地过着,她有时候会想起米丘,她记忆中的那个人的嘴脸如他一样,身子高大,面部的狞笑纠结着她不能再往深里去想,再想就惊恐。

盖运昌走进来:"女女,那份过日子的辛劳心是不是磨得麻木了?"

女女说:"是老爷呀。"

盖运昌说:"有些事你不想掺和,想本分过日子,想回避人,回避多事的地方,可有些事是大伙儿的,你躲事,事就成全了那个揽事人的威信,不多事人不显你,你到后来啥东西也不是。"

没头没脑的话。

盖运昌坐到炕沿上,拿过女女的手在自己的脸蛋上抹了一下。"小手儿暖心呢。说个事儿,县长把河蛙谷的地给了神甫,你说,中国人种地还得交地税呢,外国人用中国人的地,他县长一句话说给就给了?我非得扳正不可。"

女女问:"起因是什么?"

盖运昌不打含糊地说:"你恨他,你不说,我心里也知你七八。恕我节骨眼上撕开你的伤口,你的恨在你的娃身上,你说,难道要我说得更明白不成?"

"老爷!"

"你不想来盖府,你心里有疼搁着,那个疼,我来告诉你,皆因你怀了一个洋人的娃。你怎么怀的我不管,你肚子里的娃给了你最坏的命,被你的父亲抛弃了。在太行山上的河蛙谷,跟了聂广庆,你心如止水。我见到你时,便知道了你已经有过的一切。我不说。我想让更多的人敬你,才演了一场人间大戏,叫人知道,你的儿是佛前的点灯童子转世。我是想挡了那世间的毒眼啊!女女,你可知你是放在我心尖尖上的那一疙瘩肉?"

"老爷!你这般猜测,是要叫我死吗?"

"女女,在我的眼皮下,你死得了吗?"

女女拢了拢头发,镇静了许多,说:"老爷,一个人的仇与恨是一个人的痛,要第二个人来分担那是我无德。讲个故事与老爷听吧。此前,有一个人怕天掉下来,自己被活活压死。貌似通达的人,就将这当作别个蠢材的笑柄,老爷也该知道那是'杞人忧天'啊。"

"女女,我的心肝,我的肉。天下事高矮贵贱,搁到男人头上,那不是动刀子就能消解掉的,得动脑袋,动二斤半的项上人头。女女,你有智谋,你告诉我,此时,我怎么做才叫圆满?"

"老爷,你是想叫我的心像刀子一样硬吗?"

盖运昌泄气似的说:"女女,没有。算了,我一时话多伤了你。女人的肚子里除了搁点儿讨男人欢喜的小计谋,搁大事儿,那是糟践女人呢。我遇了事,只是想把神甫赶出暴店。他无端地叫我闺女做了修女,男人是活脸面的,在暴店,爹娘做不了闺女主的不该是我盖运昌。赶他走,想来无人再与你的儿做比较了。"

女女手脚不是地儿地看着盖运昌说:"老爷,你看着我。记着了,貌似通达的人好像自己仰望高天就无所畏惧了,真能无所畏惧?偌大的一个天,谁都畏惧啊!这世道怕也不是,不怕也不是,怕和不怕都是一世,只要是正道,对人的敬重比对神的敬重更应高到天上去。"

女女的平静给了盖运昌底气,莫名的底气:"女女,你等我,今儿个我要搅个是非出来,长短等我今儿黑。"

盖运昌出门后要吴老汉叫柴晚生过来。

盖运昌说:"柴大官人,你的一店之仇还报不?"

柴晚生说:"这是我活着的一块心疙瘩。"

盖运昌说:"家父过世,我一直在三年重孝期,我和上土沃有说不清楚的恩怨,不管怎么说,有理不清的父辈子辈关系,我不便插手。有人告诉我说安县长在上土沃,指不定要来咱暴店镇。他如不来便不说了,你哑巴吃黄连苦在心里不提此事,有耐心的人足够等得到那一天。安县长如来,你按我的意思来,我保你要回骡马大店。"

柴晚生抱拳在胸:"盖老爷,头顶天,脚踩地,如要回来骡马大店,我柴晚生愿出手相送一半店面给您。"

盖运昌打了手势要他住口:"我帮你是帮你我今世在同一个镇子里的缘分,我如想要你半个骡马大店,那我和赌博又有什么关系?!人间'情义'二字在我盖运昌这里大打折扣了,我活人的颜面在暴店镇,怕是在屯长县都得装进女人的裤裆里了。"

暴店镇村民福喜在玉茭地里赶着驴,提着耪子翻地。不知道为什么,突然地手拿不稳当耪子。他骂走着的驴,驴见了什么似的乱了四蹄。山畔上一丛荆条叶子乱摇,驴停下不走了。福喜看着一人高的荆条,心颤了一下,发现青绿中一纵一闪地晃着一团火红,机智又风骚,是狐。福喜悄声绕过地垄走到山畔处,他看它,它也看他,眼看塌腰就能揪住,那灵物却一弹四蹄出去三五步。人停,它也停,并且回头望福喜。福喜跷起一根指头一勾一勾地勾它,它眼睛里有水看福喜。有半个时辰,福喜着急着回暴店镇看热闹,他不知道发生了什么事情,有热闹对他来说是喜欢的事。福喜猛着跑了几步,它也往后退了几步,福喜害怕了,后脊梁紧了一下,像是有蚂蚁顺着脊梁往上爬。他不敢往前走了。它也好像要够了似的,偏了一下脑袋抛了个欢,向着山脊流火一样窜了。

福喜赶着驴回到暴店,看到两家人堵死了官道,心慌慌地打听事情原委,没人一下能说清楚,光知道是把县长堵上了,有好戏要演了。赶紧绕道往家送驴要去看西洋景。进院门的时候撞见了自己的媳妇也要去看。他一边拴牲口,一边和媳妇说了刚才地边发生的事。媳妇说:

"你遇见狐仙了。"

福喜说:"它跟人似的。"

4

柴家憋堵了几年的事又要晾出来了。只知道柴家打官司输了,也服输了,没想到柴家纠结在心单等有一天来临,这一天果真来了。

只见官道上的原德孩说:

"安县长清明。事情多年已成旧事,旧事也是事,多年也都放在人心里,翻搅不出乱子,因为经见过的心里都该有一盏灯亮着。柴家二公子要去的地方,那门头上可是写着上下联子,上联:自古贝戎多贝者,下联:皆因人昔与人俞。这副拆字联,暴店镇乃自中国哪个不知道是用:贼、赌、借、偷,四个字来隐喻贼和赌的因果关系。柴家二公子不明深浅自己走进去,怕也不是谁把他拖进去的吧?这是一。柴家二公子赌博场上原先是赢了的,暴店人都知道,有人劝他见好就收,他赢了,还想赢得更多;输了,还想捞本翻身,他被缠在赌桌腿子上了。这是二。他输了骡马大店,用我丈人的话说:活该!这是三。"

柴守孝大喊:"你们腥赌,我被你套了去,你居然信口雌黄!"

安县长突然觉得这事情是个烫手山药蛋,假如站在原家的立场上,暴店镇人显然不服,惊动了一些不安分刁民,如借此闹事,怕不好收拾。假如站在柴家这边,原家的人情,自己的小舅子,盖运昌的态度等更不好当下解决。安县长想了想,决定拖到县府去处理,正了一下衣襟说:

"既然各自有理,我看你们还是重新写了状子,当事人随我回县府了断,其他人散了吧。毕竟此地不是断公道的地方。你说呢,盖财主?"

柴晚生不等盖运昌回话,插话说:"安县长,天下之大难道只有县府才能断公道?您的意思是我们暴店没有公道对吧?"

巧妙的迂回激起了四下里人群的义愤。

"对呀,谁敢说暴店镇人没有公道!"

"公道在人心！"

"要说不公道，怕是你才不公道，一身肥肉，哪一块不是民脂民膏养胖的！"

"要他就在暴店断公道！"

此时的盖运昌走到安县长耳前小声说："安县长，我看怕是走不出暴店镇了，人嘴一堵墙，乱事失理性，我不敢肯定事态会朝哪个方向走。真要闹大了不好说要发生什么事情。依我看呢，如今暴店镇来了个西洋神甫，您怕也见过了。在暴店创立了什么天主教，我不清楚是啥教，外国的东西总归不是什么好东西。他原先是想在暴店镇修庙的，您说咱这三峻庙，世代的先祖羿神怎么可以和天主在一起？"

安县长说："是是，是不可以和羿神搅和在一起。"

盖运昌说："神甫米丘想在暴店借一块地修庙，离这里十几里地有一块洼地，那洼地早有人种了庄稼，咱只能说是在异国收留了他，不能把这块地盘给他。况且，种庄稼的人还没有到收割的时候，他擅自糟蹋了人家的庄稼，这事我还没有顾上与您商量呢。"

安县长说："我怎么听说那地里种的是大烟？"

盖运昌环顾了一下暴店镇的人，提高了嗓门说："是吗？安县长说那块地上种的是大烟？那是我老眼昏花了，我看见的那可是棉花呀！"

安县长的跟从小陆子喊道："你们可看见那是种下的大烟？"

人群中有人喊："明明看见那是棉花呀。"

安县长压低声音说："棉花就棉花，你吼什么？现在不是说地的时候，是火烧眉毛眼前事啊！你得想办法让我离开。"

盖运昌一脸苦相地说："安县长，您看这黑压压的人群离得开吗？离不开，那您今日不妨就在三峻庙设堂，公正地断案，一是给三峻庙壮威，压压那西洋神甫的狂气；二是安县长的清正之名此时也正好远播扬名呀。"

安县长突然很没有底气地："盖财东，这案你叫我怎么断公道？我心里没有谱哇?"

盖运昌说:"好断。"

安县长说:"不好断。你想好计策,先要我离开暴店镇。"

盖运昌说:"离开不妥。既然让您到三嵕庙断案,就有我的理由在里面。您断不了的山嵕爷可为您断,怕什么?难道您的子民不怕羿神老爷惩罚他们?您是聪明人,神是公道的,您该明白了。先答应下,人群散开后啥都好办。"

安县长迟疑了半天后说:"好吧,你叫他们在三嵕庙设堂。我提不起裤子了,你得替我兜着。"

盖运昌高声喊道:"安县长要到三嵕庙设堂,聚着的人散开了,当事人准备去,各带证据、证人,安县长要在三嵕庙审案了!"

天已接近傍晚,风飒飒地吹着,路旁高大的泡桐树已经穿上了繁华的盛装,臂膀昂首长天,展示着季节的旺盛。树间有落日透出来,红红的一个轮子,东面又有一个轮子透出来,白白的是月亮。两个轮子同向西方移动着,耿月民抬了一下头看到天空的景象,拽了一下吊着膀子走在前边的李圪渣要他看。

李圪渣抬头看:

"哦,呀!民国的天和大清国就是不一样。三嵕庙要唱一台好戏了。"

5

安县长为了表示对羿神的尊敬,利用准备的空当在暴店理了发。只见他前额剃得光溜溜的,迈着方步一步步走近羿神殿,他把齐肩发扯起来整整衣帽,然后让头发顺势垂在两耳叉。盖运昌已经点燃了一把香递给他,他把香插进香炉里,开始跪在蒲团上磕头。之后是跟着的盖运昌磕头,接着所有陪着安县长下乡的人磕头。一个雕花铜盆端了过来,里面放着堆起来的金元宝。一把火点燃后黑灰飞扬起来。

这一切都是向神请愿前所做的准备,也是为了贿赂羿神。神是被压化了的人,在由尘世向另一个世界的转换中,凡人的欲念里,那颗供奉之物的执着心都是现世的。安县长准备就绪。舞楼中央摆放了桌子和椅子,他被盖运昌请到了那里坐下。舞楼下黑压压的人群挤得满满,他有点儿心慌。只见柴守孝和原德鱼各自跪在一边。

先是柴守孝陈诉自己的往事,原德鱼开始辩白,后来柴守孝突然地号啕大哭起来。

安县长说:"你哭甚呢？你这一哭弄得我心乱如麻。"

柴守孝抽泣着说:"羿神、安县长在上,虽然目睹我赌博的人不知道背后是在腥赌,也没人替我出证,卦摊也一时找不到,我所说的一切句句属实,老天在上,我赌咒,如果我说半句谎话,我柴守孝不得好死。我赌我的媳妇染上疯病,我赌我的儿子成为无家可归的讨吃到老穷困缠身,我赌我,我死在这五黄六月蛆拱狼拖狗拽不落尸骨。"说完啪地三下,仰起头时额头上血流四下。

原德鱼在柴守孝诅咒的过程中显得有些焦躁不安,这件事情的原委是以进驻暴店主办赛会为诱,才打了柴家的主意。心里的不安还是有的。他相信安县长在关键的时候会替他说话,五年的宝贝不该是白送了的。可是这个场面吓着他了,原本黄色的脸泛起了一层灰绿色。也许是心怀鬼胎的缘故,听到这最刻毒的誓言,他大笑了两声:

"安县长、羿神在上,赌场不是我开,一开始我也输了精光,并没有一个人说赢了钱要走啊！赌场的规矩,空袋进赌场,赌场是不欢迎的。柴家二公子赌钱是因为赢了我的钱才想下大注,假如他要赢了的话,安县长、羿神在上,赢走的天经地义,我绝不诅咒发誓自讨苦吃要暴店镇的乡民来笑话我。"

原德鱼的话没有大错,也找不到腥赌的猫腻,一些不明真相的人开始在下面唏嘘起来。

盖运昌抬了一下胳膊,摸了摸自己的额头,跷着的二郎腿左右搭换了一下。这个微妙的动作似乎看不出什么来。台子下有人喊了一嗓子:"原家的假洋鬼子发誓啊!"是镖行里的老二。

原公子的剪发在脖子前齐齐地爹起来一圈,看上去很日怪。所有台子下的人兴致被调动了起来,集体哄堂大笑开了。

安县长说:"肃静!我知道在本案的审理过程中将会遇到很大的障碍和麻烦。你们两家都表示骡马店该归自己所有,为了有一个公正的判决,我打算将此案正式交付给羿神来处理,让他老人家来判决谁是骡马大店真正的物主。你们可不要轻易发誓啊,现在如果是在县衙,我会差人用棍棒来逼供你们,因为这种方式更有说服力,也无损良心。这会儿是在羿神面前,记住了,发毒誓得仔细斟酌一番。你们看看天空的那最后的日头,它的光是照在羿神的门墩上的,不怕将来有报应的人就掏心对着天地,对着羿神发誓吧。"

所有的看客都扭转了头看羿神殿的门墩。射过来的那一注投进黄昏日头的影子,照亮了三嶟庙挑山角上的兽头。往高处看,叠嶂起伏的山峰,远得似乎不属于这个世界,那最后的日头就要跌落到山那边了。云彩挤过来,一缕光柱在羿神殿的门墩上静静端坐着,等待什么似的。所有人的心开始咚咚跳。三嶟庙的羿神护佑了这片土地上的人,并带来了能治愈疾病、趋避灾祸、给家庭带来财富、减轻生活负担的奇迹,而此时,羿神又要显灵了。

最后的日头马上就要见证这人间是非了。

安县长写了一份呈交给羿神的正式文告:

> 羿神:今有暴店镇柴姓:柴晚生、柴守孝父子,状告上土沃原姓:原德鱼。起因是九月十三暴店镇药材会期间,在聚福楼赌博,柴守孝输了自家的骡马大店,柴家认为原家涉及腥赌。原家公子认为自己是正大光明赢取,此事不存在腥赌。本官一时糊涂不能

明辨是非,现呈文告与您老人家,世间小人无赖挡道,世间公理您是看得清清楚楚明明白白。您能出雷电让室瓦欲飞,区区小事,对您来说那是举手之劳,今正式文告,柴姓、原姓就在当下眼前,请用您透视眼睛回想此事前因后果,给世人一个清明的交代。愿您给本官明示:先以风,继以雨,继以雹;加惩恶人,风益疾,雷益厉,雹益狠。

台下静默得没有一点声音。

文告烧掉后一缕青烟缭绕着缓缓离去。

镖行里的不知什么时候拿来了两只大红公鸡,走到舞楼前扔到了台子上。安县长带来的衙役提起一只扔到了柴守孝面前。公鸡因了捆着爪子,挣扎着要飞起来,翅膀扑闪着荡起了满舞楼灰尘。

柴守孝抓起公鸡重新发了一遍刚才发下的毒誓:"羿神、安县长在上,我今发下毒誓:我所言句句属实,请羿神明示,我如不是遭小人暗算,我愿我媳妇得了羊羔疯病,我愿我儿从今开始变得残疾,我愿我死在明日,五黄六天狼拖狗拽不得善终,就像这只鸡一样猝死!"说着,双手捏紧一拧脖子,血从断脖处喷涌而出。

台下人一阵子惊讶声。

另一只公鸡扔给原德鱼。

原德鱼恭敬地面向羿神磕了仨头,起身逮着公鸡跪下来,正要发誓言,台子下面的一个女人突然尖叫了一声:"啊——"

尖叫声是原家的女眷。

原德孩站在旁边,他是镇定的、不动声色的。周围的人都静静地伫立着,聚精会神地观看着,看这出剧的两位主角。他们面露激愤的神色,都在恳请伸张正义化解人间冤屈的无形力量的出现。最后的日头搁浅在羿神殿的瓦坡上,一切都要隐去了。羿神在四荒八极的高空俯视着众人那一张张翘望的脸;安县长一片茫然,不知道会出现什么样的结果。

只有盖运昌手里的扇子合起来很安静地搁在膝盖上,似乎是在等待最后的张开。

原德鱼看了一眼尖叫的人,没有二话双手捏紧公鸡的脖子照着柴守孝的誓言正要重复,台子下有人喊了一声:"慢!"

喊话的人是盖运昌。

那只扇子张开了一下,然后合起来收进了袖管。

只见他大步走上台子说:"安县长,这件事情已经从尘世转入了羿神的手里,是非明辨,神会慢慢给他们显现的。原家不差柴家这一座骡马大店,既然原家和柴家共同做下的事情,我与原家是亲上连亲,原家的事情也是我的事情,我愿买下原家这座骡马大店,转手送给柴家。我实在是不忍再看了,乡里乡亲,抬头不见低头见,同吃一条河的水,何苦如此在神佛面前发下毒誓呢?银钱在这世上走呢,它是长了腿脚的啊,山不转水转,一切都是看在安县长和羿神的面子上,我才行这个人情。暴店镇的乡亲们,诅咒是不受良知约束的,一个人会毫不顾忌地立下任何誓言,假使嘴里没有半句真话,轻易立下誓言又能咋样?杞人忧天和杞人不忧天一个意思。我不想两家因为轻率诅咒而导致来日真有什么报应。请安县长在羿神面前满足我这个小小要求吧。"

事情的高潮似乎已经过去了,并没有像期待的那样有很好的结果。台下人对盖运昌的热议声高涨了,对盖运昌的做法充满了感动了的欢喜。

安县长犹疑了一下,拍了一下案几,嘈吵杂声安静了下来。

台下有人喊了一句:"慢!"

喊"慢"的人是原德孩。

原德孩迈着小方步走上台说话了:

"安县长,暴店镇的老少爷们,既然暴店的富户都说话了,你们也

351

听到了,我原家光明正大赢来的店转手再卖出去送给柴家,听起来真叫个好听,这事是多么经不起推敲啊!倒显得我原家的气量又是多么狭小和不懂事理呢?话说回来,人心不古,子息调零,哪家又能打万年桩呢?我原家感念羿神,感念东西上下流经村庄的这条潞水,它温厚了原家,人常说了,花无百日红天道不由人,感念羿神让我原家子孙满堂。原家的日子能够保暖地过下去,全是这条河的祈恩啊。两岸上活着的人,哪个不是在这世上的兄弟姐妹呢?羿神在上,一切已经是明明白白、清清楚楚。这店铺我原家归还柴家。不是因为我原家做了亏心事,是因为上土沃与暴店同吃一条河的水,暴店的富户都知道用怜悯来换取和睦,我原家更应该知道感念安县长和羿神的护佑之心。以此为戒,白酒哄人命、黄金黑人心。从此原家子孙后代戒赌、戒烟,守着规矩过活。愿羿神睁眼盯紧那些不守规矩过活的人吧!德鱼,店里收拾了,把钥匙交给一县父母安县长。"

有人听出原德孩不叫盖运昌岳父大人了,盖运昌变成了暴店的富户。个中的利害关系盖运昌还掩盖着呢,被这晚辈后生不知深浅挑明白了。盖家的长女死得不明不白,包括原老爷的死都有一些不清楚的事理在里面。当然,还有镖行的老三牛来有。看的人都在看富户的热闹,目睹了安县长的审案经过,背后的羿神越发神秘了。柴家当初的底气那么冲,现在也没有了声音。

有人说:"柴家还说什么呢?再说就是得了便宜还卖乖了。"

三崚庙前原家的人坐在三辆马车上,紧围着坐在三辆车上人没有话,寂寞中有怨气生出,车夫狠甩了一下鞭子,第一辆车撩开踢脚走了,跟着的也在空中炸响了鞭梢。

福喜拦着满脸兴奋张望着的李圪渣说:"阴阳,有个稀奇事儿,听不?"

李圪渣对福喜这样的人一个字都懒得说。福喜哪里有资格和自己说话?看都没有看他就给了福喜一个屁股。福喜没有想那么多,顾自讲他桑麻地里的火狐,讲得眉飞色舞,准备下地干活的人,锄头顶着下巴傻笑着听福喜讲,有媳妇走过来扯了耳朵要听的人下地去。媳妇说:"听福喜闲话呢,下地腰掉肋子稀的人,大白天梦狐话你们也听。"

李圪渣反倒有了兴趣,回转头说:"有内容。和一个女人很相似。"

听的人看圪渣。

催促下地干活的媳妇冲着自家男人说:"一晌子锄不了一页席大一块,快走。听他,谁家的女人像狐狸,那要像也是精怪了。"

李圪渣说:"还真像。你们见过逃荒上来的聂广庆的前媳妇女女吧?想想,很日怪呢,都是脸蛋媚惑人的东西。"

所有的人不言语了。

越想越像。

此事被李圪渣这么一对号,大又开始在人们的嘴上议起来,那个怪,和那个传教士长得很像呢。

事情也算有个交代了,但还不是盖运昌想要的结果。

盖运昌想要的是什么结果呢?

第十九章

1

　　女女在屋子里等着,什么样的结果,她不知道。也许是为了盖运昌的那句话。盖运昌进门的时候夜已深了,兰儿揉着惺忪的眼睛开了门,盖运昌要兰儿抱走二,女女在炕沿前站着。等不得人出去,他抱了女女团到炕上。女女破例,很温柔地叫了一声:"老爷,夜静了。"盖运昌说:"我什么也不说,听你说,你尽管把肚子里的苦水水吐出来。今黑里,我放过你,不动你,一床棉被盖了你我,没有规矩没有礼,被窝内,裤裆里的想死了,我也叫它垂着。"女女把炕桌拽过来,窗台上放着的碟儿、盘儿内有些小零嘴,炕桌在两人的腿中间横着,两人靠着墙半坐着。女女不知道该说啥,其实她也知道老爷要听啥,难以说清的滋味儿萦绕在心头,几次张口说出来的都是:"老爷,你吃点零嘴儿。"盖运昌抓过女女的手轻轻地捏了一下,这一捏,露冷黄花,烟迷衰草,许多幽情一股脑儿都泛出来了。

2

　　十五岁的女女,美丽是单薄的。那一年夏天的黄河沿岸某镇的李家,娘说:"去天津卫找你爹吧,去大地方登登大码头,到了天津卫说不好能叫你上了洋学堂。"那一年她跟了教私塾的爷爷读了《论语》《孟子》,背诵了唐诗,只是从没有走出过镇子。裹脚的女孩钻沟翻梁要走多久才能见到爹?不清楚,但梦想已经产生了。祖父牵着毛驴驮着五斗米,领着她到镇子上卖米。正是酷热的仲夏,祖父牵着她的手,她盯着自己的脚尖,藕色的金莲上绣着水红的梅花,盯着祖父的脚后跟,听得祖父说:"闺女家出得门要学得一个'敛'字。一要少说话,说就说得体面;二要懂温顺,攻女红;三要谨记:良贾深藏若虚;四不可直视着看人,笑不露齿,手里的绢帕是女人一生的道具呢。"镇子不大,有集市,知道山那边有一条黄河隔着,黄河把山冲出了很宽的河川,镇子在山弯里,山弯圈住了所有人的热闹。她跟着祖父走进米铺,米铺的掌柜递给她一个马扎,坐在角落里,透过人缝,她看到天很蓝很窄,无影的风摇着杨柳,有起起落落的麻雀荡来荡去地飞。听得掌柜的算盘噼里啪啦响,掌柜的说:"你有好娃啊,天津卫做伙计,你还卖米?"祖父说:"久无音信了。"爹,一个梦幻的男人,向往处她萌发了极其细微的距离。忧伤了一阵子,看到祖父收了钱袋,她站起来跟了走。回家时她骑在驴脊上。阳光毫不吝惜地铺下来,她看到祖父的眉头结打得很重。

那一年的秋口上,雨水多,百年老屋雨滴如豆,大人们正愁着如何捉漏,阻挡连绵不断的细流从土墙上方蜿蜒而下。诗出继世、礼仪传家是祖上治家的准则。宽大昏暗的书房里,听着滴漏,看厚重的书橱上堆满了泛黄的线装书,橱门上是祖父恭谨用汉隶写下的经、史、子、集的分类以及卷数。太久的橱门,沉重得打开时会发出吱呀的声音,有时半夜无来由地听到祖父的开橱声,让她从睡梦中惊醒过来,她闻到了飘浮起的墨香。娘长长地叹一口气坐起来,轻声讲一句:"你该有一个弟弟了。""书香门第",祖父最舒心的就是别人指着自家厚重的门楣这么称呼。她突然惶惑中似明白非明白地知道了祖父为什么要娘去天津卫找爹。再睡下时,她梦见了祖父安坐在太师椅子上,手掣一卷,顿挫有致地吟哦着其中的某一章节,她看着祖父,祖父停顿中长叹一声:"长女,怎么会是长女呢?!"月亮迈过窗格,娘轻声说:"十斤的麻油七斤的罐,三斤的葫芦瓢分一半。"娘手里赶做着祖父的布鞋,昏黄的油灯下,娘俯身探问的语气带下了麻油灯的清香,她眨巴着眼睛说:"娘,韩信说了,葫芦归罐罐归篓,三倒葫芦两倒罐。"娘摇了摇头,笑而不语。她睁大了眼睛说:"娘,该有放得下麻油的十斤缸?"娘点点头说:"有。"她伸出手臂绕着娘拖下来的麻绳说:"娘说的是麻油,该先用瓢舀满三次倒入罐中,第三次罐里只能倒入一斤,瓢里二斤。再将罐里油倒回原来缸里,再将葫芦瓢中的二斤倒进罐里,再用葫芦瓢从原来的缸里盛三斤倒进罐里,罐中和缸里正好各五斤。"娘有一种看不见的情绪和力量推搡着,在她盖着的粉缎被子上轻轻拍了拍说:"这是小合大分,韩信是小合小分,还有大合大分,那是关乎天下的。"她说:"爹是天下吗?"娘没有话了。她再一次地睡了过去。

她和娘随了熟人上路了。在道路的输送下走向远方,这一走,她再没有回来,印证了人们常说的命数。

入冬,她见到了爹。爹在亨德利钟表店做伙计。她第一次看到了那么多的钟表,咔咔咔咔,整齐的节奏,那是黄昏的声音。华美的店铺,淡淡的暖橘色,就像那个在街道上走过的青年袖口上脱钩的毛线。天津卫的零嘴皮糖张和蹦豆张,常常让她嘴馋得紧。娘要她每天从亨德利钟表店前走过,要她看看爹到下班的钟点没有,要她叫了爹回租住的屋子里,只要能叫回爹,她就能吃到娘给的皮糖张和蹦豆张。娘是想要她守着爹,爹在天津卫找了女人。爹要找女人儿女哪能看住?那女人是翠花楼的妓女,人长得水,爹被迷住了。爹看到她在门前远处张望,爹说,给你一块皮糖张,回吧。她手里拿着那块皮糖张,闭上眼睛,天空在眼皮下呈现五马分厂的图形,她睁开眼睛的时候,她看到月亮即将升起。她选择一条胡同回家,娘不再是乡下的那个娘了,娘很在乎什么,有时候一个人会狂笑一阵子,笑过后,娘脸上长了一道皱纹。娘迷茫的面孔呈现在她的面前,无端地恨她了。她想到,从遥远的乡下赶来,就为了皮糖张和蹦豆张吗?时间凝住了她的眼睛,没有人能告诉她,她不停地在亨德利门前走着,爹有时候也会寂寞烦闷地跟着她回家,她在爹与娘之间因双方不能缓解的紧张成了出气筒。她想乡下的祖父,<u>丝丝如缕</u>地想。

3

爹有一天突然和娘说要给她找婆家,是乡党中在天津卫做买卖的生意人。媒人是一个很妖艳的女人。爹把那个女人领到家里,她发现那个女人就是勾走爹心的人。她不敢和娘说,娘满腹诗书,自从来了天津卫,好像都转换成了俗世的斤斤计较,尘土蒙面,连说话的声音都暗气逼人。女人说:"那是一个好人家呢,你闺女配得上他,他看中了你闺女裹的一双好脚。"她无法说清楚自己的感受,那么来天津卫上洋学堂的期待呢?她用绢帕堵住自己想哭想咧开的嘴。

她的脚是娘六岁上裹成的,不到三寸长,那时候不记事情,只记得娘用生白布湿了水裹住她的脚,一开始疼,到后来还是疼,人就疼死了过去,再折腾多久,便不知道了。待醒过来时,她已被放倒在硬木板上,两只脚板缠满白布带。每隔两天,娘用荆芥、草木灰、食盐、红糖捣成的又黑又黏的"草药",给她又肿又疼的脚板换药消炎……半个月后,解开缠布,发现她的脚板已变成了娘的脚板的锥形。她的脚不到三寸长,娘看着一脸喜气,金莲给娘脸上添了福,她能找一个好婆家了。她的脚上穿着娘亲手绣的鞋子,是一对儿鸳鸯戏水,娘手巧,女红做得好。

她望着娘,觉得这个家不是自己的家,往事如娘巧手里勾出的针脚,细软的丝线长长地拽过来勾回去,针脚锁紧的口沿上有娘的悲喜呢。她不想嫁人,她有满腹的诗书,她忘不了乡下的书橱,忘不了祖父,那一条拇指粗的辫子在祖父的长袍后拽着她的疼痛。老屋的滴漏落在她的头顶,掠过耳畔的一缕风,天地间想不清楚的怀恋太多,她和娘说:"咱们回乡下吧。"娘端着碗愣愣地坐了好一会儿,似乎想说什么,却什么也没有说,空空地呆坐着。"娘,我想回乡下,不想找婆家。"娘仰着头说了一句话:"总归要嫁人。"她想哭,门口的阳光照出地上的青砖缝隙,有一个蚂蚁洞很细小,米粒大。她抬了头说:"娘,十斤的麻油七斤的罐,三斤的葫芦瓢分一半。"娘惶惑了很久,直到阳光移到了门墩上,她看到娘把最后一口饭倒进了嘴里。娘说:"那个媒人,是不是你爹的相好?"那时候她有多么孤独。娘绕不过她自己的门槛,一个女人一生的门槛。娘说:"你嫁了那个男人,遂了你爹的心愿,你爹他该知道回回心了。""娘,我想读书。""读书?一个女人读书多了容易想入绝境。娘想入绝境了,娘不能让你也想入绝境。"一滴眼泪离开了她的眼眶跌落在地上的蚂蚁洞上。滴漏。她明白了,女人的生命,极尽张扬到最后必定是雁过无痕。她说:"娘高兴了,我就嫁。"

娘扯了各色棉布,娘要做喜鞋了,叫她也跟了看,剪好的一摞摞的布搭在炕上,娘说:"喜鞋有上厅鞋、踏堂鞋、合脸鞋、深脸圆口鞋、坤鞋,也分了高筒金莲、低帮金莲、翘头金莲、平头金莲、并蒂金莲、并头金莲、钗头金莲、单叶金莲、红菱金莲、碧台金莲、鹅头金莲、棉边金莲。"娘剪了长长短短的鞋样叫她学。娘在压好的鞋帮上开始绣花,有牡丹等花草,有鱼、虫、鸟、人物、福禄寿、铜钱、龙、凤、暗八仙、石榴、寿桃、莲藕,真是百花绚丽啊,花草的性情濡染得娘的心情安静了许多日子,娘似乎又回到了从前。手里拿着绿缎面的弓鞋,凝神时极优雅娴静,飞针走线的时候,她看到娘的眼睛起伏变化追逐着它们,偶尔用嘴角捋顺溜了丝线上的毛茬,她也能感觉到娘唇舌间幽香暗生,清爽满口。娘反复含茹把玩,绣鞋便涤烦除嚣得娘的精神极愉快,极浪漫了。

她有一天发现娘的肚子大了。

她未来的婆家在哪?未来的丈夫长了啥样子?娘颠着一双粽子一样的小脚,支应着爹的家务茶饭,守着自己日甚一日的紧迫,匆忙而敷衍,长久地等待着肚子里的孩子出生。那个日子也许是爹最失意挫败的时候,好像不是娘或者那个女人,爹长时间地待在家里不再出门。娘突然地感觉到了不适。外面好像比往日喧嚣嘈杂了许多,有哭,有笑,有喊叫,有谩骂,有动手,被什么掩盖住了的声音都爆发出来了。爹骂一句:"狗东西。"娘说:"老天眼瞎了。"娘不要她外出,天经地义的日子突然变得屈辱不堪了,娘搔着炕沿骂,骂得字正腔圆、凌厉逼人,她知道娘能在天津卫守住爹该是娘的福气,娘守着爹骂,爹不见出门,爹的心,娘是守不住的啊。

她第一次发现了爹脾气暴躁,也第一次认真看了爹的长相。那个早出晚归的爹,长得黑瘦,进进出出,脖子上的青筋暴着。娘说:"亲家那边怎么没见有人来呢?"爹听着外面的动静,一脸疲倦、落寞的景象。只有爹知道,那个女人是借了说亲想来家看看他的女人和闺女,看看他的家境。那女人说亲之后,好像爹开始正常回家了,娘才有了一片纵情驰骋的天地。那时候的爹三句话两句话就奔走得望尘莫及了,如今的爹,面目清楚了,她发现爹不是一个能担当了事的男人。男人天性是喜欢女人的呀,爹又开始往外走,去找女人。娘拉着她的手说:"得找回你爹的心。"心可以找得回来吗?

找爹的心回家。那些日子里,天出奇地好,那是多少年少有的蓝遍抹无遮无拦的天空呀。那些流云,已往锦帽貂裘,上千骑兵的阵势在天空遨游的云朵不见了;那芦花怒放的花絮,如野鸭、苍鹭集群而振翅飞翔的云朵不见了。就连夜晚那半圆月亮也是悬挂在蓝天的空中,天突然地黑了。月亮冷凝着,黄昏时分,她在一个胡同里,和娘坐在地上,地上有一个石碓子,那时分,一个黄毛鬼子走过去,返回来,他拖女女的时候,娘挣扎着想咬他,他踢了娘一脚,娘呻吟了一下倒了下去。在一片黑的笼罩下她被强暴了。那张脸,像猴子一样的脸,一瞥之下,她看到了他皮靴上的血迹,风把尘土吹到了他的皮靴上,皮靴上的血迹被厚厚的尘土抹去,殷出豹子皮一样黑色的墨点。她听到娘很短促地喊了一声:"李国山。"

那是爹的名字。她想喊爹的时候,娘把手里的丝帕塞进了她的嘴里。

娘说:"喊出来那是要坏名声的啊!"

一夜一夜的潇潇雨声。娘小产了。血流如注。在爹回来的那一刻,娘上吊了,手里拿着祖父的一纸家书。上面写了:

字谕国山儿知悉。汝自离家数年,忽逾经年。初时连接尔信,得悉客居安善,诸事顺遂,不胜欣慰藉。前年汝妻女进津,再无音讯,又唯洋人占领多年,常常因小祸起贫民,以致音信久阻。想以汝屏弱之躯,久居家庭,舒适惯常,一旦远离乡井,奔走风尘,饱受客地风霜,能不令我心中悬悬耶。兼时逢乱世,祸患频仍,汝苦何如,吾儿媳、孙女苦何如?吾情何以堪,至以为念。吾与尔母均年逾花甲,日渐衰颓,慈乌之情,与时俱增,倚门倚,延望汝携妻女回。书到之日,急速归来,以慰余念。勿违是嘱。

一行清泪猛烈地滚过盖运昌内心,娘啊,盛大的天空下,一团浊气升到他看不见的高处,谁叫他承担了这五脏俱裂的疼痛?!这个女人在他的怀里,久已不落的泪生丝一样勒疼了他的心他的骨头。

第二十章

1

河蛙谷的地没有划归米丘,倒是把柴家的骡马店要了回来。安县长离开暴店时要盖运昌划地给米丘。盖运昌说:"您说下的话,就算我有天大的本事,也不敢对抗啊。让他来找我吧。"

暴店镇的官道上,米丘把手掌搭到眉骨处,这是米丘给自己搭起的云朵。他在云朵下冥想着见到盖运昌的结果。

米丘坐在盖运昌的堂窑,丫头悬壶高冲的一股烫水使八仙桌上两只杯内回旋激荡出香气。茶冲好后,丫头出去了。米丘等着见盖运昌,安静的等待中让米丘没有丁点儿力气。他不能原谅自己的罪过,在上土沃酒精的作用下他失去了县长划地给他的机会,安县长把机会留给了盖运昌,米丘不能相信。因为,他始终摸不透这个人的性格,人性该是大致相通的,文明给了人共同的生活规范和约束,可这个人常常受本能的支配,不能够制约他的言行。

没想到进来的人是女女。对这个女人他有一份由衷的敬意。盖运昌拒绝让他见她,为什么突然有了善行?米丘站起来想说话,女女说:"坐吧。"

女女尽量不去想曾经不幸的记忆,也不想在老爷给他这一次决定性见面机会前,让自己偏狭的极端出现叫人笑话的结果。

两个人沉默着,女女先打破了话题说:"你为什么一定要来暴店传教?教义给了你什么?你都做了什么?天地之道,博也,厚也,高也,明也,悠也,久也,你到底是来做什么?为什么要来这个国家行你的不义之事?"

米丘知道女女想偏狭了。她在用剪刀刺杀自己的瞬间,或者说在见到河蛙谷那个孩子时,米丘已经恍惚明白了什么。她恨一个和自己长相近似的人,那个人做了一件危害她的事情,长期的暴力积蓄让她在见到自己时,唤醒了一切记忆,之前,她生活在恐惧和黑暗中。米丘想:我应该给她安宁、友善、和平和尊严。

米丘看着女女说:"我想知道爱或者不爱,你的孩子或者孩子的父亲,罪行之外,你可以恨,但不可以不宽恕。我从没见过你,你可以告诉我你的恨吗?"

没有想过用心去和这个人说话。复仇,如果不是为了复仇。她或许已经从这个世上死去。在复仇之前她想知道他是谁。

"用宗教的慈悲心,告诉我你是谁。"

"我是传教士。我于1912年离开我的祖国荷兰,冒险乘船来到中国,那时我25岁。那一年我的哥哥已经在北平的一所大学担任生化教授。我先在中国的安徽安庆一所教会学校学习汉语,之后,我到过天津,只是停留了一下。我没有犯下你想明白的罪行。我来山西,在太原的教会学校教学,替主传播福音。所有外国人的长相在你们看来,如果不是个子问题,应该都是相似的。请你告诉我,在你身边曾经发生了什么?"

这是一个短命的年代,唯有记忆最长。女女只是想寻找那双暗夜下的眼睛,深目高鼻下,锉刀般凝过来。女女抬起头直视过去。

阳光把老槐上的枝丫照进堂屋的地上,细细的风摇得一地暗影,那暗纷扰出流水般的伤感,女女不语,她只想再一次遭遇!

米丘的眼睛迎过来:"你知道荷兰吗?"

女女说:"不知道。"

米丘继续问:"既然你不知道荷兰,你相信有荷兰这么个国家吗?"

女女说:"相信有。"

米丘问:"我再来问你,你相信自己有大脑吗?"

女女说:"脑子就在自己的项上,如果不是镜子,我只能看到你的大脑。"

米丘说:"有灵魂的人都会有大脑。大脑是用来想问题的。镜子能看到的只能是你的人形。"

这样的话说给普通人不懂,女女懂。米丘坚信。

女女的心一下空了,细长的眼,疏朗的眉,惶惑了一下,收回目光的刹那间,那空气停下了。一再地想见这个人,或一再地想复仇,眼下,已经没有任何意义了。茶盅里的热气还冒着,想必茶已经冷了。为了掩饰什么,女女倒掉茶盅里的茶水,重新添上新水。

"为了欲望,可以进入这个国家?为了善,可以杀人?为了信仰,可以离开自己的故土?似乎只能这样,说得多好啊,结果是,只见战争、欲望,信仰、善却无影无踪。"

"有,相信天主造了一切。"

"世界上只有士农商三教,你岂不晓得人养的是人,牲畜养的是牲口?万物本性不就是自然如此,为何你说是天主造的?"

"因为主救赎恶的灵魂,就像月亮能够让人辨别夜的方向一样。"

米丘的眼睛里透着平和而温良的光亮。女女一动不动的身体里被塞得乱头无绪了。她包裹着自己的痛,复仇是她唯一生存的理由,那双眼睛,此时看上去,有形却又无形,彻骨疼痛的恨不该是这样一双眼睛啊。女女站起来决定离开,米丘说:"希望河蛙谷的大由我带去教会学校。"女女停顿了一下说:"不。"米丘说:"他应该接受主的洗礼,他是主的孩子。"女女出门的瞬间,大声说:"不!"

一个人拦住了门前的一段阳光,走进来,是盖运昌。盖运昌从女女的脸上看到了伤感。明白了事情如他所想,只是一个误会。

"神甫,你没听她说'不'了吗?"

米丘泄了气似的坐下去。

盖运昌坐下后说："神甫，你来是想让我给你划走那块地，对吗？瞅个日子去河蛙谷把那块地划给你。只是，我想要盖腊苗回来一趟。"

米丘说："密斯盖，我不能够相信你的回答。"

盖运昌说："那块地，总归是要划给你。信与不信，我说了算。收完秋，你来找我。"

无从追究的困惑，一种被玩弄的难过。米丘说："密斯盖，你不像中国人。"

盖运昌说："说出个道道来。"

米丘说："你的性格如同剑在鞘中，锋芒被良好的皮革包裹了，看上去寒光从不会泻出伤人，可你很伤人。"

盖运昌笑了："噢，天主教徒也会讲出很伤人的话来？那么我来告诉你，我的性格就像赌博时扔出的骰子一样，没有肯定的点数，可又变换着规矩。破坏了我规矩的人，哪里能领悟出我的点子呢？"

米丘说："主啊！"

盖运昌站起来说："送主的孩子回他的堂里去。"

正如米丘所担心的那样，事情没有了结果，他不明白，为什么县长讲好的事，盖运昌也敢违抗？女女在花墙下看着米丘很沮丧地走出了盖府。

他不是女女寻找的人。那个人也许一辈子再不出现了，她得承担自己的一生。痛彻之骨穿体而过时，当下里，女女只有一个念头，让它过去。

盖运昌走过来看着女女，女女说："老爷，你真不给他河蛙谷那块地了？"

"不给了。他坏了我的规矩。"

2

往年，初秋的河蛙谷一直都很斑斓。

春露轻湿的季节中生长的绿,经了夏日的光鲜葱郁,走到薄沐秋雾时,它的斑斓让河蛙谷人们脸上的笑会多出一层苦情。今年,河蛙谷的斑斓少了许多,那片被提早拔起来的青苗地,光秆子在地垄边挂着,像响尾蛇的皮一样灰亮。

聂广庆坐在地垄上,风刮过,似乎还能闻到此前的那种旷世清甜。一场往事,让所有的悲喜顿时都暗淡无光了。大走过来喊聂广庆该吃晚饭了。聂广庆几天里坐在地垄上不说话,像石头一样。他突然觉得自己少了什么,想不通达,几天之后他想明白了,穷日子让他少了汉子的血性,他是从没有狂起来过啊!

秋棉在门前冲着这边喊:"吃啦!"

聂广庆站起来:"总不能闲下了,种什么呢?"

大说:"种麦。"

看到大光着脚,聂广庆问:"怎么不穿鞋?"

大说:"穿坏了娘做的鞋子,怕累着娘。"

聂广庆说:"你娘天生就是做鞋的命,大户人家的布不缺,穿吧。"

大说:"爹,啥时候就长得像爹一样高了?"

聂广庆心不在焉地说:"明天。"

大想:娘说"明天",爹说"明天",昏沉大睡一觉,娘没了。"明天"让大忧伤了。

出奇安静的日子叫聂广庆乱了方寸。种什么不种什么都下不了决心。聂广庆突然意识到,今春今夏一直没有见雨来,能把秸秆晒成脱皮的蛇皮样,那是要遭大旱的呀。心一下毛慌慌了。

天空连半点儿牛屎云都不见,晴朗着。天旱热炙,食物奇缺,狼不能像鸟远飞寻觅。母狼下山到河蛙谷觅水,当母狼路过聂广庆的门口时,失崽之心从遥远处被拽回来了。它是最早的河蛙谷的先行者和开拓者啊,它的领地,虽然和后来的这些人家重叠着,可它从来没有叨扰过他们。倒是他们来了,它才不得不携儿带女,泅浮奔高。有谁知道母狼失牯之伤在逐日加深?

天暗下来,母狼在山头上疾行如飞,穿夜色,转瞬即逝。

河蛙谷的人聚集在聂广庆的屋子里讲狼。据说,母狼能从窄门缝缩身而过,障眼法下神速莫测,那可都是祖上留下来的传说。狼有时候比狐还灵异呢。河蛙谷的狼那是经了日月精华的孕育,自然也带着河蛙谷的灵气呢。讲狼的时候,所有人一脸坏笑,是故意逗孩子们怕的。进进出出,孩子们便不敢单独行走,总要牵了大人的手。

谁也想不到,狼的灵异应验在了聂广庆身上。

黄昏时分,秋棉在炕上刚把奶穗儿从小闺女的嘴里拽出来,就听到秋蚊子迎着黄昏萦萦绕绕来了。闺女在抗上四脚朝天牙牙学语,秋棉从房梁上取下一根艾草编的草绳点燃了熏蚊子。艾草的烟味有点呛,小闺女在炕上咳嗽开了,闺女的咳嗽声哑哑的。秋棉笑了笑,把艾草吊在了门头上让风吹着烟气往屋内送。她抱着孩子嗷嗷哄着走出屋外,坐在院子里的马扎上。天空的月儿藏在云影里,云镶了金边,星星像银钉一样铺满了钉在天宇。

篮子里剩着去年半篮子干辣椒、几个玉茭棒子,篮沿上全是斑白鸟粪,秋棉抬头看发现屋檐下有燕子在造窝。秋棉伸手提过篮子,把玉茭棒子和辣椒倒在院子里,用劲摔了几下篮子,又把倒出来的捡了回去。她歪着半个屁股做这些事情,细屑的土落在了她的腿上,她抬起腿拍打了一条腿,又换了个姿势。

有一种声音好像是从近处传过来的。秋棉后来回忆起此时的夜晚,才明白那声音是从远处的山头上,像收网一样慢慢地收过来。那声音是秋棉从未听过的。忧伤着,沙哑着,叹息着,呼叫着。它坚决的叫声像人在悲凉中的无奈。秋棉一只手抱着闺女,另一只手则伸过去拽下了窗台上晾晒的那张狼皮,秋棉把闺女抱起来放在地上的狼皮上。她想站起来听,越过洼里刮过来的热风携带着那声音走来,它隐藏着,躲避着。

秋棉感觉到胯下凉了一下,有什么东西唰地闪过去了,孩子的声音"啊哎啊哎啊哎"绝尘而去。

秋棉感觉到风一样迅捷的什么东西把她的闺女夺走了,她弯腰抢抱时,她的手里只剩下了一张狼皮。

"狼,狼啊——"

那声音带着身体的摇动,在夜色下又分外地绵长。

"狼啊,广庆啊,狼啊——"

变了声的喊叫声惊来所有落住的人,火把举起来,聂广庆知道闺女被狼抓了。他风一样卷去,朝着对面的山头。

"狼啊,我的闺女啊——"

"娘啊,娘啊——"

语无伦次的叫声,一声高过一声响起来。

孩子的哭声已经弱了。

母狼站在山头的高处,这是一个奇异的山之国度,头顶是明澈的纯金的天穹,它看到山下的火把,在山的边边角角闪烁着,它感觉到了仇恨,似乎就在它身后的某个地方。它看着山下的那一片水,月下波光粼粼,它的心产生了奇妙的幻想,它感到窘迫,把女娃放到石板上,无声地伸出丝缎般的爪子,抑制不住无比的痛苦,它举起头朝天长嗥一声。

呜——扭转头背着蜂拥上来的光亮,箭一样闪出了夜的包围。

聂广庆找到闺女时,闺女已经死了。他抱着她往山下走,平展而干净的脸,他低下头,用灼热的唇贴到她散乱的头发上,很细腻地轻轻撩了撩,眼泪掉了下来,滂沱般痛苦而可怕的泪水啊,他想哭出声,却不能够——

秋棉惶惑着,她不相信母狼会在她的眼皮下夺走闺女,闺女在炕上睡着呢。

聂广庆用木板做了一个简易的木匣子,把闺女往匣子里放时,秋棉疯了似的拼命护着。聂广庆很无奈地照着秋棉的脸打了一巴掌,秋棉清醒了,坐在地上号啕大哭。

闺女被埋在荒地中央,那正是盖运昌曾经看下的坟地。洼里的人放下手中的活一起过来帮忙。小巧的坑,小巧的棺木,秋棉几次扑上去又被人拽了下来。秋棉看着大说:"你个勾命小鬼,狼抓的咋不是你呢?"秋棉疯了一般开始打大,大不动,任由了他打,血从大的鼻子里流出来,嘴里流出来。有人看不惯了拽开大要大躲开。

大躲开了,走到因干旱不长庄稼的地深处。细微的东风带着细微的沙土,沿着寂静的空地蛇一般急速游走着打在了他脸上,插过他的身体,憋闷的胸口处呼吸困难,努力长呼一口气,大喊:"妹妹。"抓紧了地上的泥土,肥厚的泥土掐进大的指甲内。大跪下来磕了一个头。抬起头时朝向天空的面容张大嘴嘶吼了一声:"娘啊——"

"妹妹——"

"妹妹——"

风把他的声音送出去好远,大多么希望风给他成长,给他勇敢啊!

3

许是一种对抗,人群在默默无声中把那个坟地砌得很大。

聂广庆说:"砌得更大一些吧。"

坟开始高起来,一圈一圈像外扩张。石头、土块和苇叶。三天后坟地像山包一样耸立在地当央。好像是一种默契,洼里的人割回来大捆的青蒿,晒干,像抖芝麻一样抖出青蒿里的黑籽,架了大锅炒熟了,黑色的青蒿籽被炒得油汪汪的,不同的时间里撒在了坟地上。聂广庆说:"明年开春种树,谁种下树,成才了就是谁的。"人群中有人开始用石块垒出自己要种树的地方,欲望开始膨胀。为了争夺互相开始盘夺。粮食干黄,芦苇飒飒声似乎是一种标榜,不知是因为这干黄的飒飒声,还是即将到来的干旱,人群开始炸了。

阳光朗朗,搅和在一起的人布成烟阵,所有人的喉管嘶鸣如风箱。

聂广庆两眼猩红,直着脖子喊道:"打来打去可都是划给神甫的地哪!"

所有人缓慢地停下来,脸相上残留着汗水和血水,屈辱与悲愤,气喘吁吁之后各自呆呆地坐在地头。

河蛙谷的人们为了争地打成团了。盖运昌在和盛堂的院子里听了吴老汉的叙述后,直仰头看天。老天爷睁着眼不闭,有老鹰在透蓝的天空缓缓地盘旋低回,滑翔。突然地凝固片刻,然后呼啸而降,发出激昂嘹亮的鸣叫。接着暴店镇谁家的一只鸡被老鹰拍翅抓了去。

盖运昌说:"那坟地垒得越大越好,坟上种的树长得越高越好,打吧,只是不要便宜了那洋人。"讲完此话后他要吴老汉和耿月民去把能收购得的金钗、土茄、南沉香、珍珠都收购回来。

安顿好后他没有再多话,走过官道,突然看到了米丘横在他面前。

米丘说:"密斯特盖,你说过要划归我那块地?"

盖运昌站住没动说:"我这人最见不得外国人在中国的土地上耍横。"

米丘说:"你答应过的,你不能把吐出来的话再收回嘴里。那话不好吃。"

盖运昌笑了说:"那话儿吞吐之下是叫你改脾气的。"

米丘没有听明白,接着说:"那个孩子,容许我带他走。"

盖运昌头也没抬走回了自己的堂屋。他似乎在酝酿什么,似乎又什么都没有去想。他知道身后的那个人在盖府的大门前被家丁拦下了。

堂屋里原桂芝掰开烤熟的黄泥,香味冒出来,撕下一条麻雀腿递给盖运昌。盖运昌咬了一口,不经意一根细小的骨头卡在了牙缝里,他跷起小拇指剔着牙缝,小拇指的指甲有一寸长。

原桂芝说:"老爷,扶犁掌耙、割草挑土,地里不见湿气,旱了。"

盖运昌说:"是旱了。"

原桂芝说:"多少年都没有旱了。"

院子里吴老汉扛着两斗米往灶房送,闪过门前,他气喘吁吁。往年这时候老槐正叶子盛长,虫鸟欢鸣的时候,眼前的老槐叶子不旺,虫鸟寂寞。盖运昌喊了一声:"你放下口袋进来一下。"

吴老汉放下布袋用袖口擦着汗走进来。盖运昌问:"看到潞水缩了多少水位?"

"缩了一小腿深水位。"吴老汉说。

盖运昌盯着老槐上的叶子,枝梢上起起落落的风声干裂裂的。远处的山头上农田像一块块布帘挂在岭坡上,比往年干瘦了许多。

原桂芝说:"老爷,这日子不能这么过下去了,得给家生娶亲了。"

盖运昌和吴老汉说:"你出去吧,以后出力气的活不该你做。"

流经暴店镇的潞水河川很宽,石头多,要说娶亲,娶谁家的闺女呢?自己的儿是和他人讲不得门当户对啊,小富人家的还有谁呢?脑海里浮现出了一个幼小的人影:何柳。那一年暗夜下,那双大大的眼睛,微翘的鼻子,下巴的轮廓收得尖,是一张漂亮的桃仁脸。头发黑漆一样,月光下盖住了她的额头,遮住了脖颈。不服从是她的个性,不哭说是她的德行。闺女要大出家生十多岁,只是不知道她找下人家了没有。

"你看,何家那丫头如何?"

原桂芝说:"是老庄台子上的那一家吗?她爹是个油匠,画炕围子的。"

盖运昌说:"对。她爹是手艺人。"

原桂芝想到屋子里的板箱,还有梳妆台,床下的踏脚板还是何柳爹的手艺呢。"要说何家的人性还行,就是见小。这些都不说,门不当户不对,何家哪里能和盖家联亲?"

盖运昌说:"门当户对的有,咱拿什么去和人家提亲?大户人家的千金,小姐脾气不说,嫁过来,三天两头闹不和睦,传出去盖家也是脸啊,哪里能招架得住?小富人家也许知道好呢。找人去提提亲,看看人家闺女许下亲家了没有。"

原桂芝说:"找谁去提亲呢?"

盖运昌不打折扣说:"你们原家离开暴店镇后还能找谁呢?"

原桂芝收拾桌子上的麻雀骨头,要往出走时,六月红进来了。没有等人露影儿话先飘过来。

"老爷啊,我今儿个去受洗了。"

盖运昌问:"什么叫受洗?"

六月红说:"马场的教堂院子里挖了一个水池子,米丘神甫要洗礼的人从这边走下去,那边走出来,我就正经八百是主的人了。"

盖运昌哼了一下说:"这边进去是李晚棠,那边出来是六月红,露脸的那份春光就给了主了?"

六月红说:"瞧老爷的醋劲。天旱,神甫要我们向主祷告呢。我见着腊苗了,人白净了许多,那脾气好多了,叫我带个好给大姐和老爷呢。"

原桂芝怔了一下。

盖运昌突然岔了话头说:"你去和柴家讲,就叫柴家来做媒吧。"

六月红面朝墙壁说:"亲爱的天父,我感谢你赞美你,将一切风朗天晴都归给我们。求神原谅我们所有人的罪,赦免我们,求你用你的宝血洁净我们世人心的一切污秽和垃圾,我们都是天父的孩子,原谅你的孩子吧,给你的孩子们一场甘霖,来洗涤我们污浊的心。我们将以你的意念为意念,以你的道路为道路,到老都不偏离。"

盖运昌打住了六月红的祷告:"你算了吧,你看看外面的老槐,日头醉唧唧,像一个葫芦把黄稠的暖暖泼了一地,你祷告了,半月之后如有雨来我对着大太太给你磕仨头儿。"

原桂芝端着拾掇好的餐具说:"老爷,你又没有样子了。"说完出了门。

"都是我老婆,要啥样子嘛!"

六月红走近了说:"老爷,你这是跟哪个拧劲了?"

盖运昌拉过六月红的手来说:"家生该娶媳妇了。你琢磨着住二太太的房如何? 当了喜房,也好冲冲晦气。"

六月红叉腰劈腿儿,丢开老爷的手站在花窗格子下,跷了一个兰花指:"你让你的宝贝儿子住她的房? 我看不好。要住就住女女的房。她大门不出二门不迈,倒不如叫她上窑住,看风景去,老爷也可以变着法儿逗她起性儿高兴,省了老爷自个儿唱两狼山,我听了牙酸呢。"

"你是吃酸枣了,还是喝醋了?"

六月红扭身盘了个卧鱼儿:"老爷,来呀,拉我起来,我可是最最钟爱老爷的人呢。吃酸枣喝醋? 还不都是疼爱老爷! 老爷,你可知道李圪渣在暴店镇上被人拉住剪了头发? 杀猪似的干号,脑袋在铜盆里泡着,瓮声瓮气骂剪他辫子人的祖宗八代,剪辫子的人拿了剃刀在大腿上劈来劈去,叫喊着:要是他再骂呢,就一刀一刀给他削出个葫芦瓢来。"

盖运昌说:"谁剪的? 是那种齐刷刷的搁肩发?"

"对啊,对啊。能是谁剪的? 皮家二兄弟呗。叫嚷嚷着说是安县长下了指示呢,还说原家的老二捐了个地保。旮渣哭爹叫娘地喊,听上去比鬼叫还吓人。"

盖运昌摸了摸脑后的辫子说:"剪吧。"

正说着呢,李圪渣跑进了盖府,打进大门起就打着喷嚏喊:"老爷啊,我咋的说也是伺候神佛的人啊,不得了啊,妖魔鬼怪幻了人形来乱世来了。"

走进屋子的李圪渣扑通跪在地上:"老爷啊,天下没有王法啦!"

六月红笑了起来:"天旱得下不了雨,你头上倒湿得欢。快起来吧。"

李圪渣说:"不起。老爷不做主拾掇那个泼皮,我就跪死在地上。

老爷,你看我还像是一个人吗?"

盖运昌说:"你不是人,你是啥?我看你是鬼上身了。"

李圪渣缩着身子,勾着头,鼻子上吊着一串鼻涕,抽了一下鼻子说:"谁敢揪了我的辫子说剪就剪了,欺负人欺负到祖宗头上了呀!"

六月红说:"剪就剪了吧,头发长了见识短,你以后啊见识就长了。"

李圪渣的鼻涕又吊出一串来,这回没有抽,袖子一抹,没了。

盖运昌说:"世道变了你不变叫没道理知道不?长了心知道守了心才叫有道理呢。起来吧,我记下了。迟早给你个交代。"

镖行里的两位师傅顶了一头齐肩发走进盖府,两人眼睛里透着一股寒光。

盖运昌从他们的眼神里读出了他不愿意读到的东西。以两位师傅的性子,谁能简单动了他的脑袋?六月红看事情有点儿紧张要李圪渣跟了她走开。

大师傅抱拳拱手道:"盖财主,天下要乱了。"

二师傅抱拳拱手道:"风不乱不生百草。"

盖运昌说:"两位师傅坐下,我知道你们受委屈了。"

两位师傅触一触唇跪在地上行了大礼,站起来时像卸了什么重担似的告辞出去。盖运昌的心揪了一下,突然有了什么大势已去的颓唐,想叫住他们,抬了抬胳膊还是任由他们走了。

4

子时的月,清澈高远,月光慈和温柔,照在麻纸窗户上,黑黝黝地清晰。大门啪的一声,声音撞在墙上弹高了,落地时什么窸窣动荡了几声,门搭子轻轻敲了几下。

女女问:"是老爷吗?"

"还有谁?"

女女起身开了门:"怎么这么晚了还来?"

"合计事情了,想给家生娶亲。是不是叫醒你的梦了?"

女女盘坐在炕上,梦中的自己总是心灵神爽、无羁绊地在地上自由行走,或处在春日阳光充盈的树林里,双脚挣脱了泥土,身如曼舞的仙女,裙裾轻纱在身后款款飘动,升腾聚散、若物若神,梦中的世界里日子虚幻着呢。醒来时景物是苍白昏暗的。为什么梦里总有一个绚丽的世界呢?女女想到了二太太,有梦伴光明永在。女女撩了一下刘海,看着盖运昌说:"老爷,您如不放我回河蛙谷,就叫我到半山上的窑里去住。"

盖运昌没有说话,想着是六月红鼓捣闲话了。

女女说:"老爷,窑上住看山看风景,站在有雾的天气里,一杯的雾气,那是天上人间啊。老爷,你看窗外天空星斗硕亮,窑里住,可以敞着门,这样的夜晚怎么好关了山色在门外呢?"

盖运昌说:"看来你是真心想上了,谁鼓捣你了我也不追问了。明儿收拾出来,你去住。白天看暴店镇人来人往的影儿,夜里敞着门,我边迈着须生步唱着《两狼山》边走上坡坡去陪你。"

女女没有搭话。

盖运昌想了想,又说:"那上面老过人,不去住吧。"

女女说:"住。死是绝情的东西,对吧,老爷?"

盖运昌长叹一声说:"人就活两只眼睛,闭上眼睛什么也没有了。"

女女说:"老去的,嘴闭了,心死了,人总说寿尽了,寿尽的人带走了欲望,万念灰烬,好啊。老爷,我去住,想少了一些烦琐的照面。"

盖运昌拽过女女的手放在胸口上说:"我不强求,我知道你想河蛙谷了。儿是娘的心头肉呢。你不说,你是觉得你欠下我了,还债呢。我不叫你回,是不想叫你看见了大心生记忆,也不想叫外人贬损你。你想去就去吧。我到底还是想知道你这念头儿是哪个点亮的。"

"没人老爷。自个儿想去窑里住。做生活静气。"

盖运昌笑了笑说:"谁说的?我心里是有谱的。我想好了,等家生娶了亲就给神甫那块地。"

女女低下头看炕上睡着的二说:"老爷,神甫救过我的儿,可他救不了我对佛的敬。他是和我们争疼佛人的心来了。他不是那个辱我的人,他心里也许真有大爱呢。你已经让他一大步了,真要给了他地,他要再夺走暴店人的人心就叫没道理了。世事多难人世沧桑,天不变道也不变呢,你该相信羿神,要不人们敬什么拜什么求什么得什么呢?"

盖运昌边脱衣裳边说:"我想得子,给我生个娃儿。"

盖运昌钻进被窝轻轻抱起女女的头看,那张脸,白月亮一般,盖运昌的心像被什么东西碾压了,发出了一种奇怪的叫声,屏息静气的间隙,女女听到了自己胸腔里咚咚的声音。那是女女从来没有过的。窑窗外的月光一片冷艳,她看见盖运昌两鬓已布满了白发,她突然柔媚娇娆地笑了一下,她是原本不会对红尘中的过客撩动爱的情怀,有些羞容的脸想别过去。"女女。"窗外的风扑打着窗棂,盖运昌的脸贴在她的脸上,窗外不知道什么地方的落叶吹落过来,风欲去还留地吹着,叶子跌落在窗台上,盖运昌的心痒了一下,翻身爬了上去,他喊着:"女女,我的女女,你让我的心丝丝连连疼着,我给你唱,我要把七郎八虎唱活了,那水袖啊,那银枪啊,那一马平川的泥地啊:'两狼山困住了年迈英雄,六郎儿突了围去探究竟,却怎么到今日不见回程?无粮米缺草料被敌困定,人又饥马又乏怎御敌兵?杨继业再不能疆场效命,我要学马伏波革裹尸灵。'"

汗水开始一波一波流下来,盖运昌第一次知道他的灵魂是寄在这个女人身上了。

5

女女搬家前从炕席下拿出那只金镏子给了兰儿。兰儿要出嫁了,婆家都没有给她一件像样的首饰。

兰儿哭着说,等我生了娃儿,我还回来伺候你。

女女把自己刚进府那个木头车一并搬到了山上的窑。女女推着二在地上教二学字。女女说:"一去二三里,烟村四五家。"二跟着念。女女说:"给娘把一二三四五加起来。"二在车上一二三四五往上加。二说:"一加二等于三,三加三等于六,六加四等于十,十加五?娘我不会算了。"女女说:"加娘的一只手指头。"二说:"是十五吗娘?"女女说:"是。娘亲你一下。"女女弯下身子亲了二的头发一下,细软的头发让她想大。大在河蛙谷长成啥样了?干爽的窑里沁心的凉泛出来,女女把量过大鞋的棍棍取来等了画在墙上,多一岁多画出一指头来。什么也不去想了,成长的人总在成长。

女女说:"二,跟娘跪地求一场雨来吧。"

母子俩跪在当院里。

二望着天空说:"娘,先得求云彩来呀,没有布雨的云彩,雨下不来呀。"

女女说:"看娘,真是糊涂了啊。"

二望着天说:"云彩你来吧?"女女的心不能够静,瞭望河蛙谷的方向,除了贴着潞水居住的暴店镇之外,什么也看不见。

三太太来看她,她打开板箱要三太太挑选绣花鞋子。六月红说:"外面放脚了,神甫说了,在他们国家女人们都穿了高跟鞋子,跑起来叮咣叮咣响。主说了,做人来到世上,谁都不可以限制了身体的自由。我知道你对神甫有成见,你不说,你总是不说。神甫叫我给你传个信儿,想把你的大儿领进教会学校。"见女女没有多少反应,她又说了,"说个好笑的事儿。下土沃有一个闺女裹脚,一只脚的大脚趾受伤了,流脓不止,到马场找教会医院做手术,切去了大脚趾后,那只脚明显比正常的脚小了许多。那闺女想讨得夫家对她的好,就想着要教会医院里的人把那只好脚的大脚趾也切了,教会医院不做,她就哭啊闹啊地要人家切。教会里的人说,一只脚是跛子,两只脚是想拄拐棍吗?好笑吧?"不等女女笑,六月红又说了:"再说个奇怪的。上土沃原家今年逞能办赛,还没开始呢,三崚庙门前就摆上卦摊子,打着幌子:'神算不如天算',你知道算的是哪路英杰?"

女女摇摇头。

"怕你再也猜不着了。告诉你吧,三崚庙的廊檐下摆了密密麻麻的老鼠,是卖老鼠药的。好笑不好笑?好笑。不给人算命,给老鼠算命?荒唐吧?荒唐。算命、命算,叫走过的看过的似明白不明白地盯上了再也忘不了。不知道是哪方神人派了这么个人来,壮得像个武夫。"

女女说:"人前人后一个'畏'字,一个不知道畏神的人,怎么可以在庙前摆这样的东西呢?"

六月红说:"你才不知呢,地上生白毛了,三崚庙四周长出了黄白的毛,白呢像发霉的老酸菜碱,黄呢像马鬃。"

女女突然记起祖父讲过的话:地上白毛,妻儿老小一同行。时倭乱焚杀,百姓逃散,家室俱空。

"今年还有戏唱吗?姐姐还登台不了?"女女问。

"不了。这双死要脸面活受罪的脚呀,卧鱼儿都卧不下了。还有,外面打仗了,今年怕是来的商家要少了。"

女女惊讶地问:"和谁打仗了?"

"听说是争地界打。世道要乱了,家里的宝贝都不往外展了,响马土匪怕也要正大光明盯着拿了。"

世道变了。真要变了吗?女女发现自己的手指异常冰凉:"活人真叫不消停啊。"

六月红说:"管他呢,我是已经都看开了。天塌下来有老爷呢。看看,光顾了说稀奇事儿,忘了正经事。大太太叫我来告诉你,老鬼的亲疙瘩蛋老儿子家生要娶亲了,大太太要你做一整套娶亲的穿戴,尺寸会有人送来,够你忙乎一阵子了。"

女女心不在焉地望着窗外说:"你看那一坡一梁、一磴一畔,任你种都种不完,你看那满山漫沟的树木荆棘,任你一年四季生火都烧不完,人偏偏要去争要去夺,你说这过日子啥叫好活?"

六月红眨了眨眼睛说:"台上的一身行头,张嘴的一声吆喝,抬头的一个眉眼,对我就是好活了。"

女女说:"姐姐说的是呀,山下的暴店镇人可不是呢。他们盼什么呢?盼有骡子有马,盼一家人坐在院子里的树下,说早给儿娶媳妇,早抱孙的好事呢。太平日子里伸个懒腰,忙时忙,闲时闲,闲时能听上一段三太太的唱,那就叫好活了。什么时候能山静塬呆,战事休弃,这军那军的,唉,你叫庄稼人活什么?去哪里好活呢?"

六月红说:"戏文里可唱的都是庄稼人在穷折腾呢!"

女女正了一下身子说:"这天下自给自足的地儿,是叫长粮食,长性子的,只要不逼不杀不抢,世上还有比种庄稼更稳当的事吗?大字不识的庄稼人能走多远?能看多远?不好活了才要出门去耍性子呢。"

六月红突然觉得老爷喜欢这个女人,该喜欢。女人靠了男人骨头架子就散了,她不,她心里端正着呢。"女女,我要是个男人,我也喜欢你,也架在你身上唱《两狼山》。"

女女面上红了两朵丹云,手脚不是地方地摸摸炕上的羊毛毡子,将一颗干饭粒儿捡了起来放到了窗台上。

"要是一冬无雪,明年开春再不下,天旱得真要助长人的性子了。"

六月红说:"八月已破,九月来了,老爷的性子起了,等着看原家的热闹吧。"

女女想不通达,事赶事拧着,解了又拧,事都在前头路上等着呢,这世道要是不生事呢?再说了,事上人要是不生事,怕也活着没啥意思,大小总得生点儿吧!

第二十一章

1

九月初一过后,原家准备要办赛的王八、社首们都要进住三峻庙了。庙前有卖老鼠药的挡着,原家想:这厮也太眼中无人了。决定给他一个记性干粮尝尝。原家今年办赛用的人是上土沃和下土沃的艺人。所有的行头,能借到的借,借不到的原家自己置办,绝不和暴店镇的搅和。对三峻庙前卖老鼠药的人,原家决定先请人跳一回大神,请的是县城西大街有名人物牡丹大神。高价请她,讲明白了,在会前大班人马落住前除除疑。

这事传出去也是叫暴店人知道,原家是把对方当了寒碜除的。

跳大神的梳满式两把头,穿蓝衣黑裤,一双黑缎弓鞋。出行前,但见大神很利索地上了八仙桌子,并将两腿盘上,右手一个兰花指跷着,左手从怀里拽出三张黄纸,纸上用朱砂画了符。走在前面的端了镜屏,锣鼓唢呐开道,惊天一声响,所有的人开始浩浩荡荡往了三峻庙。庙前卖老鼠药的还在,二郎腿跷着,一副眼里是非多的样子。大神呵斥人举了镜屏照着庙前的墙、屋檐、门楼、台阶,最后照在了卖老鼠药的身上。一面光垒起的墙,那个卖老鼠药的在镜子里突然变得矮小了。光不能杀死对方却有能力将对方推远。其实光最后的作用就是想杀死对方。大神将三张黄纸点燃了,冲着卖老鼠药的吹过去,不知为什么,一股风顶过来,把纸屑的黑灰反扑了大神一脸,大神在八仙桌上一下乱了阵脚,变成了俗物。远处李圪渣冷眼看着,看到那股黑灰反扑回去,他笑了两声,笑那股风好啊,很有一些情绪在里面,很适合操木锨扬谷壳呢。

他脑袋打了一个点吊着膀子走了。

九月初二一早,卖老鼠药的从三峻庙门前撤走了,悄没声息的。

暴店人觉得大神就是大神,十个李圪渣也不抵一个大神的能耐。

九月初三子时,有消息传来说屯长县的安县长被人杀了。人一下慌了,李圪渣放出话来说:"三峻庙是大神用镜屏照的,不出事才怪。"

一副早有预料先知先觉的样子。

屯长县志有如下一段记载:

安国喜字子高,世居山西省朔州代县城关镇。清光绪二十六年间秀才。受父亲安同续的庇佑曾在家设塾受徒,舌耕为业。民国三年做屯长县长,其间买官卖官积怨甚重引起民愤,民国二十三年九月初三子时被人结果人头。同时,镇县宝物铜鼎失窃。

安国喜的死,对动摇政府腐败,扩大共产党的影响起了很大作用。

这是后话。

原德孩在上土沃的家中听到这个消息时,人一下子瘫痪了。谁家的猫从房檐上溜下来,紧贴着墙角从鸡中间蹿过,鸡惊飞了,那只猫眨眼间就了无踪影。请来办赛的人在院子里吆五喝六地喝酒,全然不顾原德孩的心情。他有些失落,有些恼怒,有些凄凉,自己像个耍把戏的人站在一座独木桥上,晃了几晃,想找平衡点。不料平衡点没有找见,身子却忽地被风吹出几丈远,头发夈了,夈成了乱毛驴。一夜之间。

也就是一夜之间,屯长县东关原家的店铺被人抢了。

趁乱,斜的横的都来了。

灾难到来的时候是平静的,对于原家来说,甚至有点陌生。为什么会这样?一句话也说不出口,说不出口一句话,平静近于冰冷。还办不办赛了?原德库、原德鱼赶往城里去了,不知道店铺糟蹋成啥样了?原德孩独坐着,不知道该不该告诉娘。娘等着看赛看戏呢。恐惧袭来,无端地开始埋怨爹,儿的力量不够,没抓住已抓住了的东西,它眼看要跑了,在那么有胜机的一刹那,天不相助,运不相济。上上下下,不知道多少次想此事,吃的人还在吃,他没有发话,都是请来办赛的人,嘈杂声像锅盖一样罩在他头顶。在事情面前他缺少一个有经验的人商量,他想到了盖运昌。如去找他等于是让他看笑话呢。他不由自主地走到院子里和那帮吃喝的人一起端起了酒碗,他吆喝一声:"三峻庙也有原家的今天啊,×他娘,喝!"

大家都高兴地站起来喊:"原大少爷的酒,喝!"帮忙的吃客一脸兴奋。天旱得家家过日子都精细省着怕走不到明年秋天。桌子上盘盘碗碗里汪了一层浮油,吃家贪图一时,人人一脸兴致,个个吃得后背上湿了一大片。摊子散时大伙都晕晕乎乎的,难得原家少爷放纵一回,喝的都爽快,却不知道原家出大事了。

原德孩愁苦中间有无可奈何,晃着走了两下,想面朝什么哭几声、骂几声,有几分清醒地想去看看娘。

推门进去,站在门口犹豫稍许,叫了一声:"娘。"

黄昏的月光下,原德孩憔悴且委顿,再叫一声:"娘。"眼泪就下来了。

娘说:"老儿子,出啥事了?"

原德孩说:"县长被人杀了。"

娘愣了一下说:"咋的就叫人杀了?"

原德孩说:"你说这赛还办不?外面乱了,商家都不敢上路,县里乱成稀粥了。"

娘说:"我是女人,大主意得你拿。你爹要是活着,肯定要热闹,要面子。面子是自家的,热闹是给世人看的,世上的热闹往往都是争来的,能争热闹的都是有本事人。老儿子,你喝多了?"

原德孩扑通一声跪在娘面前说:"娘,娘娘,娘,儿的骨头要散架了。"

娘吓着了,跪在炕上拍着炕沿上的木头说:"老儿子啊,你这是咋的了?"

原德孩说:"娘,原家在城里的店铺也被抢了。"

娘紧了心说:"是遇上仇人了?"

原德孩说:"是趁火打劫,抢了好几处呢。"

月光冰一样再一次跌落进屋子里,娘软柿子般瘫在了炕上。

月光抽走时窗户黑了。先从地上跪着的原德孩的腿上黑起,后黑到后墙前的几桌上,再黑到原德孩的脸上,两只眼睛看不到白,黑实了。原德孩心里酸酸地闭上最后的黑说:"娘,这赛得争,听娘的,热闹来了祸也来了,屈死憋死都是原家的汉子,争是争儿子的面子呢。儿知道,儿肩上的挑子是原家的挑子,原家三代在上土沃修下的家财走到儿这一辈,儿得守住。娘坐着的炕上是当初生我的地方,娘生儿的疼,娘的疼给了儿记性了!"

娘抽进一口气,又长长地出了一口气说:"死鬼响马,死鬼贼,灾祸直直砸到咱头上了,娘不知道这世道好好地咋的了就乱了。儿,你说,咋的了?"

原德孩突然想,娘一个妇道人家能担了什么?说:"点灯吧。我要娘替儿担怕了。"

原家老太太在炕上挪动了一下身子,坐得有点儿酸困了。

炕下的谷草软软地拥挤出细小的声音。儿和他老子有相同的地方,只是比老子少了日子锤打。回过头想刚才的话,才明白世道乱了,县长都被人杀了!原家在城里的店铺被人抢了!老儿子跪在地上,娃是担待不起砸过来的疼啊。拿自家的疼叫世人看热闹?老儿子是不忍心啊。是不是给娃瞎出了馊主意了?慌乱中女人家心小,怕是要给儿添乱了。儿啥时候叫娘拿过主意呢?她摸索着炕上的取灯儿,想点亮墙上的油灯,摸索着摸索到手里一个熟透了的李子。她掰成两半,自言自语地说:"你吃不上了,你要能吃上,我给咱走了就好了。"两瓣儿李子放到了窗台上,呆呆地看了一会儿。女人家哪有说话的份?她敲了敲窗框,进来一个老妈子。

她说:"点上灯,把我的老儿子叫来,我有话说呢。"

灯亮了,红黄一方墙上的灯影儿下,她翻倒着从炕席下拿出一张纸来,她不识字,那纸上写了"门对千河水长流,心有万念皆已休"。老爷活着时写下的,是用嘴咬着笔写下的,三个儿子都不知,她知。那时老爷的手已经断了。

门响了一声,这个岁数耳不聋眼不花,就是腿脚不行了。

"老儿子啊,你背了娘,娘想去看看,看看外面旱成啥了,看看吊桥下的潞水。当年你爹娶我时从吊桥上走过,娘不敢掀了轿帘看外面,怕眼晕。娘六十年没有见过潞水了。"原德孩背起娘,外面的月亮升起来,娘抬了头看月亮,看到月亮隐约的瘢痕。娘在背上说:"旱大了,旱把月亮都旱焦煳了。"

原德孩把娘背到潞水边的一块石头上,娘盘着腿坐好了。娘听见水声,闻上去水不像过去清爽了,多了死鱼烂虾味道,天旱得水缩了。娘说:"老儿子,不能再死要面子了。"

原德孩说:"娘是周正人,面子还是得要。"

娘说:"明日叫木匠做十个柏木桶,加盖的。柏木不亲土、耐湿气,装下家产埋了。这世道要坏了。不管他世人龇牙咧嘴夹七夹八地说啥话,这赛会咱不办了,听娘的。娘六十年没有闻到过这种水味儿了。"

原德孩说:"儿也是周正人啊。该请的都来了,你叫人家吃了喝了走了,腾空了的嘴里啥话不往出吐?"

娘说:"老儿子的心苦,娘知道。娘一辈子就是一个吃材,不说了。叫二少爷和三少爷都回来,县长都敢杀,土里刨食的人,乱来生性子,啥事生不出来?城里的生意打点后都回乡下来。听娘的话,娘叫你有办法不办那赛。老儿子,娘一辈子不主事,说来,哪有女人主事的?临稍末了,娘借儿一个老胆不办那赛了。老儿子,背娘回。"

原德孩背起娘往回走。人在世上谁不想活得宽展?细着花销,慢着攒,都是为了装门面,临到眼前才有眉目,事情把你逼到了一条路上,不等你花销,叫半路贼花了。可你得撑着面子顺着一条路走哇,死也得走。

娘在背上说:"老儿子啊,你的心事重了。"

原德孩说:"娘,你高兴我就高兴了,娘是世上疼我的人。"

娘说:"从你的脚步声中娘听出来了,你爹有心事的时候和你下脚的声儿一样。娘听得懂。"

原德孩兜了兜背上的娘,忍着眼眶里的泪说:"娘怕是耳背了。"

风走过,轻得几乎没有重量。地上的小碎步不在点儿上,踮着脚尖磕磕绊绊走。这样的步履架起梯子都难踩啊。风如影随身抽着娘的脊背,没有比她更清楚儿子的心了,儿子闪藏着,抓不住日子的心虚着呢。肩上的挑子叫儿子的脚打战了。老爷一走,原家看不见日子往哪过,让老儿子的心老了。

九月初九午时,原家老太太在炕头上仙去了。

家有仙去的人,三个月不能动响儿。

原德孩跪在地上,头磕着炕沿儿,知道娘是用老命救原家呢。

娘的屋子里架着棺材,棺材前的油灯长明着。原德孩不断挑去烧焦了的灯芯,添一点油,要油灯更明亮些。盖府的女人们不敢大声说话,活人是不能吵仙去的人的。

三堘庙入住的王八、社首、厨子都撤了出来。

大赛冷清着过去了。不是因为原家不办赛,是因为原家仙去了老人。

大太太从原家回来后病了。躺在炕上,人在病中便多了梦。自己分明站在窑垴顶端,风大得把世界吹乱了。她看到潞水流着,镜子一样碎了的粼光,一直伸展到山下。一大片松林,松枝上的松果像落在树上的鸟一样大。她采下两个连起来的松针,对对勾起来。风太大了,无论如何她都无法将它们交叉在一起,她用了吃奶的力气,终于交叉在一起了,她的双臂如何也伸不开,站不稳当,风就要把她吹起来了。她突然透过大风看到了河蛙谷的教堂,奇形怪状的样子,忽然地又变成了闺女腊苗。她努力着想把两个交叉在一起的松针拉断。这是她小时候喜欢做的一件事,没有多少意义,时间于这一反复不停的动作可以让她不去想很多占脑子的事。她跳着想伸展手臂,大风吹得她出不上气来,她想喊一个人来救她,这个人不是别人,是老爷。她喊着:"老爷,老爷,老爷,救,来救我。"

来的人抚摸着她的手,轻声说话。她听到是盖腊苗的声音:"你醒醒,大太太,你醒醒,大太太。"

原桂芝睁开眼睛时,知道自己出了一身汗,喊叫声音还停留在她的嘴角边上,口水滑出来,滑落在枕头上,一张浮肿泛黄的脸,盯着眼前人说:"你喊我什么?"

"我喊你大太太。"

"我没有多余的力气打你了,你喊我的名字,你爹知道不?"

"大太太,你认错人了。"

"你是想让我快快上路呀,你回来嫁人,你不回来娘没希望呀。"

"有希望大太太,你会好起来。"

"我从来没有想过会生一个像你这样的闺女,家门不幸,我上辈子做了恶事,我知道,你是小鬼,你来索我命了。"

原桂芝把女女当盖腊苗了。

女女要下人叫神婆王秀兰来。神婆王秀兰被下人叫进了原桂芝的屋子,原桂芝看到王秀兰时,眼睛亮了一下。原桂芝突然大声喊道:"要么你出去,要么我死!"

王秀兰看着原桂芝缄口不语,接下来开始浑身发抖,眼皮上翻,进来的下人赶紧帮她拿过一个凳子来,她坐下去,身体看上去很僵硬,接着打哈欠,眼睛里无泪,两只手做出了一个莲花托状,然后逐渐进入一种半昏迷状态。

"夜来了,把你屋里的窗户盖上,把你屋里的妖魔请来。"

下人赶快把屋子里的窗户盖上,阴黑的屋子里燃起了麻油灯盏,摇曳的灯头不停地颤抖。王秀兰站起来,墙上的人影扩大了她的形象,并给以一种超自然和叫人惊怕的表情。

灯头颤动所能照到的狭窄地带之处,那种神秘的气氛倒是让原桂芝的神情平静了下来。王秀兰的一只手抚摸着原桂芝的身体,很轻地抚摸,她的表情平静,已放松了刚才的那种僵硬,闭着眼睛,看上去没有任何东西可以让她动心。另一只手突然地伸展开,显然正和某个什么东西做着生死搏斗,她扭曲着身体,脸上由平静转向了抗争,动作大幅度地扭动着,嘴里快速地念着什么:"啊哌,啊哌!"手里突然地从身后的火台上取出了自己的小铜锣、一柄木头勺子,缓慢而有节奏地敲着,"鲁诺,轮哦,轮哦轮哦",每一句"轮哦"都以一种高声、连续的语气喊出来。

"来吧,墙角旮旯里没有转世的魂们,轮哦,阴间的大小头领们,快来啊,四下里众多的妖魔鬼怪,来吧,这里有太上老君的神丹金药,你是哪方来路,你去哪方行路,你来啊——"

声音高起来,铜锣剧烈地敲着,喧闹的声音催促着墙角旮旯里的活着的生灵。有一只老鼠窜出来,她手里的铜锣响了最后一声戛然而止。王秀兰脸上充满神经质的激情。用足了力气的她瘫在了凳子上,双肩垂下来,疲惫不堪的样子,像是一条倒空了豆子的布袋。很长一段时间

后,她打了个激灵醒过来,像常人一样收拾起自己的家什,走到原桂芝身边说:

"好了。大后天初十八有好转,二十过后下地。"

日头在窗格子上堆了一团光,女女睁开眼想的第一件事是:又一个大晴天。十八了,能不能下地都要扶大太太下地走走。简单梳洗了出窑往山下走,看到山下入暴店口的官道上尽站了人。今儿个是什么重大节日呢?难道老爷要祈雨了?

2

暴店镇一早上地的人看见进村的路边上,无端竖着一根搅粪杆子。杆子上挂了一张狗皮,狗皮前头儿吊着一颗人头,是谁?看不清楚。看见的人吓得调转屁股狂喊着:"娘啊,出人命啦!"盖运昌带着家丁走来叫人放下,看到死的人是皮大。急忙差人去上土沃和下土沃报丧。

盖运昌回到和盛堂想此事,怎么都觉得蹊跷。杀皮大的人该不出暴店,谁有此胆量呢?想烂脑仁子了,想到了镖行里的两兄弟说过的一句话:"只有比恶人更恶才能做了好人。"要耿月民快速去镖行叫形意拳的当家的过来。不一会儿,耿月民回来说:"不得了,老爷,镖行的门锁了,门搭子上挂了信袋子,是转老爷看呢。"盖运昌掏出信看,见上面写了:

盖财主:承蒙您对镖行的厚爱,几年来收入见长,兄弟感恩之情铭记在心,容当后报!今日不辞而别,他日当以身谢罪!远走之故有五:一为天,二为官,三为义,四为命,五为愚。何谓天?有田之家,田为恒产。何谓官?首令苛刻,权大杀生。何谓义?大爱为仁,小爱为义。何谓命?喜怒哀乐,人鬼转换。何谓愚?桃园结义,死生有报。无奈之下,尚能存生,岂肯逃生!

盖运昌的心颤抖了,灾难不是只对原家的,他与原家面对的是同一个白天黑夜,承接了以往,也指向了未来。冷着也热着。你恨这个姓氏,但不可以落井下石,舒坦的日子是别人帮衬着过呢。较真较劲较理儿,和谁较? 和世上的嬉笑怒骂较。世上该存有一种更为广阔的东西,那种东西是什么呢? 盖运昌一时想不出来。收起信,一袭空当里他走出和盛堂走往女女的窑上。半坡上拦着女女回到窑里。盖运昌进门时说:

"人真是没有长前后眼啊。"

女女问:"老爷,咋了?"

"皮大叫人杀了。我想此事只有镖行里的人敢做,打发人叫镖行里的,哪知人已经走了。我留他们在暴店开镖行,此事我有大错呢。"

女女惊恐地说:"三位师傅不像是不懂情义之人啊? 为何要做下此事? 老爷,天再旱下去怕要大乱了,看到山下的热闹,我还想着是老爷请神祈雨呢!"

盖运昌说:"一冬无雪,明年三月再无雨,逃荒的就多了。"

女女说:"老爷,你让大太太作难了。古诗文里有'梅须逊雪三分白,雪却输梅一段香'。世上没有总是月满厅的黄昏,日子和人,你熬得起谁呢?"

盖运昌不明白女女在讲什么:"你说,你往下说。"

女女说:"你听,知了一大早的叫声就高过窑顶了,大太太昏睡几天了,都不见你去看看她。她活着的心劲再没有比老爷给她的疼更上心了。"

盖运昌说:"你和我这就去看看。"

地上坐着看蚂蚁的二说:"明天就祈雨吧,天上布了云,就有雨来了。"

盖运昌突然心血来潮,看着二说:"你叫我啥呢? 小小年纪不能直着说话,总得有个称呼吧?"

二抿着嘴害羞似的说:"不知道,该叫老爷吧。"

盖运昌笑了:"还不如叫我财主呢。"

二挠着头说:"我想叫你爹,可是我有爹啊!"

吓了女女一跳:"你咋的叫呢?"

二吐了一下舌头,低下脑袋不说话了。

盖运昌很暧昧地看女女,接着大笑了一声:"磨难在兽的心里激起残忍,在人的心间会唤醒疼爱。你再叫一声爹?"

二迟疑着半天后,小声叫道:"爹。"

女女知道二不是存心要叫盖运昌爹,只是他的"爹"恍惚中已经入了岁月,眼前的这个男人给了他幼童的温暖,二的眼前渴望有一种力量,那种力量不是娘给予的,该是一个汉子。

女女说:"二,娘背下里有话和你说,你心里想的啥你跟娘说,不要乱叫。"

盖运昌心里酸楚了一下,高声喊:"不听女人的话,看那小得拳头大的脸,心能有多大?你大声地叫爹,我耳背没听清楚。"

或许是渲染的效果,二站起来,脖子梗得拧着一股劲,小脸涨得通红,冲着当门口喊:"爹——"

青喉咙白眼珠一声"爹"把门外的知了叫压下去了。

盖运昌冲着窑门唱了一句:

"我的马通人性把头点,这才是同甘共苦心事连!"

女女哽住了,心里空涨着,不知少了什么,红着脸说:"老爷,你是不叫我回河蛙谷了?"

盖运昌说:"打一开始我就不想叫你回河蛙谷。要叫你回,哪里会给聂广庆一个女人呢,有女人占了你的窝,绊了聂广庆的腿,你这辈子是永远也回不去了啊。"

"老爷,你是想要我的命呀!"

盖运昌说:"你是巧人儿,你该知他这一声叫是要我的命啊!"

大太太挣扎着下地走了一圈,算是应验了王秀兰的话:

十八好转。

听到皮大出事时,大太太腿软得跌坐在地上。盖运昌叫人把大太太抬到炕上,大太太尽量控制着不哭。可情感是血、是亲啊。盖运昌说:"想哭就哭吧。"大太太心里委实难受,眼泪顿时就下来了。"皮大叫我姑姑呢,以后谁还叫我姑姑呢?老爷,说句不该说的话,我是大,皮大是小,往日里我总在他面前装大,他走了,有多少人和事经得起装呢?叫丫头替我去给他烧几张纸钱。皮大抽丝一样就走了哇。"

盖运昌叫人准备了纸钱,他自己拿了去。

官道上,皮大的媳妇哭哭啼啼抱了小儿来暴店镇收皮大的头。

红布蒙了的头在官道中央一张八仙桌上放着,头前置了香案。香案前小儿幼不知事地牙牙学语。

走过官道的车马避在两边,皮大媳妇嘤嘤地哭。

没有一个官家,原家也没有出面。

头有了,身子呢?媳妇哭的声音小,却是几欲气绝。看的人都掉下了眼泪,想皮大以往再不好也不该绝了命,胆子小的不出门,胆子大的看了害怕,官道上的空气里散发出一种说不出来的惶恐。

有人看见柴晚生戴着瓜壳帽,披着黑斗篷,拄着拐棍从官道上一步一步颤颤地走了过来。

有人想着:柴家来出他那一口恶气了。哪知柴晚生从怀里掏出一串白麻纸,打着火镰燃在了皮大的头前。眼前的景象叫人心酸。柴晚生啥话没,说扭身顺着官道走了回去。盖运昌走到皮大头前竟然上了三炷香。

火盆里的纸钱燃过后,盖运昌说:"暴店镇的老少爷们,送娃一程吧!"

暴店镇的人受了感染,挨家挨户都来烧了纸钱。以现在县里的乱和原家的处境报案都找不见地方。盖运昌无端恨形意拳,心里骂着:"你比他更狠,你就做了好人了? 如此之狠怕也没有好的结果啊!"

皮家抱了人头上了轿子很凄凉地回了下土沃。

皮大走后,黑天里,暴店镇的小孩不敢走夜路,连汉子走过似乎头皮都一阵子发紧。

第二十二章

1

盖家生腊月里娶亲。按当地的规矩娶的是黑亲,傍晚走,夜黑透娶回来。

盖家的男女老少像唱戏一样。何家没有多余的要求,只要求亲娶。在亲娶和迎娶上,盖运昌是费了一番脑筋的。亲娶,是儿子骑马亲自去娶;迎娶,是找本家侄儿前往迎回新娘。何家拒绝了迎娶。真要亲娶,就算是天黑透了,马上男儿,在那无数双时刻准备蹿出黑暗、跃上马背的眼睛里,再恍惚也能看得清楚马背上的人高高矮矮、弯弯曲曲的颠簸样儿啊。儿娶妻,一辈子,盖运昌是豁出去了,就亲娶。不骑马,坐轿子。这是盖运昌回绝何家唯一的一个要求。

盖家生一早穿了新郎衣裳,以为是要过年了,高兴得在院子里走来走去。盖运昌看见了想:儿不傻啊,也知道娶女人的好处呢。

花轿要动身了,却到处找不见新郎在哪里。盖家人左转右转地找,说给老爷盖运昌时,盖运昌感觉有点虚脱,身边的人声像开锅的水冒着剧烈的水泡,等着下米呢,米缸空了。他站在院子里,突然感到四堵围墙高大起来,人矮下来,莫名地恐惧,力不从心地恐惧。盖运昌已经没有了当年的那种底气,是什么模糊了他性格中的很多东西呢?藏着掖着的,就要被什么撕扯开了。

"挖地三尺也要给我找出来!"

找到最后发现盖家生手抱一只老猫在茅厕里蹲着。出发的花炮响了,娘要他丢开猫,他不放,抓着了什么似的,老猫叫得急。梅卓撩开大襟褂子说:"儿,来吃两口奶。"风唰地一下梅卓裸露出来的皮肤,皱起的鸡皮细细密密地夸起来。盖家生抹了一下鼻子丢开猫扑到了娘的怀里。吃罢奶往轿子里送,人惊恐着窝在娘怀里不动。时辰眼看要到了,家伙响器张牙舞爪地等待着,盖家生在娘的怀里猫一样安卧着不动。梅卓哄着说:"儿,娘的肉,你去坐坐那轿,你尽管坐在轿里睡,闭了眼睛梦就来了,娘在梦里陪着你呢,等梦醒来啊,你还在娘怀里安稳着。"大太太干着急,到底也不敢对他指手画脚。只见盖家生偶尔回头惶然不知所措地四顾一下,紧张地说了一声:"娘,绝不。"梅卓生气了:"由了你、你不、儿,今儿是你娶亲呢,你叫娘咋的你好哇。"大太太忍不住说:"哪有'不'字可说?强行抱他走,就算是祖宗敬着,也得看天气吧,啥时候了,轻重都该有个时段吧!"梅卓抱着要走,盖家生张嘴要哭了,却是一口痰在喉咙里搁着,人抖了一下低头咳嗽开了,看的人着急了,大太太急忙拍着他的背说:"算了,祖宗哎,都是大娘说错话了。"

盖运昌一时六神无主,吴老汉走过来说:

"老爷,要不叫人替了?时辰到了。"

"叫哪个替了?盖府连个壮后生都找不着啊。"

"老爷看耿月民行不,要行,我去找他来。"

盖运昌停顿了一下说:"他是一个外人,外人的嘴张着啥时候说起来都是短处。"

吴老汉不说话了。

盖运昌看着地上清一色的闺女,突然想到:当下里怕也只能叫一个闺女去顶替了。要太太们到他的堂屋一趟,众口和议一下。

大太太说:"这不是个正经事儿。"

盖运昌说:"正经事儿都在命里呢,你给我找个正经的出来。"

外面的热闹催得急,盖家生的新郎官衣裳怕其他人也穿不上,和议到最后决定叫招男扮了男装。盖招男一听此事,先是蒙了一下,觉得很新奇。嬉笑着换了行头,像唱大戏一样。大太太很慎重地安顿说:"万事不张口,听人指着路走,可是听真切了?"盖招男说:"大娘,我都多大的人了? 都听真切了。"

盖运昌说:"一个字不多,半个字不讲。"

六月红小心地在闺女的耳眼里交代着,她怕出了什么差错丢了老爷的人,真要出了差错,那盖府的人就丢大了。

临放轿帘子时六月红捏了盖招男一下说:"娘跟你说的都是正经话,你今黑里的角儿可是把你爹的命押了宝的,小蹄子哎,你要多说一句话,娘回来撕烂你的嘴。"

盖招男突然害怕了,龇了牙说:"要不娘叫姐姐们去吧。"

六月红又捏了她一下说:"事到临头了,你还敢生岔儿?"

时辰到了,鞭炮齐鸣,起轿了,喇叭响器呜哇哇叫,五彩缤纷的旗、锣、伞、扇在前,热闹欢快的唢呐八音随后。红、蓝两顶花轿两辆马车缓缓走在暴店的官道上。一顶蓝轿里坐的是新郎,尾随着的一顶红轿是待娶新娘的空轿子。两辆马车,一辆上坐着娶客,一辆铺红铺绿是回时女方家的送客坐。一长串鞭炮响过后,暴店人心里都在猜测这轿子里的新郎官到底长了啥样子。盖运昌的性子张扬得把娶亲的规矩都颠倒了。

何家听到报,知道盖家娶亲响器已经出门了。七姑八姨开始把陪送的箱柜布匹摆在门外,八套被褥在柜顶上红绿黄蓝地炫耀着。何柳娘叫了声:"闺女啊,你今儿走了,明儿就是人家屋子里的媳妇了。"何柳坐在炕上望着窗外笑了一下,接着泪下来了。报子跑进院子说:"花轿到了村当口了。"何柳娘赶紧走出院子坐在门墩上呵着长音开始哭嫁:

"娘的心肝女啊,你是娘心尖尖上剜下的肉——养成的闺女泼出去的水,泼水难收,人难回,养到婆家去吃苦呀,吃苦受罪没娘疼。"

花轿临门了,报子说:"花轿临门了,莫哭了。"何柳娘的哭声立马绝了,紧接着欢快的笑声扬起来,招呼着所有的人:"快快快,来了来了。"何柳穿了红衣红裙,一身喜气,外着凤冠霞帔,由女扮男装的盖招男引着走往红轿前。盖招男几次想笑,想到娘走时讲过的话,不笑了,大摇大摆牵了何柳走,走得像模像样。

一路上南街和北街的店铺外不断有人横放一条板凳,一捧圪针拦轿贺喜。只见停下来的轿子前有人发放喜糖,娶亲的八音唢呐朝天,直吹到声嘶力竭,脖子上青筋暴跳,眼睛珠子都要暴出来了,放行的人才开始撤掉板凳、圪针,叫花轿抬过去。

新娘门外下轿,无意扫了一眼新郎官,发现耳朵上有耳环眼,她想笑,想盖家一定是怕他养不大才打扮了女娃养。三太太六月红端着一升五谷杂粮,粮食里掺着铜钱,不断地往新娘身上撒去。堂屋的中堂前坐着盖运昌和大太太,天地桌上铺了红布,桌上摆着女家送来的尺子、剪子、升子、镜子、算盘和秤,象征三媒六证:粮食多少,升为证;衣服好坏,剪子为证;家财多少,算盘为证。梅卓抱着盖家生走进来,站在新娘跟前像玩耍一样逗闹着盖家生拜天地拜父母拜中堂。天黑透了,梅卓引领着把何柳送往洞房。

屋子里六月红高声唱着:"拜罢堂吃喜糖,三娘给你来铺床,一铺鸳鸯枕同床,二铺夫妻合欢长,三铺媳妇早生子;四铺盖家富满堂。"

听着洞房里的唱,盖运昌长出了一口气,院子里没有外人,盖家的后人娶妻了,如一块空地一样,下了肥,只长了一根葱。月光滤出淘米水的黄,从天空落到地上,荒凉了,衰微了,遥远了,走到现在精头细脑了。多么地不甘啊。他起身走到喜宴上去喝酒,喝到激动处,踉跄着由吴老汉扶着往山上走。推开女女的门时,冷风带进来一片月色,他不是坐在炕上而是跌落在了地上,双手把着炕沿儿。

女女说:"老爷喝多了,你上炕来呀。"

盖运昌竟哭泣一样号叫起来。女女下地扶他起来,他一把捧了女女的脸说:"你不给我生娃,有娃也不叫我爹!"他脸上挂着痴情。女女的手缭绕着他,盖运昌鼻孔出着粗气,他有无限的蛮力,他是下了死力往女人身上使劲了啊。女女说:"老爷,小心着凉了,你上炕来。""给我生个裤裆里带锤锤的。""你上炕来老爷。"

有一缕月光挤着窑门把一个人影铺过来,那个人走进来用了老劲想抱起盖运昌,他抱不动盖运昌,迟缓了,曾经以为奋力遗忘了的东西会给他快乐,其实遗忘是永生不忘啊。

盖运昌痛哭流涕地指着吴老汉说:"我怎么看见了一个饿鬼?"

吴老汉知道老爷在借酒装疯地骂他呢,骂他在马号里和二太太的事。他脸上流着泪,脱口而出:"骂,骂得好! 一二三,起了!"劲用猛了。是他有生以来唯一抱过的儿,是他用身体嫁接在一个女人身体上的骨头和血脉啊。一时万千金星攒射,从眉棱至眼睑,眼一黑有些眩晕。盖运昌被抱到了炕上。吴老汉没有多话,摸索着走出窑门,眼突然黑实了。他用劲揉了揉眼睛,风把山下的热闹刮上来,刮成风柱,又摔开,摔落出遍地烟尘。尘土刮进眼睛里,他看不见地上,抬了头看天空,依旧看不见。一个时辰后,能感觉到虚浮中月影朦胧着。猜拳的声浪再一次漫上来,他开始摸索着往山下走,踏完台阶,坐在最后一个台阶上,谁会给盖家一个儿呢?他愿意许诺下这双眼睛换得盖运昌一个健全的儿,他不是为盖姓,只为了儿,自己的精血之后的延续。

2

梅卓要儿用秤杆挑下媳妇的蒙头红,盖家生不说话,爬上炕倒头躺下霎时睡了过去。

梅卓强忍着自己的情绪,挑下新娘的蒙头红端详着何柳的脸,想说什么却说不出口,走到烛台前拔下头上的银簪子,挑了挑燃透的捻子,灯亮了许多。返回来脱了盖家生的鞋子,脱裤子时才知尿湿了裤裆。脱光了盖上喜被,悄声地退了出来。

何柳看着炕上的盖家生,这不是她眼睛里看到的男人。那个男人一步一步领着她走上花轿,她心喜地颤抖,胭脂红的月影下,梦中惊厥的道路,眼前的这个男人不是她惶惑看见的那个人呀?

大太太原桂芝在梅卓走出时走了进来。

"你进了盖家,就是盖家的长媳了。"

这时候窗户纸被小儿捅开了,何柳和大太太一起抬头看,一个小儿脸露了出来。"早生贵子。"眼前的何柳看着闪在窗户上的小儿脸笑了笑。

"炕上的是你的丈夫,他有什么都是你的丈夫了,你不能和外人说他的缺陷,你让着他,就是让着盖家一份家业。你守着他就守住了盖家的脸面,也是你当媳妇的脸面。"

何柳很茫然地听着。

"半夜里起夜时记着叫他下地,他睡沉了,你拿了夜壶伸进被窝里。有了汉子了,就等于麻绳束了腰身。有你吃有你喝,你在盖府人模人样,没有人敢把你不当回事,你做下好,对面的菩萨都看着呢。"

何柳抬头看对面的菩萨,菩萨在墙上的佛龛里把眼前事看在眼里呢。原桂芝拿起三炷香点燃插进铜香炉,要何柳跟了她跪下磕头。三个头磕罢起身坐下了,原桂芝接着说:

"进了门慢慢琢磨着,一心想着炕上的眼前人,眼前人是你的墙,你何家从盖家拿走的是你何家一辈子赚不来得不够的。以后何家不是你的家了,这里才是你的家。你再看看这地上的几桌条案,炕上的绫罗绸缎,头上的金银钗簪,这一份荣耀都是有了眼前这个人才得到了。你睡下吧,随了日子慢慢走该有的该懂的都会知道明白。"

大太太站起身往出走,何柳立起来弯腰说:"送大娘。"

暗把外面的热闹推开了,炕上人没有一丝声音,很安静。那种暗对何柳来说该是一点一滴、一眨一闭的体验,但是,没有感觉,甚至连复杂和曲折的味道都没有。她脱下绣鞋,曲着腿坐在炕上茫然看四下里。铺天盖地的红,一个陌生的环境。那年的那个月夜,盖老爷拉着自己的手走出和盛堂的后院,她站着,有些无法自持地站着,她不知道该和谁发泄。娘看到她头上往出渗血的伤口,随手从炕席上旧褥子里拽出一块棉花套子,在灶火里燎了一下,黑灰抿在了她的伤口上,疼像火苗似的,她鬼抽筋般嘶出两口凉气。娘说:"你命好,县长看下你了,那是抬高你的身份呢。"她嘤嘤地哭。

自己可是从没有想到会嫁到盖家来,几天里只做着这一个梦,梦到现在还没有醒来。炕上的眼前人曲成一个蛋子,头发细毛鬼筋地在身后结了一条辫子,塌鼻梁两下里长满了星星点点的雀屎,眼睛闭着。她想把他叫醒来问问,问他知道今儿个是什么日子。她四下里看看,很安静,伸出手捏着炕上人的嘴来回揪扯着轻声叫:"你醒醒,你醒醒,你醒醒啊。"眼前人把眉头皱起来,想哭。她捂上他的嘴,他出不上气来,醒了。

"你是谁?我娘呢?"

"你娘不要你了,以后我来管你。"

"我要尿。"

何柳弯腰提起夜壶来伸进被窝中要他尿。

"我找不到嘴嘴。"

何柳把夜壶的嘴对上去,尿骚味在新被下扑鼻蹿出来。

放下夜壶,眼前人躺倒在枕头上看着何柳。何柳说:"你是我汉子了,你不像我汉子呀。"

盖家生哭了。何柳怕外面听见哭拽了被子蒙上他俩。那根孤寂的神经被触动了,也开始哭。黑夜像一个大布袋似的装了他们。蜡烛燃尽,黑燃尽。盖家生伸出脑袋叫了一声:"娘。"

何柳说:"我不是你娘。"

"娘。"

何柳蹿出被窝说:"你再叫,我打你嘴巴。"

"背着他们我叫你娘行不行?"

何柳放平腿就着炕沿出溜下去，躺在了枕头上，一只手顺势放在了大红喜被上，一下两下拍着盖家生："你不是我儿，你是我的汉子。"两个人大睁着眼睛看黑透的夜，盖家生带着哭说："我要娘。"何柳说："我是你娘。"盖家生看着何柳，蚊子一样叫了声："娘。"何柳伸了一下舌头小声应道："哎。"看到盖家生上下眼皮打架，只一会儿，两个人都睡了过去。

第二十三章

1

近年关,圪渣女人又生下一个闺女。

头生是个闺女,二生还是闺女?圪渣怎么能和盖运昌一样呢?怎么说也该和上土沃的原家一样啊!李圪渣很不情愿这个闺女出世。

月子还没有出去,在圪渣的不满中女人得了痨病,咳嗽声不断。一月里小炉台上的米汤锅不下火,一直熬着,女人一碗一碗端着喝,人催肥了,脸上却没有血色。圪渣没有娘,没有人伺候她。出了百天,又因天旱,生煤费钱,她抱着柴烧地锅,烟气一呛,弯住腰又咳又喘,直起身来,两个颧骨胭脂一样红。耿月民从和盛堂的店里回窑,恰巧看到了这一幕。

耿月民急忙上前说:"嫂子,我帮你送到窑里。"

圪渣女人喘着气说:"劳驾大兄弟了。"

耿月民放下柴火,转身要走,见窑门口堵黑了,女人挡在门口,有点无法自持。

"嫂子,你这是咋了?"

"啥也不咋,只是看见你心慌,你跟圪渣一样剪发了?"

耿月民癔症了一下,摸着自己的头发说:"剪了,没办法。"

圪渣女人顺手拿过一把扫炕笤帚来,像抓着了什么似的,一只手搭在铁门环上,睐着滴水的眼睛鱼一样盯着他。

"你藏在和盛堂,十天半月不回一次窑,你的心事叫人耐琢磨,你也老大不了,你就不想人?"

耿月民皱了一下眉头说:"嫂子,我回窑有事呢。"

"有事?那也不差这一个时辰。"

耿月民紧皱了眉头,从圪渣女人的眼神中看到了异常的东西,她的出气声粗细不匀。有几次想鼓着嘴要咳出声来,那只搭在门环上的手捂着嘴不让那声儿发出来。耿月民趁着机会想挤出去,那只捂嘴的手伸开来很得劲儿地就揽住了耿月民的脖子,他被弄得满脸通红。

"嘻嘻,吓着你了兄弟!"

"嫂子,圪渣哥是一个有头脸的人,不是一般人。"

"谁说他不是有头脸的人?可他不是我焦心的人。"

"嫂子,你看闺女动了,蝇子扰她的小脸蛋呢。"

圪渣女人急忙卸下架势去看炕上的闺女,耿月民侧了一下身子跑了。

"你还知道闺女的小脸蛋呢?你心里种下的情种发芽了知道不?"

一回头人不见了,一脸秋色恼人眠不得的烦躁,跺了一下小脚任由炕上的闺女哭去。自己望着空空的门,心里空落落地惶惑。

吴老汉的眼到底瞎了,没有瞎透,虚浮中还有一丝亮,很模糊,却也看不见人影,只能靠声音来辨别。盖运昌不叫他喂骡子了,叫他在和盛堂坐堂,粗重的活要耿月民干。和盛堂坐堂虽不是行内人,多年和盛堂的经验,看病也能弄清脉理,审清病根,说出症状,也算熟识了药性。可治则治,不治之病决不插手。

每日坐堂,因要过官道走路便显得吃力。他拄了棍,一早一晚提了灯笼,瞎子提灯笼也算给暴店镇的官道添了一景。大多时候由耿月民护送。有人来看病,把了脉下药,便要耿月民替他写方子。耿月民写好方子后高声念一遍才敢开始抓药。看病下药遇上拉痢疾,胃痉挛偶尔需要一些生烟膏,要得急时,盖运昌就把店里的钥匙给了吴老汉。吴老汉就要耿月民取了拿给抓药人。自从眼瞎后,不定什么事落在跟前了吴老汉就想发脾气。他一发脾气，脖子以上就全红了，拧着脖子，口溢白沫骂世道，骂老天。骂得没有边沿，听的人倒是很默然，看了盖运昌的面子由了他骂。没有人搭茬，骂声高扬几声也就泄了。等脸上的红褪尽，他感觉着自己脸前有一堵墙站着，知道是提了药包的人等他发话。他说："三服药后，病要见轻，拿了药方子来换药。"吴老汉给自己下了几服药，有内服药，有外熏药，内服外熏了一些时日不见好转，知道自己的器官老化了，药都浸不到五脏六腑了，能走到眼神经的疗效近乎是零。悲痛欲绝下，脾气又加大了一层。没有人来看病时，他想心事，眼瞎了的人想心事像打瞌睡，脸部肌肉松弛下来，心里却是翻烧饼似的翻来覆去，覆去翻来。

偶尔有一缕阳光从吴老汉的眼前滑过，被耿月民捕捉到了，感觉只一刹那，抽丝般的阳光在他眼睛里疏忽就散开了，如烟缥缈而去。耿月民说："师傅，您是睡了呢，还是想心事呢？"

"睡了！"回答得很干脆，"有事就说吧。"

耿月民想：既然睡了，还叫我说啥？

"看着我骨头松散了一副睡相？我精醒着呢。你是想和老天爷合谋叫日子来收拾我，对不？"

"师傅，哪和哪啊，您老心里明亮着呢，日子收拾您舍得漏下我？"

"盖家生娶亲，我还想着叫你替呢，你这一替啊，半个盖家儿当下了。也不枉我师徒一场，师傅将来毕竟只是盖家的一个用人，百年后怕连个烧纸钱的人都没有，就靠了你了。"

"师傅，这么说真的如外面说的那样，老爷的儿是个……？"

"屁！你要再往下问，小心我掌了你的嘴。你站着的那里，当年那个女人押韵的咳嗽声还印在你身后的联子上呢。"

耿月民回头看身后，四根柱子上雕花绣朵下的联子上明暗着天光，深深浅浅灰灰黑黑，一片烟气缭绕着。刚才吴老汉的那句话叫他心跳了一下，如真做了盖家的儿呢？耿月民从一个隐秘的地方拿出一团生烟膏藏入了怀中。他偶尔也想卖几个零花呢。不说别的,原家的一两银子钱还没有还上呢。

"您看见什么了师傅?"

"看见你身后的女人,她的眼神滴溜溜的,只是看见我时虚瞟过了。"

耿月民闪开了:"你还看见我身后什么了?"

"看见她左右手搭在胳膊上,不言不语,一个人在嚼心事。年轻的时候男人都不知道珍惜好女人,知道了也晚了。就算把天底下的药店收拢在一起也买不到一味后悔药。"

耿月民知道他看不见自己,他沉在了往事的豁口中,脸慢慢地红了,红到了脖子下,他又该要骂人了。

"老天爷啊,你咋不黑死了哩!"

谁都知道天晴朗着。一个春天无雨,吴老汉心事重了,日子这样过下去,以后咋办呢?老了咋办呢?暴店哪里能搁下自己的尸骨?

突然有一天一个人冲着耿月民的背影叫了一声:"喂,和盛堂的小伙计,叫你呢!"耿月民还继续走。"河南家,叫你呢?"

耿月民回头看,觉得叫他的人好面熟。避过吴老汉,耿月民领着他进了和盛堂。

落座后,那人说:"兄弟,看我面熟是吧?"

耿月民说:"是。"

那人不急于介绍,只说了:"天下时势造英雄,天下英雄也造时势。杏木能做案板,柳木只能做门框。用不对地方了,要么费材,要么毁材。我看你是个人物。"

那人的眼睛盯着耿月民看得急切。

耿月民说:"就是说,俺不该是挨着房子背墙站的人?"提起壶倒了一碗茶,水流激溅的声音入耳,不知道下文要说什么。

那人说:"五年前五年后你是两个人。两个耿月民。前后变化没有人知道,我知道。从你买圪渣的窑开始,你心气重,心里有事也能装下事。脑子活泛,三下两下就能把人心哄走。别人不知道我知道。和盛堂不是使唤你的地方,我给你个机会,事不过半年,我要你活出你藏着的性子来。"

说完话,那人一口灌下茶起身走了。

耿月民没有来得及回一句话,稀里糊涂目送他走远了。莫名其妙?心里默算:半年后有什么大事发生?心里开始不空闲,更重要的是有一种特别的心境让他的心加速跳着。打了个喷嚏,打第二个喷嚏时走进来一个卖党参的,吓了他一跳。他不该是一个胆子小的人。耿月民定定神说:"紫团山参,还是发鸠山参?"

庄稼人放下麻袋说:"小伙计,你验了货就知道是上好的紫团山参,天旱,好参啊。"

盖运昌不知什么时候走到了门口,接了尾音说:"再好的参,年成不好也不收啦。问别的店家去吧。"

庄稼人的刀条儿脸一下耷拉下来了,有点哀求似的说:"盖财主,你光景过得好,日子红火,哪像我?往年落种前总有一场雨来,眼下地刨三尺寻不见墒。日子苦,苦也苦不出个名堂来,怕是要饿死家小。你是大善人,也是有本事人,马靠笼头拴,人靠富人济,你不收购党参,庄稼人哪里就近去找活路呢?"

一番话说得盖运昌没有办法应答,也没有办法不答应:"你不是来卖党参?是卖嘴来了。"

耿月民说:"老爷,年成越不好越收购,囤积到夏天,真要有什么大事儿发生能卖好价儿。"

庄稼人说:"盖财主,人是打节节活的,你家底厚实。古话说:独柴难烧,独人难活,庄稼人讨吃命,衬得盖财主富贵呢!"说完话跪在了店里青砖地上。

盖运昌说:"快起来,你是规整我呢。"

庄稼人拿了钱千恩万谢走出店门，瞅着明晃晃的路面，想着什么了，返回身子站在店门口说："盖财主，善人就是大房子里的梁，大房子里的立柱啊。"

盖运昌在店里看着看着笑了一下，不免一丝凄凉泛上胸口，看着耿月民说："收，来多少收多少，我就怕听这种话。男人就得做屋子里的梁和立柱。"

2

潞水边码头的石台阶上，高的、低的、平的、竖的石头，原来都生了青苔杂草，如今，春来河开了，晨雾和晚霞里，暴店镇的女人们洗洗刷刷就看到青苔和杂草都干死了。岸上的苇子，被风一吹嘎嘣嘎嘣声跌下来，回头看，一根一根都断了。

旱大了！

柴晚生见了盖运昌，神情肃穆地说："盖财东，去年地里的不饱籽，颗粒无收，今春下种前再不来雨，天下要大乱了！"

盖运昌说："天有天数，地有地数，人有人数，着急不顶屁用。"

柴晚生老眼昏花地看着窗外，外面扑入眼睑的都是旱星子，纷纷扰扰，耳朵眼嗡嗡响。"不得了，了不得啊！天旱得人开始剥树皮了。"

盖运昌看着柴晚生的后脑勺说："真得抬出羿神来晒晒日头了。"

柴晚生说："就等盖财主这句话呢。"

盖运昌说："天旱祈雨老祖宗留下的，不到时候，凡事都有一个时候等着呢。"

柴晚生说："天旱了多远不知道，零星走过官道的都说旱，看来旱是普旱。不知道旱有没有天气？这样旱下去，乱真要来了，庄头小户怕连个保护神都没有。"

盖运昌递给柴晚生旱烟袋，长叹一声："一碗扯面，一壶大叶子茶，便是一辈子的好日子，这好日子看着平常，可就是叫你活不到头。"

柴晚生想着祈雨的事,这事儿一半认真,一半儿如演戏,还真得起哄架秧乱起来。两个人商量了结果,决定叫李守信承揽了此事。

听说叫李守信组织人马祈雨,大太太心里有万般不情愿。越想心越不好受,一时燥热,打了一个喷嚏,不期然地流下了鼻血。她端了一盆凉水一头栽进去,忽又开始忍不住流泪了,脸盆中鼻血被日头照得刀子一样明亮。院子外有大脚片儿拍着走进来,她知道是四太太来了,匆忙把脸盆端到一边。听得四太太说:"姐姐啊,老爷要女女的儿叫他爹,你说盖家生放哪儿呀?"大太太一惊:"你听哪个嚼舌根了?""窑头上喊爹的声儿你果真没听见吗?"大太太说:"哪个在窑头上喊爹了,我撕了他的嘴。"四太太上前捂了她的嘴,她愣了一下屏息听窑头上的动静,隐约有喊爹的声儿一波三折地过来。四太太哭着说:"你得替我做主啊姐姐,家生是盖家的命,我什么都想过了,我都想到绝处了。"

大太太冷静下来说:"妹子啊,老爷的性子你又不是不晓得,他要性子的时候,认真不得,由了他性子耍。是他的骨血,老爷该知道轻重的。"

"狐媚的女人在盖家不是一天两天了,老爷在她身上是下了功夫的呀!"

大太太一时气郁阻塞,几欲不能,任凭什么人来也不能阻挡她了。还有规矩吗?梳洗干净只身往窑头上走。走得急与往山下的盖运昌走了个顶对。"老爷,你不是二十啷当年岁的人,该知道没有教养的人总归是没有教养,你这样只会助长了她的野心啊。"

"你知道抽大烟的都有瘾头,我从不碰它,我有瘾头你知道不?人心本就如此。你也有野心啊,我就是听不得那个'爹'声!"

盖运昌走了两步返回看大太太,见她不动,说:"该准备行头了,跟了我回堂屋。"

风一下沉寂了许多,大太太什么都明白,似乎什么都不明白,草乱了,石也乱了,久居此屋尘垢生情,老爷的性子扬起来时,谁能去除了他的那个瘾头呢?!无奈中大太太跟了盖运昌回了山下的堂屋。

红花大日头当空,四个后生光着膀子用两根轿杆绑了羿神从三峻庙走出来。三峻庙外生了十二台炉子,十二属相造型,红红的炭火从各头畜生的眼鼻口中吐出来,四个后生在李守信的带领下嘴里喊着:

"羿神爷爷起,上天把雨布。三天下雨,唱灯戏,五天下雨,莲花大供上,七天下雨,金色龙袍穿羿神,十天下雨,一层云来一层誉。"

看热闹的人看到四个后生脊背上的汗像落雨一样濡湿了各自的裤腰、裤裆。羿神脱去了红袍,光裸在天空下,人们这才看清楚了羿神的样子:宽阔隆起的眉骨,一双眼睛睁着像牛脖子下的铜铃一样,羿神长了棱角分明的长面颊。高挑的鼻梁上经了年月磕掉了一块鼻头,看上去怪怪的,颀长结实的颈下,隆起的胸和坚挺的臂膀都代表了羿神的威猛和雄壮。对面的簸箕岭上,孩子们手里提着盛有五谷杂粮的瓦罐、斗、升,领头的李守信提着一只水桶,不时用高粱穗子编成的短把小扫帚蘸满清水四处淋洒。高地上有松柴架起来的一堆火,当羿神走近,一串鞭炮扔进去,噼噼啪啪的火苗溅起飞尘时,孩子们高喊:

"晒晒晒,晒晒晒,晒得羿神尿出来!"然后抓起端着的五谷杂粮围着火堆撒在地上。

一路张扬,羿神被放在岭头上暴晒,所有观看的人端坐下来,静静地等天空云来。一个时辰过后,山下走来唢呐声,门板上抬着猪头、羊头等祭品,李守信高声颂唱着:"杨柳梢、水上漂,清风细雨洒青苗,羿神老爷哟,求给世间降甘霖!降甘霖!降甘霖!"一路走来的人踢踏着扬起一路尘土,一动一静中,天地间荡起了一团对未知的穷苦和无奈的祈求。

醉唧唧的日头,盖府的女人们站在窑墩上抚着额头看天空有没有云布阵来。

对面的簸箕舌头岭上盖运昌洪钟一样地喊一波一折荡过来：

"给玉茭雨水吧,不给雨水玉茭不绣天花,拿什么敬服你羿神？给豆荚雨水吧,不给雨水豆荚不会开花,不会挂荚,拿什么敬服你羿神？给柿子雨水吧,不给雨水柿子不会结果,青涩的柿子不发软,拿什么敬服你羿神？给萝卜雨水吧,不给雨水萝卜不红心,拿什么敬服你羿神？你开始布云吧,让万物在世间开花吧,开花呀！"

依旧不见云来。

盖运昌在堂屋里等得焦心了,龙头拐杖和牛皮鞭子放在门前,他不想去动它们,看来不动都没有退路了。那是盖运昌最不愿意演出的一幕呢。

盖运昌一身赤衣,右手一根龙头拐杖,左手一条长鞭,一路走来,便有了一股雄健的混沌气魄。

走近羿神,挥动鞭子,抡起鞭子的手臂像风一样,鞭鞭甩在羿神的脊背上。

"风,布云来——"

"雨,润物来——"

一目千里,无穷无尽的山头,四季不同的风雪雨霜年年往复,直到喊的人哑然无声,鞭声才黯淡下来。

天边落日现出晚霞流金,朗朗的,有人喊了一声："看那火烧云！"

"云来了,云来了,云来了！"

西边的火烧云团遮蔽了日头,深红色的光隐隐约约地张扬着,只能感觉到它的存在,它的存在又是无法捕捉的。山野辽远处,松柏树铺展着,更辽远处山峰孤傲的身躯冷漠而威严地刺入云团,如同支起天空的柱子,刺破那云层就会有雨水浸淫而来吗？

3

天暗下来了,盖府的大大小小望着脖颈酸痛了。眼前的暗把即将到来的破败和疮痍掩去了。盖府家眷们的脸上落下泪水来,心情不同,泪水的味道也不同。只有女女知道,时间是亘古而存的,所有活着的眼前人都活在这个时段里,上天让活着的人艰难地延续着命,艰难中又有亘古而无言的固守,究竟是要想活一个风调雨顺啊!盖府的这个男人,因为他是男人,他像一坨子石头一样举重若轻地托着一个家族的荣盛。

梅卓拉着何柳和盖家生说:"那对面的喊天的声音是你爹啊,你快叫爹。"

盖家生嗫嚅了一声:"爹。"四周的风把他细小的声儿吹落在了地上,如树上吹落下的一片叶子。

二看了看左右,没有人知道他的存在,六岁的孩子,他自作主张地冲着对面暗下来的黄昏喊道:"爹——"

应山娃娃把他的一声"爹"闪出几个波折,一浪一浪送出去,送到暴店镇的上空。

大太太的脸一下把黄昏拉黑了。"你叫谁爹呢?再叫我撕烂你的嘴!"大太太果真上去拽了二的嘴。女女跪下了:"太太,饶了他吧,他若再叫一声爹,我以死谢罪。"

梅卓说:"怨不得暴店镇人传说盖府进了狐狸精了,你叫你的儿子笑话我儿子,你好歹毒的一个女人啊!"拉起何柳和家生三步两步下山走了。

只有三太太六月红很不屑地说:"还是玩尿泥的年纪呢,叫声爹咋了?只能说进了盖府的女人没一个肚子争气的,生出一群丫头片子来,倒妒忌人家了,叫、叫得好!"

大太太指桑骂槐地说:"一脸没开化的愚顽相,再叫爹,我叫狼吃了你,连血泊泊都舔干净了。"说完话扭身下了山。

旁边站着的四小姐招男、五小姐招弟,她们正在私塾里念《蒙书》呢,对眼前的事情从书本里还没有转出来,知识收敛了盖招男和盖招弟的野性,也还没有收敛得到了内秀成大姑娘的成熟。看娘受了委屈,两

409

人把手圈在嘴上冲着黄昏喊：

"知止而后有定——定而后能静——静而后能安——安而后能虑——虑而后能得——"

三太太拉住女女的手想拽起她，女女的手是冰凉的。自尊炸裂了七八道口子，天边那最后的一道猪血红的光，被黑暗罩去了。三太太捏紧了女女的手，她的手是粗裂的，像蛇的鳞片一样，那是给盖府大小做活计做出来的啊！三太太又捏紧了一下，她想传递给女女力量，三太太说："主会给你力量！"

女女倔强地争辩说："羿神会给我力量！"

祈雨之后不见雨来。

太阳爬到了门前的山顶上，一把青草抓起，碎了。土尘在脚下翻滚，波涛一样一股股直呛鼻子。盖运昌在古潞水边站了许久，他看到山与盆地之间穿越的古潞水，少了强悍，放纵，往远处看，河水萎缩了许多，河水之上，尘土扭结出一个影块，在眼之前头盘旋着，半天不肯散去。日头在尘土之上弯成一道七彩光，天知人事耶？天不知人事耶？一时间，万物生出无数大口，霍霍作响，从隐处进入显处。吓了盖运昌一跳，角角落落有什么东西纷沓而至，他回了一下头，黑压压的暴店人跪在他的身后，灰突突的脸冲着他盯死了看。一双双眼睛像《两狼山》唱词里"回朝搬兵风雷骤"中的仨字"风雷骤"，看得盖运昌打哆嗦了。他喊道："都起了，盖府今黑开始施食。"

傍晚时分，盖运昌在三峻庙前埋灶。架上百人大铁锅，柴火旺盛，水烧旺后米倾进三斗，大锅里的小米粥鼓着泡噗噗响。等待乞食的人弯腰弓脊地等着掌勺的耿月民大马勺下锅。

盖运昌在三峻庙给羿神上了香，大步流星地走出庙门喊了一声："开灶。"

人像马蜂一样拥过来。

万木萧疏,黑暗中的人如蛰伏的冬雷,在一句"开灶"的叫喊中炸了,像神鬼幽灵一般在暴店镇上空盘旋。

耿月民喊着:"哪个再挤不给哪个打饭了!"

"盖东家,行行好,打个满平吧!"

耿月民手里的马瓢磕着锅沿当当响。地上的吴老汉仿佛又回到了四十多年前。四十多年的日子啊,是跟白天黑夜的较量,不动声色,赢输都在过日子的耐力中,耐力中打断骨头连着筋的疼痛,只有他自己知道,一切的一切都是因为他的这个儿。

盖运昌直起脖子喊:"乡里乡亲的,给他打个满平。"

打了饭的人哆哆嗦嗦地走开,嘴里喃喃着:"积德了,盖东家积大德了。"

盖运昌坐在八仙椅子上喊:"灾荒把暴店人的恩情和道义粘连在一起了。"

小米的清香在空气里发酵,弥漫着,整个官道上哀巴巴等待着施舍的人,米粒在嘴边溅射,斯闹的人突然走到盖运昌面前跪下,黑乎乎的一片,听得盖运昌梗长着脖子喊:"都起了。省下那点儿力气缓缓神儿,活命要紧啊。"

大锅支了半月,之后,柴家开始埋锅施食。富人争拥给穷人带来好处,只有这时候穷人才想到了富人的好。平生的一个"恨"字,此时放下了,放下,转换成了恨世上的富人太少。富人的接济是安抚人心的定心砣呢。柴家施食中间,听说上土沃的原家也开灶施食。

清晨,暴店镇显得虚空和恍惚,繁忙的官道突然清静下来,山道上牛粪上的脚印蒙上了一层粉白的细霜,盖运昌边走边弯腰收起牛粪用袍子兜着,走进窑院扔进茅厕里。天空寡晴寡晴,女女在窑前的暖阳下纳鞋底,女女穿了紫蓝色的袄,日头照上去给了盖运昌一种无来由的错觉,很让他心动。女女察觉到有人走近了,微微抬了一下头,几缕发丝在雪白的额头前细细吹拂,女女惊愕地说:"是老爷。"半响,慢慢地微茫一笑。盖运昌说:"原家开灶了,就等神甫了,我倒要看看神甫的动作有多大,他一开始,我就叫乞丐们装了化缘的和尚去起哄,我要看天主怎么孝敬我佛。"

女女哑然愣着神,青青的眼珠子盯着盖运昌说:"老爷,灾荒之年,灾民人心惶惶,常思外逃,一时未有生计,前路潦倒,老爷广散私谷赈一方百姓已落下好口碑,因何要与一个行善之人争抢?黎民之性,骨肉相附,难中生事是要落人笑话,老爷不该。"盖运昌捻着胡须站在女女身前,眉眼低垂,女女黑闪的眸子盯着盖运昌说:"老爷可知身后有一个苍天?""苍天无眼。"

"有眼。"

盖运昌突然露出狞笑,眼神凄厉如刀地喊道:"苍天可看到了我的冷?"

女女缓缓站起身子说:"老爷,古今一理,事无双全。"

明晃晃的日头下,盖运昌的脸色蜡黄蜡黄,双唇翕动,却似言又无,突然跪地抱住女女的腿说:"趁我还有力气,给我怀个娃。我替你报仇。"

女女不动,直直站着说:"起了老爷,一心想着报仇的人,心里能有多大个天!"

"我心里的天就不大,不起,我心里漫起了难过,跪天跪地,天无声地无语,女女,我就是难过,你叫我在你面前跪跪,把我心里的燥跪出来,我怕大灾面前我做出个啥事来,灾荒是天下大乱的前兆,我还想着你要跟我一起挑事呢。女女,你压得住事,你压得住事呀。"

二不知啥时候从山下上来了,喊了一声:"爹!"

那一声"爹"清晰可闻。女女转身看着二喊:"你再叫爹,娘就去死!"尖出来的悲声。盖运昌丢开女女跪过去,跪到二跟前抓住二的手说:"天意弄人,你的娘心里到底压不住事了,你只管叫爹,爹从不给儿跪,但爹跪着。你记着:咱汉子,跪天跪地,天是爹地是娘,跪天跪地后跪女人,你疼的女人,女人是汉子的后脊骨,你疼的女人顶着,一辈子站着不酸软。我跪你是跪你的娘,你都看见了,就算暴店镇的人都看见了,爹也这么跪着,跪给你娘。"

女女喊道:"老爷,他还是个娃娃。"

"都是娃娃长成汉子的,他的娘养了她,他得疼他娘一样的女人。"

风吹过,麻鞋底掉下来,鼻腔里那股酸刚到眼角,女女就喘不过气来了。

4

清明的头天晚上耿月民回了一趟自己的窑。漆黑的夜里,他走得小心。

圪渣女人玉喜盘坐在炕头上,端了碗喝那点熬到火候的米油子,喝出汗了,要圪渣下地用稀煤涂了火。突然有了什么响声,玉喜很机灵地附耳到窗前听,听到是隔壁窑门搭子响了,玉喜的眼睛睁得大大的,一时很兴奋,也不怕中风了,脱了衣裳钻进被窝目不转睛地盯着李圪渣说:"圪渣你来。"李圪渣上了炕看着玉喜打了个挺儿就上去了,一百多天他没有动过女人了。女人闭着眼睛猫一样风骚得张嘴结舌,怕扰醒大闺女,李圪渣急忙捂了她的嘴。憋堵得玉喜一口气没出顺畅了,心中的萧瑟感反酸,咬了李圪渣的手一口。玉喜开始咳嗽,心里想着一个人,那个人不想她,鼻头酸了一下,借着咳嗽劲儿掉出了泪蛋蛋。

圪渣说:"你哭啥呢?"

她止住了咳嗽说:"没有给你生个带锤锤的。"

圪渣说:"没有生下来面捏了也不算,哭啥呢?"

玉喜说:"不哭。总归要给你生个带锤锤的出来。"

"怨我,下力不足,你那二畛子地我还没有顶到头呢。"

女人哭出了声喊:"哥啊,快下力啊,还有二畛子地没有顶到头呢。"咬了被角角抽丝拔气呻吟,高兴处又剧烈咳嗽起来。她的咳嗽声是叫隔壁窑里听呢,隔壁窑里的耿月民蒙了被子不听。鸡叫头遍的时候他打了个盹,有什么沙沙声,他醒来后再睡不着了。沙沙声响得激烈,像即将开锅的水。想到圪渣的媳妇,自己走到哪里都躲不开女人这一劫。一辈子烦躁不安又碌碌无为地度日,爹娘怎么样不知?想到了原家的那一两银子,他想避免太行山之前的那种结果,害怕命运发生变化,在还没有铺平垫稳的当下里,他在暴店镇永远是半生不熟的人。吴老汉开始依赖他了,睁眼闭眼要他想法子从和盛堂往出拿,师傅想自己的老来呢,能靠和想靠的人怕就是自己了。当下的生活虽不能满足他的欲望,但终究是能把他藏下来。鸡叫第二遍,他披衣起身透过门缝看外面,发现天光和以往不一样,枯黄的地突然白了。下雪了,是下雪了。他敞开窑门,看到山是白的,沟是白的,树也是白的,天地变成了一副面孔。他兴奋地走出窑敲了敲李斗发的窑窗,他说:"叔,下雪了。"窑里的撩起窗户上的猫帘子看到雪白了一院子。

耿月民往暴店镇方向走,他不知道为什么,只是想告诉人们下雪了。他一路喊着:"下雪了!下雪了!"暴店镇热闹了,雪很静地下着,白色的雪花里暴店镇人的眼眸子发出惊喜的光芒。

盖运昌等马场天主堂施食,没等到施食雪来了。

雪来了并没有带来粮食,只是让人们眼睛闪亮了一下,瞬间就又熄灭了。

雪后的天气使所有的人开始患病,感冒发烧,一茬一茬人倒在炕上。这一场雪让暴店镇死了几个老人,包括李斗旺。送葬的唢呐声像女人的呜咽,死的人因为灾荒都潦草埋了。李圪渣的小闺女也在这一场雪中死了。闺女的死,李圪渣脸上看不出一点愁容,好似一丝风遁入窑后似的。

雪后,女女回了一趟河蛙谷。打远处看到一个人一条腿搭在另一条腿上,整个后背贴在地上;两只手十指交叉地垫在脑后,听到驴蹄响欠起半个身子看,看明白什么了,利落地翻起,一句话没说往眼睛看不透的地方走了。女女急忙下了驴冲着走远的影子喊:"我娃,大哎!"声音柔柔的、瑟瑟的,大不回头。秋棉立在院边上歪着身子看,看清楚了,迈着小碎步操起一根棍拄着走过来,拦在驴头前,上下喘着气说:"莫非你是抢食来了?"

"妹子。"

"路不泥,道不滑,你好活了?骑了驴眼撩我来了?"

"妹子。"

"我不是你妹子。"

女女解下驴脊上的大包小裹,要丫鬟放到秋棉身前。

风来了,一只红嘴鸟儿,掠到地上,抬头看四周,见山上山下绿少了,也似乎成了哑巴。秋棉把手里的棍扔过去,等不得落地,鸟飞走了。

女女骑了驴,眼泪稠密如雨、稠密如雪地来了。风吹过,河蛙谷起了雾,拉丝一般,条条缕缕弥接在一起,慢慢升起。雾没有气味,没有声音,却有无奈和凄凉袭来。沿着山路往前走,驴不时打个响鼻,约莫走了五里路,心才平息下来。什么也不想,单单想秋棉的不容易,想她做啥都该,就算她恨她骂,女女还要按时按节来。看那满山坳坳的雾,擦下泪抹了一下额前刘海,双腿夹了一下驴肚,驴嘚嘚嘚走欢了。

5

耿月民看到了富人的手撑开时,指间是苍绿的丰硕,穷人的手撑开时,手之间像朽了的老木,僵硬得经不住一折。

他有些伤感,内心有指望,想家乡,想爹娘,他不能回,连打探都不能。

走在官道上时撞见一个人,感觉很面熟。

那人看四下无人说:"还记得我不?"

耿月民突然想起来了,他是在三峻庙前卖老鼠药的主,前一阵子来找过他,说半年后有啥事要发生呢。"记得。为民除害的主。"耿月民拉着他进了和盛堂最里处。昏暗的天光下看这个人,黑乎乎的一张脸。

那人说:"眊啥呢?形意拳的。"

耿月民想:原来是这样啊。那人掏出一纸公文要耿月民看。耿月民拿过来凑近了,上面写着:

屯长县安县长大人:去年秋收本欠,冬雪无影,入春以来,雨泽愆期,粮食昂贵,由春至夏,未见星雨,麦收无望,全县荒芜甚忧。天干地燥,烈日如焚,补种之苗甫出,仍复枯黄,收成无望。现在百姓火热水深,为日又长,恳切安县长放粮!瞬届冬令,以度百姓饥寒交迫……

耿月民抬了头说:"好文采。"

那人说:"其知道好文采的背后有多少期待?世人历来不是不懂道理,而是不欲道理,更不是缺道理,而是把道理据为己有。我是夜黑风高时进入屯长县府的,我想寻得世间道理讲讲,讲不通,手起刀落处,道理可就明白了。"

耿月民的眼睛瞪大了,害怕得脊骨关节都松了,人显得矮了半截。难道他的出手真就如此利落?因何又要到三峻庙前卖老鼠药?屋子里光线朦胧,令人生出重重疑虑。心慈手软容易落入他人的算计,自己假如被眼前人算计了,血怕也就凉了。谋生求财,为的是一条路顺当到明天,可自己能活在这世上,眼下,不就是想活一个三硬心肠!

那人说:"新能存在,旧必灭亡。"停顿了一下接着说,"是阎都督说的。如今外头世界里阎、冯、蒋混战,阎、冯倒蒋失败,山西银行库存实物:金条、银币,阎之代理人即将从正太路整批外运,为保护老百姓的血汗积蓄,乱,于当下的社会就是硬道理。我们也是顺了阎都督的话行事。"

耿月民说："乱了好,风乱生百草。"

耿月民说这句话时,心里激动了一下,咋就和自己藏着的心事巧合了?

那人说："为自己的利益斗争。你是和盛堂的小伙计,我给你讲个实话儿,我们全省收入只有九十万多元,军饷每月的支付就需五百万元,怎么办?剥削勒索。以前二十元能买二十元的货,眼下,二十元只能换现洋一元。今年粮棉歉收,钱却多了,你知道为什么?"

耿月民摇了摇头说："俺哪里能想到那么多的为什么?穷人家过日子,从来不问为什么,知道了为什么又能咋的?"

那人说："嗨,不知道为什么,你改名叫迷糊得了。我告诉你,钱多了用来补窟窿。窟窿大得要钱来填满,薄薄的一张纸,要多少才能填满呢?地没有收成,钱不是个屁,官府哄咱呢,咱得起来和他们干。你怕不怕死?"

耿月民想了想说："要看什么事。"

那人犹豫了一下说："你可知盖运昌最近做了几笔大买卖?"

耿月民摇了摇头。

"你该知道他去年大量收购了金钗、土茄、南沉香、珍珠吧?我告诉你,盖云昌在做大烟生意。他把货运送到河北,运回成品,这些都是添加在料面里的营养。指望做药材批发能发达了的人,哪里有?都是吃了夜草的牲口。"

耿月民想不出来这些与他又有什么关系?

那人说："大师兄要我来找你是想告诉你镖行的灶台下埋着县衙里的一口鼎,你找个时间取出来,收好了,不得让外人知道,大师兄会叫人来取。还有,你把和盛堂的大烟膏偷拿出来,它的用处大,首选是一味治疼的好药。"

耿月民想问对方到底要自己做这些有啥好处,想拐着弯儿引诱他,却心口不一地说了一句:"那东西值钱呢。"

那人笑了笑说:"这世道对咱习武人来说,有一好,乱中生财。不缺你那几个钱,你尽管拿,亏不下你。"

耿月民说:"不是那意思,俺是说盖老爷对俺有恩……"

那人说:"别说,有些好处是说不得的。有钱人舍得把恩给了你?扯淡,用你不用你,你都是一个奴才。有一天,你得出来杀了他。"

耿月民睁着戒备的眼睛,听对方这么说,全身麻了一下,张口出气都疙瘩了,到底这人要做什么?他是真害怕了。

几天里,一种极其陌生的百无聊赖感困住了耿月民,心情从那人走后便越来越陷入了灰暗和孤独中。

看云看天光从山头上无声走过,留一丝诡谲。

前后事情想下来,恍然大悟地认识到,自己是摊上大麻烦了。再看到月亮在中天挂着,虽不圆,其冷冽的清光在空旷的官道上却显得格外明亮,地上白花花的,有薄雾悬浮在无风的空虚中,等那悬浮的薄雾稠起来,几次走到官道上,几次迷眩着感到黑藏不住自己。夜看上去和死了一样,没任何反应。官道上自己的影子摇摇晃晃,脚底板蹑着,总感觉有什么地方盯着一双眼睛,惊出了一身汗,从官道上几次返回和盛堂。

终于等到了一个月黑风高夜,没有一丝半点人声,死一般地沉寂,他匆匆走进镖行。一股阴潮味扑来,湿漉漉紧密地包围了他,不敢四下看,总觉得牛来有的魂灵还在,透不过气来,后悔答应了那人的要求。伸手果然从灶火下摸到了那口鼎,装了麻袋和一些劈柴填在一起,一旦遇见人了也好说是来镖行收拾劈柴。扛着麻袋出了镖行,想着别地儿不能放,不如趁着夜色背回到后窑疙台上。一路上,总觉得身后跟了鬼,进了窑悬着的心放下了一半,想来想去不知该往哪里藏,不如依旧埋在了窑内的灶火下。

清晨,被鸟语唤醒。

418

揉揉睡梦中的眼睛,才记起昨晚的事,有几分后怕,手和脸黑着,赶紧胡乱洗了一把,开门想走暴店走。门口一个影子堵上了。是玉喜。一双桃花眼泪汪汪,传达着欲语还羞的爱,托起膀子扛了他一下钻进了窑。耿月民慌张地说:"嫂子。"玉喜翻了他一眼说:"去一边。我现在不是你嫂子。"耿月民祈求地说:"哥在那厢窑睡着,叔虽然走了,可俺总觉得还在这厢窑睡着,你这样是叫俺里外不是人了。""你好好儿就里外是人了?"玉喜翻了他一眼,看着黑灰到处飞,弯腰拍打他的袍子,耿月民躲了一下把玉喜闪跌在地上。玉喜顺势抱了他的腿,心被什么深深温暖着,闭着眼睛等他往起抱呢。耿月民叫了一声:"李阴阳。"玉喜一激灵地喊道:"瞧我的眼神,手里的针掉了都看不见,兄弟,抬抬你的脚我照照。"

门口的李圪渣盯着耿月民看,看得耿月民慌张了:"李阴阳,你媳妇她……?"玉喜怕他说自己勾引他了,急忙说:"不就是叫我给你缝裤腿边吗?看你这一喊,倒把我的针喊掉在地上了。"假装弯了腰找,一边找,一边嘟囔着:"奇怪了,眼睛都装不下针了。"耿月民出了窑外,玉喜也跟了出来,这厢耿月民迅速上了葫芦锁,疾步离开。

看着耿月民走远了,李圪渣说:"你说,他和你是擦面过了,还是摸你了?"

玉喜说:"摸我了。"

李圪渣哆嗦了一下抱住玉喜说:"他要敢摸了你,我叫他死成三段活不成人。"

玉喜瞪着眼睛盯了李圪渣说:"我等你把他弄成三段活不成人呢。我看你咋弄,你要敢下手,你当光棍他娶妻。"

李圪渣扑通跪下了:"玉喜啊,我的心是剜肉般地疼啊。"

玉喜挣脱开走进窑,李圪渣看看玉喜的影子,看看耿月民的窑,想耿月民满身的青灰,越想越觉得他跟自己的媳妇有意思了,越想越不对劲儿,抽泣着开始哭,窑里的玉喜响声很大地把门闭上。李圪渣的气不知道往哪里出,看着窑门前石板缝里爬出的蚂蚁,脱下套鞋拿着后鞋跟噼里啪啦打开了,蚂蚁被打得团成蛋蛋,他犹不解气俯脸贴地憋住一口气吹下去,蚂蚁四下飞去,他大声地喊:"草灰,日你姥姥,我一口气都能吹飞你!"门缝里挤出玉喜的话:"上有老,老死了,下有小,小也死了,指望你能做好啥?不稀罕你,你敢弄下啥事,我还是那句话,你当光棍儿,他娶妻。"

李圪渣直起耳朵听完最后一个字,停顿了一下,手里的套鞋飞了出去,飞到了茅厕后。他又停顿了一下,站起来一跳一跳过去捡了回来。

第二十四章

1

遥远的天空下,鸟在大风的芦苇上寂鸣,一群麻雀扑棱得苇子瑟瑟作响。

大静静地站在芦苇下看近前来的米丘,看了一会儿缓缓地向远处移动,不时地弯下腰捡拾地上被风吹落下的枯枝,整齐地码成一堆。枯黑的树枝错落地摆着,没有规则。

米丘走近大说:"你想读书吗?"

大抬起头摇摇脑袋。米丘看到他清瘦的脸上被寒冷的风吹出裂口子,手上长了冻疮,肿胀着,夏天的活泼劲没有了。

米丘说:"你不快乐?"大摇摇头,用一种诧异的目光看米丘。有一个小孩子跑过来看,咧开嘴笑。

米丘说:"跟他一样,你也笑笑?"大回过头看自己家的屋子,没有看到人,大不笑,弯下腰抱起码好的柴往回走。米丘紧走了几步掏出一把糖块给大,大放下柴,快速地一口接一口连纸咬着吃,一会儿吃完了,不说话,继续抱了柴走。

米丘找聂广庆,他决定把这个孩子带走。

门槛的影子把日头分成两份,一份里站着米丘,一份里站着聂广庆。聂广庆扶着门扇看近前的米丘,心里像揣了兔子,身上的皮被什么人拽着似的,冷麻了一下,局促不安地盯着对方看。

米丘说:"请允许我带走这个孩子,我以主的名义求你。"

聂广庆问:"到底为啥?"

米丘摊开手说:"他有欧洲人的血统。他是主的孩子。"

聂广庆想哭,抽了抽鼻子说:"什么是欧洲?日子好好过着,都知道他该是俺的娃,俺也想着是,就因为你,叫俺坏了心情。俺讨了多大便宜,俺就吃了多大亏啊。你老实说,他是不是你下的种?"

秋棉不敢看米丘,手捂着脸,眼睛从细小的指缝间望出去,通过缝隙看眼前这个人,红脸黄头发高鼻梁蓝眼睛的人。秋棉突然放下手挤出门从远处拉回大来,要他和米丘站在一起。秋棉再一次捂住眼睛看,接着放下手坐在地上很伤心地哭了。大转身走到院边,望着芦苇,望了很长时间。聂广庆越过门槛走过去拽着大的领口说:"跟爹回屋。"大看不见芦苇上空的麻雀,缩着脖子走过米丘身边时说:"你走开,河蛙谷的地不该是你的。你再来我打死你!"米丘抚摸了大的头一下,很大的手,带着一股湿气的清香味道。

大后来知道那是香胰子的味道。

米丘跟过去和聂广庆说:"我带走他,河蛙谷的地给你,你想想,我不盖教堂了,给你,只要你让我带走他。"

聂广庆说:"俺没有人了,要地做啥?走开!"

大喊道:"洋公鸡,走开啊!"

米丘很遗憾很无奈地看着大,离开了河蛙谷。

一路上米丘想:那个女人到底经历了什么?她把所有的经历隐藏得那么深,可她隐藏不住这个孩子的气味,或者是灵魂的气味。无法代替的光芒,浮现在脑海的是主的召唤,主爱这个孩子。米丘想:大一定会跟了我走,我还会来。

三月桃花雪下得大了。大漫无目的地在雪地上走,走过每一棵树下都要摇一摇,让那些落在树梢上的雪落下来。娘的笑脸像桃花一样烂漫。大抬头看看天,内心的困扰和忧虑,庞杂混乱地储藏在大的身体和头脑里。大走到水边看水面上的自己,光影之中,一群鸟从高空飞过去,又从高空飞过来,雪花落在水面上,打碎了水面上浮着的脸,那脸和别人长得不一样啊。心里的复杂感受,对谁也讲不清楚,对谁也不能讲,全部龟缩于他那不算大的心里。大孤立无援,捡起一块石头扔进水里,涟漪荡开,大希望有什么来,快速地来隔绝他和外界的伤痛。

涟漪散尽,他嘎吱嘎吱走在雪地上。身后传来秋棉的声音:"你想偷懒吗?我眼见你看到地上的柴走了过去。"

大反身看地上,走过去捡起柴抱在怀中走向远处。

2

和盛堂里很安静,里屋的门外就是廊棚,收购来的党参堆了好高,旱灾过后,党参开始走俏。盖运昌很欣赏地看着耿月民,觉得后生是做生意的好苗子。以前料理店家的掌柜都老了,他说不好是盖家将来的一个续接呢。有些事情或大或小放了手要他去做。老爷一放手,倒叫他惊恐了一下,他无法描述自己的心情,他把偷拿下的烟土积攒起来等镖行的大师兄派人来取。送走拉党参的车马,空下来时他需要想一想,无法说出来的恨,压抑很久了。虽然他什么也不清楚,无限放大的门、放大的窗户像铜在天空的星星,不,是太阳,他心中突然泛上来一股燥热,那股燥热淹上了脚腿淹上了肚腹淹上了肩背,从脖颈上就要淹上脑袋了。他不敢见原家人,那一两银子成了一块心病。盼人来,惶惑着走出和盛堂的店门。

雪后的店铺外,盖爱苗和两个妹妹画了方格子跳拐拐碰,嘴里念念有词:"小闺女,快快长,长大嫁了洋队长,穿皮鞋,披大氅。"一跳一跨再转身,盖爱苗跳到了他的眼前,吓了他一跳。"耿月民,你心里有事?""没事,有啥事?""没事吓你一跳?来,一起来跳拐拐碰。""我得扫雪了,不扫雪,你爹该说我了。""也是你爹呢!""三小姐,你乱说话了。""终究你得叫爹。"雪下着,风蛮霸着卷起雪尘,院子里墙上爬着的老藤像一条条蛇一样。耿月民吸了一口气,吐出来,抬抬浓眉,一只鸟掠过去,见耿月民心事重,也似乎成了哑巴。

长成大闺女的盖爱苗,有事没事地喜欢往和盛堂去。只要吴老汉不在,她就对着耿月民看,看得耿月民不好意思了,背了身体掉了个后影。盖爱苗噘着嘴冲着他掉过去的正面儿站。盖爱苗喜欢上了耿月民,有点儿不管不顾。她指着地上的药材说:"这是柴胡,红根儿。"耿月民说:"是,三小姐。""这是大黄。还有呢,这是老鼠屎,学名天葵子。这是木防己,也叫八卦图。"

耿月民知道三小姐是聪明人,打心里喜欢,却不敢多想,怕惹事上身。寂寞处又有几分不甘,凭啥盖运昌的闺女就该嫁别人,而不能是自己?便壮了壮胆子瞟了一眼盖爱苗。这一瞟,瞟跳了盖爱苗的心。盖爱苗腾地跳坐上柜台的老榆木桌子。正对门口,能瞧见外面的梧桐树,以及干枝梢上起起落落的山雀。斜对过是暴店镇的私塾,因了旱情,门上挂了铁将军。盖招男和盖招弟跟屁虫似的一起跑了过来。店铺后院堆了小山一样的药材,耿月民说:"俺去后院拾掇药材了,俺不陪你们了。"盖爱苗在柜台上跷着二郎腿要两个妹妹拽了他不让他离开。耿月民清瘦的脸庞一下红了,不知如何是好,就问她们在私塾里都学了啥。盖爱苗说:"一大早进了学堂得先给依墙挂着的'大成至圣先师孔子之位'的牌牌磕头,之后坐在自己的位置上,规规矩矩听老师读书,不得说笑、串位、打闹。"耿月民"哦"了一声。盖爱苗要他站着,详细端量他,端量得他不好意思了,他便蹲下去捡起一根药材画字。盖爱苗叫他画什么字他就画什么字,三小姐会说的他都会写。这样一来耿月民知道了,开蒙学生都须从《三字经》《百家姓》《千字文》《名贤集》依次读起,而后是《大学》《中庸》《论语》《孟子》等等。每天都要号书,号出的书要自己去读,临放学前要到孔子牌牌前背书,背不过就挨手板或用教棍敲头。盖招男和盖招弟挨打的时候多,不过呢,因为是盖家的千金,先生常常是抬手看上去重,打下来实际上很轻。耿月民要她们朗读,盖爱苗就叫两个妹妹背了手朗读《三字经》。耿月民问她们都听懂其中的意思了没有,三个人同时摇了摇脑袋。耿月民说:"弄懂意思了才好记,弄不懂意思记起来吃力。"盖爱苗说:"咋就弄懂意思了?"耿月民说:"起码得知道《三字经》是中华民族的'小纲鉴'吧。""小纲鉴"是啥?三个人还是糊涂。耿月民笑了,把想要冒出的一个花心儿念头挑了出来:"看你们呆头呆脑的样子,念书念好了长大能当县长太太。"盖爱苗跳下柜台说:"偏不当县长太太,偏不念好书。"耿月民不说话了,四下里看外面。盖爱苗说:"偏嫁你!"耿月民指着盖爱苗:"一个闺女家,面皮咋这样厚呢?俺一个穷人,不怕俺抢了盖家的食?!"盖爱苗说:"就嫁你!我娘说了,大闺女早走,二闺女没音信,三闺女说啥也不叫离开盖家。"耿月民说:"俺怕在盖家好的吃多了撑肚皮。"盖爱苗说:"我嫁你,死也嫁你,我要你把肚皮撑成将军肚!"耿月民知道三小姐对自己是一片真心,假装板了脸说:"俺在盖家紧睁眼,慢张嘴,求求三小姐,俺想保个全身子。"盖招男和盖招弟觉得他俩像斗鸡一样地你来我往,挺没趣的,拖了盖爱苗走,临出门时盖爱苗很妩媚地露出一个唇红齿白的笑。

三个女娃跑出和盛堂,横过官道往自家屋里跑,看到吴老汉瞎着眼拄着一根棍敲着官道上的青石走过来。盖爱苗说:"你往左拐拐。"吴老汉往左拐了拐,碰到了一根木头上,三个女娃大笑起来。吴老汉仰了头苦笑了一下,很准确地把脸扭向了三个人站定的地方红着脸想吼一句:"敢哄你祖宗!"

到底什么也没有吼出来,长压了一口气,一根棍实实地抓在了手里。

3

事情发生在雪化天晴的日子。镇子里突然诡秘地来了一队人马,说是要到三嶕庙摆香堂发展"三三铁血团",实际上是来征购粮食和兵员。

三嵕庙庙门前挂了四条很血腥的红绸条幅,上面写了四句"箴言":"铁血主公道,大家如一人,同生死利害,共子女财产。"来的人中最高的长官是"民族同盟同志会"副会长赵海水。三嵕庙钟楼上李圪渣筛着铜锣喊着叫暴店镇的人来听会。上土沃、下土沃、河蛙谷的各户青壮劳力都被叫到了暴店镇,一起集中在了三嵕庙。

只见香厅下很醒目地挂了一只箩筐,箩筐下两边站了兵丁。盖运昌和赵副会长坐在舞楼上,台下黑压压清一色汉子。

盖运昌要台下的用心听赵副会长讲话,赵副会长清清嗓子开讲了:"中国的圣人,中国的文化继承者,上自尧、舜、禹、汤、文、武、周公、孔子⋯⋯以至孙中山而外,再往下是谁呢? 不用说,就是我们的阎都督,我们一定要听话,和阎都督一个鼻孔出气。"

他还做了个比喻:"从前啊,有个有学问的人,路过华山,华山的门哗啦一声开了,从中走出一个白须老人,谓学者曰:'华山有异人出世,西至嘉峪关,东至于海,北至大青山,南至于河(黄河),异人在此空间,大有作为,授尔天书三部,以扶异人,好自为之!'这异人就是苻坚,这学者就是王猛。今日的异人舍阎都督其谁欤! 跟了阎都督走,吃香喝辣没有错。"

盖运昌用土话解释了一遍,接着宣读了参加"三三铁血团"的好处,家里参加三三团"铁血团"的可受到政府保护,下边人乱咚咚闹开了话,说明白是叫人当兵呢。

李守信和李圪渣配合兵丁,嘘呼着拿来一只箩筐挂在香亭上。箩筐的高度离地有一人高,赵副会长随便指了一个个子矮的人站在箩筐前。赵海水说:"把你那脖子仰起来,昂首挺胸往前走。"矮个子怵得不敢走。赵海水说:"你个孙子,还不服纪律不听管教了啊,萎得那样子,傻不拉唧的,快走!"

矮个子夹着两腿往前走,走过去正好在头顶上擦着筐底。汉子们都很稀奇,不知道赵副会长要啥子小把戏。所有人排了队从箩筐下穿越过去,其目的是什么,谁也不清楚。后生们排队开始走,箩筐挡了头的往了右边,头够不着箩筐的往了左边,很自然地又分成两排站在了香厅两厢。两边的人互相对看着,发现了一个问题,右边的人个高,左边的人个矮,右边的人笑左边人都是五短身材,梁不梁柱不柱的样子不好看呢。赵海水和盖运昌嘟囔着什么,听赵海水说:"你们都是有个子人,有个子的人好啊,站得高看得远,也是合乎参加三三铁血团标准的人。不是说是个人就能加入了组织,得有几分人才呢。好了,个子高的右边恭喜你们。个子矮的站左边,对不起。知道你们心里难过,我也只能陪你们难过了。"

个子矮的人心里笑了。要你们笑话矮个子。这是叫你们当兵去呢。打仗叫人家打死你们算了。接下来开始叫高个子表态,想加入的点点头,不想加入也表个态。有随便不经意低了头看脚的算点了头同意。吓得没有动脖子的挺着脖子不敢动,直戳戳看前方。有耗不过的开始要求参加,自愿参加的家里欠税捐的都前抹后平不提了。个子不够高的出征粮,灾荒过后,口粮接不住来年春上,矮个子的倒慌了,还是参加了好呢,好歹能吃香喝辣。皮二始终没有点头,等姨夫盖运昌替他说话呢。腿肚子转筋酸痛,天寒得想跺脚驱冷,咬着牙槽硬挺着不动。皮袄里缩着身子的盖运昌就是不说话,叫皮二为难了,眼珠子乱动,脑袋不敢有大的动作。原家不见来人,暴店镇对原家是一个大痛。原家怎么不来人呢?皮二孤零零站着,看着怪可怜的。冬日天短,眼看就要黑了,皮二憋不住了说:"我不想参加。"赵海水说:"为啥?""怕打仗。"赵海水说:"好,你进屋里暖和去吧。"皮二当真就胯着脖子往屋子里暖和去了。盖运昌咳嗽了一声,听似无意,实际上是想叫皮二转一下头,转头脑袋要动,动脑袋等于皮二算同意加入。皮二走得急,天光下人影恍惚着就进了台下的屋子里。

皮二看到屋子里果然生着火炉,炭火烧得旺,快冻僵的手脚离火炉近了,见屋子里有人朝着他笑,阴黑中,牙白得扩大了整张脸,皮二也笑了一下,手急着捂到了火上。有两个人站起来走近皮二摘了他头上的瓜皮帽,皮二想骂娘,见火炉里红红的一个铁火口被人抬了起来。摘他帽子的说:"谁让你个子高呢?你个子矮就好了,我看是你的头发长了。"两个人拽了皮二的手往后一吊,皮二的腰弯了,皮二很不高兴地喊:"要啥呢?"火口挨着皮二的头发了,唰地一下,一股燎毛味儿,皮二转圈的头发顺着两耳叉,前额头后脖子飞落下来,吓得皮二腿骨头一软跪下了。"做记号呢。"皮二撅着屁股说:"爷爷哎,我参加。"丢了手扣上瓜皮帽,皮二的喊声越过门槛颤抖着飘出来:"我加入'三三铁血团'。"皮二草鸡了。

舞台上赵副会长看戏台,紫红台柱,四梁八檩,灰垄瓦楼顶,飞檐吊脚,吊脚有风铃,风来了,叮当作响。"这戏楼百里难寻啊,下一回唱大戏叫了我。"盖运昌说:"好,赵会长的话我吃到肚子里了。有世事洞明的赵会长坐在这里,哪还敢演大戏?""噢,难道我就是大戏?哈哈哈。"

皮二到底还是没有当兵走,考虑到皮大的死,盖运昌私下里贿赂了赵海水,算是保下了。

就在赵海水离开三崚庙回省城的镇口上,正好撞见了形意拳卖老鼠药的人,他来找耿月民取那口鼎,活该命要归西,一进暴店就遭到了盘查。那人见躲不过盘查,从怀里取了自造的手榴弹扔了出去,可惜只炸伤了几个小兵。卖老鼠药的被赵海水带走了,嘴里朝后勒了皮绳子不让喊话。

暴店人听说后都很害怕。一段时间里耿月民不敢见人,躲着走,头都抬不起来。耿月民有时候觉得那人该快点死,说不下什么理由来,也许是怕那个铜鼎惹出什么是非来,怕那个人活下来,还不如天地不知好;有时候又怕那人死,也许是想原家的一两银子,还不了原家,啥时候见了人家都是短处。人就很纠结,一时间恍惚着,做事变得心不在焉。

雪过后,一春日头晴而不朗,一片灰黄,像妇女的洗脚水。耿月民怀疑自己把日子过颠倒了,提心吊胆等日头黑了亮了,没见大动静。虚虚实实活着，一段时间后，听说那人很硬气，镪子儿不往出吐，被七张麻纸湿水糊面闷死了。耿月民听说后一脸惊恐，做事就越发藏不住。

吴老汉突然有一天指着他的脸说："藏着的事不往脸上显。"耿月民吓了一跳，师傅眼睛明明啥都看不见啊，怯怯地问："师傅，俺藏着什么？"吴老汉说："你偷卖了多俩钱我心里都有账本呢，你心里藏不住，心不在焉的，不知手脚放哪，听你的声响呢。该给我交交账了。"知道师傅不是说七张麻纸糊脸的事。耿月民摇摇头，告诉师傅拿出来的生烟膏都还在后院藏着呢，一直都没有找到出大价钱的买主。

吴老汉不信，耿月民领着他去看。凝神搜寻着，镇定了片刻，确认那东西在，压低声息说："世象光明剔透，毫发毕现，不要小瞧我眼瞎了，可耳聪心亮，谅你也不敢哄师傅。"

耿月民说："不敢，哪敢？啥事都记着和师傅商量，师傅就是俺青天白日下的老天爷呢。"

吴老汉呵呵笑起来："我的好徒弟，这句话喜死师傅了。"

第二十五章

1

梅卓娶了儿媳妇后想回一趟娘家。尽管几重水几重山,想到离开娘家多年了,如今家生的亲事也落到实处,父亲不知道因为啥再没有来过暴店,心里的那份牵挂,加上听到外面的纷乱,想家的感觉就一阵一阵紧了。看到儿子和何柳黏着,心里有一份凄惶不舍,却也安定了许多。

听说梅卓要回娘家,太太们各自拿了许多私房要她带回青海。盖运昌看了说:"外面的事情不好讲,带少不宜带多。"

收拾好该带的,安顿好一切,定下了秋口上回来。真要上路了,倒有了几分不舍和牵扯,最后见了一面盖家生,不由得又放肆地号啕着哭了一回。把原先交代何柳的话又絮叨了一遍。何柳听婆婆满脸凄容地唠叨,突然很难受也哭了,是哭离家的婆婆吗?好像不是。

盖府大小除了盖家生都一夜无眠,等着送四太太。五更天起身,送的人到大门口,梅卓握着何柳的手,什么也没有说,那一握很重。大太太说:"放心走吧,盖府的独苗苗、命根根,一大家人照顾着呢。记着秋口上早回来啊。"凉幽幽阴沁沁的天开始麻麻发亮了,马脖子下的铃铛声渐渐远去,送行的人陆续往回走,何柳站着不动,头发散散地斜绾在脑后,扎不到的几缕任由它飘散在风中。她的胸口上挂着一枚绿松石,是昨晚婆婆送她的,此时她感觉到自己的脖子很重,好像不是石头很重,是婆婆走前的叮嘱很重,她有点喘不过气来。

"该回了,何柳。"是公公盖运昌。

何柳往回走,目光穿过散乱的头发看院子里的老槐树,那一瞬间,何柳心里涌出了许多没有名头的感动,说不出,道不明,唯有想流泪而已。盖家生还在炕上熟睡着。屋子里光线很暗,何柳在菩萨前上了三炷香,是什么让她无限牵肠呢?是婆婆吗?不是。是炕上的盖家生吗?也不是。是一个人,那个人在她的某一个瞬间里。谁呢?坐到炕沿上,看着地上一双小孩子的鞋,她明白了该是一双大脚的汉子。那双脚在她的盖头下面,喧嚣声在空间里弥漫着,那双脚被尘埃吹拂,被阳光照亮,那双脚给了她未来期许,刻骨地印在了她的脑海里。

何柳哪里知道,那双脚里藏着的是一双三寸金莲呢。

看着盖家生,她喃喃自语地说:"我真要做你的娘了。"

也许灾难是从气味开始的。至少对于三峻庙是。

暴店镇发生了亘古没有的事。原家趁着米丘去省城的机会发动教友进三峻庙闹事,原意是想给盖运昌颜色看。原家离开暴店的气一直没有消,县长一走什么事情都荒了。一顺百不顺,皮大的死怀疑是镖行里的人做下,可那都是盖运昌留下的人哇,做啥事不做啥事,怕也都是盖运昌首肯了。原家闹心啊,想着过几年如若暴店人再有人办赛,原家上一年的冷,怕就是下一年的笑话了。人活着不能叫人可怜,不能叫人笑话。可怜和叫人笑话之人,都是穷追风的屁。要落在人前头,就得叫人妒。"妒"是能叫人仰首的,遭人妒的那可都是引路的北斗星宿哇。

七月的一天,迷蒙的夜色中,浓雾一般的夜包裹了一切。几个信教的人在黝黑的庙墙下隐入三峻庙,因为心里极其紧张,本来是想悄没声息地点一把火烧了庙,哪知进去的声音大了,几次无法点燃手里的洋蜡,等点燃了风又吹灭了,几次三番,他们倒害怕了,难道羿神显灵了?一些心里承受不了的骂跟着的人,胆子大的叫嚣着喊:"怕它什么?砸了叫世人看看,多少年来它给过咱什么?穷命的敬它奉它,还不是照样穷命?！砸!"砸门的声音传出来,引来了暴店信佛的人。出门操了家伙,黑墨的夜色中两伙人一对接一来二去打起来了。盖运昌赶到,叫人平息下来,把带头闹事的关在庙里,让他们思过。被看的人不服气,叫嚷着:"你闺女都入教了,你都不网开一面。"

盖运昌说:"你们好吃好喝,等那洋鬼子来了叫他对你们网开一面。"

米丘赶来暴店的时候,发现暴店的官道上用石灰浆了许多大大的十字,暴店人踩着十字走过,走南走北,一个个十字踩得灰黑,真是奇而又奇的事。盖运昌始终没有出面,要柴家和米丘协调。米丘说:"我来暴店是要和你们协商一件事情的,给你们的三峻爷放一场电影。那几个闹事的,我罚他们在主前忏悔,并给暴店镇最穷的人做一个月善事。"

米丘是想一箭双雕呢,暴店人对于未知的电影,到底是什么东西,有所耳闻,谁也不知道,米丘的承诺也算是个了结吧。

柴晚生给盖运昌讲处理的结果,两人不明白什么是电影,想来又是米丘笼络人心的什么花样,同意他放。兵来将挡,水来土掩,等放完后看情形再对付他。

米丘用马车从潞安府拉来电影机和发电机。盖运昌这回出面了,叫人给三峻爷披了红,摆了供,上了香,单等电影开始放。全暴店镇的人都来看,听到了消息的外村人也来看,暴店镇像赶庙会一样。还没有开始呢,一群衣衫褴褛的孩子嗷嗷叫着,奔跑在大人的裤裆和腿边。大风将舞台上的影幕鼓起吹陷,口哨声、拌嘴声、叫嚣声、戏谑声,纷扰得叽喳乱叫。

女女在三峻庙吵嚷声里见着了大。月影下,热闹的黑暗处,大和女女如入梦境般地站着。她的儿,马驹一样地看着那热闹欲跳欲跃的。女女拉着大的手说:"想娘了没有?"大说:"娘你回来吧?"女女不能回答,弯下腰在大的脚上用手量了尺寸,心里比画着和墙上的道道不差几分。手腕上的包袱递给聂广庆,告诉他有秋棉的一双新鞋、几件衣裳和焙干的一袋馍馍。聂广庆托起地上二的脸说:"俺的娃哎,叫爹。"二看着聂广庆,不知所措。

电影快要开始了,女女摸着大的头说:"去看吧。"大闪进了人群里。

电影不长,十几分钟。电影里活鲜鲜的人,和活人一模一样;树和庄稼跟真的似的,风刮起来都在晃动。电影里的人走得快,像小跑步,风不刮了,人也走得快,只十几分钟,什么也没有了。电影结束后人不散,无论如何都想不到人能收进那里头。有的人开始哭,掩饰不了内心的激动,走到米丘身边想表达什么,什么也说不出便跪下了。大在廊柱下站着,黑背靠着屋脊伸展着,人声叽喳的僻静角落里,大看那块白净的幕布,还想看一遍。他寻找人群中的娘,娘在刚才见面的地方似乎也在等他。大一脸兴致地跑过去喊:"娘,我还想看一遍。"女女不知道该如何满足大的要求,看着那些跪在米丘脚前的人很惶惑地看着大。大说:"娘,我还没有看够。"女女激灵了一下说:"人世间没有你看够的东西。"大说:"有。"女女说:"你敢犟嘴。"大说:"我看够了我的脸。"大跺了一下脚,一头蜡黄的头发,挤过人群消失在了黑暗里。

真正的宿命来了。

幕布卸下来,人声像麻雀一样,女女有些不知所措。下人走过来拉了她一下说:"该回了。"随了盖府的老小往回走,一路上脚高脚低的,走得慢,也走得恍惚,各怀心事。女女无法设想自己将如何再去面对大,大不再是以前的那个孩子了,羞耻之心,大不能洗净来自孕育的污垢,那张脸,女女想到,她除了比他人多出更大的坚强之外,多余的悲叹已经不能救助她活下去的心了。

这件事情的直接后果是,暴店镇的人开始相信主,相信有上帝。

2

三嵕庙连绵不断的声声佛号,以往让暴店镇人有个歇处的心灵安抚地,突然被一场电影扰乱了。那尊羿神的泥胎相貌怎么看怎么都不是一尊要敬的活物。

这不是盖运昌想要的结果:"活人不敬神,不信神,等于没个怕,人不能没有怕。日升日落,月圆月缺,人是管不了天气的,谁管?神管!人一生下来,神就给了你命,命有几两,神捏着呢。怎么能不敬神呢!"

放电影之后,女女看到老爷的心事重了,想坚守什么。她相信暴店镇的人心就要被电影收走了。盖运昌问:"千百年来人信佛,佛可给了人什么?"女女说:"老爷,屋檐。"盖运昌说:"你是说,只要有屋檐罩着,发生什么事也不会心慌?"女女点点头。盖运昌说:"屋檐好啊,宿燕子,宿麻雀,宿人。你看暴店镇的一片片老房子,像鸟的羽毛、鱼的鳞刺,从山上看下去像鸟落在地上,它的翅膀下护着的可是千家万户过日子的心境?"女女看山下,层层累累的屋顶铺开去,这些屋檐下的人难道都要被电影收走吗?

"都摄六根,净念相继",靠一心一意称念阿弥陀佛名号求世人回转,不被妖魔乱世,慈悲神秘的羿神会给暴店人力量吗?坐在蒲团上,女女有大修行者的勇气和愿力。除了祷念,她把上好的檀木劈成筷子粗细,一根一根放在铜盆里点燃,拜佛念佛,没有畏惧,世间的一切都离她很远了。其实收摄心念实在太难了,每枝檀木林林总总点燃后,她急切地大呼羿神名号,希望能给她显灵。

什么也看不到,毕竟没有见过佛,旱年里求雨,不见有雨来,心念就很容易转移。本来该身形轻安,越念心事倒越重了。更多的时候是想大,想以前的日子,想到寂寞处闭眼想挡什么,又能挡什么呢?!知道女女在窑上修佛,大太太对抗似的决定每日去三嵕庙修佛。盖府的女人能对抗的方式只有静坐念佛了。

盖运昌不让三太太去马场做弥撒了。老爷不让去,三太太也不勉强,反正她入得也不深。

河蛙谷的大看了电影后兴奋了好久,有事没事地坐在荒地的坟前想娘,有些时候反而会盼望米丘来。干硬的场地,火烤似的日头,根本没有电影里的青草和看到的走路样的人,为什么?憋闷得大心里一直犯嘀咕:难道上帝真能把人捉出来又收走?

进入夏天,一块没有名堂的地被河蛙谷的人对抗着。夏至日为中时,聂广庆在所有开出来的地边上种了青麻。按良田一亩用籽三升下种,青麻落地,聂广庆要大守着麻地赶麻雀。一块一块的散地走得大晕头晕脑。

青叶透土而出,三个月后雄性青麻不结籽早熟了。突然地整个世界对大来说都笼罩在了一种氛围中,青麻的味儿盖过了芦苇,很清爽地迎面荡来荡去。雌性的青麻开始吐籽了,大的任务又开始了,看护青麻不被雀鸟啄了去。割麻后沤麻,苇丛下的水塘里一捆一捆的青麻压在石板下,起麻,晒麻,剥麻。麻皮的蓬刺把大的手撕开了口子。

米丘来看大,从怀里掏出药水涂抹在他的手掌心。凉爽透心得很,大说:"是薄荷?"米丘点点头。米丘向往着什么似的说:"得天国永生的盼望,大过世俗劳碌所得的一切!"接着小声颂唱道:

> ……我往哪里去,躲避你的灵?
> 我往哪里逃,躲避你的面?
> 我若在阴间下榻,你也在那里。
> 我若展开清晨的翅膀,飞到海极居住,
> 就是在那里,你的手必引导我,

你的右手也必扶持我。

秋棉在背阴处收拾一条鲤鱼,她手里挥舞着一根芦苇,不停地驱赶那些跑了又飞回来的绿头苍蝇。那条鱼在地上被开了膛,鱼腥味直呛人的鼻孔。米丘要大过去帮助她。秋棉眼睛迟缓地扫了一眼大,大绕到了她面前说:"我来吧。"秋棉站起来难过了好久。大说:"你能慢慢走回去吗?"秋棉撩了额头前披下来的刘海,拍了一下屁股上带起来的灰土:"回?回得去?"不愉快的事谁都想忘记,秋棉无来由地走了几步,扭回头说:

"你娘是你爹卖了。盖府供他一辈子吃料面儿。"

她的手上沾着死鱼的血,她的周身散发着死鱼的腥味,她停下来,撑开手吐了一口唾沫搓了搓手上的鱼血抹在了自己的衣襟上。大傻了。米丘不明白她说什么,看着她的背影,希望仁慈的上帝眷顾她的内心。

大的头嗡嗡嗡响,好像地上有无数的小口子。河蛙谷落住的人过来看米丘,杂沓凌乱的脚步声在大的脑仁子里从隐处进入显处,像重锤的敲击,大张着嘴喊:"都走开啊,都走开啊!"

米丘看着突然爆发的大不知所以。大出气霍霍地喊:"走开啊,为什么天不长眼睛啊?你走开啊!"米丘一步步退着,大看他退到远处,依门站着,哭也不是,骂也不是。

晌午时分,聂广庆从地里回来,见冷锅冷灶,一条开膛的鱼放在脸盆里。聂广庆瞪了眼睛看秋棉,秋棉傻笑着盘腿趺坐在炕上。聂广庆说:"下地,烧火做饭。大,给爹拿烟枪来。"秋棉傻笑着说:"不下地。就不下地。""反塌天了你!"大很灵醒地从墙壁上的柜子里取出聂广庆的烟枪狠狠地甩在地上。

聂广庆有一股萧瑟感,这是他养大的儿?瞬间弯下腰想捡起地上的烟枪,大踩住了。聂广庆仰起了脸,五官挤压在一起,丑到极致。大抬了脚跑出家门,跑到芦苇前,他灰扑扑的脸埋在天色里,身疲、力竭、憔悴、委顿,看着来来往往下地干活的人神情木然。他拽下一片芦苇的叶子放进牙齿缝里嚼,嚼到烂糊,坐下来,脸埋在膝盖上开始哭。背阴避风的芦苇下,天一点点变暗,他小声并很重地喊了一声:"娘——"

3

"三三铁血团"走后,家有好闺女的都急慌着许配人家,怕好男人都当兵走了。响器家伙乱了一夏一秋。有点性子的巴不得乱。招兵的人讲打仗的好处,零零碎碎的,一会儿来了几个柿饼脸的,宽肩短腿、肥头大耳、嘴巴好,使招儿抓几个去当兵。一会儿又来几个窄鼻梁、宽下巴、脸上皱纹很深,看上去马瘦鬃乱、人穷相老的人,又使招儿抓走几个。由闺女做了媳妇的哭天抹泪送汉子走,一走要多少时候?谁也说不好。能躲过的躲了,躲不过的都当了兵。

李圪渣和耿月民相跟着到河蛙谷找移民来的人征兵。见秋棉在门口坐着,圪渣对耿月民说:"你信不信,我要把秋棉逗笑,要她笑得站起来再坐不下去。"

耿月民说:"她闺女叫狼吃了人就傻了,你能叫她笑了,俺赌你三包漠合烟。"

李圪渣说:"咱俩错开,你看我怎么逗她。"

穿过芦苇,聂家院子里有一条狗蹿出来冲着圪渣叫。圪渣想:穷家富态子,还敢养狗?李圪渣学了狗汪汪叫了两声,冲着院子里坐着的秋棉喊:"把你的狗吆喝进去,我没有二两肉,它叫得我腿肚子抽筋了。"秋棉喊:"黄黄,回你家去。"李圪渣知道那只狗不是聂广庆的。走进院子,吊起膀子凉凉地对着狗弯下腰说:"吓唬我吧,咬谁呢?你不知道我叫你爹啥吗?咱都是亲戚哩,你倒狗脸不认我了,我可是认得你爹呢。"

秋棉抬头看着圪渣说:"你叫狗它爹啥呢?"

圪渣一本正经地说:"叫它公狗哩么叫啥呢。"

秋棉笑得直起身,两手捂了眼说:"你个李阴阳,你生生要叫我笑岔气呢。"

圪渣反回身迎着耿月民自得地笑。耿月民说:"不算有本事。你要能说动山东家当兵了才叫有手段哩。"

李圪渣说:"我是把脉看风水的人,他活该要去当兵。"

耿月民还想说什么,圪渣微晃着脑袋说:"你不是想赖三包漠合烟吧?"

耿月民挨着用左手捏了右手的骨关节一遍:"三包漠合烟算啥?等俺卖了生烟膏,买卖做了生意,你就知道俺有多少漠合烟了,你把俺下看了不是?"

这句话吓了李圪渣一跳,扳过耿月民的身子看。耿月民觉得自己说漏嘴了,急忙改口说:"俺咋呼你一下,说瞎话哩,三包烟赖不下你。"李圪渣拧了一下脖子,睨着眼睛想对方话里的话,想把那话想透了。

聂广庆和大牵了驴从山上下来,在院子里恰巧正说当兵的事,李圪渣进来了。"草灰,来找你,要你当兵。"聂广庆说:"李阴阳,当不起啊,家有小有病的,走不起啊。"李圪渣抿着嘴转了一下眼珠子说:"守国守土呢,国土没了,你不如人家裤裆缝里的虱子,捏巴就揉死你了。迟早这个兵你得当。"站起来叫了跟在后面的耿月民走。闪出门外估摸着听不见话了,耿月民说:"还想着你有手段呢。""把话说下了就是手段,他这会儿正商量当兵的事呢,不信你回转了看,来,咱再赌三包漠合烟?"

聂广庆果真商量当兵的事呢。不想当兵,走不起,当兵的人在外冷天冷地,拿命赌日子呢。想不出不当兵的理由来,一时兴起,看着大说:"爹不想当兵,当兵打仗不是人过的日子,当兵拿枪杀人放火哩。"大埋下了头不说话,等爹说完他吸溜了一下鼻涕说:"我去,当了兵拿了枪报仇。""找谁报仇?""暴店镇的盖运昌,叫他还回娘来。""你还小哩,没有你娘,荒年景里,咱吃啥喝啥穿啥哩?"大不说话了。

冷到天黑,聂广庆突然想了一个绝念出来,也算一变应万变吧。要秋棉把麻子油倒小半铁锅放火上熬滚了。聂广庆摸黑走到苇丛下敲开一个冰窟窿,把手伸进去,有半个时辰,刺骨的水麻木了他的手。回到屋里,一斧子剁了二拇指,断指伸油锅里蘸一下,"吱"一声,大吓得喊:"爹,你这是做啥呢?"聂广庆说:"爹对不起你娘啊,爹把日子过小了,爹对不起你娘啊!爹就想把日子过好了,可日子是口井,你娘是拴辘轳的绳,脱落了,爹光着辘轳把儿,爹哪里还是个人!明儿告诉他们,爹的手榨麻油被烧了,扣不得那扳机,当不成那兵了。"

大哪经过这架势,吓得哭起来。秋棉跌坐在地上,一口油锅扣下来,人烫得面目全非。

聂广庆给秋棉的脸上涂满了獾油,秋棉瑟瑟缩缩地抚摸着墙,抚摸着窗户,怕冷似的哆嗦着。大坐在她身边想安慰什么,心里有话也说不出口。秋棉说:"我难看了。"大说:"不难看。我叫你娘吧?你疼不疼?"秋棉说:"疼都过了。你叫我娘?"大说:"娘,神甫再来,我和他要薄荷油。"秋棉低了头,两眼泪汪汪的,抬头时像有什么哽在胸口似的痛苦,长长地呃了一声。大说:"娘,你哭吧。"秋棉说:"你不是我生的,不敢叫我娘,我生的狼吃了。"秋棉突然咻咻笑起来。好像看到什么迷醉和美好的事情了。她伸过手来抚摸大的脸,大感觉到一种母爱的亲抚。大说:"娘,我偏要叫你娘。娘,你天天笑就好了。"秋棉伤口下流出的白脓滑痒痒地粘在大的脸上,大闭上眼睛,感到了一种什么暗示,睁开眼睛看秋棉,秋棉还在笑。

大下了炕走出外面,走到妹妹的坟前坐下来看天空。

晌午时,聂广庆喊大,问他秋棉呢,大说,在屋里呢。屋里哪里见人?大突然意识到什么,跑到苇丛下的水池前,他看到秋棉在水面上松松垮垮地浮着。

大发泄似的喊了一声:"娘——啊——"

聂广庆充满仇恨似的把米丘盖教堂的砖垒了坟地。暴店镇的人连富户都没有用青砖垒过坟地,活的人都说:秋棉死好了。

米丘来到河蛙谷看大,看到青砖没有了,知道是垒了坟地。米丘要找聂广庆理论。大恍惚站在他面前,四周寂静的雾气和日头照着大,大身上挂着牛屎和黑泥。米丘拉了大的手,大贪婪地嗅着米丘手上的香胰子味。大说:"你不要在这里修庙了。叫那些个砖埋了她们吧。我跟了你走,你把地留下。把地给娘留下,给二留下,给爹留下。你答应下了,我就跟你走。"米丘蹲下来说:"她们哭着来到这个世界,她们将含笑离开这个世界进入天堂。"大跪下来长长磕了仨头,起身时走到自家的门前又跪下磕了仨头,站起来和米丘说:"走吧。"

米丘拉着大离开河蛙谷,一路走着,大看到天空上的云朵落满山谷。

聂广庆找不见大,有人告诉他神甫来过。聂广庆不敢去暴店告诉女女,一个人躺在空空的炕上云遮雾绕地抽了个昏醉。醒来时,有一队人马走过河蛙谷,是过兵。他晕乎乎地傻笑着主动跟了人家走了。

知道河蛙谷的事后,盖运昌心里扎了个小人儿似的嫉恨自己。夜里一定要宿在女女的窑内,半夜说梦话:"我是一个钻过脑袋不顾屁股的人。"女女拍醒他说:"老爷说梦话了,你把自己说成啥了?"盖运昌翻过身坐起来说:"秋棉死了,聂广庆和大跟了过兵的人走了。"

女女抬起身子说:"老爷是满嘴跑舌头吧?"

盖运昌一脸黑说:"深更半夜我敢哄你?活个人都想好,想好不得好。打节节活的人,能走出个好来,难啊。"

女女下了炕摸过一根麻秆探进火里吹着了点燃墙上的油灯,光落在盖运昌的背上,女女说:"老爷,你掉转身细细说清楚了。"

盖运昌掉转身横眉竖眼地看着女女说:"哪里细说得清楚哇?我是什么东西我知道呀!"两只手掴着自己的脸。四围下,星光夜色都归隐了,女女听得那声响,憋堵得出不上气来。站在炉台前听那巴掌响,一股萧瑟的苍凉袭来,一并交织于心头,河蛙谷一定发生了自己不知道的事。和走了的人比,老爷还知道疼,走了的人走向哪里了?我到哪里去拽回牵挂他们的疼呢?

第二天,女女由下人陪着回了一趟河蛙谷。见门上挂了铁葫芦锁,女女在门前站着,知道一把铁锁推走了她相依为命的亲人,她的心空空的,无法填充和弥补的当下里,她走到那块高地上。新坟上的白麻纸还在,她跪卧在地上喃喃地说:"好好的一家人,咋就如风地里的灯,说灭就灭了呢?天地长在,日月长明,坟下埋的人,你托梦告诉我,我的儿他走向了何方?"清风朗日,女女稳住自己往好里想,想不出那个好在哪里。心酸地看眼前的坟,坟堆得和山包一样,天知人事耶?天不知人事耶?女女感觉眼前的坟大幅度地扩张着,霍霍作响,有什么声音从地心里杂沓凌乱而出,女女大声地喊了一声:"命哪!"周天寒彻,"我咋就叫活了一个女人呢?!"

撕裂声把下人吓了一跳,再看女女,见她泪如雨下地号啕大哭起来。下人们从来没有见过这女人如此号哭过。

4

何柳看到外面大好的晴天,要盖家生到院子里晒晒日头,日头屯集在东屋的廊檐下。婆婆去年没回来,今年秋天里怕就要回来了。她想在婆婆回来之前要自己的丈夫健壮一些。

盖家生在院子里喊着:"我坐这里了啊?"

何柳探出头看,廊檐下的一条木凳上,阳光直直照着,瘦小的盖家生坐在凳子上,回头看时脸上的表情皱在了一起,似笑非笑的。何柳看着阳光,这样的天气是可以晒晒被褥,她肯定地点了点头缩回去了脑袋。阳光有些黏度,盖家生抬了头越过屋顶看远处,山高出去,夺取了他目光有限的高度。他累了,缩回头安顿了困倦的身子,风旋了一个小旋风,土尘起伏,呛了他一下,他用粗短的手掌捂住了嘴巴。何柳把被子拿出来晒在了院子里的绳子上,被子上的尘屑荡起来,呛得盖家生咳嗽开了。何柳要他到屋子里躲一会儿。盖家生走开的时候何柳还看了他一眼。接下来她在花被前轻拽挂在上面的棉絮碎疙瘩,迎了日头弹出去。内心的困扰和忧虑庞杂混乱地贮藏在何柳的身体和脑袋里,她对谁也讲不清楚,对谁也不敢讲,全部龟缩于不算大的心里,那个不算大的心更多的时候是惶惑不宁,像一个孤立无援的陀螺。她很希望盖家生抽她。她看了看廊檐下的空凳子,长叹了一口气,用力拍了拍花被子上的浮尘。

土地发酵了,长出了青绿,没有一个人看到走出的盖家生。他像一个小得意儿,迷糊了一下,不经意中走出了大门。

盖家生在暴店街上走着,很好奇。有人看到他走过去,很奇怪地想:这是谁家的孩子呢?那银项圈,小银佛的黑布头帽,穿戴装饰,是富人家的孩子啊,可富人家的孩子里有这样长相的吗?他穿过官道,一抹微风中抖动着腰肢的黄菊花在路边耀目地开着。他用了吃奶的力气拽起它,轻轻刨开它的根茎上一坨黑泥,很小心地不去弄折它的根须。他朝着阳光很亮的地方走,一路上高兴地笑着。

盖家生第一次看到了古潞水,河水滋润,云气蒸腾。河水在沙土上伸开宽大的手掌,浪花扑过来,淘洗得岸上的沙砾泛出明亮的光芒。盖家生想起来了,他是随着一只飞落在窗棂上的燕子停停歇歇走出来的。燕子的鸣叫,清脆婉转。燕子飞时他捧着菊花跟着走。燕子领着他走近潞水。他小心翼翼地弯下腰把菊花放在水边上。谁也不知道他靠近一条河就靠近了流失。河水打湿了他的脚,他看到了河水不仅打湿了他的脚,还打湿了菊花的叶子。他很开心地享受着阳光和空气的抚慰。长这么大,好像他从来没有也不知道有这么好的去处。房间里任何一个角度都有一双眼睛盯着他,盯着他的眼睛,神色是惊恐的,也是失望的。他不知道那些姐姐在院子里互相推搡着喧哗着,为什么看到他时会多出几分不屑。要知道他是多么想和她们一起玩啊。他总是孤零、无聊地守着无法理解的空,那一个"空"里,有什么呢?吴老汉脸皮皱巴,毫无光泽地笑,天地良心,他的笑很有意思,像是在悄悄窥探着什么、仇恨着什么。吴老汉总是在他的面前放慢脚步,伸出手在他头上挠挠,是不是挠头上的虱子他不知道。那张脸上、颈项、眉间红乎乎的,手掌粗大毛糙,有点笨拙,他和周围那些女人的怡然恬淡的笑格格不入。从脸色上看,能看到翻出心来的笑有些讨巧。盖家生看到时也会笑笑,会把那些空推开一些。爹出现时就不一样了,先是脚步声很重,看着,直盯着要他叫爹,他大声叫,爹说再大声叫,他不敢大声叫,想大声来着,那声音却胶住了。尤其是过大年的时候,爹要他点炮仗,炮仗在当院里竖着,一根麻秆三尺长。爹说,大胆地上去点。他的胆子没有二两重,看是往前走了,实际上是往后退。爹点燃炮仗的捻子,扔到他脚前,那一声炸响,吓得他想跳着脚号哭,人却是一屁股坐在了地上。冰凉的石板地上,炸响的黑硝和磷火落下来,他捂着头恨不得钻到地缝里去。娘扑过来抱住他,他在娘的怀抱里成了空的躯壳。姐姐们花枝招展地看着他,娘厉声喊一句"看什么",一切就戛然而止了。娘,对,娘呢?潞水边上有人走近他,摘走了他脖颈上的银项圈、手上的银镯子、头上的小黑帽。他哭了,手上的泥土把脸抹得像卸妆的花脸。哭着喊着娘,他有些害怕,想回家,想找何柳。

潞水岸边的土道上有车马飞过,他站在尘土中迷茫了一阵子,继续走。一条路把他推向了远方。

何柳发现不见盖家生时,已经有一阵子了。日头晒得被子里的棉花暖暖的,新棉的香气晒出来,很好闻。四周没有一丝动静,缎子被面上的花开得好艳,好生动人啊。凝固在时光之上,鸳鸯双双,她看在眼睛里,余韵不绝地想哭。三太太在进大门的门口看了她半天。何柳一头浓密蓬松的黑发下脸蛋儿有红有白。何柳的身份是盖家的长媳。此时,女子仪态里的神闲悠懒被阳光熨烫得如同水色。大红的被子大绿的褥子前,六月红想,这个闺女要是学戏就好了。何柳从被子前走过去,走过来,六月红说:"何柳。"何柳停下来,下意识地叫道:"是三娘啊。""怎么是你一个人走来走去呢?"是啊!怎么是一个人走来走去呢?何柳说:"家生在屋子里呢。""叫他出来玩。"

盖家生不见了。

何柳看到盖府所有的人脸时,所有的嘴都像是要张开咬她。

盖运昌说:"何柳,你不是恨那一年的事情吧?"

何柳跪在地上一任泪水流着:"爹,我敢记那一年的事吗?我是明媒正娶过来的人,生是盖家的人,死是盖家的鬼,我来盖府是享福来了。那一年那件事,爹是我的救命人,我哪里敢生了歪心眼?爹啊,给个日子,给个时辰,天在上地在下,何柳就算没有学过多少字,字里钢骨还是懂的。"

盖运昌突然燥热了,怎么会想起那一年的事情呢?一个孩子你要她去记恨那一年的事?往日她对盖家生的"好"盖府人是看在眼里的,她该知道修福该有情绪上的节制,规定在角色的既定行为里,她是守着规矩的人呢。

"起来吧。怪不得你,是命在作怪。"

一个"命",一个"作怪",击中了所有人的神经。

何柳在夜晚降临的空院子里坐着,月光如雪。双腿坐到麻木,起身给菩萨上三炷香,她不敢看菩萨的脸。

"你做的事,菩萨看着呢,菩萨看着呢,菩萨看着呢!"

"家生家生家生——"

伤身伤世,欲语还休,她要用一辈子来等待这个男人。就算是咫尺里的遥远,就算是这个男人从此给了她一堵墙,她也要撞墙而入。俯下身额头贴到冰凉的砖地上,泪一滴一滴地滴下去。

女女从敞开的门里走进来,月光下一坨黑,菩萨像前的三炷香亮着。"闺女,何柳,是你跪着吗?"

何柳没有动。

"闺女,你起来,会着凉的。"

"家生离开这个家,你会很高兴是不是?"声音是闷着地出来的。

黑暗让时间缓慢,女女并不在意身后的争端,她知道盖家生离开意味着什么样的是非就要到来了。这么多年来她在盖家的付出,除了躲避,除了默默无声地付出,除了仅有的对老爷的只言片语,她没有欲望了,就连自己河蛙谷丢下的儿,儿的出走,她的回忆都成为一晃而过的痛。从来没有想要得到更多,不是她的东西,张开手臂也有难以合拢的尴尬呀。

"闺女,我在盖府是一个用人,这不该是你的想。我来看你,是想和你说,你不能一直哭,人各有命,都是娘生的娃,少爷的娘也许在路上走着呢。以往少爷走失了总能找回来。老爷说了,相信命,你这样哭下去会得病的。起来闺女,等把日子熬尽了总能熬个日头出来啊。"

"你走。你知道你是用人就好。你该懂得,我的汉子在哪,菩萨可是看着呢。他走了多远,在哪里?我总有一天要叫菩萨告诉我他的去处。"

"闺女,说得好!欺人也自欺,不说话的菩萨真要是能告诉,真要懂得告诉,真要知道世间有多少冤屈,真叫好了。你起来,盖府没有人知道你不起来你就没有错,错不在你,在命。你不敢这样哭哭啼啼,你不说话,只管等你的汉子回来,你不说话,只管做事,不说话,听人指,你就是盖府后来的菩萨。想想我的话,我走了闺女。"

一阵很轻柔的风走了,轻柔地跌宕起伏,离去的脚步消失处一行行被截断了的只言片语,给何柳之前或者之后的事儿留出了看不见也无法填充的缝隙。

5

米丘在马场的天主堂里接到了远方的来电:

> 我们在中国,很少想到中国人是这块土地上的原住民。日本人进来了,他们进入这个国家,好像他们天生就有权力在这块土地上开路造桥,造楼建屋。他们和我们不一样,我们来是替主传播光明的,他们来的目的一时还不明了。但是,迫不及待的战乱确确实实是被中国抓到手里了,战争让许多士兵喝多了威士忌,不管不顾地疯跑,就因为中国是一块令人觊觎的土地,它能让所有进入的人闪现出兴奋的光彩。微笑的国土草地肥沃,山间溪流物华天宝,常使进入者心旷神怡。谁抓住它宽阔的平原、起伏的群山、壮丽的河流,整个帝国就属于他们的了。能进入这片土地的民族不是一个平常的民族,他们绝不会让手边的肥肉溜走。征服者和被征服者都属于野蛮不开化的民族,由来已久的尚武精神继承自他们各自的先祖,从未经历过教化的文明,会让进行中的掠夺和杀戮的历险更为大胆、疯狂和暴虐。战争带来的灾难必将导致仇恨孽生,仇恨是所有人的敌人。你们都离开一段时间,离开不是因为我们退缩,是因为上帝也阻止不了战争的疯狂,你们都请离开自己的原驻地,时间会消耗掉他们的疯狂,会让威士忌回到瓶子里,我们将保存实力,等待时机再进入中国……

米丘和腊苗说:"受命主是为了众多,土地虽说辽阔,却不再是我们的立足之地。脆弱和贫穷的土地上要爆发一场尖锐的冲突了,陷入不可调和的境地,我们不能离开。受命于主,相信主,天空下面的人在长,永远地往起长。"腊苗知道神甫的意思,自己的家乡怎么好离开?腊苗心中有了圣念,脸上一派光荣。

盖运昌在女女的炕上躺着,他的头像一块沉沉的石头,女女拿了针准备在他的额头上放阴。聚血时,盖运昌的脸皮子松了,几年光景把一个有棱有角的人拾掇成了这样。女女说:"老爷,放血了。"

盖运昌说:"放血。"

血阴黑着如豆一样一粒一粒挤出来。

不说话时常常是心里蕴藏着好多话要说,不说出来时是满身满心地难受,一旦说出却又不是在心中的那种味道了,怕说破了,说准了,说应验了。外面的世界风雨吹鼓,形势紧迫,血脉相传的连接没有了。怨他恨他疼他爱他,没了,想象着他很高,站在临门的门槛前,尽管恨他不健康,看见了也是敲击和直抵人心的暖啊。

"老爷,你心里难受。"

"放血。"

血洇透了手里的麻纸。盖运昌眯着眼睛,窗格子外前庭窑檐下秋天到了,花草的暗香游进来,窑内里的清净显得凄凉。

女女说:"老爷,你是盖家的顶梁柱,知道你的苦在腔子里吊着呢,你不愿动舌头,不说话,可你得在世人面前端得正正的。"

女女拿过烟袋点了烟,伸到老爷的嘴边。盖运昌咬住烟嘴,面皮耷拉着跟榆树皮似的糙。烟吐出来,二跑进来,看到黑脸的盖运昌,脸上的兴奋霎时消失得无影无踪。看到地上站着的天真烂漫,盖运昌的额头似乎舒展了一下,眼眶里却是有泪想滚出来。

放血后他咬着烟袋出了窑,下了山走到了大太太原桂芝处。老爷的突然走来让原桂芝有些手足无措。盖运昌说:"我想吃一碗浆水面。"原桂芝没敢回话,老爷说了的话,一句是一句。她拽了拽衣角出门去了。

浆水面端上来的时候原桂芝发现老爷的坐姿没有变。面腾着热气,一股浆水味蹿进鼻子里。盖运昌灵醒了一下,看对面坐着的原桂芝,粗糙的手皮上挂着面屑,正盯着老爷等听咸淡味呢。

盖运昌挑起面吃了一口,放下碗说:"淡了。"

原桂芝把韭花、辣子、葱段、蒜瓣、芝麻盐端上来,盖运昌将它们各放了一点,香味儿盖了浆水蹿了出来。一碗浆水面吃得头上冒汗。

听得堂屋那边有动静,原桂芝出去看了回来说:"老爷,是外出寻人的吴老汉回来了。寻遍了就近的地儿打听不到家生星点儿消息。"

盖运昌把碗放到桌子上,看着原桂芝,心里想腾开个地方,被什么堵实了,泪哗哗地往下掉。一个长不熟的孩娃儿,没有个软身子贴着,他怎么说也是他娘的靠山,你叫我咋和他娘交代呢?"你去叫他来。"

吴老汉外出两个月,走了多少路他不记得了。两个月寻下来乏得骨头都散架了。出门时三个人牵了三头驴,吴老汉的眼瞎眯着,人走得慢,半路上走散了,驴被人抢了去,尘飞土扬的,他讨吃回来了。

灰头土脸的吴老汉拄着一根探路棍站在盖运昌面前。

"外面打仗了,都在藏家底,从省城逃难的人一挤一疙瘩地在路上走,村庄里都打听过了,不见影踪。听说是日本人的军队打进来了。"

盖运昌大张着嘴听,怕是乱得梅卓也回不来了。是命。

"端一碗浆水面来。张路生和王旦呢?"盖运昌问的是另外两个寻人的家丁。

"走失了。一路上抓丁,不知是被抓了去还是咋的,我顾不上他们,一门心思只想着找人,周边的没有,远的也没有,老爷,我真没用。"

吴老汉的影子缩在门当央,一根细长的棍像是要生出一点是非来,生死之间,眼前的这个人给了盖运昌依赖,闭上眼睛深陷椅子中,一切都已经太迟。哪里又有早的时候?

"吃一碗浆水面,你辛苦了。"

"我真没用,老爷。"两行清泪挂下来。

千条路在你前面,无论前进还是后退,似乎都会沉没无助。吃面的声音很响,盖运昌知道:一个来世上赎罪的人,真走饿了。

这一年 11 月,潞安府沦陷了。

听说死人铺在地上像刨出来的玉茭茬子。寒气从四面袭来的时候,潞水水面上结了一层薄薄的冰。盖运昌在潞水边站着,雪已经打湿了他身上的长衫,他听到有马蹄的声音从暴店的官道上走过。街道上商家的店铺关闭了许多,寻人的不见再回来,盖运昌的期盼和疼如绵延萧瑟的野山,悲戚的哀号声在他的心里搅着,添堵在胸口上出不上气来。

第二十六章

1

这是1940年的头场雪。

暴店镇有了多少年不见的缩骨的凄凉,奇寒能让人的一切杂念都收敛了。

月尾,暴店镇进来一个日本人,跟着进来一群日本人。第一个日本人进驻暴店镇时是直奔盖运昌去的。跟着一个中国翻译。

盖运昌在堂屋接待了他们。因为语言不同,翻译战战兢兢难于应付。盖运昌还是听明白了意思。日本人叫金井章二,他要求盖运昌在暴店成立"暴店地方新民会",由盖运昌任会长。

盖运昌模糊着,听翻译简单讲了,知道新民会和沦陷之前一些地方的宣抚会和维持会一样,临时管事,不是政府机构,是民意上达和政令下传的一个虚设的传声筒,背后藏着日本人。翻译递给盖运昌一本小册子,封皮上写了《新民主主义论》,有四五千字的样子。内容摘自"大学之道,在明明德,在亲民,在止于至善",居然也强调了格物、致知、诚意、正心、修身、齐家、治国、平天下。按照《大学》上的原话是:"格物而后知至,知至而后意诚,意诚而后心正,心正而后身修,身修而后家齐,家齐而后治国,治国而后平天下。"全书反复拼凑却都没有超出以上内容。翻阅到后面居然有一首新民会歌,歌词写了:

"天无私覆,地无私藏,会我新民,无偏无党。春夏秋冬,四时运行,会我新民,顺天者昌。东方文化,如日之光,会我新民,共图发扬。亚洲兄弟,联盟乃强,会我新民,振起八荒。"

金井章二要过歌词来,用颤抖的嗓音唱起来,居然用了汉语。他一脸认真,高亢处腮帮上的肌肉抖着,唱到"东方文化,如日之光"时,音域宽广起来,颤抖也激烈起来。

盖运昌突然感到桌上的油灯在抖动了,灯里的洋油要流出来了,洋油的气味让盖运昌心里萦绕出了一脉忧伤,无助、失落齐集心头。唱到最后"会我新民,振起八荒"时,那声音直竖起来,竖成了一道墙。

一切安静下来,人被留在了虚空的边缘。盖运昌看到金井章二很激动,是极其痛心的自焚重生的激动。

一套新民服放到了桌子上,金井章二提起来,盖运昌看到衣裳的肩膀处为破肩,背部有两道平行的竖折纹,背部下面有一横腰,横腰下中间又有一条竖折纹,前身有四个吊兜,每个吊兜有盖,盖中间也有一条竖折纹。裤子的式样与一般制服裤子一样。金井章二要盖运昌穿上。

盖运昌无来由地笑了一下,一种情景下另有意味的笑,像唱戏一样,自己不是自己了,生来是古戏里的一个跟从。自尊像油灯一样晦涩不明,剧情在展开,别人看你演戏呢,你穿不穿这套行头?

盖运昌把衣裳提起来比画了比画,小心折起放到了炕上,复归到椅子上说:"太君,这不是我祖宗的衣裳,我的长袍短褂里藏着金木水火土呢,你要我接纳它得有个过程,它接纳我也得有个过程,祖宗的脸我不敢丢在这套衣裳上。"

翻译不好翻译这段话,有点绕口,还是疙疙瘩瘩翻译了,盖运昌看到金井章二的脸青了,直截了当地说了:"你看到外面的那条河了吗?水只有流动才不腐臭,水只有接纳了条条小溪,才会澎湃汪洋。"金井章二的中国话贼溜儿。

盖运昌给金井章二倒上水,水落在茶盏里。"金太君,外面的河水可是一清二白啊。"

金井章二说:"你应该明白,这套衣裳与你与我们的合作很重要。"

盖运昌打了个圆场:"你是要我顺应时令,这我明白。说来,该是

451

占人家的地儿,看人家的脸色,倒翻了个儿。你是想叫我坐在自家的门墩上,把自己放进外面的热闹里,这我也明白。一时一事一地,总得叫我思忖个天日吧?"

金井章二说:"你是一个人物,听说贵地有个九月十三的庙会,用你们上党话说,往日办得一五一十的好。再办赛时你还办,唱大戏《中日亲善》,你有能力招募来人马,我叫我们的军人来教你们。这样呢,暴店镇就不是一盘散沙了。当然了,你首先得明白我们日本人来中国的动机。第一,我们都长着一副面孔,都是大东亚人种,所以要共建大东亚新秩序;第二,我们日本人来贵地,不是为了掠夺,也不是为了发财,因为我们是善邻友好,知道贵国人民饱受军阀混战,生活在水深火热中,更需要我们经济提携,共同防患;第三,我们会对你们赈济寒衣,救济食盐,施舍医药,还可以帮助你们的人民改良土壤、种子、开辟农田水利。你们守着一条河,这条河是你们的福气啊!"

盖运昌说:"照太君这么说,我倒想说句不该说的话,难道你们日本国富得流油了,一定要把自己国家的财富拿到中国来吗?"

金井章二说:"我们讲的是天下大和。我们是来帮助你们的。日本富了,但你们不富啊,既然讲天下大和,就应该帮助你们和我们一样富裕。我有一个要求,我想拜拜你们的三峻爷,古来神佛护佑一方百姓和我们讲的大和并不冲突。请你给我一个时间,你把村民集中起来,请盖财主相信,我的拜见是真诚的。我不熟谙你们的风俗,三峻爷是神佛,我相信,它保佑了你们的平安,同时,它也看到你们的政府从来没有把你们装在心里,只把你们装在口袋里,需要的时候把你们像石子一样扔出去了,去投石探路。"

盖运昌哑然失笑了一下,他想让自己的情绪平缓一些。年轻时候不用攒劲目不斜视也敢撒丫子狂奔,现当下,胆量似乎有限了,难道说日子把人捉弄得说软蛋就软蛋了?撼人魂、鼓人肺的政府在哪里?眼下的暴店镇如悬了一个壶口,谁提了壶把手还未知。盖运昌没有答应,也没有不答应,家中老小,镇里乡亲,事情立在面前了,考验着自己,他不敢一时之间妄自定论。待客一般给金井章二再一次倒了茶。既然人家是先要拜三崚爷,也不是什么坏事,还可以和米丘的那个天主对抗一下。

几盅茶下肚就答应了他的要求。

2

金井章二进暴店的第二天,暴店镇上有人贴出了标语:"日本鬼子滚出去!"

有人看到金井章二在那条标语前停下来,驻足了许久,嘴里叫了一声:"哟西!"脸上挂出了一丝笑,没有动那条标语,反应也并不太激烈,反而从口袋里掏出花花绿绿的糖块微笑着撒向了四下里。跟着他看稀罕的小孩子哄抢成一团。

金井章二知道他们面对的不是一个人,而是一个群体,要做的是融入这个群体,而不是成为这个群体的对立面。还不到寻事的时候,眼前头黑着,光明在黑暗的尽头。他走过暴店的官道,身板走得笔直。

无头无续,那几个字仿佛鬼符一般,倒是让暴店镇的人们激灵了一下,有了几分莫名的恐慌。

两天后,日本的大部队进驻了暴店镇。马靴踩着官道上的青石板,肩上挑着膏药旗,两耳叉上呼扇着猪耳朵帽,脚抬得高落得也重,隆隆声像三崚庙会前敲响的皮鼓一样杂沓。

日本人强迫私塾里的先生跟着一个翻译教日文,私塾不叫私塾了,叫"伪满初小"。

盖运昌要暴店镇的村民集中到三崚庙看日本人集体拜佛。他想,也好,心中有佛的人必定敬佛,有佛规约着看你能坏到哪里。

日本人要拜佛了。传言呼啸了村里村外,把暴店镇闹动了,跑出去的也都陆续地回来,三五成群的,原本害怕的人突然都稀奇此事了,想去看热闹。

金井章二在三峻爷前上了三炷香,跪下磕了仨头。磕头的姿势很对头,屁股撅着,上身伏地。跟进来的日本士兵也一起跪下来磕头。盖运昌看着跪下去的日本人,不想去多想他们是一种什么坏行为,可也不想去想他们是好的。一时又难以分清好坏,日本人肤浅的"魅力"迷惑了看着的暴店镇人。金井章二起来后整理了一下衣襟直着腰板开始了讲话:

"中日两国是同文同种的国家,就是语言不同,你们看看,我们的面貌是一样的。你们不要害怕,我们来中国不是居高临下的,因为,我们之前就已经知道了你们住的房子、穿的衣服、吃的饭,都比不上我们大日本。在日本土地上,我们看不到像你们这样的困难状况,这是阎锡山加给你们这些庶民的苦难,你们不知,阎锡山大大地有钱。他在大日本银行存放着好多钱,都是盘剥你们山西庶民的钱,我讲的话对不对,你们该有个判断。大日本是顺天命,应时势的,先铲除了张作霖,后讨伐阎锡山,给你们除害。从现在开始,你们就由你们自己的地方人士用自治的精神来办理地方的事情。小事情自己办,大事情我们可以商议。我们日本军人以武道士的精神,操必胜信念,为了你们中国人,除暴安良是我们日本军人的天职。你们有什么办不到的事情,我一定本着民意给你们解决。我说的话就是一张信约,不起稿,不划行,不需要书面传达情意,说话就是办事的证据。你们看,那是我们大日本送给你们暴店镇的宣抚品。"

暴店镇的村民看到香厅的台案上堆着很多叫不出名堂的东西。

"那是罐头食物,你们吃过吗?没有。还有香烟,糖果,还有一些平常的日用品。大日本的文明都放在桌子上了,你们好好睁开眼看看吧。"

暴店镇的村民一脸茫然。

"你们,开始鼓掌,鼓掌后排队领我们带给你们的食物。"

村民们开始鼓掌。领食物的人走过来看盖运昌,眼眸里充满了紧张隐晦的期待,反应也迟缓。

走出去的村民又看到墙上原来的标语没有了,改了。

许多暴店镇人对这一行字还是不太认得明白,认明白的也许没有懂了其中的意思。

三峻庙的拜佛仪式就这样结束了。

自从日本人进了暴店镇,夜晚降临时,狗叫声像连着火药似的串成一片。日本人开始搜捕所有进出暴店镇的陌生人。星星在天上冒着寒光,足不出户的暴店镇人偶尔不得不出去,看到日本兵走过来了,自家两条腿不由自主稀里歪斜地溜沿根走。日本人离了老远,喊了一句话:"巴嘎。"越发扰乱了他们的阵脚,哪儿哪儿不敢瞅,还不能跑,提了心只能慢着走。

人为万物灵长,眼能看口能言耳能听心能想,世间的许多事原本不怕你琢磨,就怕你不停地琢磨,脑子里打着转转,盖运昌觉得自己被日本人的假象迷惑了。什么假象?拜佛的假象。

烤熟的雀儿在青花瓷盘里搁着,女女在炕上做着女红。盖运昌捏着一条雀儿腿说:"女女,我傻了啊。我的脑仁子叫日本人黑了一下。我也算天底下一个小拇指大人物,跺跺脚在暴店镇,听见的人哪个不嘚瑟呢?和神甫米丘比呢,日本人从长相上更应该亲近咱,都是黄种人,因为长得很相像,迷惑咱了,等和人家走近了反倒叫你明白什么叫近不得。离心。当初他们在三峻庙里承诺可不这样承诺的。女女,咱要米丘,米丘反倒不敢和咱咋的,咱们反倒要怕日本人,叫人家日本人要咱,到底为什么?"

女女抬起头说:"老爷的眼睛可看得见,那后者是真枪实弹进来的呀。"

"对啊!我怎么就糊涂了!情势变,脸也变,什么共荣呢?当猴沐冠,围观者众,都是怕人家手里杀人的枪呢。说不好听的话,我也怕。在世上走江湖,那枪只要没指着咱,咱与人家也不去对抗了。保财保命得依得靠,是吧女女?"

女女下了炕坐到桌子前直勾勾盯着盘里的雀儿说:"这世道吃着别人,又被别人食着。老爷可知道孔夫子的弟子子路和秦人打仗,帽缨断了,歪了,他站着想老师的话,一个君子不能歪戴着帽子,就算是打仗也要结缨正冠,便停下来,于是被秦人砍成了肉泥。是在打仗啊老爷,真要是走江湖,江湖上的人还讲一个义,在日本人面前你拾起过'义'吗?老爷你是真糊涂了。"

盖运昌啃着纤细的雀儿腿,含糊不清地看着女女说:"走江湖,轰逐驱赶,怎么得清静?什么世道了?但尚年轻气盛,有一副好筋骨,我还经得起摔打,还有时日可待,一只雀儿腿,让我满牙齿缝里都塞了肉,我是近黄昏了啊,女女。"

女女惊讶地说:"是你吗老爷?我心上的那个人是该临绝境处泰然的,就算是人老须长,总该有个抗争处见峥嵘吧?"

盖运昌笑了:"哦,我可是你心上的那个人?"

女女冷着脸说:"老爷不是。"

盖运昌斜睨着眼睛说:"那又哪个是呢?"

女女转身坐到炕上看着窗外说:"一个想,一个盼,一个梦,有眼有板的,该是三嵕庙舞楼上那个楚霸王。"

盖运昌叼着雀儿腿走近女女,下口咬了一下骨头,咔嚓一声:"女女,可听得什么响了?"

女女不屑地说:"是狗咬骨头呢。"

盖运昌说:"好个狗咬骨头!你心上的那个人要不是我,你就是个没心的人。"

女女要性子似的一屁股挪到了炕心,盘腿坐好了不动不响,直勾勾地看着盖运昌。

盖运昌错愕着嘴说:"看我一身老朽,日暮西垂了。"

女女依旧不说话,直勾勾地盯着。

盖运昌说:"不得不捧心向道,以苟残年了。"

女女眼睛里流下两行长泪,女女喊了一声:"老爷!"狠狠闭上眼睛,两行长泪断流了。

听得脚步声走开,走出院子,走出大门,铜门环叮当一下之后,空了。

金井章二第二次走进盖府堂房。明确要求盖运昌穿新民衣裳,带头动员暴店的青壮年做新民,做顺民,并一定要求唱新民会歌。

三太太说:"老爷,就当是唱戏,我看他们不正经,一大家人命悬着,你是顶梁柱呢。"

盖运昌说:"不穿不唱。我告诉你小贱婢,长袍马褂里藏着金、木、水、火、土呢。"

盖运昌不是没有想过,既然让我来做这个新民会长,听说潞州城破了,百姓死伤无数,守城的川军个个都是热气腾腾的汉子,枪口指外,到底敌不过日本人的小钢炮。城破如山倒,军阀混战才几年光景,党派就开始林立了,谁能救中国?谁能救百姓?不好说,是骡子是马都在娘肚子里怀着呢,正如分娩必须经历阵痛和流血一样,混乱时期不辨东西,外族人来了,话说得好听,什么"大东亚共荣圈",目的不外乎一个:敛财。暴店镇上已经有日本人开的店铺了,强迫所有人购买日杂百货。拿着枪进来了,不管他们到底想做什么,从他们的言行上,盖运昌已经有了基本的辩证思维,对有利因素和不利因素分析了一遍后,决定把乞丐们叫到暴店镇来,既然是新民总得有人马,有人马就好办事。

没有等各路乞丐进入暴店,暴店镇出事了。

3

一夜之间暴店镇的狗全死光了。

上百条狗,在日本人的眼皮底下死得服服帖帖。

金井章二叉开双腿挎着军刀站在三嶐庙的舞台上,望着地上软塌塌的狗们,狗们模糊了他的视线,让他蒙上了一层异国情调的兴奋。站在舞楼上的这种眺望,也让他滋生了一种激动的崇高感,他看着旁边的盖运昌说:"据说中国古人喜欢给自己搭一个台子,以舒气而畅神,幽州台上的陈子昂,岳阳楼上的范仲淹,人要是闷得喘不过气来的时候站在台子上啸两声,是不是闷气就可以放出去一点呢?"

盖运昌看着地上说:"古人看的是山河,登高望的是风物,人心都是肉长的,闻膻不知腥的此时,太君,登高看的可是畜生呀。"

金井章二说:"好个畜生!你说狗为什么就死了呢?"

盖运昌说:"我知道狗怎么就死了,我定不让它死。"

金井章二说:"那么我来告诉你,狗妨碍了他们的进出。"

盖运昌疑惑地问:"他们?"

金井章二说:"对。他们。"

死狗一条条地被日本兵拖进来扔在三嶐庙的香厅下,狗看上去死得很兴奋,没有痛苦,脖子上也没有勒痕。说是服毒死吧,口里不见血迹,奇怪地死去。暴店镇的男性村民被集中在三嶐庙里,大门被关上了。日本兵的刺刀直戳戳地指着,金井章二用一根指头指着盖运昌说:"你是新民会长,查出来是谁干的,你的,该知道怎么做。"

那一根指头很细瘦。盖运昌真希望顺着那根指头看过去看到的,是细眉细眼、细声细气——瘦瘦弱弱的一只饿狗。不是。浓烈的长眉下绿光烁烁。那根指头在放大、放大,它大过了自己的身体。那不是一只饿狗,那是一只饿狼。一根指头的寓意是骂人呢,猜拳时的"一点点红"用的都是大拇指,你小日本敢在暴店镇的三嶐爷面前用一根指头点过来。盖运昌想:"我想×你妈呢!"

"我告诉你,是你的兵吵得狗躁了,狗叫声惊了眼前的三嶐爷,三嶐爷发威叫狗死了。这么神圣的地方死狗摊了一地,你可记得当时祭拜三峻爷?但凡有虔敬心的人是不敢把畜生带进来的。狗死不是羊死,狗有一点宽余时间都会叫,默声地死了,不是上天伸了手,谁有天大的本事?"

金井章二笑了笑,早上的日头射得那笑扩大了一圈,看上去有很多的内容。"弄一条狗去解剖了。"

日本兵拖了一条狗走了。金井章二也跟着走了。金井章二走后,大门上了闩。

暴店镇的人被圈在三峻庙里,晌午到了也不见散。盖运昌要翻译去和金井章二说,有啥事,我盖家老小顶着,你们说画共荣圈呢,拿着刺刀充大?我这个新民会长留下,叫他们走。翻译出去的时候,三峻庙大门再一次被闩上。这很叫盖运昌失面子。他硬生生站着,在有限的范围内打量着属于自己的方寸间,总觉得香厅四下里暴店镇人的眼光像打水漂的片儿石一样片过来,让他无法自持。这可是自己的地盘啊,神甫都不能奈何,怎么能叫小日本占了上风!

晌午过后,庙门打开了,翻译告诉暴店镇的人,狗是吃了大烟土死的。一百多条狗,上好的大烟膏,谁家藏有这么多的好东西?所有的人看盖运昌,他的脸热了一下,狗肯定不是他杀死的,要说谁有这么多的大烟膏,也只能是和盛堂有。

盖运昌看着黑压压的人群,他寻找着一个人——吴老汉。暴店镇的人似乎矮得和涧地玉荄林似的,不仔细分辨,还真辨不清楚皂衣皂裤的人中间哪个是吴老汉。那个笼着袖低着头的人,头埋深了。盖运昌的脚底板热了一下,想用所知道的最恶毒的肮脏的语言仰天大骂,啸叫似的骂声在喉咙里探了一下便缩了回去,那是娘爱着的活人呀,心颤了。日头把他的身影铺排在了暴店镇人们的身体上,盖运昌是谁?是吴老汉手里的那盏灯笼吗?高处照亮别人,低处照耀自己。吴老汉不抬头,以自己的缄默对抗着盖运昌的揣测。盖运昌明白,剩下的事情,将是自己简单而又顺理成章地担当了。

459

和盛堂的大烟膏少了,香厅四下里的暴店人突然闹起了不小的动静,一个个看上去全都是不服气的主儿,剑拔弩张要和谁干架似的。效果出来了。金井章二想要的效果。按部就班太慢,兴风作浪,进入这个国家,长驱直入,大环境是喧闹火热的,他要抓住这股势头给那些暗中作乱的人一个打击。金井章二挥了一下手,两个日本兵很准确地把一个人拽了出来拽到了舞楼上。只见他头上落满了土尘,脸黑着,脖子梗着,飞乱的脑壳夸张地向后仰去,有人看到他翻了一下眼皮,有一丝亮透出来。台下的人惊异地看出那人是铁匠王胖孩。无端地有些兴奋,窃窃私语碎石子般炸响。炸响越来越繁密,今天真有点不寻常了。

台下的耿月民先是打了一个冷战,小心地看吴老汉,吴老汉好像与当下隔着无知,与眼前隔着遗忘似的,脸仰着很不在乎地看天。耿月民不能说话,知道师傅的天黑着,就算天黑了,师傅的耳该是聪着呢,大难要降临了。霍霍声从各个角落杂沓凌乱而来,是冲着耿月民来的。耿月民想,该怎么应对呢?要是王胖孩讲了此事,完了,两条腿笨拙地努力站直了,心却慌软着要跌卧在地上。

金井章二说:"你干的?"对方摇了摇头。金井章二假寐一样眯着眼,不防备地一个巴掌打过来,胖孩嘴角上的血像蚯蚓一样吊下来。"你干的!"

王胖孩伸出舌头舔了一下嘴说:"是我干的,我就不说。"

盖运昌看着突然而来的迅猛变化,却是无力扭转,一时找不到理智的对策,不理智地一把抓了金井章二的手。金井章二一脸犹疑:"你可是新民会长?"盖运昌很意味地说:"太君,我可从没有穿过那张皮呀。"

金井章二说:"你的明白,狗死,受伤的是顺民,你是新民会长,我来告诉你,他打铁刀给共产党。"

盖运昌第一次听到这个名字的全称,很稀奇。场面由原先的惊惧恐慌到现在的热烘烘,空气里充满了躁动,又流动着更大的安静。

金井章二道:"该剥皮抽筋!"

盖运昌说:"共产党是什么?不知道。你好不该把打铁的和打仗的联系在一起,难道杀猪的和杀人也要联系在一起吗?"

金井章二眯缝着眼睛看着王胖孩说:"比联系在一起还可怕。我要挖出他藏在深处的那个根。你说,谁叫你干的?"

王胖孩不说,很无所谓地把脸甩了一下。金井章二抬起军刀顶住王胖孩的喉结处:"讲!"

"尿你!"

"讲!"

"尿你!"

4

盖府的太太们在崖头上站着。过午的时候日本人从盖府要走了老爷新民会长的衣裳。从日头东升到日头偏西,大太太不时地用手撩着被风乱起的白发,那一截白嫩的腕萎缩成了一段枯槁的干木。六月红在胸口画着十字乞求主保佑:"主啊,保佑老爷吧!主啊,给我力量。"大太太抓了六月红的手不放。女女心里犯堵,她没有多余的话,她只是盖府的一介过客,一个绣娘,老爷疼她,盖家生的消失,一切把她推到了风口浪尖上。多余的话都会夺尽她日子的风华,她不是怕什么,无语的当下让她心慌,她准确地听到了第一声枪响。没有人知道那是枪声,像豆子爆裂一样迅疾暗了下来。

女女说:"日本人放枪了。"尖锐的痛划过她的身体。

大太太说:"你怎么肯定那是枪声?你到底是什么人家的闺女?你个祸害东西!自从你进了盖府,暴店就没有安然过。"

女女不回答,不回头,很决绝地拉了二往山下走。

"女女,回来。"三太太喊。

一坡的阳光被女女的金莲踩得七零八落,四处飞溅。

大太太喊:"叫她走,叫她回河蛙谷。"

女女的眼睛中漫起了如雾的坚定。走过官道,走出南街,走向北街,她拍响了三峻庙的红漆大门。她看到了舞楼上的老爷,白膏药旗在舞楼上飘着,一桶水悠悠地提过去,一个人躺在舞台前,喇叭状的一块铁皮塞在地上人的嘴里,清冷冷一桶潞水顺着喇叭状的铁皮灌下去。

从进来的一刹那盖运昌就看见了她:"你来做什么?妇道人家领了娃,家去!"

二梗着脖子喊:"和爹在一起!"

盖运昌笑了一下:"活该是盖运昌的儿子!这张皮我不穿。"

女女说:"老爷,是衣裳,总得有人穿!"

"有道理,是衣裳总得有人穿。"金井章二盯着女女赞许地点了点头。

盖运昌说:"女女,我可是你心肝上的肉?你说,是你告诉我长袍马褂里藏着金、木、水、火、土呢!"

女女喊道:"老爷,命有命数,你没听见当空划过的枪声吗?那枪声是能穿过皮肉的。暴店镇的人可都看着你呢,死也不该是你先去死呀,你要不想做暴店的领头羊,我娘俩今儿个搭了你去,你眼睁睁看着,你要糊涂地去死吗?!"

盖运昌喊道:"好我的女女,你是在告诉我,说咱这日子好端端不能叫日本人把咱的一辈子过完了对吧?"

女女喊道:"老爷,穿,一副好皮囊穿什么都抬人的气势呢。"

盖运昌喊:"女女,我不是深书饱字的人,我只知道说下的话就该是话,不能不算话!"

金井章二说:"天下没有不信的事,只有信而无果的事。给他穿上!"

两个日本兵走近他。开头儿盖运昌还反抗着,其结果是徒劳。那一身黄穿在他身上时,一双浑浊充满恐惧与伤痛的眼睛看着台下的女女。

空气中荡出了一层怆惶,女女看到盖运昌像被时间装裱过一样,烟熏火燎得旧了,旧出一脸的皱纹、一头的凌乱。以往混合了暴店山水气脉和时光的霸气,因了这一身皮萧瑟了。盖运昌是从女女的眼神中读出了自己的痛楚。金井章二的脚踩到了胖孩的肚子上,水从他的口中涌泉一样喷出来。

盖运昌说:"放开他,既穿了新民的幌子,一切该由我来管理他。"

金井章二问地上的人:"你是共产党?"

盖运昌说:"把脚从他的肚子上放开,他什么也不是,只是一个铁匠。"

金井章二狞笑着说:"你可知从他的铁匠铺子里走出去多少杀人的武器?"

盖运昌高声喊话:"你们又从那个岛国带来了多少杀人的心肠?"

"巴嘎!"

三峻庙的大门开处进来一个人,暴店镇的人都认识,他是上土沃原家长子原德孩,盖运昌的女婿。

原德孩从后台的楸木门外走上台子,一副踌躇满志的样子。盖运昌凝视着原德孩的脸,直到他走着越过了自己,盖运昌歪着脖子说:"你来做啥?"

原德孩笑了一下:"解谜。"

盖运昌说:"天下谜多了,你解得清?"

原德孩眉梢挑了挑,有几分自满地说:"老天公平着呢,倒霉不会一直叫一个人倒霉,走运不会一直叫一个人走运。"

金井章二说:"你的讲。"

原德孩喊话了:"台下的暴店人听清楚了,不错,他是铁匠。铁匠是打铁的,铁枪头、拉栓,手榴弹也是铁匠打的吗?他从和盛堂买来生烟膏,原本不是给狗下食,是想把生烟膏拿出镇子给共产党的部队用于伤病手术,可惜进出的人总是被狗叫得慌张,狗挡了他们的路。他们必定要想出办法杀狗。在皇军的眼皮下谁下得了手呢？一个绝妙的办法，他们把生烟膏包了食物扔进了所有人家的院子里，狗在快活中命丧黄泉。舍得也拿得出手的暴店镇怕是没有第二户人了，你们该明白了。"

盖运昌好奇地问："屈指算一下，我的外孙没有娘该有十三年了吧？"

原德孩说："您老记性真好。不过，十三年，我没有续弦，就因为他是您的外外，我是您的女婿，盖家是暴店镇的大户，我哪敢再娶别人家的闺女！"

盖运昌说："既然知道是盖家的外孙，落一粒谷种长出来的必然是一穗谷子，拿镰刀的敢把恩情和道义忘干净了？三尺黄土既是墓茔又是屋檐，谷囤里扬着的谷糠可都顶着屋檐下扑打脸的尘土呢！"

原德孩哼了一下："您下得了手用三峻庙做幌子把原家得来的店铺送给柴家，您让原家颜面丢尽，您可想到屋檐下扑打脸的尘土？这些我都不说了。可我想着当姥爷的心该是软的、湿的，外孙的身上毕竟也流着您的血呢。十三年没见您看过他一眼，倒是把一个野生的东西当了自己儿，百般疼爱。自家的傻儿，您怎么就可以把他扔到潞水河边由了他去生去死呢？我真没有想到您老心里隔着铁呢，脸面比良心更值钱，三峻庙舞台上的戏这辈子您可是演欢了。"

台上演的啥戏，台下的人显然明白了，应验了传说，狗死的不快便在应验的传说中热烈了几许。

风起了，风起的时候有几丝阴凉，风打着旋在庙里的松树上发出尖叫，到处恍惚不定，风和人声响成一片时，耿月民感到自己身上的肉缩紧了，想尿。尿拽着他把头低下，把脖子缩下去，眼睛看着地上乍阴乍白想哭。

就因为那一两银子啊！

5

　　那是一个午后,耿月民怀揣一颗忐忑不安的心走进原家,他想告诉原财主,欠债还钱总有时日。原德孩说陈年的债都前勾后抹了。他说不能抹,原财主的情谊一辈子记下了,过几日就还。原德孩好奇地看着他说,多年来在盖家不易啊,你可是后生长成光棍了。他听了这句话就想哭。欠债还钱是常理,都多少年了,利息都该有两个银圆。原家说不还,自己在盖家多少年了为啥就没有攒下十个银圆呢?心里感动得稀里哗啦,想到了灶火里埋的那口鼎。藏着是一块心病,那可是原家的,不能对不住原家,不如还给原家。张了张口,说不出来,停顿一下扑通跪下了。原德孩说,你这一跪,一定有什么心事说不得,你说。耿月民用欲哭的声调告诉原财主,自己惹了个麻烦,有人给了一个铜罐罐,怎么瞅都是原家那年庙会上展出的宝贝。

　　"你说的可是一个祭祀铜鼎?"

　　"该是。"

　　"啥叫该是?"

　　"没细看,第一眼面熟,黑拿黑藏,不敢看。觉得和原家有瓜葛,只是那人已被七张麻纸糊死了。"

　　七张麻纸糊死的人?原德孩猛拍一下桌子站起来喊:"起。详细地说来。"耿月民毫不保留把经过说了。原德孩惊愕不已,一切事情都吻合了原德孩的猜想。连夜要耿月民把那鼎拿来。铜鼎在油灯下现身,原德孩看到了原添仓的脸,那张憋屈死的脸,原德孩的心里,一根巨大的刺阔大成一柄锋利的剑,原德孩想杀人。杀谁?杀盖运昌。一直以为盖家不是自己的对手,哪知盖家拽着日子在刀刀逼人。坠,石头一样坠。打发走耿月民,原德孩把铜鼎里里外外看了一遍,昏黄的灯影下原德孩咬牙切齿发下一个不为人知的毒誓。原德孩回忆和耿月民有一搭没一搭的问话,知道耿月民偷拿了和盛堂的大烟膏急于出手。一夜之后,一个计谋就萌发了。

突然有一天王胖孩找了耿月民说要买他的大烟膏,说是大师兄派来的。耿月民稀里糊涂得了二十个银圆,十个给了师傅,十个还了原家。

耿月民哪里知道这些事情都是原德孩算计下的。原德孩找了一个暴店镇不熟悉的外人,天黑进镇说服王胖孩买下耿月民私藏下的大烟膏,并告诉王胖孩是共产党托付要买的。王胖孩哪里知道啥叫共产党?得了小实惠喜于言表,没有缝好自己的嘴,和暴店镇的闲人显摆着漏了口风。人都有妒忌心,见不得哪个好,可也没有想把事情闹多大。原家等不得了,得了大烟膏也没想指望它发财,指望闹事呢,事没有动静了。活该要出事。暴店镇的小户人家都养了狗,夜静时狗叫声像连着捻子似的串成了一片。原家兄弟想:要闹,就得把事闹大。用买来的大烟膏包了吃食隔墙扔给狗。狗死了,不是一只,是全都死了。日本人假迷三道主持公道,出了事,日本人也该出面假迷三道争理儿。日本人忽略了一个简单的事实,共产党都是穷人,谁舍得拿了大烟膏喂狗?!日本人一路着小风走来,屡屡得手,甭看他们忽略了共产党的穷,却无意中抬高了共产党的威信。共产党不是旁的人,都是穷人。事情巧合得日怪,日本人指着王胖孩说是共产党时,王胖孩居然承认自己就是共产党。王胖孩死都不知道自己若干年后会成为英雄。

耿月民此时的腿肚子开始筛糠。

台上的盖运昌说:"这么讲我就明白了,你是借了日本人的光来暴店寻仇。"

原德孩说:"要您老添一句好话比掏一口井还难吗?"

盖运昌说:"原家永远不是暴店镇的人,也休想进了暴店镇!"

原德孩大笑一声:"打上黑脸照镜——自己吓唬自己吧。柴家的骡马大店,自有公道人来做主,我来告诉您,原家还真进了暴店镇!"弯下腰和金井章二说:"太君,劳您大驾,您是原家的救命恩人呢!"

金井章二说:"从现在开始,暴店镇柴家的骡马店由我做主,归还上土沃的原家了。"

台下一时很安静。

"啊呀,"柴晚生在台子下扑通跪下了喊,"盖财东,天闭眼了!"

6

没有人能看见盖运昌充血的眼睛,他的手捏出了汗又软缓地放开了。俗话说打人不打脸,骂人不揭短,窗户纸被撕破的时候,盖运昌没有想到是这样撕破的。他从不曾看见过有如此多的怪异眼睛盯着他。他抬头看了一下天空,肃静的天空刮着潞水河上壮阔的风,他心里怀着的病痛永远是内心的暗伤啊,被自家人撕破了,气息上攻,他感到整个天空厚重地冲他压下来,令他五脏欲裂。

女女冲着柴晚生说:"柴大官人,起了。就算得了软骨病,也不该膝盖着地!"

金井章二说:"上百条狗命不及一个暴店镇的铁匠,我要杀死他替暴店镇的狗偿命!"

原德孩说:"杀死他?唔,不,太君,你要找出提供鸦片的幕后人。"

"不会是你吧?"金井章二的手指再一次点住了盖运昌。那一根独指前有火要点燃了。盖运昌想到大太太的话:"老爷,千万节劳,这把骨头不能再拼了。"

耿月民想:完了,完了!

盖运昌长长出了一口气说:"放了他,能从和盛堂拿走生烟膏的人不是旁的人,能拿出生烟膏的人也不敢不会有旁的人,是我。"

"嘘,您老是哄鬼呢。"

台下的吴老汉瞎着眼喊了一声:"我告诉太君,是我提供了生烟膏,我只是想从药房的柜台下多鼓捣俩钱,我不该是牵骡子坐堂的命。"

金井章二说:"你说话当真?"

吴老汉说:"当真。"

金井章二说:"当真是要死人的,你明白?"

吴老汉说:"明白。"

人声与呼吸静下来。

盖运昌说:"听他一个糟老汉瞎说,他是误入幻觉了。"

金井章二不屑吴老汉,只对盖运昌说:"谁让你干的?"

盖运昌说:"我让我干的。"

台子上的人想翻身起来,一刹那,金井章二的刺刀插在了台子上人的肚子里,刀拔出来的时候,血柱子涌出一尺高。台上台下的人居然没有声音。

原德孩和金井章二说:"他最喜欢的就是台下的这个女人,那女人是他心尖尖上的肉,拿住了那个女人便拽住了他的心,还怕他不讲!"

女女高声喊道:"你也算是潞水河岸长大的山上人吗?善是一杆秤,人生下来就有了斤两,你果真丧失了人性了吗?"

盖家人已经知道日本人要杀人了,却不知道要杀老爷。日头像剖开的鸭蛋黄悬在西半天上,一根枣木拐杖为女女探路,她坚决地走着,她被日本士兵逼到了山梁上。

日头下面站着奄奄一息反捆了手的铁匠胖孩。

金井章二笑着说:"他要是不说真话,你便得从这里下去,你敢下去,可证明盖财东清白,你能下得去吗?"

站在山巅上看山脚下,暴店镇白得如同阳光一样耀眼,瓦坡上的光线有着片片柳叶形的刀刃,刺痛了女女的眼睛。当她为耀眼的白紧闭双眼时,眼前并非一片漆黑,她无力合紧的眼睑上出现了另一种幻象:生命像一朵紧闭的菊花,花瓣已无力绽开,秋天气爽的风,居然无法吹入花蕊,只是擦面而过。整个世界绚丽的色彩,被薄薄一层眼皮挡住了,眼睛对于活着有多么重要?让她看到了一切,生死如迅雷,死对于她来说也就是闭眼罢了,只是她心头有恨,有谁能解?

铺天盖地的松树在她的身后缓缓涌动。

王胖孩用尽最后一口力气喊:"小日本,我到了阴间变成共产党把你们的皮剥了!"枪声刺耳般地响了一下,王胖孩跌倒在地上。女女不知道要老爷说啥,老爷隐瞒了啥事?王胖孩因了什么要被杀?她都不清楚。老爷不说必然是有道理的,她替老爷死,也算临了赚了个最疼!

睁开眼睛,俗世无常,脚下的青草漫下山坡,山坡下是疯长了春夏的庄稼,庄稼干黄了,往下跳,这一跳就要绝世这个世界了。

"我跳下去,你放了他们!"

"我都认了——"

女女猛然回头叫了一声:"盖运昌,我临死,看你脱了那张皮!"

所有的人都诧异了一下,她居然叫他盖运昌?!

她与盖运昌的目光充满了光柱的叠合:"你是暴店镇有身份的人,我不管你做了啥事,你该明白,你睁着两只眼睛于暴店镇是一个奇迹,你活着,你就是暴店镇春绿秋黄的山梁,拿出你的耐力、韧性和定力来,就算你死,也要死在体面的事情上!"

盖运昌说:"女女,你就是我的体面啊!"

风大了,女女迎着风想:我从来没有想过我是这个男人的体面,这个世界上谁又给了我体面?

"盖运昌,有血性的人该是天底下的好兄弟,看看你脚下的汉子,你活着,你厚葬他。对和错,胳膊拧不过大腿,都是你暴店的人。借宿的人还知道黑天半夜打搅别人不好,怎么大白天就敢威风八面地不要脸呢?二,你来娘跟前来,记着了:盖家纵有家财万贯也都是生不带来,死不带去,山好水好,山是山的,水是水的,不得去贪!盖运昌,你的体面这一世已经赚足了,零梢末了你守住。你守得住,你就在我的心里端正着!"

盖运昌不知道自己要说什么。狗死?王胖孩的死?他是真糊涂了。眼下,唤回了他行将就木的血性,他发誓,他要给原家的后人一个无法肯定的寓言。

吴老汉那双眼睛,两堆凹陷的黑皮,像嵌着的两个发霉的核桃,凝着日头,悬出了一丝苍凉的笑容。死亡降临下的凄栗惊悚让暴店镇的人们恐惧着,也好奇着。一片田野打开的四季画卷中,晚霞在所有人的肩膀上渐渐暗淡下来。一个漫长的秋天好像就要被日头驮走了。耿月民搂着二瑟缩着,时光的一半是恩赐,一半是降服。盖运昌的脸像三崚庙屋顶上的瓦棱一样粗粝,他一件一件脱下新民会服走到原德孩面前说:"你比你父亲狠,但你总归还不是我的对手。"

原德孩居然接住了。盖王八死到临头了还说我不是他的对手!

走到悬崖边,盖运昌喊道:"我和这个女人生死同命。"

吴老汉借了最近的光芒扑向原德孩,很准确地扑上去。他那一闪让所有的静止了。原德孩手里的枪声响过:"生死是闭眼的事,你去死吧。"吴老汉闭上了眼睛,嘴里喃喃着一句什么话,谁也没有听见。耿月民喊了一声:"师傅!"跪下了。

7

米丘是寻了枪声上来的,没有人敢挡了他的路,他是外国的神甫。他走到山顶上和金井章二交涉。他不希望看到杀人。杀人不是解脱之路。米丘说:"尊敬的长官,我不希望听到枪声,我只希望进入这个国家,对待他们就像对待你自己一样,你们的行为已经发展到我十分担心的程度,我请求你们对这些百姓的态度有所改善,不要再动用你们手里的武器。"

金井章二上下打量着米丘说:"尊敬的神甫,您难道不知道这是战争吗?战争是避免不了死人的。"

"战争是滥杀无辜吗？主啊！真是令人伤心,看看地上的尸体吧,假如这样的事情再继续下去,你们剩下的,也只有少数几个专门为向世界各地报告消息的活人了。看看你们手里的枪吧,看看他们手里有什么。"

金井章二说:"神甫,这不是你该来的地方,你最应该的是守在教堂。"

"尊敬的太君,在我的眼皮下,如果杀人是您的快乐,那么您先杀死我,之后再杀他们。"

盖运昌突然觉得外国汉子也有血性在骨子里长着。生死瞬间,金井章二放弃了,恼羞成怒地说:"好吧神甫,你做了不该做的事。你要为此付出代价!"

米丘在胸前画着十字:"感谢天主！请容许我为死去的人做最后的祷告。"

两具尸体由各自的家人用了门扇往回抬。先是打发走了王胖孩。吴老汉的尸首放在门扇上,四个后生各持一头,都已经弯下腰握住了肩头的把柄,准备起了。盖运昌挣扎着走过来,要前面的一个离开,他弯下腰,与其他三个的动作完全一样。吴老汉的重量掌握在四个人手里,他的尸首在离开地面时即刻向盖运昌这边倾斜过来,旁边的上去帮着抬了一下,盖运昌说:"兄弟,你走开。"

盖运昌掂掂手头把柄,旨在掂掂担架上的人平摊给他的重量,他有足够的力气尽最后的一肩。晃了一下,没有棺椁的一个死人,他的尸体在担架上应该轻盈不少,可是,在盖运昌心里,死鬼毕竟是一个有重量的人啊。掂掂分量的心思洋溢着盖运昌的尽孝。暴店人目送着一行人快速走过官道,走到盖府门前,大门敞开,人被直接抬到了堂屋的炕上。一个牵骡子坐堂的人到最后躺在了堂屋的炕上。盖运昌的心思,终于在吴老汉面对这个世界的最后让暴店镇人想到了从前。

原桂芝小跑进来,堂屋的门槛差一点绊她一脚,她扶着门槛用手摸了一把自己的脸,她意在告诉盖运昌,你是有头脸的人啊。她从板结的棉袄里伸出头来看盖运昌,如同从什么壳中向外试探。

盖运昌说:"准备后事。"

怎么准备后事?原桂芝没有看出名堂来,一个牵骡子的人怎么准备后事?有点呆滞地站在堂屋的地上。

"把我的寿衣拿来。"

"老爷!"

"拿来。"

原桂芝很委屈,她的脚步没有离开,抬担架的人抽走担架出去了,土炕上的尸体埋在一个单子下面,看上去很瘦小。盖运昌说:"你怎么还不走?"

"老爷!"

"你耳朵聋实了!"

原桂芝走到院子里,走过的庭院要经过几道弯口,在哪个角落有猛然会从屋顶跳下一只猫,她没有在意。过堂风大得把她的头发吹得竖起来。屋檐上滴着水,她隔着方格子窗户,该躲过的,自然都躲过了,躲过的为什么又转了回来呢?打开竖柜的门扇,取出红布包裹,挽在胳膊上,想着什么了,又卸下包裹狠命扔在了地上,一个名不见经传的人,她从来就不知道他的名字,以后也永远不可能去知道了。他就是一个下人!打开包裹把七件套的寿衣一层一层铺开,取出两件来,一件长袍,一件短褂,他不能穿走富人的衣裳。

堂房地上铺好了干草,穿好寿衣,人被停殓在上面。没有穿孝的人。一个下人,谁该是他穿孝的人?

原桂芝张罗着后事。盖运昌在偏厦的椅子上抽着水烟,他不便出面,更是因为他心里很受不住眼前的干扰,即使一些莫名其妙的声音,甚至水烟的声音,都可以让他在一瞬间发疯。烟气挤满了屋子,他好像

472

一棵大树被什么给蛀空了一样,败絮其中,纵然一世铁皮金刚身,到了了还不如堂房地上躺着的那个。

"娘,娘,娘。"

声音很小,"娘"字被咬牙切齿地挤出来,像破茧的蚕。

那个杏花春雨桃林映日的春天,晨阳下一派妩媚浓艳的娘,穿越过飞来阵阵的雾气,片刻间浅淡的迷蒙抹遍了一切。他透过娘这扇门向外凝视着,世界在他眼前展开了。他的娘,妩媚妖娆,如老槐上的那只雀子,娘因为外面这个男人的出现不再说话。娘你受用他吗?娘和我和外面的这个还叫人的人是连带着的血亲吗?你留下了过去,我要用手指触摸你留下来的偷藏在指缝中的气息。我无法告诉世人,自从二太太把他当了我时,他就是我爹了。我的焦躁,我的苦痛,你把我带到这世上来,让我活在一张巨大的嘴角上,我从没有正视过他的眼睛,也从没有正视过别人的眼睛,如今这个不被正视的眼睛永远闭上了。我突然害怕失去外面的人。对,是外面的这个人。他是娘密切相关的一段日子,你为什么不把这个谎撒到最后?盖运昌站起来站到窗户前,从风道里传过来寂寞,他突然看到了他临终前慢慢合上的眼睛,没有眼泪,身体慢慢像冷风一样硬邦邦了。热闹是可以将这昏暗撕开一道口子的。响起来啊,锣鼓响器敲起来啊!管他日本什么"皇军",这是在我盖运昌的地盘上呢!盖运昌提着水烟袋朝着偏厦条几上的锦屏扔过去,哗啦一声,镜子像瀑布一样塌下来。

原桂芝快速走到门口,盖运昌喊道:"吹打家伙响起来啊!"原桂芝说:"老爷,他是个下人。"盖运昌喊道:"他要不是下人,我要你跪下来磕头!"原桂芝急忙扭头叫人去招呼响器家伙了。

盖运昌的心紧缩了一下,退缩到炕沿前,跌落到炕上,撩起腿盘坐下来。发泄后的热气让他有些晕眩,他的胸腔被压迫般窒息,身上泛起恐惧。他迫切需要热闹,热闹可以让他忘却。他很害怕隐匿在暗处的大门会轰然打开,无形的手抽开门,里面有空空如也的恐惧,对于怀揣大半生阅历的他来说,他的秘密发酵着,很害怕被疏漏在某一个地方,某一个地方的恐惧犹如一只困在笼子里的鸟。他太需要向生活挑起事端了,只有这样,才可能挣脱那只鸟的羁绊。眼下,等着外面的响器响起来时,他干号了几声,响器淹没了他狼一样的干号,他跪在炕上冲着某一处黑暗磕了仨头。

吴老汉放在两只对口的缸里,中间用豆面和着麻皮糊严实了。

耿月民拉灵,一行人由阴阳李圪渣引领着穿过暴店凄迷的小巷,两旁的房屋夹成一线天,凿石为阶,沿山势窄上窄下拐东拐西蜿蜒着。不走大路是原桂芝的想法,她不想丢尽盖家的脸面。她要死的人迷失在小路的尽头再找不到盖府的家门。

坟地在潞水岸边上的土坡上,阳面的土坡,与盖家的旧坟地遥遥相望。在拥土盖棺时,阴阳李圪渣的呻吟声被越来越厚的土堆封住了。一个生命封死在了土里,他爱过的女人在对面张望着,今世的缘来世还能续上吗?

第二十七章

1

柴晚生死了。

他闭眼时原家的醋坊开张,葫芦幌子再一次挂出来。

盖运昌去看柴晚生。人瘦成一把骨头了,两只眼睛只剩下了两个窟窿。柴晚生抬了抬手,盖运昌说:"你尽管上路,闭了眼有啥没啥都看不见了。我总归让娃在坟前给你一个交代。"

柴晚生落下两滴泪来,头歪了一下,眼睁着,魂已经离开。

柴晚生和吴老汉一走,盖运昌陷入巨大的空洞里,无能为力。雪下了,自山垴往下望,满目里千顷雪浪翻滚,与远处大河的波浪遥相呼应。他走出大太太的屋子,脚下的雪倏倏,打着裹腿还跟脚呢。走出盖府,走过官道,所有店家都挂着膏药旗,和盛堂也不例外。店门开着,耿月民坐在大堂里,看到盖运昌走进来,紧得站起来。耿月民想要说话,想说未必说得出来,拘谨站着,内心的话被盖运昌看破了。盖运昌长叹了一声:"大的是年,中间的是月,碎的是日子,细的是时辰。有些祸是躲不过的,一个时辰就把人的年断了。谁都不能怨,也怨不得谁。我想要二和何柳过日子,你写一个合婚书,你把二当了你的兄弟。"

"老爷,我是和盛堂的伙计,抬高俺了,怎么敢当了二的兄弟呢?"

"三小姐喜欢你。有些事是瞒不住的。可惜你是一个无根的浮萍,地无一垄房无一间,哪怕有三眼窑,我也好堵了世人嘴做主把三小姐嫁给你。"

"盖老爷俺不敢,也没打算成家。"

"哄鬼呢。我老了,有些事你经见得住。人都死了,有些事我不去追问了。你身上有命案,你做啥了？天知。我做啥了？地知。山上的土养人,水养性。打铁人骨头硬,不说,是说不明白啊。他见不得日本人来暴店镇逞能,他想由了日本人放肆,看能把他咋的,这世上稀里糊涂死的人太多,王胖孩就算一个。什么共产党？你看见他脸上哪里涂了那仁字。有些人和事就这样,想不到,想到都晚了,人没长前后眼。不说了。盖运昌的闺女大小也该有份家业吧？这是银子,你看着瞅一处宅基地买下了。"

"老爷,俺不是人！"

盖运昌站起来看着外面说:"我知道你那张老大不小的面孔背后,其实与我一样,日子越来越见老了,人都是套着一个人模子活着,我有二指奈何都不要爱苗嫁你,要她嫁你,是因了天候弄人啊！"

"老爷。"

雪天视野昏沉,也赖雪花迷打眼睛而不得大睁。雪地上耿月民半恍半梦的,一只乌鸦"啊"了一声,墨点似的飞过。盖运昌的脚步嘎嚓嘎嚓走了。耿月民想哭,实冷的地上,他想冻死自己算了。喜乐似乎给他带不来任何好心情,隔着一层东西,透心彻骨地难过,摘心去肝地疼,他不敢想,唯有泪湿地看雪下着。

命到底是什么东西啊？

大太太在屋子里和三小姐拉话:"你该嫁人了。娘想了,其他人都放得下,就放不下你姐留下的娃。娘想叫你嫁了你姐夫。"

"娘你真想得出来,你当是垒屋呢,拆了东墙补西墙,你还觉得不乱是不？你是老糊涂了。跟爹合计了?"

"你爹老了,说了,没说啥,看来是同意了。"

盖爱苗不说话了,半天后说:"娘,我要嫁耿月民。"

大太太抓了爱苗的手:"你咋有这心事呢？他什么人家不是的外

来户,房无一间地无一垄,娘的老脸再不值钱也不许你嫁他。"爱苗丢开娘的手,掀了门帘风一样出去,一句话落在了身后:"你不同意,我就失身给你看。"

"回来,小畜生东西!"大太太费力地扶住门框,苍白的脸上滚下泪来,开始唉声痛悔地哭。三太太走进来时她一把抓了三太太的手说:"让我咽了这口气吧。你得和我一起劝说爱苗。闺女一个个都好好的,就我养的,快把我磨死了,老天瞎眼了,咋的不给我带来一些些好呢?"

三太太安慰道:"主会规劝她回心转意的,姐姐,你要忍着些。"

"我忍到什么时候才是够?你说,我忍到什么时候才是够?"

盖运昌走进来,看着她们:"这是咋的了?好好的日子要哭败才心甘不是?收了泪,我想叫二和何柳结了亲,我到底等不到我想看到的景儿啊,你们该知道我心内的芽头儿,我想了啥知道不?想啥不得啥,你们可看得见?我不是从前的盖运昌了。"

大太太收住泪:"老爷,四太太可是还没有回来啊?"

"守家在地的人都没了,走出的人还能回来吗?"

都回不来了。

往窑垴上走的盖运昌看起来矮了许多,人一老骨就缩了。盖运昌走进窑盯着炕上的二说:"叫二跟何柳过吧,她始终是个黄花闺女呢。找个日子过一起,等几年就大了。往明白处说,我不能再等了啊!"

女女一时惊得靠住墙说:"老爷,不合适啊,你是把事往人嘴里添呀?他还是个娃呢。"

"这世道还顾得上人嘴吗?都说人老三件宝:贪财怕死瞌睡少,贪财财没了,怕死死来了,想瞌睡我睡得着吗?日头和月儿轮番擦着窑墙走,灶火蹿出的青烟该是天上神宿留恋的引念呢。日啊,月啊,可看得见灶火前添柴的人,由一个青涩少年活成老皮丑皱的无用之物了。车水马龙的官道上,我是真希望有一个人黏黏地跟在我的身后喊我爹,我身后空空的。二,你的爹姓聂。你叫我爹,把我叫得入了梦幻了,原家叫醒了我,惊叹之下,凡俗的日子总还是要活啊。我早该告诉世人了,我有一个长不大的儿,我早告诉了,我就能亮给世人看,看多了看久了,他还丢得了吗?"

女女要说的话一时堵在胸口说不出来,道理很浅,老爷是人到黄昏了。当下里伸出手摸着二的头,心里七上八下,咚咚乱跳,风刮着窗户噗噗响,心里毛咕咕,都快含在嘴里了。"老爷,叫我咋说哩。""这世上的事都是有定数的,咋说都不过。""老爷要过河,他不该是老爷的垫脚石。"盖运昌舒缓地长叹一声说:"天有多大,多无限,命有多小,多有限。"冷风灌进来,呛得女女打了一个喷嚏,逼仄的冬天似乎叫女女为难了。

"二是我一道上承天露,下接地气的大菜,你是娘,给句话,乱世一句话能激亮了我的以往。"女女说:"二,娘想叫你去潞水河里捉两只螃蟹回来。"盖运昌说:"大冷天,莫不是想吃螃蟹了?"女女说:"躲过日本人,娘想看看螃蟹是怎么横行的。"盖运昌说:"不去,天要黑了,你娘心不在焉了,怕担当盖家的不是呢。"女女说:"二,再小的年纪你也是个汉子,你的胆子难道跟绿豆似的那么小吗?"

再看,二已经出门了。

潞水河里的螃蟹有多少不知道,二在冷实了的河水里一块石头一块石头地翻,有很多宿冬的螃蟹。日本人在河堤上莫名其妙地看着他,他不敢多停留逮了四只螃蟹往家走。

螃蟹放在铜脸盆里,女女不让放水,由了螃蟹挣扎。傍黑时分,女女要二端过来,她看到四只螃蟹撕扯在一起,女女坐起来很好奇地想把它们分开,怎么也分不开。

冲着盖运昌她说:"老爷,刀劈也分不开吗?"

盖运昌笑了说:"世上有刀劈也不分开的东西吗?你咋像个小闺女了,奇思怪想什么哩?"

女女看着二说:"跟了何柳过日子,你是盖府的后了,记着娘说的话,你的媳妇,再小你也是她的汉子,刀劈也不离开她。"

"女女,你是咋的了?"

"咋也不咋,去把螃蟹送回潞水河里。"

"你叫娃在日本人的眼皮下走来走去做啥呢?不去了。"

"去。生养自家身子的地盘上,该由了自己横行呢。"

二拿了咬成串的螃蟹往山下走了。

2

暴店镇在传言冷漠沉寂惶恐中迎来他们的第一张良民证。

原桂芝把盖府的良民证收起来交给何柳,何柳接过来,下意识地紧张了一下,拿了良民证放到了板箱里。

冬日的晚上,窗外的天幕上镶嵌着稀疏的星星,幽光莹莹,一想到盖家生离家时的无声无息,何柳就想哭。盖家人把她当了长媳,丈夫却不见了,这么重要的东西交由她保管,她丝毫不敢有了差错。她知道盖家生没有出过暴店镇,连小沟岔,小山头都没有见过。盖家藏着的人就这样没了?她不信。

盖运昌和她说要她和二一起过时,她跪下来说:"不听爹话吧,怕违抗了爹的心,听爹话吧,我不知道爹把家生往哪放呢!"那双眼睛有呛人的辣味。

"我六十多了,古时已进知死墓了。人能活几个六十?我知道难为你了,媳妇啊,爹还是以前的爹吗?不是了。从前的风,从前的月儿,从前是一只白头翁,被我笑话早了。你看爹头上还能找得见一根青丝?爹等不得啊!"说完怅怅地走出来,身后的何柳跪在地上不说话。

盖运昌回转头说:"你抬头望望爹,我走了啊。"

何柳抬了头,黄寡寡的脸上像从雨帘里钻出来一般:"爹,我有苦说不得啊。"

"爹知道,我娃起了。"

耿月民铺好纸写婚单,润了墨落笔写下一行:"天地氤氲,万物化醇,男女构精,万物化生……"写到累时抬头看院子,盖府的几个女娃儿在一池花前拐拐碰碰,一个一个妖精似的。下咽了一口唾沫,是什么让他满口生津了,他笑了一下,一下没有收好,一滴口水掉在了婚单上,用袖子吸去。看了看旁边的盖运昌,见他若有所思地没看自己,放心了接下来继续写。

因是盖府内部的事,两人的婚事不对外,没有媒妁之言,只有父母之命。二和何柳没有举行任何仪式,只是盖府人在场吃了一顿家宴,念了一纸合婚书,两人就合住一起过年了。

屋子里两人不说话,何柳把褥子被子换洗得干干净净,夜里睡觉不脱衣裳,一头一个倔强地守护着自己的地盘。早一炷香、晚一炷香供菩萨,何柳毫不含糊。大太太穿得蓝袄大襟衫、黑布裤、直贡呢鞋,端着药罐儿站在当地要两个人跪下。俩冤家齐刷刷地跪下了。"叫你们俩住一屋不是担名儿,你多骨碌碌睁着眼看啥呢?"

大太太铺开炕,并排放好两个枕头,头也不回地出门走了。吹了灯两人倒头躺在了炕上。胳膊肘的麻骨被什么磕碰了一下,麻酥酥的,半天缓不过劲来,黑遮蔽了视线,窗外寂寥的穹窿,有一种失重,既刺激又燥热。

何柳说:"你扭头看看窗外的星宿,像谷仓里的谷子,压得我喘不过气了。"二回转头,黑暗中哪里还看得见天上的星宿?何柳的两只眼像万丈深渊边上长出的两颗青杏,脸上满是泪水。

二一时生出几分交错的惶惑来,看着何柳说:"瞌睡了。"

何柳长叹一声:"瞌睡吧。"

一前一后,何柳明白眼前的汉子依旧要自己当了儿一样地养着。

耿月民因盖府的婚事烘托有了想法,回了一趟后窑疙台。住人家中间窑,看人家脸色,人家碗里的成色不是自己的生活,饭香一绕一绕向院外漾出来,偏偏隔不过去。考虑着说话的尺度,咳嗽了一声冲着窑喊:"大哥在吗?"撩了帘子推开窑门走进去。玉喜稀罕他能来,紧着叫他坐。耿月民看到了炕上的闺女,粉白脸儿,杏眼蒜头鼻,盘坐在炕上,巧手做女红呢。

李圪渣看他坐下了,问:"日本人在镇上又做啥西洋景儿了?"还想着话呢,话来了。故意半天不说话地看着李圪渣。老了,眼睛小了却出了双眼皮,像拥了一摊肉皮,眼睛眯缝死了。一个没眼人,心里想啥难琢磨呢。耿月民说:"大哥要是在镇上住就好了,啥西洋景都看得见。这几日又多了几家店铺。"李圪渣恍了恍身子:"都添了啥好东西?""布店有呢绒、哔叽,对了,人家的上等白糖只卖一角三分,还有自行车,又开了几家妓院。""自行车是啥? 妓院里都是从哪里弄来的妇女?""日本妇女。细皮嫩肉,好看呢,日本浪人骑了自行车带了妇女在官道上跑,跑得欢呢。"

还是想不出自行车是啥,要耿月民描述一下,耿月民吞吐了半天才说:"有一个卖风箱的,夜半回家,骑了自行车在路中间,鬼出来遛弯,一般都在路边蹲着,匍匐在那些野草野花间,看着人来人往。每天都看见卖风箱的走过,今儿个卖风箱的不同,人跷着脚不着地在草间上滑过去了,吓得鬼吱哇乱叫。其中一个鬼居然没来由地癔症半天背过气死了。大哥要是住镇上就好了。"

"鬼死了是啥?"

"大哥是懂阴阳的,哪里会不知鬼死了是啥?"

玉喜说:"是啥? 没听过鬼死了是啥。"

"大哥是真不知道啊?"

"真不知道。"

"鬼死了是人。"

李圪渣说:"你又哄我呢。"

"人要不是鬼变来的,人能长了鬼心眼。哈,逗你呢。说正经的,大哥,躲日本有几家屋子要贱卖,俺都想年后把窑折价退回大哥,俺想从暴店买房呢。"

"呸,说得出口,退我窑?你咋不想买了我的窑,也让我到暴店买房住呢。"

"瞧大哥,俺不是想成亲吗?家无恒产,房总得有一间吧?"

李圪渣笑眯着说:"你就不想有三间窑吗?"

"不瞒大哥,俺哪里敢想大哥的祖业啊。"

"明儿我到镇上瞅瞅,真有合适的,等过完年我把窑卖你。"

"大哥你说下的?算了,大哥是诳俺哩。"

"你以为大哥和日本人一样假仁假义诳中国人呢!"李圪渣站下窑地,霎时气得快要失去平衡了,看着眼前这个不信自己的轻狂人,自上而下像要拧断了腰似的难过。

耿月民急忙扶住说:"俺信大哥还不行,俺是喝了面糊没刷嘴,胡说什么了大哥不要怪罪,大哥是懂情义的人,除非俺是傻子不领情。大哥肯卖窑俺搭给大哥一辆自行车算孝敬大哥了。""你说,啥时候不惦记你呢,窑是你的,迟早都是你的。"这样的结果扎扎实实把耿月民砸了个激灵。

李圪渣去了一趟暴店,躲在一家店铺的窗户前守了一天,果然看到了自行车,两个轮子中间竖了一根棍,人坐在上面很难受。

他见了耿月民说:"看见自行车了,日本人骑在上面很难受。"

耿月民说:"咋很难受?人家跑得欢呢。"

李圪渣头一歪提起胯说:"不难受两腿乱蹬啥呢?"

耿月民想笑没有敢笑出来,认真说:"大哥把房看下了?"

李圪渣说:"看下了,暴店镇西靠山下的一处,躲日本跑了,我捎话叫房主年后回来,你准备钱吧。"

3

一年的事情由此到头又重新开始了。

李圪渣盘算自己的日子,决定卖窑。进入实际程序后,耿月民和他摊牌了说:"大哥,你也知道,世道纷乱,人心动荡,况且你的窑缺了中,两边的什么价码也该清楚,当初的价儿可不值啊。"李圪渣觉得什么地儿出了差错呢!想不明白,一样的窑咋的就贱卖了呢?胖孩死了,没人担当此事说公道话,真要贱卖了还真不舍呢。想找一个能替自己说话的人。想到了柴家。柴晚生因日本人做主把自己的骡马店又要还了原家,一口气不顺病死了。饱尝了世态炎凉,人情冷暖滋味的柴家两兄弟,躲在人后不出面,经历几番折腾哪里敢横挑鼻子竖挑眼给人家当中间人。被拒绝后又想到了原家。原家是日本人在暴店的红人,在镇上那是说一不二,和盖家明里暗里斗,如今买窑的是盖家的店伙计,指不定还真能理偏自己呢。决定到镇上找原家来做中人卖窑。原家还真答应下了。

原德库跟了李圪渣到后窑疙台上看窑,肩并肩三眼窑中间隔开了,买左买右都缺胳膊,人家一起买了倒好说,提出贱买也讲得通呢。原德库说:"有贼心,没贼胆,是好人。有贼心,有贼胆,是坏人。"说谁呢?李圪渣一时语塞,思摸了半天,看着走来走去的原德库脖子伸得长长的等下一句话。原德库咻咻地笑了。一直笑。莫不是吃了鸽子屁了?笑啥呢!

"你吃大亏了。他不买你窑,你的窑没人买。"

"为啥?"

"单另买一眼窑的人家不来你这里买,都想带院子呢。买你两眼窑的,中间隔了人家,你说你的窑去哪里会卖出大价钱来?"

李圪渣没有想到日子给自己摊来了不幸,以往还以为是人家的亲人呢,未曾识破半点坏,眼前被原家点破了,心一下就慌了躁了,自己咋从来就没有想过呢?

"原财东,你说,我该咋办?"

"你不是能掐算吗?笼天罩地给人家看坟地呢,自己的宅基地看没了。"

"不怕,他把我当亲人呢,大不了换给他一眼窑,我挨着的还是一个价钱呀。"

"好好,你要是能叫他换了才叫日怪呢。换了窑我当中人,人家不换呢你就哑巴吃黄连咽下贱卖了吧,这中人我当不了,除非找皇军给你做主。"

送走原德库,李圪渣想不通透,当初卖你窑叫你选,眼下你买我窑咋说也该由我换吧?坐着躺着不自在,窑外枣树上有个雀儿叫,他叫玉喜撵走它。撵不走的雀儿挑衅似的叫得更响了。

他打了个挺子跳起来叫了一声:"你个不穿衣裳的毛鸟,反了你了!"

跑到院子里捡了石子抡起臂膀扔出去,雀儿的叫声起来落下,荡跳得更欢了。打着打着仇恨强烈了,雀儿弹跳起落中有几根羽毛飘下来,就是不离开,叫声连续不断。李圪渣累得喘气,打了半天打不赢坐在地上冲着枣树望,望着望着便笑了,不信我制伏不了你个小东西。看到树上的鸟窝精神抖擞地站起来,走到茅厕里拖出舀粪桶,三下五除二拆下桶拿了杆子朝着树捅上去,窝被挑散了,雀飞走了。

李圪渣兴奋得将粪桶竿子扔出老远,决定到和盛堂和耿月民理论一番。

耿月民果然不换窑。

很明白地说了,换了窑出了大价钱大哥是想买暴店镇的房,对吧?

有给大哥出这大价钱,我自己也可买了暴店镇的房呀!谁不知道房比窑好。就算说下亲了,住窑和住房,好歪人家的闺女,住房有的挑,住窑没的挑。

李圪渣强忍住难过,想着自己先吃了亏都不知道,脑袋里扩大着一个人,是死鬼爹活着时的模样。想痛痛快快哭上两嗓子。眉眼处倒堆了笑,不相信是自己当了亲人的耿月民说出来的话。冷风朝脸上吹过来的时候吐了几口吐沫,心里想着,我总归有要逮着你的时候,有求我看坟地了,我给你看下一个死穴。想想,人家还年轻呢,才想着结婚呢,离看坟地还远着啊!

一口气闷着想找盖运昌说说,他的店伙计做下的缺德事儿,他不能不管。一大早往暴店走,路过三峻庙看寺庙外的廊檐下早上的时候有一排日本兵在刷牙。他真不知道他们在干啥,自言自语地说:"夜黑怕是吃啥了,大清早洗一嘴的白。"大清早的唾沫毒性大,他来回扭动着嘴里的舌头勾出一朵唾沫花来抹在了手臂上,贴着鼻子闻了一下,有一种味道刺得他皱了一下眉头。

大清早镇里"八千代"妓院的两个日本女人莫名其妙地疯了,傻笑着提了和服跑在官道上。四个日本兵追过去架着她们回来,那笑声听上去很吓人。李圪渣突然感觉日子有了一种说不明白的味道,像上了几道坡一样心慌。

李圪渣进了和盛堂,看到窝在太师椅子上的盖运昌。乍一看过去,哪里是当年的盖运昌?拜见后讲了自己卖窑的过程,要盖老爷做主让耿月民换窑。

盖运昌说:"三眼窑在一条线上,如三颗糖葫芦,假如一根棍串了,你先吃哪颗?"

李圪渣说:"当然是先吃上,从上往下吃。"

盖运昌说:"谁会先吃中间的?"

李圪渣想了想说:"我闺女会吃中间的,两手一横拿小嘴儿就啃。"

盖运昌抬了一下眉说:"你闺女小时候是垫尿布的,你也垫了尿布?"

李圪渣脖子骨一转,翻了白眼说:"老爷说的意思是喝了毒药灌茅粪都没救了?"

盖运昌说:"救啥呢?人亲不生事。哑巴吃黄连。"

李圪渣等于是撞了一鼻子灰。

4

十月,忽由南方飞来飞机,在暴店镇低空盘旋。

暴店镇上日本兵吹响了蜗牛号,四周围的山头上小钢炮冲天射上去,飞机开始升空。没有炸响的炮弹落在了山脚下的农田里,也有落在镇上的。女女的窑被落下的炸弹炸断了院墙,窑垴上炸了一个坑。升空的飞机,不知又从哪里飞来几架,所有的飞机降低了在四周围的山头上扔炸弹。碉堡被炸飞了,日军死伤不少。飞机飞走后,日军用白布裹了死去日军尸体绑在牲口上拖下暴店镇。

傍晚时候他们架了松柴把裹了白布的尸体放上去烧。全体日军唱着很苍凉的歌送葬,黑烟直冲而上。

山那边是一抹夕阳,橘红与黑烟交映在上空,天很快暗了下来。松柴的爆裂声搅得暴店镇人惶恐。

有暴店人开始跑往马场的天主教堂避难。避难的人在天主教堂看见了大,却疑惑那到底是不是大呢?

十月底,日本人开始驱逐所有在当地传教的神甫。离开不离开都由不得自己了。盖腊苗来不及回家告别,日本人把他们集中到潞安府集体送他们到上海,辗转着叫他们离开中国。

大和盖腊苗跟了神甫米丘回了荷兰。

十一月,日本人在三峻庙杀了五十多头羊。羊皮晾在庙里,羊肉被车拉走了,说是拉到了潞安城。月中,下了一场小雪。雪把暴店镇铺成了一幅大画卷。有人看见日军五十余人披着羊皮乘下雪之时从王莽岭隐没了。距暴店三十里地的黄阳关前发生了一场前所未有的恶战。

守关的人后来说,没想到日本兵披了羊皮,雪把人的眼睛看花了,等看到近前的不是石头是掀了羊皮站起来的狼时,一切都晚了。守关的人遂投弹拼刺刀,混战在一起。天明不久,战斗结束,黄阳关被日军占领。死伤的日军被白布裹身用牲口拖回暴店镇。松柴烧尸的黑烟再一次直冲天空。有人看见燃烧中的身体还在动,躺着的会突然坐起来,弯曲的腿脚胳膊一下子就又伸展了。说话的人渲染得四周毛瑟瑟的,听话的人汗毛倒立伸出多长。

傍晚的时候,女女看到有黑色的云积聚着,烂烧透的晚霞喷薄在云的尽头,黑云不散。她站在窗户前观望便有了居高临下的感觉。暴店镇睁着迷离的眼睛,诡谲、奇异,似乎掩藏着什么秘密。她心里堵得慌,甚至产生了无法抑制的病态的紧张。也不知道她紧张什么。反身走到窑掌深处,戴上顶针,把绣花的丝线一绺一绺摆放在羊毛毡上。左配一下,右配一下,绕到手指上,黄和宝蓝,绿和宝蓝,还是深红和宝蓝。搭配了一阵子,烦躁依旧是越来越强烈了。有炸弹猛地在天边响了一下,又被什么直戳戳地截断了。那一声炸响过后,树叶上弹跳下残留着的干黄叶子,树只剩下枯枝了。冷风飕飕飕地如穿越天空的利箭刺中窑檐下的雪尘,雪扬起来,焦躁便越来越重了。黑封闭了视觉之外的世界,如天空给她设置的一道无形的藩篱。突然地,她看到一个拄着拐杖的影子,拐杖点地的声音惊吓到了女女,敲得她心疼。

"老爷,是你吗?"

"是。"

"哦。"

"女女。"

"老爷,你有事要说?"

"女女。"

"老爷,你这样儿叫我,快说发生啥事情了。"

盖运昌并没有想到要急切地去讲什么,只是徐缓地从口袋里掏出一盒神甫用的洋取灯儿捏在手心,接着拿起女女的手放到她手里。女女倒退了一步,这是三太太送她的,她不舍得自己用捎给了河蛙谷的儿。难道……? 她下意识地叫道:"老爷?"她大大向前迈一步抓住盖运昌的袖口,眼睛里的泪水满溢着,片刻间手脚冰凉如雪。

"女女,你不是普通女子,你是菩萨转世,你听我说,你儿,也是我儿。你容我点一袋烟抽几口压压凉气。"

"你抽老爷。"

盖运昌把女女轻拥着坐到炕上。从腰间拽下旱烟锅子,一袋烟抿出来,从大襟衣裳左肩偏扣上摘下火镰,从袖筒里摸索出松软的硝纸,以火镰击火石冒出火星落在硝纸上,用嘴吹了几下,火星扩大的当间,他掏出用麻秸秆蘸硫黄的笨取灯儿点燃猛抽了一口。烟袋锅上的火苗噗地亮了一下,火灭下去的时候,烟锅子里的烟丝已成灰白。

"老爷,这袋烟抽长了。"

"女女,我叫暴店镇的人把死鬼们都抬回了河蛙谷。"

说完此话,他迅即放下烟袋抱住女女:"女女。"

女女说:"为啥抬回了河蛙谷?"

"黄阳关一战,都战死了。"

"你是说河蛙谷当兵的人都战死了? 你没有诓我?"

"我敢拿命开玩笑吗?!"

拧在一起的哭声板胡一样地响了一声,尖细得要把心拽出来。啊,啊,啊——

"你哭出声来,女女,你哭,你把哭声拽出来,撕破窑顶子喊啊!"

滴滴答答的泪水窝在盖运昌的胸口上:

"短歌终,明月缺"。

"女女。"

"老爷,再好强再结实再叱咤风云的人物也斗不过岁月悠悠造化作弄吗?他是我身上掉下来的肉。我因了我私心的恨慢待他了。儿——"

"你哭!"

"老爷,送我到河蛙谷,我的儿,我的恩人,我送他们最后一程。"

"天黑实了。"

"你叫我的心也黑实吗?"

5

一顶蓝轿顶子,两个轿夫,盖运昌自己拽着缰绳骑在骡子上,一行人走在雪中。

坐在轿子里的女女眼睛空洞地瞪着,蓝色的轿壁在眼前糊成一团,骡子的蹄脚敲击着冻实的小路,重如鼓槌。她只知道秋棉死后,父子俩离开河蛙谷都去当兵了,再去谷里没见人影。她盼着想着的平安,到头来果真是平安了啊,再听不见声响。在接近河蛙谷时女女很准确地撩起了轿子上的帘子,悄无声息的河蛙谷,十六年了,泪水汪汪了,模糊的黑暗中她找寻她的儿。

下了轿子,盖运昌扶着她跌跌撞撞走到苇子旁边用油布搭起来的葬棚。日本人的炸弹已经把河蛙谷炸得残缺了。一个极其安静的时刻,如果会有什么断然要发生的事情的话,那就是声音。没有声音,出气很重。看守的人像一个镶在镜框里的人,不动。香烟缭绕着,并排躺着的有六七个人,只点着一盏油灯,有风刮进来爆出火花。女女蹲下,轻轻地掀开盖在地上死人身体上的草垫,一个一个看过去。她恍惚觉得那个脑袋没了的尸是大,心跳剧烈,血凝固得黑墨一般。

489

"你是大吗？快叫娘。"

盖运昌突然觉得自己湿凉的皮肤隐隐作痛。

女女摸索着要盖运昌点了油灯过来，她要看大的脚。看着看着，她说："这不是我儿啊！"

看守的人说："聂广庆临死让我告诉你，大换下那块地跟了神甫走了。"

女女的心疼了一下。人没有了，要那块地有啥用？

女女掀开聂广庆的草垫，那张黄锈的脸，那张脸印在她的心里的脸，是她一辈子的恩人。她小声喊了一声："我的亲亲大哥！"

满脸泪水滴落在草垫上。

她抬起脸时，说："老爷，赐他们一口薄棺，都埋在秋棉母女那块镐头地里。"

女女从怀里掏出小包裹，展开后是两双做好的圆口布鞋，一只一只帮聂广庆穿上，剩下的一双穿给那个被炸掉脑袋的人。

女女坐下来，默不作声地坐着。

"为什么谁都可以奔走着来这块土地上杀人？谁能告诉我呢？"

谁能告诉她？

瑟瑟直抖的空中掠过几声夜鸟的鸣啼，无垠宇宙下，何处有大同？何处有共荣？

第二天，雪下得沟满壕平，站在高地上望过去，白茫茫一片。

一镢头下去，震得虎口疼。女女站在河蛙谷想从前，人一辈子面对的为什么都是死亡？活着不惹事，事来了，不惹非，非来了。

还是想着从前。雪一片片下，一层层洒，掉在头上不疼，印在地上不化，落在嘴里不咸。那雪地上顽童的脚印浅，老夫的脚印深，有声有响有情景，那是人间吗？是天当笔，是地当纸的图画吗？女女忘不掉从前。一大片寂静的土地，女女弯下腰搬起石头，没有任何目的，只是想把石头搬到坟包上。她不断在做这个动作,很伤痛地在做。她看到那些坟包子上石头的边缘,是红色的,被雪衬得新鲜而锋利,像往外要渗血一样。她在喘气声中没有任何目的地做这件事,几次被盖运昌拦下,她都甩开拦她的手。那些石头有些凌乱,她想靠靠,身边没有树,风抄着地皮刮,然后狠狠甩出去。没有人知道她做这件事的真实意义,只有盖运昌知道。

飘着白幡的新坟,哪里经得起日子的冲刷呢?风霜雨雪过了,来过世上一遭的最后怕一点印迹也没有了。女女想是要叫他们占了这一山的好风水啊!

"女女,不垒石头了,坟下的人,魂已走远。"

女女不语。天地无声。

日子恍惚着,冬天里的很长一段时间,女女总是被噩梦吓醒。连原本让她很安静的绣花也不能进行,什么也做不了,发呆、烦躁,什么也做不了。她想大了。

盖运昌拉着女女的手,心疼地说:"天气好,日头把四周的枯木都照鲜亮了,你出去看看吧。"

女女站到院子外的墙头上,暴店镇在她的眼前,有一股肃杀气息扑来,日头下,就连被风依地卷起的落叶也响着干裂裂的肃杀声。

"那时的繁华,有游客,有生意,有花哨,上苍给予了暴店镇名震八方,名扬四海的声名,有多少目光和足迹一路奔来?眼前的镇子,高的高,矮的矮,有了穷酸,一目了然处让人心生尴尬了。"

"暴店镇是缺少了声音了。"

"那些声音走失了。三峻庙的热闹走失了。我还活着,还逗留在世上。看那甘草长满的瓦坡上,看那枯树的皱皮上,原来是有烟气和市声的。我能看到草帽走来走去的影子,没有人气的镇子褪色了,那草帽下面的脑袋都搬家了,尸首分家,那是活人的最后吗老爷?"

"女女,你的心被日头翻晒过几遍了,我老了,力不从心,人不能老啊,人一老,就寒酸了。"

"暴店镇的庙会上,我还记得当街横着的大炉子,红彤彤的火苗上滚着热粥,一边的炭火上,整整齐齐地躺着烤馍,烤馍的味儿由着青烟蹿起来,在夜里散满了诱人的香。乞丐们拿了碗打饭,热粥把他们的脸喝得通红,连脑门上的发根都冒着热气。人皮上冒出的汗味儿,很难闻。你要他们走开,那烤馍在炭火上烤成焦黄色,沁出出油来,拿在手中,热乎乎,香喷喷,咬上一口,酥酥嫩嫩,那是麦子的清香啊。老刘家的酸菜面,酸酸辣辣的,还有王必人贾家的驴肉小火烧,那味道儿,那是要烤熟一点才出香呢。对了,老马家的羊汤,一碗汤里,羊腰子,羊肠子,羊肚子,羊蹄筋,辣椒面,胡椒,芝麻,寒冷的秋夜,一碗羊汤热腾腾下肚,走路的人一路走到天明,暖在胃里,暖在五脏六腑,暖在脚底板上,那是远走远转的舒坦啊。走远了,都走远了。你看,他们走到了那儿的天边了,那大片大片的云彩,人像路一样不断头地走远了。"

女女的脸上有泪流下来,缓缓地,通往山外的路,肠子一样弯曲着松树在阳光下发出暗黜色的绿。聂广庆从这里开始抬步,望山跑死马的远处,他没有走着回来,一扇门板抬回来。

死了。

"我的女女,闭上眼睛吧,人不如草木,草木给点阳光就能舒展开脸,把人比作草木,有谁知道草木无心呢?"

"有心。老爷,草木有心。"

"无心。你看它年年春来年年绿的样子,有心的人会有来生吗?"

"鲜活后入土,无心也罢。不争论了,我们回窑吧老爷。"

盖运昌老了,走路的心气一点点往下沉,哪个不想活年轻啊,再好再健康再叱咤风云的人物也斗不过岁月悠悠和造化弄人。

第二十八章

1

大太太死了。

死在三峻庙佛前的蒲团上。

人死了,身子曲着。被发现时她好像已经生根在了蒲团上,眼睛牢牢地闭着,一脸满足,一身倦容。

被日本兵像神一样抬起来,走过官道,一抹残霞照着她。

跛扈的眼风渐渐收敛了,仔细看,眉心里有微微哀恸,以往平淡的她,最后一次走过官道时隆起了声色。

金井章二穿着日本和服跟着把大太太送进盖府。

大太太安放到堂房的炕上,该准备后事的都准备开了。金井章二想拜见盖运昌,家丁领着他往窑上走。走进女女的堂窑,女女在太师椅子上端坐着。金井章二的影子从窑门堵进来时,是一个肤色如土的老人。炮弹让窑的院墙倒塌了,成为一片空阔。金井章二是拽着阳光走近的。外面的阳光在他没有走近时,女女能感觉到空气的芬芳。那阳光拂在脸上应该是丝绸的感觉,一个晴好的天气,空气的高远、干净,女女努力想让自己生出一些良好的心情来。

青山和远处在阳光下反光的河水,首先成为开场的话头。

"坐吧。老爷不想见你。你来就是客。"

金井章二坐下来看着窑外蜿蜒而来的小路。遥远处河水像镜子一样。金井章二说:"太太,河里的水大了。"

"比不上往年了,往年河里的鱼可以拿篮子捞,现在我听说连鱼孙子都难捞了。鱼也害怕炮弹呀。"

金井章二接不上话,往起拱了拱脖子低下了头,算是定了定神。女女等金井章二回话呢,突然地见他站起来面向女女鞠了一个躬,很老的样子。如果不是打仗,女女会对他的行为感动。现在女女很厌恶他的这个动作。做完这个动作,他们做别的动作。女女倒了一杯茶推到了八仙桌的那头儿,金井章二自己坐下了。青花瓷碗里的茶叶片很大很厚,泡出黑黄的颜色。金井章二皱了一下眉。

"打仗把进茶的道路隔绝了。别看这粗枝大叶的茶叶,耐喝,味道足,如这山上的人一样耐枪弹。"

金井章二说:"对不起,有些事情不是军人能够决定的,军人只能服从命令。"

女女笑了一下,端起茶碗抿了一小口茶,很轻地放在了桌子上。

"人的脖子上能长几个脑袋?好好的脑袋在脖子上长着没了。你说,谁把他们的命割走了?"

金井章二再次站起来鞠了个躬:"对不起!"

山下暴店镇半新的街道,看下去街道两旁的屋顶子挤挤挨挨的,青瓦的屋顶子能看到长了青草,只是寂静得很难看到人的影子。以往的暴店镇,那可是牢骚一群的镇子啊,安静了。女女的心被揪着地疼了一下。

"你走吧。让我有一块立身的地方。我活着,总该有一块我自己的地方吧?我不过吧太君?"

金井章二站起来说:"我没有权力不让你有自己立身的地方。"

巨大的羞耻袭上了女女的心头。

"你看外面的天空,像镜子一样,可惜啊,有镜无人,镜何用?有人无镜,何以映照你我姿容?"

金井章二又要站起来,女女用手势阻止了他。

"我跟你讲,你们日本人进暴店镇时,山下的暴店镇上有一个瞎子,夜晚走过镇上的官道,到对面的和盛堂值夜,他手里挑了灯笼,他是瞎子,他何以要挑灯笼?"

金井章二说:"请太太讲明白了。"

"我跟你讲,路黑,不免与行人碰撞,他是瞎子,灯笼不能告诉他脚下的路上有磕绊,可灯笼告诉了走近他的人,别撞了他。"

金井章二说:"太太讲的是唐代明昭禅师独走夜路的故事吧?"

"是我糊涂了,他是盖府牵骡子坐堂的人,我记得他死在你的眼皮下了。我知道过你眼的人于你太多,于你这道鬼门关来讲,他们都是浮尘。"

金井章二说:"太太,我们就是来传承灯,传承光明,福惠和东亚希望的。"

这话戳了女女个愣怔,正端在嘴边喝茶的碗儿停下了,又轻巧地移开。

"天主教有赦,佛教有怜,儒家有恕,你们不远万里来中国,不知道马夫的灯笼是打给你们日本人的吗?噢,我忘了,世上只知道不识字的人叫睁眼瞎,如此说来,叫喊文明的人也有睁眼瞎啊。"

茶碗里的茶,那些草一样的植物在水的浸润中伸展开,袅袅的雾气,淡定的水,渺茫的心事。

"换一碗茶来。太君的茶醒了。"

金井章二轻抿了一口放下茶碗。

六月红走进来,泼掉金井章二茶碗里的残茶,打开桌子上的茶罐,兰花指拈起一撮尖细的茶叶,放进碗底,沸水冲进,急速的几圈转下来,叶子软软地窝在了杯底。六月红端起杯子来荡荡杯底,一汪茶悠了悠便安静下来。

六月红笑了笑说:"喝吧,热茶暖心。"

六月红微笑的灿烂如一杯淡定清远的水,金井章二站起来哈了哈腰。

"平俗烦琐的日子,如果不知道呢,还以为你们真的是一个礼仪之邦的国家,可惜呀,一切都是多余,你喝了这碗茶,不等茶醒,你就走吧。老鬼盖运昌不需要你的安慰和道歉,主会告诉你,死人有一天也会站起来。"

六月红微笑着,迎着窑口的一缕光线拖拽着细碎裙裾走了出去。

女女站起来送客:"太君,我不信这茫茫尘世无一物可怜惜,如若真无,世上的孤魂野鬼怕都要站起来了。请走吧。"

大太太不能入棺,谁也不敢把她的腿拽直了,她坐着的身子已经僵硬到无法躺下。和尚坐化时封了泥皮,描了彩绘抬进庙里成了我佛,大太太不是我佛,她只是一个信徒——盖运昌的女人。

总归死在土里。

三天后盖运昌定下了用缸装殓大太太下葬。

原家来人了,来的人是女婿原德孩。他穿了新民会长的黄皮,胡子刮得精光,脚蹬麻底布鞋进了盖家。盖运昌见了女婿无话,脸上连多余的表情都没有,要人递过去三炷香。原德孩上了香不磕头,讲了一句话:"姑姑,阎王爷也不善待你呀,连老都不顺当。一辈子替人家管事,到了了,走得急也轻,一口薄棺都放不下你。"

原德孩是想叫板替姑姑要棺材,却见盖府没有一个人搭他的话。封在缸里的人怕也不可能再抬出来。他迈着八字步四下看了看盖家,当年的精气神全没了,盖运昌已不是他的对手。他很失落地指挥着跟来的人很威风地走了。

初春的日子阴晴不定,山里的气象更是变幻莫测,同在一片天空下,有的山头阳光朗照,有的却密布着阴云。山一层层叠上去,像泼墨一样。日本人在村口看守着不让走远,送葬的人在路边坐等。交涉到午后无果,旁边有半眼坍塌了的窑洞,以前是圈羊的,大太太最后放了进去。盖运昌听到大太太去处时长叹一声,女女安慰道:"老爷,命是拦不住的,病是挡不住的,路终归要长了去。也好,守着村口看看有多少人走着出去能走着再回来。"

李圪渣瘦得只剩下了一副鸡胸脯了,点了香吃喝着送行的人快磕头。封柴窑的石头跺高了,二踢脚冲上天,孝子孝女开始哭,听着炮声日军哗啦围了过来。女女一步咬一步走上前,跪下点燃地上的锡箔元宝,细软的纸片在她眼前软软拥挤着飞舞,人事倥偬,哭声扬起来时,窑洞囫囵吞走了大太太的阳世。

盖家人在日本人的驱赶下回到了自己的屋子,把了铁钉的门推开又吱哇关上了,见盖运昌在院子里站着,女女走近了叫了一声:"老爷。"惶惑着的盖运昌回过神来说:"她是和我一起耍大的,嫁我时正是油菜花开的年龄,熬到这般年纪了,她走散了。睁开眼,除了空,连影子也拽不住。"

往事割开了一个口子,大太太臃肿松散的身子走过来,女女叫了一声"大太太"。

再看,院子里已是一片苍茫。

2

李圪渣有一天突然把闺女送给了日本人。

好像是积了很久的心事。

他想往人前走啊,走在世上都憋着一股劲呢。要走到人前头,他不想烂在路上成为一坨疮瘢。世上没有死路,活法有别,李圪渣不相信自己要不回窑来。他堵心呢。

备了驴,驴脊上搭了大花被子,扶十四岁的闺女骑上。他决定把闺女送进日本人的红部时他想了几天了,圪渣有自己的想法。日本人来后把暴店圈在一个近似原始社会里,所有的人出行办事都怕犯禁,可日本人有时候也主持公道。天下的王法都是给说了话管事的人定下的。不怕你能,就怕我比你更能。爹死时讲了一句话:"你被河南人骗了,人家用一肩挑担走了你的窑。"李圪渣琢磨了许久,爹死后明摆着是自己的窑却要隔过他人进出,等到卖时,终于明白了,明白了也晚了。心病有了,咋想咋不顺心。自卖窑不成后,只要听到中间窑的门搭子响,李圪渣躺着能坐起来,坐着能站起来,站着能跳起来,下一个动作没有了,耳朵竖着和窑窗一样,喉咙里发出呜呜声,似哭,或者像笑。

他终于有一天动了心事,那是闺女和媳妇在院子里打枣。七月核桃八月枣,媳妇拿了一根长竹竿,踮着小脚在树下打枣,地上铺了油布,被打下的枣在地上乱蹦着。闺女闹嚷嚷地在地上抢枣,李圪渣不知为什么就想到了日本人,给日本人送枣吃。一时想法,这样或许才是他要解开心结的一条必经之路。他和媳妇说,上暴店镇卖枣,让闺女见见光,都知道我圪渣的闺女长得俊,要他们看看也好有提亲的来,闺女该有人提说了。

闺女骑在驴脊上,手里挽了满满一篮枣,挽篮的胳膊一痕红一痕青的。早间的潞水上蒙着一层雾霭,像稠米汤一样,日头拼力想把光泼洒到驴肚当间的三寸金莲上,闺女无端地兴奋,用脚丫儿挑拨着日头,细细甜甜的红枣味儿蹿出来,被驴蹄子踩得七零八落,四处飞溅。往日市声鼎沸的潞水河边,如今只见星散游走的人,静得让圪渣心头涌起莫名的恐慌。满街的店铺上挂着膏药旗,闺女说:"爹呀,那是啥?"圪渣说:"膏药旗。"闺女无知无觉地笑。日当中走到了三峻庙门前,日本士兵拦住了他。圪渣说要见金井章二,来给"太君"送鲜枣儿。上下搜过了圪渣,再搜闺女,闺女吓得出了一身汗。

李圪渣是一个人牵了驴离开三峻庙的,他离开闺女时,闺女那张粉脸上挂着酸涩无比的惶惑,想跟爹走,圪渣说,我撒泡尿就走。圪渣一泡尿撒长了。日头从浓雾中钻出来,暴店镇有人看到他的脑袋被雾荡得东倒西歪。回到后窑圪台上,玉喜问:"闺女呢?"他没有皮脸地说:"送给'皇军'了。"玉喜说:"你咋敢把闺女送给'皇军'?""人家是文明人,送给人家是咱闺女的福气。"媳妇脸上的泪唰唰流下来,一把抓了圪渣的领口,眯缝着两眼左一下右一下,圪渣的脸上被抓出了血印子。圪渣挣脱开喊叫着说:"你知道啥?有你吃香喝辣的时候。"媳妇闷头不说话了,干坐到炕沿上,突然的就双膝一软跪在了地上:"圪渣,去把闺女叫回来,你是想叫我死啊,我心里犯堵。"圪渣说:"人家答应了帮咱要回窑。"媳妇开始咳嗽,像吃了苍蝇一样,咳嗽到气绝,一口血涌上来,直戳戳吐到了圪渣脸上。圪渣躲了一下说:"头发长见识短的妇女,你知道啥?我把'皇军'当女婿了。"

李圪渣再去三峻庙时,闺女不见了。他觍着脸找金井章二说窑,半天讲不明白,什么挑啦?什么换啦?战事频繁,日本人的耐心少了。圪渣每次都弄得很没趣。

很快,日本人就离开了。

3

日本人撤走的那一年,三峻庙里丢下了一个女人,是李圪渣的闺女。

推门进来的人看到是大火,火把梁点着了。斗拱燃爆的响儿像磅礴的雨声,火与风交织在一起,迸射到每一个角落,然后扩展到布满庙宇。火光中人们看到戏台上吊着的圪渣闺女,火扑着她过去了,先是没有一点声音地跌落在了戏台上,之后,什么也看不见了。大火烧了两天两夜,梁架和斗拱的爆裂声噼里啪啦响,烧到最后三峻庙呈现出了死一般的黑寂。

李圪渣媳妇玉喜听说了居然没话。闺女死后的第二天一早,外面五指一抹黑,她深一脚浅一脚地走出后窑疙台上。走了很久才见一痕亮光,走着走着却发现那一痕亮光是潞水。她走到吊桥上,吊桥晃着,惊出了她一身冷汗,天光下鱼鳞般的河水游荡着远去了。她的怨恨被水波撕得一缕一缕的,她甚至无脸再从暴店街上走过。凉意袭胸,她开始咳嗽,抓着吊桥上的缆绳,稳住了咳嗽后。她好像悟出了什么似的,厮守了这么些年的潞水给了她什么? 人不就是一河逝水吗?

"我的闺女——"

她像荡了一下秋千一样,河面上水花开时,已是空无一人。

第二十九章

1

书的第一页和最后一页终归是要合上的,曾经发生的都记录成了文字。道生一、生二、生三,文字告诉你。合上书,再抽一本出来打开,又一个世界,又一重天。

1945年的土地革命来得猛烈,人们像蚁群一样忙碌起来。忘记了战争,忘记了饥饿,忘记了疲惫,一门心思穷则生变。生存的希望在时间流逝中越来越明亮,数不清的黄面孔等待着分田分地分浮财的好处。

盖家首当其冲的是院子里的老槐。

贫协会的人决定砍倒了做桌子。几天里单调而又撕心的锯树声让盖府人大气不敢出。只有女女每天都站在树前看。老槐被砍倒时压塌了堂屋偏厦,虚惊了一场。看着粗壮有用的拉成了板子,小的枝叶被人拖走当了柴烧,女女不说话。贫协的人问她有啥想法。她说,砍了好,好人都死了多少,树算啥?

接下来盖家的所有家财都分光了,全家人住到了坡上的窑里。原家也不例外,背了汉奸的名声。利用日本人强占柴家的骡马大店,这一回原家是片纸没带回了上土沃。朗朗晴天下,众人眼睛盯着,想逃都无处可躲。不几日,原德孩就被镇压了。原家、柴家、盖家人被关了起来,整夜整夜要他们交代,人被整得呆傻了。

贫协会建立在三峻庙,烧毁了的庙里还有几间屋子没被毁掉。

耿月民成了贫协会的人。

有一天一个叫梁前进的农民来找耿月民,问是不是真变了天了。耿月民笑着说,变了。那人说,缺啥和贫协提出来是不是就得啥?耿月民肯定地点点头,算答应下了。那人说,为什么盖运昌老婆好几个,我一个都娶不上?耿月民告诉他是万恶的旧社会作怪了,现在砸碎了,贫下中农就要当家做主了,娶不上老婆的时代该过去了。梁前进很冲地说,我想要老婆,人家分田分地分浮财,我啥都不分,想分盖运昌一个老婆。这下作难了。再看梁前进,穿一件汗褙子,胸肌和膀子上的肌肉动动的,有点罗圈腿,路不好好走,站在地上一摇一晃地等结果。

耿月民不敢消停,决定上报县里,要对方等消息。

这件事激醒了耿月民的脑子,要是有一天有人来要求分盖运昌的闺女,盖爱苗还不被分走了?吓得赶快和盖爱苗商量结婚。两人结婚时啥也没要,盖爱苗取了自己的日常用具搬到三峻庙。走时女女要她带走她娘的牌位。爱苗奇怪地问:"好好的为啥要带走?"女女说:"叫你娘立足在谁家的屋檐下?土地改革盖家串院没了,朝夕不等,你娘不能流落到民间。"

梁前进再一次来找。县里有话捎过来,考虑到农民正当理由,合乎实际情形的可以分走盖运昌的老婆。

已是夏天了,梁前进站在贫协会的办公桌前,手臂和挽起裤管的大腿,暴起很粗显的青筋。

耿月民问:"庄稼长势可好?"

他说:"好。"

耿月民问:"知不知道六月红比你大十五岁还多?"

他说:"大多少她都是唱过戏的。"

耿月民说:"你娶了六月红连俩闺女带走,俩闺女跟了你的梁姓,脱离开高成分你同意不?"

他说："同意。"

正说着六月红被喊来了,手里果真牵着俩老闺女。世道把闺女的婚事耽搁了,两闺女风摆柳似的走进来,好闺女没个好成分,眼下娘嫁了成分好的人家,闺女的身份立马就要变了。暴店镇的光棍们都眼巴巴看着呢。梁前进激动得手不停地蹭着大腿板,听六月红和贫协的人讲成分改动中的麻烦事。

填好表格,六月红叫俩闺女进来摁手印。六月红把印泥盒放到闺女面前咬了后牙槽说："就姓梁。摁!"说罢走出了门外。

梁前进走进来,看着擦肩走出的六月红,不住稀罕地笑着,笑过后鼻子酸得想哭,哽咽着说："感谢贫协,感谢翻身让我有媳妇有闺女了。"

贫协的人说："你是有福人啊,闺女跟你沾光了,一箭三雕。"

梁前进说："有福有福。后一句是啥意思?"

"媳妇、闺女、女婿,你不是一箭三雕吗? 快去叫六月红进来登记结婚。"

院子里六月红看三嵕庙,阳光很好地照耀了她,挎着小包裹,看高处时用手搭了凉棚,梁前进叫她,她走进来。

贫协的人说："这是你的汉子了。"

她看了看梁前进,闭上眼。

光阴说败就败了,钱散尽来人散架。

睁开眼时,她说："世上没有铁杆庄稼,没有一直的赢家,我走,不图啥就图了梁前进成分好。"

贫协的人说："都不是问题,梁前进也同意呢。看人家,到底是唱过戏的人开明着呢。"

六月红哼了一声说："不活到实在没有路数时,哪个愿意抹下脸来挪窝?"

暴店镇传下来一句话："梁前进娶了六月红,带了俩闺女,闲人多了忙人事。"

从前的幻想在真实当中粉碎了,成为一些虚浮的颗粒。六月红盯着黑暗的房顶,听着夜间生灵的动静,感觉到这个世界上最为真实的东西开始反转过来了。旧的崩塌,新的再生。梁前进躺在她身边,手脚不是地方,如沐春风般地在心里开始激动回忆。那年月的六月红,有多少人倾慕过,那唱能拽走台下人的心,那眉眼一瞟,一波一波真叫人春心荡漾呢。怀疑自己在梦里,狠着打了自己的腮帮子一下,那响儿夜静的时候贼亮。

六月红看他,梁前进嘶嘶的笑声出去又拢了上来,忍不住地说:"我到底没有做梦呢。"

情绪滋长,自己还是当年的六月红吗?

几次伸手梁前进都缩了回来,眼前人就像活菩萨一样躺在身边,睁眼动不得。

早上的阳光穿过窗棂,落在炕上,六月红感觉到眼睛生疼,似乎被针扎着一样。身边的人已经下地了。在她的身体里,也在这个房间里,她的从前像幕布一样被拉上了。

2

暴店镇的炊烟像蛇一样扭动着,扭动着向更高处的云彩靠近。炊烟扭动着人的命,也扭动着树木、花草和鸟们的命。女女看到了窑垴远处的山脊处开出了黄色的迎春花,那黄一下子撕开了她在冬天的心情。她满心的盎然和欢快。

她先是愕然,快步地拐到花丛前,花在向阳的山坡上长着,她的嘴角有轻微的颤抖。从远处看,麦田和黄泥巴地泾渭分明,一到冬天,对面的山坡上植物都凋零了,只有冬麦一直撑到春天再次发芽。女女收回目光,在雾气弥漫的日子里,看到山下的藤蔓细瘦得像干蛇一样。过去的某一个时刻,它的存在,就像陌生人问路一样,她手中的绣花鞋子一双双出手,离她远去,穿的人都把岁月穿老了,她坐着,坐在一天里。一天,如同其他日子一样平常,有风有雨,有花有鸟,有水滴落入土地,有生命随风而逝。

二和何柳喊她回窑吃饭,她应声道:

"水面无风近琉璃。"

接下来,她还想念叨什么呢?气息在喉咙部位不发声,几近号啕。她听到二在天黑下来的时分里进进出出吸着鼻涕,风很凉了。如果人死了,他们的灵魂会在夜晚的时候回到村庄吗?

"儿啊,明儿给你找一个会木匠的人,跟了人家去学木匠,学个手艺活,能谋口饭吃。"二冷不丁地说:"我想学剃头。"

女女说:"娘答应你。"

第二天,女女领着二走进暴店镇韩尧堂的剃头铺子里。店铺不大,缺条腿的旧方桌上,放着推剪、削刀、毛刷子,背刀片挂在门搭上。看到女女领着一个后生走来,闪了一下,以为是给后生剃头呢,叫了一声:"你坐!"拿刀片在背刀片上背了几下,透着阳光用大拇指试了试刀刃。吱吱的细小的刮皮声传过来。女女看到坐在躺椅上剃头的是李圪渣,李圪渣睁开眼算打了招呼,很享受地又闭上了。干寡的头皮上不存肉,脸圈上抹了一层猪胰子,刮须、掏耳、拔鼻毛。接下来修面,剃刀在脸上走着,一圈猪胰沫子抹干净了,仰着脖子还等着剃刀让他舒爽呢。韩尧堂说:"拾掇好了。"李圪渣迷迷糊糊坐起来说:"地生剃头,世上难谋,舀瓢温水,死揉活揉,揉个半日,还是个毛头。"圪渣看着二说。

韩尧堂背着刀片说:"你是酒泡晕乎了。少说几句无油烟的话,淡不死你。"

女女说:"哪有手艺不难的事?啥都不是大风吹来的。"

李圪渣斜过去摸了二的头一下:"替我出了剃头钱啊。"

没人理他,他晃悠悠地走了。

韩尧堂说:"苦行僧做的活计,一天站下来怕他受不起这个罪。"

二插话说:"叔,我受得起。"

韩尧堂说:"把头发扫到桌子下。"

二拿了笤帚扫地上的断发。韩尧堂叫二拿了笤帚扫头发就算是收徒弟了。

门口漏进来的阳光被扫得晃来晃去,女女看着韩尧堂说:"娃托付你了。"

"说啥拜托呢？都是镇上的人。"

女女站在窑门前目送二下山去学手艺,看不见了才把脖子软下来。

她看到她的手指骨粗大了,手皮上的青筋暴起来,手指头涩得不能再拿丝线了,丝丝缕缕的毛茬头儿把光滑的丝线挂得面目全非。她回窑里拿出泡软的麦秆夹在肘下坐在门墩上。她编着草帽辫子,手涩涩的,大拇指和二拇指上居然掐出了裂纹,她看着,失笑了一下,在裤腿上蹭了蹭,挂着裤腿上的线头儿毛刺刺的。有点儿心不在焉,扳着指头数盖运昌坐禁闭的日子,数着数着心慌了,站起来看远处。斗厌的山坡上,正是酷热的仲夏,道旁山坡上花草盛开了,虫鸟欢鸣,静得叫人心酸酸的,却不想去搅那个"酸"字。背转身看窑垴上,窑垴上的树长高长密了,挡得蓝天儿很窄了。

突然听得山下有嘈杂声漫上来,再回头看,一干人已走到了窑跟前。女女没有来得及问话,来人长驱直入进了窑开始搜什么东西。女女经见多了,悬着的话突然不想问了,提了草帽辫儿避事儿走到了窑垴上,看地上的绿草儿、红花儿。一直到晚风倾斜了,看到一干人提着搜出的波斯玉壶欢欢喜喜走出窑院。才走了几步远,他们几个像打什么赌似的,见中间的一个后生照着台阶上的一块青石头摔下,那声儿不脆,倒显得幽怨似的,见那好端儿的物件碎了。一干人玩儿似的挑着缠玉的银丝往山下走,女女眯上眼睛定定神,突然觉得那声儿很像除夕夜捡拾起没有放燃的小花炮,似听见非听见地响,晃一下,声儿就把天晃黑了。

摸着黑往窑下走,女女想:财富像这山头一样,风见不得山头高,风平了左山头,又平了右山头。风荡来悠去的,他们真敢有那胆量摔了它,摔了好啊,那胆量,别想,想想真有鸟瞰红尘的气度呢!

晚饭过后,贫协会的通知镇上的人每户出一人开会。夜静的时候,二回来了。

二开会回来后说:"地要分出去了。"

接着拿出一张白纸,墙上的豆油灯照着,上面星罗棋布地画着暴店镇的地形、名称,其中有几块地打着重重的记号,那是河蛙谷、背阴坡、簸箕岭。二说:"抽地自愿,按产量,成分高的人只能抽山坡河滩边上的薄地。人家问我想在盖家呢,还是想回河蛙谷,我说得听娘的。"

女女说:"你爹坐着禁闭,当然要留在暴店种薄地。明儿领我去看看地。"

第二天,二领着女女走出镇子,走进田野。燥热覆盖的田地一片寂静。女女一路看一路想:莽莽苍苍的山旮旯里,它接纳了四方流民,这土地埋下了多少苍凉人生呢?她看到分了地的人们在自己得到的地里哪怕拇指般大小的石头都拣出来,玉米秸,大麻秸,一棵棵挖出来晾在地头,让地松软活络。女女把属于自己的地沿垄了埂。女女开始拾掇地,边拾掇边告诉二:"耕田不饥,读书不贱,养德不败,交友不倾。记下了。"二点点头。

3

翻身的贫下中农们在欢庆新中国成立的喜庆中迎来了第一个

春节。

　　三十黑,人家都忙着割肉和面包饺子呢,女女要何柳缝十个巴掌大的布口袋。何柳不明白她为啥要缝布口袋,要多大的,一时怕没有那么多粗布。女女说,不大,能装半斤粮食的袋子就可以。何柳的肚子挺起来了,有身子的人出气粗,坐在院墙的豁口上看山下,看到原来是自家的热闹成了人家的热闹,换了人间似的。心里隐约有了似有似无的感触,坐得久了点。女女在窑里隔着门缝看何柳,知道闺女想心事呢,走出去站在何柳身后摸着她的头发不说话。

　　何柳说:"娘,那些可都是咱家紧傍着的财富呢,没了,呼呼大睡一场,换了人间。"

　　女女笑着说:"总得要人活个翻身觉吧!闺女想哪了,从前啊,你爹在咱娘俩面前人五人六地吆喝,你和娘哪里在人前站过?翻个身,也叫你爹知道女人当家做主的一天。"

　　何柳起身回窑翻箱倒柜地找布,没见几块能吃重的布。何柳说:"娘,没有几块能吃重的布,都叫人拿走了。"

　　女女指着窑炕上自己的布衫说:"用它缝,看一件布衫够不够十个布袋,你是巧媳妇,你裁剪了它。"

　　何柳觉得剪了布衫可惜了,不忍心剪。左看右看,不忍心下手,女女说:"不心疼。剪了。"

　　何柳说:"娘用巴掌大的口袋装粮食?是不是糊涂了?"

　　"笑话。咱的地贫不长粮食,养四张嘴,听我的值得毁。"

　　何柳认为娘是被分了家,心里活癫乱了,想把剩余的日子早早过走了。女女说:"咱总得帮衬着把剩下的日子走完对吧?上天给了你命,自己不能糟蹋呀。"

　　何柳噙着泪把袖子裁下来,灯头不亮,从衣襟前拔下缝针,拨一拨灯芯,那一粒豆般大的火苗跳了跳,爆发出两三个火星,更亮更大了。何柳就着窑墙上的灯盘腿坐在炕上,俯下身密密地缝。她的脸在光圈下泛着微微的白光,背肩上的衣服皱褶衬着她的脊背,纤瘦纤瘦。女女叫了一声:"何柳。"

何柳抬头在头发上抹了抹不利索的针,埋下头不说话了接着缝。用了半夜的时间缝了十条口袋。这期间,女女把窑里落下的口粮:莜麦、豆子、谷子、玉茭、高粱、黍谷、麻子、麦子、红谷、花生,倒腾出来,挑出颗粒饱满的分装在十个口袋里。除夕午夜子时要二用荆条篮子沉入窑院子里十丈深的水井,看着井绳的长度,琢磨着正好吊到了水面五指高的上空,她要二把辘轳挽死了回窑睡觉。

女女躺在炕上跟何柳说:"何柳,除夕夜一过又长岁了。小时候想长大,长大了想长老,真老了。"

"娘你不老。"

"有时候想许多往事,不敢多想,想多了就想哭。"

"知道娘肚子里憋堵得慌。"

"外面是下雪了吗?"

二直起脑袋,听了听说:"有沙沙的雪声,干冬湿年,经历都是祖辈人活出来的,哭啥呢?"

女女说:"二说得好呢,哭啥呢?见多了人间生死,都淡了。奇寒把一切杂念都收走了,人啊,越活越淡。我怎么看到还有月儿在天上?是花眼了?"

何柳说:"娘,不是,你才多大岁数呀?下雪的云彩没有盖了月,冷风擦得月儿金光明亮,你听,雪下得和细沙一样。"

热闹的一大家人,突然地孤零零了。

"娘,睡吧。"

"睡!这把年纪只剩下睡了。"

初一黎明,墨色的天空,雪沙沙下着,六只眼睛虽然闭上了,内心的丰富却是各怀心事。女女想起了以往:雪团在树枝上无声地飘落,又在匀纤的雪地上砸出浅浅的窝膛。她站在树下仰头看,大走到树干前用劲摇树,雪落了树下站着的女女一脖子,她开始追打大,笑声荡起来,那笑声应着山松的寂寞,荡开了太行山丘壑的雪景。儿啊,来到这世上,过了这个年,你该二十了。

不等暴店镇的人放开门炮,女女第一个放了,直冲冲地劈过暴店镇上空。她喊起二,要他跟了自己看今年的年成。二起床后披着袄出门,女女要他穿好系好扣。初一这天人们忌讳说"病、凉、死、坏"等字。母子两个从井里借着雪悄悄拉起井里的荆条篮子来,收回到堂窑的炕上,点了灯,一袋一袋打开察看,发芽多的放在一边,不发芽没动静的放在一边,她把发芽的种子又重新打开看了一遍,告诉二,明年种发芽的粮食有收成。

清明一过,摇耧下种。何柳的肚子大了,怕动了胎气,要何柳在家做饭,女女跟二下地。二架耧,女女拉套。三百弓的地头,二一直梗着脖子拉下去,女女架套,摇得天摇地晃不稳,拉套的二被摇晃得看日头全是黑的。那么长的地垄,常会碰到狗头泥块或宿年的棒结茬子,一碰上,吭噔一下,耧便顿住,然后提一下耧脚,跺过去,再往前耙。那吭噔一下,他挥身一振,手都麻木了,恐怕再来一下,偏偏又来一下。二说:"娘扶好耧,我的脖子都拽歪了。"话音没有落下,又吭噔一下。母子俩在地里大笑起来。女女搂着镢头和羊镐,有灰雀扑扇着翅膀,啾啾叫着,飞向另一个地方。这似乎是女女感到最快乐和自由的时候。她铲着农家粪,均匀散开,不断翻出的、新鲜的泥土散发着淡淡的香味。

最初对泥土的生疏逐渐被热爱燃烧,隔膜已经在日复一日的深入和亲近之中碎冰一样消失了。她想:在这个世界上,究竟还有什么比这样一种安静更令人幸福和快乐呢?汗水出来了,在额头上、脸颊、后背甚至全身,她摘掉头巾,温热的阳光照耀着她藏了一冬的皮肤,她感觉到了温暖。暖风随着细小的毛孔,不断深入,进入身体和灵魂,在血液和骨骼里,发出令人陶醉的叫喊。这种感觉,以往她是从来都没有的啊。她一定要细细珍爱,在内心收藏,要它跟随自己一生。

和二坐在阳光下,看着不断翻新的泥土,看着它长出庄稼来,玉茭、高粱、大豆、黍、麻子、谷。"二,天下事啊,安静地活着才叫好。"

夏至,何柳要生了。听到隔壁窑里接生婆喊:"恭喜啊,是个带锤锤的。"

快过满月时,盖运昌被放回来。女女不问他受了多大罪,只是要他给娃起名儿。盖运昌琢磨了半天说:"就叫聂土改吧。"女女叫二进来说:"你爹给你的娃起名儿叫盖土改。"盖运昌想说,我说是聂土改。一激动只叫了一声:"女女?"女女和二说:"盖家对你情分不薄,我的儿,人情世故,生你的一个娘,养你的两个爹。你跟何柳给娘努努力,再怀个姓聂的娃出来。"

剃满月头时,盖运昌要二表演一下他学下的手艺。他说:"今儿个天气好,你把家什挑出来,就当了是在暴店的官道上。我爷孙两头儿,都剃成秃瓢,算是你出师送你的一份头礼。"

聂二把剃头挑子放在窑门前,一头的板凳上裂开了指头宽的缝,给人的感觉坐上去会夹屁股似的。盖运昌说:"嗯,像。就该是这么个板凳。"另一头箱柜上架着铜脸盆,柜上的架子上挂着推剪、削刀、刷子,背刀片挂凳子上。聂二拿下刀子挽了袖在背刀片上背几下,然后摸摸刀刃锋利不锋利。盖运昌说:"先来我的头。"聂二开始洗头,倒水。剃刀在盖运昌头上走过,如春风拂过一般。理发,刮须,掏耳,一招一式都见功夫。盖运昌闭着眼睛很受活的样子。等收拾利落了,把手边的挪开,开始给盖运昌捏捏肩膀,捏捏背,举起盖运昌的胳膊松松筋骨。盖运昌说:"地生剃头谋个活路,新社会,我儿可要有福了。"接下来剃小儿的满月头。满月头是在炕上替的,白胖儿子剃头后脑袋显得大了许多。

两个头剃完,聂二坐下来完事似的傻笑着乐。盖运昌说:"还有最后一手呢。"聂二出门收拾好担架,拨着唤头嗡嗡嗡的余音绕树走出了残破的窑院。

4

秋日午后,风飒飒地吹着,太阳亮晃晃地刺目,女女手抚额头往山下走。她要去暴店镇找一个铁匠,窑院里井口上的辘轳铁箍锈烂了,木架横轴经了日月也有点滑齿。杨树叶子从头顶打下来有几分颠荡,走到平坦处抬头看见悬在树枝上的叶片,好像悬浮于上的万千手掌,舞动得欢。在那些手掌下面,女女自在地生动着。一个穿黑夹袄的汉子走过去又回过头看她,咧开嘴笑,女女看着他说:"没见过啥?"那汉子说:"多少年都不见你变。"女女被说得脸烧了,应了一句:"淡话呢!"走过去,抬头时发现有一个人走到了她的面前。

女女认出对面的人是六月红,她喊了一声:"我怎么就没能认出你呢?"

没有了那乌黑的瀑布一般的长发,没有了那秋栗子一般炯炯闪亮的眸子,没有了那冬月水仙一般的肤色,甚至嘴里两排银雕玉砌的牙齿也脱落成一堵残墙。六月红的样子让女女心酸了。

头上白若冰凌的发丝,可知生活中她经历多少风雨?

六月红说:"你知道那个李阴阳不?"

女女想了想,点头肯定了一下。

"那个李圪渣,自从打跑日本死了闺女死了老婆,一直喜欢喝酒,越喝越精瘦。谁家有酒,只要半袋烟工夫,人准在人家的廊檐下站着。喝得摇摇晃晃,人不扶着就要倒下去。都说野生子聪明,可圪渣是把聪明分成了一小份一小份使了。恨人家比他过得好,晚上偷着放了人家的猪让狼吃。狼把猪撵撵走了,他第一个喊。他的把戏儿谁都看得清清楚楚的,独他自己假装不清楚。几日前叫人逮着打死了。"

女女说:"这世道咋动不动就往死里打人?"

两人又拉了会话,走时女女说:"你回窑上去看看盖运昌吧。"

六月红没回话,笑了笑走过了。女女走了老远回转头喊:"老鬼,看不看他都不是从前的那个人了。"

女女想说:他比从前活得简单了,他现在才明白,简单活着才是大幸福。张嘴激将似的喊了一句:

"老鬼总归是你的从前呢。不怕沾了成分不好,就来窑上啊!"

天冷实了,窑头前结着冰坨子,风从窑头前刮过去,冰坨子跌落下来,砸得地上的缩脖鸡架了翅膀飞落到院墙上。响声儿把麻纸窗户惊得噗噗动。炕上靠烟道坐着的盖运昌怀里放了一只碗,碗里放了一只烤熟的麻雀,手里的银牙签在厚实的肉块上戳一下,挑起来在鼻头前香一香鼻子,热气散漫,那是许多年前光阴积攒下的味道啊。他勾着头咬了一口,驴嘴一样错愕了几下吐了出来,要女女端走。他咽不下食了。

有一个人气喘吁吁地站在窑门前,门搭子响了一下,一扇门吱扭一声开了。女女说:"谁?"进来的人应:"来看看老鬼。"西北风和霰雪搅得天色暗下来,进来的人阴黑着影子,那一声"老鬼",女女知道是谁来了。

女女急忙把炕背墙上的油灯点亮,盖运昌挪了挪身子,看着六月红贴着背墙坐在炕上时,一股只有热炕头才有的温热从脚、腿、屁股、腰缓缓升起来,渐至脸上,不自觉地伸出手想抓摸什么呢?女女知道,他是想抓摸六月红的手呢。女女拽了六月红的手放到盖运昌的手心里,盖运昌咳嗽了一声,想说什么呢,六月红拍拍他的手心抽回手来说:"老鬼,看把你好活的。"掉转身顾自拉了女女的手说话,说一些忙月闲天的事。盖运昌借了缝隙插进话来问:"闺女们都好好的吧?"六月红跳下炕回他:"有小就不怕老,你快养你的病,都过得去,比起从前来,眼下活好了。"

六月红要走了,从大襟下的肚兜里掏出几个鸡蛋来搁到炕上说:"没啥拿的。"女女也不推让,由了她放下。送六月红到窑院外,看天黑实了,女女回窑点了灯笼要六月红提了走,提了灯出来哪还有人,看山下,万物夜一样混沌了。

盖运昌没有力气锄地了,就用尺余长的小锄坐在地上锄草。直到他的双手锄不动一棵草的时候,他知道自己的命到了枝枯叶落的时候了。在炕上躺了半个月。进入夏天,因天气原因他气涩得喘不上来,但一定要二背着他到地里再看看年成如何。

二说:"都病成这样了,年成好着呢。"

女女说:"我背了去,你只管扶着。"

二不好再说什么,背了爹往地里去。穿过暴店镇的官道,走过三峻庙前,盖运昌要二停下来。女女扶着她仔仔细细望了一遍三峻庙的门楼,门楼两边的对联还好好挂着,只是里面没有东西了,门上的铜门环也被当年的日本人卸走了。

女女细脚伶仃站着,裹腿打得高,挽着袖管说:"看够了,背着走。"

走过暴店的官道,有人指点着说:"这女人性烈,能扛着一家人的天,世上少有呢。"

盖运昌看到玉茭上挂着的青豆角,开着粉紫的喇叭花缠绕在玉茭的天花上,迎风摇曳着。他笑了。那是女女几年里分分厘厘锦上添花般精细种下的。一只喜鹊从柳树上惊叫一声飞高,向着沉沉的山野响去。明晃晃大如蛋黄的日头往西边落去了,落下去的日头扑洒在山头和树梢上,山若巨牛,树木葱葱,斑斑灵幻。

土地裸露着,日子过去了。

"深耕概种,立苗欲疏。非其种者,锄而去之。"

盖运昌小声念着这首前汉《耕田歌》,念着,突然就断了声音。

女女轻轻扶起了他耷拉在自己胸前的脑袋,喊二:"你爹怕是人疲沓了。娘扶着背回暴店。"

出殡那天,天气出奇地好,微风不起,艳阳高照。死人遇上这样天气,说明此人命硬。

六月红领着俩闺女来送纸钱,没有响器家伙,六月红坐在草垫上冲着棺材唱了一段《两狼山》。几近恸哭的唱失却了平衡,唱完了站起时脸上没有泪。

秃坟冒堆时二把手里的柳木哭棍插在了坟头上。

七日后,女女看到哭棍上长出了麦芽大的青绿。